KB051736

이야기를 들어드립니다
2

이야기를 들어드립니다

이재온 장편소설

이 권

이야기를 들어드립니다 2

지은이 이재온
펴낸이 이형기
펴낸곳 도서출판 가하

초판인쇄 2017년 7월 6일
초판발행 2017년 7월 13일
출판등록 2008년 10월 15일 제 318-2008-00100호

주소 서울 영등포구 양평로 67, 1209 (당산동5가, 한강포스빌)
전화 02-2631-2846 **팩스** 02-2631-1846

www.ixbook.co.kr

ISBN 979-11-300-1946-8 04810
     979-11-300-1944-4 04810(set)

값 12,800원

copyright ⓒ 이재온, 2017

네가 있는 시간

시영은 순남이 가고도 방에서 나오지 않았다. 양이는 걱정되어 들여다보았지만 시영은 홀로 동굴에 갇히어 아무 의욕이 없었다. 양이가 크님에게 듣기로는 아내가 찾아왔다는 소식을 분명히 전해 들었지만 무엇을 어쩌려는 기색이 없었다 했다. 도와 나머지 식구들은 양이만 보았다.

"접객 담당은 너잖아. 네가 결정해."

양이는 결정에 취미가 없었다. 그 권리를 되도록 떠넘기고 싶었다. 그러나 다들 자신을 초롱초롱히 보았다. 침을 꿀꺽 삼키고 가장 쉬운 방안을 택했다.

"에……. 그냥 둘까요? 남자가 동굴에 들어가면 괜히 건드리지 말랬어요. 화성 남자 금성 여자에서."

그래서 화화 식구들은 시영을 그저 두었다. 어차피 시영은 허기도 갈증도 졸음도 느끼지 않는다 하니 간간이 생존만 확인하면 될 터였다. 양이가 대표로 가서 '괜찮아지면 나오시라.'고 말해두었다. 다행히 시영도 '고맙다.'고 하며 알아들은 티는 내주었다.

월주, 수산, 크님은 기회를 놓치지 않았다. 내기판을 벌였다. 시영이 오늘 나온다, 내일 나온다, 한참 뒤에 나온다, 제각기 주장했다. 어디서 주운 예쁜 돌멩이, 왕눈깔이 달린 괴물 인형, 허리 십팔 인치 미니스커트 같은 희한한 물품을 내걸었다. 양이 눈에 그 셋에겐 내기 보상보다 내기 행위가 중요해 보였다. 그 셋이 한마음 한뜻으로 양이까지 끌어들이는 턱에 양이도 이삿짐을 정리하다 발견한 소라 껍데기 한 상자를 걸고 그 판에 끼었다.

화화는 일상으로 돌아왔다. 양이는 월주, 크닙과 더불어 '진짜 화화'의 산기슭에서 곤충채집을 하거나 땅바닥에 금 긋고 땅따먹기를 하면서 애처럼 놀았다. 도가 매달리는 '공의 도깨비 연구'에도 협조했다. 다만 언제 잠들지 모르는 도를 피해 저녁 여덟 시 무렵만 되면 냉큼 제방으로 달아났다.

※ ※ ※

나흘이 갔다. 양이는 아침을 맞아 사랑채에 들렀다. 시영의 안부를 확인했다. 시영은 그제야 양이에게 알은체를 했다. 양이를 따라 나왔다. 씻고 얌전히 밥을 먹었다. 수산이 후식으로 내온 오미자차로 입술을 축였다. 비로소 말문을 열었다.

"이곳은 꿈이 아닙니다. 사후 세계도 아니군요. 다만 현실입니다. 저만큼이나 기이한 현실."

그렇게 말하는 시영에게선 만 사흘간 쌓인 허기와 피로가 묻어났다. 시영은 몹시 수척했다. 안색이 죽고 피부가 꺼칠했다. 정돈되지 않은 턱과 코밑이 거무스레했다. 그러나 눈이 밝았다.

"처음부터 말했잖아. 여긴 꿈 아냐. 난 귀신 아니고."

도가 답했다. 시영은 짧게 끄덕였다.

"기억납니다. 그러셨죠. 제가 귀담아듣지 않았을 뿐."

시영은 허옇게 일어난 마른 입술을 달싹였다. 도를, 수산을, 크닙을, 월주를, 양이를 보았다.

"하지만 당신들은 저만큼 이상한 인간이거나 인간이 아니십니다. 정신을 차리고 가만히 느끼니 알겠습니다. 당신들에게 얽힌 시간선은 보통 인간과 다릅니다. 심지어 제 아내와도 다릅니다."

"호오, 그걸 느끼나? 얜 어떤데?"

도는 한쪽 눈썹을 들었다. 양이를 턱짓했다.

"글쎄요. 여기 계신 다섯 분 가운데 가장 인간과 비슷하기도 하고 가장 다르기도 합니다. 딱히 이분이 무엇이 어떻다고 설명할 재간은 없습니다. 저는 그저 개체를 관통하는 시간의 다발을 막연히 감지하고 본능으로 다룰 뿐이니까요."

"역시 아무짝에도 쓸모가 없네."

도는 다른 이가 듣기 힘들 만큼 작게 입안말을 삼켰다. 시영에게서 흥미를 거뒀다. 그저 정물을 보는 듯한 시선만 시영에게 남겼다. 시영은 잠시 갸웃했다. 그러나 그리 지체하지 않았다. 말을 이었다.

"그러나 이곳이 현실이라도 제 현실은 아니겠지요. 본능이 그렇게 말합니다. 이곳이 아무리 다정하고 포근해도 여기 머물 수는 없다고, 네가 머물 곳은 저 광활하고 뜨거운 바다라고."

시영은 실로 담담히 도를 마주 보았다.

"전하……."

화화 식구들은 일제히 도의 안색을 살폈다.

도는 딱 잘라 말했다.

"확실히 난, 너 같은 자를 내 울안에 마냥 둘 수 없어. 그건 규칙 위반이지. 내가 그 곤란을 감수할 까닭이 없어."

도가 단호히 선언하자 크님과 월주는 풀이 죽었다. 그러나 무어라토 달지 못했다. 양이를 화화에 두고 지내는 상황만 해도 명백히 인영유별법 위반이었다. 여기서 위법을 더 할 수 없음을 둘도 모르지 않았다. 시영은 어떻게 해도 화화에서 손님일 수밖에 없었다.

시영은 예상했던 만큼 차분히 끄덕였다.

"그래도 이렇듯 저를 기억하고 알아보는 존재가 세상에 또 있군요. 그런 존재는 약콩 양뿐이라고, 제 아내뿐이라고 생각했습니다. 그래서 그녀가 제게 이토록 선명하고 사랑스럽다고, 생각했습니다."

시영은 웃었다. 순남이 자신에게 어떤 존재인지를 알리듯, 웃음은 애달프되 달콤했다.

"아니었네요. 당신들은 저를 알아보는 소중하고 고마운 존재입니다. 하지만 제게 애달픈 존재도 아니요, 절박히 사랑스러운 존재도 아닙니다. 아내는 그러했어요. 그녀가 저와 눈을 마주해준 첫 순간부터."

시영이 짓는 미소는 깊고 따뜻했다. 심장 바닥에서부터 우러나왔다.

"어쩌면 그 순간부터 그녀는 제게 사랑스러웠고, 그래서 저는 희미하게 남은 제 존재의 마지막 한 조각까지 그녀에게 던졌는지도 모릅니다. 그래서 그녀가 저를 알아보았고요."

시영은 말을 멈췄다. 천천히 숨을 골랐다. 깊이 고개 숙였다.

"그동안 보살펴주셔서 감사합니다. 저는 이곳을 떠나려 합니다."

시영이 내는 목소리는 쉬고 지쳤다. 그러나 흔들림 없이 곧았다.

"시영 씨……."

도가 시영을 받아들일 수 없다고 자른 이상 시영에게 더 머무르라고 권할 수 있는 이는 아무도 없었다. 그러나 크닙과 월주, 양이는 하나같이 안타까운 얼굴로 시영을 향했다.

시영은 부드럽게 웃었다. 고요히 청했다.

"하지만 그 전에, 이 이야기를 끝내게 해주십시오. 부디, 끝까지 들어주십시오. 저와, 제가 사랑한 한 여자가 있었다는 증인으로서."

"그건 좋아요. 하지만 왜 아내를 찾아가지 않아요?"

"그 누나, 아저씨를 무지 애타게 찾았단 말이에요."

"그러니까요. 그 여자분 닭까지 잡으려고 하고 난리이셨어요. 시영 씨를 그렇게 간절히 찾고 걱정하시는데 그냥 아내분에게 돌아가시면 안 돼요? 왜 다 끝낼 사람처럼 말씀하세요?"

시영은 말없이 화화 일동을 보았다. 기쁨도 슬픔도 아닌 얼굴로 마냥 보았다. 침묵 속에서 말을 골랐다. 한참, 아주 한참 후에야 무겁게 입을 열었다.

"저는 그녀 곁에 있어선 안 될 사람입니다."

※※※

우리는, 저와 제 아내는 행복합니다. 우리에게 불행은 한 가지도, 아주 작은 한 가지도 없고 우리는 서로를 더없이 아끼며 살아갑니다. 아내는 제가 좋아하는 음식을 한 상 가득 차려내는 일을, 그 상에 올릴 쌈채며 방울토마토를 길러내는 일을 기쁨으로 삼고, 저는 아내의 왼손 약지 손톱이 얼마나 예쁘게 둥근지, 아내의 눈동자 테두리가 얼마나 선명히 까만지, 아내의 앙증맞은 밤볼이 그 얼굴에 웃음이 떠오를 때마다 얼마나 탐스럽게 솟는지, 그러한 것들을 알아내며 날마다 점점 더 아내를 사랑하게 됩니다. 그렇게 우리는 더없이 온전합니다. 아주 작은 불행이나 가장 조그마한 슬픔조차 없이.

결혼을 하고 몇 년이 흐릅니다. 어느 날 아침, 아내가 자세를 바로하고 안색을 가다듬습니다.

"아자씨를 만나고는 행복한 일밖에는 없었네유. 아자씨는 제게 선물 같은 분이어유. 고맙구만유."

"무슨 말씀을. 당신이야말로 내게 선물이에요."

저는 뺨을 붉히며 진심으로 답합니다. 사랑스러운 아내를 마냥 바라봅니다. 그러면 아내는 저보다 더 붉어지며 몸을 꼬고 웃습니다.

그러나 그날 아내는 수저도 내려놓고 두 손을 무릎에 놓습니다. 뺨이 굳어 얼굴에 웃음기 한 점 없습니다. 저는 웃음을 잃어갑니다. 눈치 봅니다. 그런 제게 아내가 말합니다.

"아녀유. 아자씨가 제게 혀주신 일이 훨씬 많구만유. 아자씨를 만나 제가 월마나 행복헌지 몰라유. 희한헐 만큼 행복혀유. 사실 아자씨 만나기 전까정 저는 지갑두 잘 잊어먹고 만냥 덤벙대서 발목두 잘 삐고 접시도 잘 깨고 손도 잘 베고 새 옷 입으믄 짐치국물 묻히는 지지배였는디 그런 일까정 한번 읍시 솔찬히 좋은 일로만 매 순간이 가득 찼구만유. 아자씨 만나고 난 뒤로 말여유."

"나도 그래요. 당신 만나고는 행복한 일밖에 없었어요. 우리, 밥 마저 먹을까요?"

저는 뭔지 모를 희미한 불안을 느낍니다. 아내가 하는 말을 끊고 싶습니다. 수저를 듭니다.

그러나 아내는 수저에 손댈 생각조차 하지 않습니다. 입술을 꾹 깨물더니 딱딱한 목소리로 말문을 엽니다.

"이상헌 얘기 하나 할께유. 들어주셔유."

"……그래요."

저는 떨떠름히 침묵한 끝에 끄덕입니다. 허리를 펴고 아내를 봅니다. 아내가 이야기를 잇습니다.

"저는 어렸을 때 이상헌 애라는 소리를 만이 들었어유. 환상을 만날 겪었거든유. 길에, 다른 세상이 접쳐 보이기두 허고 이상헌 소리를 듣기두 허고. 전 그게 이상헌 일인지두 몰랐어유. 남들도 다 그런 줄 알았쥬. 짜끔 자라고 알았어유. 그게 신기라는 거. 외할매까정 우리 외가가 오 대째 대무당 집안이래유. 우리 할매가 다른 할매와 영 다른 까닭이 노망나서가 아니라 신 받아서래유. 으쨌든 워느 순간부터 환상은 덜 보게 됐어유. 대신 꿈을 많이 꾸게 됐쥬. 그 꿈은 굉장히, 겁나게 잘 맞았어유. 읍내 장에 불나는 일도 맞았구 이웃집 소가 머리 둘 달린 송아지 낳는 일도 맞았구 여러모로 늘 맞았어유. 허도 노상 꿈을 꾸고 그게 열에 아홉은 맞으니 저는 꿈과 현실을 작꾸 헷갈렸어유. 미친 애라 말 듣고 지랄병 옮는다고 하도 놀림받아서 도저히 핵고에 적응을 못 혀서 초등핵고도 다 못 다녔어유. 검정고시 봤쥬."

"그게 왜 중요하죠? 지난 일이고, 우리와는 상관없잖아요."

저는 평소에 아내가 무슨 말을 어떻게 한들 열심히 듣습니다. 그러나 그날은 듣고 싶지 않습니다. 날카롭게 말을 끊습니다.

아내는 고개를 젓습니다. 확고히 말합니다.

"상관 있어유. 뜬금없어도 기냥 들어유."

저는 남몰래 한숨짓습니다. 마지못해 수긍합니다. 아내가 하는 말을 잠자코, 얌전히 듣습니다.

"그럼 계속헐께유. 제가 그렇게 잘 맞는 꿈을 노상 꿨는디, 그런디, 아자씨 만나 결혼허고는 꿈이 바뀌었어유. 일어날 일도 꾸지만 그보다 꿈속의 제가 오늘을 무척 여러 번 사는구만유. 굉장히 이상헌 방식으로유."

아내는 동글동글 귀엽던 얼굴이 온통 뻣뻣합니다. 숨을 파르르 쉬고 말을 잇습니다.

"그 꿈속에서 저는 오늘을 살다 잠을 자고 꿈속의 꿈을 꿔유. 그 꿈속의 꿈에서 저는 또 오늘을 살다 잠을 자고 꿈속의 꿈속의 꿈을 꿔유. 그 꿈속의 꿈속의 꿈에서 저는 또 오늘을 살고……. 그렇게 무수히 첩첩한 꿈속의 꿈에서 저는 '오늘'을 무수히 살아유. 그건 아주 이상헌 기분이어유. 승강기에 갇히어 마주 붙은 거울의 덫에 걸린 채 무한히 되비치며 소실되어가는 아이……. 제가 그런 아이가 된 것 같아유. 저는 그렇게 꿈속의 꿈속의 꿈속의 꿈에서 무한히 하루를, 한 주를, 한 달을, 일 년을 되풀이혀서 살아유. 한 장면, 한 장면이 징그럽게 생생혀서 저는 점점 무엇이 현실인지 헷갈려유."

"순남 씨, 제발……."

저는 숨이 턱 막힙니다. 머리가 어찔합니다. 듣고 있기가 점점 힘듭니다. 도리질 치며 가슴을 쥐어뜯습니다. 아내를 멈추고 싶습니다. 그러나 아내는 굳게 결심한 듯 결코 멈추지 않습니다.

"이 꿈이 대체 무얼까, 지금도 생각허지만 꿈속에서두 꿈속의 꿈속에서두 생각혔어유. 그러다 문득, 아주 문득, 이 꿈이, 제가 봤던 환상이, '어딘가에서 벌어진 실제 일은 아니었을까?' 허는 생각이 들었구만유."

"아아⋯⋯."

저는 신음합니다. 아내는 핏기 한 점 없습니다. 그래도 단호히 말합니다.

"아자씨는 몰르것지만 아자씨와 함께 살믄서 저는 늘 비슷한 꿈을 꿔유. 꿈속에서 저는 실수허고 아자씨와 싸우고 끔찍헌 사고를 당혀서 죽기두 혀유. 얼굴엔 주름살이 늘고 똥배도 점점 나와유. 그런디 그렇게 되믄, 혹은, 제가 슬퍼하거나 노여워하거나 다치거나 새 옷을 더럽히거나 더 못생겨지거나 늘그믄, 아자씨는 항시 사라져유. 사라지구 또 사라지구 또, 또 사라지구⋯⋯. 저는 하룻저녁에 똑같은 아침을 서른 번 맞은 적두 있어유. 제 마암에 쏙 들던 새 옷에 짐치국물이 안 튈 때까정. 그래서⋯⋯."

아내는 숨을 멈춥니다. "하아⋯⋯." 떨리는 한숨을 한바탕 내쉽니다.

"저는 아자씨가 시간을 거스를 수 있는 분은 아닐까, 생각혔어유."

저는 웁니다. 그러나 아내는 평소와 다릅니다. 저를 달래지 않습니다. 확고히, 도저히 제가 멈출 수 없는 굳은 의지로 말을 잇습니다.

"말도 안 디는 소린 거 저도 아는디, 미친 소린 거 저도 아는디, 허지만 이 미친 소리가 사실이라는 생각에서 벗어날 수가 읎구만유. 더는, 더는 말허지 안고 버틸 수가 읎어졌어유. 왜냐믄⋯⋯."

아내도 저처럼 웁니다. 좀처럼 붉어진 티가 나지 않는 까만 피부가, 눈가가, 슬픔으로 붉게 물듭니다.

"왜냐믄, 너무나 슬프게도, 아자씨는 만냥 웃구 있지만 만냥 지쳐 보이고 늘상 행복허다 말허지만 늘상 두려워 보이고 언제나 저를 반드시 행복허게 혀주겠다고 입버릇처럼 말허지만 아자씨 자신은 도통 행복혀 보이지가 않아유.”

저는 아무 말도 할 수 없습니다. 그런 제게 아내가 목이 메어 덧붙입니다.

“아자씨, 물을게유. 아자씨는 누구셔유? 아자씨와 저는 오늘을, 아니, 지금 이 순간을 몇 번째 살고 있나유? 아자씨가 살아왔던 시간 속에 늘근 제가 있긴 한가유? 저는 왜 아자씨와 사소한 일로 싸울 수도 읍고 늘근 아자씨를 볼 수도 읍고 접시를 깨트릴 수도 읍고 못보다 아자씨를 위로헐 수도 읍슬까유?”

그렇게, 그날 제 아침에는 똑같은 질문이 스물여덟 번째 되풀이됩니다.

✳·✳·✳

아무도 말하지 못했다. 쉽사리 말할 수 없었다. 먹먹한 묵언이 선택할 수 있는 전부였다. 월주와, 크닙, 수산은 훌쩍였지만 양이는 그조차 못했다. 한숨을 뱉지도 삼키지도 못하고 시영에게서 고개 돌렸다. 천장만 보았다. 이제야 알았다. 어느 순간부터 줄곧 들던 위화감이 무엇이었는지, 비로소 깨달았다.

완벽한 행복 따위 있을 수 없었다. ‘아주 작은 불행이나 가장 조그마한 슬픔조차 없는’ 온전한 나날은 천국의 일이었다. 하루에도 다섯 번씩 넘어지던 여자가 결혼하고 몇 년간 한 번도 넘어지지 않을 정도로 온전한 나날 따위, 정상이라면 불가능했다.

‘돌이킨다.’는 표현을 입에 담을 때마다, 시영은 파랗게 질렸다. 순남과 함께 살며, 시영은 매 순간순간을 얼마나 돌이켰을까? 양이는 상상만으로도 진저리가 났다. '행복하고 고마웠다.'고, 순남은 말했다. 순남은 진정 행복했을까? 양이는 판단할 수 없었다. 순남이 시영에게 남겼다던 물음이 머릿속을 무수히 맴돌았다.

「아자씨가 살아왔던 시간 속에 늘근 제가 있긴 한가유?」

시영이 사는 시간 속에는 늙은 순남이 존재할까? 양이는 토기가 일었다. 그저 짐작이고 가정이지만, 시영은 변하지 못하므로 순남과 같이 늙어갈 수 없고 그러니 순남이 변하지 않는 자신을 지나치게 이상히 여기지 못하도록 일정한 시간만을 무수히 쳇바퀴 돌 수밖에 없었을지도 몰랐다. 정말로 그랬다면, 순남에게 미래란 존재할까? 그들과 같은 지구에 사는 양이 자신에게는?

"아내가 묻던 순간……."

시영은 지극히 광대처럼 굴고 지질히 울어대었었다. 그러나 이제 차분했다. 더는 이목을 끌거나 제 슬픔을 외쳐볼 까닭도 힘도 뜻도 없었다.

"'당신은 대체 누구냐?'고 '당신이 사는 시간 속에 늙은 제가 있긴 하느냐?'고 묻던 순간에, 저는 생각했습니다. '뭐가 잘못됐지? 어디로, 어느 시점으로 돌아가야 아내가 눈치채지 못하지?', '아냐. 나는 이미 알았어. 반복되는 세월 속에서 아내는 점점 혼란스러워했잖아. 벌써 알고 있었어. 아내는 평범한 사람이 아니야. 횡설수설하는 일이 부쩍 많아졌잖아. 빠르게 망가져갔잖아. 내게 얽혀, 내게 강제로 붙들려, 줄곧 시간 속에 갇힌 채 현재를 배신했으니까. 나는, 내가 망가졌

듯 끝내 아내마저 망가트릴 거야. 나는 아내를 완벽하게 행복하게 해주고 싶었는데, 그것밖에 해줄 수 있는 일이 없다고 생각했는데, 내가 아내를 불행하게 했어. 돌아가자. 아내를 만나기 전으로, 가장 처음으로…….'"

"안 돼. 안 돼요. 그럼 다 없던 일이 되잖아요. 아내분을 그렇게 사랑하시는데, 그게 다 없던 일이 되잖아요."

"아저씨 너무 불쌍해요. 왜, 왜 그렇게까지……."

월주는 도리질 치며 울었다. 크닙이 거들었다.

그러나 시영은 확고했다.

"아내를 저처럼 만들 수는 없으니까요. 아내를 미치게 만들 수는 없으니까요. 보고 겪으셨지 않습니까? 저의 정신은 이미 해어져 기울 수도 없습니다. 저는 고독이 습격하면 아내를 만나기 전으로 퇴행하여 두려움에 정신이 마비되고 일 초 남짓한 관심을 갈구하며 광대놀음을 합니다. 아내와 살며 저는 점차 안정을 되찾았지만 그래도 제가 아내와 살며 시간을 열 번 돌렸다면 그 가운데 적어도 한 번은 균형 잡지 못하는 저의 정신 탓에 벌어진 바보 같은 순간을 없애려 함이었습니다. 죄 없이 착한 아내를 저처럼 미치게 할 수는 없습니다. 제게는 한없이 소중한 그녀를 저처럼 자신이 미쳐간다는 공포 속으로 밀어 넣을 수는 없습니다."

시영은 그렇게 말했다. 스스로 거듭 다짐하듯 고개를 끄덕였다.

"그래서 집을 나왔습니다. 시간을 돌이키려 했습니다. 제가 아내를 사랑하던 순간이, 아내가 저를 사랑해주던 순간이, 영원히 사라지더라도 그러려 했습니다. 그러나 그게 해결책이 아니라는 사실을 깨달았습니다. 아내는 보통 사람이 아니니까요. 아내는 시간을 돌이키는 능력은 없으나 꿈과 육감으로 미래를, 과거를, 시간에 난 균열을 보는 존재였습니다. 그랬기에 그 어떤 시간에도 머무르지 못하는 저라는 존재를 알아보았죠. 그랬기에 저를 가까이하자 남과 다른 혼란에 빠져 빠르게 정신이 무너졌습니다."

"으아아아앙!"

"으앙!"

크닙과 월주는 목놓아 울음을 터트렸다. 시영은 통곡하는 크닙과 월주, 훌쩍이는 수산에게 미소했다. 체념 어린 부드러운 음색으로 말을 이었다.

"제가 저에게서든 아내에게서든 누구에게서든, 시간을 되돌려 아내에게서 그 모든 일을 없던 일로 해줄 수 있다면 저는 기꺼이 그리했을 것입니다. 그러나 그건 아니 될 일이었습니다. 제가 한 번 더 시간을 돌이키면 아내는 한 번 더 정신 어딘가가 무너져 내리겠지요. 그래서 저는 제 재산 대부분을 아내 명의로 돌렸습니다. 두 번 다시 아내를 보지 않겠노라 다짐했습니다. 집을 떠났지요."

시영은 도에게 시선을 옮겼다. 며칠 전, 비 내리던 명동을 떠올렸다. 자신에게 다가와 퉁명스레 굴던 도를, 그러나 자신을 알아봐주고 구해주던 도의 첫 모습을 떠올렸다. 무심한 도를 향해 흐릿하게 웃었다.

"저는, 정처 없이 떠돌았습니다. 한동안 아내를 완벽히 행복하게 해주는 일만을 생각하며 살았는데 아내를 떠나니 무엇을 해야 할지 알 수 없었습니다. 넋 놓고 지냈지요. 그러다 여기 사장님을 만났고, 여러분을 만났습니다."

"그래서 여기를 나서면 어쩔 셈이지? 자포자기한 태도인데 죽기라도 할 텐가?"

도는 툭 던지듯 물었다.

"헉!"

"무슨 말씀을 그렇게……!"

"사장니임……."

크닙과 월주, 양이는 일제히 정색했다. 냉혈한 보듯 도를 보았다. 그런 일동에게 도는 냉정히 코웃음 쳤다.

"비록 이자가 수없이 시간을 되돌렸으나 나는 이자가 욕심이 많거나 무도하여 그랬다고는 말 안 해. 그러나 이자가 무지(無智)로써 무수히 시간을 되돌리며 이 우주에 얼마만큼 폭력을 가했는지 조금이라도 느낄 수 있다면 너희 가운데 누구도 이자를 옹호하지 못해. 이자의 무지도, 이자가 감당할 수 없던 타고난 힘도 딱하니 나는 이자를 비난하거나 처벌하지 않아. 그러나 딱 거기까지가 내가 이자에게 너그러워질 수 있는 한계야."

"윽……."

일동 가운데 누구도 도만 한 안목이 없으니 선뜻 그 말에 반박할 수 없었다. 다들 불만스러운 표정만 지을 뿐 꿀 먹은 벙어리가 되었다.

"그렇습니까."

그러나 시영은 아무 불만도 원망도 없었다. 단지 끄덕였다. 물었다.

"'죽기라도 할 테냐?'고 물으셨지요? 자살……. 제가 안 해보았겠습니까?"

시영은 그 말마저 담담히 했다.

"인간이 상상할 수 있는 온갖 수단을 시도했습니다. 그러나 변화를 허락하지 않는 제 몸은 그 어떤 죽음도 허락하지 않더군요. 제게 변할 수 있는 부분이란 하루가 다르게 무너져가는 이 정신뿐인가 봅니다.”

“흠.”

도는 기실 ‘흠.’ 하고 콧숨을 쉬는지 ‘흥.’ 하고 코웃음을 치는지 듣기에 모호한 소리를 냈다. 품에 안은 양이의 뺨을 조몰락대며 양이에게 물었다.

“김 양이 불쌍하다고 해서 구했어. 김 양이 돕자고 해서 주웠고. 이제 사연은 들었어. 어쩔래?”

“며칠간 베풀어주신 온정으로도 충분합니다. 저는 인사드리고 떠나겠습니다. 제 발이 그녀를 쉬이 찾아들지 않도록 아예 외국으로 가는 편이 좋겠죠.”

시영이 먼저 답했다. 양이는 그런 시영을 보았다. 연이어 도를 보았다. 얼떨떨히 눈을 끔벅였다. 도는 처음부터 시영을 무시하고 싫어했다. 그런 기색을 숨기지도 않았다. 그런데도 양이가 시영을 불쌍해하며 돕고 싶어 하자 그 뜻에 따랐다. 지금도 시영을 화화에 두지 않겠다고 단언하면서도 양이가 무언가 원하면 해줄 태도로 의사를 물었다. 월주, 크닙, 수산도 그런 기색을 읽었다. 일제히 양이에게 눈빛을 쏘았다. 양이는 머리를 긁적였다.

“어……. 그게 말이죠…….”

양이는 시영을 보았다. 그 수척한 뺨과 까칠한 피부와 깔끔치 못한 낯을 보았다. 시영과 눈을 마주했다.

“저기, 시영 씨.”

“네.”

“시영 씨는 죽지 못하신다고요?”

“그렇습니다.”

시영은 끄덕였다. 양이는 거의 답을 기다리지 않은 속도로 말을 이었다.

"시영 씨는 시간선에서 쫓겨나 존재감도 없고 나이도 먹지 않고 배고프지도 졸리지도 않고 손톱도 머리카락도 자라지 않는다고, 아무것도 변하지 않는다고 하셨죠? 그러니 아내인 순남 씨와 오래도록 같이 살 수도 없으셨을 테고요."

시영은 다시 끄덕였다. 양이는 이어 말했다.

"저는 사실 처음엔, 시영 씨를 알아보지 못했어요. 여기 사장님이 무언가를 해주셔서 사장님 힘으로 시영 씨를 알아봤죠. 언제고 사장님이 그 힘을 거두셨다면 저는 시영 씨를 알아보지 못했을 거예요. 시영 씨 말씀대로라면 이 초도 안 되어 시영 씨를 새카맣게 잊었겠죠."

"그렇습니까. 역시 이분은 제가 아는 궤도를 벗어난 존재이신가 봅니다."

도는 부인하지 않았고 양이는 거기에 부연할 자격이 없었으므로 잠시 침묵했다. 머뭇대며 말을 이었다.

"그런데요, 지금은 뭐, 사장님이 힘을 거두신대도 시영 씨를 알아볼 수 있을 것 같아요."

"호오?"

도는 묘하게 웃었다. 양이의 머리를 쓰다듬었다. 수산, 월주, 크닙, 그리고 시영도 흥미로운 표정으로 양이를 향했다.

양이는 자신이 제대로 말하고 있는지 조심스러웠다. 그러나 용기 내어 뒤를 붙였다.

"그 생각을 언제부터 했냐면, 어, 나흘 전에요, 그녀가, 순남 씨가 당신을 찾으러 왔잖아요. 당신은 못 봤지만 순남 씨, 파랬어요. 떨다가 칼 든 손이 미끄러지지나 않을까 걱정스럽도록 부들부들 떨었어요. 그렇게나 겁에 질렸는데, 그러면서도 여기 이렇게 커다란 수산 씨가 덜덜 떨 만큼 식칼을 치켜들고 닭 모가지 붙들고 기세등등하게 우리 모두를 협박했어요. 얼마나 씩씩하고 용감무쌍하던지, 당신을 힘들게 하는 우주의 대법칙이 있다면 징징 울면서도 식칼로 도륙 낼 기세였다니까요?"

양이는 순남을 떠올렸다. 피식 웃었다. 수산은 민망해했다. 그러면서도 배시시 웃었다. 고개를 끄덕여 양이가 한 말에 동의했다.

"그러니까 제 말은요……."

양이는 깊이 숨을 들이쉬었다. 어깨를 한껏 들어올렸다가 툭, 털었다. 시영을 똑바로 보았다.

"시영 씨, 그거 아세요? 당신, 수염이 자랐어요."

"어!"

"우와!"

"어……."

시영은 몹시 당황했다. 양이에게 시선을 붙박은 채 두 손을 들어 제 턱을, 코 밑을, 뺨을 더듬었다. 그 꺼끌꺼끌하고 야윈, 낯선 감촉을 느꼈다. 손끝을 바르르 떨었다. 눈가를 빨갛게 물들였다.

도는 웃었다. 비웃음 아닌 진심 어린 미소를 지었다. 정답을 맞힌 양이를 칭찬하듯 그 머리칼을 쓰다듬었다. 양이의 귓가에 속삭였다.

"그래, 계속해."

양이는 그 말에 힘을 얻었다. 주제넘은 듯해 망설이던 말을 단단히 덧붙였다.

"어쩌면 말이죠, 그녀는 닻이 된 거예요. 당신이 이 시간에, 자기 곁에 정착할 수 있도록. 그러니 부디, 그녀와 함께한 오늘에서 도망하지 마세요. 당신이 좀 슬프더라도 그녀가 좀 슬프더라도, 그 오늘을 되돌리지 마세요. 본래 완벽히 행복한 나날이란 좀처럼 없는 법이니까. 예쁜 새 신으로 개똥을 밟더라도, 되돌리기보단 곁에서 위로하고 신발을 대신 빨아주면 되지 않을까요?"

정체는 밝혀졌다

몇 걸음 밖이 대도시 주택가라고는 믿기지 않을 선경이었다. 하늘이 아찔히 높았다. 별이 소금처럼 반짝이며 알알이 맺혔다. 산에서 산바람이 밤 풀 향기를 싣고 선들선들 게을리 굴러왔다. 여름밤 풀벌레 소리가 바람보다는 분주히 공기를 데굴데굴 굴렸다. 돌판 위에서 삼겹살과 김치, 묵이 자글자글 익었다.

양이는 상추에 겨자잎, 고기, 된장, 마늘, 김치, 밥을 올려 똘똘 말았다. 그 쌈을 들고 심각하게 웅얼댔다.

"우웅……. 저 여기 입주하고 며칠 동안 무지막지하게 뛰어다녔거든요? 사실 월주 언니랑 크님이 오고는 발바닥에 땀나게 놀았어요. 둘이 아주 몸살 나게 절 돌렸잖아요. 근데 일 킬로그램이나 쪘어요. 이게 말이 돼요?"

"말이 되지. 너 진짜 소같이 먹어."

월주가 한 푼 망설임도 없이 돌직구를 날렸다. 크님은 한술 더 떴다.

"돼지 같아."

"아, 쫌! 위로해달라고요."

양이가 찡얼댔다. 도는 키득키득 웃으며 양이를 뒤에서 끌어안았다. 양이의 오른뺨을 살짝 꼬집어 흔들었다.

"괜찮아. 난 이 찐빵이 마음에 들어."

"흐엥. 다들 나빠요. 맛있는 고기를 구워주는 수산 씨만 빼고."

"와아, 전 빼주는 거예요? 고마워요."

양이는 말만 찡얼댔을 뿐 씩씩하게 초대형 쌈을 입에 밀어 넣었다.

"괜찮아. 먹는 양 이상으로 끌고 다녀줄게. 자, 먹을 때는 몸무게 고민하는 거 아니야. 요것도 마셔. 고기만 먹으면 목메."

월주는 소주에 맥주를 말았다. 거품이 잔에서 구 할이 넘는, 자태가 출중한 폭탄주를 뚝딱 만들었다.

"와! 언니 어쩜 이렇게 만들어요? 저 이미 석 잔이나 마셨는데 이런 명작을 주면 안 받을 수가 없잖아."

"훗. 하나같이 잘 놀고 잘 마시고 잘 먹기로 유명한 우리 고향에서도 나만큼 맛깔나게 술 따르는 인재가 없지. 나는 태어나기 전부터 술에 일가견이 있었거든. 내가 바로 삼계에서 제일가는 폭탄주 장인이라고!"

"와아!"

"인정!"

월주가 턱을 치켜들며 비단 같은 머리칼을 목 뒤로 착 넘겼다. 크닙과 수산, 양이가 열렬히 박수 치며 호응했다.

"저게 왜 스트라이크야! 심판은 동태냐!"

도는 폭탄주보다 야구에 관심이 있었다. 정원까지 끌어낸 티브이에서 나오는 야구 중계에 열을 올렸다. 젓가락을 탕 내려놓았다.

"전하, 좀 드시면서 보세요. 배고프면 자꾸 포악해진다고요."

월주는 어느 틈에 도 옆에 찰싹 달라붙었다. 구운 묵에 김치를 올려 도에게 가져갔다. 도는 순순히 입을 벌렸고 입안에 들어온 묵을 우물 우물 씹어 넘겼다.

"맛있어……."

도는 표정이 사르르 녹았다. 뺨이 발그레해지고 눈동자가 확장되어 몽롱했다. 월주가 끄덕였다.

"그렇죠? 역시 메밀묵은 어떻게 해도 맛있어요. 생으로도 맛있고 구워도 맛있고 무쳐도 맛있고 오이를 싸 먹어도 맛있고. 단언컨대 세상에서 가장 완벽한 음식이죠."

"으응."

도는 열심히 끄덕였다. 심판 판정에 품었던 불만도 어느새 잊었다. 행복해하며 오른손 집게손가락을 까딱 퉁겼다. 그 동작으로 구운 메밀묵 접시를 제 앞으로 가져왔다. 메밀묵 한 조각을 젓가락으로 집었다. 생긋 웃으며 양이에게 건넸다.

"찐빵도 먹어. 맛있어."

"에……."

양이는 움찔했다. 그러나 도가 워낙 선뜻 권한 터라 이 일을 그리 대수롭지 않게 여겼다. 얌전히 입을 벌렸다. 태어나 처음으로 구운 묵을 먹어보며 그 맛에 끄덕였다.

'음, 어쩐지 다들 메밀을 좋아하네. 특히 묵을.'

화화에서는 매끼 메밀 요리가 나왔다. 메밀묵, 메밀 쌈, 메밀차, 메밀국수, 메밀 전병, 메밀묵 무침, 메밀 수제비, 메밀 피자, 기타 메밀. 양이는 세상에 메밀 요리가 이렇게나 많다는 사실을 화화에 오고 나서야 알게 되었다. 그렇게 매일 메밀을 먹어도 화화에서 나오는 음식은 하나같이 입에서 살살 녹았기에 질리지 않았다. 더욱이 양이도 어려서부터 메밀묵을 좋아했다. 자취할 때도 김치와 메밀묵만 있으면 만족스럽게 식사할 수 있었다.

"맛있지?"

"으으응."

양이는 메밀묵을 입에 넣은 채 열심히 끄덕였다.

도는 뿌듯한 표정으로 양이를 바라보았다. 내친김에 양이를 들어다 제 무릎에 앉혔다. 티브이로 고개를 되돌렸다.

"에잇, 염병할 병살 병신! 죽으려면 혼자 곱게 죽어랏!"

그러나 도는 이내 분개했다. 이는 사실 저녁 여섯 시 반이 넘으면 화화에서 늘 벌어지는 일이었다. 도가 혼자 야구를 보고 분노하고 환호한다. 수산도 그 일에 종종 동참했다. 수산은 주로 잡일을 하느라 야구를 잘 보지 못했지만.

"왜요? 왜 한 번 쳤는데 둘이 죽어요?"

양이는 도의 가슴에 등을 기댄 채 화면을 보았다. 티브이에서 되풀이되는 병살 장면을 보며 고개를 갸웃했다.

"응? 야구 몰라? 저 연봉 도둑놈이 내야 땅볼을 쳤잖아. 그래서 상대 삼루수가 공을 잡아 이루로 보내고 공을 받은 이루수가 또 일루로 보냈잖아. 우리 팀 주자가 각각 이루와 일루에 도착하기 전에. 그러면 둘 다 아웃이야. 공보다 선수가 먼저 저 하얀 판을 밟아야 하거든."

"어……."

도는 열심히 설명했지만 양이는 반도 알아듣지 못했다. 그저 닭 물먹듯 들어넘겼다.

"몇 번 죽어야 사장님 응원팀이 투수하는데요?"

"세 번. 그런데 이번엔 쉽게 안 죽어. 왜냐면 지금 타석에 들어선 놈은 주자 없을 때는 귀신같이 치거든. 주자 있을 때는 절대 못 치지만. 그러니까 안타 치고 출루할 거야. 저거 봐! 쳤잖아!"

"와아."

"옹, 저거 재밌어 보여요! 저거 뭐에요?"

밥상 너머에서 설명 듣던 크님이 눈을 반짝였다. 크님은 폴짝 뛰어 도 옆에 착 붙었다. 티브이를 빤히 들여다보았다.

"야구. 재밌어. 요즘 인간계에서 제일 인기 좋은 놀이야."

수산이 답했다. 수산은 불판에 불을 끄고 평상으로 올라왔다.

"재밌겠다! 저도 해보고 싶어요! 공 휙 던지고 딱 치면 되는 놀이에요?"

월주도 초대형 쌈을 싸서 도 옆으로 돌아왔다. 도에게 초대형 쌈을 넣어주며 꼬리를 붙였다.

"조만간 해보자. 나랑 전하는 종종 캐치볼 해. 야구공 던지고 받는 놀이. 분신술 써서 제대로 경기할 때도 있어. 저 뒤에 야구장 만들었거든."

수산은 도 뒤쪽으로 왔다. 고기도 구울 만큼 구웠으니 편히 야구를 볼 태세로 자리를 깔았다. 월주가 금세 다가붙어 수산에게 술을 콸콸 따랐다.

"두 분이 하실 때 저도 꼭 끼워주세요. 우선 오라버니 일 잔 하세요."

"고마워."

수산은 헤헤 웃으며 소맥을 들이켰다. 도 옆에 붙어 앉은 크님이 "저도 끼워주세요, 형님!" 하고 외쳤다.

"사장님, 야구도 직접 하시는구나. 분신술이라니……."

양이는 넋 놓고 화면을 보며 마냥 끄덕거렸다.

도는 피식 웃었다. 양이 머리칼을 쓰다듬었다. 입에 든 쌈을 부지런히 씹어 삼키고 입을 열었다.

"운동경기 즐겨 봐?"

"음……. 축구는 봐요. 월드컵 하면 한 경기는 광화문 나가는 정도? 사실 잘 모르는데 응원이 재밌어서요."

"호오. 나랑 같이 야구장 갈래? 응원 단상 쪽에 앉으면 실컷 소리지르고 노래 부르고 응원할 수 있어. 선수마다 응원가가 따로 있어서 타석에 들어설 때마다 그 노래 부르면서 저기 보이는 하얀 막대기 흔들어."

도는 응원팀 타자가 헛스윙 삼진을 당하는데도 동요하지 않고 부드럽게 양이를 꼬드겼다. 양이는 혹하여 눈을 동그랗게 떴다.

"오, 재밌겠다!"

"전하! 그럼 저도, 읍, 으읍……!"

크닙이 두 팔을 번쩍 들며 외치다가 어느 틈에 다가온 월주에게 입을 틀어막힌 채 질질 뒤로 끌려갔다. 월주는 양이에게 들키지 않게 낮게 재빨리 속삭였다.

"눈치 없긴! 넌 나랑 가."

그러나 월주가 미처 수비하지 못한 한 명이 있었다. 수산이 낄낄 웃으며 초를 쳤다.

"낄낄. 양이 씨, 같이 가지 마요. 사장님이랑 같이 가서 응원가 들어드리려면 죽을 맛이에요. 우리 사장님 심각한 음치시거든요. 근데 목청이 되게 좋아서 민폐의 끝이세요, 끝! 같이 가면 쪽팔려서 얼굴도 못 들걸요?"

도는 싸늘히 굳었다. 오른팔을 왼팔 소맷부리에 넣는가 싶더니 어깨 뒤로 팩 휘둘렀다.

"으악!"

도의 손에서 무언가가 총알처럼 쏘아졌다. 수산이 비명 지르며 두 팔을 들었다. 황금빛이 번뜩였다. 쾅! 폭탄 터지는 소리가 났다. 무언가가 수산의 팔뚝에 부딪히며 떨어졌다. 도의 팔이 한 번 더 움직였다. 수산이 한 번 더 비명 질렀다.

"으아아악!"

수산은 이 차 공격을 막지 못했다. 무언가에 후려맞아 공중돌기하며 정자에서 튕겨 나갔다. 저 멀리 기암괴석까지 날아가더니 그 큰 덩치가 믿기지 않을 만큼 날렵히 돌았다. 뾰족 솟은 작은 바위 끝에 한 발로 착지했다.

"내가 요즘 널 너무 풀어줬지? 아주 막 나간다? 이걸 마저 던져 말아?"

도는 접힌 부채를 오른손 검지와 중지에 끼고 뱅글뱅글 돌렸다. 수산을 노려보았다.

수산은 두 팔을 머리 위로 번쩍 들었다. 전격 항복했다.

"자, 잘못했어요. 막아도 맞아도 되게 아파요. 좀 봐주세요."

"흥!"

도는 코웃음 치며 손을 탁 털었다. 도의 손가락 사이에 걸렸던 부채가 흔적도 없이 증발했다.

"헤에……. 사장님 음치시구나. 아야야야야. 아파요오오오오."

양이는 정자 바닥에 떨어진 곰방대를 보며 중얼거렸다. 도가 볼을 꼬집어 흔들자 비명 지르며 찡얼댔다.

"나 음치 아니야. 우리나라에서는 잘하는 축에 속해. 우선 월주보다 잘할걸?"

도는 양이의 뺨을 놓으며 항변했다.

"까르륵! 말이 되는 말씀을 하세요. 전 태어나기 전부터 음률을 알던 여자거든요?"

이번만큼은 월주도 도를 편들지 않았다. 월주는 소리 높여 웃었다. 확실히, 음치라고는 생각할 수 없는 영롱한 음색이었다. 도는 굴하지 않았다. 고집스레 되풀이했다.

"어쨌든 나 음치 아니야. 야구장 민폐라니, 절대 아냐!"

'헤에, 격렬히 부인하시는 모습이 진짜 음치이신가 본데?'

양이는 얼얼한 뺨을 벅벅 문지르며 생각했다. 고개를 옆으로 돌려 도를 보았다. 슬쩍 물었다.

"혹시, 씨름 좋아하세요?"

즉각 열띤 반응이 돌아왔다.

"응! 응응응! 나 좋아해! 씨름 좋아해!"

"씨름 하면 도월주지! 밭다리걸기의 여왕!"

"그깟 자잘한 잔기술 따위! 씨름은 역시 호쾌한 뒤집기라고! 요래요래 딱 들어가서 몸을 낮추고! 머리로 요 옆구리를 밀어주면서 이렇게 샅바를 힘 따라 당겨서 요렇게 비틀어서 휙!"

"푸하핫! 도크님! 네가 언제 그런 고급 기술을 썼다고? 너 완전 약한 모습 내가 다 봤거든? 지난 정월 보름 씨름 대회에서 예선 탈락했잖아! 까르륵!"

"씨이! 너어! 그건 너희가 너무 무식하게 힘만 세서 그렇지! 기술로

만 해봐 기술로만! 내가 왜 지나!"

크닙이 발을 구르며 분해했다. 그러나 월주에겐 씨알도 먹히지 않았다. 바위 위에서 내려온 수산이 가슴을 탕탕 치며 정자로 올라왔다.

"씨름 하면 저 도수산이에요! 제가 요즘은 전하 모시느라 여기 나와 있어서 그렇지, 고향 씨름 대회에서 우승한 적이 한두 번이 아녜요. 저만 나왔다 하면 다 저한테 걸었다니까요?"

"그건 내가 안 나가서 그래. 내가 제일 세. 나야말로 힘과 기술을 다 갖춘 남자라고. 훗."

도마저 잘난 척 대열에 합류했다. 어느새 질문한 양이는 뒷전이고 서로 목청 높여 내가 세네, 아니, 내가 세네, 이 기술이 최고네, 저 기술이 최고네, 내가 왕년에 어디서 누구랑 어떻게 붙었는데 어찌어찌 이겼네, 일부러 져줬네, 내기를 무엇을 했네, 그래서 뭘 땄네, 왁자지껄했다. 월주, 크닙, 수산은 물론이고 도마저 야구도 잊고 이야기에 빠져 목에 핏대를 올렸다. 당장 붙어보자고 난리 치지 않는다는 사실이 지켜보는 양이에겐 신기할 지경이었다.

"옛날엔 아무나 붙잡고 한판 하자고 꼬드기면 됐는데, 요즘은 씨름 할 줄 모르더라? 인간 사이에선 영 인기가 없어졌어. 슬퍼."

"아, 진짜요? 길 가다 심심할 때 내기 씨름하면 재밌었는데."

한바탕 이어지던 씨름 무용담은 그렇게 마무리되었다. 지켜보던 양이는 배불러 가쁜 숨을 고르며 생각했다.

'노래 더럽게 못하고 메밀 좋아하고 내기 좋아하고 이야기 좋아하고 좀 바보스럽달 정도로 순박하고 스포츠에 넋을 놓고 특히 씨름 밝히고 힘세고 피 무서워하고……. 이거, '뭐' 같다? 거기다 도수산, 도크닙, 도월주. 하아……. 어쩐지 사장님 '성'함을 알겠네. 마다가스카르 모르셔스 섬에 살던 멸종한 새 내지는 좀 새침하게 거만함을 뜻하는 그 단어……. 성함은 모르는 척하자. 왕비님 따위 되고 싶지 않아. 하지만…….'

양이는 도와 나머지 화화 식구를 휘둘러보았다. 거의 확신하면서도 고개를 살긋하며 물었다.

"혹시 도깨비세요?"

모두가 일제히 동작을, 말을 멈췄다. 화화의 드넓은 정원에 풀벌레 소리와 티브이 소리만이 울려 퍼졌다. 또롱또롱. 쳤습니다! 투수 앞 땅볼! 홈으로! 삼루 아웃! 일루 아웃! 이게 웬일입니까! 무사 만루 찬스에서 삼중살이 나옵니다!

"에헤헤……. 앗싸! 들켰네?"

응원팀 수비 상황에서 나온 삼중살에 수산은 머쓱해하는지 기뻐하는지 알 수 없는 반응을 보였다. 벌쭉 웃으며 머리를 긁적였다.

"얼쑤! 그래, 이거지! 어떻게 알았어?"

도는 벌떡 일어서며 양이를 역기 들듯 번쩍 들어 올렸다. 양이를 제 머리 위에서 한 손으로 붕붕 돌렸다가 품으로 내려 안으며 아무 일 없던 듯 물었다.

"아이고, 어지러워. 아니, 뭐, 별로 감춘 적도 없으시잖아요? 도깨비면, 다들 정체가 뭐세요? 맷돌? 부지깽이, 수수 빗자루?"

양이는 이마를 짚으며 도의 어깨에 턱을 기댔다. 핑핑 도는 두 눈을 질끈 감으며 별생각 없이 물었다.

"맷돌이는 고향에 있는데, 수수 빗자루는 못 봤어."

크닙이 답했다.

"수수 빗자루는 오래 묵기 힘드니까."

월주가 부연했다.

"오래 묵어야 해요?"

"필수 조건은 아니지만, 오래 묵을수록 유리하지?"

"우리가 태어나려면 정기가 아주아주 많이 필요하거든."

양이가 묻자 다들 몇 마디씩 설명을 덧붙였다.

"도깨비는 좌우지간 정기를 받아서 태어나. 오래도록, 혹은 밀도 높게!"

"이론상으로 뭐든 도깨비가 될 수 있어. 나무나 꽃이 숲의 정기를 받아 자아를 갖추어도 도깨비가 돼. 얘들은 보통 도깨비라 안 하고 '두두리'라 하지. 두두리는 대부분 숲에서 살아."

"엄밀히 말해 양이 씨가 알고 있을 도깨비는 '이야기 도깨비'라고 해요. 여기 인계에 살면서 인간과 인간이 하는 이야기에 담긴 정기를 받아 태어나거든요."

"그래서 우리가 건강하게 살려면 한 번씩은 인간세계에 내려와서 이야기로 정기를 보충받아야 해. 나 어때? 나 요즘 여기 내려와서 정기를 팍팍 받았거든. 피부에 윤기가 좔좔 돌지 않아?"

"도월주, 그거 개기름이야."

"죽을래!"

월주가 크닙을 정말 죽여버릴 기세로 뒤쫓았다. 둘은 죽이네 살리네 하며 화화의 드넓은 산기슭을 몇 발자국 넓이 방 안처럼 촘촘히 누비고 다녔다. 양이는 이미 그런 둘에게 익숙했다. 동요 없이 물었다.

"그래서 다들 뭔데요?"

"나나나, 나! 가야금!"

월주는 크닙의 뒷덜미를 잡아 그 허리를 반으로 접다 말고 크닙을 휙 집어 던졌다. 제자리에서 뱅글뱅글 돌더니 허공에 착 앉았다. 제 몸에 손을 쓱 집어넣어 가야금을 끄집어냈다. 무릎에 얹었다. 동당. 현을 퉁겼다.

"우와! 신기하다! 전 변신하실 줄 알았는데, 몸속에 넣고 다니세요? 그거 본체? 본체라고 해요?"

양이는 도의 어깨에 매달린 채 등을 곧추세웠다. 월주를 향해 길게 목을 빼고 감탄했다.

"응! 본체! 인간 모습은 화신체! 본체와 화신체는 분리할 수도 합체할 수도 있어! 그래서 꺼낼 수도 변신할 수도 있지! 내 본체 예쁘지?"

월주는 앉은 채로 허공을 휙 날아 양이 앞으로 왔다.

양이는 벌떡 일어나 도의 품에서 벗어났다. 월주 앞으로 조르르 달려갔다. 그 앞에 털퍼덕 앉았다. 두 눈을 초롱초롱 빛냈다.

"우와, 그럼 언니가 변신하면 가야금 변신 미소녀? 막 삼백육십 도 무지개 회전하고 그래요?"

"킥킥. 그런 짓은 안 해."

"만화와 현실은 다르구나. 진짜 예쁘다. 고풍스럽고. 학이 그려져 있네요? 만져봐도 돼요?"

양이는 고개 숙이고 가야금을 들여다보았다. 설레어 물었다. 실례일까 봐 손을 뻗지야 않았지만 한껏 기대에 차 움찔댔다.

"잠깐! 바로 만지면 안 돼."

월주는 쓱 물러났다. 수산이 웃으며 설명했다.

"도깨비는 본체에 손상을 입으면 위험해져요. 그래서 어지간하면 본체를 꺼내지도 않죠. 하지만 부득이하게 본체를 꺼냈을 때는 허락받지 않은 자가 함부로 손대지 못하게 본체에 저절로 보호 장력이 흘러요. 허락 안 받고 들입다 만지면 큰일 나요. 양이 씨는 최소한 기절할걸요?"

"난 어리고 약하니까 보호력도 약해서 상대가 기절로 끝나지, 대도깨비들 본체를 함부로 만졌다간 어지간히 기침하는 자라도 꼴깍할걸? 자아, 허락할게. 이제 만져도 돼."

월주는 다시 양이에게 다가왔다.

"헤에……."

양이는 재차 월주 눈치를 살폈다. '꼴깍한다.'는 표현까지 들은 판에 선뜻 손이 나가지 않았다. 월주가 거듭 끄덕여주고 나서야 살며시 가야금의 현침으로 손을 뻗었다.

"와, 진짜 가야금이다. 예쁘네요. 나무색이 고급스러워요."

그 말에 월주는 입이 귀에 걸렸다. 어깨를 으쓱으쓱했다.

"내가 좀 고급스럽지. 하지만 타면 안 돼? 현에는 손대지 마. 탈 줄 모르는 사람이 함부로 손대는 일, 질색이야."

"아, 물론이죠. 그래도 만져보게 해주셔서 고마워요, 언니."

양이는 뺨을 붉히며 가야금을 손으로 쓸었다. 체온이 깃든 듯 따스한 나뭇결을 느끼다가 살며시 손을 떼었다. 거푸 감탄했다.

"와, 진짜 신기하다. 어린 시절에 동화로 들었던 도깨비가 진짜 있구나. 수산 씨는요? 수산 씨는 어떤 도깨비세요?"

도는 슬그머니 양이 뒤로 다가와 넝큼 양이를 제 품에 옮겨놓았다. 양이의 허리를 두 팔로 끌어안으며 귓가에 속삭였다.

"쟨 알도깨비. 지금까지 말한 도깨비가 아니야."

"전 알도깨비예요."

"나도! 나도 알도깨비!"

크닙이 번쩍 손을 들며 외쳤다. 거들먹대며 덧붙였다.

"그래서 피도 안 무섭지롱!"

"대신 얘는 나보다 힘 약해. 얘 나한테 팔씨름도 질걸?"

월주가 우쭐대며 반주를 넣었다. 크닙도 지지 않았다.

"계집애가 무식하게 힘만 센 게 자랑이다."

"너 그거 남녀차별이다?"

"베에."

"너어! 내 혀가 더 길거든? 왕창 긴 메롱 먹어라. 베에에에에!"

둘은 또다시 싸우며 달려나갔다. 수산이 낄낄 웃으며 양이와 도 옆에 앉았다. 육 회 말, 응원팀이 앞선 상황에서 이어지는 야구 중계에 시선을 주었다.

"알도깨비가 뭔데요?"

양이가 물었다. 수산이 야구를 보며 한가로이 답했다.

"도깨비와 도깨비 사이에서 태어난 존재예요. 알에서 나니 알도깨비라 불리고 순도깨비와는 다르지만 또 닮았죠. 여하간, 순도깨비든 알도깨비든 다 도깨비예요. 우리 전하를 주군으로 모시는 삼계의 백성이죠."

"그럼 수산 씨는 자당과 춘장께서 도깨비?"

"네, 두 분 다 도깨비세요. 도깨비는 다른 종족과 결혼하면 무조건 배우자 종족을 따라 아이를 낳아요. 하지만 도깨비끼리 결혼하면 세상에 없던 새로운 존재를 낳죠. 이 조합은 출생률이 대단히 낮지만 대체로 강력한 아이를 낳아요. 저와 크닙이도 삼계를 통틀어 제법 강한 축에 속하죠. 저는 특히 우리 전하께서 무기를 들고 상대해주실 만큼 강한 무인이랍니다. 우히힛."

수산은 자부심이 묻어나는 태도로 거들먹댔다. 도가 찬물을 끼얹었다.

"그래 봤자 도깨비 따까리야. 월주 보면 알겠지만 도깨비는 아무리 내 백성이라도 대책 없이 덜떨어졌거든. 피를 무서워하니 힘만 셌지 도대체가 싸움도 못하고 놀기만 좋아하니 공부도 못하고. 알도깨비들이 부모 잘못 만난 죄로 전쟁 나면 앞장서서 나라도 지키고 평소에는 공부해서 행정도 책임지지. 나도 할 수 없이 걔들만 부려먹지만 불쌍한 새끼들이야. 쯧쯧."

"전하, 알아주셔서 감사합니다. 제 팔자가 이래요, 양이 씨."

수산도 딱히 부인하지 않았다. 수산은 이미 포기할 대로 포기하고 팔자에 순응했는지 처량한 기색조차 없이 말했다.

양이는 입을 벌리고 끄덕였다.

"헤에. 그럼 알도깨비는 물건이 아녜요? 수산 씨도 이게 본모습이시고요?"

"나도 이게 본모습이야. 월주도 저게 본모습이고."

도가 답했다.

"엥? 월주 언니는 가야금이 본체라고 했잖아요."

"본체는 가야금이 맞지만 둘 다 본모습이에요. 본체도 타고나지만 인간 모습도 타고나거든요. 본체가 어떻게 생겼는지, 정기를 받아 미숙한 자아가 최초로 형성된 후 성장기가 끝날 때까지 자아 개념이 어떻게 형성되는지에 따라 인간 모습이 결정돼요."

"아……."

수산이 자분자분 설명했다. 양이가 열심히 끄덕였다. 그 성실히 듣는 모습에 수산은 헤헤 웃었다. 의욕을 내어 덧붙였다.

"사실 알도깨비도 대부분 본모습이 또 있어요. 저는 거북이에요. 거어어어어대한 거북이. 어머니께서 산호 도깨비시고 아버지께서 귀갑 도깨비시거든요. 아무래도 닮았나 봐요."

"수산 형님은 무지 커! 진짜 커! 무지무지 커! 울릉도보다 더어어어어어 커! 산처럼 커! 그래서 이름도 수! 산!"

크닙이 정자 앞을 쌩 날아가며 외쳤다. 수산이 지금까지 그리 큰 목소리로 설명하지 않았는데도 크닙은 그 내용을 다 들은 모양이었다.

"어? 커서 수산이시라고요? 혹시 물 위의 산? 물 수에 뫼 산?"

"정답! 귀수산이라고, 한 번도 안 들어보셨나? 저 사실 유명한데?"

수산은 히죽 웃더니 왼손을 휙휙 몇 번 희한하게 돌렸다. 조금 전까지만 해도 없던 피리를 손에 들고 양이에게 내보였다.

"이게 제 몸에서 자란 대나무를 베어 만든 피리인데요, 제 신통력이 담겨서 불면 비바람이 분답니다. 비바람을 가라앉히기도 하지만요."

"휘익! 형님, 한 곡!"

"꺄악! 오라버니 한 곡!"

산기슭을 날고 달리던 땅꼬마 한 쌍이 목청 높여 성원했다. 수산은 입을 귀에 걸며 벌떡 일어섰다. 피리를 든 팔을 번쩍 들며 호응했다.

"좋아, 한 곡!"

"야, 이 자식아! 너 그거 불지 마! 너 그거 불 때마다 내가 폭풍우 막느라 개고생이야!"

도만이 대세에 반발했다.

"아!"

양이는 박수를 짝 쳤다. 상기되어 고개를 꺾었다. 수산을 바라보며 기운차게 외쳤다.

"저 알아요! 저 그 피리 뭔지 눈치챘어요! 삼국사기! 삼국유사!"

"네, 맞혀주세요!"

"만파식적!"

양이는 잽싸게 부르짖었다. 월주, 크닙과 어울려 놀던 나날이 무색하지 않게 흥 내며 소리쳤다.

"넵! 이게 바로 전설의 희귀템, 만파식적입니다!"

수산은 그 큰 덩치에 어울리지 않게 피리를 들고 빙그르르 돌았다. 피리를 착 옆으로 들고 삘릴리 불기 시작했다.

"어이구, 이노무 자식아. 작작 불어라."

도는 한숨 쉬며 이마를 짚었다. 그러나 딱히 수산을 막지 않았다.

정자 밖으로 갑자기 먹구름이 몰려왔다. 쏴아아 비가 부어내리기 시작했다.

"우와, 진짜 비 온다! 천둥 번개도 쳐요?"

양이가 해맑게 물었다. 도가 한숨 쉬며 답했다.

"뿐이냐? 저놈이 저거 불 때 내가 날씨 제어 안 하면 홍수 나. 저놈, 한번 불기 시작하면 남이 듣든 말든 끝도 없어. 곧 지겨워질걸?"

진짜 번개가 번쩍했다. 쿠르릉. 천둥이 쳤다.

"아이고."

도는 탄식하며 미간을 구겼다. 새삼 중계 화면을 확인하고 수산을 다시 올려다보며 말했다.

"고맙다. 일 점 차에 우리 불펜 개판인데 덕분에 우천 콜드로구나."

"우천 콜드요?"

양이가 물었다. 도는 그 맹한 얼굴을 마주 보며 생긋 웃었다. 양이 이마에 쪽 입을 맞춘 뒤 답했다.

"비 와서 경기 단축. 우리는 경기 끝까지 안 하고 그대로 이기겠지. 이제 길어야 오 분 내로 저기 잠실에도 경기 못 할 만큼 비 와."

"와, 상대 팀이 곡절을 알면 되게 열 받겠네요."

그 말에 도는 키득키득 웃었다.

"구지가를 부르며 저 자식을 구워 먹을걸? 우리 선발투수만 내려가면 쟤들이 해볼 만하거든."

"양이야아아아, 여기이이 나도 봐아아아. 난 이게 본체! 완! 전! 큰! 입! 크닙!"

빗소리와 피리 소리 사이로 저 멀리서 목청 높인 외침이 들렸다. 양이는 소리를 쫓아 고개를 돌렸다. 어둑한 밤비가 발처럼 드리워진 산기슭에 밤보다 더 어둑한 그림자가 우뚝 솟았다.

"알아, 그 모습! 나 명동에서 봤어! 그 안에도 들어가 봤잖아!"

양이가 답했다. 월주가 그 그림자를 퍽퍽 걷어차며 말했다.

"뻥 까지 마, 도크닙. 양이야, 속지 마! 얘 본체는 아무도 몰라. 그냥 이것도 변신한 모습 중 하나일걸? 내 보기엔 얜 그냥 상꼬맹이 인간형이 본체야."

"본체가 없을 수도 있어요?"

"아냐! 나 이게 진짜 본체거든! 그래서 이름도 큰, 입이라니까!"

그림자는 덩치를 불렸다. 거대한 입이 벌어지듯 하늘로 쭉 늘어났다.

"뻥 까시네."

월주는 크닙을 믿어주지 않았다. 도가 웃으며 설명했다.

"알도깨비는 어떻게 태어날지 아무도 몰라. 대체로 인간형이 아닌 본체가 따로 있지만 아닐 수도 있지. 아예 인간형이 되지 못하는 애들도 있고. 어쨌든 그래서, 세상 모든 종족은 도깨비로부터 태어났다는 학설도 있어."

그렇게 말하는 도에게선 오련히 자부심이 묻어났다. 인간형이 된 크닙이 정자로 휙 날아들었다.

"그래서, 우리 우주 최초의 존재라는 도수문장 님이 곧 최초의 도깨비라는 학설도 있어. 문장 님께서는 가타부타 말씀을 안 하시지만."

"그 문장 님이 최초이시면 문장 님은 뭐에서 정기를 받아 태어나셨는데요?"

양이가 물었다. 월주가 정자로 휙 날아들며 술병을 낚아 들었다. 월주는 술을 병째로 들이켜고 입을 훔쳤다. 답했다.

"그걸 아무도 몰라."

"에헤, 그럼 사장님은요?"

"뭐게?"

도는 바로 답하지 않았다. 짓궂은 미소를 띠며 물었다. 양이는 갸우뚱했다. 별 고민도 않고 답했다.

"부지깽이?"

"이 여자가! 내가 그딴……!"

"깔깔! 전하가 부지깽이래, 부지깽이!"

"키키킥. 전하가, 킥, 부지깽이! 으히힉, 어떡해! 이거 너무 웃겨! 킥킥킥!"

크닙과 월주는 정자 바닥을 탕탕 두드리며 웃어젖혔다. 수산도 낄낄 웃다가 피리 곡조에 연달아 음 이탈을 냈다. 천둥 번개가 콰콰쾅 잇따랐다.

"아휴, 이걸 그냥……."

도는 인상을 와락 구기며 주먹을 쥐었다. 양이가 그제야 미안해하며 아하하 웃자 어쩌질 못하고 한숨만 푹푹 내쉬었다. 양이 머리를 꼭 쥔 주먹으로 눌러 박으며 투덜댔다.

"김복어 너, 진지하게 좀 생각해봐. 내가 부지깽이로 보여? 이 잘생기고 건장한 내가?"

도는 양이에게 얼굴을 들이밀었다. 두 눈을 부담스럽게 부릅떴다. 양이는 뺨이 붉어지며 우물댔다.

"아니, 뭐, 저는 그냥, 원래 전래 동화에서 '도깨비' 하면 수수 빗자루랑 부지깽이가 기본이잖아요. 전 그래서 그냥……. 벼루?"

"왜?"

"글씨 잘 쓰시잖아요."

"훗. 내가 좀 쓰긴 하지."

도는 우쭐대며 기분을 풀었다. 그러나 뒤끝이 남았다. 양이의 머리칼을 쓰다듬는 척하며 마구 헝클었다.

"아우……."

양이는 목을 움츠리며 고개를 가로저었다.

도는 그제야 웃었다. 양이의 이마에 쪽, 입 맞췄다.

"어쨌든 벼루도 아냐. 다시 맞혀봐."

"궁금하긴 한데……. 흐음, 그게……."

양이는 말끝을 흐렸다. 그때 월주가 따끈히 데운 술을 건넸다. 양이는 두 손으로 잔을 받아 홀짝 목을 축였다.

"어? 이거 소주 아니네요? 달콤하다."

"앵두술. 맛있지? 내가 술법으로 즉석에서 데웠어."

"네. 따뜻하니 더 좋네요."

양이는 잔에 든 술을 호로록 마시며 저도 모르게 도의 품에 몸을 깊게 기댔다. 배도 부른데 산속에 자리 잡은 비 오는 뜨락에 나와 이렇듯 포근히 안겨 뜨끈한 술을 받아 마시니 안온하고 나른했다.

"그래서 내 본체 뭐 같으냐니까?"

도가 기대오는 양이를 흡족한 표정으로 끌어안으며 채근했다. 양이는 술잔의 온기에 손을 데우며 느슨히 답했다.

"궁금은 한데 안 맞힐래요."

"왜?"

"어째서? 맞혀봐. 우리 전하 뭐게?"

"그러니까. 부지깽이 다음에는 뭐라고 하나 들어보자. 이히힉. 부지깽이래. 다시 생각해도 웃겨."

도도 월주도, 크닙도 양이를 재촉했다. 피리 불기에 심취한 수산만이 먼 산을 향했다.

"에, 그게요, 생각해보니까, 불길해서요."

"불길?"

도가 눈썹을 씰룩였다. 양이는 끄덕였다.

"이름만 맞혀도 결혼해야 한다면서요. 본체를 맞히면 애 낳아달라고 하실까 봐. 깔깔."

"뭐?"

양이는 기실 만파식적을 부르짖을 때부터 알근한 상태였다. 평소였으면 안 할 농담을 던지고 마구 웃었다.

"오, 말 된다! 전하! 그러니까 왜 그런 말씀을 하셔선! 까르륵!"

"응? 아! 전하께서 존함으로……. 킥킥!"

월주와 크닙은 재미있어했다.

도는 어처구니없어하면서도 하릴없이 웃었다. 양이의 귓바퀴를 살짝 깨물며 농담조로 받았다.

"상상도 못 했는데 아주 좋은 생각이네. 이제 김 양이 내 본체를 알면 나와 혼사를 올리고 세자를 생산하는 건가?"

"아하하. 절대 안 맞힐래요! 제 인생에 궁중 암투물은 사양이에요."

양이는 씩씩하게 선언했다. 도가 볼을 꼬집어 흔들었지만 굴하지 않고 외쳤다.

"이야! 어쨌든, 도깨비라니 진짜 신기하다. 엄청 신기해. 도깨비는 전래 동화에만 나오는 줄 알았는데! 그러니까, 사장님과 월주 언니는 특정 물건이 인간계에서 정기를 받아 태어난 도깨비, 크닙이와 수산 씨는 도깨비와 도깨비 사이에서 태어난 알도깨비! 맞죠?"

양이는 정리해보았다. 도의 무릎에 앉은 채 몸을 반쯤 돌려 월주와 크닙을 다시 보았다. 자세가 편히 잡히지 않자 끙끙대며 찡그렸다. 팔을 뻗어 도의 목에 감고 도의 어깨에 뺨을 기댔다. 월주가 거듭 따라 주는 앵두술로 속을 데우며 월주와 크닙, 도를 번갈아가며 보았다.

"아! 궁금하면 책 볼래? 내가 책을 썼거든."

크닙이 말똥말똥 양이를 보다가 문득 제 품에 손을 넣었다. 품을 뒤적여 비단으로 제본한 양장본 두 권을 꺼냈다. 책을 양손에 한 권씩 나눠 들고 내보였다. 책 표지에 반듯반듯한 붓글씨가 박혔다. 오른손에는 '도깨비란 무엇인가', 왼손에는 '한 권으로 읽는 도깨비족 역사'.

"헐, 너 책도 썼어? 웬일이니! 너 같은 애가 책을 쓰고? 별꼴 다 본다, 진짜."

"호오, 그거 네가 쓴 책이었느냐? 저자는 미처 확인을 안 해봤구나."

월주는 호들갑을 떨었고 도도 놀라워했다. 크닙은 한껏 으스댔다.

"도월주. 넌 허구한 날 날 무시하는데 나 그렇게 바보 아니거든? 이거 명저야. 이백팔십 년간 꾸준히 팔렸고 이 분야에서는 첫손에 꼽히는 추천서라고. 도깨비들은 공부 싫어하니까, 정작 도깨비 가운데에선 읽은 애가 거의 없지만. 물론 안 읽은 애에 도월주도 포함. 앤 잡지는 읽어도 이런 책은 안 읽는 애거든. 읽어볼래?"

"이익. 내가 뭘!"

월주는 볼을 부풀렸다. 양이는 흘끔 도를 보았다.

"읽어도 돼요?"

도는 양이의 등을 토닥이며 예사로이 답했다.

"뜻대로 해. 이제 와서 김 양에게 우리를 숨길 생각 없으니까. 어쩌면 김 양도 영계를 공부해두는 편이 나을지도 모르지. 저 책은 읽은 지 오래라 정확히 기억 안 나지만 꾸준히 팔리는 추천서 맞아."

"내가 썼지만 좋은 책이라니까. 혹시나 내 친구들이 읽겠다고 할까 봐 멍청이 눈높이로 대단히 쉽게 썼어. 다 부질없는 노력이었지만."

"고마워. 재밌게 볼게."

양이는 크닙에게 팔을 뻗었다. 크닙이 뿌듯해하며 양이에게 책을 건넸다.

"히히. 읽다 이해 안 가면 다 물어봐. 관심 분야 생기면 얼마든지 말하고. 내가 필요한 책 다 빌려줄게. 나 책 많아."

"응. 부탁할게."

양이는 책 두 권을 품에 안았다. 도의 어깨에 뺨을 비비며 더운 숨을 훅 내쉬었다. 월주에게 손을 뻗었나.

"언니, 앵두술 진짜 맛있네요. 더 주세요. 사장님, 저기 안주 방향으로 이동!"

"허어?"

도는 헛웃음을 터트렸다. 눈을 치켜뜨며 양이를 보았다. 양이는 뚜렷이 취한 기색은 없었다. 안색도 멀쩡하고 혀가 꼬이지도 않았다. 눈도 맑았다. 그러나 앵두술 두 잔을 연거푸 마신 뒤부터 약간 맛이 간 느낌이었다.

"사장님, 안주로 이동이라니까요? 묵 먹을래요."

양이는 거듭 도를 졸랐다. 도는 빙글빙글 웃으며 둥실 떠올랐다. 쭉 미끄러져서 상 앞으로 갔다.

"물론, 알아 모시지요. 우리 찐빵, 묵 집어드릴까요?"

"네."

양이는 두 손으로 책을 붙들고 선뜻 끄덕였다. 새끼 새처럼 입을 짝 벌리고 도가 집어주는 묵을 냉큼 받아먹었다.

"앵두술도 먹여줄까?"

양이는 열심히 끄덕였다. 도는 키득키득 웃었다. 순순히 술잔을 입술에 기울여주었다. 홀짝홀짝 받아 마시는 양이를 "옳지. 잘 마신다." 하며 연신 부추겼다. 월주도 낄낄대며 잔이 마를 새 없이 술을 부어주었다. 크닙도 재미있어하며 합류했다. 수산만 꿋꿋이 삘릴리 피리 부는 가운데 도도 월주도 크닙도 양이도 부어라, 마셔라, 잇따라 술을 들이켰다. 취하는 이는 양이뿐이었지만.

마침내 양이는 눈이 풀렸다. 두 뺨이 발갛게 달아올라서 도의 앞섶에 고개를 묻었다. 이미 익숙해진 도의 품을 아예 제자리려니 하며 축 늘어졌다. 더운 숨을 색색 내쉬었다.

"더 줄까?"

도는 양이의 등을 토닥이며 은근히 물었다. 양이는 도에게 닿은 이마를 가로저었다. 푹 취한 모습에 비하면 꽤 정확한 발음으로 칭얼댔다.

"으으응. 더는 무리……. 더 마시면 내일 못 일어나요."

"걱정하지 마. 천상에서 키운 앵두로 담근 숙취 없는 귀한 술이니까. 킥킥. 하지만 여기서 더 귀여우면 잡아먹고 싶어질 테니 그만 먹여야겠네."

"에에이, 뭐예요. 저 하나도 안 귀엽거든요?"

"그래그래. 내 눈에만 귀여워 보이면 되지. 괜히 스스로 귀여운 거 알아서 다른 데서 귀염 떨지 마?"

"네에."

양이는 순순히 끄덕였다. 또다시 후우, 더운 숨을 내쉬었다. 흐린 눈을 깜박였다. 이마를 들어 도를 올려다보았다.

"왜? 이제 내 이름이 궁금해? 사장님이 새삼 잘생겨 보여? 설레?"

그렇지 않아도 싱글벙글하던 도는 생긋방긋 흐드러지게 웃었다. 살갑게 말을 붙였다. 양이는 실없이 히득거렸다. 이미 붉던 뺨이 열이 올라서 새카맣게 탔다. 도를 한없이 올려다보았다.

"하아……."

양이는 길게 한숨 쉬었다. 도의 죽지뼈 언저리에 다시 고개를 박았다. 중얼거렸다.

"사장님."

"응?"

도는 상냥하고 은근하게 응했다. 양이는 몽롱한 눈을 무겁게 습벅였다. 한숨과 함께 말했다.

"이상해요."

"뭐가?"

도는 여전히 다정했다. 양이는 습기 찬 목소리로 웅얼댔다.

"시영 씨. 지인짜 이상해요. 어쩜 그러죠? 어쩜 자기 존재를 던지면서까지 순남 씨를 행복하게 해주려 들었죠? 자기가 다 없어질지도 모르는데, 어떻게 그 공포 속에서 누군가를 위해 시간을 돌릴 생각을 했죠? 어쩜 그러죠? 이상해. 정말, 이상해."

도는 답하지 않았다. 잠자코 양이의 등을 쓸어주었다. 양이는 훌쩍였다. 도를 끌어안았다. 나직이 가라앉는 목소리로 연약히 덧붙였다.

"어디서, 읽었어요. '사랑은 위험한 에너지 낭비.'라고[1]. 맞아. 진짜 그래요. 시영 씨, 바보 같아. 정말 바보 같아. 왜 그랬을까요? 그렇게 자신을 던져버리면서까지, 왜? 그런 일, 너무, 힘든데. 정말 너무, 힘든데……."

도는 양이의 정수리에 사뿐히 입을 맞췄다. 사분사분 부드러이 속살댔다.

"우리 찐빵, 많이 취했구나? 며칠간 들어주느라 지쳤고. 그래서 감정적이 된 것뿐이야. 자아, 오늘은 깊게 생각하지 마. 이만 푹 자둬."

도는 양이를 토닥였다. 양이의 달뜬 숨이 고르게 내려앉을 때까지 인내심 깊은 손길을 멈추지 않았다.

"하아……."

양이는 더운 숨을 몰아쉬었다. "푹 자둬." 귓가를 간질이는 목소리에 아득히 눈을 감았다.

당혜와 이야기 단지

여자는 미소한다. 붉은 입술로. 세상은 시든 잿빛, 싸늘한 미소만이 붉다. 어린 육체는 또한 어두운 잿빛, 야만 시대 제물처럼 찢기어 여자 발밑에 나뒹군다. 검은 피가 바닥에 흐른다.

"너……."

왕은 연약히 흔들린다. 목 깊숙이 신음한다.

"너, 무슨 짓을……."

왕은 무너진다. 무릎을 꿇는다. 피 우물을 긴다. 여자의 발치로 다가가 몸을 잃은 순진한 머리를 한 팔로 안는다. 다른 팔을 뻗어 봄빛 귀여운 비단신을 신은 작은 발을 안는다. 온몸이 검게 얼룩져도 마음 쓰지 않고 팔에 든 육신을 품에 묻는다. 생가슴을 뜯는다.

"대체…… 어찌, 이 어린것을, 이리……."

왕은 가파르게 헐떡인다. 붉은 눈으로 여자를 본다. 그 눈이 섬약하게 순진하다. 모질게 무구하다. 고개 저으며 헐떡인다.

"어찌 네가, 네가, 왜? 혜를, 왜?"

"왜 나라고 생각하죠?"

여자는 싸늘히, 붉게 웃는다. 피에 물든 검으로 바닥을 그으며 고개를 기울인다. 거푸 묻는다.

"응? 어째서 나라고 생각해요?"

묻는 음색은 요염하고 달래듯 나긋하다. 여자는 눈꼬리를 살랑이며 몸을 숙인다. 왕에게 귀엣말한다.

"말해봐요. 어째서 날까?"

"혼야!"

어찌할 바 모르는 아이처럼 울먹이던 왕은 돌연 무겁게 밀도 높은 금빛으로 번뜩인다. 쥐어뜯던 제 가슴에서 도(刀) 한 자루를 떨쳐내어 여자를 벤다.

"아하하하하!"

왕이 벤 것은 허상뿐, 여자는 백 보 밖에서 몸을 떨며 자지러진다. 배를 휘어잡고 눈물을 찍으며 웃는다.

"네가! 어찌!"

왕은 절규한다. 눈먼 도를 여자에게 휘두른다. 그 모습은 상처 입은 맹금이 생애 마지막 원수를 쫓듯 사납다.

"이런 우둔한 남자! 정말 내가 이랬다고 생각해요?"

"수라 혼야! 네가 어찌……! 난 너를 믿었다. 너를 사랑했다! 내가 도깨비의 왕이어야 하고 네가 수라의 공주여야 하나 그래도 너를……! 그래서, 그래서 네 손에 무수히 내 새끼를 죽여가면서도 차마 너만은 베지 못했다! 그런데 네가, 어찌 네가! 이 어린아이를……! 네가 이런 여자인 줄 알았다면, 내 진작 알았더라면……!"

왕은 스스로 도가 된다. 날카로운 궤적을 그리며 무자비하게 여자를 베어 든다. 베고 또 베고 베고 또 베고……. 그러나 여자는 베이지 않는다. 끝없는 허상으로 왕을 기만하며 백 보 술래잡기를 이어갈 뿐.

"아하하하! 평생 들은 말 중에 가장 우습네요. 사랑? 사랑! 도, 당신이?"

여자가 홀연히 왕의 궤도에서 사라진다. 왕은 우뚝 멈춘다. 두리번댄다. 어느덧 세상이 잿빛 안개로 가득하다. 한 치 앞이 어둡다. 거리도 위치도 알 수 없는 목소리만 울린다.

"하하, 날 믿었어요? 날 사랑했어요? 아하하! 웃기지 마! 당신은 아무것도 몰라! 사랑을 알지도, 할 줄도! 훌륭한 왕일진 몰라도 사내로선 비겁자지! 당신이 내게 무슨 짓을 했는데! 부왕을 배신하게 하고 동족을 배신하게 하고……! 그렇게 당신 목숨 살려낸 나를 뒤도 보지 않고 버렸어! 그러고선 당신에게 아무것도 해준 일 없는 이 멍청한 계집애에게 홀딱 빠져 하하 호호 웃으며 살아갔지. 나 따위 존재하지조차 않았다는 듯!"

"헛소리 닥쳐!"

여자의 위치를 가늠하던 왕은 결국 마구잡이로 묵중한 금빛을 쏜다. 얼비칠 여자의 상을 찾아 두리번댄다.

"여기예요."

화악, 잿빛 안개가 증발한다. 저 멀리 여자가 섰다. 여자는 더없이 평온하고 아름다운 얼굴이다. 품에 겁에 질린 소녀를 당겨 안는다. 소녀의 목에 검을 겨눈다.

"혜야……!"

여자에게 쏘아져 나가려던 왕은 인질을 보고 우뚝 멈춘다. 몇 분 전만 해도 갈가리 찢겨 왕에게 안겼던 소녀가 가련히 떨며 왕을 본다. 애처로이 울먹인다.

"전하, 전하……."

"혜야, 당혜야⋯⋯."

"아하하!"

검을 든 여인은 또다시 웃는다. 붉은 입술이 농염히 휘고 가는 눈매가 춤춘다. 소녀의 목에 겨눈 검이 웃음결을 따라 흔들린다.

"아하하! 역시 이 계집애 일에는 약해지나 보죠? 하하⋯⋯. 그래요. 이 계집아이는 아무것도 할 줄 모르니까요. 당신이 지켜줘야죠? 좋을 대로 상처 내도 알아서 잘 살 나오는 달리."

여자는 웃음을 멈춘다. 검을 든 팔을 쓱, 움직인다.

"안 돼!"

왕은 절규한다. 그러나 여자가 더 빠르다. 여자는 소녀의 목을 베는 대신 소녀의 가슴에 검을 찌른다. 그 검이 폭발한다.

"안 돼!"

왕은 무기력하게 울부짖는다. 가슴을 쥐어뜯으며 무너진다.

소녀는 이제 형체가 없다. 잿빛 세상 속에서 여자만이 부서진 피륙을 뒤집어쓴 채 선명히 빨갛게 웃는다. 여자는 흐느끼는 왕에게 한 걸음, 한 걸음, 상냥히 속삭이면서 다가선다.

"자아, 수라의 본성은 싸움이라 했죠? 그래, 당신이 맞았어요. 난 수라죠. 그러나 난, 수라이기보다는 여자이고 싶었는데, 당신이 날 이렇게 만들었어."

✳✳✳

"사장님, 사장님, 일어나세요. 사장님, 괜찮으세요? 사장님."

"아냐, 아니야⋯⋯."

"사장님."

양이는 도를 흔들었다. 도는 땀에 절어 신음하며 울었다. 평소 한번 안고 자기 시작하면 좀처럼 양이를 풀어주지 않지만 그 양이마저 놓고 중심 없이 버르적댔다. 앵두술에 취해 세상모르고 자던 양이는 그 결에 눈이 뜨였다. 일어나 앉아 잠시 머뭇댔다. 그러나 역시 험한 꿈에 시달리는 채로 마냥 두기가 안쓰러웠다. 도의 어깨를 잡아 흔들었다.

"사장님. 사장님, 일어나세요! 정신 차리세요! 다 꿈이에요! 일어나세요!"

양이가 몇 번을 불러도 도는 좀처럼 깨지 못했다.

"아우, 어떡해……. 사장님!"

양이는 결국 손을 들었다. 도의 뺨을 가볍게 짝짝 때렸다. 손바닥에 닿는 얼굴이 발갛고 뜨거웠다. 꽤 열이 있었다. 이렇게까지 괴로워하면 어떻게든 깨우는 편이 도를 돕는 길 같았다.

"사장님! 일어나세요!"

"아니야, 아냐, 나는, 혜야, 혜야……."

"사장님!"

양이는 도를 강하게 불렀고 도의 어깨를 꽉 잡아 올렸다가 내리치듯 놓았다.

"허억!"

도는 날 선 한숨을 토했다. 눈을 번쩍 떴다.

"사장님, 괜찮으세요?"

양이가 물었지만 도는 눈에 초점도 잡지 못했다. 숨조차 쉬지 못했다. 뻣뻣이 굳었다. 양이는 덜컥 걱정이 들었다. 천천히 도에게 상체를 기울였다. 한껏 조심스레 도를 불렀다.

"사장님."

도는 여전히 초점을 잡지 못했다. 풀린 눈을 크게 뜨고 가까이 다가오는 그림자를 멍하니 지켜보았다.

"까악!"

전환은 한순간이었다. 양이가 한 자 거리를 넘어서 다가들자 도는 반사적으로 팔을 뻗었다. 제게 드리워진 그림자를 잡아채 패대기쳤다. 표범이 사슴을 사냥하듯 그 몸에 올라타 목을 눌렀다. "하악." 벌건 눈으로 숨을 터트렸다.

"큭⋯⋯."

양이는 도에게 깔려 목이 눌린 채 파르라졌다. 어디를 어떻게 눌렀는지 단숨에 탁, 힘이 풀렸다. 줄 끊긴 인형처럼 무기력해져 버둥댈 수조차 없었다. 신음하며 글썽였다. 죽는다 어쩐다 생각할 겨를조차 없었다. 황망하고 벌렁벌렁했다. 그 순간, 올려다보이는 도의 눈이 사르르 풀렸다. 그 눈에서 눈물이 뚝, 떨어져 양이의 뺨으로 내려앉았다.

"혜야, 혜야⋯⋯."

도는 양이 목에 팔을 뻗을 때만큼이나 갑작스레 흐느끼기 시작했다. 양이 목을 옥죄던 손아귀에서 힘이 풀렸다. 스르륵 뭉그러졌다. 어깨를 웅그리고 양이에게 제 몸을 드리웠다. 두려움에 젖은 듯 두 손을 달달 떨면서 양이의 두 뺨을 어루만졌다.

"콜록⋯⋯. 켁⋯⋯."

양이는 목이 아파 아무 말도 못 했다. 섧게 우는 도를 막막히 볼 따름이었다. 도의 눈에 고였다가 제게로 후드득 쏟아지는 눈물을 도리

없이 받아들였다.

"혜야, 혜야……."

도는 양이의 이마에 입 맞췄다. 바람에 떨리는 연약한 풀잎처럼, 양이의 눈꺼풀로 뺨으로 제 입술을 위태로이 미끄러뜨렸다. 양이의 가쁘게 벌어진 입술에 제 입술을 겹쳤다. 슬픔과 놀람으로 파드득대는 숨결을 양이에게 쏟았다. 스르륵 눈을 감았다. 그 강인한 육체에서 힘이 풀렸다. 툭, 동력이 다한 태엽 인형처럼 와르르 내려앉았다.

"아……."

양이는 낮게 신음했다. 후들대는 팔을 들어 도의 등을 끌어안았다.

✳✦✳

악몽을 꾸던 도가 깨어나 양이에게 입 맞춘 날로부터 이레가 흘렀다. 그날 도는 양이 위로 무너져 내린 뒤 쉬이 깨지 않았다. 양이는 도가 자는지 혼절했는지 확신할 수 없었다. 그래서 오래 기다리지 않고 도를 옆으로 굴려 밀어냈다. 자리에서 일어나 도가 숨을 잘 쉬는지 확인하고 이불을 덮어주었다.

양이는 목을 졸린 직후라 다리에 힘이 풀렸다. 그러나 전각을 나섰다. 수산이 머무는 곳으로 갔다. 어둑한 사위에 푸르스레한 납빛이 드는 때였으나 그걸 가릴 상황이 아니었다. 목소리를 내기 힘들었다. 예의를 따지지 않고 경첩이 찌걱대도록 문고리를 흔들었다.

수산은 까치집을 얹고 나왔다. 허옇고 대꾼한 양이를 인시하고 안색을 뒤집었다. 양이가 멍이 올라 얼룩진 목을 가리키자 펄쩍 뛰며 사연을 캐물었다.

57

양이는 설명에 앞서 수산을 잡아끌었다. 새벽을 가로지르며 쉰 목소리로 띄엄띄엄 핵심만 전했다.

몇 분 지나지 않아 약선이 나타났다. 양이는 치료 주술 한 번에 언제 목을 졸렸느냐는 듯 말짱해졌지만 도는 그때까지도 자는지 혼절했는지 의식이 없었다. 약선은 도를 꼼꼼히 진찰했다. 양이의 안색을 조심스레 살피며 설명했다.

"수경왕 전하께서는 본디 몇십 년에 한 번씩 호되게 앓으신다네. 그러지 않아도 때가 되었다 싶었는데 결국 앓아누우셨구먼. 그러나 크게 걱정할 바는 아닐세. 증세가 보통보다 매우 순하여 하루 이틀이면 일어나실 테니. 다만 편찮으신 차에 악몽을 꾸어 김 낭자에게 실수하신 모양일세. 김 낭자가 많이 놀랐겠네만 낭자를 해할 마음은 전혀 없으셨을 테니 너무 담아두지 말게나."

양이는 끄덕였다. 스스로 생각해도 기이하게 침착하고 너그러웠다. 목을 막 졸렸을 때야 눈물이 찔끔 났다. 가슴도 벌렁댔다. 그러나 그건 생리작용에 가까웠다. 사실 목을 졸리고도 딱히 놀라지 않았다. 겁먹지도 않았다. 본래 남보다 역치가 높다 해도 목숨 걸린 일이니 놀랄 만했으나 그 일이 위기였다는 생각이 들지 않았다. 도가 얼마나 강한지 보았고 그런 만큼 아직 자신이 살아 있다는 사실만으로도 도가 애초에 자신을 해칠 마음이 없었음은 자명하다 여겼다.

더구나 양이는 목이 졸리던 순간에 닥친 놀람과 아픔보다 연약한 어린아이처럼 달달 떨며 울던 도가 기억에 더 선명했다.

기실 수산은 이 일에 아주 정색했다. '혹시 사장님께서 이 일을 기억하지 못하시면 반드시 알려야 한다.'는 태도를 보였다.

그러나 양이는 '재발 우려가 희박한 우발 사건이니 괜스레 어색해질

말 말고 그냥 넘어가자.'고 했다. '저는 앞으로도 사장님께 보호받아야 하는 입장인데 괜히 말해봐야 서먹해진다.'고도 덧붙였다. 얭이는 말하며 스스로 그 논리에 설득되기도 했다. 그러나 '내가 왜 이러지?' 싶기도 했다. 여하간 도에게 알리고 싶지 않았다. 도가 이 일을 기억하지 못하길 바랐다. 그 바람대로 도는 그날 새벽 일을 전혀 기억하지 못했다. 월주도 크닙도 아무것도 모르는 터였다. 사건은 그대로 덮였다.

✳✥✳

― 이깟 김장이 다 뭐라고! 사람 나고 김장 났지 김장 나고 사람 났나요!

며느리가 시어머니 뺨으로 갓 무친 배추김치를 날렸다.

"허억!"

월주는 커피잔을 들고 입을 쩍 벌렸다. 통쾌함과 놀라움이 반반 섞인 얼굴로 티브이에 시선을 고정했다. 화면은 시어머니 뺨에 시뻘건 배추 한 장이 달라붙은 채 멈췄다. 화면 아랫단에 감자탕 배너가 뜨고 예고편이 이어졌다.

"와……. 요즘 며느리 세다. 장난 아니네. 김치 싸대기라니, 창의적이야."

"역시 막장은 아침 드라마가 최고예요. 무언가 모를 마약 같은 황당무계함과 중독성이 있다니까요."

"월주야, 저게 현실이라고 생각하면 안 돼. 드라마는 드라마일 뿐이야. 이 오라비는 네가 저런 행실 보고 배울까 봐 걱정된다. 저런 성질 머리 보고 배우면 아무 데도 시집 못 가요."

"형님, 걱정하지 마세요. 남자를 립스틱처럼 줄 세워놓고 날마다 바꿔 쓰는 도월주가 설마 시집가고 싶을 때 갈 곳이 없을까 봐? 쟨 우주에 남자 씨가 마르면 돌부처를 꼬드겨서라도 연애하고 시집갈 애라니까요."

월주와 양이, 수산, 크님은 각각 커피와 코코아를 홀짝이며 티브이 앞에 모여 앉았다. 아침 드라마 시청은 화화에서 아침을 여는 중요 행사였다. 오직 도만이 아침에는 명상하며 마음을 가다듬어야 한다는 건전하고도 건설적인 의지를 실천하느라 이 행사에 불참했다. 그리고 도는 앞으로도 한 시간 넘게 나타나지 않을 예정이었다.

"저기요, 저 질문이 있는데……."

예고편이 끝났다. 양이는 커피를 홀짝이다가 무심코 말문을 열었다.

"어? 질문?"

"뭔데요?"

"뭐야? 재밌는 일이야?"

화화 삼인방은 여느 때처럼 열렬히 반응했다.

"에……."

양이는 다분히 충동에 휩싸여 입을 연 터였다. 열없이 뺨을 긁적였다. 적합한 표현을 고르려 급히 머리를 굴렸다. 신통치 않았다. 별수 없이 되는대로 뱉었다.

"재미있는 고민은 아닌데. 그냥요, 저 이대로 괜찮을까요?"

"엥? 이대로가 뭔 대론데?"

"뭐, 다들 아시다시피……."

"뭔데, 뭐?"

양이는 보일 듯 말 듯 붉어졌다. 설핏 찡그렸다.

"제가 사장님과 좀, 자주 같이 잠들어서요. 아, 그냥, '같은 장소에서 잠든다.' 그 이상은 아닌데, 그게 좀, 죽부인 취급받는 느낌이랄, 까? 그런데 제가 사장님과 무슨 특별한 관계도 아니고 저도 관리해야 할 기본 평판이 있는 미혼 처자잖아요. 그렇다고 우리 사장님 뭐, 아우, 이걸 뭐라 하지? 그러니까요, 저를 지켜주시겠다는 의도는 알겠는데요, 그게 그래도……. 아우……."

양이는 머리를 싸쥐었다.

그러나 고뇌하는 자는 양이뿐이었다. 청자 일동은 귀를 쫑긋쫑긋 세웠다. 초롱초롱 눈을 빛내며 양이를 들쑤셨다.

"그래서 뭐? 찜찜한 사건이라도 났어?"

크닙이 물었다. 며칠 전 사건을 아는 수산이 움찔했다. 수산은 지레 더듬댔다.

"아우, 어, 우리 사장님이 여인을 막 대하고 그러는 분은 아니신데……."

"왜, 왜? 지켜주는 그 무언가를 넘어선 그 무언가가 느껴져?"

월주가 가장 불타올랐다. 양이는 초 당 십 회 빠르기로 붕붕 고개 저었다.

"아뇨! 그런 게 아니라……."

"그런 거 아님, 이런 거? 저런 거?"

"뭔데, 뭐야?"

크닙과 월주는 점점 다가왔고 양이는 점점 물러났다. "그게요오……." 하고 웅얼댔다.

"그게요, 그래도 이건 좀 아니다, 그거죠. 시집도 안 간 처자가 외간 남자랑 자꾸 한이불 덮고 자는 상황인데. 아, 물론, 정말 같이 자기'만' 했지만! 그래도 이건 상식선에서 지나치지 않나요? 아니, 우리 사장님께서 저를 뭐 어쩌실 것 같진 않아요. 딱 봐도 사장님이 여자가 궁할 분은 아니시잖아요. 제가 뭐 그렇게 매력 터지는 외모도 아니고요. 그러니까 굳이 뭐, 사장님께서 싫다는 저를 어쩌실 것 같지야 않지만, 그래도 뭐, 사장님은 남자고 저는 여자니까……. 아우, 제 말은, 이래도 내가 안전할까? 안심해도 될까? 문득문득 그런 고민이……. 아우, 사장님 좀 말려보세요. 옆에 있는 사람 덥석 껴안고 잠드시는 그 버릇 좀!"

양이는 두 손을 들어 머리를 벅벅 긁었다. 괜히 말했다고 후회했다. 남이 기껏 고민을 토로해도 저 월주와 크닙은 재미있어 죽겠다는 표정만 짓지 않는가. 그나마 수산이 안쓰러워 죽겠다는 모습을 보여 위안이 되었다.

"미안해요, 양이 씨……."

수산은 풀 죽어 한 마리 방아깨비로 화했다. 연신 꾸벅꾸벅했다.

양이는 손사래 쳤다.

"아뇨, 괜찮아요. 수산 씨가 왜 사과하세요. 수산 씨 잘못이 아닌데."

"제가 사장님을 못 말리니까. 양이 씨는 믿을 데가 저뿐인데, 저는 편도 못 들어드리고……."

수산은 미안해 죽을 맛이었다. 진실을 따지면 도에게 양이를 찍어 붙인 이가 수산이었다. 점괘를 뽑아 도를 양이에게 보낸 이도 수산이고 양이를 어떻게든 곁에 두라고 조언하는 이도 수산이었다. 더구나 수산은 여기에서 도가 처한 상황과 양이가 도에게 끼치는 영향을 아는 유일한 이였다. 그걸 알고 도의 백성이자 신하로 사는 만큼 양이를 도에게서 지켜주긴커녕 양이가 도망이라도 친다면 전 우주를 뒤져 양이를 찾아내어 도 옆에 끌어다 놓을 존재이기도 했다. 그나마 양이가 도에게 보호받는 입장이라 상당히 죄책감을 덜지만 기실 도가 하는 희롱은 양이를 보호하는 일에 그리 필수가 아니었다. 상황이 이러하니 이런들 저런들 양심에 찔렸다. 이런들 저런들 양이를 잘 구슬려 피차 평화롭게 이득과 안전을 챙기게 유도할 수밖에 없었다.

"아우, 그래도 미안해요. 제가 면목이 없어요. 이런 말 그렇긴 한데, 혹여 오해하지 말고요, 제가 죽부인 수당이라도 쳐드릴게요. 아우……."

"아, 아녜요. 맙소사. 무슨 죽부인 수당……. 어휴, 됐어요. 진짜 수산 씨가 사과하실 일은 아니죠. 괜찮아요. 여태 별일 없었고, 사장님 잠드시면 시체라 앞으로도 별일 있을 것 같지 않아요. 고개 드세요."

"헤에, 전하 잠들면 시체이시구나."

"에휴, 우리 전하도 참……."

양이는 수산이 지나치게 쩔쩔맨다고 생각했다. 오히려 자기가 수산을 위로했다. 괜한 말을 꺼내서 분위기만 이상해졌나 싶었다. "끄응." 신음했다.

"너그럽게 이해해주셔서 감사합니다."

수산은 조금 훌쩍이기까지 했다. 연거푸 꾸벅이며 고마워하고 또 미안해했다. 간신히 고개 들었다. 양이가 웃어 보이자 머뭇대며 운을 떼었다.

"사실 신하로서 주군의 위신을 생각하면 이런 말 입에 올리면 안 되

지만요, 제가 전하를 오랜 세월 모시며 그 울컥하시는 성정 탓에 얻어
맞은 일이 간간이 있어요. 그 때문에 원한이 쬐끔, 쌓였답니다. 그래
서 뒷말과 위로를 겸해 하나 말씀드리면…….”

“뭔데? 뭔데, 오라버니?”

“설마 완벽해 보이시는 우리 전하께도 약점이?”

월주와 크닙이 눈이 번쩍 뜨여 수산에게 들러붙었다.

수산은 ‘얘들을 믿어도 될까?’ 하며 둘을 한참 바라보았다. 기대를
버리며 한숨을 푹 내쉬었다. 그럼에도 “비밀이야?” 하고 둘에게 당부
에 당부를 거듭했다.

이쯤 되자 양이도 궁금해졌다. 양이마저 수산을 재촉했다.

“뭔데요? 아, 뜸들이지 마시고요.”

수산은 무언가 굳은 결심이 필요한 듯 낯을 굳혔다. 침을 꿀꺽 삼키
고 입을 열었다.

“같은 남자로서 이런 말 하면 안 되지만, 우리 전하의 암스트롱포는
다시는 발포할 수 없는지도 몰라요.”

“네?”

“푸읍!”

양이는 갸웃했다. 월주는 고개를 돌리고 커피를 뿜었다. 크닙은 잠
시 생각하다가 눈물을 글썽였다.

“우리 전하 불쌍해. 형님, 이 비밀은 꼭 지킬게요. 남자로서 꼭 지킬
게요.”

“미리 말씀드리자면 저는 생애 대부분을 전하를 가까이서 모시며
살았어요. 어려서는 전장에서 전하를 쫓아 싸웠고 지금은 온갖 시중
을 들죠. 요컨대 전하의 최측근 가운데 한 명이에요.”

"맞아. 형님이야말로 전하의 최측근 중 최측근이시지."

"그래서? 그거랑 전하의 암스트롱이 무슨 상관인데?"

"내가 전하의 암스트롱포를 두고 제기한 의견은 한갓 짐작이고 의심일 뿐이야. 그러나 내가 그 오랜 세월 전하를 가장 가까이에서 관찰한 이 가운데 한 명이라는 사실이 그 의심을 뒷받침하는 강력한 근거야."

"아, 그러니까 그 암스트롱포가, 사장님의 소중한 그……?"

양이는 점점 흥미진진해졌다. 암스트롱포가 왜 그것인지 알 수 없지만 그걸 알려다가 제정신이 아닌 무언가를 알게 될 듯했다.[2] 암스트롱이든 존슨이든 조니 워커든 지칭이야 알 바 없고 정보 그 자체가 중요했다. 자기 안위가 위협받는 와중에 이보다 중요한 사안이 또 무엇이랴. 절로 수산에게 몸이 기울었다. 수산이 끄덕였다.

"네, 그거죠. 제가 이런 의심을 하게 된 이유는 이래요. 예전에 우리 전하는 여인이 무진장 많으셨거든요? 따라다니는 여인이 벌떼 같았어요. 무섭게 많았죠. 전하도 그에 걸맞은 상남자셨거든요? 자세한 설명은 생략할게요. 그런데 전하께서 전대 수라 왕과 싸우신 일이 있어요. 수라족은 삼계에서 첫손에 꼽히는 전투 종족인데, 전대 수라 왕은 그 수라족 역사를 통틀어서 제일가는 무인, 우리 도깨비족에게야 철천지원수이지만 무인으로서 대단한 자이죠."

"아, 들었어요. 시영 씨 데려온 날 사장님께서 말씀해주셨거든요. 사장님께서 그 수라 왕 팔다리를 자르고 이기셨다고요. 그때 그러셨는데? '그놈은 내 옷자락도 한번 못 뱄다.'고."

"그게 아닐 수도 있어요."

수산은 음색을 낮췄다. 모두의 시선을 그러쥐고 은밀히 속삭였다.

"왜냐면 그 싸움 이후로 우리 전하 주변에서 그 많던 여자가…… 그냥 뚝!"

수산은 말을 멈췄다. 한 손을 들어 제 입 앞에서 꽉 주먹 쥐어 보였다. 미간에 가늘게 주름을 잡으며 앞으로 할 말에 스스로 설득된 듯 작게 끄덕였다. 신중하고 침통하게 말했다.

"끊기셨거든요. 끊으셨는지도. 그래서 저는 우리 전하께서 아주 곤란한 부위를 다치시지는 않았나, 의심하죠."

"크흑, 우리 전하 불쌍해."

크닙은 다시 훌쩍였다. 월주는 입을 가리고 오만상을 찌푸리며 눈물을 찔끔했다. 어깨를 부들부들 떨었다. 양이는 끄덕이며 중얼거렸다.

"그때 당신은 옷깃 한번 안 베였노라 자랑하시더니 역시 남자가 '나 세다.'고 하는 말은 곧이곧대로 믿으면 안 돼."

양이는 고개 숙이고 손을 입으로 가렸다. 반대편 손으로 월주를 쿡 찔렀다. 은근히 속삭였다.

"언니, 그때요. 기억하실지 모르겠는데, 저랑 저쪽 골목에서 처음 만나셨을 때요."

월주가 양이를 돌아보았다. 양이는 숙였던 고개를 반짝 들어 크닙과 수산을 보았다.

"죄송해요. 실례지만 여자들끼리 잠깐 이야기 좀 하고 올게요. 잠깐만요. 중요해서요."

"네, 다녀오세요."

양이는 월주 손을 잡고 벌떡 일어났다. 의아해하는 월주를 끌고 부엌까지 들어갔다. 청력이 예사롭지 않아 보이는 수산과 크닙을 의식

66

하여 귓속말했다.

"언니가 그때 그러셨잖아요, 사장님과 언니는 한때 엮일 뻔한 사이였다고."

"어……. 아! 응응! 애인은 아니었지만? 게다가 어어어어어어엄청 오래전이야. 다시 강조하지만 난 악기 취향 저질인 남자 사양이야. 전하가 아무리 잘난 사내셔도 내 취향 아냐."

"어, 알겠어요. 근데, 실례지만요, 그러면 좀 아는 바 없으세요? 수산 씨 말을 믿어도 될까요? 사장님은 진짜 여자에게 관심을 잃으셨나요? 아니, 이렇게 여쭐게요. 사장님이 언니와 엮일 뻔했던 때가, 그, 수라 왕이랑 싸우기 이전이었어요?"

월주는 다시 고개 숙였다. 한 손으로 입을 가리고 다른 손으로 눈물을 찍어냈다. 터져 나오려는 웃음을 울음으로 승화하며 부들부들 떨었다.

'으흡, 태흑과 전하가 싸우신 일은 내가 역사책에서나 본 일인데. 으히읍. 그래도 일단 그렇다고 하자. 안 그랬다간 양이가 전하에게서 십 리 밖으로 도망갈 기세니까. 아, 정말, 우리 전하 불쌍해서 못 봐드리겠네.'

월주는 고개를 들었다. 눈꼬리에 맺힌 눈물을 훔쳤다. 혼신의 연기력을 발휘하여 갸륵한 미소를 지었다.

"물론이지. 내가 말했잖아. 내가 전하와 엮일 뻔한 때는 어어어어어 엄청 오래전이라고. 당연히 그 전투 이전이고 말고. 그리고 우리 삼경 내궁이 텅텅 빈 까닭에 내가 부인 외교 문제로 조언 드리느라 내궁에 좀 드나들어서 아는데, 그 전투 이후로 우리 전하께서는 참으로 순결하게 사셨어. 나도 수산 오라버니께서 제시한 가설을 지지해. 우리 전하는 '오빠 믿지?'를 따지기에 앞서 아주 '안전한' 남자시란다. 게다가 나도 크닙이도 수산 오라버니도 전하의 잠버릇 같은 은밀한 일은 신하 된 도리로서 외부에 입도 뻥긋하지 않을 테니 네 평판도 영원히 안녕할 거야. 이중, 삼중으로 안심하도록 해."

"와, 정말 다행이다. 진짜 기뻐요! 우리 사장님은 안전한 남자셨어!"

양이는 몹시 안도했다. 월주와 함께 수산과 크닙에게로 돌아갔다. 양이와 월주가 부엌으로 가기 전까지만 해도 전하가 불쌍하다며 울던 크닙이 수산에게 찰싹 붙어 키득댔다. 크닙은 돌아오는 양이를 발견하고 정색하며 표정을 단속했다. 양이가 자리에 앉자 수산이 심각하다 못해 근엄한 낯으로 말했다.

"사십 년 동안 안 하면 대마법사라면 전하는 초절정 대마법사이시죠. 제가 보기에 최소 사백 년간 여자가 없으셨으니 양이 씨는 안전하실 겁니다."

수산은 입술을 꼭 깨물며 제 가슴을 탕 쳤다. 닭에 쪼이듯 쪼여드는 죄책감을 느꼈다.

'전하, 죄송해요. 같은 남자로서 제가 정말 씌워서는 안 될 오명을 씌워드렸네요. 그래도 전하의 자존심보다 생존과 건강이 우선이니까요. 그뿐이에요. 제가 전하께 원한이 쌓여서 이런 게 절대로 아녜요. 제 충정을 의심치 말아주세요. 그리고 양이 씨, 속여서 미안해요. 하지만 전하는 양이 씨만 품에 넣으면 정신없이 나른해하시니까, 아무 문제 없을 거예요. 그렇게 피곤하신데 텐트를 세우려도 기둥이 서겠나요?'

수산은 묵념을 마쳤다. 고개를 드니 양이가 평온을 찾은 듯 평소처럼 맹한 얼굴이었다. 그 얼굴을 보며 비장히 덧붙였다.

"그래도 뭔가 위험하다 싶으면 급소를 까고 비명을 질러요. 제가 프라이팬이든 밥주걱이든 들고 전하를 후려 패러 갈게요. 고백하건대 저는 전하께 개겨도 되는 권리를 받았거든요. 실컷 부리시는 대신 제가 스트레스로 발광해도 봐주시겠대요. 저는 전하께 딱밤 정도만 맞지 웬만큼 개겨도 안 혼나요."

"고맙습니다. 든든하네요."

양이는 두 손을 맞잡고 감사했다. 자리를 파하려 커피잔을 들고 엉덩이를 움찔했다. 그러나 주저앉았다.

"저, 이왕 말 나온 김에 하나만 더 여쭐게요."

"어, 뭔데? 물어봐."

"이번엔 또 뭐야?"

월주와 크닙은 기대에 찼다. '사장님 본체는 부지깽이.' 건부터 크게 웃기던 양이이니 양이가 입만 열면 귀가 쫑긋쫑긋 섰다.

"뭐든 말해요. 힘들거나 궁금한 일 있으면 뭐든."

수산만 다른 방향으로 진지했다. 수산은 양심의 가책에 짓눌려 심각하게 양이를 보았다.

양이는 숨을 훅 들이쉬었다. 머뭇대며 물었다.

"저기, '혜'가 누구예요?"

수산과 크닙, 월주는 입을 합 다물었다. 서로를 돌아보며 눈짓, 도리질을 주고받았다. 양이를 향했다. 수산이 조심스레 물었다.

"그 이름, 어디서 들으셨어요?"

양이는 주춤 몸을 뒤로 뺐다. 눈동자를 굴려 두루 눈치를 살폈다.

"어, 제가 예민한 주제를 건드렸나요? 그럼 답 안 주셔도 되는데……. 못 들은 셈 쳐주세요. 전 대수롭지 않은 일이라고 생각해서 여쭸거든요."

"아뇨. 못 물을 주제는 아닌데……."

수산은 손을 저었다. 말꼬리를 흐리며 이을 말을 골랐다. 주저하며 말했다.

"우리가 말한 적은 없어서요. 그렇다고 전하께서 입에 담으셨을 만한 이름도 아니라서, 뜬금없어서 당황했달까? 어떻게 알았어요? '혜'라는 이름?"

"아."

양이는 떠름했지만 적당히 그런가 보다 했다. 사실대로 답했다.

"사장님께서 며칠 전에 몸살 나셨을 때요, 그 새벽에 사장님께서 꿈자리가 사나우신지 잠꼬대를 하셔서요. 아우, 괜히 물었나 보다."

"아, 아니요, 아니에요, 아니에요. 그러셨구나."

수산은 후회하는 양이를 달래며 부산히 손사래 쳤다. 금세 말을 이었다.

"어, 혜는, 말하면 안 되는 볼드모트³, 그런 애는 아니고요, 우리 도깨비족 공주였어요."

"아, 그 족자……."

양이는 중얼댔다. 신라 시대 복부인풍 금목걸이를 받은 날 한 소녀가 담긴 족자를 보았다. 도는 그 소녀를 '공주'라고 칭했다. 도깨비에게 공주가 여럿일 수도 있지만 양이는 그 단어를 듣자마자 족자 속 소녀를 떠올렸다. 그 반응에 수산이 동조했다.

"족자? 아! 맞아요. 전하 곳간에 갔었죠? 거기 당혜를 그린 족자가 있어요. 봤나 보네요. 걔 맞아요, 혜, 도당혜."

"당혜 님은 우리 왕비님이 될 뻔한 공주셨어."

"응, 상당히 유명한 이야기야. 전하와 당혜 공주님 이야기."

월주와 크닙이 그제야 곁을 달았다. 특히 월주는 두 손을 모으며 꿈 꾸듯 말했다.

"아, 정말, 눈물 없이 들을 수 없는 이야기거든. 두 분 사이에는, 우 리 전하께서 삼계에 우수에 찬 낭만남으로 자리매김하시게 된 지독한 사연이 있어. 두 분이 만나고 헤어진 사연을 담은 선녀 사이의 고전, '배롱나무꽃'이라는 연정소설집도 있지. 내가 있다가 빌려줄게. 내 방 으로 와."

수산이 절레절레 고개 저었다.

"선녀 사이에서 도는 소문은 과장이 심해요. 요즘 어린 도깨비들은 전하와 혜가 무슨 영겁의 연인쯤 되는 줄 아는데, 혜는 전하께 여동 생이나 따님에 가까웠어요. 여기 셋 중에 제대로 아는 존재는 저뿐이 니 제 말 믿어요. 저는 혜가 아장아장 걸음마 할 때부터 지켜봤으니까 요."

"오라버니, 그게 무슨 소리야? 금시초문인데?"

"무슨 말씀이세요, 형님? 전하께서 지금껏 홀몸이신 까닭은 가슴 아픈 사연 탓 아니었어요? 전하의 암스트롱포가 발사될 수 없다 해도 우리 전하만큼 부유하고 권세 높고 아름답고 강력하신 분께 시집오고 싶어 하는 규수는 삼계에 널리고 깔렸다고요. 가슴 아픈 사연이 아니 면 전하께서 왜 그 긴 세월 열 여자 마다하셨겠어요?"

월주에 이어 크닙마저 수산이 한 발언에 반기를 들었다. 그러나 수 산은 꿋꿋이 주장을 고수했다.

"진짜야. 우리 전하는 소문과 달리 어린애 취향도 아니시고, 혜는 전하께 여동생에 가까운 존재였어. 왕비감 대접을 받은 여인이긴 해도."

"그러니까 그 '혜 공주님'은 '공주'는 '공주'이신데 사장님 따님이 아니셨나 봐요?"

양이가 물었다. 셋이 나란히 끄덕였다. 수산이 말을 이었다.

"크닙이가 준 도깨비족 역사서를 어디까지 읽었는지 모르겠지만, 도깨비는 전하가 계시기 이전에는 인간계에 대충 흩어져 살았어요. 성품은 싸움을 무서워하고 순박한데 영력과 기운은 강하니 삼계에서 알아주는 호구였죠. 상당수 도깨비가 이곳저곳에서 붙잡혀 노예 노릇 하며 말도 못 하게 비참히 살았어요. 부림을 당하는 수준이면 그래도 괜찮은데 사악한 존재들이 내놓고 우리를 사냥했죠."

"아, 그 부분 읽었어요. 도깨비는 순수한 영력 덩어리라 잡아먹으면 영력이 강해진다는 미신이 있어서 무수히 살해됐다고요."

양이가 말했다. 월주와 크닙이 두 팔에 오스스 돋아난 소름을 쓸었다.

"맞아요. 특히 구체적 자아를 갖춘 지 얼마 안 된, 간신히 인간형을 획득하고 헤매는 갓 난 도깨비가 주된 사냥감이었죠. 전하는 그 아이들을 속히 삼경으로 유도하려 도깨비에게만 들리는 영적 주파수로 '이렇게 저렇게 삼경으로 찾아오라.'고 인계에 방송도 자주 하고 신하도 대규모로 파견하셨어요. 시간 날 때마다 친히 인계를 돌며 아이를 구하고 찾아내기도 하셨고요."

"와, 전하께서 친히요?"

크닙이 눈을 동그랗게 떴다.

"그럼. 우리 전하는 몸소 행하는 분이셨거든. 그러니까 그때……."

수산은 힘주어 끄덕였다. 이야기보따리를 풀어놓았다.

❋❀❋

그때도 전하는 직접 인간계에 가셨어요. 그때는 인간계에 전란이 잦아 밀도 높은 사연이 많던 시기라 어린 도깨비가 대거 태어났거든요. 전란 때문이었나 도적 때문이었나 한 마을에서 가옥이 다 불타고 주민이 다 살해됐어요. 그 마을에서 영기가 짙게 흘러나와 전하께서 그쪽으로 달려가셨죠.

영기는 아주 거칠었대요. 힘을 조금도 갈무리할 줄 모르는 전형적인 어린 도깨비 느낌이었다고 해요. 과연 폐허 한구석에서 재투성이 여자아이가, 물론 도깨비인 여자아이가 꽃수가 놓인 비단옷 차림으로 앙앙 울었대요.

아, 도깨비는요. 스스로 인간형이 돼요. 어느 정도 자아 개념이 서면 본능으로 자기에게 주어진 또 다른 모습을 느끼죠. 사고만 겪지 않으면 빠르든 늦든 모든 도깨비에게 그 시기가 와요. 하지만 그 시기가 오는 속도는 개체마다 다르죠. 어떤 도깨비는 둔해서 인간형이 될 수 있다는 깨달음을 더디 얻기도 하고 어떤 도깨비는 자아 개념이 꽤 미숙한 상태에서도 충격이나 우연으로 덜컥 인간형이 되기도 해요. 또 다른 도깨비는 인간형이 될 수 있다는 자각이 빨라도 느긋한 성품이나 이런저런 사연 탓에 자각하고 수십 년에서 수백 년이 흐른 뒤에야 인간형이 되죠.

이 가운데 두 번째가 굉장히 위험해요. 특히나 어리숙하고 허약한 상태라 도깨비 사냥꾼에게 아주 좋은 먹잇감이거든요. 그 도깨비는 두 번째 유형이었어요.

또한, 도깨비는 사물이잖아요? 그러니까 대부분 주인이 있죠. 오랜 세월 정기를 쌓아 태어났든 단기간에 강한 정념과 정기를 쏘여 태어났든, '도깨비'로 각성하는 시기에 본체를 소유한 주인은 도깨비에게 지대한 영향을 미쳐요. 자아 개념이라든가, 여러모로요.

당혜(唐鞋)는 이름처럼 가죽신이었어요. 꽃신이요. 주인이 어떤 여인이었죠. 한데 그 주인이 전란인가 수탈인가로 갑자기 죽은 거예요. 당혜는 그 충격으로 아주 미숙한 상태에서 인간형이 되었죠. 자기가 도깨비인지 뭐인지 잘 알지도 못하고 별생각도 없는 상태로 겁에 질려 앙앙 울었대요.

"애야, 왜 우느냐?"

전하는 쭈그리고 앉아 눈높이를 맞추고 물으셨대요.

"흐에엥. 흐에에에에. 끅, 끅, 딸꾹, 흐에, 흐에에…….."

아이는 답도 없이 울었고 전하가 팔을 벌리시자 덥석 안겼대요.

"이런, 울보로구나. 왜 이리 놀랐느냐? 왜 그러느냐? 피가 많아 무서우냐?"

마을은 불과 피와 재와 시체로 가득했죠. 알도깨비가 아닌 순도깨비야 하나같이 피를 두려워하니 전하께서는 영기로 혈기를 태우며 아이를 달래셨대요. 아, 참고로 이렇게 영기로 혈기를 태우는 일은 우리 전하처럼 영기가 남아도시는 분이 아니면 할 수 없어요. 엄청난 일이죠.

"흐에에에, 끅, 끅. 흐아아앙…….."

아이는 혈기를 없애주고 흔들며 어르고 달래도 울음을 멈추질 않았대요.

"아가. 왜 이리 우느냐? 두려워 마라. 내가 널 지켜줄 터이니. 내가 네 왕이니라."

"흐에엥……. 흑, 흐윽, 흑, 딸꾹."

전하는 그 마을에서 아이를 안고 나오셨대요. 술법으로 토끼도 만들어 보여주고 당과도 내밀어보고 아이를 달래려 온갖 일을 다 하셨대요. 저도 도깨비지만 도깨비는 순도깨비고 알도깨비고 대체로 단순해서 조금만 비위를 맞추면 금세 즐거워하거든요? 그런데 그 아이는, 당혜는 아무리 어르고 장난을 걸어도 즐거워하질 않았대요. 몇 시간을 쉬지도 않고 섧게 울기만 했다는 거예요. 더구나 전하께서 삼경으로, 수경궁으로 돌아와 시비에게 아이를 넘겨주려 하셔도 전하께 찰싹 들러붙어 떨어지지도 않았대요. 전하 옷자락에 눈물 콧물 다 묻혀가며 숨넘어가게 울었다네요. 저는 그 재미있는 광경을 변방 경비하러 나가서 못 봤지 뭐예요.

"아가, 대체 왜 이러느냐? 울지만 말고 말을 해보아라. 어디 이름이라도 들어보자. 너는 이름이 대체 무어냐? 본체가 무어냐? 대체 어찌 생겨먹은 아이이기에 이리 잘 우느냐. 아이고, 이거 아주 울보로구나. 왜 이리 우느냐. 으응? 나 좀 살려다오."

전하께서 결국 두 손 두 발 다 들고 애걸복걸하시자 아이는 비로소 입을 열긴 열었대요.

"저처럼, 흐어어엉. 박복한 년의, 이름 따위 아셔서 무엇, 흐어어어엉, 무엇하시려고. 으아아앙. 이년은, 낭군도 죽고, 흐엉, 자식새끼도, 딸꾹, 죽고……. 세상에 저처럼 박복한 년이, 딸꾹, 어디 또 있겠나이까. 흐어어엉……."

아이에게 매달려 벌 아닌 벌을 서던 전하와 시비, 시종은 그제야 이마를 탁 짚었죠. 예상을 아예 못 한 바야 아니지만 비로소 아이가 어떤 상태인지 확신할 수 있었어요. 전하는 아이 등을 토닥이며 다정히 말씀하셨죠.

"아이야, 그건 네 일이 아니라 너를 키운 인간이 겪은 일이다. 그건 네 기억이 아니라 너를 키운 인간에게 엮인 기억이다. 너는 나와 같은 도깨비이니라. 네가 너무 일찍 태어나 혼란스러운 모양이구나. 그건 결코 네 일이 아니다. 너를 키운 정기 가운데 한 가지일 뿐이다. 으응? 울지 마라. 그 서글픈 기억은 절대로 네 게 아니다. 그러니 그만 울어. 으응? 뚝!"

아이는, 당혜는, 인간으로 치면 열 달을 못 채우고 예닐곱 달 만에 태어난 미숙아였어요. 그러니 자아 개념이 너무 약했죠. 주인과 자신을 동일시했어요. 나중에 보니 줄곧 청상과부 손에서만 돌던 꽃신이었대요. 그러니 신세타령을 할 만했죠.

"아이고오, 이 박복한 년이, 웬 년의 팔자가아, 흐어어어엉. 내, 그 꽃다운 날엔 백년낭군 모시고 남들처럼 알콩달콩 살 줄 알았는데…… 으허허허헝! 내 아버지 호환으로 잃어 유복자로 자랐건만 그 범이 내 낭군마저 물어 가고 이 내 가슴도 찢어놓고 자식새끼도 앞세우고……. 아이고야, 으허허허허헝……."

그때부터 전하도 시종도 시녀 온 수경궁이 만 이틀간 꼬박 아이를 달랬지만 아이는 한도 끝도 없이 낭군 타령만 했대요. 전하는 아이를 달래고 또 달래다 탈진하여 이렇게 말씀하셨죠. 솔직히 그때 너무 졸리고 짜증나고 애가 무서워서 무슨 말을 했는지 정확히 기억도 안 나신대요. 이렇게 말했겠거니 추측하실 뿐이죠.

"아가, 그래. 좋다, 좋아. 내가 네 낭군이 되어주마. 으응? 그러니 그만 좀 울어라. 제발."

"딸꾹."

아이는 딸꾹질했대요. 붕어눈을 하고 무지막지하게 못생긴 얼굴로 전하를 보았다네요.

"제 낭군님은, 흐윽, 딸꾹, 범보다 세야 해요. 흐윽, 딸꾹!"

아이의 주인이던 여인은 남편을 호환으로 잃었죠. 그 조건은 그 때문이었어요. 전하는 아이가 울음을 그쳤다는 사실이 뛸 듯이 기뻐서 연신 끄덕이셨대요. 파안대소하며 자신만만하게 말씀하셨다죠.

"범 가죽으로 널 쌀 강보를 지어야겠구나."

"강보라뇨? 저 아기 아녜요!"

아이는 힘껏 항의했다죠. 전하는 드디어 울음을 그쳤다는 사실만으로도 아이가 사랑스러우셨대요. 웃고 또 웃으며 비위를 맞춰주셨대요.

"그럼, 그럼. 어이쿠, 내가 실수했구나. 아기가 아니지, 어여쁜 규수고 말고."

"히힛, 진짜, 딸꾹! 도련님이 범보다 더 세세요?"

"그럼, 많이 세지. 범이 널 태울 꽃가마를 끌게 해줄까? 백진이라고, 내 사질 중에 아주 만만한 범이 있어요."

"와, 진짜요? 도련님이, 딸꾹! 정말 제 낭군님이 되어주시는 거예요? 범이 제 꽃가마를, 딸꾹! 끌어주고요?"

아이는 하도 울어 퍼렇게 질렸던 뺨이 발갛게 물들어 수줍게 물었대요. 전하는 뒷일을 내다보지 못한 채 순간을 모면하고자 흔쾌히 끄덕이셨죠.

"물론이지. 그러니 이제 울지 마라. 울면 낭군 안 해준다?"

"끅! 흐에에엥……."

"뚝! 뚜욱! 해줄게! 안 울면! 해줄게! 안 울면 해줄게, 낭군."

그때가 전하가 코 꿰이시던 순간이었죠. 아이는, 당혜는 더럽게 고집이 세고 집념도 장난이 아니었거든요. 아장아장, 도도도도, 수경궁을 걷고 뛰며 온종일 전하 뒤를 금붕어 똥처럼 붙어 다녔고 전하를 "낭군님, 낭군님, 낭군님." 입술이 부르트도록 부르고 다녔어요. 전하가 부인하시면 그 순간부터 "빼애애애액!" 온 수경궁이 쩌렁쩌렁 울리도록 울어젖혔고요. 엔간해서 멈추지도 않았어요.

당시 저를 비롯하여 수경궁 시비, 시종, 신하 일동은 그 사연을 모르지 않았지만 상황이 재미있다고 생각했죠. 원래 도깨비는 장난칠 건수를 지나치는 종족이 아니거든요. 상대가 전하라고 해도 마찬가지죠. 그래서 수경궁 궁인 일동은 당혜에게 강력히 동조했어요. 당혜를 "공주님.", "왕비님." 하고 불러주며 전하를 어린아이 잡아먹으려는 범죄자 취급했죠. 매일같이 신나게 놀렸어요.

전하는 처음에야 아니라고 부인하셨지만 대신들이 단체로, "군주가 한 입으로 두말하시옵니까? 그것도 이런 어린아이를, 여인을 상대로?" 하고 정색하자 자포자기하셨죠. 그대로 세월이 흐르자 첩지만 안 내리셨다뿐이지 정말 당혜를 '애가 내 왕비감이려니.' 생각하시는 듯도 했어요.

❋❖❋

"세상에, 말도 안 돼! 운명 같은 만남과 사랑, 청순하신 공주님은? 다 거짓부렁이었어?"

월주는 입을 쩍 벌렸다. 사기당했다는 태도였다. 수산이 으쓱했다.

"말했잖아. 선녀 사이에서 도는 소문은 과장투성이라니까."

"하아. 역시 현실에 그런 로맨스는 없구나."

월주는 개탄했다. 양이는 "대체 어떤 로맨스길래……." 하며, '월주 언니가 말한 선녀들 사이의 고전, '배롱나무꽃'인가 뭔가, 꼭 빌려 봐야겠다.'고 다짐했다.

"그래도 떠도는 소문이 아니 땐 굴뚝에 연기 났달 수준은 아냐. 전하는 혜를 진심으로 아끼셨거든."

✻✦✻

전하만이 아니라 우리는 모두 혜를 아꼈어.

월주 너나 크님이야 다 아는 사실이지만 양이 씨도 계시니 설명할게.

양이 씨, 자연 상태에서 도깨비는 혜처럼 외부 충격으로 뜬금없이 각성한 경우가 아니면 인간형으로 각성할 때 얼추 자아상이 자리 잡은 상태예요. 살아가며 그 상이 변해도 엄청난 사건을 겪어서 자아가 아주 뒤집혀버리지 않는 한, 한번 '견고히' 결정된 형태는 크게 변하지 않아요. 바꿔 말해 일단 인간형으로 각성하면 외형 변화가 별로 없어요. 그리고 대다수 도깨비는 인간에 빗대면 십 대 중반에서 사십 대 후반 외형으로 각성하죠. 혜처럼 사고를 겪어서 불완전하게 각성한 도깨비는 비율로 치면 얼마 없어도 수로 치면 꽤 되지만 열에 아홉이 삼경을 찾아들기 전에 이런저런 사고로 죽어요. 그래서 삼경에는 어린애가 없었어요. 물론 요즘엔 '잠재적 도깨비'를 찾아내어 보호하는 체계가 잘 잡혀 있어서 상황이 다소 다르지만 당시엔 그랬어요.

아, 알도깨비요? 좋은 질문이네요. 물론 알도깨비는 아기로 태어나 성장해요. 하지만 말씀드렸죠? 도깨비와 도깨비 사이에서는 출생률이 낮다고. 그래서 삼경에는 아이가 극히 드물었어요.

그런데 혜는 아이, 어쩌면 아기라고 봐야 더 좋을 아이였어요. 그것도 '견고하지' 못한, 그래서 앞으로 성장할, 더구나 순도깨비.

그러니 얼마나 귀하고 귀여웠겠어요? 다들 혜가 예뻐서 어쩔 줄 몰랐어요. 전하도 그러셨죠. 전하는 원래 정 많은 분이시거든요. 요즘 유행하는 딸바보? 어지간한 딸바보 따위 명함도 못 내밀 수준으로 당혜를 아끼셨어요. 안고 업고 정무 보셨을 정도라니까요?

더욱이 당혜는 도깨비치고 정말 순했어요. 전하가 "낭군 안 해준다?" 하고 놀리지만 않으시면 어지간해서 울지도 떼쓰지도 않았다니까요? 온종일 방긋방긋, 앙글앙글 웃고 다녔어요. 애교에 재롱은 기본이고요. 그뿐인가요? 도깨비는 엉덩이 가벼워서 놀기 좋아하고 공부에 소질 없다고 정평 난 종족인데, 혜는 별종이었어요. 전하가 "열심히 공부하여라." 하시니까 진짜 열심히 하더라고요. 와, 알도깨비도 아닌 순도깨비가, 더구나 문방사우 도깨비도 아니면서 그렇게 진득하게 공부할 줄 알다니, 혜는 진짜 별종이었어요.

전하는 구제불능 딸바보가 되어 의기양양하셨어요. 문방사우 도깨비 중에서도 학식 높기로 유명한 자들을 수경궁으로 싹 부르셨죠. 또마고 님이며 삼신할머니며 명망 높은 여신이나 선녀분께 서신을 넣어 여인다운 교양을 가르쳐줄 선생을 추천받으셨어요. 선생을 후한 조건에 수경궁으로 초빙하셨죠. 혜를 삼계 그 어느 왕녀에 견주어도 당당할 수준으로 교육하셨어요.

"그럼 혜 공주님은 진짜 따님이셨어? 정말 손톱만큼도 연인이 아니셨단 말이야? 우리 전하를 온 삼계에 구제불능 유아 취향 범죄남으로 소문내놓으시고?"

월주는 진실이 주는 배신감에서 헤어나지 못했다. 기가 차고 화가 나서 손바닥으로 바닥을 탕탕 쳤다.

"어, 그건 말이지……."

기세에 눌린 수산이 머쓱히 웃었다.

수경궁 내 중신과 전하 측근 사이에서도 의견이 분분했어. 한마디로 대단한 내깃거리였지. 이른바, 혜를 향한 전하의 어심은 무엇인가!

의견은 세 갈래였어.

첫 번째, 전하께선 혜를 딸로 보신다. 우리 전하께서 특별히 가까이 두셨던 여인들을 돌이켜보라. 전하께서는 요염하고 세련되고 영리한 여인, 대쪽같이 그 외길만을 걸어오셨다. 혜는 아이이기도 하지만 자란다 해도 요염하게 자랄 떡잎이 아니다. 귀엽고 사랑스러운 떡잎이지. 혜는 전하께 딸이고 전하께서는 구제불능 팔불출이다. 절대 혜를 왕비로 맞으실 일 없다.

두 번째, 전하께서는 혜를 왕비감이자 국모감으로 보신다. 혜를 수경궁에 두고 내궁에서 키우시지 않는가? 혜가 받는 강도 높은 교육은 왕비 교육이라 해도 과언이 아니다. 더구나 순도깨비 가운데 저만큼 몸가짐이 바르고 학식 높은 도깨비가 어디 흔한가? 아무리 생각해도 삼경에 혜만 한 국모감은 없다. 전하께서 그 점을 모르실 리 없다. 전하께서는 결국 혜를 왕비로 맞이하실 터다.

세 번째, 우리가 모르듯 전하께서도 모르신다. 전하께서는 아무 일도 결정한 바 없으시다. 외적으로도 그러하시며 내적으로 그러하시다. 그저 혜는 귀엽고 우리는 다 바보다.

참고로 난 세 번째에 걸었어. 아무리 봐도 알쏭달쏭하더라고.

여하간 혜는 참 마디게 자랐어. 이제 와 생각건대 거의 삼경 내궁에 박혀 자랐잖아? 성장에 필요한 만큼 인계에서 정기를 받지 못했으니 더디 자랄 수밖에. 그리고 그 긴긴 성장기 동안 전하는 혜를 그렇게 금이야 옥이야 하시면서도 혜에게 그 어떤 공식 지위도 내리지 않으셨어. 혜가 인간 모습으로 치면 열 살쯤 되었을 때에야 공주 지위를 내리셨지.

※ ※ ※

양이 씨가 오해하실까 봐 말씀드리면, 우리나라나 삼계 여러 나라에서 '공주'는 왕의 딸이라는 뜻이 아녜요. 여성에게 내리는 '직위'죠. 왕의 딸이야 대부분 공주 직위를 받지만 왕의 딸이 아니어도 공주 직위를 받아요. 그리고 그 직위가 있다면 왕의 딸과 같이 왕족 여성으로 대우받아요. 그러니 전하가 혜에게 그 직위를 내리셨다 하여 혜가 전하께 무조건 딸이다, 왕비감이 아니다. 그렇게 볼 수는 없어요.

더구나 혜가 아이 태를 벗고 서서히 여인 태를 입어가자 전하가 여인 문제에 신중해지셨거든요. 전하는 본디 오는 여인 안 막고 가는 여인도 안 막는다는 분이셨고 여인에게 선심도 팍팍 쓰셨는데, 어느 순간부터 여인을 구름처럼 몰고 다니시지도 않고, 아! 물론 쫓아다니는 여인은 여전히 많았지만요. 하여튼, 그러시지도 않고 누군가와 길게 인연을 맺으시거나 깊게 정 주시는 일이 싹 사라졌어요. 혜도 조금쯤 조심스레 대하셨고요. 더구나 누가 혜에게 집적대면, 아, 그러니까요, 혜도 인기가 많았거든요. 혜에게 여인 태가 나기 시작하면서 혜에게 목매는 도깨비와 선인이 한둘이 아니었어요. 그런데 그자들이 혜에게 고백이라도 할라치면 전하께서는 엄청나게 언짢아하셨어요. 아주 지능적으로 집요하게 훼방 놓으셨죠. 물론, '너 따위 민달팽이가 감히 내 금쪽같은 딸에게!'라는 어심이셨을 수도 있지만 그 느낌이 좀, 묘했달까요? '사내다운 질투다.', '아버지다운 방어다.' 하며 나름으로 확신하는 자도 많았지만, 저는 아무리 봐도 이 마음이신지 저 마음이신지 갈피를 못 잡겠더라고요.

✳❖✳

"그래서? 끝까지 그러셨던 거야? 이도 저도 아닌 상태로, 내기하는 도깨비 피 말리시면서?"

월주가 눈에 불을 켜고 수산을 재촉했다.

양이는 흥미진진하게 듣다가 고개를 갸우뚱했다.

'끝까지? 무슨 일이 있었나? 월주 언니가 처음에 '눈물 없이 들을 수가 없는 이야기', '지독한 사연' 운운했는데, 공수님에게 안 좋은 일이라도?'

수산은 쩝 입맛을 다셨다. 월주를 향해 끄덕였다.

"혜가 떠날 때까지 그러셨어. 그래서 전하가 어떤 의중이셨는지, 진실은 영원히 안갯속이지."

"떠나셨다니요?"

양이가 물었다. 수산, 월주, 크닙이 일제히 침울해했다. 수산이 내키지 않는 목소리로 답했다.

"죽었어요. 다 자라기도 전에."

"하아."

월주가 한숨 쉬었다. 양이가 뭐라고 반응하면 좋을지 몰라 우물쭈물하자 크닙이 침묵을 누르며 뒤를 달았다.

"내가 준 책 끝까지 읽어보면 알겠지만, 삼경이 자리 잡은 이래 큰 비극이 두 번 있었어. 첫 번째 비극은 '도깨비─수라 전쟁'이고 두 번째 비극은 '이야기 결핍 사건'이야. 공주님은 그 두 번째 사건 때 돌아가셨어."

"이야기 결핍 사건?"

양이는 그 희한한 표현을 되풀이해보았다. 크닙이 끄덕였다. 이번에는 크닙이 말을 받았다.

"그 사건을 설명하기에 앞서 기본부터 되짚고 갈게. 그래야 네가 이해하기 쉬울 테니까. 여러 번 반복했지? 도깨비는 '사물에 정기가 모여 태어난다.'고. 숲에 있는 나무, 꽃, 바위가 도깨비가 되기도 하고 바다에 있는 소라 껍데기, 죽은 산호, 난파선이 도깨비가 되기도 해. 그리고 인간 세상에 있는 사물이나 구조물이 도깨비가 되기도 하지.

인간은 참으로 복잡하게 사고하고 정교하게 온갖 감정을 느끼고 표현해. 어마어마하게 정기를 뿜어내지. 또한, 쉬이 사물에 집착하여 그 정기를 사물에 쏟아. 그러니 인세에서 나는 도깨비가 제일 많아.

하지만 어린 도깨비에게 가장 위험한 곳이 또 인세야. 도깨비가 인세에서 많이 나는 만큼 도깨비 사냥꾼도 인세로 몰려들거든.

그래서 수경궁에서도 인세에 도깨비를 가장 많이 파견해. 어리숙한 도깨비를 찾아내어 보호하고 나라로 데려오지. 그러니 자연히 삼경에는 인세 출신 도깨비가 가장 많아.

그런데 삼경에 병이 돌기 시작했어. 각성한 지 오래지 않은 어린 도깨비를 시작으로 순도깨비가 픽픽 쓰러져나갔어. 쓰러진 도깨비는 혼수상태를 오가다 점차 흐려졌고 마침내 소멸했어. 몸도 넋도 없이 흩어졌지.

병은 돌림병으로 보였어. 삼경에 사는 순도깨비 전체를 느리지만 확고히 점령했고 수천 년 묵은 대도깨비나 전하급이 아니고서야 하나같이 기운을 잃고 시름시름 앓았어. 어리고 약할수록 병세가 심했고 빠르게 혼수상태에 빠졌지. 어떤 도깨비도 저녁에 잠들 때 아침에 눈 뜨리라 확신할 수 없었어. 모든 도깨비가 밤마다 사형 집행을 앞둔 듯 눈을 감았지.

전하께선 백방으로 원인과 치료법을 찾아 헤매셨어. 그러나 삼계를 통틀어 그 어떤 의원도 학자도 답을 내지 못했어. 질병은 구 년간 속수무책으로 번졌고 그사이 육백만이 넘는 도깨비가 죽었어. 마침내 당혜 공주님마저 쓰러지셨지. 사실 다른 도깨비는 한번 의식을 잃기 시작하면 몇 달 버티지 못하고 소멸했어. 하지만 공주님께는 전하께서 당신 영력을 쏟아부어 치료 아닌 치료를 지속하셨고 그 덕에 공주님께서는 자그마치 일 년을 버티셨어. 누워만 계실 뿐 아무 일도 할 수 없으셨지만.

그리고 드디어 천하궁에 속한 어떤 학자가 진실을 밝혀냈어. 발표

내용은, 음, 내가 역사서를 찾아줄게. 어디 보자……. 바로 이 대목이
야. 읽을게.

'오늘날 순도깨비에게 도는 질병은 전염성이 아니다. 이 질병은 도
깨비의 본바탕인 특정한 정기가 고갈되어 발생한 결핍성 질병이다.

지금까지 우리는 인계에서 태어난 도깨비를 '마을 도깨비'라고 불렀
다. 그러나 앞으로 '마을 도깨비'는 '이야기 도깨비'라고 불러야 마땅
하다. 연구 결과, 이야기 도깨비는 주로 인간이 하는 이야기에서 정기
를 전달받아 태어나기 때문이다. 무엇보다 이야기 도깨비는 그렇게
태어날 뿐 아니라 이야기에서 삶에 필요한 필수 정기를 끝없이 보충
받는다. 즉, 이야기 도깨비에게 인간이 하는 이야기는 소금과 같다.

그러나 지금으로부터 삼십사 년 전, 삼경을 다스리는 수경왕은 백
성이 인간에게 이용당하거나 인계에서 말썽을 일으키거나 사고를 당
하는 사태를 막고자 삼경에서 인계로의 자유로운 출입을 엄금하는
'인계 출입 금지법'을 제정하고 시행하였다. 이 법은 지금까지 시행되
고 있으며 어리고 배움이 부족한 도깨비일수록 인계 출입을 까다로이
규제한다.

그 결과, 삼경에 거주하는 순도깨비는 존재의 근간인 '인간이 하는
이야기에 담긴 정기'를 보충받지 못했고 필수 정기의 고갈로 죽음에
이르는 질병을 앓게 되었다.

이 질병을 치유하는 법은 간단하다. 인간이 내는 정기, 인간이 하는
이야기를 병자에게 충분히 공급하라. 현재 삼경에는 거동이 불편한
병자가 많으므로 삼계의 선인과 선녀를 인계에 급파하여 특별히 고안
한 단지에 해당 정기를 수집, 삼경에 공급하는 방안을 제안한다.'"

"전래 동화 속 도깨비는 옛날이야기를 좋아하던데 그게 현실을 반영한 동화였구나."

양이가 말했다. 월주가 끄덕였다.

"맞아. 그 점만큼은 인간도 제대로 알지."

"그런데, 음……. 공주님은 어째서 잘못되셨어요? 드디어 치료법도 알아냈는데……."

양이가 적잖이 삼가는 태도로 물었다. 수산이 한숨 쉬었다.

"후우……. 전하께서는 당시 그 발표를 들으러 황급히 천하궁에 드셨어요. 그리고 이후 며칠간 '이야기 긴급 수집' 건으로 삼계에 공조를 구하고자 천하궁에서 유숙하셨죠. 혜는 그사이를 버티지 못했어요."

"그 이후로 전하는 변하셨어. 내가 태어나기도 전에 일어난 일이니 나도 전해 들은 바지만, 당혜 공주님 생전에 전하는 아주 다정다감하고 유쾌한 분이셨대. 매사 의욕이 넘치셨고. 하지만 공주님 사후로 웃지도, 무슨 일에 의욕을 보이지도 않게 되셨대. 아예 삼경을 떠나 수경궁에도 거의 발걸음을 안 하시고 말이야. 정무조차 중신들에게 위임해버리셨어. 아주 중요한 안건이야 이쪽에서 보고받아 처리하시지만……. 후우……."

크닙은 근심에 잠겨 고개 저었다.

"영계에는 연인을 지키지 못한 상심과 가책으로 전하께서 그렇게 변하셨다고 알려졌단 말이야."

월주가 입술을 삐죽 내밀었다. 크닙이 한심해하며 받아쳤다.

"계집애들 사이에서나 그렇겠지."

"자, 어쨌든!"

수산은 다시 입을 열었다. 크닙, 월주, 양이, 셋의 시선을 모았다.

"전하는 그 일로 대단히 상심하셨어. 지금도 마찬가지지만 당시 도깨비는 극히 불가사의한 존재였고 거의 연구되지 않은 종족이었어. 도깨비 왕인 전하조차 인간이 뿜어내는 정기, 인간이 하는 이야기에 담긴 정기가 당신과 백성에게 필수 요소라는 사실을 꿈에도 모르셨지. 아셨으면 '인계 출입 금지법' 따위 제정하지도 않으셨어. 제정하셨다 한들 그때와 다른 방향이었을 테고. 하지만 구 년간 육백만이 넘는 도깨비가 죽었어. 누구보다도 백성을 아끼던 전하시니 그 상심과 자책이 가볍지 않으셨을 거야. 여전히 병든 백성이 많으니 수습에 진력하시느라 별달리 내색하지 않으셨지만, 어느 날 측근인 연적이에게 이렇게 말씀하셨다고 해. '연적아, 뼈가 저리다.' 그런데 그 목소리가 너무나 슬퍼 듣기조차 힘들었다지."

크닙과 월주가 눈물을 글썽였다. 양이도 그 말을 듣고 있자니 마음이 무겁고 침울했다. '역시 괜히 그 이름을 물었다.' 하고 후회를 곱씹었다. 수산이 양이에게 시선을 주었다.

"그러니 전하께 당혜는 지키지 못한 연인이자, 따님이자, 당신이 무지하여 그릇된 판단으로 잃은 육백만 백성을 상징하는 존재예요. 그러니 전하 앞에서……."

수산은 말을 멈췄다. 무겁게 한숨을 삼키며 이야기를 맺었다.

"그 이름은 되도록 꺼내지 마요. 부탁할게요."

✳✳✳

"자, 우리 오늘은 일합시다!"

수산은 기운차게 외쳤다. 두 손바닥을 짝 맞부딪치며 히죽 웃었다.

"원래 사흘이 꼬박 걸리는 일이지만 이번엔 일꾼이 많으니 금세 하겠네요."

"히엑, 형님! 저게 다 뭐예요? 왜 하필 저기 다 쌓였어요?"

"오라버니, 나 뭐 할까? 이거 상자 풀까? 치울까? 아! 그냥 치워만 놓고 우리 내일부터 하면 안 될까? 나 저 상자 뒤에 긴요한 용건이 있거든. 이거 다 뭐야, 진짜?"

"헐, 엊저녁만 해도 이런 거 없었잖아요. 이거 다 언제 치워요?"

"컹컹!"

꼬끼오!

화화의 홀은 크고 작은 상자와 궤짝으로 점령됐다. 이 점령군은 대단히 위용스러웠다. 질서정연히 각을 잡고 홀 한쪽 벽을 빽빽이 막아섰다. 점령당한 벽에는 월주와 크닙, 양이가 최근 공략에 착수한 만화책장이 있었다. 셋은 어제까지 '투피스', '투명가면 마아야', '삐리리 불어 봐 치타'에 빠져 있었으므로[4] 눈짓 한 번, 말 한마디 없이도 어떻게든 저 점령군을 신속히 몰아내고 만화책을 구출하자며 한뜻으로 불타올랐다.

"근데 저 상자랑 궤짝은 다 뭐예요? 하나씩 내려서 풀어요?"

양이는 상자와 궤짝의 벽을 눈으로 훑었다. 월급 받으며 퍼니 놀던 처지라 모처럼 일하자는 말이 양심 구출 면에서 고마울 따름이었다. 하지만 해치울 일이 저 화물의 벽이라니, 그리고 저 벽을 속히 무너트리지 않으면 '투명가면 마아야'와 '연보랏빛 장미의 남자'가 어떻게 될는지 알 수 없다니! 저 벽이 통곡의 벽으로 보였다.

"아, 저건 '이야기 단지'예요. 삼경으로 보낼 예정이에요."

"으악! 저게 그 단지? 형님, 너무 많아요!"

"끼악, 나 단지청에서 일해봤어! 저거 풀면 장난 아냐."

수산이 답하자 크닙과 월주가 곧장 머리를 싸쥐었다. 양이만 감을 잡지 못해 고개를 갸웃댔다.

"이야기 단지가 뭔데요?"

"도깨비 생필품."

크닙이 답했다. 크닙은 두툼한 궤짝의 벽을 보며 한숨을 푹푹 내쉬었다.

"며칠 전에, '도깨비에게 이야기 정기는 소금'이라고 했지? 저 단지에는 삼경에서 파견된 정예 도깨비가 점집, 찜질방, 미용실 등을 운영하며 포집한 이야기 정기가 담겼어. 저걸 삼경으로 보내면 단지청이라는 관청에서 정기를 정제, 증폭하여 민간에 배분해."

"어……."

양이는 잠시 머뭇대었다. 들은 바를 돌이켜보다가 가볍게 비명을 질렀다.

"엇, 그럼 도깨비는 보통 삼경에서 안 내려와요? 전 도깨비가 동네 여기저기에 숨어 사는 줄 알았거든요. 이야기도 듣고 메밀전도 얻어 먹으면서, 동화처럼요! 저 단지로만 정기를 보충받으며 사는 거면 너무 로망이 없다."

양이는 실망해서 웅얼거렸다. 만화책과 생이별한 월주가 축 처져 시들시들 답했다.

"아냐. 네 말 맞아. 너무 어린 도깨비야 삼경에서 출국 금지지만 제 앞가림할 줄 아는 도깨비는 허가받아서 일 년에 며칠, 몇 주씩 인계로 여행 와. 저 단지로 흡수하는 정기만으로도 생존할 수야 있지만 인계에서 직접 이야기를 들어 흡수하는 정기와 단지로 흡수하는 정기는 신선식품과 가공식품만큼 차이 나거든."

"오……. 그럼 저건 아기 도깨비나 환자용 단지?"

"아뇨. 일반 도깨비도 저걸로 필요 정기 대부분을 흡수해요. 어지간한 대도깨비가 아니고서야 도깨비는 인계에 내려오면 내려올수록 치느니 사고, 당하느니 위협이거든요. 인계에 오래 머무르긴 곤란하니 기본 생활이야 저 단지로 해요."

만화책을 잃어 풀 죽은 월주, 크님과 달리 일꾼을 얻은 수산이 생글생글 웃으며 답했다. 풀 죽은 월주를 툭툭 쳤다.

"자, 어쨌든, 월주야, 같이 힘쓰자. 크님이랑 양이 씨가 까서 확인하게 저쪽부터 상자 내려."

"내가 돕지."

"어, 사장님!"

"전하다!"

"와아!"

"컹!"

도가 느긋하게 홀에 들어섰다. 양이와, 월주, 크님이 두 팔을 번쩍 들었다.

"사장님이요?"

수산은 눈을 화등잔만 하게 떴다. 서쪽에서 뜬 해를 본 표정이었다.

"오늘은 올라온 상소도 없고 한가해. 왜, 나 있으면 불편해?"

"아뇨. 전혀요. 뜻밖이라 그렇죠."

양이는 넋 나간 수산을 보며 '사장님 한 번도 안 도우셨나 보다.'고 생각했다. 도는 쓱 다가와 그런 양이의 등을 끌어안았다. 양이의 귓바퀴를 물며 속삭였다.

"우리 찐빵이 낯선 일을 하려면 얼마나 힘들겠어. 내가 든든히 곁을 지켜줘야지."

"어쩐지. 저 도와주신다는 뜻인 줄 알고 울 뻔했잖아요. 그게 아니라서 정말 다행이에요. 우리 전하 잘못되신 줄 알았네."

"흥!"

안심하는 수산을 향해 도는 코웃음 쳤다. 양이의 어깨 너머로 목을 뻗어 양이의 뺨에 쪽 소리 나게 입 맞췄다.

"헤에."

양이는 멀뚱히 깜박였다. 두 발로 섰던 자신이 눈 한 번 깜짝할 사이에 다리가 풀려 도의 무릎에 앉아 있었다. 아무리 겪어도 놀라운 끌어안기 능력이었다.

"저 상자와 궤짝을 다 풀면 되는 것이렷다?"

"네. 분리하기 좋게 내용물도 펼쳐주실래요?"

"그러지, 뭐."

도는 양이를 안은 팔을 풀었다. 두 팔을 들어 팔과 손가락을 춤추듯 놀렸다. 십여 초쯤 허공에 자취 없는 궤적을 그렸다. 무언가를 흩뿌리듯 왼손을 떨쳤다. 그 순간 금빛 문양이 사위에 번쩍였다. 금빛 문양이 산개하며 눈송이 같은 점과 명주실 같은 선으로 뻗어 나갔다. 점과 선은 상자와 궤짝에 달라붙었다. 상자와 궤짝이 단숨에 해체되어 착착 접히고 닫혀 반대편 벽으로 날아갔다. 속 내용물이 둥실 뜨더니 수산과 월주, 크닙, 양이, 도를 둘러싸고 원형으로 좍 퍼졌다.

"우와!"

"역시 전하십니다! 이런 복합 주술을 어쩜 이리 쉽게 하십니까? 우리 전하가 최고십니다!"

"우와, 사장님이 나서시니까 몇 시간 치 일이 한번에 되네요."

화화 일동은 열광했다. 아낌없이 박수 쳐댔다. 도는 짐짓 아무 일 아닌 듯 으쓱했다. 그러나 시선이 양이를 향했다. 그러나 양이는 도가 안중에 없었다. 입을 헤벌리고 두리번댔다.

사방이 꼬물거리는 빛으로 가득했다. 세상에 존재하는 빛이란 빛과 색상이란 색상이 일제히 화화의 홀에 떠올라 제각기 다른 속도와 동작으로 율동했다. 빛은 밝기가 서로 달랐으나 모두 알전구 크기의 반투명한 단지에 담겼다.

"와아⋯⋯. 예쁘다. 이게 이야기 단지예요?"

양이가 뺨을 붉혔다. 도는 웃으며 양이의 머리를 쓰다듬었다.

"맞아. 도깨비를 낳고 살리는 인간의 정기, 특히 이야기 형태로 배출된 정기가 담겼지. 예쁘지?"

"네, 예뻐요."

양이는 자그맣고 빛나는 단지에 혼을 뺐다. 크닙도 흥미로워하며 단지를 만지작거리고 이 단지 저 단지 기웃댔다. 그러나 월주는 덤덤했다. 단지청에서 일해보아서 이런 광경이 새삼스럽지 않았다. 일을 뚝딱 해치우고 '삐리리 불어 봐 치타'를 보겠다는 일념으로 수산을 재촉했다.

"이제 뭐 할까, 오라버니? 아, 나 알아! 이거 이송 전에 불량품 거르려는 거지. 검침기 내놔. 우리 후딱 하자!"

"그래, 그래. 자, 여기 주목해주세요. 작업 방식을 알려드리겠습니다!"

수산은 박수를 짝 쳤다. 어느 틈에 거대 궤짝과 전자저울 비슷한 물건을 소환해두었다. 시선이 모이자 입을 열었다.

"우선 설명하겠습니다. 질문은 설명 끝나고 한번에 해주세요. 오늘은 짝수 달 말일마다 돌아오는 단지 수합일입니다. 양이 씨를 배려해 자세히 설명하면, 화화는 인계와 삼경을 이으며 여러 역할을 합니다. 그 가운데 하나가 '이야기 단지'를 처리하는 물류 터미널 역할이죠. 우리 정예 도깨비 요원이 인계 곳곳에서 수집한 저 단지는 정해진 날짜에 화화로 배달됩니다. 그럼 제가, 여태까지는 저 엄청난 양을 저 혼자, 개고생하며, 걸러냈죠. 뭘 걸러내느냐!"

수산은 말을 멈췄다. 전자저울 비슷하게 생긴 물체를 들어 올렸다.

"여기에 단지를 하나하나 올려서 경고등 들어오면 걸러냅니다. 불 들어오는 이유는 여럿이지만 가장 흔한 이유는 이송을 견딜 수 없어서예요. 단지에 담긴 정기가 심히 불안정하거나 밀도가 지나치면 삼경으로 이송하는 과정에서 단지가 폭발하거나 갖은 사고가 나거든요. 그런 단지는 따로 빼놨다가 단지청 관원이 내려올 때 인계합니다. 무사히 측정을 통과한 단지는 이 거대 궤짝에 넣습니다. 단지청에 보낼 거예요. 일 자체는 간단하죠? 지겨운 반복 노동일 뿐. 질문?"

"저요."

크닙이 손을 들었다. 수산이 시선을 주었다.

"업무 체계가 이상합니다. 왜 지사에서 미리 안 거르나요? 포집 과정에서 걸러 상자에 표기해 보내면 형님이 편하실 텐데요."

"그건 내가 알아. 포집 당시 잠잠하던 정기가 느닷없이 들끓기도 하거든. 그래서 계를 넘어 이송하기 직전에 걸러야 사고 위험이 최저야."

월주가 답했다. 수산이 흐뭇하게 끄덕였다. 크닙이 입술을 삐죽였다.

"칫, 바보에게 배우다니. 아야!"

크닙은 월주에게 뒤통수를 후려맞았다.

"저도 질문이요."

양이도 손을 들었다. 수산이 끄덕이자 양이가 말을 꺼냈다.

"화화도 이야기 정기를 포집하는 곳인가요? 그래서 제가 있고요?"

"네. 손님이 이야기하시면 화화에 깔린 망이 정기를 포집하여 창고로 보내요."

"으음? 그럼 부지런히 포집해야지 이렇게 구석에서 한만스레 운영해도 되나요?"

도는 웃었다. 수산에게 눈짓하고 직접 답했다.

"화화는 중심이야. 포집이 주 업무가 아니지. 치레기 손님이 들끓으면 성가셔. 해서 지사가 감당 못할 특수 정기를 내는 이야기나 밀도 높은 이야기만 이끌려오게 주술장을 펼쳤어. 결국, 여기 오는 손님은 괴짜이거나 거물."

"아하, 네."

양이는 끄덕였다. 이레인은 제 발로 왔고 시영은 끌고 왔지만 어쨌건 둘 다 정상이 아니었다. 원래 그런 손님만 오는 곳이라니 그럴싸했다.

"저 질문 하나 더요. 오늘 할 업무와는 상관없지만요."

"얼마든지 물어보세요."

수산이 흔쾌히 응했다. 양이가 조금 머뭇대며 입을 떼었다.

"어, 제가 인간이니까 아무래도 신경 쓰여서요. 저 반짝이는 수준을 보니 인간이 내뿜는 정기가 장난이 아닌데 저렇게 쪽쪽 빨리면 미라 되지 않아요? 인간이요."

양이는 '화화에도 망이 있어서 이야기 정기를 포집한다.'는 설명을 듣자 슬그머니 걱정됐다. 화화에 살며 이 이야기 저 이야기를 하면 그때마다 쭈쭈바처럼 쭉쭉 빨리는가 싶었다.

그러나 양이 딴에는 심각했던 그 질문에 화화 일동은 키득키득했다. 엉뚱한 질문이라는 식이었다. 도가 웃음기 띤 얼굴로 양이의 뺨을 꼬집었다.

"하여간. 이걸 똑똑하다 해야 할지……. 자, 위장에 음식이 들었어. 어떤 작용이 일어나야 할까?"

"소화요?"

양이는 민망해하며 답했다. 도가 연달아 물었다.

"그다음엔?"

"화장실 가야죠."

"그러지 못하면?"

"변비?"

"변비가 생기면 어떻지?"

"괴롭죠."

"마찬가지야."

"네?"

"인간은 어떤 강렬한 사연과 감정이 속에 들면 그걸 소화하고 내보내야 해. 그러지 않으면 마음에 변비가 걸리니까. 그 배출을 예술 행위로 하는 인간도 있고 운동이나 놀이로 하는 인간도 있어. 이야기로 하는 인간도 있고."

도는 거기서 설명을 멈췄다. 곰곰이 생각에 잠긴 양이에게 월주와 크닙이 연달아 곁을 달았다.

"도깨비는 무엇에서도 정기를 빼앗지 않아. 인간이 스스로 흘리거나 내뿜는 정기를 받아가지. 인간이 내보내야 하지만 내보내지 못하는 정기를 풀어서 가져가거나."

"인간이 내보내는 정기는 도깨비에겐 생명이야. 이야기로 배출하는 정기는 특히 흡수율이 높고. 그래서 도깨비 대다수는 인간이 아무리 시답잖고 터무니없는 이야기를 해도 그 이야기가 진짜이기만 하면, 인간에게 맺힌 마음의 매듭이 다 풀어지게 본능으로써 더없이 온 마음을 다해 들어. 인간에게도 결코 나쁜 일이 아니야."

"오히려 좋은 일이죠. 하지만 요즘은 인계에 도깨비가 나돌아다니기 힘들어졌어요. 그렇다 보니 삼경에서도 포집한 정기를 되도록 증폭해서 쓰는 방향으로 나아가고요. 그 결과 마음의 매듭을 풀지 못하여 속으로 병든 사람이 많아졌어요."

수산이 조금 씁쓸하게 덧붙였다. 양이는 그제야 끄덕거렸다.

"아, 도깨비는 변비약이었구나. 그렇담 이야기는 똥이고 이야기가 똥이면 도깨비는 똥 먹……. 헉."

"비유해도 꼭."

도가 양이의 머리칼을 흐트러뜨렸다. 양이가 항의했다.

"그 비유를 유도한 분은 사장님이시잖아요."

"전하가 잘못하셨네요."

"제가 봐도 전하 잘못입니다. 왜 꼭 비유하셔도 똥에 비유하십니까?"

"내가 뭘. 그래도 이해하기 쉽게 설명하는 일엔 성공했잖느냐."

"양이 씨, 우리 그냥 비피두스균이라고 하면 안 될까요?"

"형님, 그러면 이야기는 여전히 똥이에요."

"똥이 어때서! 약에 쓸려면 없는 귀한 게 똥이야!"

"그래도 똥은 똥이죠. 그게 똥이면 우리 부모님은 똥에서 태어난…….'"

"아, 진짜! 아침 먹은 지 한 시간도 안 됐거든!"

"우리 일하면서 싸우자. 저울 하나씩 가져가."

화화 일동은 둘러앉아 분류 작업에 착수했다. 도깨비가 과연 변비약인가 비피두스균인가 이야기가 똥인가 똥이 아닌가, 똥이 아니라면 대체 무엇인가, 똥이 과연 나쁜가 좋은가 가치 중립적인가 하는 괴이한 입씨름을 하면서. 입씨름은 어느새 아침 드라마와 만화를 거쳐 우리가 단지를 분류하고 있는가, 단지가 우리의 정신을 분해하고 있는가까지 이어졌고 종내에 침묵이 내려앉았다. 그러다 양이는 문득 깨달았다. 월주와 크닙, 수산과 자신이 단순노동에 빠져 말도 잃은 사이 도우러 나온 도는 아무 일도 안 하고 있었다.

'음, 처음에 상자 까서 단지를 늘어놔 주신 이후로 줄곧 아무 일도 안 하신 듯한데? 그러고 보니 말씀도……?'

양이는 손을 멈췄다. 고개를 돌려 자신의 전용 좌식 의자, 아니, 사장님을 보았다.

"으음."

양이는 신음했다. 손을 들어 이마를 짚었다. 몇 초 고민하다 상체를 돌려 도의 어깨를 잡았다. 흔들었다.

"싸장님, 웨이크업! 그만 조세요! 대낮부터 이러시는 게 어딨어요!"

양이는 빽 외쳤다. 허리를 안기어 도에게서 아주 달아나지야 못했으나 최대한 상체를 뒤로 뺐다. 도를 마구 흔들었다.

"엥?"

"오옹?"

"컹!"

꼬끼오!

단지 분류에 혼을 팔던 월주와, 크닙, 수산이 눈을 빛내며 고개를 들었다. 꾸벅꾸벅 한가롭게 졸던 마스티프와 중복이도 고개를 들었다. 오직 도만이 고개를 옆으로 떨군 채였다.

"대낮이라 방심했더니 또⋯⋯! 눈 뜨세요, 눈! 아우, 진짜! 일부러 이러시죠!"

"아우⋯⋯."

양이가 마구 흔드는데도 도는 반응이 느렸다. 설핏 찌푸리더니 칭얼대며 눈을 떴다. 발간 입술을 삐죽였다. 이만 자고 일어나라는데 영 딴소리를 했다.

"으응⋯⋯. 왜에? 왜? 불편해? 엉덩이 배겨? 다르게 안아줄까?"

도는 무척 졸려 보였다. 두 눈에 잠을 가득 채우고 시무룩이 양이를 보았다. 검고 촉촉한 눈이 무언가를 호소하는 듯했다.

"웃⋯⋯."

양이는 목으로 신음했다. 어차피 도의 얼굴을 기억하지 못하지만 그래도 이 얼굴은 정말 처음 본다 싶었다. 순간 마음이 약해졌다. 그러나 정신을 다잡고 힘주어 주장했다.

"곤하면 들어가 주무세요, 네? 여기서 저 끌어안고 이러지 마시고요. 이 팔부터 푸세요. 저 내려가 일하게."

"뭐⋯⋯?"

도는 멍청히 되물었다. 양이가 한 말을 입력하는 일에 시간이 꽤 들었다. 느리게 눈꺼풀을 슴벅이더니 고집스레 찡얼댔다.

"안 졸려. 안 자. 나 낮잠 안 자."

도는 눈만 떴을 뿐 이미 잠든 표정으로 씨알도 안 먹힐 주장을 장장 세 문장에 걸쳐 했다.

"안 졸리긴 뭐가 안 졸리세요. 딱 봐도 졸리신데. 그렇죠? 이 모습은 눈만 떴을 뿐 주무시는 모습이죠?"

양이는 자비 없이 지적했다. 주위를 둘러보며 동의를 구했다.

"눈 뜨셨잖아요. 안 주무신다고 해야죠."

수산은 도를 편들었다. 지겹던 차에 이 흥미진진한 사태를 맞닥트리고 이미 일손을 멈춘 뒤였다.

"티브이를 보니까 쌍꺼풀 수술 부작용으로 눈 못 감는 분이 계시더라고. 그럼 그분은 일 년 삼백육십오 일 안 주무시는 분이야? 저 표정은 이미 꿈결이시지."

월주는 양이를 편들었다.

"무슨 소리야! 나 안 자! 아직 한낮이잖아. 낮잠 안 잔다니까, 난?"

도는 퍼뜩 눈을 부릅떴다. 없던 쌍꺼풀까지 만들며 눈동자를 초롱초롱 빛냈다. 두 눈으로 수산, 월주, 크닙을 한 번씩 지그시 눌러주고 마지막으로 양이를 뚫어져라 응시했다. 힘주어 주장했다.

"안 졸려. 조금도, 안 졸려. 전혀. 난 아주 멀쩡해."

"지금 눈에 과도하게 힘이 들어가서 이 초 전에 없던 쌍꺼풀이 생긴데다가 눈꺼풀이 사정없이 떨리는데요? 그런데도 그 말씀이 진짜예요?"

"물론! 그럴 정도로 진지하게 진짜지."

도가 양이의 허리를 안은 팔에 힘을 넣으며 답했다. 양이도 지체 없이 답했다.

"거짓말."

"나 '믿는다.'며?"

'하아. 믿어드려, 말아?'

양이는 고민했다. 양이가 믿는다고 신속히 답해주지 않으면 도는 눈꺼풀이 떨리다 못해 눈에서 발열이 일어나 레이저 광선을 쏘아댈 기세였다. 양이는 도를 믿어주기가 한없이 힘들었지만 저 부릅뜬 눈꺼풀이 '지금 낮잠을 자지 않겠다.'는 의지를 표명한다고 본다면 믿어줘도 되지 않겠나 싶었다. 그러나 역시 그냥 넘어가기 찜찜했다. 다짐하듯 물었다.

"진짜죠?"

"응. 천지신명께 맹세해."

도는 여전히 쌍꺼풀이 풀리지 않은 채 힘주어 답했다. 그 모습이 '잠들지 않겠다는 의지'고 자시고를 떠나 처절히 졸려 보였다. 월주와 크닙이 히득거렸다. 양이는 턱을 매만지며 고심했다.

'까짓것 속는 셈 치고 믿어드려? 이대로 잠드시면 또 뭐 어때. 찜찜하지만 어차피 고자……. 고자시래도 역시 곤란한가?'

고민에 잠긴 양이 머릿속으로 웃음기 섞인 월주의 목소리가 울렸다.

— 양이야. 걱정하지 마. 전하는 '안전한 남자'시잖아.

키득거림이 살아 있는 크닙의 목소리도 울렸다.

— 전하의 제트 암스트……. 크흡, 어쨌든 좀 봐드려. 딱하시잖아.

"으으음……."

양이는 신음했다. 근심이 깊어갈수록 눈썹과 눈이 친밀해졌다. 도도 여전히 눈에서 힘을 풀지 않았다. 그렇게 둘은 서로를 노려보았다.

"하아."

양이는 돌연 한숨 쉬었다. 이렇게 보니 새삼 도가 정말 잘생겼다 싶었다. 눈이 타조처럼 부리부리한 '파워퍼프 도'[5]가 되어도 웃기질 않고 잘생겨 보이다니, 미모 수준이 경이로웠다. 뺨이 점점 달아올랐다. 눈에 점차 힘이 풀렸다. 급기야 눈동자가 애잔해졌다.

'아, 우리 사장님. 이렇게 미모에 권력에 부를 다 갖추셨는데 어쩌다 그런 불상사를 당하셨을까? 정말 안되셨다. 그래, 너무 자주는 그래도 가끔은 봐드려야지. 어차피 사장님은 '안전한 남자'시니까. 더구나 사장님 품은 좀 편하고 뭣보다 따끈따끈해.'

"믿을게요."

양이가 느슨히 풀린 눈으로 헤헤 웃었다. 그제야 도도 활짝 웃었다. 그 미소가 어찌나 환한지 얼굴 전체에서 광채가 발사되는 듯했다. 그러잖아도 발그레하던 양이는 이마까지 화악 붉어졌다.

'아, 진짜. 이 미모는 반칙이야.'

양이는 흐물흐물 녹아내렸다. 뒤로 잔뜩 뺐던 등줄기에서 힘을 쭉 뺐다. 쑥스러워져 꾸물꾸물 몸을 돌렸다. 도의 가슴에 등을 기댔다. 다시 단지로 손을 뻗었다. 그 모습에 월주와 크닙은 고개를 숙이고 입을 가렸다. 우는지 웃는지 모를 표정이었다. 그러나 수산은 철저히 도의 시선을 외면했다. 성급히 일을 재개하고 분류의 요정이 된 듯 단지에 매달렸다.

재워주지 않을래?

도는 붓 받침에 붓을 뉘었다. 검게 빼곡한 종이를 치우고 흰 종이를 서안에 올렸다. 종이를 곱게 펴 서진으로 눌렀다. 붓에 손을 뻗었다. 붓대에 손끝을 얹다가 우뚝 멈췄다.

'분명 색(色)이⋯⋯.'

다시금 지난밤이 떠올랐다. 최근 호되게 앓고서 열흘 가까이 무엇을 어찌해도 집중할 수 없었다. 하여 열 일 제치고 글씨나 쓰자 했다. 정말 글씨나 쓰려 했다. 무엇을 썼는지 쓰는지 쓸는지 무심히 세로획만 찍찍 긋다가 가로획만 쭉쭉 긋고 삼수변만 꾹꾹 찍었다. 그러나 이도 신통치 않았다. 오래지 않아 온갖 생각이 경칩 맞은 뱀처럼 기어 나왔다. 그 뱀이 머릿속에서 제 세상을 외치며 이리 얽히고 저리 옭혀 꾸무럭거렸다.

여하간 도는 붓을 들었다. 삐침별을 쭉쭉 치며 기어이 번다한 생각으로 빠져들었다. 간밤을 되짚었다.

'역시 색(色)이 살아났다. 미묘한 차이지만 분명해.'

도는 꽃신 한 짝을 떠올렸다. 그 꽃신은 도가 늘 품에 품고 기억에서 흐려질 새 없이 꺼내 보고 또 꺼내어 보는 대상이었다. 본디 새봄 버들잎같이 싱싱하고 산뜻했으나 바스러지는 재 같아졌었고 그때에 비하면 근래 본 빛을 얼추 찾았으나 그래도 시르죽은 가을 잎 같았다. 그러나 시영이 다녀간 뒤부터 그 몸체에 연둣빛이 얼비쳤다. 가뭄에 누르렀다가 봄비 맞아 수줍게 피는 이파리 같았다.

'그 장닭과 두꺼비 때도 한층 색이 돌았다. 이번에도 그랬지.'

도는 붓에 먹물을 먹였다. 이미 마음이 떠난 붓끝을 닳아 없앨 듯 모으고 모으며 일을 헤아렸다.

'색이 살았으니 그만큼 잃은 조각이 돌아왔다는 뜻. 다만, 장닭녀 때도 의아했으나 그 시계태엽 놈이 전한 이야기에서 대체 어느 점이 공주란 말인가. 공주는 그리 침울하거나 절박한 아이가 아니었거늘.'

꼬꼬댁! 꼬꼭!

"깽! 깨깽!"

"중복이 잘한다!"

도는 붓을 벼루 턱에 걸치고 깍지를 꼈다. 깍지 낀 두 손에 턱을 괬다. 소홀히 시선을 쉬니 저기 양이와 마스티프, 오골계가 노니는 모습이 눈길에 들었다. 그 셋은 과격히 놀았다. 오골계 중복이가 푸드덕 홰치며 날아올라 짧은 다리 한 짝을 쭉 뻗쳐 검둥개의 늘어진 턱수염을 잦춰 헤집으면 고작 수염 몇 가닥 휘어잡힌 검둥개가 죽는시늉하며 이리 데굴 저리 데굴 오두방정을 떨었다. 그러다 양이가 제법 사람을 따르는 중복이를 잡아 휙 날리면 검둥개가 두다다 달려 중복이를 덥석 물었다. 일견 흉악해 뵈는 놀이였지만 동물도 사람도 즐거워했다.

'속 편히도 노는구나.'

도는 피식 웃었다. 어찌 저리 잘 노는지 노는 흥도 재주구나 싶었다. 박수 치고 나뒹구는 양이를 느즈러진 낯으로 보았다. 보일 듯 말 듯 미소를 머금었다.

　도도 이제 양이만 있으면 평범히 잠들었다. 그러나 도는 양이 없이는 여전히 아무리 졸리고 곤해도 잠의 문턱을 넘지 못했다. 그러니 마음이야 날마다 양이를 끌어안고 자고 싶었다. 하나 양이가 기겁하니 제 딴엔 눈치 보며 간혹 한 번씩만 양이를 제 금침에 끌어들였다. 그러지 못한 날이면 지금껏 그랬듯 서예며 독서며 온갖 소일로 밤을 지새웠다.

　도는 눈동자를 굴려 서안 옆에 자리한 낡은 서갑을 보았다. 지난밤이 서갑을 뒤적이며 버텼다. 자정을 갓 넘겨서부터 새벽을 맞을 때까지 그 속을 살피며 밤을 밝혔다. 뭐라도 놓친 단서를 찾을까 하였다.

　도는 팔을 뻗어 서갑을 열었다. 너덧 시간 전에 정리한 서갑이니 뭐가 어디 들었는지 훤했다. 잠시 뒤적여 두루마리와 서책 틈바구니에서 원하는 책을 찾았다. 꺼내어 서안에 올렸다.

　책은 편지를 엮은 서한집이었다. 그 서한집에는 도가 한 여인과 주고받은 편지 일부가, 특히 도가 그 여인과 관계를 정리할 무렵 주고받은 편지가 담겼다. 도는 책장을 넘겼다. 획획 넘기다 간혹 머물러 몇 줄 읽었다.

　[금일 상소를 보거늘 모시나비 한 마리가 날아들었다. 내 손등에 앉을새 그것을 놀랠세라 쉬이 거동치 못하며 숨죽였다. 선명히 검은 윤곽에 투명히 하얀 바탕, 요염히 붉은 점이 그대 눈썹, 그대 얼굴, 그대 입술 같으매 홀리었다. 그러나니 그대가 시름 되므로 그대에게 가지 못하는 내 신세에 줄 한숨만 잇는다.

그대를 어떻게든 삼경에 한 달쯤 부를 순 없는가? 어떤 명분을 세워야 그대를 청할 수 있는가? 한 스승을 모신 동기인 그대를 내 학문의 스승으로 삼을 순 없는가? 그대의 주술이 나보다 낫건만 체면이 야속타. 이미 그대를 부를 핑계란 핑계는 다 쓴즉 더는 마땅한 구실이 없음을 탄식한다. 이렇듯 나는 그대 생각에 하루가 다 가거늘 그대는 오늘 내 생각을 몇 번쯤 하였는지.

그리운 마음이 그치지 않으매 동봉한 나비 그림으로 심사를 달랬다.]

"하……."

도는 서한집을 끝까지 훑었다. 서책은 마지막 장까지 말랑말랑하고 순수한 애정으로 가득 찼다. 도가 결국 이 여인과 원수가 되고만 현실이 거짓인 듯.

'아무리 봐도 이자의 소재를 짐작할 단서가 없군. 이자는, 대체 어디로 숨었단 말인가?'

도는 서한집을 덮었다. 표지에 손을 올린 채 우두커니 생각했다.

'그 긴 세월 흑군 전체가 이자를 좇았다. 하나 흔적조차 더듬지 못했지. 이자는 나 정도 도깨비도 주술로써 기만하는 실력자. 그 실력으로 작정하고 숨으니 찾기가 수월친 않겠지. 하나 꼬리가 길면 밟히는 법. 인내하자. 조금만 더 참자. 약해지지 말자. 찾을 수 있다고 믿자. 내가 버텨야만 내 백성이 안온하니.'

도는 어금니를 지그시 물었다. 엷게 진저리 쳤다.

'진정 생각할수록 독한 여자다. 아무리 수라라지만 어찌 이리 사납단 말인가. 내게 품은 원망이 그런 참극을 벌이고 나를 이토록 긴 세월 이 같은 지옥에 던져넣을 정도란 말인가? 내가 대관절 무엇을 그리도 잘못하였기에! 그럼 그때 내가 그 여자에게 '너를 사랑한다.' 했어야 한단 말인가? 승전을 기대할 수 없는 약소국을 짊어진 왕으로서, 책임져줄 아무 능력이 없는데도? 그 무능한 사랑을 빌미로 그 여자를 기어이 내게 데려왔어야 한단 말인가? 자신을 배신한다면 그 배신자가 친딸이라도 목숨으로 값을 받으려 들었을 그 수라 태흑에게서? 그것이야말로 이기적이 아닌가!'

도는 미간을 꽉 접었다. 손을 들어 앞가슴을 꾹 눌렀다. 뻐근한 기운이 치밀며 눈앞이 아찔했다. 최근에 양이와 도를 면밀히 관찰한 약선이 조심스레 약을 줄였고 그 후 약에 취했던 정신이야 상당히 맑아졌으나 때때로 곳곳에 통증이 엄습했다.

"아이차암, 중복아아. 멍멍이 머리에 똥 싸면 어떡해? 이 똥닭! 너 자꾸 그러면 통닭 한다? 우리 멍멍이, 우쭈쭈……. 앉아. 누나가 닦아줄게. 어이구, 우리 잘생긴 멍멍이가 똥 맞았어요?"

양이는 중복이를 꾸짖으며 손수건을 꺼내 마스티프의 머리를 닦았다. 여느 때처럼 맹한 얼굴로 꾸물꾸물 움직였다.

도는 가슴을 눌렀던 손에서 스르르 힘을 뺐다. 가만히 양이에게 집중하니 맺힌 얼음이 온기에 풀리는 듯했다. 통증이 사르르 녹아내렸다.

'저 아이는 대체 무엇인가? 약? 아니면 덫?'

도는 뻣뻣하던 숨줄을 풀며 느슨히 호흡했다. 눈을 가늘게 좁히며 궁리했다.

'백진은 의심한다. 저 여자가 어떤 의도를 좇아 만든 도구가 아닌지. 약선도 같은 의견이다. 하나 저런 터무니없는 생명을 만들 존재가 과연 있는가? 도깨비는 삼계에서 창조술다운 창조술이 가능한 유일한 종족, 나는 그 정점. 하나 나조차 저런 터무니없는 생명체는……. 아니, 내가 미쳐서 그 일에만 몇백 년 매달리면 가능할지도. 흐음, 역시 무리인가? 하면 누가? 문장 님? 수천 번 생각해도 그 영감뿐인가? 삼계에서 날 뛰어넘는 창조술을 행할 존재는?'

"그 영감탱이……. 만에 하나 진짜 그 영감탱이면……."

도는 잘근잘근 씹듯이 중얼거렸다. 스승을 떠올리는 일만으로도 미간이 구겨졌다.

'그러나 아무리 보아도 저 여자는 왜곡된 흔적이 없다. 논리상 극히 어색하나 보매 극히 자연스러워. 인정해. 나는 그 영감보다 미숙해. 그 영감이 날 작정하고 엿 먹인다면 나로선 속절없지. 하나 나는 백진과 함께이잖아? 아무리 그 영감이 대단해도 우리 둘이 눈에 불을 켜고 파헤치는데 껄끄러운 흔적 한 점 들키지 않을 수준이라고까지는……. 하, 그래. 솔직히 인정하기 싫어. 그러나 적어도 이론 면에서 백진은 술법이 혜용에 못잖고 혜용은 술법에서 그 영감도 인정했을 만큼 대단했어. 더구나 나는 그 영감에게서 배웠고 진이는 그 영감에게서 배운 혜용에게서 배웠으니 영감 특유의 술법을 누구보다도 잘 알아. 그러니 영감은 용의 선상에서 제해도 되지 않을까? 믿어도 되지 않을까? 아무리 영감이 막 나가도 스승은 스승인데 설마 제자 목숨으로 장난칠까?'

"흐음……."

도는 모로 세운 팔에 턱을 기댔다. 어느새 통증이 녹았으나 여전히 시선을 양이에게 두었다. 양이는 마스티프의 목덜미를 긁으며 그 귀에 조잘대었다. 개와 비밀 이야기라도 나누는 모양이었다.

'어쨌든, 김 양은 만들거나 개조한 흔적이 없으니 자연 발생체라고 봐야 할 터. 진이와 약선이 뭐라 한들 누구보다도 창조술에 능한 내 보기에 저런 존재는 창조했다기보다 자연 발생했다고 봐야 합리적이야. 그 영감이 아무리 대단해도 저런 존재를 만들 무엇이 있다면 이 우주뿐이지.'

"아니, 이조차 편견 아닐까? 집단 지성이 나서면 한계를 뛰어넘지 않는가."

'용의자가 많아지는군. 나를 어쩌고 싶어 하는 자가 한둘이 아니니. 상제인 천지왕도 그러하고 지부왕, 마고, 용신, 수라 태흑. 기본 역량이 되는 집단을 이끄는 자는 그쯤인가? 수라를 제하면 앞선 네 세력은 걸출한 술사가 적지 않아. 삼경이 자리 잡기 전부터 노예나 신하로 부리던 도깨비도 적지 않고. 그 도깨비들은 왕인 내가 친히 불러도 정든 터전을 떠나지 않겠다며 그곳에서 살기를 택한 자들, 도깨비라도 내 편이 아니지. 내가 태어나기 전부터 존재하던 대도깨비니 창조술도 대단할 테고.'

"생각할수록 미궁이로구나."

도는 풀이 죽었다. 양이를 보고 있자니 긴장이 눅으나 생각이 엉켰다. 어린애처럼 심통이 났다. 서안 위로 팩 엎어졌다. 서안 아래로 한 팔을 늘어트리고 그 팔에 턱과 뺨을 기댔다. 자신 쪽은 한번 쳐다도 보지 않는 양이에게 시선을 박았다.

'저 복어는 방에 기껏 데려다 놨더니만 개새끼하고만 노네. 쳇. 어쨌든 문장 님께 주목받는단 말이지? 내게 무언가 크게 영향을 끼치고 있고. 근데 나한텐 관심도 없고.'

"우이씨."

도는 불현듯 억울해졌다. 입술이 튀어나왔다. 시큰둥히 생각했다.

'문장. 그 영감은 대체 누구 편인가. 스승이라지만 과연 내 편인가? 흥! 믿을 분을 믿어야지. 나 따위보다 훨씬 아끼던 혜용마저 그 긴 세월 버려두셨고 끔찍하게 싸고돌던 혼야 역시, 하! 내치셨지. 그 양반은 애초에 세속 일을 관찰하실 뿐 세속 일에 끼어드시는 분이 아니야. 아니, 그 생각조차 허상인가? 속 모를 양반이니. 여하간 믿을 수 없고 믿어서도 안 돼. 날 만드신 네 분 중 아무도 믿을 수 없지만 그 가운데 가장 못 믿을 분이 문장 님이야. 바라는 바가 모호하니. 천지왕은 차라리 낫지. 날 미워하는 이유가 뚜렷하고 내가 비굴해져서라도 비위만 맞추면 오히려 내 편을 들어주니. 한데 그 양반은 도무지…….'

"젠장, 망할 영감. 대체 쟤에 대해 뭘 아는 거야? 뭐 알기는 아니까 내 속을 긁을 텐데 대놓고 물어봐야 가르쳐줄 양반이 아니고 가르쳐준대도 기분 나빠서 어지간하면 묻고 싶지도 않고, 에이씨."

도는 구시렁댔다. 혜용이 그리되니 스승님 같이 씹을 놈이 없다는 사실이 사무치게 서러웠다. 그 스승이 얼마나 짜증나게 제자 속을 뒤집어놓는지 아는 놈은 세상에 혜용뿐이었다. 그런데 그 혜용이 다른 우주로 가버렸으니 아쉽기 짝이 없었다.

"에휴. 어쨌든…….."

'단순해지자. 답이 막힐 땐 단순해야 하니. 저 여자는 날 잠들게 해. 내 상태가 악화되지 않게 하고. 아무리 살피고 겪어도 그건 상관성이 높아. 더구나 저 여자가 오고선 당혜가 제 색을 회복하고 있어. 답 없이 절박하던 상황이 두루 풀리는 셈이지. 그러니 저 여자가 실은 덫이고 폭탄이라도 나는 저 여자를 끌어안고 죽을 수밖에 없어. 저 여자가 나를 믿을 수밖에 없듯 나도 저 여자가 진짜 열쇠이자 귀인이라고 믿을 수밖에 없지. 하면, 이 판단을 뒤집을 강력한 가설이나 뚜렷한 정황이 나오기 전까지는 흔들리지 말고 그렇게만 생각하자. 좋아.'

도는 상체를 일으켰다. 언제 널브러져 있었느냐는 듯 옷깃을 깔끔히 정리했다. 허공을 향해 생긋 웃어도 보았다. 골 아프고 기분 나쁜 생각을 하느라 오만상을 찌푸렸더니 얼굴 근육이 뻣뻣했다. 두 손으로 뺨을 조물조물 만져 낯을 풀었다. 또다시 생긋 웃었다. 그럭저럭 느낌이 괜찮았다. 만면에 미소를 띠었다.

"김 양?"

도는 한껏 상냥히 양이를 불렀다.

"아유, 우리 멍멍이는 함함하기도 하지."

그러나 양이는 도가 부르는 소리를 듣지 못했다. 검은 마스티프를 온몸으로 끌어안고 그 보드라운 털에 뺨을 비볐다. 까르르 웃었다.

'저놈의 개새끼가! 나도 못 저러는데!'

순간 도는 미소가 깨졌다. 이마에 힘줄이 섰다. 시선에 살기를 가득 담아 마스티프를 노려보았다.

"깽!"

마스티프는 화들짝 놀라며 양이에게서 떨어졌다. 뒷다리 사이로 꼬리를 감추고 후다닥 달아났다. 꾸벅꾸벅 조는 중복이 뒤에 그 덩치를 가련히 웅크렸다.

"응? 멍멍아, 왜 그래?"

양이는 한 방에 마스티프에게 내팽개쳐졌다. 어리둥절하며 부스스 일어났다. 마스티프에게 팔을 뻗는데 등 뒤에서 몹시도 다정한 목소리가 들렸다.

"양이야?"

"으음?"

웬만해선 도가 불러주지 않는 제대로 된 호칭이었다. 양이는 당황하며 뒤를 돌았다. 도가 과도하리만치 천진난만하게 웃으며 자신을 보고 있었다.

"아, 또 먹 갈까요? 아니면 물?"

양이는 도에게 먹을 갈아주려고 이 방에 온 터였다. 처음 들어와서 실컷 갈았지만 한동안 잘 놀았으니 다시 갈 때가 되었다. 벌떡 일어나 도에게 다가갔다. 서안 옆에 앉았다.

"음, 많아 보이는데? 농도가 안 맞으세요?"

양이가 먹함에서 먹을 꺼내며 물었다.

도는 고개 저었다. 생긋 눈을 휘며 웃었다. 발그레해지는 양이에게 그윽이 눈을 맞췄다. 달콤하게 말했다.

"아니. 그냥 얼굴 보고 싶어서. 동물 좋아하나 봐?"

"네. 어렸을 때부터 '플랜더스의 개[6]', '하얀마음 백구[7]'를 보면 큰 개를 기르고 싶더라고요. 만만치가 않아서 지금까지 못 길렀지만요. 근데 여기 와서 매일 멍멍이랑 노니까 진짜 좋아요. 히히."

양이는 귀 끝까지 웃음을 걸었다. 도는 저 마스티프가 점점 마음에 안 들었다. 그러나 이 즐거워 보이는 얼굴에 차마 초 칠 수야 없었다. 마주 웃었다.

"그래? 잘됐네. 여기 생활은 익숙해졌어?"

"네."

양이는 열심히 끄덕였다.

"되게 좋아요. 제 방은 대궐 같고요, 밥도 맛있고요, 다들 살갑게 대해줘요. 월주 언니는 정말 언니 같고 크님이는 친구 같아요. 외동에

대학 때부터 혼자 살다가 복작복작 지내니까 재밌어요. 전부 사장님
덕분이에요. 감사합니다."

양이는 고개를 꾸벅했다. 도는 자못 겸양하는 표정으로 으쓱했다.
둘 사이에 침묵이 돌았다. 멀뚱멀뚱 시선이 오갔다. 양이가 어색해지
기 전에 재빨리 화제를 찾았다.

"근데요, 사장님."

"응?"

"멍멍이 이름이 뭐예요? 글쎄 수산 씨가요, '개새끼'래요. 사장님께
서 그렇게 부르신다고. 가끔 '똥개'라고도 하신다나요?"

양이는 눈썹을 한껏 치켜들었다. 도를 물끄러미 보았다.

"아니죠? '천계에서 부여하는 이름은 단 하나도 헛되지 않고 이름에
존재를 규정하는 본질이 담긴다.'고 하셨잖아요. 그렇게 말씀하신 사
장님께서 설마 이 혈통 좋고 예쁜 멍멍이를 '개새끼'라느니, '똥개'라
느니, 그렇게 부르시지는 않죠?"

양이는 미간을 엷게 구겼다. 상체를 뒤로 빼고 도를 샅샅이 살폈다.
꿈틀거리는 눈썹 한 올 놓치지 않겠다는 듯했다.

"저런! 수산이 그렇게 말했어? 설마하니 내가 기르는 개를 '개새끼'
니 '똥개'니, 그렇게 부르는 몰상식한 주인으로 보여? 얜 '까망이'야."

도는 눈썹 한 올 까딱하지 않았다. 눈부시게 화려한 미소를 흔들림
없이 유지했다.

"그렇죠?"

양이는 얼굴이 확 피었다.

"역시! 수산 씨가 나 또 놀렸어! 아무렴, 사장님이 그러실 리 없죠.
그럼요, 저렇게 귀여운 개를 어떻게 제대로 된 이름 하나 없이 '개새

끼'라고 불러요. 사장님이 그런 분이실 리가 없어요."

양이는 근거 없는 믿음을 고수했다. 도도 뻔뻔한 미소를 고수했다. 도는 한 점 양심의 가책도 없이 상큼하게 말했다.

"물론이지! 원래 우리 애들이 농담도 잘하고 놀리기도 잘해. 자, 한 번 불러봐. 쟤가 어떻게 불러야 제대로 반응하나. 쟤 이름은 '까망이'야."

양이는 그 말에 따랐다. 말이야 믿음으로 가득 찼지만 도를 아주 약간 의심했다. '개새끼'부터 시도했다. 애정을 담뿍 담아 마스티프를 불렀다.

"개새끼야."

중복이 뒤에 웅크렸던 마스티프는 귀를 꿈틀했다. 상체를 둔하게 세웠다. 목을 빼고 눈동자를 굴려 드리워진 털 밑으로 도를 보았다. 재빨리 분위기를 파악했다. 단호히 콧방귀 뀌었다.

"킁!"

마스티프는 온 힘을 다해서 벽으로 고개를 뺐다. 도가 흡족히 웃었다.

"역시 그렇게 부르니까 화내네요. 잘못했어."

양이는 울상 지었다. 조심스레, 곰살궂게 마스티프를 불렀다.

"까망이야."

마스티프는 배 속에서부터 그 이름으로 불린 듯 튀어 올랐다. 드넓은 방을 화살처럼 꿰뚫어 양이 앞에 당도했다. '살랑살랑'을 넘어서 '팔락팔락' 꼬리를 흔들며 자리에 착 앉았다. 드리워진 털 밑으로 도의 눈치를 보고 안도 어린 한숨을 내쉬었다.

"풍!"

"와, 진짜 똑똑하다! 우리 까망이, 이름도 척척 알아듣는구나? 어이구, 기특해라."

양이는 두 팔을 뻗어 마스티프를, 오늘 자로 '까망이'가 된 개새끼를 끌어안았다. 까망이 목덜미를 토닥이며 거듭 기특해했다. 도는 비틀리는 입술 끝을 단속하며 가능한 한 유하게 물었다.

"근데 김 양, 까망이처럼 애교 부리는 타입 좋아해?"

"네?"

양이는 까망이에게서 손을 뗐다. 도를 돌아보았다. 헤헤 웃었다.

"귀엽잖아요."

"어, 그래?"

도는 움찔했다.

'애교 부리는 타입을 좋아한다고? 애교는 어떻게 부리지? 개새끼처럼 치대면 되나? 혹시 꼬리? 꼬리가 필요한가? 변신? 변신해야 하나?'

도는 진지하게 고민했다. 고민에 잠겨 양이와 개새끼 까망이를 관찰했다. 양이가 연신 "우쭈쭈······." 혀를 차며 까망이를 어르고 까망이 목덜미와 귀를 긁었다. 까망이는 기분 좋은 소리를 내며 배를 발라당 뒤집으려다가 도가 눈썹을 꿈틀하자 슬그머니 꼬리 내렸다. 양이를 내버리고 뒷걸음쳤다. 중복이에게 후퇴했다.

'흐음, 애교라······.'

도는 기이한 궤적으로 손끝을 까닥이고 팔을 휙 저었다. 서안과 서갑을 사뿐 띄워 방구석으로 밀어냈다. 까망이를 따라가려는 양이를 팔을 뻗어 제 무릎에 끌어앉혔다. 소맷부리에서 빗을 꺼냈다. 양이 머리칼에서 머리끈을 죽 잡아당겨 풀어냈다. 능숙하게 그 머리칼을 빗겨 내렸다.

"저 산발이에요? 까망이랑 막 뒹굴며 놀았더니."

양이는 겸연쩍어하며 고개 젖혔다. 눈을 눈썹에 매달고 도를 올려다보았다. 아하하 웃었다. 도는 손을 멈추고 그 얼굴을 가만히 내려다보았다.

"에……."

시선이 마냥 얽혀들자 양이가 길게 넋 빠진 소리를 냈다. 젖혔던 고개를 슬그머니 움츠렸다.

"영 산발이야."

도는 빗을 쥐지 않은 손을 들어 내려가려는 양이의 이마를 턱, 잡아 세웠다. 고개 숙여 양이를 가까이, 빤히 보았다. 양이가 슬쩍 붉어지자 슬며시 웃었다. 이마를 잡은 손을 떼고 뽀얗게 드러난 이마에 쪽 입 맞췄다.

"찐빵은, 뺨도 귀엽지만 이마가 참 예뻐."

도는 속삭였다. 그러나 고개 들고 아무 일 없던 듯 태연히 머리를 빗겨 내렸다.

"그러니까 예쁘게 묶고 다녀. 되는대로 반 접어 머리끈 사이에 구겨 넣지 말고."

"아하하. 저도 나름대로 깔끔히 한다고 하는데……. 이상하게 잘 풀어지더라고요. 요령이 부족한가."

양이는 뜨끈한 뺨을 긁적였다. 등 뒤에서 도가 머리칼을 다 빗어 내리고 몇 갈래로 갈라땋기 시작했다. 그 살뜰하고 능숙한 손길에 목덜미가 간지러웠다.

"그럼 내가 매일 만져줄까?"

도가 제의했다. 양이는 움찔했다. 제안이 실로 당황스럽고 닭살 돋았다.

"에······."

양이는 적당한 대응 방향을 찾으며 머뭇댔다. 도는 망설임을 기다려주지 않았다. 혼자 결정 내렸다.

"내가 아침마다 빗겨줄게. 비녀도 꽂고 묶고 땋고. 원한다면 헤어롤, 고데도 해줄 수 있어."

"에에······."

도는 재빨리, 단호히 덧붙였다.

"찐빵은 우리 가게 접객 담당이니까. 화화를 대표하는 얼굴이니 언제 어느 때 손님이 오셔도 예뻐 보이도록 책임지고 가꿔줘야지. 난 성실한 사장이거든."

실로 거절을 거절하는 태도였다. 양이는 이 미용 서비스를 받아들이기로 했다. 쑥스러움에 뺨을 긁적였다.

"감사합니다. 머리 잘 만지시나 봐요. 헤어 롤에 고데도 쓸 줄 아시고. 전 단순한 C자 컬도 못 넣는데."

"많이 해줘봤거든."

"누구 머리요?"

양이는 대화의 맥을 따라 무심코 물었다. 도도 수월히 답했다.

"그때 봤지? 족자 속 공주."

'당혜 공주?'

양이는 뜨끔했다. 도에게 그 이름을 꺼내지 말아 달라고 수산에게 부탁받았기 때문이었다. 따지자면 자기가 먼저 화제를 꺼내지야 않았으나 신경 쓰였다. 쉽게 답을 못 하고 우물대는데 도가 말을 이었다.

"매일 해줬어. 땋아도 주고 묶어도 주고, 머리 장식도 만들어주고. 내가 좋아하던 일과였지."

"많이, 아끼셨나 봐요."

양이는 어색하게 말을 받았다. 도는 땋아 내린 양이의 머리 타래에 은으로 된 작은 꽃을 꽂아 내렸다. 담담히 긍정했다.

"그랬지."

도는 잠시 아무 말도 않았다. 손도 멈춘 채 우두커니 있었다. 짧은 침묵 끝에 속삭이듯 나직이 말했다.

"문득 보면, 너는 그 애와 닮았어."

머리 타래를 타고 흐르는 자리자리한 손길을 느끼며 양이는 며칠 전 새벽을 떠올렸다. 자신에게 섧게도 쏟아지던 사뿐한 입맞춤들을 떠올렸다. "혜, 혜야……." 자신을 칭하던 제 것 아닌 이름을 떠올렸다. 가슴이 문득 저렸다. 홀린 듯 물었다.

"어디가, 닮았는데요? 언제, 닮았다고 느끼셨어요?"

"못생긴 점. 네가 특히 못생긴 표정을 지을 때."

도가 딱 잘라 답했다. 양이는 우수에 잠기려다 뒷덜미를 잡아채여 내동댕이쳐졌다. 짜게 식어 입술을 삐죽 내밀었다.

"너무해요."

"하하하!"

도는 맑고 유쾌하게 웃었다. 양이 머리를 다 다듬고 빈 두 손으로 양이의 양 뺨을 짓궂게 꼬집었다. 양이가 두 뺨에 담뿍 공기를 불어넣어 도의 손가락을 밀어냈다. 도가 검지를 세워 볼록하게 부푼 뺨을 꾸우우욱 눌렀다. 뿌우우우. 양이의 입술 사이로 방귀 새는 소리가 났다. 둘 사이에 침묵이 감돌았다.

"풋!"

도는 기어이 웃음을 터트렸다. 어깨를 떨며 웃어대기 시작했다. 양이는 양 뺨을 눌린 채 입술만 한없이 세워 올렸다. 고추 먹은 소리를 했다.

"사장님 나빠요."

"아아, 평가가 가혹한데? 나 그렇게 악덕 사장 아니야. 내가 직원을 얼마나 아끼는데."

도는 양이를 어르며 그 허리를 사뿐 안아 돌렸다. 양이가 자신을 마주 보게 했다. 양이는 눈썹과 눈이 맞붙어 새끼 오랑우탄 같았다. 도는 참지 못하고 또다시 웃음을 터트렸다. 지금껏 하던 고민도 잠시 잊고 양이의 이마에 입술을 눌렀다. 웃음결에 속삭였다.

"되게 예쁘게 못생겼네."

양이는 볼을 부욱 부풀렸다. 테트로도톡신을 축적하며 알아들을 수 없는 외계어로 툴툴댔다. 도는 한 팔로 양이의 등을 받친 채 다른 팔로 양이의 뒷머리를 끌어안았다. 양이를 제 품에 당겨 안으며 흡족히 날숨을 흘렸다. 마음이 포실하여 음색이 따뜻하고 매끄럽게 흘렀다.

"예뻐, 넌. 넌 가만 뜯어보면 공주와 그리 닮지 않았어. 솔직히 공주가 더 예뻤지. 명색이 공주니 날마다 예쁘고 곱게 꾸몄으니까. 그런데도 문득문득 닮았다고 느끼는 까닭은 아마도 너와 있으면 편안해서일 거야. 공주와도 너와 비슷한 기분이 들었거든. 무릎에 앉히고 어리광을 받아주노라면 마음이 순하고 기꺼워 세상에 시름이 없고……."

도는 양이의 등을 느긋이 쓸어내렸다. 정말 말한 그대로였다. 홀연히 심회가 일었다. 머릿속엔지 가슴속엔지 그 옛날 봄 같은 아지랑이가 향긋이 피었다. 아득히 어지러웠다. 느꺼운 듯하고 두근대는 듯했다.

양이는 가만했다. 뻣뻣한 정지 상태가 아니라 노긋한 평온 상태였다. 평온 속에 슬며시 아릿한 까닭은 도와 혜의 사연을 들어서이리라 하였다. 도에게 어긋남 없이 그 손길이 바라는 대로 은연히 그 품에 가라앉았다. 그 어깨에 이마를 기댔다. 곱게 바랜 꽃향기가 나는 비단 자락에 코를 묻고 손으로 그 가슴을 짚었다. 옮아오는 박동을 헤아렸다. 쿵쿵쿵쿵, 조금 빠르고, 두근두근, 조금 힘차고, 도곤도곤, 조금 간지럽게 가라앉는 박동을. 또, 전해오는 호흡을 헤아렸다. 맞닿은 가슴이 조금 가쁜 듯 얕게 부풀고 조금 느린 듯 깊게 부풀고 점점 느려져 얌전해졌다.

"공주는…….."

그 말은 도의 목울대를 아릿히 긁으며 새어 나왔다. 도는 양이의 등을 쓸며 숨을 골랐다. 잠잠해진 숨결 위로 말을 실었다.

"곧잘 내 품에 안겨 잠들었어. 아기였을 때도 그랬고 다 커서도 그랬지. 나도 그 아이를 재워주는 일이 싫지 않았어. 도깨비는 노래를 못하니까 나도 음정과 박자가 하나도 안 맞는 자장가밖에 못 불러줬지만 그래도 그 아이는 내 품에만 안기면 새근새근 잘 잤어. 나는 한 나라를 지키는 왕이고 '수경'이라는 왕호까지 있지만, 그 어느 때보다도, 정무를 볼 때보다도, 전투를 승리로 이끌 때보다도, 그 아이를 품에 안고서 재울 때 가장 왕다운 기분이 들었어. 내 이 두 팔이 무엇보다도 강력하다고, 내 이 두 팔로 무엇이든 지킬 수 있다고 느꼈지. 내 품에서 잠든 공주는, 늘, 더없이 평온하고 안도 어린 미소를 지었거든. 그래서 나는 흐뭇하게 그 미소를 바라보다가 그 보송한 뺨에 입 맞췄지. 그 곁에서 잠들었어."

도는 말을 멈췄다. 숨도 멈췄다. "하아……." 길고 떨리는 숨을 내쉬었다. 양이의 등을 쓸며 미처 떨림을 억누르지 못하고 말을 이었다.

"그러나 나는 그 아이를, 끝내 지키지 못했어. 크닙이가 준 역사서를 읽었다면 알겠지. '이야기 결핍 사건'을."

양이는 더 아는 내색을 하지 못했다. 그 말에만 작게 끄덕였다. 사락, 도의 비단 옷자락을 스쳤다. 도는 구슬피 고백했다.

"공주는 그때를 넘기지 못했어. 영영 날 떠났지."

양이는 어떤 말도 붙일 수 없었다. 숨죽였다. 살며시 팔을 내어 도의 등을 안았다. 사뿐사뿐, 단 두 차례, 흙을 다독이는 눈송이처럼 닿은 등을 토닥였다.

"하아……."

도는 순하게 한숨 쉬었다. 한숨에 떨림을 녹였다. 등에 닿은 자그마한 손을 느꼈다. 저리고 아리던 심장이 포근히 포실했다. 순량히 눈이 감겼다. 어려우리라 여겼던 고백이 수월히 흘러나왔다.

"공주가 그리되고 심한 불면이 찾아들었어. 불면은 지독했지. 네가 상상하기 힘들 수준이었어. 나는 참으로 오랫동안 잠을 이루지 못했어. 잠깐이라도 눈을 붙이고 이 몸을 쉬게 하려면 약에 절어야 했어. 실은, 여전히 그래."

양이는 살며시 상체를 일으켰다. 폭 안겼던 몸을 느슨히 떨어트리고 가만히 도를 보았다. 방금 들은 말이 선뜻 믿기지 않았다. 아차 하면 자신을 안고 잠드는 도가 불면이라니.

하지만 양이와 마주한 도의 눈동자는 밤 호수처럼 잔잔히 녹녹했다. 그 수면 밑에서 거대한 물고기가 슬프게 헤엄쳤다. 헛말을 한다고 볼 수 없을 만큼 진실한 파형이 깊게 일렁였다.

양이는 어찌할 바를 모르고 먹먹히 도를 바라만 보았다. 도는 힘없이, 조금 어색하게 웃었다. 머뭇대며 인정했다.

"하지만 네 곁에선 잠들 수 있었어. 이상하게도."

"아……."

양이는 가슴이 지끈했다. 기대어오는 시선을 지탱하지 못하고 눈을 내리깔았다. 그러자 지그시 물린 붉은 입술이 눈길에 닿았다. 붉은 입술이 움치고 주춤대다 천천히 벌어졌다.

"나나 약선은 그게 네가 공의 도깨비라서가 아닐까 짐작해."

"공의, 도깨비라서요?"

양이는 감을 잡지 못하며 물었다. 보이는 입술이 다물어졌다가 열렸다가 또 다물어졌다. 시야 아래의 울대뼈가 빠듯이 솟았다가 툭 내려앉았다. 저어하듯 한숨 섞인 목소리가 이어졌다.

"너는 공의 도깨비 한 존재로서 공간을 차지하되 상당히 공백이야. 그래서 나처럼 영적 밀도가 대단히 높은, 이를테면 '빽빽한' 존재는 너를 곁에 두면, 음, '느슨해질 수 있는' 영적 공간이 확보되면서 영적으로나 심적으로 편안해지지 않나 싶어. 아니, 실은 잘 몰라. 약선과 온갖 가설을 세워보았지만 이거구나 싶은 답을 찾지 못했어. 단지 네가 혜를 닮아 내 마음을 부드럽게 해줄 뿐인지도 몰라."

도는 양이를 안은 팔을 헐겁게 풀었다. 그러더니 다시 양이를 가만히 들어 조심스레 자기 한 뼘 반 앞에 내려놓았다.

"아……."

양이는 조금 놀랐다. 도가 요청도 없이 자신을 품에서 놓아준 일이 처음이지 싶었다. 도의 품에서 떨어져 나와 오도카니 도와 마주 앉았다. 어쩌야 할지, 어디를 봐야 할지, 갈피를 잡지 못했다. 침울히 가라앉은 분위기에 쉽사리 이렇다저렇다 말을 붙일 수도 없었다. 하릴없이 눈만 끔벅였다. 그런 양이에게 도가 한없이 조심스럽게 미소했다.

"이제부터 전할 이야기를 품에 안고 하기는 조금 비겁한 듯하여, 네게 최소한의 안전거리는 주어야 옳은 듯하여, 거기 앉았어."

도는 조금 전의 미소를 다시 보였다. 양이가 의아하고 긴장하여 눈을 끔벅이며 몸을 굳히자 달래듯 더욱 부드러운 소리를 냈다.

"처음에 난 너를 지키려 곁에 뒀고 그러다 한 번 잠들었을 때는 우연이라 생각했어. 하지만 그 일이 되풀이됐지. 나는 거의 천 년을 잠들 수 없었지만 너는, 나를 잠들게 해. 그러니까 네가 안전하자면 내 보호가 필요하듯 나도 잠들자면, 네가……."

도는 입술을 물었다. 살며 누군가에게 약한 소리를 한 일이 거의 없었다. 약한 소리를 해도 필요에 따라 엄살했을 뿐 대저 뱃속이 든든했다. 그러나 이 순간, 상황이 그렇지가 않았다. 자신은 약점을 내보이며 상대에게 간절히, 무리한 청을 해야 했다. 청을 넣을 상대가 천하고 무력하니 마음만 먹으면 진실을 숨기고 그를 공기 놀리듯 하여 이용만 할 수도 있었다. 어쩌면 그래야 옳았다. 어깨에 짊어진 존재가 무수히 많은 왕으로서 약점이야 드러내지 않으면 않을수록 좋으니. 하물며 그 약점이 생존과 직결된 지극히 예민한 사항이라면야.

하지만 도는 양이에게 장난이야 놀지언정 이런 문제에서마저 양이를 손쉽게 대하고 싶지 않았다. 그럴 수 없었다. 그러니 남은 선택지가 설득, 협상, 어쩌면 사정뿐이었다. 쉽사리 떨어지질 않는 입술을 거듭 달싹였다. 뺨에 열기가 일어 자신이 꽤 붉어졌다는 사실을 깨달았다. 달구어진 숨을 내쉬었다. 겨우 말했다.

"그러니까, 나도 네가, 나도 잠들자면 네가, 조금, 필요해."

양이는 고개를 숙였다. 양손 손끝을 맞부딪히고 꿈질꿈질 의미 없이 밀었다. 곰곰이 헤아렸다.

'설마 그러니까, 나를 계속……? 계속 안고 주무시겠다고?'

'설마.'라고 생각했으나 거듭 따져봐도 그 뜻밖에 없었다. 상식선에서 따지면 지금까지 몇 번 끌어안겨 잠든 일만 해도 크게 화를 낼 만한데 앞으로 그런 일을 내리 당연하게 하고 싶다는 뜻이었다.

'얼마 전까지 일면식도 없었는데? 지금도 사장님일 뿐이고.'

양이는 미간을 구겼다. 절로 입술이 나오며 볼이 부풀었다. 고민하는 한 마리 복어가 되었다.

'하지만…….'

낯을 뒤집으며 거절해야 마땅했다. 하지만 '말도 안 된다.'는 말이 선뜻 나오질 않았다. 도의 생김이야 눈을 돌리는 순간 기억에서 사라졌으나 그 잔잔하면서도 슬프게 일렁이던 눈빛이 잔상으로 마음에 어른댔다. 수산이 들려준 당혜 공주 이야기도 가슴에 저몄다. "어지간한 딸바보 따위 명함도 못 내밀 수준이었다."던 말이, "그 이후로 전하는 변하셨다."던 말이 귓가에 치밀었다.

'일국을 책임지는 왕이 날마다 머리를 만져주고 재워줄 정도면 얼마나 아낀 걸까? 내가 그렇게나 닮았나? 족자 속 모습은 나와 비교도 되지 않을 만큼 아름다우셨는데.'

양이는 마음이 약해졌다. 거기까지 생각하니 더욱 거절하기 힘들었다. 하지만 그렇다고 '알겠다.'는 말도 나오지 않았다. 부부도 애인도 아닌데 대놓고 끌어안고 끌어안겨 잠드는 관계라니, 해괴망측했다. 옴치도 뻗지도 못하고 어름어름 고개를 들었다. 눈썹 끝이 잔뜩 처져 도를 물끄러미 보았다.

도는 입술을 꾹 깨물었다. 양이와 눈을 깊이 맞추며 입술을 닳도록 달싹였다. 한숨과 달싹임을 반복하다가 어렵사리 말했다.

"알아. 내가 얼마나 무리한 부탁을 하는지."

도는 또 한숨을 내쉬며 애꿎은 입술을 짓씹었다. 살며 이렇게까지 쩔쩔맨 적이 없었다. 그만큼 곤혹스럽고 조심스러웠다. 더듬대지 않으려 애쓰며 말했다.

"언짢겠지. 황당하겠고. 하지만 결코 쉽게 꺼낸 말이 아니야. 너를 가볍게 봐서 한 말도 아니고. 나는, 다만, 천 년을 못 자면 정말, 하아⋯⋯."

도는 기어코 다시 낯이 달아올랐다. 준비했던 온갖 매끄러운 표현이 새까만 머릿속으로 사라져버렸다. 도무지 할 말이 없어 무구한 눈으로써 호소했다. 그러다 꼭 해야 할 말이 겨우 떠올라 머뭇머뭇 말했다.

"그래서 되도록 책임질 생각인데, 음⋯⋯. 그러니까, 아직도 내 이름 안 들을래?"

우두망찰 꿀 먹은 벙어리 노릇을 하던 양이는 뜨끔하여 목을 움츠렸다. 들을 필요도 없이 그 이름이 십중팔구 무엇이리라 짐작하고 있으니 딸꾹질이 벌컥 솟았다. "크흠!" 펄떡 터지는 숨을 헛기침으로 눌렀다. 얼굴을 싹 고쳤다. 찔려서 더 펄쩍 뛰었다.

"안 들을래요. 왕, 황제, 전하, 폐하, 왕자마마, 세자마마, 대군마마, 군마마, 기타 왕실 일동은 전부 제 취향이 아니라니까요. 제가 최근에요, 저기 화화 상영실에서 그 박력 넘치는 화면으로 미드 튜더스를 봤는데요, 글쎄 헨리 팔세가⋯⋯."

"진짜, 찐빵! 너 드라마 좀 그만 봐. 수산, 월주, 크닙이랑 넷이 아주

죽이 짝짝 맞아서 만날 막장 드라마나 보고, 진짜, 막장 드라마만 보더니 어디서 막장 전하, 폐하, 마마 상을 구축해서는……! 아후…….나 그런 왕 아니라니까! 그놈의 드라마를 진짜……!"

수 초 전만 해도 심각하던 도는 속이 치밀어 발칵 외쳤다. 답답한 심경을 쏟아붓다가 '내가 대체 이 조그만 여자를 상대로 뭔 짓인가?' 하는 회의가 들어 입을 딱 벌리고 멈칫했다.

양이는 그 틈을 놓치지 않았다. 복어와 오랑우탄이 하나 된 얼굴로 분연히 주장했다.

"드라마가 어때서요? 제 소중한 취미 생활을 모독하지 마세요. 드라마는 명작이건 막장이건 소중하다고요. 명작은 명작이라서 좋고 막장은 욕하다 보면 카타르시스가 인다니까요?"

"명작이든 막장이든 다 좋은데, 김복어 너는 보는 장르가 하필이면 왜 왕실……. 아흐."

도는 이마를 짚었다. 이 김복어가 말도 안 되는 철벽을 칠 때마다 잔밉고 얄미워 죽겠는데 저 못생기게 부푼 뺨이 이상하게 귀여워서 어찌할 수가 없었다. 속만 퍽퍽 끓일 수밖에.

양이는 부푼 뺨을 푹 꺼트렸다. 눈동자를 이리 데굴 저리 데굴 하다가 슬그머니 눈꺼풀을 치켰었다. 기막혀하는 도를 향했다. 뺨을 긁적였다. 꿍얼꿍얼 말했다.

"알았어요. 어쨌든, 뭐, 알겠다고요."

"뭐를?"

도는 한숨을 푹 내쉬며 물었다. 양이가 찡그리며 고개를 기울였다.

"잠이요. 도와드릴게요."

"뭐?"

'딱하시기도 하고 안전한 분이시기도 하니까.'

양이는 뜨끈한 뺨을 손바닥으로 문질렀다. 몇 초 더 이모저모 헤아리다가 마음을 딱 정하고 손을 내렸다. 최근에 그야말로 기이한 정보가 콸콸 쏟아져 그걸 다 소화하느라 몇 달 치 진지함을 당겨쓴 뒤였다. 무언가를 더 깊게 생각하고 싶지 않았다. 마음속에서 신속히 한 움큼 버리고 대충 선을 친 후 고개를 들었다. 그러고 보니 도가 몹시 놀란 얼굴로 뻣뻣이 굳어 있었다. 그 모습에 마음이 더 뭉그러졌다. 자신은 민망한 정도지만 도는 정말 힘들고 미안한 듯 보였다. 부담을 덜길 바라며 가볍게 웃어 보였다.

"그러니까, 두 가지 조건만 지켜주시면 협조할게요."

"조건이, 뭔데?"

도는 침을 꿀꺽 삼켰다. 예상보다 쉽게 떨어진 허락에 기쁘기도 했으나 뭣보다 얼떨떨했다. 두근두근하며 숨을 죽였다. 양이가 예의 느긋이 말했다.

"까다로운 조건이 아니니 꼭 지켜주세요."

"어, 알았어. 내가 들어줄 수 있는 한, 최선을 다해서, 꼭."

도는 거듭 답했다.

"첫째, 주무실 때 문 잠그지 마세요."

'수산 씨가 밥주걱 들고 출동하셔야 하니까.'

"응, 물론! 지금까지도 잠근 적 없어."

양이는 끄덕였다.

"둘째, 협조는 제가 자는 시간에만. 제발 절 아무 때나 끌어안고 덮어놓고 주무시지 마세요. 전 죽부인이 아니라 사람이랍니다."

"아, 응! 알았어. 명심할게."

도가 또랑또랑한 눈으로 더없이 진지하게 답했다.

양이는 순간 웃을 뻔했다. 대답하는 도가 잔뜩 긴장한 유치원생 같아서였다. 늘 여유만만하던 도가 이런 모습을 보이자 불현듯 귀여워 보였다. 그러나 사장님께, 더구나 성인 남자에게 귀엽다고 할 수야 없는 노릇이라 고개를 숙이고 숨을 멈췄다. 웃음을 누르고 또 눌렀다. 그러나 그럴수록 꾹꾹 눌린 웃음이 밀도를 높였다. 갈비뼈까지 뻐근히 근지러웠다. 참기 힘들었다.

"픕!"

양이는 결국 한 음절을 뿜었다.

"왜, 왜 그래?"

그때까지 굳었던 도가 질겁하며 물었다. 그 세찬 반응에 양이는 더 웃음보가 터졌다.

"푸하하핫!"

"왜 그래? 왜? 찐빵, 뭐 잘못 먹었어? 갑자기 왜 그래? 왜?"

"푸흡, 푸하하하하! 아뇨, 그게, 푸하하핫!"

양이는 배를 잡고 웃었다. 숨도 못 쉬고 헐떡였다. 그동안 능글맞은 구석이 있다고 생각했던 사장님께 이런 민낯이 있다니, 새삼 도가 살갑게 다가왔다. 어쩌면 조금 더 안심하고 믿어도 될지 모르겠다고, 눈물을 찍어내며 웃음결에 생각했다.

네게 닿고 싶어

"물러줘."

"싫소."

"아아앙, 삼삼이잖아. 이걸 안 물러주겠다니, 나보고 죽으란 소리야?"

"죽으오. 패배를 인정하시구려."

"이잉. 치사해, 옥황! 이 쩨쩨한 남자."

"그대가 이러니 적응이 안 되오. 체기가 드니 작작하시구려."

"쳇, 말 한번 예쁘게 한다니까? 오목 한 수 물러주면 어디가 덧나? 쳇쳇쳇. 혼자 다 해먹어라."

문장은 소담스러운 뺨을 부풀리며 검은 돌 한 알을 바둑판에 아무렇게나 놓았다. 천지왕, 옥황은 흰 돌을 삼삼이 되는 자리에 놓으며 시큰둥히 답했다.

"그대야말로 행동 한번 예쁘게 하는구려. 도대체 왜 뜬금없이 나타나서 바쁜 나를 붙들고 시답잖은 오목이오? 그 꼴은 뭐고?"

"이 옷이 어때서? 내 딸이, 아, 물론 내가 보모 하며 맞은 양딸이지만, 내 딸이 선물해준 그쪽 동네 최신 유행 패션인데? 밀림의 패왕다운 우아함과 품격이 느껴지지 않아?"

문장은 바둑알 한 알을 아무렇게나 놓으며 뺨 옆으로 뻗은 사자 갈기를 빗어넘겼다. 턱밑에서부터 정수리까지 모래색 사자 갈기를 뱅두르고 전신에 갈기보다 색이 진한 타이츠를 입고 궁둥이에 사자 꼬리를 단 차림새였다.

"밀림의 패왕은커녕 놀이동산 행사 요원 같구려. 그런데 왜 여장을 하고 수사자요? 사내로서 수사자를 하든가 여인으로서 암사자를 해야지 않소. 그대는 언제 봐도 일관성이 없구려."

옥황이 바둑알을 네 개째 늘어놓으며 차분히 말을 받았다. 문장이 부질없이 그것을 막으며 새치름히 답했다.

"아앙, 그건 말이지, 요즘 내 가치판단 잣대가 '아름다움'이거든. 인체는 남체보다 여체가 예쁘잖아? 사자는 암컷보다 수컷이 예쁘고. 이래 봬도 난 미적 일관성을 유지하고 있어."

"그렇게 미를 따지려면 차라리 공작새를 하오. 보기 거북하오."

옥황은 다섯 번째 알을 놓았다. 오목을 완성하며 설핏 의기양양해했다.

"히잉, 싫어! 난 놀고먹는 수사자가 좋아!"

문장은 빽 외치며 옥황에게 흰 눈을 흘겼다. 바둑판 위를 휘저어 흰돌과 검은 돌을 헝클었다. 검지로 돌을 톡톡 튕겨 단지 안에 날려 넣으며 앙알대었다.

"아까 한 수만 물렀으면 내가 이겼는데. 힝, 제왕이 뭐 이리 쩨쩨해? 우리 도는 두 수, 세 수도 흔쾌히 물러주는데! 칫칫. 지는 우리 도랑 바둑 두면서 한 번도 무른 적 없나? 제자에게 진 빚, 스승인 내게 한 수쯤 갚아줄 수도 있잖아."

옥황은 찻잔을 입술에 기울였다. 눈을 깔뜨고 반상을 날아가는 바둑돌을 보았다. 유유히 답했다.

"나는 물러달라 하지 않소. 그런 소리 않아도 내가 수경보다 기력이 좋소이다."

"엥? 진짜?"

문장은 바둑돌을 날리던 손을 딱 멈췄다. 반쯤 무너트렸던 상체를 발딱 세웠다.

"네가 그 정도야? 도 바둑 무지막지하게 잘 두는데? 걔가 바둑판 도깨비에게 배웠잖아. 실력 장난 아냐. 내가 넉 점 깔고 들어가서 여덟 번이나 무르면서 뒀는데 졌다니까? 너무 열 받아서 그때 이후로 바둑 때려치웠어."

옥황은 빙그레 웃었다. 선뜻 끄덕이며 드물게도 웃음을 담아 말했다.

"허허. 수경이 두긴 잘 두더이다. 나와 맞바둑을 두어도 내게 크게 밀리질 않으니. 그래도 어설픈 구석이 있소이다. 수경은 초반부터 기세를 올려 밀어붙이며 상대에게 실수를 끌어내지 않소? 이때 말려들지 않고 차분히 응하면 자기 수에 빠져 틈을 보입디다. '어쩜 그리도 침착하시느냐.'며 '가끔은 실수도 해주십사.' 내게 늘 징징대지 않겠소? 그 모습을 보면 수경이 제아무리 어른스러워도 도깨비는 도깨비지 싶소. 만년 어린애처럼 이까짓 바둑에 안달하니. 허허. 이따금 봐줄까 싶다가도 그 모습이 귀여워 통 봐주게 되질 않으오."

"그래? 걔가 하도 독하게 둬서 걔 이길 신선은 몇 없을 줄 알았는데. 흐응…… 어쨌든 좋겠다, 걔 이겨먹어서! 이이잉, 부러워!"

문장은 칭얼대며 몸서리쳤다. 볼이 부어 바둑판 옆 다과상으로 손

을 뻗었다. 유과를 입에 넣고 우물댔다. 부러움이 가시지 않은 낯으로
물었다.

"근데 걔 요즘 좀 어때? 살 만해?"

"음."

옥황은 찻잔을 기울이던 손을 멈췄다. 자못 낯빛을 가라앉히며 답
했다.

"의선은 지금껏 버티다니 기적이라 하오. 요즘은 어지간한 약재엔
다 내성이 생겨 힘들어하는 듯하더구려. 수경은 내게도 자식이니 항
시 근심이오."

"어, 그래?"

문장은 눈이 동그래졌다. 당황하는가 싶더니 어깨와 눈썹에서 새무
룩이 힘을 뺐다.

"내가 일전에 멀찍이서 슬쩍 보니까 안색이 산뜻했는데? 어쩌다 반
짝이었나 보네. 에휴, 너한테 묻길 잘했다. 난 괜찮나 싶어 여기서 좀
놀다가 다음엔 걔한테 뭉개러 갈까 했지. 히잉……."

'안색이 산뜻했다? 그럴 리가. 의선이 분명, '의원으로서 보기 죄스
러울 만치 딱해지었다.' 하였는데.'

옥황은 찻물을 삼키며 생각했다. 찻잔을 내려놓으며 침착히 말했
다.

"수경이 힘들어하니 그러지 마오. 오래 쉴 곳이 필요하거든 내가 천
하궁에 전각을 한 채 내주리다."

"오! 진짜?"

문장은 귀가 번쩍 뜨였다. 술력을 돌려 사자 귀를 쫑긋쫑긋하고 꼬
리를 팔락였다. 진지한 옥황을 확인하고 두 팔을 번쩍 들었다.

"쪼아!"

문장은 팔을 내리며 손뼉을 짝 쳤다. 옥황에게 상체를 기울이며 눈을 마구 반짝였다. 숨도 쉬지 않고 종알댔다.

"지인짜 고마워! 나 사실 빈털터리거든. 영역 만드는 일을 귀찮아해서 평소엔 자유롭게 아무렇게나 놀러 다니니 좋은데 이렇게 쉬고 싶을 땐 편하게 자빠져 시중받으며 지낼 곳이 없어서 문제야. 돈이고 뭐고 모으는 재주가 없으니까 어쩔 땐 되게 막막해. 사실 여기 오기 직전엔 다른 세계를 싸돌아다니다 와서 정말 아무것도 없었거든? 두 달 굶은 판이라 지하궁 보고를 털어볼까 했다니까? 뒤끝 작렬 지부왕이 범인 찾겠다고 지랄할까 봐 차마 못 했지만. 아, 정말 옥황이 있어서 다행이야. 네가 가끔 깍쟁이 같긴 해도 이럴 때 보면 삼계를 호령하는 패왕답다니까? 갈 곳 없는 내가 이럴 때마다 너그러이 쉼터를 제공해 주고. 매번 고마워. 진짜 사랑해! 아, 근데 나 배부르니까 당장 졸리는데 저기 보료에서 좀 자면 안 될까? 허락해줄 거지? 고마워!"

문장은 답을 듣지도 않고 감사 인사부터 하고 벌떡 일어났다. 보료 위로 몸을 붕 날리더니 팔받침에 머리를 괬다. 옥황을 향해 잇몸을 드러내며 웃었다.

"하아⋯⋯."

옥황은 이마를 짚었다. 늘 한결같은 모습에 감탄마저 하며 문장을 물끄러미 보았다. 근처에 기립한 궁인에게 명했다.

"덮을 거리를 가져다드리거라."

명받은 궁인이 조르르 사라졌다. 그 모습을 보던 문장이 허공에 두 발을 첨벙대며 말했다.

"이히힛! 고마워! 역시 옥황은 대인이라니까! 아, 맞아. 안마해줄

애도 불러줘. 나 두 달을 노숙했더니 삭신이 쑤셔."

"안마사를 불러라."

옥황은 명했고 궁인이 또 한 명 사라졌다. 문장이 벌쭉 웃었다.

"쪼아! 역시 천하궁이 최고야! 무뚝뚝한 지부왕 놈이 사는 지하궁에
서는 느낄 수 없는 따스한 배려가 가득해! 하아. 근데 말이야, 가만 보
면 나도 참 제자 복 없지 않아? 제자라고 딱 셋 키웠는데 한 놈은 여자
잘못 사귀어서 팔자 팼고 다른 두 놈은 알콩달콩 예쁘게 연애해서 보
는 맛이 좋았는데……."

문장은 말끝을 흐렸다. 들뜬 안색을 가라앉히며 눈을 가늘게 떴다.
기억을 더듬다 장탄식을 내었다.

"하아……. 이게 다 태흑 때문이야! 탐욕만 눌렀으면 결국 도에게
장인 노릇 하며 떵떵댔을걸! 왜 그 판에 삼경을 직접 먹으려 들어? 그
불안정한 삼경을 지금처럼 다스릴 집단은 어차피 타고난 술사인 도깨
비족뿐인데. 태흑 그놈, 어디 모자라? 왜 그리 멍청했대?"

옥황은 쓰게 웃었다. 문장에게 동의하면서도 태흑을 옹호했다.

"쯧, 당시 삼경에 욕심낸 이가 태흑뿐이었겠소? 이치가 무릇 남이
한 일은 쉬워 보이는 법이오. 도깨비가 삼경을 안정시켜놓으니 그 비
옥함과 풍족한 영기만 보였겠지. 제 역량도 제대로 모르고서 저대로
만 하면 나도 한다, 저런 식이면 내가 더 잘한다, 착각한 게요. 더구나
당시 도깨비는 삼계에서 내놓은 지진아이지 않았소."

문장은 입술을 쭉 내밀면서도 끄덕였다.

"하긴……. 그런 점에서 옥황 네가 대단하다니까? 삼계에서 내놓은
코흘리개 지진아를 끌어다 그 버리는 땅을 다스릴 생각을 하다니, 햐,
놀라워. 역시 그 감각은 삼계를 아우르는 지배자다워."

찻잔을 기울이던 옥황은 몸짓을 멈췄다. 보일 듯 말 듯 입꼬리를 들며 고개를 까닥했다.

"칭찬은 감사히 듣겠소."

"뭘. 하여간 수라 태흑은 욕심쟁이일 뿐이야. 욕심 탓에 주제 파악을 못 했지. 욕심 탓에 딸내미도 망쳤고. 뭘 그리 아등바등 사나 몰라. 있는 대로 좀 살지. 권력, 영토, 그게 다 뭐라고."

"흠. 조금은 나도 놀리고 싶은 듯 들리오만?"

문장은 눈을 동그랗게 떴다. 사자 귀를 바짝 세웠다. 야금 밑에서 사자 꼬리도 벌떡 세웠다. 야금이 텐트처럼 섰다.

"놀려? 내가? 널? 말도 안 돼."

문장은 낄낄댔다. 베개 삼은 팔받침을 품에 안고 빙그르 반 바퀴 돌았다. 사자 갈기를 다 구기며 갈기에 뺨을 문댔다. 졸린 고양이처럼 기지개 켜며 말을 이었다.

"하암…… 절대로 오해야. 나는 오히려 네가 이 우주를 개판 안 만들고 잘 다스려줘서 무진장 고마워. 너 없으면 나도 원로로서 뭐라도 의무를 해야 할 텐데 난 의무 따위 질색이거든. 네가 혼자 알아서 다 해주니 얼마나 편해. 네가 있으니 이럴 때 덜컥 찾아와 시중받으며 쉴 수도 있고. 그러니 하던 대로 해. 하던 대로. 하아암."

"그대가 그렇게 생각해주니 다행이오."

문장은 까르르 웃었다. 이불 속에서 이리 뒹굴 저리 뒹굴 하며 꼼지락댔다. 재차 확언했다.

"정말 옥황 네가 있어서 다행이야! 우히히!"

문장은 그저 보료와 이불이 만족스러운 듯했다. 이불 속에서 몸을 꼬고 한참을 천진난만하게 뒹굴뒹굴했다. 그러더니 마냥 한갓진 태도로 늘어지게 기지개 켰다. 돌연 이불을 몸에 휙 말고 발딱 일어나 앉았다. 평온히 차를 마시는 옥황에게 칭얼댔다.

"근데 안마사 언제 와? 나 삭신이 쑤셔. 권력 좋다는 게 뭐야, 재촉 좀 해. 삼계를 발밑에 둔 패왕으로서 능력을 보이라고. 응? 으응?"

✳✳✳

도는 생각했다. 미녀는 잠꾸러기라지만 잠꾸러기가 다 미녀는 아니라고. 잠자는 찐빵은 단연 후자에 해당하지만 왜인지 눈을 못 떼겠다고.

"이상해. 어디가 예쁜지 통 모르겠어. 예쁘긴 예쁘지만 내 눈은 절세미녀와 경국지색에 익숙하단 말이지. 이 안목으로 보면 딱히 예쁜 구석이 없어. 근데 예쁘긴 예뻐. 이게 이상하지 않으면 뭐가 이상해? 왜 이리 예뻐? 하, 이상해. 장병에 내 눈이 어딘가 고장 났나 봐."

도는 턱을 괴고 엎드려 중얼거렸다. 잠든 양이를 요리 보고 조리 보았다. 양이는 입까지 벌리고 누가 업어가도 모르게 쿨쿨댔다. 잠들 적엔 이리 뒤척 저리 뒤척 부침개더니 잠들자 숨 쉬는 시체였다.

"여하간, 예쁘네."

도는 사망한 찐빵을 보며 해족이 웃었다. 살며시 손을 들어 찐빵의 뺨을 눌렀다. 꾸우욱. 뺨을 요리 쭉 밀고 조리 쭉 밀었다. 양이가 "끄으응……." 하고 강아지처럼 신음하자 움찔했다. 양이가 잠잠해지자 안도하며 히죽댔다. 목을 쭉 뻗어 만지작대던 뺨에 쪽 입 맞췄다. 그러고 낄낄댔다.

"다른 곳에서 잠들면 큰일 나겠어. 누가 업어가면 어떡해? 이렇게 예쁜데."

도는 흐뭇이 미소했다. 한겨울에 뜨끈한 물속에 몸을 담근 듯 전신에 따뜻한 간지럼이 일었다. 양이를 마냥 들여다보며 때때로 낄낄댔다. 점점 고개가, 몸이 양이에게 다가들었다.

"정말 안 일어나네. 아무리 주말이라지만."

도는 양이의 바로 옆에 제 팔을 베고 드러누웠다. 다시 손을 꼼질댔다. 양이의 뺨에 검지를 살며시 얹고 닿은 살결을 쓰다듬듯 간질이듯 굴었다. 양이는 찡긋찡긋 움칠움칠했으나 도가 손을 멈칫하면 금세 잠으로 가라앉았다.

"헷, 진짜 잘 자네."

도는 뺨에서 배회하던 손끝을 미끄러트렸다. 뺨의 봉긋한 마루에서 부드러운 능선을 타고 귓가로 내려갔다. 귓불을 손끝에서 진득이 굴리고 낯과 턱 어름을 따라 윤곽을 덧그렸다. 턱 끝에서 다시 낯으로 상륙하고 턱과 입술이 이루는 우묵한 그늘에서 멈추었다.

"이상하네."

도는 속삭였다. 엷게 긁히는 소리였다. 어느덧 미소가 흩어져 어릿한 표정이었다. 멈췄던 손을 미끄러트렸다. 도담히 도드라진 양이의 입술에 제 엄지를 흘흘히 댔다. 눈꺼풀도 굳히고 숨도 그쳤다. 눈앞의 입술 틈새에 마음을 빼앗겼다. 그곳에서 흘러나오는 흘미지근한 숨결에 골몰했다.

"아······."

도는 탄식했다. 방금만 해도 포근한 보드라움에 젖었던 마음이 불현듯 껄끄러웠다. 손에 닿은 입술을 신중히 매만지며 제 입술을 물었다. 상체를 일으켜 양이 위로 기울였다.

"하……. 안 되겠지?"

도는 어깨를 굳히며 눈썹을 내렸다. 어떠한 바람이 가슴뼈 안쪽에 숨겨진 속 뜰을 짓궂게 휘젓듯, 마음이 온통 일렁였다. 안타깝고 싱숭생숭했다. 즐거운 듯도 하고 약 오르는 듯도 했다. "입술에는 안 하셔도 되잖아요." 그렇게 짱알대던 양이가 떠올랐다.

'지금 입 맞추면 진짜 치한이겠지? 날 믿고 달게 자는데.'

"하아."

도는 시무룩해졌다. 이건 이상하고 괴이하고 야릇하고 불합리한 일이었다. 양이가 경국지색도 아닌데 예뻐 보이는 기현상과 맞먹는 이상 상태였다. 양이를 보자면 만지고 싶고 만지면 끌어안고 싶고 끌어안으면 입 맞추고 싶었다. 자기를 살리는 여자라 그렇다손 쳐도 정도가 지나치고 자신에게 심히 불공평했다.

'날 안 좋아하는 여자가 있다니 말이 돼? 이 여자 진짜 이상해. 내가 뭐가 부족해? 왕이라서 싫다니 말이 되느냐고. 다들 왕비가 못 돼서 난리인데.'

"하. 내가 뭐, 개새끼도 아니고……."

도는 진심으로 억울했다. 억울하고 속 터졌다. 양이가 개를 워낙 예뻐하기에 '개새끼가 부리는 애교'를 관찰하고 고찰해본 일이 있으나 이렇게 탐스러운 무엇을 앞에 두고 마냥 기다리는 점을 배워볼 마음 따위 손톱만큼도 없었다. 하지만 지금 제 꼴이 개꼴이었다.

"아, 정말……."

도는 양이를 내려다보며 입술을 거듭 깨물었다. 양이의 입술에서 도무지 손을 떼지 못했다. 눈을 질끈 감고 양이의 이마에 쪽 뽀뽀해보았다. 두근두근했으나 양이가 그래도 깨지를 않았다. 자연히 입술로 시선이 흘러내렸다.

"아, 진짜……."

지금 당장 저 입술에 입을 맞추면 대단히 기분 좋을 듯했다. 고작 어린애 같은 뽀뽀를 갈구하는 제 꼴이 한심해 죽겠다 싶으면서도 그 욕망을 떨칠 수 없었다. 끙끙대다가 살그머니 상체를 기울였다. 양이의 한 뼘 위에서 움찔 멈췄다.

'역시 비겁한 짓이야. 날 이렇게나 믿는데.'

도는 제 입술을 짓이겼다. 몸을 다시 들어올리다가 머춤했다.

'아니, 이렇게 늦잠을 자는데 깨워야지. 내 인계에서 오래 살아본 바, 본래 왕족 사내가 여인을 깨우는 방식은 하나야. 백설공주, 잠자는 숲속의 공주를 봐. 심지어 초면에도 예외가 없어. 무조건 그렇게라고. 그쯤 되면 그 방식이 바로 왕족 사내가 여인을 깨우는 법칙, 아니 예절이지. 다르게 깨우면 오히려 상대를 여인으로 보지도 않는다는 뜻이랄까? 모독이지, 암, 모독이야. 찐빵이 그렇게나 부르짖는 '소녀심'을 배신하는 행위라고. 나는 그러니까 인계 예의범절을 잘 아는 왕족 사내로서 교양 있게 레이디를 깨우려고……. 하, 깨우다 뺨 맞으려나? 맞겠지?'

"맞을 땐 맞더라도 깨워드려야지. 오늘 갈 곳도 있으니까. 너무 늦잠 자면 곤란하잖아."

도는 비장히 끄덕였다. 일단 공인된 방식으로 정중히 깨우고 그래도 안 깨면 달리 조처하기로 마음먹었다. 담벼락을 넘는 밤손님처럼 살금살금, 일 도씩 몸을 기울였다. 양이의 이십 센티미터 앞까지 다가들었을 때였다.

"으응……."

양이가 찡그렸다. 양이는 어깨를 언뜻 굳히더니 스르르 눈 떴다.

"흐암……."

양이는 나른하고 길게 숨을 끌었다. 초점을 잡지 못하고 눈을 껌벅였다. 껌벅임을 멈추고 눈꺼풀에 조금 더 힘을 넣었다.

"하아암……."

양이는 늘어져라 하품하며 오른팔을 들었다. 도의 가슴에 손바닥을 얹었다. 도를 더듬댔다.

"사장님, 사장님이시구나. 끄응……. 벌써 깨셨어요? 후아. 좀, 조금만, 비켜주실래요? 저 일어나게."

양이는 비몽사몽간에 옹알이했다. 오른팔에 힘을 넣어 도를 꾹 밀어 올렸다. 도가 꿈쩍도 하지 않자 멀거니 껌벅였다.

도는 양이가 눈 뜨던 순간부터 굳었다. 전신 생체반응이 일거에 멎은 기분인 가운데 심장만 쿵쾅쿵쾅 뛰었다. 그 심장을 양이의 손바닥에 고스란히 얹은 채 해명은커녕 숨조차 못 내고 돌이 되었다.

"좀, 비켜주시……."

양이는 다시 한 번 옹알대며 도를 밀어 올리다가 우뚝 멈췄다. 팔을 내리며 입을 쩝 다셨다. 졸음에 취한 얼굴로 말을 뭉갰다.

"됐어요. 보던 일 계속 보세요. 하암……."

'보던 일, 계속 보라고?'

도가 그 지침을 천천히 뇌에 입력하고 멍청해진 기분으로 동작을 재개하려던 순간, 양이가 데굴데굴 두 바퀴 굴렀다. 양이는 금침을 벗어나 비칠비칠 앉았다. 넋 나간 얼굴을 세차게 도리질하더니 끙끙대며 기지개 켰다. 늘어지게 하품했다. 고개를 숙이고 눈곱을 꾸물꾸물 뗐다. 자기 리듬대로 할 일을 다 한 후 비로소 도를 돌아보았다. 머리를 꾸벅였다.

"안녕히 주무셨어요."

"……응. 김 양도, 잘 잤어? 하, 하, 하."

도는 뻣뻣해진 얼굴로 간신히 웃었다. 양이의 발간 입술에 시선을 붙박고 죄 없는 제 입술만 짓이겼다.

＊·♦·＊

양이는 졸렸다. 당장 다시 자고 싶었다. 도가 잘 수 있게 협조한 지 사흘, 기꺼이 인정했다. 자신은 안일했다. 안일했던 일이 한두 번이 아니나 이번에 특히 안일했다.

그 첫째 날, 양이는 두근댔다. 해 져서 이불 덮고 해 떠서 이불 걷을 때까지. 이전에도 도에게 안겨 잠들었고 그때마다 쿨쿨 잤다. 하여 상황 불문 꿀잠 자는 자기 체질을 믿었다. 한데 '재워주기로' 마음먹으니 들린 눈꺼풀이 꿈쩍하질 않았다. 아무래도 사기당한 기분이라 그런 듯했다. 불면 운운하던 도가 자신을 안고 희희낙락하더니 오 분 만에 잠들지 않았겠는가. 자장가를 불러주거나 등을 토닥여줄 필요도 없었다. 그래야 한다면 뻘쭘하겠지만.

그 둘째 날, 양이는 자다 깼다. 도가 뒤척이며 괴로워해서였다. 도는 신음하고 식은땀을 흘리고 신열에 시달렸다. 양이는 도를 깨우려다 일전에 목을 졸린 탓에 몸을 사렸다. 살그머니 이부자리에서 나와 찬찬히 도를 살폈다. 안쓰러운 마음에 도의 머리칼을 쓰다듬었다.

"쉬이, 괜찮아요. 응? 괜찮아. 쉬이……."

양이가 속삭이자 도는 금세 진정했다. 뒤척임을 멈추고 신음도 그쳤다. 양이가 흐린 수면 등에 의지해 살피니 낯이 사르르 풀려 있었다. 갓 씻긴 듯한 그 낯이 마냥 순진했다. 양이는 가슴이 찌르르했다.

'아, 아기 같아. 보드랍고 무방비해.'

양이는 뜻밖의 모습에 눈길이 멎었다. 홀리어 도를 자장자장 했다. 새벽녘이 돼서야 이불로 들어갔다.

그 셋째 날, 도가 또 뒤척였다. 양이는 도가 곧잘 험한 꿈을 꾸는구나 했다. 도가 슬픈 듯 잠결에도 훌쩍이기에 일어나 다독였다. 도가 이번에도 쉽게 달래져서 뿌듯함에 엄마 미소가 나왔다. 그러고서 보니 그 얼굴이 참 잘났다. 이걸 기억하지 못한다는 사실이 새삼 아까웠다. 집중해서 꼼꼼히 보면 혹여 기억에 남을까 싶어 한참 살폈다. 이불로 돌아갔다. 한데 기억나질 않았다. 다시 일어나서 보았다. 이불로 돌아갔다. 역시 기억나지 않았다. 또 일어나서 보았다. 이 짓을 되풀이하다 새벽 네 시가 돼서야 포기했다.

하나 그러고도 양이는 깊이 잠들지 못했다. 번잡한 꿈을 꾸어서였다. 근래 들은 이야기 탓에 당혜 공주가 꿈에 나왔지만 깨니 기억이 흐렸다. 수면 부족으로 머리만 지끈댔다.

그리고 이 아침, 도는 영 헤매는 양이를 덜렁 들어 부엌으로 데려갔다. 물부터 먹였다. 다시 덜렁 들어 약수터로 데려갔다. 세수를 시켰다. 또 덜렁 들어 양이 방으로 데려다 놓더니 옷장을 보며 다정스레 말했다.

"잠이 안 깨? 옷도 갈아입혀 줄까?"

"지금 명백히 성희롱입니다."

양이는 발을 옮기며 실수인 듯 도의 발가락을 지르밟았다. 도를 방밖으로 떠밀었다.

"나가세요. 숙녀 방이에요."

양이는 졸렸다. 당장 다시 자고 싶었다. 도가 잘 수 있게 협조한 지 사흘, 기꺼이 인정했다. 자신은 안일했다. 안일했던 일이 한두 번이 아니나 이번에 특히 안일했다.

'내린 결정, 며칠 만에 뒤집을 수도 없고.'

양이는 옷을 갈아입었다. 방을 나섰다.

도는 방문을 지키고 있었다. 시무룩이 제 발끝만 보다가 양이가 나오자 화색을 띠었다. 활짝 낯을 피워올리며 얄밉게 말했다.

"찐빵은 왜 만날 옷이 그 모양이야? 내가 사줄까?"

양이는 깔끔한 스키니진에 무민 프린팅 티를 입었다. 이 복장이 그럭저럭 무난하다고 믿었다. 도를 스쳐 가며 답했다.

"그때 사주셨잖아요."

"그건 용가리 팔찌 대용품이고. 어디까지나 현물 교환이지 사주진 않았어."

도는 양이를 바짝 따라붙었다. 고개와 상체를 아예 양이에게 돌려놓고 걸었다.

"저 월급 많이 받아요. 수당도 많고요."

양이는 졸렸다. 앞만 보며 시들히 답했다.

"그건 월급이고. 선물하고 싶어."

도는 굴하지 않고 사근사근 부닐었다.

"전 그냥 청바지에 티가 편한데요."

양이는 슬슬 도가 귀찮았다. 말투가 자연히 퉁명해졌다.

"그래도 더 좋은 옷 입어. 사줄게, 응? 우리 오늘 쇼핑도 하자, 응? 다 사줄게, 으응?"

도는 끈질겼다. 양이와 보폭을 딱 맞춰 걸으며 거듭 말을 붙였다.

양이는 멈췄다. 고개를 옆으로 돌려 도를 보았다. 졸음이 묻어나는 얼굴로 느릿느릿 말했다.

"저 공짜 좋아해요. 하지만 세상에 완전한 공짜가 어딨어요. 호의야 한두 번이고 계속 뭘 얻으려면 이유가 있어야죠. 전 사장님께 선물 받을 이유가 없고 이유 없이 받으면 불편해요."

양이는 고개를 되돌렸다. 한 걸음 내디뎠다. 어깨를 휙 채였다. 멀뚱히 눈을 깜박였을 땐 도가 코앞이었다. 커다란 손에 뺨이 감싸여 낮이 도에게 돌아갔다.

도는 천천히 어깨와 목을 구부렸다. 기지개하는 표범처럼 길게 목을 빼고 몸을 낮췄다. 양이와 이마를 맞댈락 말락 했다. 눈코 사이에서 눈과 눈을 마주했다. 감정을 누른 무정한 눈으로 양이를 옭아맸다.

"흐음……."

마주 보이는 눈동자에 가느다란 두려움이 스쳤다. 그러나 도는 눈 한번 깜박이지 않았다. 손가락을 세워 감싸 안은 뺨을 사뿐히 긁었다. 검지를 들어올렸다가 단호히 떨어트렸다. 툭.

양이는 목덜미를 파드득 떨었다. 귀에 닿은 광대뼈 측면을 타고 자지러지게 선명한 타격음이 울렸다. 뺨에 닿은 손바닥이 뜨끔했다. 심장이 덜컥했다.

"재밌네."

도는 억양 없이 말했다. 입술 끝이 설핏 비틀렸다. 그러나 그 비틀린 미소가 양이에게 인지되기 전에 화사히 눈을 휘었다. 생글생글 웃었다.

"우리 찐빵, 이렇게 튕기는 애교는 어디서 배웠을까?"

"으엑."

양이는 긴장이 풀리며 저도 모르게 기괴한 표정을 지었다. 비척거리자 도가 이마를 콩 박았다.

"우리 찐빵, 볼수록 귀여워. 누가 훔쳐 갈까 걱정인데 소매에 확 넣을까 봐. 생물을 줄이는 주술이 뭐였더라?"

양이는 팔을 들어 도를 밀어냈다. 붙잡힌 고개를 제자리로 반쯤 돌리며 몸서리쳤다.

"으아, 그만두세요! 저 닭살 돋았어요. 사장님 같은 마법사가 그런 말씀 하시면 진담 같잖아요."

"진담인데."

도는 양이의 고개를 제게 되돌려놓았다. 양이를 시선으로 촘촘히 옭으며 화사한 미소를 나긋이 바꿨다. 상냥히 물었다.

"아직도 내 이름 안 들을래?"

잔뜩 찡그렸던 양이는 표정을 풀었다. 덤덤히 도를 보며 시선만큼이나 담백히 답했다.

"며칠 전에도 싫다고 말씀드렸는데요."

도는 미소를 잃지 않았다. 양이와 이마를 맞대고 그 무심한 눈동자를 마주 보았다. 부드러움에 달콤함을 얹어 새로이 제안했다.

"우리 수수께끼 할까? 맞히면 상 줄게."

양이는 두어 번 깜박였다. '이건 또 무슨 농담인가.' 싶어 싱겁게 물었다.

"무슨 상이요?"

"뭐든."

"뭐든 해주신다고요?"

양이는 묘하게 웃었다.

"응. 내 능력과 여건이 닿는 한 뭐든. 우주정복 같은 터무니없는 요구만 아니면 뭐든."

도는 웃지 않았다. 더없이 진지하게 답했다.

"제가 뭘 바랄 줄 아시고요?"

"'내 능력과 여건이 닿는 한'이라고 했잖아."

도는 흔들림이 없었다. 웃음기도 없었다.

양이는 다소 신중해졌다. 몸을 돌렸다. 고개만이 아니라 몸까지 도와 마주했다. 얼떨떨함 반 의아함 반으로 제안을 수용했다.

"내보세요."

도는 양이의 뺨을 안은 손을 미세하게 굽혔다. 주의 깊게 입술을 오므렸다가 천천히 벌렸다. 비단 위를 구르는 이슬같이 말했다.

"잘 들어? 수산이는 '도' 수산이거든? 크닙이는 '도' 크닙이고."

양이는 움찔했다. 눈앞에서 야스락대는 저 입술을 집게로 콱 집어버리고 싶었다. 그 충동의 실현 가능성을 고찰하는 사이 도가 말을 이었다.

"월주는 '도' 월주야. 내 이름은 '도'고. 여기서 수수께끼. 내 성과 이름을 합하면 뭘까?"

양이는 침을 꿀꺽 삼켰다. 텅 빈 복도에 침 삼키는 소리가 유독 크게 울렸다. 눈썹에 힘을 주었다. 딱 잡아뗐다.

"어렵네요. 전혀 모르겠어요."

"진짜 몰라? 은근히 똑똑한 우리 찐빵이?"

도는 보는 처녀 환장하게 웃었다. 어찌나 미소가 훤한지 '샛별 같은 미소'라고 칭해도 과언이 아니었다. 그러나 지금 이 순간, 그 미소야

146

말로 더없이 위험한 덫이었다. 얏이는 혀 깨물며 동공 지진을 일으켰다.

'이런 개밥바라기 같은 미소 따위! 훠이! 물럿거랏! 훠이!'

"다시 잘 들어? 수산이는 '도' 수산이거든? 크닙이는 '도' 크닙, 월주는 '도' 월주야. 넌 모르겠지만 내 측근 중에 연적이라고 있어. 걔는 '도' 연적이고 크닙이 아버지 이름은 정문인데 '도' 정문이야. 걔 어머니 이름은 달곰인데 '도' 달곰이고. 계속할까?"

"아뇨."

얏이는 젖 먹던 힘까지 끌어모아 단호히 답했다.

도는 그 새빨간 얼굴과 흔들리는 눈빛을 보며 더욱 생긋 웃었다. 꿀물에 절인 성대를 간지럽게 울렸다.

"좌우간 내 이름은 도야. 그럼 내 성과 이름을 합하면 뭘까?"

얏이는 소리 없이 헐떡였다. 저 미소와 미모를 코앞에서 접하니 자신처럼 안일하고 역치 높은 여자마저 동요를 피할 수 없었다. 의지력을 쥐어짜 시선을 돌렸다. 말이 사정없이 떨렸다.

"저, 전혀 짐작도 안 가네요."

"흐음, 그래?"

도는 얏이의 고개를 제자리로 돌렸다. 얏이와 끈끈히 시선을 맞췄다. 참을성 있게 되물었다.

"전혀 '짐작도' 안 간다?"

얏이는 목이 움츠러들었다. 목소리가 기어들어갔다.

"몰라요오오."

"몰라? 천지신명께 맹세코? 협박은 아니지만 거짓말하면 사후가 안 좋은데? 저승엔 망자를 심판하는 시왕이 있거든. 진짜 있어."

"전 몰라요오오. 머리가 나쁘다고요오오."

양이는 울상지었다. 애처로이 호소했다.

"그렇구나. 모르는구나. 하늘을 우러러 한 점 부끄러움 없이 진실로 몰라?"

도가 끄덕이며 자못 다정히 되물었다.

"전 아무것도 모른다고요오오오."

양이는 슬쩍 울먹이기 시작했다. 저 환장하게 예쁜 미소 탓에 까딱하면 의지와 상관없이 혼인신고서에 도장 찍을 판이었다. 절대 그럴 수 없었다. 얼굴도 기억 안 나는 남자와, 그것도 왕이랑 어떻게 결혼한단 말인가! 관 뚜껑 덮는 순간까지 안일하고 평온하게 사는 삶이 목표이거늘!

"그래, 그럴 수도 있지. '아무것도 모른다'. 흠, 그래."

도는 미소를 거뒀다. 천천히 선선히 끄덕였다. 양이의 뺨을 안은 손을 뗐다. 그 손으로 양이의 머리를 위로하듯 쓰다듬었다.

"그래, 그럴 수도 있어. 인간은 상상 밖으로 둔하기도 하니까. '아무것도 모른다'. 그래."

도는 여전히 양이에게 상체가 기울었다. 자못 다정히 양이의 머리를 쓰다듬었다. 울먹이려던 양이가 진정하자 입아귀를 희미하게 실그러뜨렸다.

"아무것도 모르면, 지금 내가 뭘 하려는지도 모르겠네."

도는 음색을 툭 떨어트리며 사뭇 위험스레 속삭였다.

"네?"

긴장을 풀었던 양이가 토끼 눈이 되었다.

도는 놀던 팔을 들었다. 머리를 쓰다듬던 팔도 내렸다. 양이의 맨

뺨을 감쌌다. 양이의 두 뺨을 모두 안고서 야릇한 미소를 내비쳤다. 입술 끝을 짓궂게 말며 그 붉게 여문 입술을 느긋이 놀렸다.

"모르니까 못 막아. 그렇지?"

"네에?"

양이는 동공이 커졌다. 얼굴을 도에게 잡혔으나 몸이나마 주춤 물러섰다.

"내 이름은……."

"으아아아악!"

양이는 두 팔을 휙 들었다. 두 귀를 막고 비명을 질렀다.

도는 양이에게 성큼 다가섰다. 양이의 벌어진 아랫입술에 쪽 입 맞췄다. 양이가 비명을 멈추고 덜컥 굳자 넋 나간 그 입술에 한 번 더 제 입술을 부딪었다. 초옥, 조금 길게. 부드럽게 아랫입술을 베어 물었다.

"끄흑!"

그러나 다음 순간, 도는 목에 송편 걸린 구순 노인네 소리를 내며 휘청였다. 허옇게 질렸다.

"너, 김복, 어……. 끅…….."

도는 말을 잇지 못했다. 숨도 말도 목구멍에서 막혀 튀어나오질 않았다. 세상 모든 고통과 슬픔을 한 낯에 들이부은 얼굴로 뒷걸음질 쳤다. 벽에 기대 불판 위 오징어처럼 꿈틀댔다. 끄윽, 끅, 불분명한 소리만 섧게 냈다.

"괘, 괜찮으세요? 저도 모르게 그만……. 아, 진짜 괜찮으세요? 어떡해. 진짜 아프신가 봐. 그러게 왜 치한 짓을 하셔선…….."

양이는 손으로 막은 제 입술을 깨물며 웅얼대었다. 직각으로 차올렸던 오른 다리를 슬그머니 내리며 눈만 크게 끔벅였다.

＊※＊

'아, 내가 너무했나? 영 기운을 못 차리시네.'

양이는 풀 죽은 도를 곁눈질했다. 자신이 잘못했다곤 생각하지 않았다. 하나 그러잖아도 추진력을 잃은 암스트롱포에 너무 가혹했나 싶었다. 뻘쭘하고 미안했다.

'아, 이 김복어, 이 맹독성 생물 같으니라고…….'

도는 울고 싶었다. 저 찐빵 덕분에, 때문에, 아니 탓에, 오늘 우주의 소멸과 탄생을 보았다. 눈앞이 새카매졌다가 새하얘졌다가 그 앞에서 별이 터졌다.

도는 입 맞출 때 뺨 맞을 각오까지 했고 까짓것 때리면 맞아주겠다고도 생각했다. 그러나 손바닥도 아니고 주먹도 아니고 무릎을 날릴 줄이야. 이 김복어는 과연 공의 도깨비랄까, 모든 생각과 욕망을 일거에 소멸시키는 공의 킥을 날리는 독보적 여인이었다.

도는 이날 여태껏 무력만큼은 자신이 삼계 제일이노라 자부했으나 오늘 겸허함을 배웠다. 제아무리 무력이 강해도 어여쁜 여인 앞에서 방심하면 빅뱅에 견줄 만한 한 방을 허락하고 사후 세계를 강제 견학할 수 있었다. 까닥하면 죽을 수도 있었다.

양이가 "진짜 괜찮으세요?" 하며 인상을 찡그리고 다가섰을 때, 도는 저도 모르게 주춤했다. "잘못했어. 내가 잘못했으니까……." 해버렸다. 돌이키니 심히 모양이 빠졌다. 지금까지도 양이를 어찌 봐야 할지 깜깜했다.

'그러니까 왜 그리 예쁘냐고. 입술이 너무 예쁘니까 내가……. 우이 씨, 이 복어, 이 테트로도톡신 덩어리 같으니라고…….'

도는 슬픔을 곱씹었다. 공의 킥도 효과가 길지 못했다. 또다시 말랑 따끈한 찐빵이 눈앞에 삼삼했다. 그러나 차마 얼굴을 마주하지 못했 다. 손만 꼭 잡았다.

"저기요, 사장님."

양이는 머뭇머뭇 말을 걸었다. 도의 손안에서 제 손을 꼼지락댔다. 지하철 차창에 비친 도를 슬쩍 보았다.

"……."

양이야 별말을 꺼내지도 않았건만 도는 선뜻 답하지 못했다. 침묵 하다가 자못 퉁명스레 물었다.

"왜?"

"저기, 사장님도 현대식 옷을 입으시네요?"

양이도 대단히 어색했다. 어떻게든 분위기를 바꿔야 했다. 이리저 리 머리를 굴리다 간신히 화제를 찾았다. 소곤댔다.

"제가 다른 점은 기억 못해도 사장님이 한복만 입으셨다는 사실은 기억하거든요. 사장님이 요즘 옷 입으시니까 되게 신선해요."

양이 말처럼 도는 모처럼 현대복을 입었다. 긴 머리는 여느 때처럼 반만 집어 비녀로 틀어 올렸지만 나머지는 남다르지 않았다. 청바지 에 야구 유니폼을 입고 선글라스를 더했다. 차림이 어떻든 미모야 여 전했다. 명동 때와 다름없이 시선을 끌었다.

"야구장에 가니까 야구 유니폼을 입어야지."

"어? 그래야 해요? 저 유니폼 아닌데."

양이는 깜짝 놀라 주변을 둘러보았다. 야구장 방향으로 가는 지하철이라 차량에 있는 몇몇이 야구 유니폼 차림이었다.

"안 입어도 돼. 이 정도로 응원한다는 뜻일 뿐이야."

도는 여전히 퉁명스러웠다. 억양이 뚝뚝 끊겼다.

"그렇구나."

양이는 도에게 잡힌 손을 객쩍게 꼼질댔다. 분명히 잘못한 쪽은 도였다. 그러나 대단히 눈치 보였다. 자신이 더 잘못한 분위기였다. 억울했다.

하나 모르쇠를 대자니 적잖아 켕겼다. 그도 그럴 것이 도가 아파해도 너무 아파했다. 하물며 양이는 그때 조금 웃었다. 도가 그 기색을 눈치채지 못했어도 웃은 입장이라 찔렸다.

양이는 어떻게든 이 분위기를 풀어야겠다고 생각했다. 그러나 일차 작전, '복장으로 화제 돌리기'는 실패.

'아우, 어쩌지?'

양이는 발끝으로 고개를 떨궜다. 발을 툭툭 차며 머리를 굴렸다.

"너 왜 이렇게 예뻐."

양이의 머리꼭지 위에서 갑자기 퉁명스러운 목소리가 들렸다. 연달아 "흡." 하고, 말실수를 후회하듯 숨을 급히 들이켜는 소리가 났다.

"네?"

양이는 당황했다. 고개 들었다. 도는 불긋한 얼굴로 입술을 짓씹었다. 윗니로 제 아랫입술을 괴롭히다가 고개 숙이며 숨을 훅 뱉었다. 목을 꼬며 양이를 잡은 손아귀에 뻐근히 힘을 넣었다. 자포자기한 듯 맥없이 한숨을 되풀이했다. 격양된 높이로 숨죽여 투덜댔다.

"하! 진짜, 미치고 팔짝 뛰겠는데 어쩌질 못하겠어. 차창에 비친 모습까지 이렇게 조그맣고 예쁘면 어쩌자는 거야? 내가 지금 진짜,

하……. 정말 어처구니가 없어서……! 나는 원래 참을 필요가 없어. 원하는 일을 참을 필요가 없다고. 아니, 아무리 더럽고 치사해도 참아야 할 일이 있긴 한데 그게 몇 안 돼. 근데 네가 삐질까 봐 어떻게 못 하겠어. 꼼짝없이 참는다고, 이 내가. 이게 말이 된다고 생각해? 하, 정말 예쁘지도 않은 게 이렇게 예뻐서, 미치겠네. 너 좀 예쁘다고 날 이렇게 괴롭혀도 돼? 진짜 아무것도 모르는 듯이 그렇게 맹하게, 하……. 정말, 난 지금 속이 부글부글 끓어서 돌겠는데 왜 네 손을 못 놓겠느냐! 아, 짜증나.”

도는 양이를 붙잡지 않은 손을 들어 제 이마를 짚었다. 그 이마마저도 이미 시뻘겠다. 고뇌하는 압력솥처럼 압축된 한숨을 푹푹 내뿜다가 다시 말했다.

“어떻게 해주길 바라? 너 까망이 귀여워서 좋아하지? 내가 ‘일 더하기 일은 깜찍이[8]’ 이러면서 율동해주면 나 좋아할래? ‘왕이니까 무조건 싫다.’ 이런 어처구니없는 말 말고 나한테 지침을 제시해봐. 응? 어떻게 해주면 너한테 뽀뽀해도 나 안 때릴래? 어떻게 해주면 내가 주는 선물 다 받을래? 응?”

도는 그 말을 하면서도 차마 양이를 바로 보지 못했다. 차창에 비친 모습만 겨우 볼 뿐이었다.

“어…….”

양이는 할 말을 잃었다. 지금 들은 말을 어떻게 해석해야 할지 감이 오질 않았다.

‘아까 너무 세게 깠나 봐. 고통이 커서 심신이 미약해지셨나? 어떡하지?’

“젠장. 말 좀 해. 대답하라고. 알아서 하라는 말은 하지도 마. 난 이런 문제를 알아서 해본 적이 없어. 나는 대단히 똑똑하지만 이런 문제야 원래 여자가 알아서 하는 법이잖아. 그래서 나는 몰라. 감도 안 잡혀. 환장하겠다고. 그러니까 말 좀 해."

양이도 말을 하고 싶었다. 도가 대꾸할 말이 있게만 해준다면야. 하지만 할 말이 없게 하는데 어찌 말을 한단 말인가? 양이는 어처구니가 없거니와 도가 걱정되어 눈썹을 시무룩이 구겼다. 도를 올려다보았다.

"하, 너 그렇게 쳐다보지 좀 마. 왜 그림자까지 예뻐? 응?"

"사장님."

양이는 도를 불러보았다. 도가 제정신인가 점검부터 해야 했다.

"응."

도는 재깍 답했다.

"괜찮으세요?"

양이는 몹시 조심스레 물었다. 도가 인상을 와락 구겼다. 선글라스를 끼고 있어도 험악함이 뿜어져 나올 정도였다.

"찐빵 넌 지금 내가 괜찮아 보여? 대단히 안 괜찮아."

"그러니까요."

양이는 끄덕였다. 도가 본인 상태를 제법 잘 아는 듯해서 안도했다. 이 상태라면 논리적 설명이 먹힐 듯했다. 황망함에 가슴이 떨렸지만 마음을 가다듬고 말했다.

"제 생각에는요, 감히 말씀드리자면, 사장님께서 요즘 저와 불가피한 접촉을 자꾸 하시잖아요. 그래서 뭔가 헷갈리기 시작하셨어요. 그 와중에 저처럼 남자 보는 눈이 지극히 현실적이면서도 평범한 여자가 처음이니 당황하셨겠죠. 오늘 일로 화가 나서 조바심도 나셨겠고요.

그러다 보니 뭔가 착각하셨어요. 냉정해지세요. 전 예쁘지 않아요. 사장님은 절 좋아할 이유가 없으시고요. 지금 하신 말씀은 못 들은 셈칠 테니까 괜히 사장님처럼 괜찮은 분이 흑역사 적립하지 마세요."

양이는 자비심으로 가득 차 도가 감당해야 할 부끄러움을 면해주었다. 그러나 도는 그 따스한 배려를 묫자리 파는 굴착기로 썼다. 음성을 한 단계 높이며 울분을 쏟았다.

"내가 내 상태도 모르는 팔푼이로 보여? 착각 아니야. 네가 왜 예뻐 보이는지는 몰라도 네가 예뻐 보인다고. 너 예뻐. 착각 아니고 진짜 예뻐. 찐빵같이 생긴 주제에 예뻐서 상당히 열 받게 해. 내가 지금, 선박 사고로 침수 물품 염가 땡처리하듯 심쿵 사고로 자존심 염가 땡처리하고 있다고. 나 착각으로 이렇게까지 하는 바보 아니야. 그래, 난 내 백성, 내 나라, 내 식솔 일이라면 내 자존심에 쓸데없이 비싼 값 안 매겨. 하지만 그래도 난 왕이야. 아무 때나 내 자존심 땡처리 안 해. 착각 따위에 그딴 짓 하는 남자 아니라고."

도는 되도록 조심히 말했지만 한 단어 한 단어 전할수록 목소리가 높아졌다. 지하철 안 승객들이 힐끔힐끔 도와 양이를 곁눈질했다.

양이는 도가 딱했다. 막막했다. 부끄러웠다. "난 왕이야." 어쩌고저쩌고하는 말을 들었으면 들은 이가 도를 망상증 환자로 여기지 않았겠는가. 한숨을 삼켰다. 주위에서 귀를 쫑긋 세워도 잘 듣지 못하게끔 작게 소곤댔다.

"저기요, 그 말씀은 감사한데요, 제가 예쁘지는 않거든요. 제가 학창 시절에 공부를 썩 잘하지야 못했지만 국어를 좀 했어요. 그래서 주제와 소재를 남보다 파악을 잘해요. 저는 못생기지 않았지만 평범해요. 저한테 '예쁘다.'고 해준 사람은 우리 부모님께 인사말 하느라 '딸

예쁘네.' 해주신 분 말고는 여태까지 없었거든요. 제가 진짜 예쁘면 연예인을 했죠. 이런 제가 예뻐 보이신다는 언급부터가 약간……. 으으음. 뭐라 말씀드려야 할지……."

양이는 차마 속마음을 입 밖에 내지 못하고 얼버무렸다.

'와, 이게 바로 '낮도깨비'구나. 진짜 뜬금없네. 도깨비는 장난을 좋아한다더니 농담에 임하는 진지함이 중환자급인데?'

도는 이마를 짚었던 손을 뗐다. 그 손을 옹그려 쥐고 제 가슴을 탕 쳤다. 차창으로 비치는 멀뚱멀뚱한 양이의 모습에 선글라스 아래로 눈을 꾹 감았다. 오만상을 찌푸리며 호흡을 다스렸다.

"하……. 내가 예쁘다면 예쁜 줄 알아. 그거 인정하는 일이 네게 손해도 아니잖아. 대체 뭐가 이리 까다로워? 내 상태는 내가 잘 아니까 내가 고백하는 내 상태가 '사장님 진짜 상태려니.' 해. 그러고 내가 한 요청에 응할 생각을 하라고. 지침을 달라잖아. 내가 뭘 어떻게 해야 네 마음이 열릴지."

양이는 지하철 천장을 보았다. 바닥을 보았다. 오뉴월 엿가락처럼 한숨이 늘어졌다.

'으으, 귀찮아.'

양이는 고개를 꺾어 올렸다. 도가 자신을 보건 말건 도를 응시했다. 당 떨어진 태도로 느릿느릿 말했다.

"뭐가 어쨌건 사장님은 제게 사장님이실 뿐이에요."

양이는 지극히 침착하고 무심했다. 정전기가 인 듯 엷게 들떴던 도는 그 순간 숨을 멈췄다. 입을 벌렸다가 천천히 다물었다. 고개 숙여 비로소 양이를 보았다. 속삭였다.

"허 참, 이쯤 되면 철벽도 아니고 다이아몬드 벽이네. 단단하고 찬란하니. 내가 교만해 보일까 봐 이 말까지는 안 하려 했는데 김복어 너도 현실을 알아야 해. 내가 방귀만 뀌어도 좋다는 여자가 삼계에 널렸어."

양이는 눈만 끔벅였다. 뭐라고 답하지 않으면 침묵이 끝나지 않을 듯해 하릴없이 입을 열었다. 멋쩍어 꾸물대면서도 한번 더듬대지도 않고 잘만 말을 이었다.

"그건 사장님이 왕이시니까. 예부터 권력과 재물에는 여자가 붙는 법이랬어요. 하지만 저는 소박하잖아요? 왕이 버거워요. 이런 제 취향을 연거푸 확실히 표현했고요. 사장님께서는 자꾸, '왜 너만 다른 여자와 취향이 다르냐?'는 식으로 절 탓하시는데 취향을 존중해주세요. 전 사실 이 건에서 아무 잘못이 없어요. 제가 사장님을, 주제넘은 표현이지만, 어장관리 하지도 않았잖아요."

도는 빨랫줄에 널어놓은 그물에 알아서 뛰어든 물고기가 됐다. 약이 와짝 오르고 애가 바짝 말랐다. 어깻숨이 쉬어졌다. 하나 손만 세게 쥐어도 뼈가 부러질 이 연약한 여인에게 화낼 수도 없었다. 머릿속으로 '참을 인' 자만 열 번 썼다. 호소는 했으니 작전을 회유로 바꿔야겠다고 생각했다. 마른 입술을 핥고 끈덕지게 양이를 달랬다.

"그래, 알아. 너 왕 싫어하지. 하지만 생각해봐. 난 날 때부터 왕이었어. 그게 내 잘못이야?"

"그건 아니죠."

양이가 재깍 답했다.

"그래. 아니잖아. 대학까지 나와서 배울 만큼 배운 현대인이 출생으로 누군가를 차별한다니 말이 돼? 네가 왕실 남자에게 품고 있는 생각은 다 편견이야. 그 편견을 버리고 마음을 열어. 그리고 나 자체만 봐.

나처럼 잘생기고 유능하고 부자에다 다정한 남자가 어디 흔한 줄 알
아? 그만 좀 튕겨."

"저 안 튕겼어요."

도는 입을 쩍 벌렸다. 양이는 말갛게 도를 보았다. 시선만큼이나 무
구하고 느슨하게 말했다.

"맞닿아야 튕기죠. 사장님과 전 닿은 적이 없어요. 사장님은 저와
한 점에서 만날 일이 없는 분이시니까."

양이는 들었던 시선을 내렸다. 정면을 향하고 고개를 기울였다. 맹
하게 머리를 긁적였다.

도는 말문이 턱 막혔다. 능글능글 들이대고 간, 쓸개 홀랑 빼고 호
소하고 입이 바싹 마르도록 설득했으나 죄다 막혔다. 김복어 이 여자
는 블로킹이 배구 하면 김연경 쌍 뺨 때릴 수준이었다. 새삼 위가 막
히고 장이 끓었다.

도는 아침부터 야구장 데이트라고 부지런을 떨었다. 설레며 거울을
열 번도 더 보고 불편한 현대식 복장까지 입었다. 급소를 까이고도 양
이를 붙잡고 머리를 예쁘게 만져줬다. 그게 다 무슨 헛짓이었나 싶었
다. 야구장이고 자시고 벌컥 화내고 화화로 돌아가고 싶었다. 그러지
못하는 이유는 딱 하나였다.

'약해 빠져서 내가 진짜로 화내면 감당 못하겠지.'

싸움도 안 될 상대에게 화내면 진실로 중요한 가치관과 자존심에
금이 갈 터였다. 도는 또 참았다. 들뜬 숨을 깊이 내리고 도리어 부드
럽게 물었다.

"무슨 뜻이야? '한 점에서 만날 일이 없는 분.'이라니?"

양이는 몸을 틀었다. 도에게 반걸음 다가섰다. 속닥댔다고 하나 투

닥질을 한 마당, 지하철 안 시선과 귀가 온통 도와 자신에게 몰렸다. 반걸음이라도 좁혀야 남이 대화를 듣지 못할 듯했다. 도에게 바짝 붙었다. 흡사 안긴 듯한 거리에서 고개를 꺾어 올렸다.

도는 움찔했다. 그러나 물러서지 않았다. 마주 잡은 손을 풀고 그 손을 양이의 허리에 닿을 듯 말 듯 얹었다.

"사장님은 제게 늘 마음 써주시죠. 지켜주시고 양보해주시고. 저도 잘 알아요. 늘 감사하고요. 그래서 제게 곤란한 도움을 청하셨을 때도, 그, 불면증 문제요, 도와드리겠노라 했어요. 하지만 사장님이 베푸시는 호의나 배려가 남성이 여성에게 베푸는 종류로는 느껴지지 않아요."

"난 사내고 넌 여인이야. 그런데 왜 그렇게 느껴지질 않아?"

도는 진탕된 마음을 드러내지 않으려 안간힘을 쓰며 물었다.

"뭐랄까, 이 느낌을 언어로 정리한 적이 없어서……. 어, 잠깐만요. 으음, 그게요, 사장님은 인간인 제가 평범한 눈으로 가늠하는 수준보다 훨씬 대단한 분이시겠죠?"

양이는 눈 중심을 묘하게 반짝이며 물었다. 도는 속상한 와중에도 우쭐해졌다. 입꼬리를 설핏 들며 답했다.

"난 네 시각을 몰라. 하지만 십중팔구는 그 말이 맞겠지."

양이는 끄덕였다. 젖은 빨래처럼 축 처진 목소리로 말했다.

"역시 그렇죠? 그래서인지 뭐랄까, 사장님은 절 애완견 대하듯, 그렇게 보세요."

도는 정수리에 얼음물을 맞은 느낌이었다. 심장이 오그라들고 입술이 붙었다. 떨어지지 않는 입술을 억지로 움직였다. 목을 긁는 소리로 간신히 물었다.

"내가?"

"아니세요? 저는 늘 그렇게 느꼈는데. 비난이 아녜요. 사장님이 신기한 힘을 쓰실 때마다, '아, 사장님은 나와 차원이 다른 존재이시구나.'라고 깨달으니까. 그런 사장님이시니 절 그렇게 보실 만도 하다고 생각해요."

"너……."

도는 한숨과 신음을 뒤섞어 한 음절을 냈다. 양이의 허리를 당겨 안았다. 허리에 댄 손에 힘을 주지 않으려니 손 마디마디가 떨렸다. 품에 안긴 양이가 흔들림 없이 태연히, 진하고 맑은 눈으로 자신을 올려다보았다.

"어쨌든, 사장님은 절 보호하시는 김에, 저와 인간계 통념으로 보아 남녀 관계에서나 할 접촉이 이어지는 사이이니, 더욱이 사장님이 애초에 말씀하셨듯 저는 '어차피 오래 못 살 인간'이니, 인간이 고작해야 몇 년쯤 살 토끼 한 마리를 지극히 예뻐하며 지켜주듯 절 대하시는 거 잖아요."

도는 입술을 물었다. 조금 전까지 짜증나고 화났다면 이제 막막하고 먹먹했다. 배 속만이 아니라 가슴까지 메고 머릿속이 까맸다. 한숨조차 나오지 않았다. 가쁜 숨으로 낮은 속삭임을 밀어냈다.

"네 평생, 충실해주겠다고 했잖아. 헛말 아냐."

초점이 어긋난 답이었으나 마음도 정신도 얼얼하여 그렇게 말할 수밖에 없었다.

"믿어요."

양이는 사뭇 신뢰가 깃든 얼굴이었다. 수분 머금은 버들가지처럼 매끄럽고 연약하게 도에게 안기어 부드럽게 속삭였다.

"근데 전요, 상대를 사람 대 사람으로서, 나 자신과 동등이, 진심으로 '사랑'하고 진심으로 '사랑'받고 싶어요. 애완동물로 충실히 '귀염'받기보다는. 그러나 사장님과 제가 마음 줄을 뻗어가는 높이는 이렇게나 다르고 그래서 사장님과 저는 한 점에서 맞닿을 수 없어요. 되풀이하자면, 저는 사장님을 탓하지 않아요. 이해해요. 저도 어릴 때 햄스터를 키웠고 예뻐했지만 제가 미치지 않고서야 그 애를 애인처럼 사랑할 수는 없었을 테니까."

"너……."

양이는 유순하고 진실했다. 그 태도에 도는 옴짝달싹 못 하게 얽매인 느낌이었다. 입을 열어봐도 대꾸가 나오질 않았다. 덜컹. 지하철이 정차하며 그 반동에 양이가 품으로 쏟아졌다. 말랑하고 따뜻한 몸이었다. 양이가 도의 가슴을 짚고 살며시 몸을 떼었다.

"아마 전 이제 연애도 못 하고 시집도 못 갈 거예요. 사장님이 주신 목걸이보다 강한 다른 보호책이 생기지 않는 한, 평생 사장님 곁에서 보호받아야 하고 매일 사장님을 재워드려야 하고 평범하게 살 수 없으니. 하지만 그러니까 더욱, 평범한 소녀로서, 헤헷, '소녀'라고 하자니 저도 민망하네요. 정정할게요. '평범한 여자'로서 여자다운 소망을 포기하고 싶지 않아요."

양이는 설핏 웃었다. 맑으면서도 어딘가 잿빛이었다.

"저는요, 서로가 서로에게 동반자가 될 반쪽을 만나고 싶어요. 적당히 지지고 볶으며 알콩달콩 살고 싶어요. 이 소망을 놓기 싫어요. 현실과 타협해서 꼬리 흔들고 머리 쓰다듬어주는 관계에 만족하기는 싫다고요. 차라리 이뤄지지 못할 로망을 간직한 채 솔로를 지키는 수호성인이 될래요. 그러니까 사장님은, 참 멋지고 좋은 분이시지만 제게

'남자'가 될 수 없으세요. 제가 사장님께 '여자'가 될 수 없듯. 사장님은 저를 보호해주시고 저는 사장님을 재워드리고, 우린 그냥 공생 관계에요. 그러니까…….''

양이는 깊게 숨을 들이쉬었다. 도에게서 시선을 떼지 않았다. 가라앉은 목소리로 꺼지는 촛불처럼 속삭였다.

"불필요한 키스나 선을 넘는 농담, 앞으로 안 하시면 좋겠어요. 그게 제가 어색해할까 봐 배려하시는 말과 행동이라면 더더욱이요. 처음엔 사장님이 어찌하셔도 제가 괜찮을 줄 알았는데요, 저도 가끔은 헷갈리고, 조금은 상처받아요."

�֍✳֍

둘은 야구장에 도착했다. 서로 별 대화를 하지 않았다. 대화라고 해봐야 "맥주 마실래, 커피 마실래?"와 "나와서 여기 앉아. 일루 관중석에선 좌측에서 공이 날아오니까." 뿐이었다. 도는 양이를 자기 오른쪽에 앉혔다.

경기가 벌어지는 내내 둘은 껄끄러웠다. 좌석이 응원 단상 바로 앞이라 주위는 온통 흥겨웠으나 둘은 침울했다. 입구에서 산 치킨은 눅눅해졌고 맥주만 두 캔씩 비었다.

도는 야구를 좋아했지만 야구 경기가 눈에 들어오지 않았다. 양이는 야구를 볼 줄 몰랐지만 물어보기 뭣했다. 멀뚱멀뚱 자리만 데웠다. 어지간한 분위기면 그냥저냥 맹하게 뭉개겠는데 도가 입을 꽉 다물고 무표정하니 눈치만 보였다.

그래도 도는 붙잡은 손을 내내 놓지 않았다. 얼굴은 무표정하니 한

결같아도 양이와 맞잡은 손아귀는 단단해졌다가 느슨해지기를 반복했다. 차마 세게 쥐지도 아예 놓지도 못했다.

도가 응원하는 팀이 이겼다. 그래도 분위기는 여전했다. 둘은 귀갓길 내내 뻣뻣했다. 동네에서 지하철을 내려 한참을 걸어 한적한 주택가 골목에 접어들었다. 가로등 불빛이 어둠을 달랬으나 침묵 속에 지나는 좁게 경사진 골목은 유독 스산했다. 그림자 두 개가 길게 흔들렸다.

"양이야."

언덕을 삼 분의 일쯤 올랐을 때 도가 먼저 입을 뗐다.

양이는 움찔했다. 침묵이 깨져서 놀랐고 도가 자신을 제대로 불러주어 긴장했다. 사리며 응했다.

"네."

"인정해. 난 너 사랑 안 해. 네가 예쁘고 귀여울 뿐."

"당연하잖아요."

양이는 차분히 답했다. 잡힌 손이 저릿할 정도로 죄었다.

"'괜찮다.'는 말보다 더 매정하네. '당연하다.'라, 네게 다가갈 자격마저 부정당하는 느낌이야."

도가 쓰게 웃었다. 양이는 말문이 막혔다.

"그래, 난 너 사랑 안 해. 한데 난 여인을 사랑한 적이 없어. 사랑이라 믿은 적이 한번 있지만 사랑이라기엔 참 쉽게 놓았지. 상대도 '당신은 거짓말쟁이'라고 했어. 그러니까 그 사랑마저 거짓이었나 봐."

"사장님, 그건 제가 들을 이야기가……."

양이는 왜인지 도가 할 말이 두려웠다. 무례하지만 말을 끊고 들어갔다.

"들어. 네가 들을 이야기야. 너도 네가 하고 싶은 말 실컷 했으니까 내 말도 들어. 걷어차든 벽을 치든 그다음에 해."

양이는 반론이 궁했다. 도의 그림자에 먹힌 채 입을 다물었다. 도가 말을 이었다.

"네가 아는 족자 속 공주, 당혜. 그 아이는 내 딸이지만 딸만은 아니었어. 나라 안에서 국모감으로 거론하던 아이였지. 나는 그 아이를, 당혜를, 몹시 아꼈어. 그 아이에게 필요했다면 내 살이라도 기꺼이 베어 먹였을 거야."

도가 내는 소리는 떨렸다. 속에서부터 물기가 배어 뜨겁게 치밀었다.

"하지만 나는 그 아이조차 '왕으로서' 사랑했어. '혜가 어려서'라고 변명한다 쳐도 변명으로 넘기기엔 다른 여인이 무수히 많았지. 그 아이는 앓다 죽었고 유서를 남겼지. 유서에 적혔지. '저는 전하께 단 한 번도 여인이 아니었다.'고. 난 솔직히 그 말을 이해하지 못했어. 오늘 네가 나를 질타하기 전까지."

도는 나직이 흐르는 양이의 숨소리를 헤아렸다. 엷게 떨리는 그 소리에 위로받았다. '그래도 내가 이 여자에게 저만한 반향은 일으키는구나.' 싶어서.

"나는 여인이 아쉬웠던 적이 없어. 여인에게 그리 애쓴 적도 없어. 상대가 누구든 되도록 다정히 대하고 배려했지만 상대가 내게 닿는지 내가 상대에게 닿았는지 생각한 적 없어. 상대를 여인 아닌 귀한 인형으로, 예쁜 동물로 보았는지도 몰라. 인정해. 난 지금 너 사랑 안 해. 하나 진심으로……."

도는 걸음을 멈췄다. 어깨가 들렸다가 서서히 가라앉도록 크게 숨을 들이쉬었다가 내쉬었다. 몸을 돌려 양이와 마주 보았다. 주황빛 불빛 아래 낯도 몸도 그림자도 익은 채 날것 그대로인 제 마음을 고했다.

"오롯이 진심으로, 네가 사랑스러워. 김양이 네게, 닿고 싶어."

지분댄다기보다 서툴게, 도는 제 손에 든 양이의 손등을 더듬었다. 소년 같은 눈으로 마냥 양이를 보았다. 양이의 눈동자에서 시선을 떼지 않고 양이의 손을 사뿐히 들어 올렸다. 그 손을 제 입술로 가져갔다. 보송보송한 손등에 정중히 입 맞췄다. 떨리는 숨으로 속삭였다.

"닿고 싶어."

양이는 불현듯 도망가고 싶었다. 도를 뿌리치고 달음박질하여 어디로든 숨고 싶었다. 그 충동이 덮쳐든 이유를 알지 못했다. 어쩌면 빛이 너무 밝았다. 어슴푸레한 줄 알았던 가로등 불빛이 우악스레 쨍한 주황이었다. 눈에 부셔서 어지러웠다. 눈 감으면 기억나지 않을 도의 얼굴이 끔찍이 선명했다. 왜인지 이 순간 지독히 또렷해서 영원히 기억에 박힐 듯했다. 우아하고 청결한 이 아름다움이, 소년같이 까만 이 눈이, 제 살갗에 닿은 떨리는 이 입술이, 이 안 어딘가에 이미 새겨진 듯했다.

"사장님은……."

양이는 신음했다.

"절 지켜주겠노라 약속하셨잖아요. 책임감이 강한, 분이시고요. 더구나 제가 있으면 편히 주무실 수 있으니까, 그래서, 살뜰히 귀히 여기는 마음을, 착각하시는 거예요."

양이는 도에게 잡힌 손을 빼고 싶었다. 왜인지 그랬다. 그러나 팔에도 손에도 힘이 들어가지 않았다. 손끝만 꿈틀댔다.

"그래. 너는 내게 귀해. 나를 쉴 수 있게 해주지. 그래서 내 감정을 착각할 수도 있어."

도가 말했다. 양이는 비틀댔다. 입술 사이에서 숨을 터뜨렸다. 지나친 선명함에 눈이 아려 눈꺼풀을 닫았다. 느리고 정중한 손길로 이마가 단단한 가슴으로 끌어당겨졌다. 머리 위로 목소리가 흘러내렸다.

"하지만 착각과 현실은 뭐가 다르지?"

"달라요."

양이는 중얼댔다. 목소리가 작았다. 입맞춤의 온기가 남은 손을 도의 가슴 언저리에서 꾸물댔다.

"달라?"

도는 부드럽게 되물었다. 양이는 답을 못 했다. 까닭도 모르고 푸르르 떨었다. 도는 그런 양이를 품에 넣고 양이가 진정할 때까지 끈덕지게 다독였다.

"알아? 산모가 고통 속에서 출산하고도 아이를 사랑하는 까닭은, 출산 직후 특정 호르몬이 분비되어 모성애를 자극받기 때문이야. 어떻게 보면 호르몬 탓에 아이를 사랑한다고 착각하는 셈이지. 그러나 그런 엄마의 사랑을 착각이라고 매도하는 자가 있던가?"

양이는 도의 가슴에 기댔다. 여전히 달아나고 싶은 마음이 가득했다. 그러나 어쩐지 도에게 기대어졌다. 대체 어느 순간부터였는지, 대체 무슨 말을 듣고부터였는지, 불빛은 눈에 부시고 도는 선명하여 어지러웠다. 속이 울렁댔다. 기대지 않고 버틸 수 없었다. 머리 위에서 흘러내리는 빛과 음성에 오감이 잠겼다.

"극한에 치달은 공포를 함께 겪은 남녀는 쉬이 사랑에 빠져. 공포 영화만 같이 봐도 호감이 치솟지. 착각 탓이야. 인간은 공포로 두근거리는 심장을 설렘이라고 착각해. 그럼 그렇게 시작한 사랑은 다 착각인가? 영영 현실이 아닌가? 착각이 현실이 되는 일은 얼마든지 일어나. 내가 네게 책임감을 느껴서, 네가 필요해서, 널 귀하게 살뜰히 여기는 마음을 닿고 싶은 욕망과 애정으로 착각했다 쳐. 그럴 수 있어. 아마 시작은 그랬겠다고, 나도 인정해."

도는 고개를 바짝 숙였다. 여느 때처럼 양이의 정수리에 입 맞췄다. 아니, 여느 때와 달랐다. 입맞춤은 장난스럽지도 가볍지도 않았다. 정중하고 신중했다.

"하지만 그 마음이 현실이 되었다면? 국모감을 두고도 애인을 두는 데 주저하지 않았던 내가, 손만 뻗으면 절세미녀와 절세가인을 얻을 수 있는 내가, 네게 처음 구애하던 그 순간부터 오로지 너만 보겠노라 약조했어. 아니, 약조도 필요 없었어. 다른 여인이 떠오르지조차 않아. 이 맹하고 쓸데없이 튕기고 잘 씻지도 않고 막장 드라마나 애청하는 네가, 사랑스럽고 신경 쓰이고 귀여워서 다른 여인이 눈에 차지도 않아. 그러니까, 나는 아직 널 사랑하지 않지만……."

도는 하르르 숨을 몰아쉬었다. 한 단어 한 단어 정성껏 전했다.

"나는, 그 어느 때보다도 진지해. 난생처음으로, 이 마음이 어느 여인의 마음과 한 점에서 닿길 희구해. 너를 사랑하고 싶고 네게 사랑받고 싶어. 그래, 나는 왕이야. 인간을 초월한 존재야. 그러니 네게는 네게 닿길 소망하는 내 마음이 착각으로 여겨지겠지. 그 착각은 영원히 사랑이 될 수 없다 믿어지겠지. 이 모든 일이 당연한 듯 느껴지겠지. 네 입장이라면 그럴 수 있어. 이해해. 하지만 제발, 이 모든 어긋남을, 닿지 못함을 '당연하다.'고 말하지는 마. 응? 차라리 내게 더 투정하고 요구해주면, 고맙겠어."

도는 입을 다물었다. 자신이 약하고 초라하게 느껴졌다. 그러나 마지막 한 음절까지 단단히 전하려 노력했다. 자신에게 객관적이긴 어려우니 실제가 어떠했는지야 알 수 없었다. 너무 꼴사납지 않았기만 바랐다. 자기 품에 안기어 떠는 작은 몸을 느꼈다. 말을 이으며 쉼 없이 그 몸을 토닥였지만 품에 닿은 떨림이 멎질 않았다. 귀 기울이니 훌쩍임이 들렸다. 심장이 덜컥했다. 등을 쓸어주며 연약히 물었다.

"혹시, 내가 무서워?"

'무섭다.'는 답이 돌아오면 가슴이 미어질 듯했다. 품에 기댄 머리가 작게 도리질했다.

"그럼 왜?"

"모르겠어요."

양이는 기어들어가는 목소리로 답했다. 정말로 이유를 몰랐다. 왜 몸이 떨리는지, 훌쩍임이 솟는지. 속이 메스꺼워 그런 것 같았다. 왜 메스꺼운가 하면 또 아리송했다. 스트레스를 심하게 받아서 그런 것 같았다. 하나 자신은 딱히 스트레스를 심하게 받는 성격이 아니었다. 뭐든 스트레스가 선을 넘기 전에 '에라 몰라, 포기하자.' 하고 놓거나 '어떻게든 되겠지.' 하고 덮었으니까. 그러나 까닭 모를 훌쩍임이 그치질 않았다.

"안아줄까? 아니면 걸어갈래?"

도는 상냥하게 물었다. 양이는 답하지 못했다.

"걸어갈래?"

도는 다시 물었다. 이번에도 답이 돌아오지 않자 양이를 사뿐히 들어 안았다. 따뜻한 빛으로 물든 밤 골목을 부드럽게 밟았다.

양이는 도의 쇄골에 이마를 대고 고개를 숙였다. 폭이 크고 유연한 흔들림을 온몸으로 느꼈다. 문득 깨달았다. 도가 걷는 걸음은 본래 이렇게 시원하고 커다랬다고. 그러나 오늘 야구장에 가는 길 내내, 야구장에서 돌아오는 길 내내, 도가 자신에게 걸음을 맞춰주었다고.

양이는 또 생각했다. 도는 양이 자신이 지각 가능한 경계를 넘어설 만큼 강력하며 인간 여자아이 한 명쯤 한 호흡보다 더 쉽게 뜻대로 할 수도 있다고, 자신은 도가 베푸는 자상함과 '지켜준다.'는 약속에 기대어 고집부리며 달아나고 있다고, 어쩌면 자신은 도를 정말 무서워한다고, 도가 이미 버겁다고, 그리고 또 어쩌면, 겉에서 자각하는 강도보다 훨씬 더 드세게 마음의 고갱이가 흔들려 도에게 기운다고, 그럴지도 모른다고, 생각했다. 어지러웠다. 섬뜩하도록.

"전하! 이제 오시옵니까?"

화화를 삼백 미터쯤 앞두었을 때, 도가 밟으려던 가로등 그림자가 치솟았다. 그림자는 도의 팔에 감기며 앳된 목소리를 내었다.

"무슨 일이냐?"

도는 걸음을 멈추며 그림자에게 물었다. 양이는 슬그머니 고개 들었다. 도를 흘끔 보고 도를 따라 시선을 내렸다. 도의 팔에 감긴 그림자가 푸른 옷을 입은 사내아이로 모습을 바꿨다. 크닙이었다. 크닙은 댕그란 눈으로 둘을 올려다보았다. 목을 움츠리며 도의 팔을 흔들었다.

"전하, 한참 기다렸어요. 지금 화화로 그냥 드시면 아니 되세요."

이 여인이 저의 왕비감이옵니다

"나를 믿어. 화화로 돌아가서 내가 어떤 말을 하든 어떤 행동을 하든, 침착히 나를 따라. 이제부터 내가 할 모든 행동은 단연코 널 지키고자 함이니."

화화에 귀가하기 직전, 도와 양이는 크닙을 만났다. 도는 양이를 떼놓고 조용히 무언가를 보고받았다. 양이에게 돌아와 단호히 요구했다.

"오늘만큼은 '반드시' 나를 믿어. 그럴 수 있어?"

도는 답을 촉구했다. 한 치의 부드러움도 없었다. 까만 눈을 냉정히 빛냈다.

그 순간에 양이는 본능으로써 헤아렸다. 지금 화화에 어떤 상황이 발생했다. 도와 자신은 그 상황을 피할 수 없다. 그 상황을 겪어내야 한다. 그 상황은 영계와 엮였을 가능성이 크다. 이때 내가 의지할 보호자는 도이다. 이 보호자에게 확신을 주어야 나 또한 안전하다. 그러니 지금은, 이 남자를 믿어야 한다.

양이는 카메라 셔터를 내리듯 눈을 감았다가 떴다. 그 찰나에 오늘 있던 모든 사건과 감정을 한 귀퉁이로 쓸어냈다. 울렁이던 마음을 탁

눌러 앉혔다. 눈 뜨던 순간에 무심하달 만큼 안일하고 태평한 평소로 돌아갔다. 하나 대답만은 단호히 했다.

"그럴게요, 반드시."

※☆※

그랬던 양이마저 이 말에는 동요했다.

"이 여인이 제 왕비감이옵니다. 가까운 시일에 비로 맞이하려 하옵지요."

도는 분명 시간 반 전에 양이에게 차였다. 하나 그 일을 깔끔히 잊은 듯 양이의 어깨를 끌어안았다. 잘도 생글대며 천연스레 말했다. 양이에겐 보면서도 실감이 나질 않는 지존, 삼계를 지배하는 천지왕 앞에서.

"호오, '왕비감'이라? 이 아이가?"

옥황은 양이에게 눈길을 주었다. 호기심이 깃든 눈으로 양이를 훑었다.

양이는 동요했다. 심히 동요하진 않았다. 귀가 직전, 크님과 도가 심상찮은 분위기를 조성하지 않았던가. 그때 '뭔 일이 나겠거니.' 했고 정신을 한 가닥 챙겨두었다. 그래서 정색하는 사태를 피했다. 어찌 반응해야 할지 몰라 도를 한 번 멀뚱히, 천지왕도 한 번 멀뚱히 보았다.

"이 아이는 인간이 아닌가? 인영이 유별할진대?"

옥황은 옅게 미소했다. 눈길을 도에게 되돌렸다.

"예부터 영계 제왕이 인간 여인을 취한 일이 종종 있었다 아옵니다.

인간이라 하여도 제왕을 부군으로 모시면 인명부를 벗어나 하늘이나 지하에 속하지 않사옵니까? 소신이 법규를 다소 어기기야 하였사오나 이 일이 그리 큰 허물은 아닌 줄 아옵니다. 죽기 전에 장가는 가보고 싶어 소신이 성급하였사오나 헤아려주시옵소서."

도는 자분자분 천연덕스레 말했다. 양이가 몹시도 사랑스럽다는 듯 끌어안은 양이의 어깨를 어루만졌다.

"하하하!"

도가 한 대답에 옥황은 크게 웃었다. 가늘고 단단하여 예민해 보이던 입술을 시원히 터트렸다.

"허, 참! 내 일찍이 수하에게 '수경왕이 미녀란 미녀는 혼자 다 누린다.'고 투덜대는 말을 들은 바 있거늘! 하하. 놀랄 일이구먼! 지극히 평범한 비를 고르지 않았는가."

"크음."

도는 낮게 헛기침했다. 짐짓 민망한 듯 수줍은 듯 뺨을 붉혔다.

"제게는 가장 사랑스러워 보입니다."

"허허, 그러한가?"

옥황은 눈가에 웃음을 매달았다. 유심히 양이를 보았다. 옥황이 보건 말건 양이는 별생각 없었다. 이 자리에서 뭔 생각을 해본들 될 일도 없이 심란함만 드러날 터였다. 하여 바보 상태를 유지하기로 마음먹었다.

'나는 죄다 귀찮다. 아무 생각이 없다. 생각이 없어서 편하다.'

양이는 생각이 올라올라치면 뭐든 두더지 잡듯 때려잡았다. 평소에도 멍한 편이던 표정이 더할 나위 없이 멍했다. 더할 나위 없이 시답잖은 왕비감으로 보였다.

그러나 옥황은 양이에게서 쉽사리 눈을 떼지 않았다. 꼼꼼히 양이를 살폈다.

"이 아이가 수경궁 안주인이 될 수 있겠나?"

"최고의 안주인이옵지요."

도는 막힘없이 답했다. 벙싯 웃었다.

"흐음?"

"소신은 화급하고 기분파라 곧잘 벌컥벌컥하옵나이다. 제 백성도 통 가만있질 않고 눈뜨면 장난에 말썽이옵고요. 그러니 수경궁은 도깨비나 돌부처 아니고서야 열 받을 일, 놀랄 일투성이옵니다. 한데 이 여인은 한없이 느긋하옵지요. 곁에 두니 속이 가끔 터지지만 대개 편안하옵니다."

"하하하! 기준이 그것이었는가?"

옥황은 파안대소했다. 꽤 웃다가 마침내 끄덕였다.

"그래. 괜찮겠군. 누가 안주인이 되든 돌볼 이 없는 지금보다야 낫겠고."

옥황은 거듭 끄덕였다. 양이에게 부러 눈을 맞추며 한번 웃어주었다. 양이는 뚱함과 멍함에 걸친 표정으로 고개인사 했다. 그것으로 옥황은 양이에게서 관심을 거뒀다. 도를 마주했다. 도는 옥황에게 사근사근 미소했다. 양이 어깨에서 손을 뗐다. 양이에게 애교스레 눈짓했다. 물러가라 손짓했다.

'역시 못 알아보시는군. 하긴, 목걸이를 하면 나조차 양이가 이상하게 보이질 않으니. 상제께서 때아니게 친림하시어 걱정하였으나 적어도 '공의 도깨비'와 연관한 정보를 듣고 오셨을 가능성은 극히 낮겠군.'

173

옥황은 월주가 내온 차를 들고 있었다. 도는 옥황을 따라 목을 축였다. 눈을 내리깔고 얌전히 숨을 골랐다. 양이가 안으로 들어가는 기척을 헤아렸다. 고개를 들고 찻잔을 내려놓았다.

"한데 어찌 이렇게 불현듯 오시었사옵니까? 미리 언질 주지 않으시옵고요? 전하께서는 소신에겐 주군이자 어버이가 아니시옵니까? 한마디만 언질을 주시었다면 소신이 응당 의관을 정제하고 명주와 산해진미로써 모시었을 터인데, 이렇듯 매양 소신께 기회를 주지 않으시니 서운하옵니다."

도는 미미하게 눈썹을 내렸다. 주의 깊게 보지 않으면 그 시무룩한 표정을 선뜻 알아채지 못할 턱이었다. 그러나 이 정도로도 옥황이 그 표정을 읽어내리라 확신했다. 옥황은 넉넉히 미소했다.

"내가 오겠다 알렸다면 자네가 여러모로 마음 쓰지 않았겠는가? 자네는 내게 아들일세. 아비가 어찌 아픈 자식에게 부담을 지우고 싶겠는가? 그 아무리 사소한 부담이라도 지우고 싶지 않네. 그저 이리 마주 보며 소박히 다과만 나누어도 즐겁지 아니한가."

'흥! 불시시찰을 오셨겠지. 미리 알리면 내가 뭐든 증거인멸을 할까 걱정되어 아무 말씀 안 하고 들이닥치셨겠고.'

"아아……."

속마음이야 어쨌든 도는 탄식했다. 짐짓 느껍게 말했다.

"자식이 제아무리 부모를 공양하여도 부모가 자식을 아끼는 마음에 미치지 못한다는 말이 새삼 떠오르옵니다. 늘 이리 살뜰히 소자와 삼경을 살펴주시니 그저 감읍하옵니다. 이러하신 전하께 병을 핑계로 매번 효와 충을 다하지 못하오니 못내 부끄럽사옵니다."

"그런 말 말게. 내 마음이 아프니. 내 어찌 자네 마음을 모르겠는

174

가? 자네는 절기 쇨 적마다, 크고 작은 일이 있을 적마다 내게 서신과 그림, 선물을 보내지 않는가? 병중에도 항상 정성을 다해 그 일을 직접 하니 내 몸으로 낳은 대별과 소별보다 낫네."

"송구하옵니다."

도와 옥황은 빈말과 참말을 섞어 주거니 받거니 했다. 찻잔이 술잔이 되고 웃음과 한숨이 버무려졌다. 바둑판이 나왔다. 서로 상대의 허를 찌르고 상대에게 허를 찔렸다. 두 판 두어 두 판 다 접전이었으나 계가하니 전부 도가 졌다.

"역시 전하께는 안 되겠사옵니다."

도는 눈에 띄게 시무룩해졌다. 사소한 내기와 오락에 목숨 거는 도깨비답게 군주다운 위신도 팽개쳤다. 분을 참는 듯 보이기도 했다. 입술이 슬그머니 솟았다가 쑥 들어갔다가 다시 슬그머니 솟았다. 뿌루퉁했다.

"하하하. 내 좀 봐줄 것을 이리하였나? 자네는 다른 때는 의젓하다가도 내기 오락만 걸리면 영락없이 도깨비로구먼. 삐친 모습이 천하궁에서 내게 차 따라주는 동자와 다를 바 없네."

옥황은 유쾌하게 웃었다. 도가 또다시 입술을 설핏 내밀었다가 애써 참듯 쑥 집어넣자 박장대소했다.

"너무하시옵니다. 소신은 본래 도깨비이옵니다. 도깨비가 도깨비다운 것을 의젓하지 못하다, 애 같다 놀리시옵니까?"

도는 툴툴댔다. 볼까지 슬쩍 부풀었다.

"하하하. 미안하이. 변명하자면 자네는 천진난만하여 나를 기쁘게 하네. 다른 자식은 모두 장성하여 징그럽기만 한데 자네는 내게 처음 인사를 올릴 때 보이던 앳된 모습이 여전히 남았거든. 자꾸 놀리게 되는구먼. 늙은이의 고약한 성미라 이해하게. 하하하."

도는 그제야 표정을 가라앉혔다. 짐짓 애쓰듯 얼굴 근육을 꾸물꾸물했다. 마침내 차분해졌다. 옥황도 웃음을 거두었다. 장난기를 빼고 인자히 물었다.

"그래, 요새 몸은 좀 어떠한가?"

"항상 마음 써주시어 어지간하옵나이다."

도는 웃으며 답했다. 그러나 답하는 낯이 좋지 못했다. 낯빛이 창백하고 입술도 퍼런 듯 검었다. 옥황과 대화하고 바둑을 두면서도 이따금 어깻숨을 쉬었다. 술잔이나 찻잔을 기울이는 척하며 호흡을 가다듬는 모습을 몇 번이나 보였다.

"어찌 이리 근심 어린 눈으로 보시나이까. 신은 괜찮사옵니다."

옥황이 수심에 잠긴 낯으로 아무 말을 않자 도는 웃으며 거듭 말했다.

"후우……."

옥황은 한숨 쉬었다.

"그 말이 맞길 바라네. 의선과 함께 왔으니 진찰을 받게. 혹여 힘이 든다면 의선을 이곳에 남겨두고 갈 테니 곁에 붙이고 치료를 받고."

도는 미소 지었다. 감격한 듯 눈을 빛냈다. 고개 저었다.

"아니옵니다. 전하께서 이렇듯 때마다 어의를 보내주시는 일만으로도 감사하옵니다. 자식이 어버이의 건강을 따로 챙겨드리지는 못할 망정 어버이의 건강을 살피는 의원을 차지하고 앉아 어찌 몸을 편히 하겠사옵니까? 더욱이 소신은 앓는 병이 뻔하여 현상을 유지할 뿐 더 처치할 일이 없사옵니다. 지금으로도 충분하옵지요. 전하께서 소신을 살피시는 살뜰함은 이미 가슴에 저미옵니다. 그러니 소신을 부끄럽게 하지 마소서. 난망하고 송구한 말씀 거두소서."

옥황은 따스함과 안쓰러움이 묻어나는 눈으로 도를 보았다. 내심 탄식했다.

'아깝다, 아까워! 이 아이를 만들 때 다른 자들이 눈치채고 끼어들지만 않았던들 애초에 고삐 매어 내 힘으로 삼았을 것을. 내게는 늘 온순하니 다소나마 안심이나 풀어놓은 맹수를 온전히 믿을 수야 없지 않은가!'

"자네가 정 편치 못하다면 의선을 두진 않겠네. 하나 이왕지사 데려왔으니 진찰도 받고 침이든 뜸이든 약이든 도움을 받게."

옥황이 말했다. 도는 조아렸다.

"전하의 보살피심에 감사드리옵니다."

의선은 옥황이 이끌고 온 수행원 사이에 있었다. 도에게 와 인사했다. 도를 익숙히 진찰했다. 도를 보며 몇 마디 묻고 몇 곳을 눌러보고 진맥하면서 간단히 주술 반응을 확인했다.

"약은 잘 챙겨 드시옵니까?"

의선은 심각하게 물었다. 도가 끄덕였다.

"물론이네."

그 대답에 의선은 말문이 막혔다. 의선이 보는 도는 무엇을 어찌해도 '밑 빠진 독에 물을 붓는' 상태였다. 그 밑 빠진 독에 점점 더 처참히 금이 갔다. 할 수 있는 일이 거의 없었다. 침통하게 한숨만 나왔다.

"심신을 되도록 편히 하소서. 달리 더할 처방은 없사오니 다음 검진 때까지 기존 처방을 충실히 따라주소서."

"그러지. 늘 고맙네."

도는 잊지 않고 감사했다.

"민망하옵니다."

의선은 몹시 죄송스러워했다.

"무얼. 천지왕 전하와 자네 덕에 내가 이만이나마 하네. 어깨를 펴게."

도는 의선을 격려했다.

'과연 약선! 약효가 좋군. 차도를 보이던 몸이 이 꼴이 되었으나 의선과 전하를 속였으니 됐어.'

기실 도는 약선에게 두 가지 약을 받아두었다. 첫 번째 약은 정기검진을 오는 의선에게 호전된 몸 상태를 눈가림할 약이었다. 후유증이 없으나 검진을 앞두고 사흘을 복용해야 했다. 두 번째 약은 불시에 천지왕이나 의선을 만날 때를 대비한 약이었다. 도를 의선을 눈가림할 상태로 순식간에 악화시키되 첫 번째 약과 달리 다소 후유증이 남았다.

도는 화화로 귀가하기 직전에 두 번째 약을 먹었다. 지금 정말 상태가 좋지 않았다. 매 순간순간 몸이 나빠져 옥황을 처음 맞이할 때보다 눈에 띄게 초췌했다. 얼굴이 창백하다 못해 파리했다. 그러나 옥황을 향했다. 짐짓 충실한 신하이자 효성 깊은 아들처럼 기꺼이 웃었다.

의선이 말했다.

"천지왕 전하, 두 분께서 즐거이 시간 보내시는 중에 말씀드리기 송구하오나 수경왕은 항상 피로를 경계하고 충분히 휴식해야 하옵나이다. 오늘 외출로 기력을 쏟아 특히 피로할 터, 속히 쉬어야 하옵나이다. 의원으로서 말씀드리나니 상제께서는 상황을 살펴주시옵소서."

"허어, 이런! 내 반갑고 기쁜 마음에 아픈 수경을 붙들고 이야기다 바둑이다 고생시켰구먼!"

옥황은 허벅지를 탁 쳤다. 몹시도 탄식했다.

"고생이라니, 천부당만부당한 말씀이시옵니다. 소신이 병중에 외로울새 이같이 찾아주시니 기쁘기 한량없사옵니다."

도는 사근사근 말했다. 마지막까지 유순한 미소를 잃지 않았다.

❉❉❉

티라노사우루스 한 마리가 양반다리하고 제 발을 잡고 앉았다. 그 앞에 곰돌이 푸가 무릎 꿇고 앉았다. 티라노사우루스는 천장을 보았다. 방바닥을 보았다. 제 발끝을 보았다. 볼을 부풀렸다. 제 앞에 다소곳이 앉은 푸를 보았다.

"저 왕비 돼야 해요? 확정이에요?"

티라노사우루스가 푸에게 물었다. 푸가 머뭇댔다. 푸 머리가 달린 후드 안쪽을 괜스레 잡아당겼다. 폭탄 다루듯 조심스레 말했다.

"널 지켜야 했어."

"그냥 제가 다른 곳으로 피신하면 됐잖아요. 전 오늘 분명히 사장님을 거절했어요. 그런데 왕비라뇨? 저보고 '더 요구해달라.'고 하셨죠? 존중해주세요. 그럴 수 없던 이유가 있다면 제가 수긍할 만큼 해명해주세요."

티라노사우루스는 느긋하게 말했다. 그러나 묘하게 살벌했다. 양반다리가 어느 틈에 마나님 다리가 됐다. 푸는 꿀 먹은 푸였다. 행복해했다는 의미가 아니라 입이 붙었다. 이불 위에 올라앉은 티라노사우루스와 달리 이불에서 두 자 넘게 떨어진 맨바닥에 오도카니 앉았다. 식은땀을 흘렸다. 입술을 달싹였다.

"선수 쳐야 했어."

티라노사우루스가 미간에 세로줄을 그었다. 푸가 말했다.

"화화에 들어오기 전에 내가 '꾀병 부려야 한다.'며 약을 먹었지? 그 거 실제로 내 몸을 아프게 하는 독이야."

"해독제는요?"

"쉬면 나아."

푸가 기운 없이 답했다.

월주가 인터넷 쇼핑에 맛 들이며 사들인 무수한 물품 가운데 하나 인 동물 잠옷은 지금 이 순간 양이와 도 사이의 역학 관계를 훌륭히 대 변했다. 강력하고 흉포한 동물인 곰은 티라노사우루스 앞에서 한없이 작아졌다. 응원하는 야구팀이 곰을 상징으로 써서 주저 없이 곰돌이 를 택했던 도는 지금 이 순간 그 선택을 후회했다.

'아후, 그러잖아도 밀리는데 잠옷까지 왜 이래.'

"꾀병과 제 왕비 취임이 무슨 연관인데요?"

과연 티라노사우루스 양이는 봐주지 않고 추궁했다. 푸 도는 하릴 없이 답했다.

"두 일은 원인이 같아. 나는 천지왕께 주목받아. 언제나, 집요하 게."

도는 쉰 목소리로 부연했다.

"나는 강해. 지존께서 불편해하실 정도로."

"꾀병하셔야 할 정도인가요?"

"그래. 천지왕께서는 내가 병으로 인계에서 요양한다고 알고 계셔. 내가 정치에는 관심을 잃었다고 생각하시지."

"으음."

"그분은 늘 내 주변을 관찰하셔. 그러니 내 곁에 있는 너도 한번은 그분 눈에 띄어. 인영이 유별하니 범상찮은 일이지. 그렇다면 어찌해야 네 진짜 정체를 숨길 수 있을까?"

도는 역으로 물었다. 양이는 찌푸렸다.

"왕비감으로 소개하면 더 주목받지 않나요?"

도는 고개를 가로저었다.

"그분은 복잡하고 집요하셔. 당신이 그러하시니 상대도 그러하리라 여기시지. 그런 분께 숨기려 들면 파헤쳐질 뿐이야. 무심히 드러내야 숨길 수 있어. 그래서 외려 빨리, 대놓고 너를 드러내야 했어. 그러면서도 너와 내 관계를 규범 속에 넣는 길은 널 내 비로 맞는 길뿐이었어. 인영유별법 위반이지만 군주인 나는 인간 한둘쯤 선계로 끌어올릴 자격이 있거든. 그러니 이 수가 최선이었어. 처음부터, 널 지켜주겠노라 말하던 순간부터 그렇게 판단했어."

도는 말을 멈췄다. 양이가 표정이 좋지 않자 등을 굽혔다. 익숙하지 않은 어떤 말을 목에 걸고 근심했다. 결국, 힘겹게 그 말을 꺼냈다.

"미안. 미리 말해주지 못해서 미안하다. 내 예상보다 상제가 빨랐어."

도는 재빨리 덧붙였다.

"하지만 그래서 청혼한 건 아냐. 아니, 그래서 청혼했지만 청혼한 이유가 그것만은 아냐. 널 좋아하는 마음은 진짜야. 널 좋아하지 않았어도 청혼했겠지만 네 보호에 얽힌 정치적 이유가 없었어도 청혼했을 거야. 네가 좋아. 진짜야."

도는 시뻘게졌다. 무릎에 손을 올렸다. 양이는 그런 도를 물끄러미 보았다. 항상 요령 좋아 보이는 사장님이셨는데 오늘 모습은 여러모로 서툴렀다. 낯설고 신기했다. 그래서 오히려 진심 같았다.

'진심이라니. 으읔…….'

양이는 너무 당혹스러워서 둔한 심장에 드문 부담이 왔다. 도에게서 시선을 떼고 방 저편 병풍 속 먼 산을 보았다. 하얀 이빨이 흉흉한 티라노사우루스 대가리 모양 후드를 벗었다. 흘러내리는 머리칼을 잡아당기며 머리를 긁적였다.

"으, 천지왕 전하 타이밍 진짜……. 왜 하필 저와 사장님이 이러고 온 날 오셨대요?"

양이는 머리를 벅벅 긁었다. 도가 짧고 깊게 동의했다.

"내 말이."

양이는 다시 도를 보았다. 보기 민망했지만 봐야 했다. 도는 창백하고 푸르스름했다. 식은땀을 흘렸다. 먹은 약이 독하여 힘든 기색이 역력했다.

양이는 지금껏 이불 위에 엉덩이를 깔고 둥둥히 앉아 있었다. 엉덩이를 들었다. 뒤뚱뒤뚱 오리걸음으로 도에게 다가갔다. 도의 한 발짝 반 앞에 이르렀다.

도가 눈을 끔벅였다. 양이에겐 놀랍게도 겁먹은 듯했다. 양이는 두 눈썹 사이를 좁히고 그런 도를 말없이 보았다. 난데없이 왕비라니, 황당했다. 피할 길조차 없다니, 어처구니없었다. 농담이 지나치다며 정색하고 싶었다. 그러나 앞뒤 맥락, 도가 보이는 태도, 해명에 깔린 논리를 종합하니 판단이 섰다. 이 상황은 농담이 아니었다. 자신은 안전하자면 '적어도 표면상' 도의 왕비가 돼야 했다. 머릿속이 여전히 복잡했다. 마음속도 복잡해지자면 한없을 터였다. 하나 어쩔 수 없지 않은가. 그렇다면 한시라도 빨리 수용하거나 포기해야 했다. 이 상황도 싫지만 선택지 없는 일에 매달려 골치 썩긴 더 싫었다. 그래서 손을 뻗었다. 도의 팔을 잡았다. 도를 제 쪽으로 당겼다.

"알았어요."

망연히 껌벅이던 도는 열린 눈꺼풀이 딱 굳었다. 홍채를 좁히며 양이를 살폈다. 양이는 대체 무슨 생각인지 뚱해 보였다. 도는 주춤 몸을 뒤로 뺐다.

"왜 빼세요?"

양이가 물었다. 예의 뚱한 얼굴이었다.

"모, 모르겠어. 김 양은 왜, 왜 나 당겨?"

도는 두 번 더듬었다.

"쉬시라고요."

양이는 다시 도를 당겼다.

"독 드셨다면서요. 쉬셔야 낫고. 바닥에서 이러지 마시고 자리로 올라가세요."

"어, 고마워."

그러나 도는 움직이지 못했다. 얼음 땡이라도 하듯 굳었다. 어색한 침묵 끝에 또 물었다.

"그런데 뭘 '알았'어?"

"네?"

"너 조금 전에 그랬어. '알았어요.'라고. 뭘 알았느냐고."

"아, 왕비 되는 일이요. 실감이 안 나지만."

양이는 여상히 말했다. 도는 흠칫 놀랐다.

"그, 어……. 화낼 줄 알았어. 어쩔 수 없다 해도, 왕실 싫어하잖아?"

양이는 어깨를 으쓱했다.

"말 그대로 '어쩔 수 없잖'아요. 사장님은 좋은 분이시고."

도는 다시 눈을 깜박이기 시작했다. 속눈썹이 잇달아 파닥였다.

"뭐라고?"

양이는 갸웃했다.

"어쩔 수 없잖아요?"

"그거 말고."

"사장님은 좋은 분이시고?"

도는 손을 들어 눈을 뺀 제 얼굴을 가렸다. 고뇌했다.

"'좋은 분'이라는 발언은 결코 '좋아한다.'는 뜻이 아닌데?"

그러나 도는 쿵쾅거렸다. 제게 말끄러미 멈춘 양이의 눈동자가 사정없이 귀엽고 흐뭇했다.

'내가 죽을 때가 다 돼서 미쳤나 봐. 한데 진짜야? 진짜 알아들었다고? 괜찮다고? 내 왕비가?'

"찐빵, 너 내 왕비 된다니까? 공식적으로? 내가 네 남편이라고."

도는 거듭 확인했다.

"알아요."

양이는 도의 팔을 붙잡은 채 끄덕였다. 그러다 퍼뜩, 맹탕이던 낯이 심각해졌다.

"흐엑! 맞아! 저 막 내명부 수장 되나요? 골 아픈 행사하고 하하 호호 가식 웃음 띠며 손님 맞고 외교해야 해요? 저도 독약 먹고 꾀병 부리고?"

양이는 순식간에 블루베리 찐빵이 됐다. 퍼렇게 질려 부들부들 떨었다.

"뭐? 푸하하하핫!"

그 순간 도는 긴장이 풀렸다. 폭소를 터트렸다. 천지왕 앞에서와 달리 진실하고 건강한 웃음이었다.

"뭐예요! 전 심각한데! 놀리시기예요? 답을 해주시라고요! 저 진짜 그래야 해요?"

"푸하하하핫!"

도는 양이에게 팔을 잡혀 흔들리며 숨넘어가게 웃어젖혔다. 양이를 달랑 들어 안고 금침으로 갔다. 양이를 내려놓고 자기도 이부자리에 앉았다. 그러고서도 연신 웃었다. 토라진 양이가 그 등을 퍽 때렸다.

"대답해주시라고요!"

도는 그제야 웃음을 멈췄다. 찔끔 나온 눈물을 찍어냈다. 폭소를 미소로 바꾸며 양이와 눈을 맞췄다. 양이에게 콩 이마를 부딪었다.

"그런 일은 내가 해. 어렵고 치사한 일은 내가 다."

도는 이마를 떼었다. 양이의 뺨을 살포시 쓰다듬었다. 살갑게 전했다.

"우리 왕비님은 보호받으셔야지. 그게 내 약속이잖아?"

답해달라 항의하던 양이는 서서히 호흡이 가라앉았다. 뺨이 연홍으로 물들었다.

"넌 여자다운 마음, 소녀다운 마음, '포기 못 하겠다.'고 했잖아. '사랑하고 사랑받고 싶다.'고 했잖아."

도는 웃었다. 화사하지 않지만 상냥하게 미소했다. 새삼 만지기도 아까운 듯 몸짓을 사렸다. 양이의 뺨에서 손을 떼었다.

"야구장 가던 길에 네게 생각지도 못하고 한 방 먹은 뒤 비로소 네 처지에서 생각했어. '소녀심'으로 본다면 요즘 네게 벌어지는 일은 애정사 면에서 긴급 재난에 대재앙이겠지. 네가 사랑하지도 않는 남자와 또 너를 사랑하지도 않는다 싶은 남자와 매일 함께 잠들고 그 남자에게 숨 쉬듯, 후우, 성희롱을 당하니까."

도는 어색하게 웃었다. 양이의 뺨을 차마 쓰다듬지 못했으나 손을 그 위에서 머뭇거렸다. 그러나 그마저 거둬들였다.

"하지만 너를 지키자면 해야 할 일이 생겨. 나를 위해서도 네게 요구할 일이 생겨. 그래서 네가 싫어하더라도 일체를 양보할 수는 없어."

양이는 고개 숙였다. 도를 보기 어색했다. 작게 끄덕였다.

"알아요. 이해해요."

"고마워."

도는 양이를 끌어안고 싶었다. 참았다. 빈손을 살며시 쥐었다. 양이의 뺨을, 목을, 어깨를 눈으로 안았다.

"하지만 최대한 위할게. 피치 못할 일이 아니라면, 네가 내 비가 된다 한들 준비되지 않은 네게 의무를 지우는 일 없을 거야. 사적으로든 공적으로든. 네가 정말로 두려워하거나 싫어하는 일은 하지 않을 거야. 네 말처럼 내가 널 사랑할 때까지, 네가 날 사랑해줄 때까지, 참을 테니까⋯⋯."

"그, 그럼 일단⋯⋯."

양이는 도가 하는 말을 끊었다. 손바닥을 들어 보였다.

"응?"

"이, 일단 그렇게 쳐다보지 좀 말아주실래요?"

양이는 목을 움츠리며 웅얼댔다.

"어?"

"시, 시선이 무섭다고요."

'난 사납게 쳐다보지 않았는데? 단지 달래려고…….'

도는 주춤 상체를 뒤로 뺐다. 그러잖아도 양이가 어떤 면에서 자신을 겁내지 않나 우려하던 차였으므로 한껏 조심하며 어쩔 줄 몰라 했다.

"내가 무서운 표정을 지었어?"

양이는 고개를 붕붕 저었다. 목덜미까지 발그름했다. 기어들어가는 목소리로 답했다.

"시, 시선이 너무 잘생겼다고요. 부, 부담스러워요. 가뜩이나 어색한데……."

"푸핫!"

도는 오늘 밤 두 번째로 폭소했다. 긴장이 한순간에 빵 터지니 웃지 않을 수 없었다.

"푸하하핫! 아, 정말이지!"

도는 결국 충동을 참지 못했다. 마구 웃으며 양이에게 팔을 뻗어 그 몸을 품에 넣었다. 따뜻한 양이의 이마에 입 맞추며 양이의 살결에 제 웃음을 새겼다.

"왜 이리 귀여워? 점점 더 반하겠어. 아하하!"

"으아아, 닭살 돋아요오. 중복이가 저랑 연애하자 하겠다고요. 으아아, 그만하세요오."

양이는 눈을 질끈 감았다. 고개 숙이고 도리질했다. 도리질로 도가 하는 입맞춤을 피하면서도 도를 밀어내진 않았다. 도의 품에 안긴 채 애꿎은 입술만 깨물었다.

도는 폭소가 삭았으나 여전히 웃음에 젖었다. 눈을 꼭 감은 양이를 내려다보았다. 양이의 머리를 쓱쓱 쓰다듬었다. 마주 앉았던 양이를 어린애를 품에 앉히듯 제 무릎에 비스듬히 앉혔다. 나직이, 다정히 말했다.

"어쨌든, 이것만 알아둬. 걱정하지 마. 두려워하지도 마. 나는 짓궂어. 그러니 앞으로도 네가 당황할 농담을 곧잘 할지도 몰라. 하나 네가 정말로 싫어하는 일은, 무서워하는 일은, 안 해. 약속할게."

양이는 슬그머니 눈 떴다. 고개를 옆으로 돌려 도를 마주 보았다. 늘 그랬듯 도의 얼굴을 새삼스레 인지하며 발갛게 낯을 물들였다. 조그맣게 말했다.

"으응. 믿어요."

도는 순간 화끈 달아올랐다. 뺨을 꿈틀하며 고개를 외로 뺐다.

"으, 찐빵. 너도 그렇게 좀 쳐다보지 마. 식욕이니까."

"네?"

양이는 흠칫했다. 도보다 더 큰 각도로 몸을 밖으로 뺐다.

"도깨비가 인육도 해요? 피 무서워한다면서요?"

도는 눈꺼풀을 떨었다. 뺨까지 떨었다.

'내가 대체 어떤 여자를 좋아하는 거지?'

도는 짧지만 극심하게 회의에 빠졌다.

'이 여자가 진짜……! 김찐빵 이건 가끔 뜬금없이 똑똑한데 종종 대책 없이 멍청해. 그 어렸던 혜도 이렇게 맹하진 않았어!'

도는 외로 뺀 고개를 슬쩍 제자리로 되돌렸다. 양이를 회의와 고뇌가 압축된 눈으로 보았다.

'하긴. 이러니까 마킹이 보호라는 말을 믿고 나랑 같이 잠들어주는 거겠지. 하아아……. 이 표정은 왜 또 이렇게 귀여워. 정말 죽겠네.'

양이도 심란했다.

'찐빵, 찐빵 하시더니 그게 진짜 음식처럼 보인다는 뜻이었나! 그러고 보니 크닙이도 날 처음 본 날, '안 잡아먹히고 용케 잘도 왔네.' 어쨌네 했는데! 내가 어디가 맛있게 생겼지? 난 인육 취향이 아니라 전혀 모르겠어!'

도는 양이를 거의 숨도 쉬지 않고 내려다보았다. 극심한 번뇌에 잠기어 눈을 부들부들 떨었다.

양이는 몇십 초 전에 "두려워하지 마."라는 말을 들었지만 두려웠다. 도를 가만히 보며 오들오들 떨다가 문득 무언가를 느꼈다. 이따금 도를 온열 기능을 탑재한 좌식 의자로 착각할 만큼 도의 무릎에 익숙했지만 딱히 한 번도 느껴보지 못했던 무언가를 느꼈다.

'뭐지 이게?'

양이는 이것이 대체 무엇인지 고뇌했다. 고개를 두 시 방향으로 갸웃했다. 고개를 열두 시 방향으로 되돌렸다. 천장을 보았다. 낮이 하얗게 탈색되었다. 두 팔을 들어 도를 팍 밀어냈다. 도가 밀려나진 않았지만.

"으아아아악! 사장님, 고자 아니셨어요?"

양이는 끔찍스레 비명 질렀다. 도를 밀어내는 데 실패한 두 팔을 제 머리 양옆으로 옮겨 머리칼을 쥐어뜯었다. 연거푸 소리쳤다.

"꺄아아아악! 난 몰라아아아!"

"뭐? 야, 그건 무슨 오해야! 내가 고자라니!"

양이는 혼이 빠졌다. 설기 같던 얼굴을 불에 달군 쇳덩이로 바꾸며 마구 도리질 쳤다. 머리칼을 쥐어뜯었다. 울음에 젖어 횡설수설했다. 도에게서 최대한 멀찍이 상체와 고개를 빼며 도를 닥치는 대로 구타

했다.

"으아앙, 전 몰라요. 아, 난 몰라. 이건 단단히 잘못됐어! 수산 씨가 그러셨단 말이에요! '사장님은 고자이실 가능성이 크니까 안심하고 같이 자도 된다.'고! 그것만이 절 지켜주는 안심 보험이었는데! 아, 말도 안 돼! 이건 말도 안 돼! 놔주세요. 놔달라고요! 오늘부터 혼자 주무세요! 아아아악!"

"시발! 그 염병할 거북이 새끼가! 같은 사내끼리 그런 근거도 없는 불명예를! 야, 절대 아냐! 진짜 아냐! 아, 찐빵 그만 좀 때려, 그만 때리라고. 내가 진짜 널 강제로 어떻게 할 것 같으면 지금까지 참았겠느냐고! 마음이 꿀떡 같은데 참았겠어? 아, 그만 때려! 아무리 나라도 아프단 말이야. 난 환자야. 응? 네가 날 믿어주니까 지금까지 온갖 치사한 기분 느끼면서도 참고 또 참았는데 네가 날 그렇게 못 믿고 무서워하면 참는 보람이 없잖아! 좀 가만있어봐. 좀 가만히! 내가 고자는 아니지만 해치지 않는다니까?"

도는 초유의 구타를 당하며 달래고 사정하고 설득했다. 하지만 양이는 설득되지 않았다. 도가 하는 말을 듣지도 않았다. 손이고 발이고 마구 꺼둘렀다. 도에게 허리를 잡힌 채 이불을 기었다. 자기가 무슨 말을 하는지도 잘 모르고 나오는 대로 절규했다.

"으아아앙! 안 돼! 딱 싫어! 질색이야! 변태! 정말 싫어! 저질! 제일 싫어어엇! 고자이셔야 했는데! 전 사장님이 진짜 초절정 대마법사이신 줄 알았다고욧! 으아앙, 저 놔주세요. 저 하다못해 다른 이불 깔고 자면 안 돼요? 그냥 그것만으로는 못 주무세요? 우리 같은 공간 안에서 자기만 해도 충분하지 않아요? 그 왜, 젤 처음에, 제가 여기서 처음 묵고 간 날! 사장님 서안 앞에서 혼자 잘만 주무셨잖아요! 오늘부로 혼인신고서에 도장 꽝은 확정이라 해도, 우리 진도가 너무 빨라요. 너무 빠르다고요. 너무 심하게, 빠른 것 같아요! 아직 전 사귈 마음도 안 들었는데! 대체 왜 고자가 아니신 건데요오오, 애인도 수백 년간 없으셨다면서! 내 소녀시이이임!"

도는 '내가 정말 이 여자를 왜 좋아하지?'라는 회의가 들기 시작했다. 간, 쓸개 다 빼놓고 구애했는데 고자가 아니라는 이유로 자기를 변태 취급하며 "딱 싫어!"라고 절규하는 여자라니. 고자 아닌 게 뭐가 그리 큰 죄라고.

도는 억울했다. 서러웠다. 모처럼 발진 대기 상태이던 암스트롱포가 식었다. 양이를 그냥 놔주면 벽을 뚫고 도망갈 기세라 지금껏 꼭 붙들었으나 갑자기 팔에서 힘이 쭉 빠졌다.

"허억허억……."

양이는 숨을 거세게 몰아쉬었다. 꿈쩍도 않는 도를 상대로 사력을 다해 발버둥쳤더니 운동회 계주 결승 테이프를 끊던 때보다 숨이 찼다. 기력이 없었다. 도가 허리를 풀어줬지만 이불 위로 뚝 떨어졌을 뿐 도망갈 수 없었다. 눈물을 찔끔 짜내며 제자리에서 간신히 상체만 뒤집었다. 부들부들 떨며 도의 동태를 살폈다. 안색이 파랬다. 연쇄살인범의 동태를 살피는 자가 보일 법한 안색이었다.

도는 양이의 한 치 위였다. 손을 들어 제 얼굴을 문질렀다. 턱도 아프고 뺨도 아프고 다리도 아팠다. 양이가 어찌나 생잡이로 두들겨 패고 걷어차던지 '기껏해야 인간 여자인데.' 하고 고스란히 맞아줬다가 생도깨비포가 될 뻔했다. 퀭한 얼굴로 물었다.

"김복어, 너, 사적 남편이든 공적 남편이든 네 남편이 고자면 좋겠어?"

양이는 떨림을 딱 멈췄다. 사납게 치떴던 눈을 슬그머니 내리떴다. 안색을 가라앉히며 두 입술을 모았다. 미간도 모았다. 심각해졌다.

"그건 아니죠."

"역시 그렇지?"

도가 되묻자 양이는 침묵했다. 경계심을 채 걷어내지 못한 눈으로 도를 흘끔 보았다.

"그런데요, 십 센티만 더 떨어져주실래요?"

"이걸 그냥, 아흐……."

도는 진저리 쳤다. 백팔번뇌 중 삼 분의 일이 깃든 오묘한 표정으로 뺨과 눈썹과 입술을 일그러뜨렸다. 한스레 중얼댔다.

"내가 진짜, '기다려!' 소리에 칭찬 바라며 인내하는 개새끼도 아니고. 아흐, 어쩌다 이렇게 코가 꿰여서……."

도는 투덜대면서도 양이가 한 요청을 충실히 따랐다. 한 팔로 이불을 짚고 몸을 들었다. 양이가 눈에 띄게 안심하며 편하게 숨을 뱉자 기막혀했다.

"야, 나보고 이러고 자라고? 내가 아무리 힘이 세도 자면서 이러고 버티긴 무리야. 게다가 난 환자라고. 독 먹었어."

도는 정말로 아팠다. 겉으로도 아파 보였다. 이러고 움직이는 모습이 용할 정도로 낯빛이 나빴다.

양이도 눈이 있었다. 도의 꼴이 뻔히 보이는지라 그 말에 마음이 편치 않았다. 쭈뼛쭈뼛했다. 실은 자기 방으로 튈 셈이었으나 그만 누그러졌다. 우물대며 말문을 열었다. 할 말은 다 했지만.

"그래서 재워드리겠다잖아요. 제 방으로 도망 안 간다고요. 사장님도 굳이 엎드려뻗쳐 자세로 주무실 필요 없어요. 등 돌리고 옆으로 누우세요. 오늘만큼은 저 안고 잠들지 마시고요. 참고로 저 지금 멘붕이 니까, 저 끌어안으시려고 했다간 내일부터 각방이에요."

도는 반박이 궁했다. 통고의 뒷부분이 매우 마음에 안 들었지만 오늘 같은 상황에서 같이 자준다니 그것만으로도 절을 할 판이었다. 간단한 술법으로 양이와 제 몸 밑에 깔린 이불을 위로 끌어올렸다. 베개와 요가 놓인 자리도 알맞게 조정했다. 몸을 휙 돌렸다. 양이와 조금 떨어져 양이에게 등을 보이고 누웠다. 고개를 들썩여 베개에 머리 위치를 맞췄다. 술력으로 불을 껐다. 등 뒤에서 느껴지는 작은 기척에 신경을 곤두세웠다.

"너도 어서 자. 쓸데없는 걱정하지 말고. 열심히 기다려봐야 보상으로 찐빵을 얻는다는 보장은 없지만 지금까지처럼 잘 참아줄 테니까. 말했잖아. 네가 싫다는 일 안 하겠다고."

'지금까지처럼? 그럼 이전에도 이렇게 참으셨어?'

양이는 아쓱했다. 가슴이 발랑발랑했다. 그러나 깊게 생각하기 귀찮았다. 깊게 생각했다간 도에게 말려들 듯한 불길한 예감이 스쳤다. 그래서 발랑대지 않기로 했다. 생각을 놓고 멀뚱거렸다. 멀뚱거리자니 멍해졌다. 어찌나 도와 붙어살았는지 도와 떨어졌다는 사실이 불현듯 어색했다. 무심코 꾸물꾸물 움직였다. 도의 등에 붙었다. 그래봐야 도는 모로 눕고 양이는 바로 누웠으니 등에 팔이 닿았을 뿐이었다. 하지만 양이는 그 순간 흠칫 놀랐다.

'내가 왜 이랬지?'

양이는 그다음 순간, 더욱 놀랐다. 팔과 등의 단순한 닿음만으로도 어색함이 줄었다. 어쩐지 안심되었다. 아연해하며 그 감각을 숙고했다. 참으로 길게 숙고했다. 귀찮음도 잊었다. 하염없는 침묵을 제 것으로 삼았다. 그 끝에 소곤댔다.

"저기요, 사장님."

"말해."

양이에게 닿은 등의 주인은 아직 잠들지 않았다. 퉁명스러우면서도 온화하게 답이 돌아왔다.

양이는 숨을 골랐다.

"사장님 성함, 부를게요."

"뭐?"

양이는 숨이 떨렸다. 숨과 함께 음성도 떨렸다. 떨리는 음성을 달래며 조심히 말을 풀어놓았다.

"제가 사장님을 사……. 좋아하게 되면, 만약 그러면, 사장님 성함 부를게요."

양이의 팔에 닿은 등이 크게 위로 솟았다가 하르르 떨리며 내려갔다. 양이는 베개에 고인 제 머리를 괜스레 다시 다듬어 누웠다. 작게 덧붙였다.

"그때까지는, 저……."

양이는 입이 말랐다. 뒷말을 무어라 붙이면 좋을지 몰라 마냥 망설였다.

"참아달라?"

망설임이 길어지자 성급하게 떨리는 물음이 돌아왔다. 그 목소리에 양이는 왜인지, 정말 이상하게도, 미안해졌다.

"뭐어, 그때는 '잘 부탁드린다.'고……."

양이는 말끝을 흐렸다. 자신을 보는 이도 없고 자신 또한 뵈는 것이 없는데, 여태껏 괜스레 떴던 눈을 또 괜스레 질끈 감았다.

"후우."

묵직한 한숨이 어둠을 눌렀다.

"곰 같은 게 은근히 여우야."

"네?"

양이는 눈을 동그랗게 떴다.

"자각도 없이 자꾸 여우 짓 해서 항의도 못 하고 말라 죽겠다고."

부루퉁한 답이 돌아왔다.

"제가요?"

"너 말고 누가 또 있어? 둘도 없는 철벽녀인 줄 알았더니 도전 의식 일어나게 약 올리며 지치기 전에 다음 떡밥을 드리워."

"네?"

'내가 언제?'

양이는 거대한 미스터리를 맞닥뜨렸다. 살다 살다 그런 평가는 처음이었다.

"못 알아들으면 됐어. 모르고도 도깨비 피 말리는데 알면 더 무서워질 테니 신경 꺼."

도는 단호히 말했다.

"에······."

"그런데 나 정말 너 안고 자면 안 돼?"

도는 오 초 만에 단호함을 내버리고 애원했다.

"네?"

양이는 약 일 분 전부터 바보가 된 기분이었다. 어쩔 줄 모르고 있자니 도가 어르고 달래는 소리를 냈다.

"품이 허전해. 이대로는 잠이 안 올 것 같아, 응?"

"하지만, 좀⋯⋯."

"아, 제발."

그렇게 말하는 도의 목소리는 몹시 지치고 아픈 듯했다. 쉬고 가늘고 연약했다. 양이는 마음이 약해졌다. 그러나 쉽게 허락이 떨어지질 않았다.

"으으음, 기다리세요. 생각 좀 해보고요."

"아, 쫌!"

"기다리세요."

"아, 제발. 나 오늘 정말 힘들어. 진짜 졸려. 그런데 눈이 안 감긴다고. 으응? 넌 안 허전해? 요새 계속 나한테 안겨 잤잖아. 지금 안 어색해?"

양이는 허를 찔렸다. 사실 베개가 불편했다. 도와 같이 잔 지 며칠밖에 안 됐는데도 그 팔베개에 길들었다. 순순히 이실직고했다.

"뭐어, 사장님 팔베개가 편하긴 해요."

도는 희망을 보았다. 끈덕지게 호소했다.

"지금 당장 이름 불러달라고 안 해. 그냥 안고만 잘게. 진짜 그냥 안고만 잘게."

"으으음, 그 말을 어떻게 믿어요, 이 상황에서."

"아, 쫌! 교양 있는 현대인이 왜 두말하고 그래? 언제는 나 '믿는다.'며?"

"믿긴 믿는데, 그때 사장님이 지켜주신다고 하신 안위와 지금 안위는 종류가 다르잖아요. 전 '이' 안위를 지켜주신다는 사장님을 믿는 게 아니라 '그' 안위를 지켜주신다는 사장님을 믿는 거고요."

"요즘은 찐빵도 논술 학원 다녀? 아, 제발. 한 번만 봐줘. 허전해서

못 자겠어. 나 아프다니까? 진짜야. 안아보면 열도 나. 이 상태는 약
도 없어. 자고 쉬는 길뿐이라고. 이런 내가 불면증 탓에 밤을 새워야
겠어? 그랬다간 나, 내일 못 일어날지도 몰라. 몇 날 며칠 앓아눕겠다
고."

"어우, 진짜……."

양이는 어둠 속에서도 볼이 빨개졌다. 눈을 질끈 감았다가 얌전한
바람이 잎새를 스치듯 살그머니 답했다.

"알았어요."

"고마워!"

도는 양이가 마음을 바꿀세라 냉큼 뒤돌았다. 양이를 덥석 끌어안
았다. 양이에게 깊숙이 팔베개해주며 어둠에도 머뭇대지 않고 양이의
정수리에 익숙하게 입을 맞췄다. 입술을 이마로 옮겼다. 살결에 숨결
을 스치며 홀홀히 인사했다. 행복스레 속삭였다.

"잘 자, 내 왕비님. 고마워."

양이는 움찔했다. 긴장도 잠시, 몸에서 힘을 풀었다. '못 믿겠다.'고
할 땐 언제고 꼼질꼼질 도에게 파고들었다. 도의 어깻죽지에 머리를
뉘었다. 도에게서 늘 나던 나른하고 은근한 향에 잠겼다.

'사장님 팔베개 편해. 품도 따뜻해.'

양이는 졸렸다. 눈꺼풀이 꾸우욱, 무겁게 감겼다. 도보다 먼저, 그
품에서 소록소록 잠들었다.

출생의 비밀은 막장 드라마의 상식

"끄으응……."

양이는 낑낑댔다. 어깨를 움츠리며 꾸물댔다. 신발에 붙어 늘어나는 껌처럼 기지개 켰다. 그러다 다시 도의 품으로 파고들었다. 도의 옷깃을 움켜쥐며 눈을 끔벅였다. 눈곱이 쩍쩍 붙어 눈도 잘 뜨이지 않았다.

"흐아……."

양이는 도에게서 나는 아늑한 향내를 맡았다. 꽃이 만개한 고택 안뜰 같은, 화사하지만 아득한 향기에 잠겼다. 머릿속을 떠다니는 잔상을 몽롱히 더듬었다.

'왜 그런 내용이었을까?'

지난밤 양이는 꿈을 꾸었다. 꿈속에서 '당혜'가 되었다. 어디서 영약을 뜯어 먹은 강아지처럼 도의 반 토막도 안 되는 키로 온종일 지치지도 않고 도를 쫓았다. "낭군님, 낭군님, 낭군님, 낭군님, 도 님, 도 님, 도 님, 전하, 낭군님." 하고, 도가 뒤돌아 말 걸어줄 때까지 쉬지도 않고 종알댔다.

'족자 속 공주님은 수줍고 얌전한 인상이셨는데. 그렇게 집념에 불

타는 분으로 나오시다니.'

　양이는 당혜 공주에게 미안했다. 하나 웃겼다. 당혜가 된 자신은 막 나갔다. 인간으로 치면 서너 살배기였지만 남녀상열지사에 눈뜬 수준이 될성부른 떡잎이었다. 발바닥에 땀띠 나게 도를 쫓았다. 입술이 부르트게 도를 불렀다. 도가 온갖 핑계를 대고 도망가고 사라져도 굴하지 않았다. 도의 여인을 찾아다녔다. 도를 모시는 여인들에게 당당히 쳐들어가 물었다.

『제가 요염해지면 낭군님이 저를 좋아해주실까요? 어떻게 하면 부인처럼 요염해지나요?』

　수경궁 시비를 붙들고 요구하기도 했다.

『저도 경라(輕羅)로 옷을 지어주세요. 낭군님이 저만 보면 불끈불끈하시게요.』

　도에겐 두 주먹을 꼭 쥐고 이렇게도 선언했다.

『올해는 낭군님을 한 번이라도 자빠트려보겠어요! 아자!』

　도는 이마를 짚었다. 복잡한 표정으로 신하에게 말했다.

『누가 당혜에게 저런 말을 가르쳤느냐? 당장 스승을 찾아 모시어라. 지극히 정숙하고 품행 방정하신 귀부인으로.』

　하여튼 꿈속 당혜는 공주는 공주이되 그리 멀쩡한 공주가 아니었다. 양이는 마음속으로 사죄했다.

　'고인이 되신 공주님, 죄송합니다. 제가 본디 그리 위험한 취향은 아니랍니다. 한데 하도 막장 드라마만 봤더니 몹쓸 무의식이 그딴 꿈을 꾸네요.'

양이가 자칫하면 꿈속에서 도를 아청법 위반으로 철창에 보낼 뻔한 사이, 도는 모처럼 편안히 잤다. 양이가 중간에 두어 번 깨어 챙겨보니 열이 끓기야 했다. 하나 평소와 달리 악몽을 꾸는 기색 없이 곤히 잤다.

'열은 내리셨을까?'

양이는 혹여나 도를 깨울세라 살그니 몸을 움직였다. 꿈틀꿈틀 위로 올라갔다. 이불 위로 빼꼼 고개를 내밀었다. 잠든 도를 살폈다. 언제나 그랬듯 그 미모에 새삼 홀렸다. 뺨을 붉히며 망설였다. 도의 이마에 제 이마를 지그시 대었다.

'음······. 약간 열이 남았네. 그래도 이만하면 괜찮으신가?'

도는 평온한 얼굴이었다. 양이는 그래도 그 낯을 곰곰 뜯어보았다. 어디 힘들어 보이는 구석이 없는지 거듭 따졌다. 그러고서야 배시시 웃었다. 도가 자연스레 일어나길 마냥 기다렸다. 바쁘지도 않은데 괜스레 크게 움직이고 싶지 않았다. 도가 깰까 봐 마음 쓰였다. 가만있자니 요기조기에서 생각이 뭉치고 피었다. 몽글몽글, 알록달록.

'아, 어제 사장님이 그러셨는데? '인간이라 하여도 제왕을 부군으로 모시면 인명부를 벗어나······.' 그래, 그러셨어. 무슨 뜻이지? 나 사장님과 결혼하면 인간이 아니게 되나? 혹시 도깨비? 본체가 없으니까 알도깨비? 그러잖아도 나는 '공의 도깨비'니까 내가 알도깨비라면 그럴싸한데? 어차피 알도깨비는 어떤 모습, 어떤 체질로든 태어날 수 있다니까.'

"하아······."

생각에 잠긴 양이의 귓가로 달콤한 한숨이 스몄다. 노곤한 몸으로 단단한 가슴이 친밀히 달라붙었다. 이마에 입술이 닿았다.

"잘 잤어, 내 왕비님?"

"안녕히 주무셨어요."

양이는 건성으로 인사받았다. 자기 뺨이며 귓가에 입술을 미끄러트리는 도를 슬쩍 밀어냈다. 도를 빤히 보며 눈을 빛냈다.

"사장님, 어저께요, 옆에서 듣기로는 사장님과 혼인하면 제가 인명부에서 벗어난다고 하던데 그럼 전 종족이 뭐예요? 인명부에서는 벗어나도 그냥 인간인가요? 아니면 뭔가 달라지나요? 순도깨비? 알도깨비? 막 몸이 변하고 그러지는 않죠?"

"뭐?"

도는 튀어 오르는 용수철처럼 벌떡 앉았다. 일어나는 결에 그대로 양이를 제 무릎에 앉혔다. 잠이 싹 달아난 목소리로 중얼거렸다.

"알도깨비라고? 알도깨비. 하! 알도깨비!"

도는 양이를 안았으되 양이가 안중에 없었다. 홀로 거듭 뇌었다. 획일어섰다. 방 안을 오락가락하기 시작했다. 품에 양이를 안고 태엽을 놀리듯 걸음을 서두르고 늦췄다. 방을 맴맴 돌았다. 급기야 방문을 열고 전각을 나섰다. 드넓은 화화의 뜨락을 거닐며 탄식했다.

"알도깨비! 내 어찌 그 생각을 한 번도 못 했을까. 수산도, 백진도, 약선도……. 하! 삼계에서 내로라하는 두뇌가 모여 어찌 땅띔도 못 할 수가. 홀린 겐가? 어처구니가 없군. 그래, 알도깨비! 그렇다면 의문이 상당히 해소돼. 그것도 아주 중요한 부분에서. 이러면 처음부터 재검토해야 하는데. 당장 약선을 불러야겠어. 백진도. 아, 그보다 먼저, 당사자에게 물어야지. 찐빵이 어디 있지? 방에 두고 왔나?"

도는 두리번댔다. 양이가 도의 옷자락을 잡고 흔들었다.

"사장님, 저 여기 있는데요. 사장님이 방에서 납치해오셨어요."

"응?"

도는 제 품에 안긴 양이를 내려다보았다. 감명받은 얼굴로 끄덕였다.

"역시 내 준비성! 잘 챙겨왔구나."

그러더니 정색하며 물었다.

"찐빵아, 너 혹시 주워온 애 아냐? 부모님 친부모님 맞아?"

양이는 뚱하게 입술을 내밀었다.

"출생의 비밀을 그렇게 배려 없이 물어보셔도 돼요?"

도는 흠칫했다. 주눅이 들었다.

"웃, 미안……. 진짜 주워오셨대?"

"주워오셨대요. 엄마 다리 밑에서."

양이는 심각한 표정으로 출생의 비밀을 고백했다.

"음, 미안한 이야기인데 너 엄마 다리 말고 다른 다리 밑에서 주워왔을지도 모르겠다."

도는 바로 전에 혼난 경험을 되살려 제법 미안한 표정으로 가설을 제시했다.

"헉? 저 아빠랑 똑 닮았는데요?"

"닮은 애 골라서 데려오느라 힘들었다고는 안 하셔?"

'사장님이 우리 가족사를 어떻게 아시지!'

"저 엄마랑 유전자 검사해야 하는 상황이에요?"

양이는 당황했다.

"확인할 가치가 충분해. 알도깨비라기엔 찐빵은 아무리 봐도 인간이야. 더구나 자신을 인간으로 알고. 하나 공의 도깨비가 실존하는 마당에야 팥으로 메주를 쑨대도 자연스러워. 애초에 알도깨비는 '뭐든'

될 수 있으니, 한없이 인간에 가까운, 그러나 어딘가 괴상한 알도깨비가 태어날 수도 있지."

"으아, 저 울적해지려고 해요. 출생의 비밀이라니."

양이는 도의 품에 기대어 축 늘어졌다. 취직했다고 좋아했더니 여기 취직하고서는 아무래도 평온한 삶과 영별한 느낌이었다. 이제 뿌리인 출생까지 흔들릴 판이었다.

"으음……."

도는 난감했다. 천지왕을 '어버이'라고 칭하기야 하나 도는 부모가 없었다. 양이가 겪는 충격에 그리 공감할 수 없었다. 하나 양이가 풀죽으니 속상했다. 어떻게든 달래고 싶어 등을 토닥였다.

"위로가 될지 모르겠는데……."

"뭔데요?"

양이는 시무룩이 물었다.

"인간은 보통 이런 이야기 좋아하니까. 음, 네가 알도깨비라면 친부모가 순도깨비란 뜻이고……."

"그런가요? 뭐어, 그렇겠네요."

양이는 시들했다. 도는 찡그리며 말을 이었다.

"그러면 네 친부모는 어지간한 인간 재벌보다 부자야. 도깨비는 삼계에서 창조술다운 창조술을 할 줄 아는 유일한 종족이거든. '금 나와라, 뚝딱, 은 나와라, 뚝딱'이 가능해."

"사실은 생모와 생부가 재벌이라고요?"

양이는 '혼수 걱정은 안 해도 되겠다.'고 생각했다. 헛웃음을 삼켰다. 도는 으쓱했다.

"넌 남편이 재벌 그 이상이지만."

"사장님 그러고 보니⋯⋯."

"응?"

"어머니, 아버지, 누나, 여동생 없으세요?"

"넌 시어머니, 시아버지, 동서, 도련님, 아가씨 맞을 일 없어."

"신나네."

"나한테 더 끌려?"

도는 쓸데없이 화사하게 웃었다. 양이가 평온하고 안일해 보이니 양이의 속도 평온하고 안일하리라 착각했다.

양이는 고개를 내저었다. 평소 도가 짓는 미소에 무척 약했지만 지금은 도가 하는 작업을 받아줄 기분이 아니었다. 도의 가슴을 밀어내며 다리를 아래로 뻗었다. 도가 놓아주자 제 다리로 섰다. 몇 발자국 물러나 요란하게 기지개 켰다. 잠도 깰 겸 찌뿌드드한 기분도 달랠 겸 움직이려 했다. 기지개 켜는 김에 스트레칭을 시작했다. 기운 내고자 짐짓 유쾌히 말했다.

"으이차! 그냥요. 제 인생이 점점 막장 드라마가 돼서요. 길거리에서 처음 보는 남자에게 돼지눈깔 육십 쌍을 뿌렸더니 그 남자가 정신적 피해 보상을 요구하긴커녕 사장님이 되대요? 그리고 안 지 며칠이나 됐다고, 으아, 뻐근해. 같은 이불 덮는 사이가 되더니 연애 건너뛰고 결혼부터 하재요. 그런데 그 남자가 또 왕이에요. 인간도 아니고요. 이쯤 하면 나올 내용 다 나왔다고 방심했더니 출생의 비밀이 나오네요? 제 덕력이 부족했죠. 무언가 불길해서 이 드라마 등장인물 좀 점검해봤어요. 우리 엄마를 '저 가게 유지비는 나오는 걸까?' 걱정되는 텅 빈 커피숍으로 불러내서 엄마 얼굴에 물 뿌리거나 '내 아들과 헤어져!' 하면서 제게 돈 봉투를 던져주실 사모님이 있지나 않나 우려돼서요."

"드라마 그만 보라니까. 좌우지간 웃기는 녀석이다, 너."

"저 진짜 지금이라도 개그맨 공채 시험 볼까요? 왕비 하면서 개그맨으로 투 잡 뛰는 부인 어떻게 생각하세요?"

"왕비가 투 잡 뛰면 국고가 탄탄해지겠지. 하지만 네가 그렇게 웃기진 않아."

"저도 그렇게 생각해요."

예비 신랑은 예비 신부의 꿈을 짓밟았다. 예비 신부는 예비 신랑의 판단에 동의했다.

"하여튼 백진과 약선 영감을 청해야겠어. 네가 알도깨비일 수도 있다는 가설은 상당히 매력 있으니 주술적 측면에서부터 너를 재검토해야지. 그래, 네가 진짜 인간 모체에서 태어난 존재인지는 명부만 볼 수 있으면 확실한데."

"명부요? 제가 사장님과 정식으로 혼인하면 벗어날 수 있다는?"

양이는 팔을 휘두르며 물었다. 역시 몸을 움직이니 기분이 산뜻해졌다. 스트레칭을 그만두고 약수가 흐르는 수로로 걸음을 옮겼다. 도가 그 뒤를 따르며 답했다.

"응. 네가 진짜 인간이라면 인명부에 기록이 있거든. 만약 인명부에 기록이 없으면 그것도 골치 아파. 인간인 너를 내 비로 맞이하자면 천하궁과 지하궁에 사신을 보내 널 정식으로 인명부에서 빼내야 해. 한데 정작 네가 그 인명부에 없어 봐."

"'여기 수상한 애가 있어요!'라고 광고하는 꼴이겠네요."

양이는 수로에 손을 담갔다. 물에 적신 손으로 눈곱을 떼었다.

"그렇지. 그러니 정식으로 서류를 꾸며 요청을 넣기 전에 현실을 정확히 파악해야 해. 내가 어쩌다 이리 어처구니없는 실수를 했는지. 거참, 네가 인간이 아닐 수도 있다는 생각은 단 한 번도 못 해봤어."

도는 홀린 기분이었다. 체머리를 앓듯 머리를 부르르 털었다.

"문제는 또 있어. 명부는 저승에서도 보안 문서야. 시왕이 아니면 전체 열람이 안 돼. 너만 꼭 집어 물어볼 수야 더더욱 없고. 길 없을까?"

도는 무심코 양이에게 상의했다. 영계 쪽 일을 모르는 양이이지만 어쩐지 묻게 되었다.

"시왕? 염라대왕이요?"

양이는 영계인이라면 삼척동자도 알 상식을 질문했다.

'내가 무슨 기대를 한 거야.'

도는 자조했다. 웃음을 삼키며 답했다.

"저승을 다스리는 군주는 열 명이야. 그래서 십왕(十王), 시왕이라 하지. 가장 유명한 염라는 그중 하나."

"아, 열 분이나 되세요?"

양이는 끄덕였다. 어푸어푸 약수를 얼굴에 끼얹었다. 툭 말했다.

"사장님 갑부시라면서요. 삼계에서도 손꼽히는."

"응. 왜?"

"그중 누구에게 돈 꿔준 적 없으세요?"

도는 일순간 무르춤했다. 얼굴을 씻는 양이를 멍청히 내려다보았다.

"천잰데?"

도는 허탈 섞인 경탄을 했다. 이마를 짚었다.

"협박할 놈 있겠네. 잘 기억 안 나지만 두어 놈에게 빌려줬어."

"잘됐네요. 근데요…….”

양이는 물로만 세수를 끝냈다. 물 젖은 얼굴을 들고 도에게 몸을 돌렸다. 도가 바짝 다가붙은 탓에 시선을 맞추려니 깜찍스레 눈이 치떠졌다. 조르라니 늘어선 여린 속눈썹이 물 젖어 반짝였다.

도는 폴짝 심장이 뛰었다. 양이를 조심히 대하겠노라 먹은 마음도 까맣게 잊었다. 그 몸을 날름 품에 넣었다. 양이의 눈꺼풀에 쪽 입 맞췄다. 콩다콩 앙큼스레 뛰는 제 심장에 저어하면서도 양이의 눈썹이며 뺨이며 귓불에 쪽쪽 입술 도장을 찍었다. 온기가 도는 주술을 입술에 실었다. 그 입맞춤들로 양이가 보송보송해지자 더없이 뿌듯했다. 활짝 웃었다.

"고맙습니다.”

양이는 그제야 미소했다.

"이쯤이야 얼마든지.”

도는 양이의 허리로 획 팔을 뻗었다. 양이가 쓱 몸을 뺐다. 양이는 웃으며 도리질했다. 도에게 손을 내밀었다. 도의 손을 잡았다. 산길을 고갯짓했다. 아침 식사 때까지 시간이 뜨니 산책하고 싶었다. 도가 끄덕였다. 둘은 산길로 방향을 잡았다.

"근데 뭐? 아까 무슨 말 하려다 말았잖아. 또 좋은 의견 있어?”

"아, 그거요? 딱히 의견이 있지는 않고요, 궁금해서요.”

"뭔데?”

도는 내내 웃는 낯이었다. 양이를 안을 때가 가장 좋지만 이렇게 손 붙잡고 걸으니 가슴이 간질간질했다. 자그마한 손이 제 손에 폭 들어찬 느낌이 흐뭇했다. 손을 맞잡은 여자가 지극히 평온한 낯이라 조금 억울했지만.

"공의 도깨비네, 알도깨비네, 그래서 명부를 확인하네, 마네, 다 좋지만요……."

양이는 느긋하게 말했다.

"응."

"사장님 스승님께 여쭤보면 안 돼요? 제가 쭉 화화에 살면서 들으니 차원의 마녀? 그분이 사장님 스승님이시던데, 그분, 한가락 하는 분 아니세요? 호칭부터가 있어 보여요. 사장님과 혜용 님을 가르치셨다니 보통 존재가 아니실 테고요."

"맞아. 따를 자 없이 지혜로운 분이시지. 강하기도 하시고. 똑똑하네, 우리 찐빵."

"에헤."

도는 순순히 긍정했다. 함박웃음 지으며 양이의 머리를 쓰다듬었다. 지금 같은 기분이면 양이가 뭔 짓을 한들 예쁘지 않겠냐만 이렇게 하나를 들으면 둘을 아니 기특하기 그지없었다.

"한데 안 돼. 못 여쭤봐."

그러나 도는 '스승님 찬스'를 깨끗이 물리쳤다.

"으음? 왜요?"

"그분은 무슨 생각을 하시는지 알 수 없어."

도는 박아 말했다. 한쪽 입꼬리를 비틀었다.

"에?"

"심계가 깊은 분 같다가도 어느 순간 보면 아무 생각 없는 분이시거든. 한마디로 종잡을 수 없어. 같은 맥락에서 누구 편인지도 알 수 없고."

"어, '편'이라니. 스승님이시라면서요. 사이 안 좋으세요?"

양이는 도를 살폈다. 그러고 보니 지금껏 도가 보인 반응을 종합하면 도는 스승에게 악감정이 있는 듯했다. 과연, 도는 인상을 북 긁었다. 삽시에 오 년쯤 늙은 얼굴로 신음 섞어 말했다.

"따지자면……."

"네."

"제자라고는 날 포함해 셋뿐인 영감이라 내게 신경 쓰시긴 해."

도가 내는 목소리에서는 마지못해 인정하는 기색이 뚜렷했다. 양이는 그 반응이 마음에 걸렸지만 넌지시 물었다.

"그럼 도와주시지 않을까요?"

"아니."

도는 여지를 두지 않았다. 으드득 이를 갈았다.

"스승은 편애의 화신이었어. 제자라곤 딸랑 셋을 두고도 누구는 금이야 옥이야 하고 누구는 북어 취급이었지. 내가 북어였어, 내가. 그리고 그때 네가 본 잡놈, 혜용은 중간이었거든? 손에 든 옥구슬 취급은 아니었지만 논두렁의 개똥 취급은 받았지. '거름은 되겠지. 살다 보면 약으로 쓸 날도 오겠지.' 그런 느낌? 어쨌든 그 잡놈이 나보다 훨씬 제자 취급받았다고. 그런데도 스승이 걔한테 어찌하셨나 봐. 그 긴 세월 그 새끼 병신 되게 팽개치셨잖아. 그 영감이 진작 나섰으면 혜용이 아귀 년이 아니라 아귀 놈이랑 바람났어도 그 긴 세월 그 수모를 겪진 않았어."

"아."

도는 재차 이를 갈았다. 으드득. 양이와 잡지 않은 손을 꼭 주먹 쥐었다. 부르르 떨었다.

"더구나……."

"더 있어요?"

양이는 '편애는 옳지 못하구나.' 했다. 옆에서 보니 편애로 쌓인 원한이 자못 섬뜩했다. 도가 세 번째로 이를 갈았다. 으드득.

"그 영감은 뭐 알려주는 양반이 아니야. 그 영감이 어떤 양반이냐면, 나와 혜용이 그 영감 문하로 들어가고 둘째 날이었어. 둘째 날! 알았어? 두 달 뒤도 아니고 둘째 날!"

도는 빈주먹을 허공에 휘둘렀다. 부웅. 스치기만 해도 살이 베일 듯한 소리가 났다. 산길에 고개를 드리운 소나무가 바르르 흔들렸다.

"둘째 날, 둘째 날이요. 무슨 일이 있었는데요?"

"후우."

도는 들뜬 숨을 몰아쉬었다. 부르르 떨었다. 성큼성큼 산길을 올랐다.

"영감이 나와 혜용을 데리고 어디론가 가셨어. '가르침을 내려주겠노라.' 하시면서. 그리고 우리를 만삼천 년 묵은 미친 흑룡이 사는 암흑 굴에 맨몸으로 집어 던지셨지. 예고도 없었어. 그래 놓곤, '저 정도도 못 잡으면 소질 없으니 내 제자 할 자격도 없다.' 하며 그냥 가시더라고."

"으아, 만삼천 년 묵은 흑룡! 볼드모트보다 무서운 존재 아닌가요?"

양이는 열성적으로 추임새를 넣어주었다. 도는 고무되었다. 목소리를 드높였다.

"나중에 알고 보니 그 흑룡이……."

"네."

"지하궁에서 파견한 백팔십인 최정예 신장대를 몰살한 미친 용이었어."

210

"헉……."

"참고로 그때 난 태어난 지 사흘째, 혜용은 마흔두 살. 인간 기준으로 성인 같아도 황룡 기준으로 미취학 아동이야."

"용케 사셨네요."

양이는 맞잡은 도의 손을 어루만졌다. 도가 왜 스승이라는 단어에 으득으득 이를 가는지 마음속 깊이 이해했다. 도는 거듭 끄덕였다.

"그렇지. 용케 살았지. 정말 용케. 걸음마 갓 뗀 내가 싸우는 법을 알았겠어? 그나마 타고나길 강했고 혜용도 황룡족 최고 수재로 불리던 놈이라 겨우 살았어. 그 미친 용을 잡진 못하고 탈출만 했지만, 그 어린애들이 산 게 어디야. 물론 나중에 잡았어. 따로 찾아가서 원한을 담아 개작살을 냈다고. 난 진짜 세니까."

"와, 멋져요. 그리고 참 다행이네요. 그때 사장님이 돌아가셨으면 전 지금까지 백조일 수도 있잖아요."

"그래, 네 남편이 죽을 뻔했지. 한데 그뿐이 아냐."

도는 취직 문제를 결혼 문제로 바꿨다. 한탄을 이었다.

"방금 건도 장난 아닌데 더한 일이 있어요?"

"말하자면 끝이 없어. 하루는 '방어 주술을 가르쳐주겠다.'며 잘 자는 날 두드려 깨우셨어. 맨몸으로 공터에 집어 던지시더라? 그러시더니, 금강산 일만이천 봉도 한 번에 무너트릴 강력한 공격 주문을 어린 나에게 퍼부으셨어. 콰광! 뜬금없이!"

"맙소사!"

양이가 열렬히 반응하자 도는 목에 핏대를 올리며 스승을 규탄했다. 어린 시절부터 쌓인 원한을 다 쏟아붓듯 주먹을 붕붕 휘저었다. 약 오른 어린애처럼 발을 쾅쾅 굴렀다.

"죽을 둥 살 둥 개고생해야 기억에 쏙쏙 남는다.'며 죽기 싫으면 잘해보래. 그 영감 그때 히죽히죽 웃었어. 와, 사이코패스! 내가 인간계에서 그 용어를 처음 듣고 무릎을 탁 쳤어! 그보다 그 영감을 잘 표현하는 용어가 없어서. 사이코패스! 와, 진짜……."

"세상에, 방어 주문은 그 전에 충분히 알려 주셨겠죠?"

"아니."

"헉?"

"전날 저녁에 책 한 권 던져주셨어. 난 방어 주술을 배운 적도 없는데 주해도 없는 심화 서적을. 그게 다야."

양이는 입을 쩍 벌렸다.

"어떻게 살아 계세요?"

양이는 도가 대견하고 존경스러웠다. 도도 스스로가 대견하다는 표정이었다.

"나도 신기해. 사실 혜용과 나는 그 영감 문하에 있으면서 '우리 꼭 강해져서 저 양반 죽여버리자.'고 백번 넘게 맹세했어. 복숭아꽃 휘날리는 그 깡촌에서 날마다 맹세했다고! 나중엔 그냥저냥 미운 정 들어서 포기했지만. 좌우간 그런 영감이라……."

"네."

"여쭤봐도 안 알려주셔. '스스로 알아내라? 난 몰라!' 하시거나, 알려주신다 해도 나 혼자 알아낼 때보다 개고생해야 하거나. 청개구리라 대놓고 여쭤보면 아예 헛소리해서 날 바보 만드실 수도 있어. 물론 스승은 스승이라 가끔가다 쓸 만한 언질을 주시긴 해. 속 시원하게 알려주시는 법이 곧 죽어도 없지만. 그러니 여쭤봐야 손해야."

"그렇겠네요."

양이는 사람을 쉬이 좋아하지 않았다. 싫어하지도 않았다. 사람만이 아니라 매사 대저 판단을 미뤘다. 그러나 '사장님 스승님은 대하기 어렵겠다.'고 결론지었다. 만나고 싶지 않았다. 도도 같은 마음 같았다. 스승을 생각하는 일만으로도 골을 앓으며 분통을 터트렸으니.

"뭣보다 어디 계신지도 몰라. 보모 노릇 하며 그 은갈치 장닭녀를 키웠다니까 이계 관광 다니며 직업 체험이라도 하시는 모양이지. 젠장 맞을 영감."

도는 볼이 부어 입술을 삐죽였다. 공감을 바라듯 양이에게 슬쩍 얼굴을 들이밀었다. 양이는 불현듯 떠올렸다. 크닙이 주었던 '도깨비란 무엇인가'라는 책에 실린 한 문장을.

[도깨비는 다 어린아이이다.]

양이는 목구멍으로 웃음이 왈칵 솟았다. 볼을 터트릴 듯 부풀리며 입술을 말아 물었다. 제 표정을 들킬세라 고개 숙였다. 잡은 손을 놓고 두 팔을 뻗었다. 도를 끌어안았다. 도의 가슴에 웃음을 묻으며 도의 등을 토닥였다. 도는 냉큼 안기며 양이의 정수리에 턱을 비볐다. 위로를 조르는 강아지 같았다.

'어이구, 우리 도, 서러웠쩌요?'

양이는 차마 입 밖에 내지 못할 말을 속으로 중얼거렸다. 터트리지 못하는 웃음 대신 안은 등을 격렬히 토닥였다. 팡팡, 안마라도 하듯 두드렸다.

손만 잡고 자도 생겨요

　머리를 반들반들 쪽 찌고 비단옷을 보들보들 입었다. 한 무릎을 세우고 툇마루에 의젓이 앉았다. 저 멀리 시선을 놓고, 멍청히 있었다.
　'바람 좋다…….'
　그야말로 신선놀음. 양이는 별생각 없었다. 계속 별생각 않을 예정이었다. 멍하게 풀린 눈에 화화 앞뜰이 담겼다. 아기자기한 기암괴석 사이로 작은 개울이 크리스마스 전구처럼 휘감겼다. 산꽃과 소나무가 별처럼 매달려 푸르게 반짝였다.
　"히힝!"
　멀리서 말 울음이 들렸다. 다그닥, 다그닥. 틀에 박힌 말발굽 소리가 하이파이 스테레오로 울려 퍼졌다. 양이는 멀뚱히 눈을 뜨고 고개를 갸우뚱했다. 소리가 들려오는 곳을 헤아렸다.
　"히히힝!"
　말 울음이 더욱 커졌다. 화화 앞뜰 기암괴석 꼭대기에 말 한 마리가 나타났다. 말은 갈기를 휘날리며 목을 길게 뽑았다. 앞다리를 드높이 들었다. 앞다리 사이에 우량 참새를 안았다. 참새가 우승 트로피 같았다.

갑자기 사방에서 아프리카 토속풍 음악이 울려 퍼졌다. 음악은 아프리카 토속풍이되 국악기로 연주되었다. 북, 장구, 대금, 피리, 편경, 거문고, 가야금 등이 어울리고 다투는 가운데 합창이 웅장히 깔렸다. 비범한 가사였다.

"아! 그랬냐. 발바리 치와와 수줍어. 왜냐하면, 왜냐하면……."

양이가 문득 보니 화화 안뜰이 온갖 동물 친구로 가득했다. 동물 친구들은 기암괴석 꼭대기를 올려다보았다. 제각기 팔, 다리, 날개를 치켜들었다. 말발굽에 안긴 우량 참새를 향해 환호했다.

양이는 동공 지진을 일으켰다.

'저 참새를 낳은 아버지는 무파사인가! 디즈니에 빚진 듯한 이 꿈은 뭐지? 스패로 킹?⁹'

양이는 마나님 자세를 풀었다. 툇마루를 내려가 고무신을 꿰어 신었다. 동물 친구들이 여전히 우가우가 노래 부르며 숭배 자세로 열광하는 가운데 그 열광의 도가니를 헤치고 나아갔다. 고개를 꺾어 기암괴석 꼭대기를 올려다보았다. 우량 참새가 말발굽에 안기어 해맑게 웃었다.

'설마 저 우량 참새에게 이름이 '스카'인 검은 참새 삼촌이 있진 않겠지?'

양이가 새끼 우량 참새에게 펼쳐질 험난한 앞날을 걱정할 때였다. 말발굽에 안겼던 새끼 참새가 피용 날아올랐다. 오동통한 갈색 몸뚱이가 기암괴석 꼭대기에서부터 높고 팽팽한 포물선을 그렸다.

"어? 어어?"

새끼 참새는 앵그리버드¹⁰처럼 쏘아져 나갔다. 당황하는 양이에게 추락했다.

"으에엑?"

양이는 얼떨결에 뒤로 물러섰다. 새끼 참새가 바닥에 곤두박질칠 듯했다. 저도 모르게 새끼 참새가 그리는 궤적을 쫓았다. 무릎을 굽혀 몸을 낮췄다. 다리를 좍 찢어 치맛자락을 착 펼쳤다. 떨어지는 새끼 참새를 치마폭에 냅다 받았다.

"구했다!"

동물 친구들이 광란에 빠졌다. 음악이 드높아졌다. 태양이 방긋 웃으며 오색 레이저 광선을 쏘아대고 삼바 리듬에 자진모리장단이 기묘히 섞였다. 양이는 환호했다. 치마폭에 싸인 참새를 번쩍 들고 둥개둥개 하며 춤췄다. 춤추다 우뚝 멈췄다. 입을 쩍 벌렸다.

'이게 뭐지? 싸한데?'

✳✳✳

"그런 꿈을 꿨다고요?"

"네. 그리고 딱 깼는데 꿈이 너무 생생해요. 이 치마폭에 얼쑤 하고 받은 그 새끼 참새의 무게며 감촉이 아주 그냥……. 하. 정말 희한하다니까요? 제가 영감은 꽝이지만요, 이건 그저 그런 개꿈이 아닌 듯해요. 퉤퉤 뱉을까요? 아니면 복권 살까요?"

"그게 말이죠. 그 꿈이 그러니까……."

수산은 미간을 좁혔다. 식탁에 양 팔꿈치를 올리고 두 손을 깍지 꼈다. 식탁 너머로 양이를 건너다보며 말끝을 흐렸다. 입술을 달싹였다. 양이에게 무언가 묻고 싶으나 차마 질문이 입 밖으로 나오질 않았다. 자기 입으로 '사장님은 고자'라고 해놨거늘 이제 와서 '혹시 사장님과 그렇고 그런 일이 있었나요? 진도 어디까지 나갔나요?'라고 어찌 묻는단 말인가.

"너 전하랑 손 붙잡고 잤구나?"

"헉!"

수산이 망설이는 사이 크닙이 불쑥 끼어들었다. 수산이 놀라 헛숨을 들이켰다. 크닙은 코코아를 홀짝 목 넘겼다. 히죽 웃었다.

"그거 태몽이야. 건강하고 두루 사랑받을 여자애를 낳을 꿈. 날 믿어. 내가 여기 내려오기 직전까지 송몽청(送夢廳)에서 일했어. 영계에서 인계에 내리는 현몽을 구성하고 운송하는 관청에서. 나야말로 꿈 전문가라고."

"오, 너 송몽청에서 일했어? 그럼 얘 말이 맞겠네. 그거 태몽이겠다. 어쩜 이런 경사가!"

월주가 냅다 말을 보탰다. 월주는 카푸치노 거품을 입가에 묻힌 채 짝 박수 쳤다. 뺨을 상기하며 아침 녘 새처럼 목소리를 높였다.

"세상에, 세상에! 경사도 이런 경사가! 양이 너, 전하와 진짜 손 붙잡고 잤구나? 어쩜 그사이에 거기까지 진도를 뺐다니? 세상에……. 축하해, 애! 곰인 줄 알았더니, 세상에."

월주는 몸을 배배 꼬며 양이의 등을 퍽 쳤다. 활짝 웃으며 이리 찡긋 저리 찡긋 크닙과 수산에게 눈짓했다.

"아, 그렇지. 어, 축하해요, 양이 씨."

수산은 어색하게 웃으며 박수 쳤다. 눈동자를 도르르 굴려 월주와 크닙을 살폈다. 월주는 낄낄 웃으며 양이의 등을 팡팡 때렸다. 크닙은 망설이지 않았다. 두 팔을 번쩍 들며 환성을 질렀다.

"와아, 만세! 공주님이다!"

"어으음."

양이는 월주의 우악스러운 손길에 하릴없이 흔들렸다. 미처 상황을 파악하지 못해 미간을 좁히고 입을 벌렸다. 길게 신음하다 마침내 물었다. 불길한 예감에 말이 더듬어졌다.

"뭐, 뭐, 뭐를 축하하시는 건데요? 태, 태몽, 누가 애를 낳는대요? 누, 누가요?"

"어머, 너지. 누구긴 누구야. 몰랐어? 도깨비는 손만 잡고 자도 생겨!"

월주가 해맑게 고했다. 크님이 빠진 내용을 채워주었다.

"그러니까 애가."

수산도 보태주었다.

"생긴다고요."

"어……."

양이는 인지능력의 한계를 느꼈다. 방금 들은 말이 쉬이 처리되질 않았다. 두 눈썹을 맞붙이며 턱을 바닥까지 내렸다. 손을 들어 머리를 긁적였다. 그러다, 두 손으로 머리를 움켜쥐었다.

"끼아아아아아아아아아악!"

양이는 지구가 떠나가라 비명을 질렀다. 일생토록 사수해온 안일함이 개박살 나는 순간이었다.

＊＊＊

"뭐야, 무슨 일이야?"

미래 왕비님이 내지르는 기성에 왕은 언어 그대로 일 초 만에 출동했다. 두리번대며 왕비님 정신 건강을 위협하는 만악의 근원을 찾아 헤맸다. 그러다, 왕비감에게 비단 방석으로 후려맞았다. 몹시 일방적으로.

"제일 싫어! 진짜 싫어! 딱 싫어! 완전 싫어! 변태! 사기꾼! 엉큼해! 나빠! 최악이야! 미워어어어엇!"

"와아, 경하드립니다, 전하!"

"경하드려요, 전하. 벌써 여기까지 진도를 빼셨을 줄이야!"

왕이 후려맞는데도 백성 일과 백성 이는 손뼉 치며 축하했다. 측근 일은 장마철도 지났는데 지붕 수리를 걱정하듯 천장을 보았다. 왕비감은 엉엉 울며 전하 폭행을 이어갔다.

"나빠! 사기꾼! 딱 싫어! 역시 여기 사는 게 아니었어! 변태애애애애애!"

"어어, 왜 울어? 왜 때려? 진짜, 왜, 무슨 일이야? 응? 대체 이게 뭔 일이냐고!"

왕은 혼란스러웠다. 방석으로 후려맞으니 아프지야 않으나 "딱 싫어!"라든가 "변태!"라든가 "최악!"이라는 말이 심장에 콕콕 박혀 혼이 쏙 빠졌다. 왕비감이 가하는 물리적 폭력이야 당장에라도 막을 수 있었다. 그러나 괜히 막았다가 후폭풍을 오지게 맞을까 봐 무서웠다. 왕비감이 열 받기는 무지하게 열 받은 듯하니 일단 화나 풀라고 맞아주었다. 어떻게든 왕비감을 달래려 애썼다.

"진정해, 찐빵! 진정하라고! 왜 울어? 응? 우리 침착한 찐빵이 뭐에 이렇게까지 화났을까? 응? 일단 말 좀 해봐. 그만 때려, 응? 으응?"

"사장님이 제 손 붙잡고 주무셨잖아요! 사장님이! 손을! 제 손을! 으아아아앙! 난 몰라아아앗! 제가 재워드린다고 했지만 손 붙잡는 건 허

락 안 했단 말이에요! 안 했다고옷! 미워! 사기꾼! 제일 싫어어어어어
엇!"

"어머, 세상에! 허락도 안 받고 손 붙잡고 주무셨대!"

싱글벙글 웃던 월주가 입을 턱 가리며 비명 질렀다.

"헉, 전하 어쩜 그런 일을!"

크닙이 월주에게 맞장구쳤다. 짐승 보듯 도를 보았다.

"무슨 소리야? 난 손 붙잡고 안 잤어! 안고만 잤어!"

왕은 억울했다. 필사적으로 해명했다. 왕비감은 그 해명을 조금도
믿지 않았다.

"거짓말! 거짓말쟁이! 세상에서 제일 싫어어어엇! 미워! 진짜 제일
미워어어엇!"

왕은 "미워어어엇!"도 충격이었지만 주군이 이 폭행을 당하는데도
히죽대는 저 백성과 딴청 피우는 저 측근이 더 충격이었다. 황망하고
억울하고 열 받았지만 차마 왕비감에게 화낼 수야 없으니 모든 열 받
음이 그쪽을 향했다. 왕비감이 퍼붓는 방석 폭행을 두 손바닥으로 막
으며 식당 구석으로 뒷걸음질 쳤다. 버럭 외쳤다.

"너희 뭐야? 하나뿐인 주군이 곗돈 떼먹은 놈처럼 휘모리장단으로
후려맞는데 두 손 놓고 있기야? 이게 무슨 일이야! 설명해! 찐빵을 말
리든가!"

"오늘부터 각방이에요옷!"

왕비감이 던진 그 한마디에, 왕은 폭발했다. 배를 잡고 웃어대는 백
성과 겸연쩍게 머리를 긁는 측근을 향해 일갈했다.

"당장! 설명햇!"

왕은 방석을 턱 잡았다. 이쯤 하면 맞아줄 만큼 맞아줬다. 아무래도

이 왕비감이 분노를 넘어서서 공황 상태에 빠진 듯해 더는 두고 볼 수 없었다. 두 팔을 휘젓는 왕비감을 한 팔로 와락 끌어안았다. 다른 손으로 왕비감의 턱을 움켜쥐었다. 왕비감과 눈을 맞추고 단호히, 그러면서도 묘하게 애원하듯 말했다.

"진정해! 화낼 땐 내더라도 일단 진정해! 계속 버둥대면 확 키스한다?"

왕비감은 그 즉각 진정했다. 왕이 "변태!" 소리를 들었을 때보다 더 상처받았을 정도로 즉각. 눈물이 그렁그렁한 눈으로 씩씩대며 왕을 노려보았다.

왕은 왕비감을 끌어안은 팔에서 힘이 쭉 빠졌다. 자신이 아침 댓바람부터 폭행당한 곡절보다 더 신경 쓰이는 일이 생겼다. 기어이 물었다.

"나랑 키스하기가 그렇게 싫어?"

"싫어욧!"

왕비감은 단호했다.

✳❀❈

"그러니까 도깨비는 손만 잡고 자도 애가 생긴다는 말이 진짜라는 뜻이잖아욧!"

양이는 빽 외쳤다. 도는 자신과 키스하기 싫다는 그 입술을 물끄러미 보았다. 뿌우 부푼 뺨따귀와 뾰족 튀어나온 그 입술이 참 귀엽게도 어우러졌다. 시선을 뗄 수 없었다. 그런 자신을 한심해하며 항의했다.

"그래도 난 안기만 했어. 손만 잡고 자다니! 내가 그렇게 막무가내에 파렴치한인 줄 알아? 뭣보다 넌 인간이고 창조술을 못하잖아. 도깨비와 도깨비는 마주 앉아 손 붙잡고 마음 모아 열심히 창조술을 쓰면 알을 만들 수 있지만 너와 나는 아주 저돌적으로 뼈와 살이 불타지 않으면 애를 못 만든다고!"

"근데 제가 왜 태몽을 꿔요!"

"뭐?"

도는 심각해졌다. 원래도 심각했지만 심각함이 향하는 방향이 바뀌었다. 주군이 노했는데도 히죽대기 바쁜 이 인과 곤란해하는 일인을 착 째려보았다.

"무슨 소리야? 태몽이라니."

"그게, 어, 으음. 양이 씨가 꿈을 꿨다면서 제게 해몽을 부탁했거든요. 한데 그 내용이 딱 딸을 볼 태몽이라서……. 전하와 양이 씨 사이에 무슨 역사가 있으셨나 저야 모르니까……. 아니면 앞으로 성사될 역사에 관한 꿈일 수도 있겠고……. 어으음."

수산은 양이, 도, 크닙, 월주 등 여기저기 눈치를 보며 말을 늘였다. 결국, 도에게 시선을 주며 에헤헤 웃었다. 머리를 긁적였다.

"호오! 어떤 꿈인데? 길몽이야? 성군이 태어날 꿈이야? 지금이라도 아이 만들까?"

도는 눈이 동그래졌다. 한껏 진지해져 품에 안은 양이를 꽉 끌어안았다.

그러나 이 '손만 잡고 자도 생겨요.' 사태가 오해에서 비롯되었든 진실에서 비롯되었든 양이는 아직도 충격과 분이 풀리지 않았다. 비록 도의 품에 순순히 안겨 있으나 전혀 달콤한 기분이 아니었다. 눈에 뵈는 게 없는바, 팔꿈치로 도의 명치를 찍었다.

"윽!"

"꿈도 꾸지 마세욧!"

"픕! 푸히힛!"

그 순간, 수산 옆에 앉아 있던 크닙이 참지 못하고 웃음을 터트렸다. 크닙은 온 안면 근육을 폭소로 일그러트리며 온몸을 부들부들 떨었다. 도는 퍼뜩 짚이는 바가 있었다. 눈이 가늘어졌다. 서늘히 목 긁는 소리를 냈다.

"혹시 도크닙, 너 이 자식……? 너 그때 설마……?"

크닙은 용수철처럼 튀어 올랐다. 식당 입구로 몸을 날리며 외쳤다.

"푸히힛! 전하! 송구하옵니다! 소신이 그만 손이 미끄러져서 잘못 쏘았사옵니다! 죄송!"

도는 소맷부리에 손을 넣었다. 팔을 떨치며 크닙을 향해 뭔가를 휙 날렸다.

"미끄러지긴 뭘 미끄러져! 도크닙, 너 이 자식!"

"어이쿠!"

크닙은 폴짝 뛰어오르며 손가락을 휘저었다. 날아오는 합죽선을 주술로 좌락 펼쳐 그 위에 올라탔다. 공중 부양 스케이트보드라도 탄 듯 휙 사라졌다.

"아! 뜬금없이 웬 태몽인가 했더니, 그때 그 일이군요? 어우, 어쩐지! 새벽 점괘에 큰 고객이 오실 수가 뽑히더라니!"

수산은 그제야 손뼉을 짝 쳤다. 앓던 이가 빠진 표정으로 연신 끄덕였다.

"뭔데, 뭐야, 뭐야? 도크닙! 너 뭐 했지? 나 궁금해! 말해줘! 들을래! 무슨 일이야?"

눈치 보던 월주가 폴짝 일어섰다. 두 팔을 벌리고 팔랑팔랑 뛰어 크
닙을 따라 나갔다.

"어휴, 저 새끼를 진짜! 잡기만 하면 저기 산벼랑에 이십사 시간 매
달 테다!"

도는 이마를 짚었다. 아득 이를 갈았다.

✳✤✳

"헥헥. 으히힛! 푸히힛!"

화화에 접한 산골짜기 깊은 곳이었다. 크닙은 달음질을 멈추며 헐
떡였다. 씨근벌떡 온몸을 들썩이며 히득히득했다. 털썩 흙바닥에 나
앉아 나무둥치에 등을 기댔다. 두 다리를 펄떡이며 까르르 자지러졌
다.

"흐히힛! 죽을 뻔했네. 푸히힛! 전하가, 푸핫! 킥킥! 으히히힛, 아이
고, 배야!"

"도크니이이이이입!"

저기 산기슭에서 빨간 치마저고리를 입은 월주가 이른 낙엽처럼 떼
구루루 굴러왔다. 월주는 두 팔을 휘저으며 호들갑 떨었다.

"너너, 큰일 났다! 전하 이따만큼 약 오르심! 내가 오면서 들었어.
너 전하께 잡히면 저기 산벼랑 노송에 썩은 솔방울처럼 매달리게 생
겼어!"

"흐엑, 진짜? 난 죽었다!"

크닙은 머리를 싸쥐었다. 그러나 금세 푸히힛 웃음을 터트렸다.

"크키킥! 푸핫! 아, 그래도 사나이 도크닙, 후회는 없다! 죽을 땐 죽

더라도 장난칠 건수를 놓치면 도깨비가 아니지!"

"깔깔! 그건 그래! 하여튼 오늘 아침 일, 범인이 너지? 네가 뭔가 저질렀지? 너 진짜 뭐 했어? 양이가 왜 태몽을 꿔? 으히힛! 아, 진짜, 양이 표정 봤어? 우리 전하가 꼼짝 못 하시고 방석으로 맞으실 줄이야. 까르륵! 아, 완전 대박! 휴대전화 동영상 찍을걸!"

월주는 들이웃으며 크님 옆에 앉았다. 크님을 꾹 찔렀다.

"정말 무슨 일이야? 어찌 된 일이야?"

크님은 웃다 못해 눈물을 찍어냈다. 헐떡이며 입을 열었다.

"으히히, 푸흡! 그게 있지, 시간 돌리던 아저씨 있잖아, 시영 아저씨가 화화를 떠나고 얼마 안 돼서 일이야. 전하께서 날 부르셨지. 친필 서신을 쥐여주셨어. 삼신할머니께 전해드리고 오라시며."

"삼신할머니께? 너 일전에 며칠 사라지더니 그 때문이었구나?"

월주가 눈을 빛냈다. 크님이 붕붕 끄덕였다.

❋❖❋

볕에 그은 살갗은 따뜻한 색이었다. 온갖 궂은일을 마다찮은 손은 여신답지 않게 옹이 졌다. 늙지 않는 얼굴은 소녀 때 그대로 곱다랗고 팽팽했으나 앳돼 보이지 않았다. 아가씨라기엔 눈빛이 오래 닦인 염주 알처럼 깊게 반짝였고 표정이 세월 가며 무수히 문대어진 가죽같이 부드러운 곡선이었다.

"삼신할머니, 오랜만에 문후드리옵니다. 그간 기체후 일향 만강하시었사옵니까?"

크님은 공손히 문후했다.

"이게 얼마 만인가? 오랜만이네, 도 감관(監官). 본국에서 맡은 일이 다망하여 송몽청에서 휴직 중이라 들었는데 어찌 나를 찾아주었는가?"

삼신할머니는 환히 미소 지었다. 두 팔 벌려 크닙을 맞이했다. 크닙의 작은 손을 두 손으로 꼭 잡으며 크닙을 자리로 이끌었다.

"어서 앉게. 내 항상 꽃밭을 가꾸고 아이들과 놀아주느라 행색이 후줄근하네만 허물하지 말고."

"후줄근하다니요, 삼신할머니께서는 언제나 고우시옵니다. 저같이 한미한 일개 감관을 매번 이리도 따뜻이 맞아주시니 그 마음 써주심은 자태보다 더욱 고우시옵고요."

"호호. '한미한 일개 감관'이라니, 무슨 소리인가. 내 자네를 얼마나 좋아하는데. 그 딱딱하고 고루한 문사 가운데 자네만이 즐거움을 아니 어찌 좋아하지 않을 수 있는가. 자네가 휴직하고는 송몽청과 하는 협력업무가 영 따분해. 지상으로 내려가는 태몽이 하나같이 지루하기 짝이 없네. 어머니들이 유쾌하게 아이 맞을 준비를 해야 하는데 지금 송몽청에 남은 감관은 죄다 고루하니 실무를 보는 작몽사(作夢士)들이 통 웃음이나 신선함을 추구하질 않아."

"저런. 그러하옵니까? 하기야, 그 친구들이 유능하고 성실하나 대저 뻣뻣하옵니다."

크닙은 이를 드러내며 어린아이처럼 웃었다. 삼신할머니는 소리 내어 마주 웃으며 스스럼없이 크닙의 머리칼을 쓰다듬었다. 시동이 내주는 간식 그릇에서 당과를 집어 크닙에게 권했다.

"들게. 자, 무슨 일인가? 본국 일로 바쁘다던 자네가 일없이 들르지야 않았겠고?"

"마음이야 일이 있건 없건 자주 삼신할머니를 뵈옵고 문후 여쭙사오며 어리광도 놓고 싶사옵니다만, 무능한 몸이 과분한 믿음을 받는지라 항시 일에 치이오니 송구하옵게도 매번 일로만 뵙게 되옵니다. 오늘은 우리 삼경을 다스리시는 주인께서 삼신할머니께 친서를 전하고자 하시니 제가 전달을 맡아 왔사옵니다."

"수경화왕께서? 해산할 부인도 없는 분이 어쩐 일이실까? 사고라도 저질러 도도한 여인 한 명 낚으시려는 뜻이면 내 기꺼이 나설 터인데."

삼신할머니는 짓궂게 말했다. 남빛 비단 소맷자락을 물결치듯 뻗었다. 크닙이 공손히 내미는 서신을 받았다. 봉인을 뜯고 미소 지었다.

"수경화왕은 여인네 마음을 잘 아신다니까? 이토록 어여쁜 꽃종이에 향도 곱게 하여 보내시다니. 필적은 또 어찌 이리 고아하신지! 사사로운 서신인 듯하니 설레는 마음으로 읽어 볼까?"

삼신할머니는 고요히 서신에 시선을 앉혔다. 처음에는 가볍게 즐기는 표정이다가 점점 진지해졌다.

"흐음……."

삼신할머니는 천천히 한 줄 한 줄 읽어 내려갔다.

[……인영이 유별하며 인계는 내 담당이 아니나 나는 삼계 질서를 수호하는 존재 가운데 한 명입니다. 그러니 이러한 자를 보고도 살려 둘 수야 없는 노릇입니다.

하나 이자를 소거하자니 걸리는 바 있습니다.

첫째, 우주가 친히 이자에게 준엄함을 보였고 자비 또한 베풀었습니다. 대우주가 행함이 그러할진대 그 섭리에 거슬러 내 잣대로써 이자를 소거함이 옳습니까?

둘째, 이자는 좌시하기 힘든 대죄인이나 이자를 의지하는 아내는 소박한 인간입니다. 이자를 소거하여 무고한 그 아내에게 고통을 안기는 일이 옳습니까?

그러나 이자를 마냥 자유로이 풀어둘 수도 없습니다. 하여 이자의 신병을 확보하여 모든 일을 천하궁에 넘길까 고려하였습니다.

하나 그리하면 일이 복잡해집니다. 자칫 가혹한 잣대로 이자가 다루어질 가능성이 큽니다. 인간과 친밀한 종족으로서 안쓰럽더이다.

그러므로 궁리 끝에 다음 같은 생각이 든즉, 삼신할머니께서는 이 생각을 어찌 여기실는지 궁금합니다.

무릇 자식이란 허황하거나 방황하는 자에게 현실을 보게 하며 자리를 찾게 하는 존재입니다. 아내 또한 사내에게 그러한 역할을 하며 실지로 이자에게도 아내가 닻이오나 대개 자식이 닻으로서 힘이 더 셉니다.

이자는 인연에 목마른 자라 제 아이가 생긴다면 끔찍이 여기고 애정을 다할 것입니다. 또한, 아내로 말미암아 시간을 돌리는 일이 주변 소중한 이에게 어떠한 영향을 끼치는지 처절히 깨우친즉, 아이가 생긴다면 더더욱 시간을 함부로 유린하지 못할 것입니다.

내 헤아림이 당신과 같지 아니하면 답신하소서. 이자를 천하궁에 인계함이 옳을 것입니다.

그러나 당신의 헤아림이 나와 같으면 이 부부에게 닻이 될 자질을 지닌 아이와 생불꽃을 내리소서. 이자와 얽힌 근심과 곤란이 크게 덜어질 것입니다.

당신도 아시다시피 서신을 들려 보내는 아이는 송몽청 감관입니다.

꿈으로 인영을 잇는 다리를 짓는 일이 업이오니 태몽으로써 인계와 당신을 능히 이을 것입니다. 그러니 당신이 자비로써 이 부부를 돕고자 하시면 공연히 이 부부 일을 드러내어 여러 손에 돌릴 까닭이 없습니다. 내가 보내는 아이를 부려 편히 행하소서.]

삼신할머니는 빙그레 미소했다.

용건은 그만한 듯했으나 서신은 이어졌다. 도가 인계에서 기거하며 수집한 이야기 가운데 삼신할머니가 좋아할 법한 내용을, 주로 천진난만한 아이 이야기 몇 가지를 맛깔나게 담아놓았다. 끝인사가 나오고도 한 장이 남았다. 그 한 장에는 아이와 꽃으로 장식한 한 글자가 적혔다. 삼계에 명성이 드높은 도의 힘차고 유려한 필체와 어디에서도 빠지지 않을 섬세한 그림 솜씨가 유감없이 발휘된 작지만 아름다운 문자도(文字圖)였다.

"과연, 수경화왕께서는 다정다감하시면서도 빈틈없으시다니까? 호호. 도 감관, 이거 보게."

삼신할머니는 맑게 웃음을 터트렸다. 문자도를 크님에게 내보였다.

"이것은 '사랑할 자(慈)'가 아니옵니까?"

크님이 말했다. 삼신할머니가 크게 끄덕였다.

"그렇지. 이 글자는 사랑이자 어머니이자 자비라, 내 이것이 아니어도 수경화왕과 같은 마음이었거늘, 이 글자를 보니 더욱 마음을 자비롭게 하여 내려보낼 아이를 신중히 골라야겠네."

삼신할머니는 빙그레 미소 지었다.

"그렇게 된 일이야."

크닙은 가슴을 펴고 의기양양히 말했다. 월주는 열심히 끄덕이다가 고개를 갸웃했다.

"응응. 거기까지는 알겠어. 근데 왜 양이가 태몽을 꿨어? 시영 씨 아내가, 순남 씨가 꿨어야지."

"그건 말이지, 푸히힛!"

크닙은 장난기가 덕지덕지한 얼굴로 다시금 해들거렸다.

"그래서 내가 태몽을 직접 지었거든? 실무는 처음이었는데 재밌더라고. 키키킥! 삼신할머니께서도 그 꿈 아주 흡족해하셨을걸?"

"인정! 진짜 웃기더라. 까르륵!"

월주가 박수 치며 동의했다. 크닙은 춤추듯 덩실덩실 어깨를 으쓱 댔다. 상기된 얼굴로 말을 이었다.

"그렇지? 으히힉! 근데, 있지, 영계에서 태몽을 내려보내는 의도는 크게 두 가지야. 첫째로 부모에게 예고함으로써 몸과 마음을 준비시키려는 의도. 그래서 태몽은 어지간히 둔해도 되도록 기억하라고 아주 고화질로 송출하지. 둘째로, 영계와 인계를 이으려는 의도."

"오옹, 그래? 그래서?"

"그래서 일단 영계에서 인계로 태몽을 보내면, 부모가 그 꿈을 기억하든 못 하든 그 꿈이 삼신할머니와 부모를 잇는 통로가 돼. 그 통로로 생불꽃을 쥔 아기가 내려가지. 푸히힛! 근데, 내가! 크크큭! 그 꿈을 만들어서 순남 씨에게 푸하핫! 쏘았어야 했는데, 어이쿠, 손이 미끄러졌네! 으킥, 나는 어디까지나 '미끄러져서' 양이에게 쏜 거야. 으히히히힉!"

크닙은 웃다 못해 데굴데굴 굴렀다. 크닙이 하도 웃으니 월주도 더 웃음이 터졌다.

"어떡해! 손이, 까르륵! 미끄러졌대!"

월주는 연신 박수 치며 좋아했다. 찔끔찔끔 솟는 눈물을 찍어내며 물었다.

"근데 그럼 어떡해? 진짜 양이가 애 배? 그래도 괜찮아? 양이는 정신 났던데? 우리 전하, 양이 꼬시려면 머셨더라고! 으히힉!"

"아, 괜찮아, 괜찮아! 그 태몽이, 꼭 맞는 설명은 아니지만 비유하면, 푸히히힛! 만들 때부터 주인 주소 팍팍 새겨 만든 주문 제작품이거든. 배달이 좀 잘못돼도 인연 따라 주인 찾아가. 푸하하핫! 근데 월주야, 나 어떡하지? 진짜 양이에게 죽는 거 아닐까? 방석으로 맞다가, 죽을지도 몰라! 으히히히힉!"

크닙은 배를 잡고 눈물을 찔끔댔다.

✻✿✻

"그러니까, 제가 다른 사람 태몽을 대신 꿨다고요?"

"네. 그런 일이 종종 있어요."

"오, 그렇구나. 아침부터 괜히 에너지 낭비했네."

양이는 신속했다. 싱거웠다. 안일했다. 사태 파악 즉시, 언제 흥분했느냐는 듯 평온을 되찾았다. 승늉을 홀짝였다. 자신을 감쪽같이 놀려먹은 월주와 크닙에게 감탄하는 아량마저 보였다.

"언니랑 도크닙, 낚시질이 제법인데? 날 낚다니."

"이게 끝이야? 도크님을 아주 죽여버려야지, 그런 생각 안 들어?"

도는 억울했다. 자신은 장마 지나고 두 달 만에 널은 이불처럼 후려 맞았는데 원흉은 인정받다니! 양이가 안 죽이면 자기라도 도크님을 죽여버려야겠다고 생각했다. 절로 눈매가 더러워졌다.

"어우……."

양이는 그러잖아도 도에게 미안하던 참이었다. 도의 무릎에 비스듬히 앉긴 채 슬쩍 눈을 들어 도의 낯을 살폈다. 무서웠다. 낯없고 열없어 몸이 꼬였다. 차마 도를 바로 보지 못했다. 엉겁결에 몸을 휙 틀어 두 팔로 도를 꽉 끌어안았다. 도의 가슴에 이마를 쿵 박으며 부드러운 비단 가슴 섶에 풀썩 뜨끈한 뺨을 묻었다. 기어들어가는 목소리를 억지로 끄집어냈다.

"죄송해요오."

도에게선 답이 없었다. 양이는 눈을 질끈 감았다. 자기가 생각해도 너무 막무가내로 본새 없이 들이팼다. 상대는 이래 봬도 체면이 중요할 왕인데. 양이는 도의 얼굴을 보기가 더욱 두려웠다. 도를 끌어안은 손가락에 힘이 들어갔다. 더더욱 기죽은 소리로 덧붙였다.

"잘못, 했어요."

"하……."

도는 파르르 떨었다. 조금 전까지 참았다뿐이지 몹시도 열 받고 황당했다. 도크님과 도월주를 당장 잡아다 저기 산벼랑에 거꾸로 매달고 이 김복어도 딱 한 대만 쥐어박으면 좋겠다고 생각했다. 그런데 삽시에 무장해제당했다. 그것도 그리 강력하지도 않은 상대에게, 복어 따위에게, 간단히 생각해도 도월주가 똑같은 액션 시트로 움직였으면 열 배는 더 애교 넘쳤을 행동을 뻣뻣하고 어색하기 그지없게, 하나도 안 귀엽게 하는 복어 따위에게 무장해제당했다. 하나도 안 귀엽지만 그 더럽게 서툰 점이 환장하게 귀여워서. 심장이 쿵쿵쿵쿵 뛰었다. 얼굴이 새빨개졌다. 그러나 여기서 패배하면 체면이 말이 아닐 듯했다. 이래 봬도 자신은 왕이었다. 이 복어에게 자존심을 한 번쯤, 아니 두 번쯤, 어쩌면 세 번쯤 엿가 땡처리했지만 본래 비싼 남자였다. 실제로도 심장이 너무 뛰어 불편했지만 실제와는 상당히 다른 의미로 한껏 불편한 듯 말했다.

"언제는 나보고 변태라며? 사기꾼이라며? 세상에서 제일 밉고 제일 싫고 나랑 키스하기도 싫다며?"

도는 말하면서 다시 울컥했다.

'와, 이 여자 해도 해도 너무하네. 어쩜 그렇게까지 말하지?'

"아우우, 그게요오오."

양이는 도의 등을 누른 손끝을 바들바들 떨었다. 쿵. 도의 가슴에 이마를 한 번 더 박았다.

— 잘해보세요. 우리 전하 파이팅!

수산은 꼴같잖게 앙증맞은 태도로 두 주먹을 불끈 쥐고 제 가슴 앞에서 으쓱했다. 윙크까지 하여 도를 아연하게 하더니 살랑살랑 간살스러운 스텝을 밟으며 어딘가로 사라졌다.

"그게요오오."

양이는 또다시 웅얼댔다. 유구무언. 입이 있어도 말이 나오질 않았다. 도는 웃을 뻔했다. 그러나 토라진 심사가 말끔히 풀리지 않았다. 요 찐빵을 놀리고 싶은 마음 반, 요 복어에게 분풀이하고 싶은 마음 반으로 짐짓 비틀린 소리를 냈다.

"그게 뭘? 오늘부터 각방이라며? 누구는 누구를 지키려고 장가까지 들어주려는데 누구는 얼토당토않은 오해로 폭력을 행사하질 않나, 거기다 언제는 재워주겠다더니 며칠 되지도 않아서 각방? 아아, 키스도 하기 싫댔지?"

"아우……."

양이는 시무룩이 신음했다. 어찌할 바를 몰라 가만있었다. 그러나 도가 한참이나 아무 반응을 하지 않자 머리를 꿈틀했다. 손끝을 꼬물 꼬물 움직였다. 마지못해 고개를 꺾어 올렸다. 표정 관리에 성공한 도가 엄한 표정을 짓자 겁먹어 끔벅였다. 도를 안은 팔을 슬그머니 풀었다. 머뭇대다 도의 목을 와락 끌어안았다. 눈을 질끈 감고 허리를 곧추세웠다. 도의 뺨에 쪽 입 맞췄다.

"죄송해요오. 진심이 아니었어요. 그러니까, 아까는 정말 당황해서, 정신이 하나도 없어서……. 죄송해요오."

양이는 도의 귓가에 중얼거렸다. 미끄러지듯 허물어져 도의 어깨로 고개를 떨어트렸다. 도의 어깨에 턱을 괴듯 무너져 내린 채 떨리는 숨을 조마조마하게 들이쉬고 내쉬었다.

도는 신음할 뻔했다. 혀를 반쯤 깨물었다. 낯이 끓어오르는 석탄 같았다. 역시 좋아하는 여자를 상대로 자존심을 세우거나 싸우는 일은 세상에서 제일 멍청한 짓이라고 생각했다. 패배가 너무나 자명했다. 당장에라도 간이고 쓸개고 심장이고 다 빼서 '뭘 줄까? 그냥 너 다 가질래? 아니다. 역시 그냥 너 다 가져.' 하고 싶은 기분이었다. 이미 그랬는지도 몰랐다. 수백 년 동안 여인을 멀리했더니 여인에 대한 면역력이 바닥을 친 듯했다. 아니면 이 찐빵이 테트로도톡신이 듬뿍 든 독 찐빵이든가.

그러나 생각하매, 도는 자신이 너무 없어 보였다. 패배하기는 패배

했으나 이대로 소득 없이 물러날 수야 없었다. 자신은 아무리 불리한 상황에서도 챙길 바는 챙기는 현명한 왕이니까.

"그럼……."

도는 협상을 개시했다.

"네."

양이가 조그맣게 답했다.

"오늘 저녁에 무릎베개해줄래?"

"으음……. 그럼 화 안 내실 거예요?"

왕비감은 협상수락 전에 거래 조건을 명확히 확인했다. 왕은 떨리는 왕비감의 목소리를 확연히 인지한즉, 잽싸게 자기 쪽에 협상 추를 추가했다.

"왼쪽 뺨에도 마저 뽀뽀해주면."

"아우……."

양이는 꾸물꾸물 몸을 일으켰다. 발간 얼굴로 도의 눈치를 흘끗 보았다. 눈을 질끈 감고 목을 뻗었다. 도의 왼쪽 뺨에 사뿐, 입술을 눌렀다. 협상 타결이었다.

※ ※ ※

"어서 오세요."

그날 이른 오후, 화화에 손님이 들었다. 수산이 "새벽에 손님 오실 괘를 뽑았다."더니 그 말이 딱 맞았다. 수산은 누가, 왜 올지까지 내다보았고 양이는 내심 그 예견이 맞으려나 궁금하던 차라 인기척이 나자마자 뛰쳐나갔다. 반가이 두 사람을 맞았다.

"잘 오셨어요, 시영 씨, 순남 씨."

수산 말대로였다. 양이는 활짝 웃으며 둘을 안으로 이끌었다. 그러나 순남에게는 눈썹을 내리며 미안해했다.

"죄송해요. 제가 그때 순남 씨를 속였어요."

"아녀요. 자초지종은 우리 아자씨에게 다 들었어유. 우리 아자씨 살려주시고 살펴주신 일만으로도 고맙구만유."

순남은 도리어 고개를 꾸벅 숙였다.

"어? 시영 아저씨! 아저씨, 발등이 왜 그래요?"

쪼르르 달려 나온 크닙이 깁스한 시영의 왼발을 보며 고개를 갸웃댔다. 갸웃대는 그 머리가 도에게 한 대 쥐어박혀 불룩했다.

"하하. 별일 아닙니다. 고기 다지는 망치가 떨어졌지 뭡니까."

시영이 머리를 긁적였다. 순남은 옆에서 어쩔 줄을 몰랐다. 그 망치가 누구 손에서 떨어졌는지 알리는 듯했다. 둘은 무언가를 바리바리싸 짊어지고 왔다. 순남이 솜씨를 부려 온갖 음식을 했는데 동네잔치를 벌여도 좋을 양이었다. 순남은 그중에서 막걸리 한 상자를 특별히 내밀었다.

"꿈에 보니께 메밀을 그렇게들 좋아하시대유? 제가 우리 할매헌티 배운 게 짜끔 있어서 메밀 떡 빚어 수수쌀로 풀 쒀서 막걸리 자끔 담가봤어유. 부끄럽지만 제 솜씨도 그만그만하니께 드실 만하실 거여유."

화화 식구들은 열광하다 못해 광란했다. 시영과 순남은 졸지에 귀빈이 되었다. 메밀주가 뭔지, 화화 식구가 다 모였다. 양이만 제외하면 그 누구도 순남과 시영이 돌아갈 때까지 기다릴 수 없다는 듯 욕망으로 눈을 빛냈다. 이에 수산이 메밀 부침개, 김치 등을 차려내어 이게 손님 대접하자는 상인지 주인이 배에 기름 두르자는 상인지 모르겠는 한 상을 봐왔다. 주인이고 객이고 가림 없이 둘러앉아 술이며 안주를 들었다.

"오늘 이렇게 오신 모습 보니까, 시영 씨랑 순남 씨, 이제 행복하게 잘 사시나 보다!"

월주는 메밀 막걸리를 한 사발 털어 마시고 소리 높여 지저귀었다.

"그러니까요. 어떻게 되신 거예요?"

양이도 시영이 화화를 떠난 후 뒷일이 궁금했다. 순남이 주고 간 연락처야 있으나 연락할 수 없었다. 그럴 사이도 상황도 아니었다. 그저 아침 드라마가 끝나고 월주, 크닙, 수산과 둘러앉아 이랬을까 저랬을까 후일담을 짐작해볼 따름이었다. 다행히 이렇듯 둘이 손 붙잡고 왔으니 잘되었으리라 여기고 선뜻 어찌 된 일이냐 물을 수 있었다.

"어떻게 됐긴! 내가 맞힐게요, 내가! 시영 아저씨가, 딱! 수염도 자라고, 이제 아무 문제가 없게 됐잖아요! 그래서 화화를 딱, 나서서! 달려갔어요. 전속력으로! 아저씨를 기다리는 순남 씨가 있는 집으로 딱 가서, 확 껴안고 고백한 거죠! '사랑해.' 맞죠? 그렇죠?"

크닙은 의기양양했다. 확신에 차 지지를 구하며 주위를 휘둘러보았다. 월주가 코웃음 쳤다.

"헹! 도크닙, 시영 씨 댁이 어디신진 몰라도 명동에서 처음 만난 분이 우리 동네 사실 확률이 그렇게 높을까? 우리 동네 사신다 한들, 설마 집까지 뛰어서 가셨겠어? 너는 드라마, 소설 쓰면 절대 안 되겠다. 개연성이 없어요, 개연성이."

"끄엥."

크닙은 풀이 죽었다. 수산과 도는 피식 웃었고 양이는 월주에게 동의하며 끄덕거렸다.

237

"크닙 군 말처럼 제게 그런 용기가 있다면 얼마나 근사했을까요? 하지만 그날 저는 바로 집에 가지는 못했습니다."

시영은 웃었다. 달무리 같던 그는 이제 맑은 보름달이었다.

❈✿❈

저는 화화를 나섭니다. 그리 커다란 건물 앞에 났다기에는 너무나 비좁은 골목길을 지나서 주택가로 갑니다.

아아, 햇살이 참으로 밝습니다. 햇살이 밝고도 밝아 그 빛에 잠긴 세상은 오롯이 오뚝하고 세세히 선명합니다. 저는 어지럽습니다. 걷지 못하고 눈을 좁히며 오도카니 섭니다. 보이는 세상과 보이지 않는 세계가 제 눈과 정신이 그리는 경계를 휘저으며 춤춥니다. 안개가 나무와 춤추듯, 햇발이 유리창과 노래하듯 합니다. 저는 저를 휘감고 침습하는 몽롱함과 제 속 깊숙이서 힘차게 가지와 뿌리를 뻗어대는 날카로운 실재를 느낍니다.

그래, 저는 기묘한 감각에 사로잡혔습니다. 제가 살아온 모든 순간이, 조금 전까지 저 몇 발자국 뒤에 선 건물에서 누군가에게 하고 들었던 이야기가 온통 어렴풋합니다. 저를 이루는 존재와 기억 모두가 엄지발가락 끝부터, 뇌의 가장 내밀한 주름 속부터, 비늘이 한 겹 한 겹 쌓이며 새로 이루어지는 듯합니다. 세상도 저와 한가지로 그런 듯합니다.

그리하여 저는, 새롭고 설렙니다. 아프고 두렵습니다.

떨리는 두 손을 들어 제 얼굴을 매만집니다. 손끝에 얽히는 감각 또한 무딘가 하면 예리합니다. 푸석한 살결 위로 뾰족한 털끝이 껄끔댑니다.

"아, 아, 아아."

저는 벙어리였다가 갓 말문이 트인 이처럼 어색하게 소리 냅니다. 신음처럼, 탄성처럼. 기쁨과 충격에 휩싸여 휘청이며 생각합니다.

'살아 있구나.'

그래, 살아 있다는 사실을 좀 더 확인하고 싶습니다. 저 자신이 아닌 타인의 감각으로써.

저는 인파가 술렁이는 곳으로 찾아갑니다. 일부러 이 사람 저 사람에게 부딪습니다.

일전에 말씀드렸습니다만, 기억하시는지요? 저와 어깨를 부딪는 사람이 천 명이라면 그 천 명 가운데 구백구십구 명은 아무 인식도 없이 그저 갑니다. 나머지 한 명이 어리둥절해하며 제게 사과하거나 화를 내죠.

그러나 그날 무역센터에서는 백 명 가운데 한 명이 저를 알아챘습니다. 제게 사과하고 제게 화냈습니다.

그뿐입니까? 무수히 밟힌 제 발등은 부어오르고 무수히 부딪은 제 어깨는 멍듭니다. 본래로 쉬이 회복되지 않습니다. 아파서 이 짓을 멈춰야겠다고 생각하며 몸을 구부립니다. 부은 발등을 누르는데 배에서 꼬르륵 소리가 납니다. 배고프네요.

네, 제 몸에서 시간이 흐르고 있습니다. 남들 같지는 않아도, 느리지만 분명하게.

"그래서요? 집에는 언제 가셨는데요?"

"아, 답답해! 순남 씨가 목 빠지게 기다릴 텐데 대체 무역센터에서 언제까지 꾸물댈 거예요!"

크닙과 월주가 숨넘어갈 듯 시영을 채근했다.

탕! 순남이 막걸리 사발을 상에 내리치며 목에 핏대를 올렸다.

"그러니께유! 집에 후딱 들어올 생각은 안 허고 거기서 거지꼴루다가 뭘 했대유? 제가 우리 아자씨를 사랑허긴 허지만유, 가끔 보믄 쓰잘떼기 없이 생각만 많아서 영 못 쓴대니깐유?"

"미, 미안해요. 하지만 그게 그리 쉬운 결정은 아니었어요."

시영은 기죽어 우물쭈물 변명을 주워섬겼다.

※※※

제가 아내 생각을 어찌 안 할 수 있습니까? 단 한순간도 이 사람을 잊은 적이 없습니다.

그래요. 제가 그길로 집에 돌아가서 이제야말로 보통 사람처럼, 아무 문제 없는 듯 아내와 함께 살아가면 된다고 생각하실 수도 있겠죠. 왜 아니겠습니까? 저 역시 그러고 싶었습니다.

그러나 저는, 저란 사람은 말입니다, 참으로 열심히, 성실히, 남을 도우며 살려 노력했습니다만, '열심히 성실히' 살아왔다는 말이 터무니없고 부끄러울 만큼 쉽게 살아오기도 했습니다. 저는 수많은 고난을 시간 되돌려 바꾸거나 피해왔고 그다지 삶에 맞서 치열해본 일이 없습니다.

그래요. 시간을 되돌린들 바꿀 수 없는 일도 많았죠. 일제강점, 독

240

립, 육이오, 산업혁명, 그 격변기를 관통하며 그 누구보다도 부지런히 행동하기도 했습니다.

그러나 제가 단 한순간이라도 진정 부끄러움 없이 치열했던가요? 삶과 고난에 정정당당히 맞선 적 있던가요?

제 성실함, 근면함, 이타성, 모든 선한 자질은 시간을 돌릴 수 있기에, 언제나 최악을 면할 수 있기에, 미래를 알기에, 발휘할 수 있던 자질이었을 겁니다.

저는 잘나지 않습니다. 멋지지 않습니다. 선량하지도 않지요. 세상사 힘겨움을 맞이하고 삶을 살아가는 방식으로서 시간을 되돌리는 일밖에 모르는, 서툴기 그지없는 벌거숭이일 뿐입니다.

그런 제가 이제 와 '보통 사람처럼' 살아갈 수 있을까요? 아내를 지킬 수 있을까요?

저는 사흘을 더 고민합니다. 결단이 더디고 무겁습니다. 그러나 결국, 씻고 면도하고 새 옷을 입습니다. 집에 갑니다.

저는 아내에게 고백합니다. 여러분에게 했던 그 모든 고백을 합니다. 제가 치유되어 제 초침이 다시 움직이기 시작했다는 사실만 빼고, 아내도 모든 진실을 알게 됩니다.

아내는 놀랍도록 침착히 그 모든 고백을 듣습니다. 놀랍도록 순순히 그 모든 고백을 믿습니다.

"말해줘서 고마워유."

아내는 말합니다. 한 점 거짓 없는 눈빛입니다.

저는 아내에게 두툼한 편지를 한 통 내밉니다. 아내가 그 편지를 뜯어보지 못하도록 편지를 제 손 아래 누른 채 말을 잇습니다.

"순남 씨, 당신은 내게 화내야 해요. 소리지르고 발을 굴러야 해요.

모르겠어요? 나는 당신을 조종했어요. 미래를 알고 당신이 약해질 순간을 알고 시간을 되돌렸다고요. 당신을, 당신이 오롯이 살아내야 했던 삶을 가로채 내 품에 가두고 조종했어요! 당신이 가장 예뻤던 이십 대를, 당신이 가장 자유로이 꿈꾸고 살아내야 했던 그 찬란한 날을, 내 이기심에 박제했다고요. 더욱이 당신의 정신을 내 힘에 휘말리게 하여 쑥대밭으로 만들었단 말이에요."

그 말에, 아내는 고개를 내흔듭니다. 그러나 아무 말도 못 합니다. 혼란스러워 보입니다. 고개를 흔들다 주춤 멈춥니다. 그 순간, 아내 얼굴에는 어떤 표정이 떠올라 있습니다. 남편이 시간을 돌리는 존재라는 기이한 이야기를 듣던 중에도 단 한 번도 보이지 않던 표정입니다. 낯설고 무서운 생물을 맞닥트린 표정, 압도되어 굳은 눈동자. 아내는 숨을 억누릅니다. 몸을 의자 등받이에 바짝 붙입니다.

"돌려줄게요. 내가 앗아버렸던, 당신 뜻대로 누려야 했던 그 나날을, 되돌려줄게요. 나를 만나기 전으로 돌려보내 줄게요. 하지만 그런다 한들……."

저는 하르르 숨을 몰아쉽니다. 목소리가 형편없이 떨립니다. 용기를 쥐어짜 내 말을 잇습니다.

"나와 얽힌 이 기억이 사라지진 않아요. 내게 휘말려 뒤섞인 당신 정신이 회복되지도 않아요. 하지만 바라건대, 꿈인 듯 잊어요. 잊고, 당신은 당신 삶을 살아요. 그리고 과거에서 나를 만나거든, 내가 또 당신을 내 삶에 가두려 들거든, 내게 이 편지를 줘요."

저는 편지를 누른 손을 느슨히 합니다. 팔을 쭉 밀어 아내 앞에 그 편지를 놓습니다. 편지에서 손을 뗍니다. 숨을 몸의 밑바닥까지 밀어 내리고 말을 맺습니다.

"나라면 이 편지를 이해할 거예요. 이 편지를 읽는다면 당신을 괴롭히지 않을 거예요. 위자료를 챙겨줄 겁니다. 섭섭하지 않게."

✳✳✳

"너, 다른 놈 시간도 돌릴 수 있나?"

도가 물었다.

"네. 저는 시간선을 느끼니까요. 돌리려고 들면 뭐든 돌릴 수 있습니다. 하지만 타인의 시간을 돌리는 일은 제 시간을 돌리는 일보다 힘들고, 정말 철모르던 시절에 타인의 시간을 몇 번 돌려주었다가 그 탐욕에 제가 위험해진 일이 몇 번 있어 철들고선 티도 내지 않았습니다. 더구나……."

시영은 낯이 흐려졌다. 잠시 망설였으나 입을 열어 고백했다.

"시간 여행을 다룬 작품을 보면 사람들은 회귀를 쉽고 신나는 일로 생각합니다. 하지만 그렇지가 않습니다. 시간 역행은 준비되지 않은 정신이 감당하기엔 벅찬 일이에요. 돌이키는 시간만큼 정신에 부하가 걸립니다. 그래서 사전에 충분히 설명을 듣고 각오를 다지지 않으면 되돌아가는 자가 심각한 손상을 입을 수도 있습니다. 준비시킨다면 달라지기야 합니다만……. 여하튼, 저는 어릴 때 철모르고 동네 형을 돌이켜본 일이 있습니다. 그 형은 단번에 미치더군요."

"무서워요."

크닙이 오스스 떨었다. 월주도 희게 질려 끄덕였다. 시영 역시 깊이 끄덕였다.

"네. 고백건대 저는 여러분을 만나기 전에도 순남 씨에게 '잃어버린 시간을 돌려주자.'고 생각했습니다. 다만 망설였죠. 그 당시엔 순남 씨를 마주 볼 용기가 없었거든요. 시간 역행에 뒤따르는 위험을 제거하자면 모든 일을 차근차근 설명하고 순남 씨를 준비시켜야 하고요. 하지만 순남 씨에게 시간을 돌려줘야겠다는 생각은 줄곧 했기에 여기 사장님께 구출되던 그날 명동에서도 실험했습니다. 날아가는 비둘기와 까마귀, 지나가는 고양이에게서 시간선을 붙잡았습니다. 그것들을 과거에 담갔다가 당겨보았습니다. 버티는 개체도 있었지만 까마귀는 두 번 만에 미쳐 떨어지더군요."

"쯧. 이거 정말 폭탄일세. 그딴 짓 다신 하지 마라. 바로 그 탓에 네가 수라에게 쉽게 눈에 띄었으니. 그날 넌 내가 아니었으면 죽느니보다 못해졌을 터다. 네가 감당도 하지 못할 영계인의 눈길을 끌었어."

도는 몹시 짜증스러워했다. 품에 넣은 양이를 꽉 끌어안으며 내뱉듯 덧붙였다.

"충고이자 경고하건대 두 번 다시 시간을 네 멋대로 다루지 마라. 우주가 네게 두 번 자비를 베풀리라 기대하지 마. 자비는커녕, 우주가 네게 두 번째로 대가를 청구하는 날엔 처음보다 훨씬 가혹할 터다."

"네. 말씀하신 바, 충분히 느끼고 있습니다. 순남 씨에게 잃어버린 시간을 돌려주겠다고 결심했을 때에도 그만한 각오는 다졌고요. 제 목숨을 살려주신 일, 이리 조언해주시는 일, 전부 감사합니다."

시영은 고개 숙여 인사했다. 잠자코 듣던 순남도 허리까지 숙여 도에게 감사했다. 도는 별다른 겸양도 않고 차게 말했다.

"인사하려면 이 여자에게 해. 얘가 도우라고 안 했으면 난 너 따위 절대 안 도왔어."

"그렇습니까? 정말 감사합니다."

"감사혀유."

도가 한 말에 시영과 순남은 양이를 향해 꾸벅꾸벅하며 과할 만큼 정중히 인사했다.

"에, 뭐……."

양이는 어색하게 긁적였다. 자기는 한 일이 없었다. 뻘쭘하게 눈동자를 이리저리 굴렸다.

"아, 그건 그거고요. 그래서 어떻게 됐어요? 전 뒷일이 더 궁금해요."

"아, 저도요. 이렇게 오셨으니 해결을 보긴 보셨는데?"

"그러니까요. 시간 안 돌렸죠? 순남 누나 안 돌려보냈죠?"

도가 말을 할 때는 차마 끼어들지 못하고 점잖게 있던 월주, 수산, 크닙이 '기회는 이때다!' 하고 양이를 구해주었다. 셋은 제각기 한마디씩 던지며 시영을 채근했다. 양이도 셋에게 눈빛으로 고마워하며 말을 보냈다.

"그러니까요. 어떻게 정리하셨어요?"

"어쩌긴 어째유! 뭐 이딴 불알도 읍는 양반이 다 있나, 내 마암 홀랑 빼사 놓고 과거로 가봐야 그 기억 잊어먹지두 못헌다면서 위자료 운운하는디, 확 꼭지가 돌아서 상다리 엎고 정신 차릴 때까지 머리 쥐어뜯으면서 두 달 동안 독수공방한 울분을 담아 팼어유."

"하아……."

시영은 빨개졌다. 고개 숙이며 손으로 제 얼굴을 반나마 가렸다.

"아."

도는 처음으로 시영에게 동정심을 보였다.

'저놈도 맞고 사는구나.'

오늘 아침만 해도 비단 방석으로 후려맞은 도는 새삼 현대 인간 사회에 만연한 남성 인권 문제를 숙고했다. 순남에게 물었다.

"뭐로 때렸죠?"

"글씨유. 주먹으로도 패고 손바닥으로도 패고 손에 집히는 거 막 들어다 팼는디……. 그때 북어 보스라기 한다고 북어를 뜯던 길이라 주로 북어로 팼지 싶네유."

도는 시영에게 승리감을 느꼈다. 남의 마누라가 설렐 정도로 화사하게, 씨익 웃었다.

"잘했네요."

"진짜 잘했어요, 순남 씨. 와, 내가 들어도 열이 확 받더라고요. 사내란 자고로 저돌적이어야 할 때는 저돌적이어야죠! 왜 배려를 쓰란 곳엔 안 쓰고 비겁을 포장할 때만 쓴대요? 꽉 쥐고 살아요. 지금도 꽉 쥐고 있는 듯하지만."

월주마저 가차 없이 순남을 편들었다.

시영은 고개를 영 들지 못했다.

"아니, 그래도, 시영 씨 마음은 감동이지 않아요? 순애보잖아요. 간신히 회복한 자신을 다시 잃을 수도 있는데도 순남 씨를 위했잖아요."

양이는 눈치 보면서도 슬그머니 시영을 편들었다. 시영은 떨군 고개를 더욱 꾸벅이며 감사했다. 그러나 두 손을 들어 숙인 정수리 앞에서 가위표 쳤다. 그 몸짓으로 이리 말하는 듯했다.

'편들어주셔서 감사합니다. 하지만 그러지 마세요. 괜히 이 여자 성질 건드렸다간 저 더 죽어요.'

"하……."

도는 떨리는 한숨으로써 시영을 깊이 동정했다. 수산마저 눈빛이 애잔해졌다. 수산은 중얼댔다.

"역시 결혼은 인생의 무덤이지."

크닙도 중얼댔다.

"잘되긴 잘됐는데 아저씨 불쌍하다."

크닙은 월주 눈치를 보며 덧붙였다.

"쬐끔."

"고개 들어유. 제가 화는 냈지만 남자가 이러는 꼴 보기 싫어유. 어깨 펴고 앞으로 나헌티 잘혀유. 어디 도망갈 생각허지 말구."

순남이 메밀 막걸리 한 사발을 꺾으며 말했다.

"알겠습니다, 마님."

시영은 깍듯이 답했다.

"어쨌든 해결 봤다니 됐어. 술이나 받지."

도는 시영에게 막걸리 한 사발을 따라주었다. 시영이 두 손으로 받아 마시자 짧게 끄덕였다. 젓가락으로 무심히 메밀 부침개를 찢으며 말했다.

"너도 내가 예사 존재가 아님은 느끼겠지. 나는 네 몸을 구속하던 거미줄 같은 수단으로써 네 힘을 규제할 수도 있어."

"짐작하고 있습니다. 당신에게서 뻗은 시간선은 무섭도록 아득하니까요."

시영은 온순히 답했다. 그 답이 그냥 하는 답이 아닌 듯 자신보다 어려 보이는 도를 시종일관 정중히 대했다.

도는 찢어놓은 메밀 부침개를 느긋하게 꼭꼭 씹어 넘겼다. 메밀 막걸리 한 모금으로 혀를 축였다. 시영을 보았다. 지금껏 보였던 차갑고 무심한 태도를 버리고 시선으로 시영을 강하게 얽었다. 진실하게 말했다.

"내가 너를 규제하지 않는 까닭은, 네게는 강제보다 자제가 필요하다고 여겨서이다. 네가 어떤 인과와 업으로 그런 힘을 지니게 되었는지까지는 내 관심 밖이다. 그러나 내가 아는바, 너는 시간의 인과를 스스로 느끼고 스스로 다스려야만 네가 지닌 그 힘, 그 업에서 벗어날 수 있다. 그러니 내가 너를 풀어줄 때, 우주가 네게 자비를 베풀 때, 이 기회를 놓치지 마라."

"명심하겠습니다. 그리고 거듭, 늘 감사하겠습니다. 제 목숨을 살려주신 일, 짐작건대 저를 달리 대할 수 있음에도 제게 기회를 주신 일, 모두, 깊이 감사드립니다."

시영 또한 도가 밀어붙이는 시선을 오롯이 감당해냈다. 진실히 답했다. 도는 입술을 말며 짓궂게 웃었다. 안색을 싹 바꾸며 농담조로 화제를 던졌다.

"그래? 잘됐네. 말로만 고마워하지야 않겠지? 마침 우리 가게에 좋은 게 있는데 사서 가지?"

"아, 그렇죠? 그게 있었죠?"

수산이 박수를 짝 치며 눈을 번뜩 빛냈다.

"오, 맞아, 맞아! 우리 가게가 찻집이지만 찻값은 안 받을게요. 대신 뭐 하나 소개해드릴 테니 사 가세요."

"비싸게 드릴게."

"거부는 곤란해요. 사실 이미 보냈거든요."

양이, 월주, 크닙이 몸을 바짝 숙였다. 눈알을 살벌하게 희번덕댔다.

"어, 뭐, 뭐, 뭔가요?"

순남이 팔꿈치로 시영을 꾹 찔렀다.

"아자씨, 여기 다단계 사무소였어유? 나 몰래 가입했어유?"

시영은 식은땀을 흘렸다. 살아남아야 한다는 일념으로 단호히 부인했다.

"설마요, 제가 어찌 감히. 마님 모르시게 그럴 리가."

＊✿＊

"그러니까 말이죠, 하늘이 아아아주 웅장하고 찬란하게 붉었답니다. 바람은 선선하고 태양은 이마아아안하게, 비행접시처럼 떴어요. 그야말로 한 폭의 그림이었죠. 그런데 저기 아름다운 소나무, 산꽃이 어우러진 기암괴석 절벽으로 말 한 마리가 다그닥다그닥 달려왔어요. 자태가 참 늠름하더라고요."

실은 그 말, 슈렉에 나오는 수다쟁이 동키 같았다.

"그 말이 절벽 끝에 딱 섰어요. 두 앞발을 치켜들고 참새 한 마리를 경배하듯 들더라고요. 한데 그 참새가 어찌나 윤기가 좔좔 흐르고 건강하던지, 넋을 잃고 보게 되더라니까요."

참새는 앵그리버드 같았다. 하도 우람해서 넋을 잃고 봤다.

"그때 성대한 음악이 하이파이 서라운드로 터졌어요. 온갖 국악기와 목소리가 단번에 휘몰아치는데, 전율이었죠."

가사가 하도 웃겨서 전율이었다.

"그뿐인가요? 사바나와 도심에 사는 만 가지 동물이 시야를 채웠어요. 걔들이 두 팔을 치켜들고 참새를 경배하더라고요. 분명 예사 참새가 아니에요."

블랙 참새, 스카가 삼촌일 듯한 참새였다.

"음악도 커지고 함성도 커지고 분위기가 후끈했죠. 그때 그 참새가 창공으로 휙 솟구쳤어요. 대단한 기상이었답니다."

난다기보다 쏘아져 나갔다. 앵그리버드처럼. 박치기 한 방으로 다 부숴버릴 듯했다.

"그러더니 귀부인이 펼친 비단 치맛자락으로 쏙 날아들지 뭐예요."

그 귀부인이 양이 자신이라는 점이 함정이었다.

"오메, 그랬나유?"

"그것참, 범상하지가 않네요."

순남과 시영은 양이가 늘어놓는 이야기에 푹 빠졌다. 심지어 그 꿈을 이미 들었던 수산, 크닙, 월주마저 빠졌다.

양이는 자신이 찻집 직원이 아니라 영업 사원으로 취직해야 했다고 생각했다. 사기 치지 않지만 진실이 허용하는 범위에서 최대한 약을 파는 이 능력! 자신을 서류에서부터 떨어트린 A 회사, B 회사, C 회사, 쩜쩜쩜, Z 회사, 아니, ABC 정도로는 부족하니, 가 회사, 나 회사, 다 회사, 쩜쩜쩜, 히 회사, 후회할 날이 올 터였다.

"그래서, 국내 정·재계를 음양으로 지탱하시는 사모님들이 줄줄이 찾는 대한민국 상위 일 퍼센트 역술인, 우리 도수산 선생님께서 해몽하시길, 뭐라고 하셨죠, 선생님?"

턱에 힘이 빠져 입을 벌렸던 수산이 깜짝 놀라 각을 잡았다. 시사 프로그램 진행자처럼 답했다.

"아, 그게 말입니다, 이 꿈은 태몽입니다. 태몽 가운데에서도 길한 태몽이죠. 튼튼하고 사랑받는 딸을 볼 태몽입니다."

"참새 같은 딸이라니 진짜 귀엽겠다!"

월주가 영업을 거들었다.

"저게 저런 꿈이었구나."

그 꿈을 감독한 크닙이 깨달음을 얻었다.

"그래서유?"

손님이 뭘 해야 좋을지 몰라 의문을 제기했다.

"사 가세요."

양이는 생긋 웃었다. 순남과 시영에게 이글이글 타는 눈빛을 보냈다. 도깨비는 놀릴 기회를 쉽게 포기하는 종족이 아니었고 여전히 양이는 이 꿈을 속히 팔아치우지 않으면 어떻게든 일이 꼬여서 기어이 자신이 애를 밴다고만 알았다. 영업에 임하는 자세가 처절했다. 평소 몸에 밴 안일함을 찾아볼 수조차 없었다.

"그렁께, 그 꿈이 태몽이믄, 그 꿈을 사믄 제가 아이를 갖는다, 그 말씀이시쥬?"

"아뇨. 이미 아이는 내려왔어요. 징조도 있을걸요?"

크닙이 해맑게 말했다. 짓궂게 순남을 보았다. 순남은 눈동자를 위로 도르르 굴렸다. 머뭇머뭇 고했다.

"그렁께, 있을 게 읍긴 헌디, 그게 스트레스 탓이 아니라 애가 들어서서라구유?"

"네!"

"맞아."

"그렇죠."

"그거예요."

"그거랍니다."

화화 일동은 싱글벙글했다. 단호히 답하며 제각기 손가락을 휘저었

다. 순남과 시영을 둘러싸고 폭죽과 불꽃놀이가 펑펑 터졌다. 꽃가루
가 우수수, 꽃잎이 하늘하늘 쏟아졌다. 비눗방울이 퐁퐁 날았다. 작은
참새도 시영과 순남의 머리 위를 빙빙 날았다.

"시상에⋯⋯."

순남은 뺨이 도홧빛으로 물들었다. 넋을 잃고 두리번댔다.

"아⋯⋯."

시영은 신음했다. 뺨이 엷게 달아오르고 눈이 커졌다. 눈꺼풀이 경
련했다. 입술 끝이 설핏 웃는 듯하다가 축 처졌다. 턱에 힘이 들어갔
다. 눈동자를 떨며 시선을 어디에도 두지 못했다. 흐린 낯으로 순남의
안색을 살폈다.

"너는 갑작스러운 모양이군. 뭐, 두렵기도 하겠지. 아직 제 앞가림
도 버거울 테니."

도는 시영을 읽었다. 하나 탓하지 않고 자못 온화하게 말했다.

"그러나 이 아이는 너와 네 아내에게 필요한 아이야. 너는 아직 불
안정하고 네가 이 우주에 안착하자면 네 아내만으로는 부족하니, 이
아이를 귀하고 고맙게 여겨. 이 아이가 네 존재를 완성하고 네 가정을
지킬 테니까."

시영은 쾌히 답하질 못했다. 입술을 꾹 다물고 침묵했다. 두리번대
던 순남은 동작을 멈췄다. 슬그머니 시영을 살폈다. 조심스레 팔을 뻗
어 시영의 손을 잡았다. 나직이 속삭였다.

"저는 좋은디⋯⋯."

시영은 잠시 더 침묵했다. 그러나 오래지 않아 굳은 어깨를 사르르
풀었다. 순남에게 고개를 돌려 순남과 시선을 맞췄다.

"저도 좋아요. 조금, 놀랐을 뿐이에요."

시영은 미소 지었다. 순남을 향한 눈빛에 애정이 가득했다. 손을 들어 순남의 머리를 쓰다듬었다.

"와아."

"축하해요."

"축하합니다."

"잘됐다아!"

도만 빼고, 화화 식구들은 손바닥에 불이 붙도록 박수 쳤다. 공간을 수놓은 꽃, 참새, 반짝이, 불꽃이 더 휘황해졌다. 부부는 쑥스럽게 웃었다.

"자자, 그럼 어서 태몽 사세요. 이 태몽을 사시면 탈 없이 건강한 아기가 태어날 거예요. 제가 보장할게요."

크님이 가슴을 탕탕 치며 영업을 재개했다. 시영과 순남을 부추겼다.

"태몽이 그런 역할을 합니까?"

"이럴 때는 그렇죠."

"이분들 말씀 들어유. 이 양반들이 아예 헛소리허실 양반은 아닝께. 처음 봤을 때는 제가 정신이 없어서 눈뜬장님이었는디, 이제 보니 범상한 존재가 아니셔유. 대무당 할매랑 쭉 산 저도 이런 분들은 처음 뵙는구만유. 더욱이 음흉한 느낌도 읍구유."

순남이 시영에게 귀띔했다. 양이는 그 소리를 엿들었고 생각했다.

'헛소리 잘해요. 오늘 아침에도 사람 한 명 낚았답니다.'

어쨌든 양이는 영업에 방해될 말은 버렸다. 눈을 빛내며 잠자코 시영과 순남을 보았다.

"네. 사겠습니다. 대가로 뭘 드리면 될까요?"

시영은 양이를 향했다. 양이는 순간 당황했다.

"에……."

양이는 이 꿈을 '팔아치우고' 싶었을 뿐 대가의 '대' 자도 생각해보지 않았다. 도를 흘끗 보고 수산도 힐끔 보고 크닙도 쓱 보았다. 뺨을 긁적였다.

"에, 순남 씨가 맛있는 음식을 많이 가져다주셨으니까 그걸로 퉁치면……."

"안 돼요."

말 없던 수산이 끼어들며 딱 잘라 선언했다.

"이런 거래는 대가가 분명히 오가야 해요. 파는 쪽과 사는 쪽 쌍방이 기분 좋은 대가를 생각해보세요."

"저로서도 대가를 정확히 드리고 싶습니다. 금전이든 현물이든 원하는 대로 말씀해주세요. 어느 쪽이든 어지간하면 맞춰드릴 능력이 됩니다."

시영이 더없이 진지한 표정으로 수산을 거들었다.

"으음."

양이는 혜용 때도 팔찌를 받고 그 팔찌를 바꿔서 온갖 명품을 얻었다. 아무래도 이 직장은 월급보다 부가 소득이 짭짤했다. 양이는 곤란해하다가 어정쩡하게 말했다.

"그럼, 한 장 정도? 세종대왕님 한 장쯤이면……."

"아침에 그 난리를 치고 그걸로 괜찮아? 너, 그거 흔쾌하게 받는 대가 아니잖아. 네가 팔 건 아이를 복 있게, 탈 없이 나게 할 꿈이야. 신중히 정해. 아이를 생각해서도 격에 맞게 요구하고 격에 맞게 받아야 옳아."

도가 조언했다. 양이는 입을 다물었다. 꿈만 팔 수만 있다면야 아무래도 좋았다. 그러나 "아이를 생각해서"라는 표현까지 나오자 아무렇게나 말할 수 없었다. 쉽게 판단하지 못하고 우물쭈물했다. 한참 만에야 머뭇머뭇 말했다.

"음, 이거 후불도 가능한가요? 일단 꿈은 받으세요. 그리고 좋은 생각이 나면 말씀드릴 테니까요. 아이가 태어나면 또 놀러 오세요. 놀러와서 재미있는 이야기해주세요. 시영 씨는 경험도 많고 말솜씨도 좋으시니 재미있는 이야기 많이 들려주실 것 같거든요."

"뭐, 정 생각이 안 나면 그것도 방법이네요."

수산이 끄덕였다. 시영과 순남도 순순히 동의했다.

"그게 편하시면 그럴께유. 흡족하실 대가로 잘 생각해보셔유."

"좋은 꿈 팔아주셔서 감사합니다. 그리고 각오하셔야 합니다? 전시선 받는 일을 좋아해서 제게 이야기시키시면 지겨워 뻗으실 때까지 온종일 할지도 몰라요?"

월주, 크닙, 수산, 그리고 도는 환성을 지르거나 코웃음 쳤다.

"끼악! 바라는 바예요!"

"절대 저희가 먼저 지치는 일 없을걸요? 아저씨야말로 각오하세요!"

"대나무숲을 우습게 보시네."

"흥. 저놈을 또 봐야 한다니."

"아하하."

양이는 웃었다.

'실제로 판 벌이면 누가 먼저 나가떨어질지 해볼 일이지만, 시영 씨, 이야기를 먹고 사는 도깨비를 물로 보시네.'

"시영 씨, 제가 이분들을 아는데요, 단단히 각오하셔야 할걸요? 다음에 오실 때는 참새 같은 딸내미 안고 재미있는 이야기 자아아안뜩 생각해서 오세요."

양이는 '자아아안뜩'에 힘을 주어 말했다. 다시 한 번 크게 웃었다. 속내로 환호하면서.

'만세에! 꿈 팔았다아아아아아!'

어둠 속의 방문자 11,12

등잔이 켜졌다. 위대한 자가 말했다.

"우리 숨바꼭질하지 않겠소?"

"어떤 숨바꼭질 말이오?"

늙은 자가 물었다. 위대하고 아름다운 자가 답했다.

"하나가 숨고 다른 하나가 시간 안에 숨은 이를 찾는 숨바꼭질이오."

"싫소. 나는 늙어 팔다리에 힘이 없구려."

늙고 지친 자가 고개 저었다. 위대하고 아름다우며 애통한 자가 확언했다.

"그대는 하게 될 거요."

"어찌 확신하오?"

늙고 지치고 절망한 자가 의문했다. 위대하고 아름다우나 그림자인 자가 응답했다.

"그대는 절박한 소망이 있으니까."

"내 절박한 소망과 숨바꼭질이 무슨 상관이오?"

늙고 지쳤으나 그림자인 자가 의아해했다. 위대한 그림자가 약속했다.

"이 숨바꼭질에서 그대가 이기면 그대가 갈구하는 소망이 이뤄질 것이오."

그 그림자가 말을 이었다.

"그러나 조심해야 하오. 술래가 시간 안에 숨은 이를 찾으면 그대는 소망을 이루지만 술래가 시간 안에 숨은 이를 찾지 못하면 술래도 숨은 이도 죽소."

"그거 우습구려. 술래가 찾아주지 않으면 제 목숨이 달아난다는데 어느 누가 열심히 숨겠소? 숨은 이가 스스로 드러날 터인데 그게 어디 제대로 된 숨바꼭질이오?"

이 그림자가 웃었다. 그 그림자가 잘라 말했다.

"아니, 이는 진지한 숨바꼭질이오. 술래도 숨는 자도 반드시 최선을 다할 것이오."

등잔불이 흔들렸다. 이 그림자가 흔들렸다. 그 그림자도 흔들렸다.

❈❖❈

압도적이었다. 머리를 감싼 터번은 순금처럼 누렜다. 터번 중심에 박힌 사파이어는 세상이 낳은 색이 아닌 듯 파랬다. 사파이어에서 돋은 왜가리 깃털은 터번 꼭지를 지나 하늘까지 솟았다. 단단한 몸에 걸친 카프탄은 순교자가 뿜은 피 같았고 카프탄을 수놓은 무늬는 순교자를 죽인 간계와 탐욕처럼 현란하며 우악한 금빛이었다.

그 모두를 갖춘 남자는 오스만 제국의 술탄 초상화에서 걸어 나온 듯했다. 작은 탁자가 아닐까 싶을 만큼 거대한 가방을 한 손에 들었다. 시커멓게 색이 짙은 입술을 열었다.

"안녕하시오."

남자가 내는 음성에선 우묵하고 묵중한 무쇠 화로에서 타는 나무와 송진 냄새가 났다. 그 음성이 화화 입구에서부터 웅대한 그림자를 뻗어 어스름한 홀을 메웠다.

"어서 오세요."

양이는 현관으로 나가 남자를 맞았다. 남자가 내는 강렬한 분위기도 남자가 걸친 복색에도 하등 동요하지 않았다. 극히 예사로웠다. 은갈치 타이츠를 입은 이레인도 대했고 닭 모가지를 틀어잡고 나타난 순남도 겪었으니 남자야 상식선이었다.

"바람이 제법 차죠? 어서 들어오세요."

양이는 남자를 이끌었다.

남자는 움직이지 않았다. 고요히 뿌리내렸다. 무심하고도 유심한 표정으로 양이를 내려다보았다. 고목이 나비를 보는 듯했다.

"자네는 무어라 불리는가?"

남자가 양이에게 물었다. 화화와 그 밖이 이루는 빛의 어스름한 경계에 서서.

"네?"

양이는 갸웃했다.

"자네는 지금 어떤 이름을 쓰는가?"

남자는 다시 물었다.

"음."

양이는 머뭇댔다. 그러나 이름을 대지 않을 이유를 찾지 못했으므로 답했다.

"'김양이'라고 합니다."

양이는 남자와 두 발자국 떨어져 있었다. 그럼에도 남자와 눈을 마주하려면 고개를 꺾어야 했다. 남자는 수산에 지지 않을 체격이었고 터번과 왜가리 깃 덕에 더 높아 보였다. 시계탑처럼 까마득했다. 양이는 남자와 마주 서니 아득하고 어찔했다. 한 발자국 물러서며 재차 권했다.

"가을바람이 차요. 드셔서 따뜻한 차부터 드세요."

"고맙네. 그러도록 하지."

남자는 발을 뗐다. 은은한 주홍이 도는 화화 안으로 웅장한 그림자를 옮겼다.

"우와, 우와, 우와!"

크닙은 입을 쩍 벌렸다. 남자가 쓴 터번을, 걸친 카프탄을 넋 놓고 보았다. 눈물을 글썽이나 싶을 만큼 눈을 빛내며 손끝을 꿈틀댔다. 남자에게 팔을 뻗다 움찔하고 팔을 뻗다 또 움찔했다.

"후아아, 근사해애애."

월주도 남자와 남자가 한 복색에 지대하게 관심을 기울였다. 뺨을 붉히고 가슴 설레어했다. 남자를 빙빙 돌았다.

"월주 언니, 크닙아, 손님이시잖아."

둘은 폭주하려 했다. 양이는 소곤대며 양팔을 뻗었다. 두 뒷덜미를 잡아끌었다.

"괜찮네. 내 이야기를 들어줄 이를 찾아 길을 떠났더니 그대들을 만나는구먼. 나는 그대들을 좋아하지. 원대로 하게. 만지고 싶다면 만지고 업히고 싶다면 업히고 안기고 싶다면 안기게."

남자는 미소했다.

"와아아, 만져보고 싶었어요!"

크닙은 남자에게 답삭 붙었다. 남자가 걸친 핏빛 카프탄에 손을 대고 금빛 문양을 더듬었다. 월주도 마찬가지였다. 월주는 개다래나무에 엉겨 붙는 고양이처럼 남자에게 찰싹 붙었다. 옷에 달린 보석 단추를 만지더니 남자의 희고 따뜻한 뺨에까지 손을 뻗었다.

"아저씨는 향기가 근사해요. 따뜻하게 잘 익고 잘 묵은 향기예요. 엄청나게 맛있는 냄새야. 근데 '그대들이 있구먼.'이라니, 저흴 아세요?"

월주는 까만 눈을 반짝이며 가르랑댔다. 킁킁대며 남자의 가슴팍에 뺨을 비비댔다. 남자는 월주의 머리칼을 쓰다듬었다. 어리광을 달래듯 등까지 토닥였다.

"물론 아네. 내 세계에도 그대 같은 자들이 있었으니. 세상을 듣는 귀들. 나는 그대들을 사랑하네. 그대들이 귀라면 나는 입이니."

"입이요?"

크닙이 남자의 등에 매달리며 물었다. 남자는 끄덕였다. 웃음이 밴 음색으로 답했다.

"그렇다네. 나는 이야기꾼, 내 세계 언어로 '하얄리'라고 하네. 평생 극을 쓰고 무대를 세우고 인형을 만들고 인형을 움직이며 이야기했지."

"아아아, 그렇군요. 어쩐지! 이렇게 맛있는 냄새가 듬뿍 나는 분은 처음이에요."

'진짜 개다래나무이셨구나.'

양이는 그제야 크닙과 월주가 넋 놓은 까닭을 깨달았다. 이 괴이한 손님과 괴이한 손님맞이 장면을 하릴없이 보며 뺨만 긁었다.

"뭐야! 너희 나 빼놓고 뭐 먹어? 말도 못하게 맛있는 냄새가 나!"

쿵쿵쿵. 그때 화화를 울리며 수산이 튀어나왔다. 수산은 눈알을 번득이며 홀을 훑었다. 뺨이 확 달아올라 몸을 붕 날렸다. 개다래나무로 뛰어오르는 표범처럼 남자에게 날아들었다.

"하얄리 어르시이이인!"

"이런, 곤란하구먼."

남자는 뒤로 물러났다. 간단히 발을 민 듯했으나 단숨에 쭉 미끄러졌다.

"거북이군, 자네도 있었구먼. 덩치가 너무 커져서 이제 못 안아주겠네. 허허허."

수산이 공중에 헛손질했다. 남자는 미안한 듯 거볍게 웃었다.

✳✿✳

남자, 하얄리는 열렬히 환대받으며 화화에 안착했다. 화화 홀에 거대하고 네모반듯한 가죽 가방을 내려놓았다. 가방은 아름답고 규칙적인 아라베스크 문양이 가죽 결에 섬세히 녹아들었을 뿐 유럽 신사들이 들고 다니던 옛 여행 가방과 다를 바 없어 보였다. 그러나 남자가 능숙한 손길로 만지자 척척 모습을 바꿨다. 가방이 열리기 전에 겉면 중 한 면에서 다리 네 개가 솟았다. 가방이 열리자 안쪽 한 면이 무대 바닥이, 그 맞은쪽 면이 배경이 되었다. 펼쳐진 가방 양옆으로 검푸른 장막이 날개를 펼쳤다. 화화 홀에 순식간에 작은 무대가 세워졌다.

"와아, 이게 다 뭐예요? 아저씨 마술사세요?"

크닙은 무대 앞에 턱을 받쳤다. 하얄리는 미소했다. 중후히 목을 울렸다.

"마술사는 아니라네. 인형술사이지. 이 인형을 움직여 이야기를 들려준다네."

하얄리는 무대에 널브러진 납작 인형을 들어 보였다. 몸, 머리, 팔다리를 각각 오리고 색색이 물들여 꿰어낸 납작 인형이 낚싯대에 이끌려 벌떡 일어났다.

"안녕, 작은 친구."

광대 인형이 우쭐대었다.

"와아, 예쁘다. 투명하고 알록달록해요. 무어로 만들었나요?"

월주가 인형을 만지고 싶은 듯 손끝을 반쯤 뻗으며 물었다.

"모든 것들로 만들었다네. 우선 세상을 달리다 늙어 죽은 지혜로운 낙타가 필요하네. 그가 남긴 가죽을 물과 돌과 약물로 무수히 매만져 투명하게 만들지. 투명해진 가죽에 그림을 그리고 꽃물과 풀물을 들이네. 마지막으로 가위로 오리고 실로 꿰매고 줄을 매단다네. 그러니 이 아이에겐 모래와 바람과 태양과 달, 히비스커스와 인디고와 사프란, 나무와 쇠와 물이 모두 들은 셈이지."

하얄리는 본디 '낙타'나 '히비스커스', '인디고' 같은 단어를 쓰지 않았다. 기이하고 울림이 풍부한 발음을 했다. 양이는 하얄리에게 주의를 기울인 끝에 그 사실을 깨달을 수 있었다. 그러나 그 다름을 인지하면서도 그 낯선 소리가 귀를 지나 머리로 들어오자 '낙타', '인디고', '사프란'으로 이해되었다. 그래서 자신 옆에 앉은 수산을 쿡 찔렀다.

"저분 역시 외국인, 아니, 외계인이시죠? 다른 별이나 다른 세계에서 오신 분이요. 지금 통역 주술이 쓰이는 것 같은데요."

수산은 뺨이 발그레했다. 입이 싱글 눈이 벙글 했다. 그러나 월주와 크님보다야 점잖아서 양이 옆에 잠자코 앉아 하얄리를 보기만 했다. 양이가 말을 걸어도 양이에게 눈길도 주지 않았다. 무대를 만지는 하얄리에게 넋을 빼놓은 채 고개만 끄덕였다. 취한 듯 답했다.

"네. 다른 세계 분이세요. 멋진 분⋯⋯. 하아. 제가 어릴 때 두 번 뵙고 무지 오랜만이네요. 하아아. 진짜 좋아."

'도깨비는 정말 이야기를 좋아하나 보네.'

양이는 웃었다. '다들 이럴 턱이면 사장님도 좋아하시지 않을까?' 싶었다. 도를 불러야 하나 고민했다.

"자아, 어린 친구들, 이제 저기로 가서 수산 군, 양이 양과 나란히 앉지 않겠나? 그 인형도 내려놓고."

크님과 월주는 어린아이처럼 인형을 만지작대고 있었다. 하얄리가 제지하자 아쉬움을 뚝뚝 떨어트리며 머뭇대더니 결국 인형을 놓았다. 수산과 양이에게 쪼르르 달려왔다. 크님은 수산 무릎 위에 털썩 앉고 월주는 양이 옆구리에 찰싹 붙었다. 쪼르르 늘어선 전구처럼 하얄리를 비췄다.

하얄리는 인자하게 웃었다. 미소는 찰나라, 이슬처럼 흩어졌다. 하얄리는 고목이 언덕을 지키듯 섰다. 크님과 수산, 월주와 양이를 보았다. 수산에게, 아니 어쩌면 양이에게 시선을 멈추었다. 속 깊은 화로에서 타오르는 불처럼 목소리가 울렸다.

"실은 내가 특별한 공연을 만들었네. 세상은 귀먹고 눈멀어 이 공연을 보아줄 이 누가 있을까 근심하였지. 의복과 행장을 갖추었네. 여로 끝에서 적격한 이를 만나길 바라며 길을 떠났지. 길 끝에서 문을 마주하고 열었더니 이곳이구먼. 그래, 그대들이라면 이 특별한 이야기를 증언할 관객으로 합당하지. 누구보다도 열심히 들어줄 테니.”

하얄리는 양이에게 시선을 맞추었다. 이제 수산을 본다고 착각하기 어려울 만큼 깊숙이 양이를 향했다. 목소리로 고요히 불꽃을 내었다.

“여주인이여, 공연을 허락하겠는가?”

양이는 얼떨떨했다. ‘내가 왜 ‘여주인’이라고 불렸는가’ 싶었다. 그러나 곧 대수롭지 않게 넘어갔다. 하얄리와 자신은 통역 주술로 소통하고 있고, 자신이 앞장서 손님을 맞았으니 여성 접객인, 호스티스로서 그렇게 불렸으려니 했다. 선선히 끄덕이며 곰살궂게 미소했다.

“부탁합니다. 공연해주시지 않으면 저희 식구들이 울어요.”

하얄리는 가슴에 손을 얹고 정중히 인사했다. 은근히 달구어진 바람처럼 매끄러운 솜씨로 무대 설치를 마무리했다.

“누구든 불을 꺼주겠나?”

“제가 할게요!”

입을 헤벌리고 있던 크닙이 공간을 휙 가로질렀다. 재빨리 불을 껐다. 어둠에도 개의치 않고 수월히 자리로 돌아왔다.

무대에 빛이 들었다. 노랗고 불그레한 색이 비스듬히 무대를 비췄다. 하얄리는 그 앞에 서서 크닙과 다른 화화 식구들에게 정중히 인사했다. 열렬히 박수받으며 무대 뒤로 사라졌다. 그 사라지는 동작은 몹시 매끄러워서 거인이 훅 들이쉬는 숨결에 빛이 어둠으로 빨려 들어가는 듯했다.

그리하여 공간에는 텅 빈 무대와 창백한 배경과 사그라지는 황혼 같은 불그스름함만 남았다. 그 속으로 건들건들, 알록달록한 가죽 인형이 나타났다. 인형은 사지와 목을 오졸대며 무대 가운데로 걸어 나왔다. 옷매무시하듯 제 초록색 조끼와 바지를 손으로 더듬어 탁탁 털었다. 투명하게 무두질하여 알록달록 물들인 옷과 몸체가 하얀 배경 천 위에 오색을 어른어른 수놓았다. 인형은 제가 드리운 색색의 그림자를 등지고 의젓하게 섰다. 그 옛날 변사처럼 높다랗게 부풀린 목소리로 운을 떼었다.

"이곳으로부터 아주 머나먼 세계에 해가 지는 시대에 한 작고 아름다운 나라가 있었습니다. 그 나라에 한 호기심 많은 아이가 살았습니다."

무대 한끝에서 노랗고 붉은 옷을 입은 아이가 빼꼼 어둠을 열고 솟아났다. 아이는 이리 기웃 저리 기웃하며 무대를 살랑살랑 누볐다.

"와아, 그림자 꼭두극이야!"

월주가 두근대는 심장을 누르며 숨을 터트렸다.

"예쁘네요."

양이는 월주의 어깨를 가볍게 끌어안았다. 목소리 낮춰 말을 받았다.

객석에서 이는 자그마한 소란에도, 초록색 조끼와 바지를 입은 인형은 빠끔빠끔 명랑하게 턱을 여닫았다. 아이 인형도 작은 무대를 다람쥐처럼 저 혼자 뛰고 구르며 노닐었다.

"아이는 작은 시골 마을에서 태어났습니다. 호기심 많고 상상력 풍부했지만 조용히 나고 조용히 살다가 땅에 묻힐 인생이었지요. 그러나 어느 날, 아이가 사는 시골 마을에 위대한 이야기꾼이, 하얄리가 방문합니다. 이 이야기는 '그날'에서 시작합니다."

해설자 인형은 팔다리를 흔들며 무대 왼편으로 물러났다.

아이는 더욱 제 세상이 된 듯 무대 이 끝에서 저 끝으로 획획 뛰었다. 아이의 몸짓에 따라 배경이 문질러 닦아내지듯 모습을 바꿨다. 빛이 부옇게 번지더니 새로이 색색이 영글며 흥거운 장터가 되었다.

장터 한쪽에 인파가 와글와글했다. 그곳에 작은 무대가 섰다. 화려한 카프탄을 입고 높다란 터번을 쓴 남자가 손가락 끝마다 실과 막대를 매달고 인형을 흔들었다.

"와……. 다 살아 움직이네요."

"응, 응! 어떻게 저 조그만 인형들이 다 제각기 움직이지?"

양이는 혹여 극을 방해할까 봐 숨죽여 속삭였다. 월주는 거리낌 없이 꺅꺅 목소리를 높였다. 방식이야 달라도 둘 다 눈이 동그랬다. 목이 쑥 빠졌다. 무대에 고개도 시선도 붙박고 침을 꼴깍 삼켰다. 꼭 그 둘처럼, 무대 속 아이도 발을 돋웠다. 목을 뻗고 두 손을 맞잡고 무대 속 무대를, 위대한 하얄리를, 하얄리의 손끝에서 살아 움직이는 인형을 보았다.

무대 왼편, 빛이 드문 자리에서 목소리가 울렸다.

"작은 시골 마을에서 나고 자란 아이에게 하얄리는 마법사 같았습니다. 그 남자의 손끝에서 아이가 막연히 품었던 온갖 상상이 실체를 얻었죠. 상상 속 생명이, 세계가 일어나 말하고 뛰고 춤췄습니다. 그뿐인가요?"

아이는 무대 속 무대의 가장자리에 바짝 붙어 고개를 돋웠다. 커다란 두 눈에 푸른 눈물을 글썽였다. 아이가 붙어 선 무대 위에서 작은 빛 뭉치들이 아롱거렸다. 푸른빛을 띤 공주가 가슴에 칼을 꽂고 쓰러지고 붉은빛을 띤 왕자가 비명을 지르며 달려와 공주를 끌어안았다.

"그 하얄리는 인형만 잘 놀리는 자가 아니었습니다. 그야말로 '하얄리', 위대한 이야기꾼이었습니다. 그 남자가 입을 열면, 인형을 움직이면, 작은 무대 위에서 온갖 아름답고 무시무시하고 용감하고 비겁

한 이야기가 펼쳐졌죠. 아이는 그 새로운 세계에, 위대한 하얄리에게
빠져들었습니다."

"으아아, 귀여워!"

"엄청 *쪼끄매*!"

크닙이 몸서리쳤다. 월주도 두 손을 맞잡았다.

아이는 인형을 안은 커다란 남자와 나란히 섰다. 고목 같은 남자 옆
에 선 아이는 정말로 자그마했다. 팔다리 하나하나, 눈코입 하나하나
가 동글동글하고 앙증맞았다. 남자, 하얄리를 올려다보며 방울 같은
눈을 일렁였다. 남자의 카프탄 자락을 꼭 쥐고 흔들었다. 남자는 무어
라 타이르고 한 발짝 뗐다. 아이가 짧은 다리로 세 발짝 종종종 따라
갔다. 남자는 다시 한 번 더 타일렀다. 또 한 발짝 뗐다. 아이는 꼭 쥔
옷자락을 종처럼 흔들었다. 네 발짝을 도도도 달려서 쫓아갔다.

쿵짝. 따르르. 쿵짝. 또르르르.

큰북과 작은북이 노래했다. 하얄리와 아이는 붉고 노란빛을 수놓으
며 무대 위를 좌로 우로 오갔다.

쿵쿵쿵쿵. 따르르르르르르르릉! 쿠웅짝. 통! 통! 통!

하얄리와 아이는 무대 위를 뱅뱅, 맴맴 돌았다. 북소리가 부쩍부쩍
빨라졌다. 피리 소리가 북소리를 너울너울 넘나들었다. 빛, 선율, 리
듬이 한데 엉켜 어지러이 춤췄다. 하얄리와 아이는 이제 꼬리를 물리
고 무는 두 덩이 빛이었다.

"깔깔! 벌에 쫓기는 사자 같아!"

숨죽여 보던 양이가 웃음을 터트렸다. 수산도 해드득 웃었다.

"푸히힛! 저 양반, 코 꿰셨네! 딱 당혜에게 쫓기던 우리 전하 꼴이잖
아?"

달아오른 웃음과 빛, 음률 사이로 달뜬 목소리가 흘러들었다.

"며칠 뒤 위대한 하얄리는 마을을 떠나려 했습니다. 그러나 아이는 제 미래를 결정한 뒤였죠. 자신도 위대한 하얄리가 되고야 말겠다는 꿈으로 하얄리를 조르고 또 졸랐습니다."

쿵짝. 토옹!

돌연, 하얄리가 걸음을 멈췄다. 아이도 그에 따라 걸음을 멈췄다. 휘황하던 음악과 율동이 한순간에 멎었다. 번쩍이던 빛이 온화하게 잠잠해졌다.

돌연히 찾아든 고요와 평온 속에서 위대한 하얄리는 무릎을 굽혔다. 아이와 눈높이를 맞췄다. 무어라 입을 달싹였다. 아이는 입을 짝 벌렸다. 두 팔을 번쩍 들었다. 환한 레몬빛으로 반짝이며 하얄리의 목을 끌어안았다.

"만세, 됐다!"

"와아, 잘됐다!"

월주와 양이가 나란히 환호했다. 무대 왼편, 구석진 자리에서 해설자 인형이 벙긋 웃었다.

"네, 결국 아이가 이겼습니다. 혼자 마을을 찾았던 위대한 하얄리는 이제 둘이 되었지요."

위대한 하얄리가, 커다란 남자가 앞장서 걸었다. 아이는 남자가 그리는 궤적을 욜랑욜랑 따랐다.

그리하여 크고 작은 그림자가 하얀 배경에 어지러이 색을 얽었다. 남자가 만든 붉은 그림자에 아이가 만든 푸른 그림자가 녹아났다. 그림자와 그림자가 나팔꽃처럼 찬란한 자홍빛으로 몽우리를 터트렸다. 남자가 만든 노란 그림자에 아이가 만든 파란 그림자가 업혔다. 그림자와 그림자가 눈처럼 맑은 흰빛으로 어둠을 깨트렸다.

해설자 인형이 말을 이었다.

"아이는 부지런히 위대한 하얄리를 좇았습니다. 스승이 하는 일이
라면 무엇 하나 놓치지 않고 따라 하며 근면히 배우고 익혔습니다. 그
러기를 십수 년…….."

"엇, 커졌어!"

아이는 자라났다. 해바라기처럼 쑤욱, 하얄리의 어깨 어름까지 돋
았다.

"절대 낡지 않는 풋풋한 열의가 세월을 만나자 아이도 어엿한 하얄
리가 되었습니다. 극을 쓰고 인형을 만들고 무대를 꾸미고 인형을 놀
리고 악기를 연주하고 곡을 노래하고 삶을 이야기하는 재주를 부리게
되었죠."

터번을 쓴 스승은 무대 한편으로 물러났다. 아이는 쑥 자라나 악기
를 탔다. 무대를 만들었다. 팔분의 구 박, 흥겨운 박자로 인형을 안고
춤췄다. 스승에게서 벗어나 어엿이 홀로 제 무대를 꾸렸다. 뒷골목,
선술집, 시장바닥, 연회를 돌면서.

"드디어……!"

"잘한다!"

양이는 가장 처음에는 얌전한 관객이었지만 어느 틈엔가 도깨비들
에게 물들었다. 마음껏 목소리를 높이며 아낌없이 추임새를 넣었다.
홀로 제 무대를 펼치는 아이에게 화화 식구들과 더불어 열렬히 박수
쳐주었다.

"아이는 위대한 하얄리인 스승이 자랑스러워할 만큼 잘 배웠습니
다. 어쩌면 스승보다도 빼어났지요. 그리하여 이 새로운 하얄리가 한

번 무대를 펼치면 모든 이가 숨죽이고 그 세계에 빠져들었습니다.”

하얀 천 앞에 크고 작게 오린 배경이 불쑥 솟았다. 배경은 알록알록 일렁이다 덜컹 내려앉았다. 또 다른 모습으로 얼쑹덜쑹 어룽더룽 꼴을 바꿨다. 그 앞에서 만 가지 옷을 입은 이들이 웃고 박수 치고 손발을 흔들었다. 무대를 비스듬히 비추는 어스름한 광원은 제각기 물든 엷은 거죽을 겹겹이 지나며 영롱하고 오묘한 빛으로 폭발했다. 빛은 반짝이고 넘실댔다. 고였다가 휘몰아치고 춤췄다가 그치었다.

“과연 젊은 하얄리는 나날이 이름이 높아졌습니다. 명성이 저기 왕과 왕비가 기거하시는 높다란 왕궁에까지 닿았습니다.”

장엄하게 너울 치는 빛의 바다, 보그르르 일고 잠드는 빛의 포말, 그 속에서 둥근 지붕과 뾰족한 첨탑이 둥실 떠올랐다. 지붕과 첨탑은 거대한 왕궁으로 완연히 모습을 갖추었다. 빛의 바다를 아울렀다.

“우와, 왕궁이야!”

“왕비님이신가 봐. 옷이 되게 예뻐요!”

“저 콧수염 달린 남자는 왕인가?”

왕과 왕비가 나왔다. 작은 하얄리는 또다시 인형과 함께 간닥였다. 악기와 함께 울렁였다. 왕과 왕비는 웃었다. 목과 팔을 살랑였다.

“그리하여 꿈꾸던 시골 아이는 왕의 이야기꾼이 되었습니다.”

호화롭게 저택이 섰다. 저택은 꽃과 나무로 풍요로웠다. 작은 하얄리는 위풍당당히 저택으로 들어섰다. 시종과 시녀를 거느리고 유유자적했다.

“왕의 이야기꾼은 마르지 않는 샘이었습니다. 재미있는 이야기를 끝없이 자았습니다. 아름다운 인형을 한없이 오렸습니다. 흥겨운 음악을 가없이 뽑았습니다. 그리하여 부와 명성을 누렸습니다. 영원히 그러할 듯이. 하나……."

광원이 침침해졌다. 무대가 바뀌었다. 온갖 찬란한 색과 문양이 저물었다. 모양은 호화로우나 빛이 바랜 가구와 침대가 놓였다. 그 속에 옷은 호화로우나 등과 어깨가 굽은 노인만 남았다. 큰북과 작은북이 소리의 지평 너머로 사라졌다. 현이 문대어지며 쓸쓸히 울었다.

"세월은 부질없어 아이는 노인이 되었습니다. 나라에서 가장 놀라운 하얄리로서 만 가지 사람과 동물이 되던 그 목에서는 탁한 가래와 쉬어빠진 숨이 끓고, 나라에서 가장 놀라운 하얄리로서 만 가지 사람과 동물과 산과 들에 숨을 불어넣던 그 손가락은 빳빳이 굽어 파르르 떨렸습니다."

노인은 탁하고 불투명했다. 빛을 뿜어내지 못하고 희미하게 번들거렸다. 피할 수 없는 죽음처럼 기침했다.

"아아, 아픈가 봐."

월주는 찡그리며 양이의 손을 그러쥐었다. 땀이 밴 작은 손에 꾸욱 힘이 들어갔다.

"어떡해……!"

양이도 한껏 찡그리며 월주와 손을 맞잡았다.

"흐엥."

크닙도 울상 지으며 숨죽였다. 수산도 마찬가지였다. 다들 걱정스러운 표정으로 무대에 시선을 맸다. 해설자 인형이 말을 이었다.

"하얄리 노인은 병들었습니다. 명성도 명예도 재물도 여전했지만 그것을 누릴 힘이 없었죠. 노인은 병상에 누워 하염없이 기다렸습니다. 나날이 부쩍부쩍 자라나는, 언젠가 자신을 집어삼킬 죽음을 기다렸습니다."

쿨럭, 쿨럭. 노인은 가래 끓는 소리를 내며 기침했다. 침침하게 깜박이며 가슴을 움켜쥐었다. 탁한 빛이 잿빛 배경 위로 흐리멍덩하게 흔들렸다.

"노인은 죽음이 두렵지 않았습니다. 그러나 나날이 안타까웠습니다. 왜냐하면, 노인에겐 소망이 있었기 때문입니다. 이룰 수만 있다면……."

해설자는 말을 멈췄다. 두 손을 배꼽 앞에 모으고 깊이 숨을 골랐다. 숨죽인 관객을 둘러보았다. 목소리를 낮춰 한숨 쉬듯 뒤를 이었다.

"이루어만 진다면, 죽음조차 기꺼울 간절한 소망이 있었기 때문입니다. 그러나 그 소망은 이룰 길이 없었습니다. 그래서 노인은 절망했습니다. 가슴을 뜯었습니다."

노인은 몸부림쳤다. 마른 가슴을 치고 비틀어 뜯었다. 벼랑 틈을 가르는 바람처럼 높고 가는 흐느낌이 간단없이 이어졌다.

"저요! 질문이요! 그 간절한 소망이 뭐예요?"

크닙이 번쩍 손을 들었다.

해설자 인형이 답했다.

"아이가 소녀가 되지 않고는 여인이 될 수 없듯 이야기도 자라는 순서가 있지요. 짐작해보십시오. 노인의 간절한 소망이 무엇이었을지. 그런 상상이 이야기를 더 즐겁게 해줄 겁니다."

"으으음."

크닙은 길게 숨을 늘였다. 고개를 이리 갸웃 저리 갸웃했다.

해설자 인형은 팔다리를 부르르 흔들었다. 자신에게 시선을 모았다. 탁탁 손발을 털고 다시금 단정히 섰다.

"자아, 다시 이야기로, 노인에게로 돌아가죠. 어느 날입니다. 노인이 누운 침상 옆 어둠에서 한 방문자가 나타납니다."

해설자는 두 팔을 벌리고 두 무릎을 엑스자로 엇갈려 굽혔다. 정중하지만 과장된 인사였다. 까만 그림자 속으로 스르르 허물어졌다.

삐이익! 돌연 날카로운 피리 소리가 울려 퍼졌다. 젖은 풀잎을 입술 사이에서 거칠게 부는 듯한 소리였다.

❋❀❋

노인은 여전히 침대에 누워 있었다. 기침이 숨 쉬듯 이어졌다. 늙은 그림자가 마구잡이로 흔들렸다. 그림자와 함께 빛도 흔들렸다. 그 일렁이는 빛과 반그림자 속에서 터번을 두른 방문자가 연기처럼 피어올랐다.

"뉘시오?"

노인은 돌로 철판을 긁듯 물었다.

터번을 두른 방문자는 뚜렷하고 묵직했다. 지나간 계절을 모두 끌어안은 가을 열매 같았다. 달콤하고 쌉싸름하게 빛났다. 고요히 멈춰 노인을 굽어보았다.

"그대가 움켜쥔 죽을 만큼 간절한 소망을 이뤄줄 존재."

방문자가 내는 목소리는 낮고 깊었다.

노인은 그 목소리에 나직이 떨었다. 범종이 울릴 때 그를 둘러싼 모든 공기와 새와 풀잎이 떨듯.

"내 소망이 무언지 아오?"

방문자는 묵묵히 노인을 향했다. 지루하도록 기나긴 침묵 끝에 답했다.

"관심 없소. 그러나 이뤄줄 수 있소."

그 대답은 굳건했다. 한 점 망설임도 없었다.

"무언지도 모르는 소망을 어찌 이뤄줄 수 있소?"

노인은 조심스러웠다.

"나는 한없이 전능에 가까운 존재이기 때문이오."

방문자는 굳건했다.

"전능하면 전능하지 한없이 전능에 가까운 존재는 뭐요?"

노인은 예민했다.

"나는 '내 일에서만큼은' 전능하지 않으나 다른 모든 일에서는 전능하오. 그러니 나는 전능하지 않으나 한없이 전능에 가까운 존재요. 그래서 그대가 품은 소망을 이뤄줄 수 있소."

방문자는 담담했다. 태양은 아침에 뜨고 밤에 진다는 말을 하듯.

노인에겐 그러한 확신이 없었다. 노인은 어려서나 늙어서나 의심하는 동물이었다.

"그대는 천사요, 악마요? 그대 얼굴이 아름다우니 천사 같으나 그대 몸이 어둠에 있으니 악마 같소."

노인은 떨었고 제 이룰 길 없던 간절한 소망을 떠올렸다. 그 소망이 얼마나 자기 심장을 뒤흔들고 혈관을 쥐어짜고 밤을 흔들고 낮을 깨부수었던지 돌이켰다. 처음보다 더 떨며 간청했다.

"천사라면 이리 와 한시라도 빨리 내 고통을 덜어주시고 악마라면 냉큼 어둠으로 돌아가시오."

방문자는 고개 저었다.

"나는 천사도 악마도 아니오. 그저 정당한 대가를 받고 그대 소망을 들어주고자 하는 한없이 전능에 가까운 존재일 뿐이오."

"대가?"

"모든 일엔 대가가 필요하오."

노인은 제가 지닌 것을 더듬었다. 명성, 명예, 재물, 시종, 시녀, 저택, 가축, 밭, 병마, 늙음, 꺼져가는 생명, 절망. 간절한 소망이 지닌 무게에 비하면 무엇 하나 깃털만도 못하였다.

"무엇을 대가로 내 소망을 이루어주겠소? 그대가 진정 전능에 가까운 자라면 내 소유한 무엇이든 주리다. 돈이든 명예든 생명이든."

"그런 것은 무엇 하나 필요치 않소. 내 바람은 간단하오. 나와 내기를, 숨바꼭질을 하시오."

방문자는 제안했다. 여전히 덤덤했고 흔들림 없었다. 짐짓 지루한 태도였다.

"숨바꼭질?"

방문자는 품에 손을 넣었다. 초를 한 자루 꺼냈다. 해와 달과 산과 바다와 바람과 노래와 천사와 악마를 새긴 초였다. 그것을 노인에게 건넸다.

"이 초에 불을 밝히고 초가 전부 녹아 사라지기 전에 술래가 숨은 자를 찾는 숨바꼭질이오."

노인은 초를 받아 들었다. 초를 눈높이로 들어 올리고 이리저리 돌렸다.

"시간제한이 있구려. 살날이 얼마 남지 않은 내게 적합하오. 죽음에 쫓기는 노인은 젊은이보다도 성급하니."

방문자가 끄덕였다.

"그렇소. 그러나 이 숨바꼭질은 시간 안에 술래가 숨은 자를 찾지 못하면 둘 다 죽는 숨바꼭질이오."

✳✲✳

"말도 안 돼. 그런 숨바꼭질이 어딨어요?"

크닙은 목소리를 높였다. 수산은 찡그렸다.

"있을 수도 있지만 이상하지."

"으음, 열심히 숨었다가 나까지 죽으면 망하잖아요?"

양이는 갸웃했다.

"그러니까 대충 숨겠지. 술래가 바로 찾게."

월주는 동의하며 입술을 삐죽였다. 크닙은 볼을 부풀렸다. 시무룩이 말했다.

"하나도 재미없겠다."

"신성한 내기를 모독하는 방식이야. 난 이 내기 반댈세."

수산은 도깨비다운 결론을 내렸다. 월주와 크닙이 열렬히 끄덕였다.

그때 초록색 옷을 입은 해설자가 저 밑 어둠에서부터 빛이 고인 무대 위로 덜레덜레 돋아났다. 해설자는 무대 중심을 차지했다. 자못 진지한 태도로 배꼽 위에서 제 두 손을 맞잡았다.

"현명한 관객 여러분, 참으로 합당한 의견입니다. 제 목숨이 달렸는데 기를 쓰고 숨을 이가 어디 있겠습니까? 대개 생각건대 이치가 그렇지요. 그래서 노인도 방문자에게 같은 의문을 던졌습니다. 방문자는 무어라 답했을까요?"

해설자는 인사를 올렸다. 무대 아래로 납작 쭈그러졌다.

삐이익. 가늘게 떨리는 예민한 피리 소리가 공기를 헤집었다.

❋❋❋

방문자는 병상 옆에 석상처럼 섰다. 노랗고 붉고 푸르게 빛과 색을 통과시킬 뿐 움직이지 않았다. 느리고 무겁게 말했다.

"그렇지 않소. 이 숨바꼭질은 술래도 숨는 자도 반드시 최선을 다하오."

노인은 방문자가 준 초를 움켜쥐었다. 탁하게 일렁이며 물었다.

"시간 안에 술래가 숨은 자를 찾지 못하면 '둘 다 죽는다.' 하지 않았소? 누가 그런 숨바꼭질에 최선을 다하오?"

"글쎄, 그렇게 여길 수도 있겠소. 그러나 이 숨바꼭질에서는 술래도 숨는 자도 '반드시' 최선을 다하오."

"말도 안 돼."

노인은 세차게 고개 저었다. 그러면서도 이야기꾼으로서 살아온 본성이 그 말에 설렜다.

'이 얼마나 괴이한 이야기인가?'

노인은 귀를 쫑긋 세웠다. 방문자에게 몸을 기울였다.

방문자도 몸을 기울였다. 침상 위에 흐트러진 노인의 다리 위로 상체를 드리웠다. 한 팔로 침상을 짚고 고개를 꺾어 들었다. 노인과 눈을 맞췄다.

"반드시 말이 되오. 또한, 그대가 술래로서 나를 찾아내면 그대는 그 죽을 만큼 간절한 소망을 이루게 되오."

방문자는 천천히 숨을 들이쉬었다. 사뭇 밀도 높은 음성으로써 지그시 물었다.

"하겠소, 말겠소?"

노인은 이 숨바꼭질에 담긴 비밀이 궁금해졌다. 남자가 한 말이 사실이라면, 제 목숨을 걸고서라도 기어이 숨을 자가 존재한다면, 그 사연이 퍽 기이할 터였다.

또, 노인은 제 소망을 떠올렸다. 남자가 한 말이 사실이라면, 이 해소될 길 없던 절박한 소망을 진실로 이룰 수 있다면, 자신이 소망을 이룬 후 온 세상이 무너져 내린다 하여도 기꺼이 그 내기를 받아들이고 싶었다.

노인은 입을 뻐금댔다. 고뇌했다.

'이자는 진실을 말하는가? 거짓으로 나를 미혹하는가? 이자는 천사인가? 악마인가? 이것은 현실인가? 환상인가?'

노인의 빛바랜 가슴에서 으스름 연기가 피었다. 그 유령 같은 연기를 타고 향기롭고 매캐한 냄새가 연실처럼 풀려나왔다. 연싸움하는 연실처럼 서로 살을 비벼대는 달콤함과 매캐함 사이로 불그무레하고 푸르무레한 형체가 무럭무럭 일었다. 형체는 꿈틀대며 똬리 틀었다. 각각 날개와 꼬리를 펄럭이며 공간을 메우고 노인을 끌어안았다.

노인의 심장이 뛰놀았다. 늙지만은 않은 그 심장은 팽팽히 당겨진 신경을 놀이줄 삼아 날뛰고 쏘다녔다. 불그무레하고 푸르무레하고 향기롭고 매캐한 유령들, 의심과 기대의, 절망과 희망의, 천사와 악마의 손을 잡고 미친 춤을 추었다.

현악기가 떨었다. 피리가 치솟았다. 북이 진동했다. 음이 춤추고 빛이 비명 질렀다. 그림자가 흐느꼈다. 불그죽죽 푸르뎅뎅 노르족족, 색이 합창했다. 향과 색과 빛과 음과 정신이 다 함께 빙글빙글 돌았다.

한곳으로 내쏟아졌다. 하얗게 터졌다. 마침내 그 흰빛조차 죽고, 막이 내렸다. 어둠이었다.

❋❋❋

온통 검었다. 생각조차 멎을 만큼. 눈 뜨는 일이 무의미했다. 눈 감았다. 그러자 외려 닫힌 눈꺼풀 위에 빛과 색이 얼비쳤다. 잠시 후 따뜻한 귤빛이 연약한 속눈썹을 타고 흘러들었다. 그 보드라운 빛이 망막을 적시고 잔상을 지웠다. 양이는 비로소 눈 떴다.

깜박깜박. 양이는 눈꺼풀을 거푸 여닫았다. 재잘재잘. 옆에서 도깨비들이 들뜬 소리를 냈다. 눈앞에 보이는 무대에 막이 내려 있었다.

'저 무대가 저렇게 작았나?'

양이는 의아했다. 휘몰아치던 빛과 색을 몰두해 보아서인지 혼곤하고 얼떨떨했다. 얼얼한 머리를 끙끙 굴려서 '아 막이 끝났구나.'라고 겨우 이해했다.

"장난 아니지? 흐아, 저런 분이랑 같이 살면 좋겠다. 아침, 점심, 저녁으로 재미있는 이야기를 들을 수 있잖아."

월주가 양이를 흔들었다. 월주는 뺨이 화끈 달아올랐다. 제 얼굴보다 커다란 솜사탕을 생애 처음으로 얻은 어린아이 같았다. 넋이 나갔던 양이는 그제야 머리를 부르르 흔들었다. 숨을 훅 들이쉬었다. 그 어벙한 모습에 월주가 깔깔댔다. 양이는 웃음소리를 들으며 답했다.

"그러게요. 저도 저런 인형극은 처음이에요. 어떻게 인형도 움직이고 목소리도 내고 악기도 연주하고, 그걸 동시에 다 하시죠? 저렇게까지?"

"그러니까! 오늘부터 내 이상형이야!"

월주는 가슴 앞에서 두 손을 극적으로 모아 쥐었다. 수산이 한탄했다.

"으으, 당당하게 이상형 선언이라니, 부럽다! 저분이 여자이시기만 했으면 나도 처음 뵌 그 날 다짜고짜 청혼했을 텐데."

"형님, 우리는 셰에라자드가 있어요!"

"걔가 실존 인물이긴 해?"

"어? 실존 인물 아니에요? 내기하실래요?"

"나나나, 나도 낄래! '실존 인물이지만 이미 죽었다.'에 내 곰 젤리 한 봉지!"

"자, 내기들 하세요. 전 하얄리 어르신 좀 챙겨드리러 갈게요."

양이는 잽싸게 자리에서 일어났다. 수산이 양이의 옷자락을 당겼다.

"다반에 군입 거리랑 마실 거리, 챙겨놨어요. 조리대에 뒀어요."

"넵, 알겠습니다."

양이는 내기판을 벌이는 식구들을 뒤로하고 부엌으로 갔다. 따뜻한 다반을 들고 홀로 나왔다. 길게 쳐진 장막 끝을 가만히 쥐었다.

"실례합니다. 들어가도 될까요?"

잠시 침묵이 돌았다. 오래지 않아 목소리가 흘러나왔다.

"들어오게."

양이는 조심스레 장막을 걷었다. 두툼한 장막의 날개를 어깨와 뺨으로 스쳤다. 날개 안으로 스며들었다.

"아……."

양이는 걸음을 멈췄다. 낮게 탄식했다.

장막 안은 어둠이 일렁였다. 온천 호수를 품은 동굴처럼 검고 습하고 따스했다. 풀과 흙과 쇠와 나무 냄새가 났다. 분명 화화 홀에 세운 장막이거늘 다른 세계였다. 무엇보다, 무엇도 보이지 않았다.

"보일 거라네. 보잘것없는 어둠이야."

양이는 숨을 멈췄다. 딱 이 순간에 이러한 말이라니, 하얄리에게 마음을 읽힌 듯했다. 눈을 꾹 감았다. 천천히 떴다. 그러자 정말로 눈이 어둠에 길들었는지 혹여 하얄리가 한 말에 마법이 깃들었는지 장막 안이 눈에 들었다.

하얄리는 작고 낡은 의자에 앉아 있었다. 그 의자는 유랑 인형술사가 흔히 장막 뒤에 둘 법한 의자였다. 하얄리는 술탄 같은 위엄으로 그 낡은 의자에 앉아 아무 일도 하지 않고 있었다. 무대를 정리하지도 않고 인형을 준비하지도 않았다. 관객과 마찬가지로 막과 막 사이를 메우는 정적을 도닥일 뿐이었다. 한 가지 관객과 다른 점이라면 지치고 무료해 보였다. 그 낯에 아무 즐거움도 기대도 없었다.

"그 차가 내 몫이면 주지 않겠는가? 말을 많이 하니 목마르구먼."

"앗, 네에."

양이는 더는 어둠이 버겁지 않았다. 수월히 암흑을 헤치고 하얄리에게 갔다. 하얄리가 의자 옆 작은 탁자를 팔로 쓱 치워주어 다반을 거기에 올렸다. 몸을 낮추고 쪼르륵 차를 따랐다.

"일 부, 어, 일 막? 재밌었어요! 어쩜 그렇게 제각기 생생히 움직이나요? 인형이 춤추는데 악기까지 연주돼서 깜짝 놀랐어요. '하얄리 어르신은 팔이 열 개이신가?' 하고요."

양이는 까르르 웃었다. 정중한 몸짓으로 차를 권하며 덧붙였다.

"혹시 마법인가요?"

"흐음, 들켰나?"

하얄리는 찻잔을 들며 담담히 되물었다. 양이와 눈을 맞춘 채 다향을 맡았다.

"엇, 진짜 마법이에요? 아니면 숨겨둔 팔이 있으세요?"

양이는 눈이 동그래졌다. 하얄리는 입술 끝을 들었다.

"글쎄."

하얄리는 더는 말이 없었다. 대답 대신 찻잔을 기울였다. 천천히 입술을 적시고 찻물을 넘겼다. 그 모든 순간에, 단 한 번도 양이에게서 눈을 떼지 않았다.

양이는 서서히 표정을 잃었다. 하얄리가 그렇듯 양이도 하얄리에게서 눈을 떼지 않았다. 뗄 수 없었다. 어느 순간부터인가 양이는 하얄리의 눈을 보았다. 물끄러미, 하얄리의 눈 중심을 응시했다. 그 온전히 둥근 한 쌍의 흑점에 홀리어 무례할 정도로 집요히 제 시선을 들이꽂았다. 그 한 쌍의 검은 점에 집중하면, 그 사이에서 꽃이, 생명이, 춤이 홀연히 떠오르기라도 할 것처럼. 그러다 문득, 비칠대었다. 이리 비틀, 저리 비틀. 몸을 가누지 못하고 헐겁게 흔들렸다. 무너져 내렸다.

"흐으……."

양이는 짓눌린 울먹임을 흘렸다. 눈에서 초점이 나갔다. 그 눈으로 간절히 하얄리를 더듬어 올려다보았다. 어깨를 엷게 들썩였다. 자신이 어쩌는지도 모른 채.

"얘야."

하얄리는 나직이 말했다. 찻잔을 소리 없이 놓았다.

"아이야."

양이는 그 부름에 반응하지 못했다. 눈을 깜박이는 일조차 잊고 희미하게 헐떡일 따름이었다.

"아이야, 양이야."

하얄리는 양이를 이름으로 불렀다. 길고 강인한 팔을 뻗어 양이의 이마를 짚었다.

"이런……. 엉망이로구나."

"흐윽."

양이는 파드득 몸을 떨었다. 가느다랗게 앓는 소리를 냈다. 그제야 자신이 주저앉아 있다는 사실을 흐릿하게나마 자각했다. 몽롱한 가운데 부들부들 흔들리는 팔을 들었다. 자기 이마를 짚은 하얄리의 팔을 움켜쥐었다. 그러나 손아귀에도 힘이 들어가지 않았다. 손가락들이 몇 번인가 굽어들었다가 허우적대며 미끄러졌다. 붉은 소맷자락을 긁어내렸다.

"왜, 왜……."

양이는 더듬더듬 물었다. 물었다기보다 신음했다. 말이 나오질 않았다. 정신을 차릴 수 없었다. 온 혈관과 뼛골과 신경에 알록달록 나비가, 아지랑이가, 돌개바람이 들어찼다. 위장 마디마디가 메스꺼웠다. 울렁였다.

"쯧쯧."

하얄리는 혀를 찼다. 미간을 흐리며 한숨 쉬었다. 상체를 수그리고 양이와 더욱 눈높이를 맞췄다. 양이의 이마를 짚은 손을 조심히 움직였다. 양이의 머리칼을 달래듯 쓰다듬었다. 뜬숯불처럼 잔잔히 말했다.

"왜 이러느냐고? 네가 내게 공명하기 때문이다. 제대로 다스리지 못한 힘은 밖에서 오는 자극에 쉬이 들썩이는 법이니까. 괴로우냐?

괴로울 것이다. 하여 이 힘을 허락받은 자는 누구보다도 깨어 있어야 하거늘, 너는 어찌 이리도 자신을 망쳤느냐? 어찌 이 힘을 짊어졌느냐?"

양이는 사리를 분간할 수 없었다. 하얄리가 하는 말이 귓등에서 뱅뱅 돌다 대부분 주르륵 흘렀다. 여러 번 허우적댄 끝에 겨우 자기 이마를 짚은 하얄리의 팔을 움켜쥐었다. 손끝에 힘을 주며 입술을 뻐끔댔다.

"왜, 그건, 무슨 말씀……."

하얄리는 침묵했다. 이미 흐리던 미간에 깊이 골을 팠다.

"모르느냐? 내가 무슨 말을 하는지 모른다고?"

"저, 저는, 저, 전, 혀……."

양이는 힘겹게 말을 쥐어짰다. 눈동자가 흔들리며 크게 번졌다. 더는 하얄리를 보지 못하고 가물가물 눈 감았다.

"하."

하얄리는 탄식했다. 나직이 뇌까렸다.

"이러한 힘을 짊어지고도 스스로 모른다?"

하얄리는 미간을 펴지 못했다. 지그시 양이를 보았다.

"쯧! 너는 아직 '주인'이 아니로구나. 시험받는 중일 뿐. 하나 어쩌다 이 지경이 되었단 말인가……."

하얄리는 느릿하게 도리질했다. 무심히 표정을 가라앉혔다.

"뭐, 아무렴 어떤가. 이는 어차피 이 우주가 관장할 일. 내가 온 동네 일에 참견질하는 뒷방 노인네처럼 굴었군. 내 헛소릴랑 잊거라."

하얄리는 양이에게 대었던 팔을 천천히 들었다. 주저앉았던 양이는 낚싯대에 붙은 자석 물고기처럼 그 팔에 딸려 올라갔다. 두 다리를 흐느적대다가 더듬더듬 발바닥을 붙이고 스스로 섰다. 하얄리는 양이에게서 손을 뗐다. 양이의 이마 한 치 앞에서 엄지와 검지를 튕겼다. 타닥! 합선이 일어나듯 황금빛 불꽃이 튀었다. 그 불꽃이 양이의 몸을 감쌌다가 찰나에 사그라졌다. 양이가 눈을 떴다.

"으음……."

양이는 둔중히 신음했다. 비틀대며 팔을 들어 제 이마를 짚었다. 이마를 짚은 채 잠시 가만있었다. 이윽고 어색하게 꾸벅였다.

"어, 고맙, 습니다. 빈혈인가 봐요."

양이는 조금 전 일이 물에 번진 그림 같았다. 들은 몇몇 단어와 벌어진 일의 얼개만 뇌리에 스쳤다. 남은 바라고는 돌연히 눈앞이 핑그르르 돌고 속이 메스꺼워 반쯤 쓰러졌다가 하얄리에게 부축받아 일어났다는 인상 정도였다. 자세한 과정이 뭉그러져 혼탁했으나 별달리 마음 쓰지 않았다. 이 일이 고작 몇십 초, 기껏해야 일 분여 사이에 벌어진 일이라고 여겨서였다. 술 먹다 필름 끊길 때도 있으니 그 정도 짬이야 현기증이 나면 깜깜해질 수도 있겠거니 싶었다.

'인형극을 보는 내내 어지럽더니 멀미 났나? 성장기 이후로 괜찮더니 빈혈이 도졌나? 아우, 요즘 잘 먹는데도 월주 언니랑 크닙이가 하도 끌고 다녀서 체력이 부족했나? 아냐. 사장님 때문에 잠을 못 자서……. 아, 어지러워.'

양이는 여전히 정신이 없었다. 눈을 질끈 감았다가 떴다. 머리를 세차게 저었다가 숨을 몰아쉬었다. 상체를 굽혀 두 팔로 무릎을 짚었다. 눈을 재차 질끈 감았다. 치미는 숨을 헐떡였다. 문득 머릿속에 목소리가 스쳤다.

「이러한 힘을 짊어지고도 스스로 모른다?」

"어……."

양이는 하얄리가 그런 말을 중얼댄 기억이 났다. 무릎을 짚고 서서 힘없이 물었다.

"'이러한 힘'이라뇨?"

하얄리는 양이를 지켜보고 있었다. 한숨결에 답했다.

"원형의 힘. 아니, 공허의 힘."

두쿵. 심장이 크게 뛰었다. 양이는 자신도 모르게 도가 준 목걸이를 움켜쥐었다. 제 앙가슴과 함께 그 목걸이를 손바닥이 아프도록 쥐어 짰다.

'공허, 공허……. 아, 안 돼! 사장님이, 이것만 잘하고 있으면 아무도 알아보지 못하리라고 하셨는데! 어떻게 알아보셨지? 어, 아아……. 너무 어지러워.'

양이는 거듭 휘청였다. 하얄리가 몸을 일으켰다.

"나는 이방인일 뿐이니 이곳 일에 너무 관여해서는 안 된다만……."

하얄리는 쓰러지는 양이를 끌어안았다. 제 팔로 양이를 지탱하며 속삭였다.

"너는 진정 아무것도 모르는 모양이로구나. 딱하게도……. 이대로 면 너는 결코 살지 못한다. 그러니 조금만 도와주마. 아주 조금만."

양이는 의식과 무의식이 만나는 경계에 있었다. 하얄리의 팔에 몸을 맡긴 채 힘없이 쌕쌕대었다. 크고 작은 돌개바람이, 알록달록 나비가, 빛과 그림자가 온 혈관과 심장을 돌았다. 그것들은 하나같이 아름다웠지만 온몸과 정신을 곤죽으로 만들었다. 이대로라면 오래지 않아 존재를 지탱하는 속심에서부터 뭉그러져 질척질척 허물어질 터였다. 진흙 덩이처럼.

그러나 하얄리에게 안기어 있으니 점차 바람이 멎었다. 나비가 날개를 접었다. 빛과 그림자가 자리를 찾았다. 몸이 서서히 가벼워졌다. 양이는 차츰 의식을 되찾았다. 목소리를 들었다.

"아이야, 이제 좀 어떠하냐?"

"으음……. 아. 죄송……. 죄송해요. 고맙, 습니다. 빈혈인가 봐요."

양이는 자신이 그 말을 두 번째 한다는 사실을 깨닫지 못했다. 잠시 비틀거렸고 하얄리에게 부축받았다고만 여겼다. 하얄리의 품에서 몸을 일으켰다. 뒤로 물러서며 꾸벅 고개 숙였다.

"죄송해요. 잠깐 어지러워서 그만……."

양이는 머쓱히 웃었다.

하얄리는 답하지 않았다. 유심한 시선을 양이에게 주었다가 입술을 움직였다.

"나는 괜찮으니 미안해 말게나. 차는 잘 마셨네. 덕분에 목을 축였어."

하얄리는 아무 일 없던 듯 낡은 의자에 앉았다. 양이에게서 완전히 시선을 거두었다.

"이만 비켜주겠는가? 이 막을 준비해야겠네."

하얄리는 입을 닫았다. 가죽 인형으로 팔을 뻗었다.

***

"그러니까요, 무대는 요만하지만요, 그림자는 이마아아아아안큼 가득 차서요, 이렇게, 요렇게 춤추고요, 음악이 뚱땅뚱땅…….”

“야, 주제에서 벗어났잖아. 그러니까요, 악마가요, 노인을 찾아와
서요…….”

“악마 아니라니까. 그런 말은 없었어.”

양이는 장막을 벗어났다. 생각에 차와 정과만 건네고 왔으나 그사
이에 도와 백진이 화화 안채에서 이곳으로 옮겨왔다. 크닙과 월주가
새로 온 둘에게 팔다리를 휘저어 가며 일 부 내용을 전했다. 그러나
둘 다 전달에 소질이 없었다. 횡설수설이었다.

“찐빵!”

도가 외쳤다. 도는 홀이 다 환해지도록 웃으며 양이를 반겼다. 어젯
밤에도 양이와 함께 잠들고 아침에도 함께 일어났지만 모르는 사람이
보면 첫 번째 군 면회 때 애인을 갓 만난 남자 같았다. 양이는 장막 밖
으로 나오자마자 알 수 없는 힘에 이끌려 도의 품으로 빨려 들어갔다.

“어르신께 마실 거리 내드리고 왔다며? 살뜰하기도 하지.”

도는 양이의 뺨에 입 맞췄다. 양이를 제 품에 바짝 끌어당기며 그 머
리칼을 쓰다듬었다.

“바쁘지 않으세요? 백진 님과 새벽같이 연구 중이셨잖아요. 처리할
상소도 많다고 하셨고.”

양이는 도에게 익숙했다. 그 탄탄한 몸이 자신을 끌어당기자 팽팽
히 당겨져 진동하던 신경이 단숨에 느즈러졌다. 녹아나듯 도의 품에
제 몸을 풀어놓았다. 입으로야 “바쁘지 않으세요?” 하고 물었지만 어
투에 어리광이 묻어났다. 촉촉한 눈동자를 눈썹 밑에 매달았다. 도는
그 어리광을 읽었다. 사르르 눈을 휘었다. 이유야 몰라도 이 왕비님이
자신에게 기대어준다면 언제든지 환영이었다. 웃음기 띤 목소리로 답

했다.

"하얄리 어르신이 오셨대서."

"아세요? 수산 씨도 아시던데."

"응. 스승님 친우이셔. 내가 스승님께 가르침 받을 때 종종 들러 인형극을 해주셨지. 수산은 내 호위이자 시종으로 일찌감치 낙점된 도깨비라 내가 스승님 문하를 떠나기 몇십 년 전부터는 나와 함께 지냈어. 그러니 수산도 저분을 알지."

"오옹, 그렇구나. 그럼 어르신은 사장님을 찾아오신 거예요?"

"글쎄. 내게 볼일 있을 분이 아니신데? 인형극이 취미이시니 공연하러 들르셨을걸? 원래 그런 분이야."

"그래요? 어……."

양이는 힘없이 입술을 벌리며 얼빠진 숨을 내쉬었다. 순간 '무언가 말해야지.' 했다가 그대로 잊었다.

'나 피곤한가?'

양이는 어지러웠다. 화화에 얽히면서 생활이 극적으로 변했고 아무리 자신이라도 그것이 몸과 마음에 부담을 준 모양이었다. 보약이라도 먹어야 하나 생각하며 자신이 도에게 무슨 말을 전하려 들었던가 부지런히 머리를 헤집었다. 분명 중요한 말을 하려 했다. 도에게 꼭 알려야 하는 긴한 말이 필시 떠올랐었다.

"어, 저요, 근데요, 어, 저기……."

"응. 왜?"

도는 양이의 머리칼을 살살 쓰다듬었다. 양이가 언제 무슨 말을 한다 해도 마냥 들어줄 듯 느긋이 답했다. 양이가 더듬대자 귓가에 장난스레 속삭였다.

"흐음, 어째서 우리 찐빵이 갑자기 허둥대지? 새삼 내 이름을 부르고 싶어? 여기서 부르기 부끄러우면 우리 둘이 은밀한 곳으로 빠질까? 천천히 말해도 돼. 사흘에 한 음소씩 발음해도 끝까지 들을게."

양이는 평소와 달리 초조했다. 그러나 도가 능글대자 돌연히 맥이 풀렸다. 입으로 웃으며 눈으로 도를 흘겼다.

"밀어붙이지 마세요. 이미 너무 빨라서 달아나고 싶으니까."

"어이쿠. 내가 방금 한 말은 못 들은 셈 쳐."

도는 단숨에 항복했다.

양이는 웃었다. 긴장이 풀리자 비로소 할 말이 기억났다. 눈을 실그러트렸다.

"저기요, 그게 문제가 아니라……."

"으응?"

"들켰어요."

양이는 도의 어깻죽지에 뺨을 붙였다. 목을 쭉 뻗어 도의 귓가에 소곤댔다.

"뭐가?"

도는 양이를 더욱 추어 안았다. 양이는 웃옷과 함께 제 펜던트를 그러쥐었다.

"하얄리 어르신이요, 제가 공의 도깨비라고 단번에 알아보셨어요. 이 목걸이 망가졌나 봐요."

도는 한쪽 눈썹을 들었다.

"차 가져다드릴 때? '공의 도깨비'라고 하셔?"

양이는 끄덕였다.

"저한테 공한? 뭐, 그런 게 있다? 한마디 하셨어요. 제가 얼떨결에 들어서 정확하게는 기억이 안 나지만요."

"흐음. 보여줄래?"

양이는 여전히 펜던트를 쥐고 있었다. 도는 그 손을 검지로 톡톡 두드렸다. 양이가 주먹을 풀자 자연스레 양이의 목깃을 벌렸다. 그 안으로 손을 쑥 넣었다.

'어째 평소보다 무방비한데?'

양이는 얌전히 눈을 깜박이기만 했다. 도는 오히려 주춤했다.

'조금씩 허락해주는 걸까?'

양이는 멍했지만 도는 두근거렸다. 새삼 손가락을 굳혔다가 흘끗 양이의 눈치를 보았다. 옷 아래에서 느릿느릿 손을 움직였다. 양이가 움찔댔으면 차라리 대담했을 터였다. 그러나 이제 양이의 가슴에 제 손이 닿을까 봐 살금살금 펜던트를 들었다. 그 자그마한 장미를 제 엄지와 검지 사이에서 굴렸다. 거듭 양이 눈치를 살피고 고개를 살짝 틀어 양이의 이마에 비스듬히 입 맞췄다. 두근대며 얌전히 펜던트를 놓았다. 양이의 옷깃에서 살며시 손을 뺐다.

"괜찮아. 이건 내가 처음에 만져둔 그대로야. 하지만 뭐……. 역시 들켰나."

도는 대수롭지 않게 중얼댔다. 그러다 흠칫 몸을 떨었다. 양이의 어깨를 콱 잡았다. 양이가 저와 마주 보도록 양이의 몸을 팩 돌렸다. 두 눈을 부릅떴다.

"왜, 왜요?"

양이는 화들짝 놀랐다. 도가 이렇게까지 놀라는 모습은 처음 보았다. 저들끼리 인형극 이야기를 하며 까불던 수산과 백진, 월주와 크닙도 도가 보이는 기색에 깜짝 놀라 차례로 양이를 보았다.

292

"사숙, 무슨 일이십니까?"

"사장님, 무언가 불편하신 일이라도?"

백진과 수산이 반쯤 몸을 일으켰다. 눈을 치뜨고 침묵하던 도는 그제야 긴장을 풀었다.

"후우……."

도는 한숨을 내쉬며 손을 내저었다.

"아니. 별일 아냐. 잠시 착각해서. 신경 쓰지 마."

백진과 수산은 고개를 갸웃했으나 순순히 관심을 거뒀다. 도가 '신경 쓰지 말라.'고 하며 왕비감을 품에 안고 둘만의 알콩달콩 영역을 구축하는데 눈치 없이 마냥 볼 수야 없었다.

도는 양이를 본래대로 제 품에 비스듬히 돌려 안았다. 다시금 한숨을 내쉬며 양이의 어깨를 토닥였다. 어리둥절해하는 양이에게 작게 미소했다. 속삭였다.

"혹시 어르신께서 네게 뭔가 하셨어?"

도는 방금 양이에게서 실낱같이 일렁이는 영취를 맡았다. 본디 양이야 작정하고 무언가 읽으려 해도 아무것도 읽히지 않고 탐사로봇을 내려보내듯 양이의 내부로 영기를 쑤셔넣어도 무엇 하나 걸려들지 않는 존재였다. 그런데 방금 도가 모르는 영기, 낯선 영취가 감각을 스쳤다. 도 자신 말고 아무도 눈치채지 못했을 턱으로 찰나에. 집중해서 재차 살폈으나 역시나 양이에게서는 아무것도 느껴지지 않았다. 그렇다면 이 상황은 둘 중 하나일 터였다.

'내가 착각했거나 다른 영취가 양이에게 묻었거나. 내가 묻혀둔 영취를 가릴 만큼이나 강렬한 다른 영취가.'

양이는 어리둥절했다. 고개를 절레절레 저었다. 생각나는 대로 빠짐없이 말했다.

"아뇨. 그냥 차와 군음식만 가져다드렸어요. 아! 제가 그림자극을 보고 멀미가 났는지 눈앞이 아른아른해서요. 잠깐 발이 꼬였어요. 그분이 부축해주셨고요. 그러면서 몸이 살짝 닿았는데, 아까 말씀드렸다시피 그때 제게 '공한 뭐가 있다.' 그렇게 말씀하셨어요. 그게 다예요."

'호기심이 드셨나? 쯧. 아무리 그분이시라지만 내가 이렇게까지 영취를 묻혀둔 여자에게, 기분 나쁘게……'

도는 찌푸렸지만 주술가로서 하얄리가 느꼈을 호기심을 이해했다. 처지를 바꿔 생각하니 자기라도 무심결에 영기를 흘려 넣어 양이를 살폈을 법했다. 아니, 실제로 남양주 한강 변에서 양이를 처음 만났을 때 자신도 그랬다. 백진도 양이를 처음 보았을 때 그리하였다.

'저 정도 양반이 거기서 그쳤으니 점잖으셨다고 해야겠지.'

도는 양이에게서 느껴지던 영취가 하얄리가 남긴 잔향이려니 했다. 언짢지만 대놓고 항의할 일도 아니고 이 이상 양이를 불편하게 할 수도 없었다. 웃으며 양이를 토닥였다.

"그랬구나. 어지럼증은 이제 괜찮아?"

"네. 괜찮아요. 근데 목걸이만 하면 안 들킨다면서요. 저 이렇게 쉽게 들켜도 돼요? 공의 도깨비라는 거?"

양이는 말이 옆으로 퍼지지 않게 소곤댔다. 제 체질을 수산과 백진과 약선까지는 알지만 크닙과 월주는 몰랐다.

도는 어깨를 들었다 놓았다. 예사로이 말했다.

"우주를 다 속여도 못 속일 분이 있어. 내 스승님, 그리고 그분. 한데 그 두 분께는 들켜도 괜찮아. 그분은 우리 우주에 속한 분이 아니

시니 여기 일에 관여치 않으실 테고 스승님이야 뭐……. 여하간 괜찮
아.”

“그렇구나. 헤에…….”

눈이 동그랗던 양이는 그 말에 느슨히 웃었다. 도가 마주 웃어주자
가슴이 도근거렸다. 뺨을 발갛게 물들였다. 신뢰가 깃든 눈을 반짝이
며 물었다.

“근데요, 스승님 친구시면 사장님께도 저분은 웃어른이시잖아요?”

“그렇지?”

“그 앞에서, 으음, 이래도 돼요?”

양이는 슬쩍 머뭇댔다.

“뭘 이래?”

도는 짐짓 모르는 양 물었다. 양이는 어깨를 움츠렸다. 숨어들 듯
도의 품으로 바짝 붙었다. 눈동자를 서름히 이리저리 굴렸다. 웅얼대
었다.

“이렇게요. 사장님이랑 저랑……. 그분이 공연하실 텐데…….”

“킥킥…….”

도는 키득거렸다. 웃음 섞인 숨결을 양이의 귓가에 흘렸다. 은근히
속삭였다.

“뭐가? 이렇게 뭘? 찐빵이랑 나랑, 뭘 어떻게 어쩌는데? 마킹?
연애질? 애정 확인?”

도는 훅, 양이의 귓가에 숨을 불어넣었다.

“뭐, 뭣……. 으악!”

그 불의의 공격에 양이가 새빨개지며 도의 어깨뼈에 이마를 박았
다.

도는 킥킥 웃었다. 양이의 귓바퀴를 이를 세워 물었다. 심술 맞게 속닥였다.

"더해도 돼. 더할 생각이야. 시이이이일컷 할 생각이야."

'아무리 호기심이 든다지만 내 여자한테 멋대로 영취를 묻혀둔 영감 앞에서 자제하라고? 흥! 차라리 나보고 출가하라지?'

도는 불타올랐다. 공연이고 관람이고 자시고 이미 뒷전이었다.

기이한 숨바꼭질

　초록색 조끼와 바지를 입은 남자가 무대에 불쑥 솟았다. 남자는 팔다리를 뒤흔들며 무대를 왼편에서 오른편으로 가로질렀다. 한 팔을 들어 손날을 눈썹 위에 대고 홀을 휘둘러 살폈다. 팔을 내리고 고개를 크게 주억거렸다.

　"오호, 새 관객이 보이는군요."

　남자는 기쁜 듯 껄껄 웃었다. 무대 가운데로 걸어왔다. 제멋으로는 팔다리를 제법 우아하게 허우적댔다.

　"안녕하십니까, 자리를 지켜주신 분들, 또 새로 합류해주신 분들. 저는 이 무대를 해설하는 자입니다. 괴스테르멜리크라고도 하지만 그런 복잡한 이름일랑 버리도록 하죠. 제가 개똥이면 어떻고 말똥이면 또 어떻습니까? 그런들 이어지는 이야기가 달라지지도 않는데."

　해설자는 목소리를 가다듬었다.

　"흠흠. 그럼 새로 합류하신 분을 배려하여 일 막을 정리해보도록 할까요?"

　해설자는 갑자기 한 발을 들어올렸다. 쿵! 무언가 마뜩잖은 듯이 바닥에 발을 내리찍었다.

"아까 무대 뒤에서 들었는데 거기 꼬마 친구 두 분, 일 막을 참 엉망으로 정리해주시더군요. 쯧쯧쯧. 공부 못했을 거야, 둘 다."

"히잉."

월주는 울상 지었다. 크넙은 짐짓 자신은 해당 사항 없는 말을 들은 듯 월주를 손가락질하며 낄낄댔다.

"거기 남자 어린이, 너도 포함이에요. 뭐, 하지만 대부분 저렇게 이야기를 잘 못 전하니까 저 같은 이야기꾼이 먹고사는 게죠. 자, 이제 진짜로 일 막을 정리해봅시다."

해설자는 무대 왼편으로 종종걸음 쳤다. 무대 오른편으로 슬라이드가 찰칵 교체되듯 그림 한 장이 날아왔다. 그림은 흰 배경 앞에 까맣게 섰다. 요소마다 섬세했으나 색 없이 검은 문양이 스텐실 원판 같았다. 소박한 마을이 배경이었다. 높다란 모자를 쓴 성인 남자가 손마다 작은 인형을 들고 인형극을 했다. 꼬마 한 명이 양손을 움켜쥐고 까치발을 딛고 그를 보았다.

"한 작은 왕국에 꿈 많은 아이가 살았습니다. 어느 날 그 아이가 사는 마을에 위대한 이야기꾼, 위대한 하얄리가 찾아왔죠. 아이는 하얄리의 성대와 손끝에서 탄생하는 세계에 홀딱 반했습니다. 자기도 그러한 하얄리가 되겠다는 꿈을 안고 그 하얄리를 따라 고향을 떠났습니다."

찰칵. 다른 그림이 날아왔다. 역시 색이 없는 거대한 그림은 넷으로 나뉘었다. 나뉜 영역은 시장, 연회장, 선술집, 담배 가게였다. 어디든 한 이야기꾼이 무대를 펼쳤고 어디든 관객으로 복작댔다.

"아이는 스승을 모시며 성실히 배운 끝에 어엿한 하얄리가 되었습니다. 눈과 귀가 모인다면 어디든 찾아다니며 제 무대를 펼쳤죠."

세 번째 그림이 날아왔다. 이번에도 오직 검었다. 왕궁, 왕과 왕비, 이야기꾼, 추종자, 저택, 보화, 시종, 시녀. 화면은 그러한 것들로 가득 차 휘황했다.

"이 하얄리는 누구보다도 탁월했습니다. 마침내 나라에서 제일가는 하얄리가, 왕의 이야기꾼이 되었죠. 명예와 명성과 부귀와 안락, 그 모두를 거머쥐었습니다."

마지막 그림이 날아왔다. 어깨가 굽은 노인이 침대 머리에 힘겹게 기대앉아 제 가슴을 쥐어뜯었다. 커다란 터번을 쓰고 호사스러운 초 한 자루를 든 남자가 그 옆에 섰다.

"세월은 무상하여 나라 안 모든 하얄리의 정점이던 그 하얄리도 늙고 병들었습니다. 그 노인에겐 가슴속에 절박한 소망이 있었으나 이룰 길이 없었죠. 그리하여 절망 속에서 죽을 날만을 기다렸습니다.

그러한 노인에게 어느 밤 의문스러운 방문자가 찾아듭니다. 홀연히 어둠에서 솟아난 방문자는 자신을 '한없이 전능에 가까운 자'라고 일컫습니다. 하얄리 노인에게 내기를 제안하죠.

'우리 숨바꼭질하오. 당신이 술래가 되어 숨은 이를 찾는 게요. 여기 이 초가 다 탈 때까지 당신이 숨은 이를 찾아내오. 그러면 나의 한없이 전능에 가까운 능력으로써 당신이 품은 절박한 소망을 이루어주겠소. 그러나 당신이 시간 안에 숨은 이를 찾지 못하면 당신도 숨은 이도 죽소.'

노인은 냉소합니다. 술래가 실패하면 숨은 이까지 죽는 숨바꼭질이라니, 숨는 이가 제대로 숨을 리 없습니다.

그러나 방문자는 '이는 진지한 숨바꼭질'이고 '술래도 숨는 이도 반드시 최선을 다할 것.'이라고 장담합니다.

평생을 이야기꾼으로 산 노인은 이 괴이한 숨바꼭질에 숨겨진 사연에 끌립니다. 그리고 그보다, 제 소망을 이룰 수도 있으리란 희망에 더 끌립니다. 다만 두려워하고 의심합니다. 갈등합니다.

이 방문자는 천사인가, 악마인가? 나는 이 내기를 받아들여야 하는가, 말아야 하는가? 이 불확실한 도박에 남은 생을 다 걸 만큼 내 소망이 절박한가?"

마지막 그림은 무수한 검은 점이 되어 먼지로 흩어졌다.

무대 위로 노인과 침대, 터번 쓴 방문자, 저택과 가구가 솟았다. 그건 통으로 오린 검은 가죽이 아니었다. 각각 색으로 물든 옷과 표정을 지녔다. 창조주와 생명줄로 연결돼 살아 움직였다.

해설자 인형이 말했다. 어깨와 몸통을 흔들며.

"고뇌하던 노인은 한 번만 더 신중해지기로 했습니다. 그래서 이렇게 말했죠……."

해설자 인형은 무대 밑 어둠으로 가라앉았다.

삐이익. 정돈된 공기가 피리 소리에 찢겨나갔다. 찢긴 틈새로 새로운 무대가 펼쳐졌다.

✳❁✳

"세세한 규칙을, 들어보고 싶구려."

노인이 내는 목소리는 가늘었다. 한 음절, 한 음절, 은밀스레 내딛어졌다. 보화를 기대하며 들떴으나 위험에 몸 사리는 밤도둑이 내딛는 발 같았다.

"조심성이 깊구려."

사방이 얇은 검은 막이 낀 듯 어두워졌다. 더해진 어둠만큼 방문자는 색이 가라앉아 사뭇 혹독하게 검푸르렀다.

"나만큼 나이 먹고 보면 경험이 의심이란 슬픈 갑옷을 둘러주는 법이오. 상대가 어둠을 틈탄 방문자라면 철갑에 투구까지 갖춰야지. 영혼을 노리는 악마일 수 있으니."

노인이 내는 목소리는 여전히 신중하고 음험했다. 그러나 그때껏 연기 먹은 고양이처럼 부옇게 시르죽었던 노인의 심장이 이제 꼬리를 발끈 세우고 빨갛게 할딱였다.

"후우……."

방문자는 담배 연기를 내뿜듯 웃음 반 한숨 반을 피워올렸다. 무대 위에 사는 그 어떤 존재보다 유연히 팔을 놀려 제 품을 뒤적였다. 희고 검은 모래시계, 진홍빛 호리병을 꺼냈다. 방문자는 그 둘을 노인의 무릎에 놓았다.

"그대가 이 숨바꼭질을 시작하려거든……."

노인은 모래시계를 들었다. 코앞에 붙이고 곰곰이 살폈다. 방문자가 말을 이었다.

"그 모래시계를 뒤집고 모래가 다 떨어질 때까지 눈 감고 자리를 지키시오. 나는 그동안 숨겠소."

"모래가 다 떨어지면?"

노인은 시계를 함부로 뒤집지 않았다. 외려 떨리는 늙은 손길에 그것이 잘못 뒤집힐까 두려워했다. 뼈마디가 불거지도록 그 몸체를 움켜쥐었다. 파들파들 떨리는 팔로 시계를 침대 한쪽에 신중히 놓았다.

방문자는 그 모습을 담담히 보았다. 노인이 모래시계를 안전히 내려놓자 질문에 답했다.

"모래가 다 떨어지면 처음에 준 초가 스스로 불붙을 것이오. 그대는 초가 다 녹기 전에, 초 안에 담긴 해와 달과 산과 바다와 바람과 노래와 천사와 악마가 다 녹아 허물어지기 전에 나를 찾으시오."

노인은 제 무릎에 남은 초를 살폈다. 그 초에 새겨진 해와 달과 산과 바다와 바람과 노래와 천사와 악마를 눈에 담았다. 그리고 아직 정체를 모르는 하나, 호리병에 시선을 멈췄다. 호리병을 들었다. 그것은 새끼손가락 길이였다. 우아한 황금빛 마개가 길이에서 삼 분의 일을 차지했다. 몸체는 작은 심장 같았다. 따뜻한 빨강과 달콤한 진홍을 오가며 일정한 박자로 두근댔다.

노인은 고개 들었다. 방문자에게 눈길 향했다. 침침한 눈으로나마 시선을 주고받았다.

방문자는 제 품에서 호리병 하나를 더 꺼냈다. 그 호리병은 차가운 푸른빛으로 섬뜩하게 일렁였다. 방문자가 손끝으로 그 호리병의 마개를 튕겼다. 마개가 날아가고, 쨍그랑! 유리 깨지는 소리가 났다.

방문자는 손을 들어올렸다. 호리병 입구를 제 입술에 기울였다. 섬뜩한 푸른 물은 방문자의 목을 타고 실지렁이 무리처럼 기어 내려갔다. 서서히 서서히, 수조에 번지는 잉크처럼, 느리지만 확연하게 방문자를 잠식하여갔다. 풍요롭게 익은 가을처럼 빛나던 방문자는 서서히 서서히, 익사자처럼, 푸르게 검푸르게, 오염되어갔다.

방문자는 속삭였다.

"내가 방금 먹은 물은 이 세상에서 가장 강력한 독약이오. 집착과 탐욕, 진노와 우매함, 슬픔과 좌절, 그 밖에 세상이 싫어하는 온갖 것을 응축한 물이오. 이는 살금살금 내 안으로 기어들어 와 내 심장을 휘감고 내 모든 혈관과 감각 말단까지 퍼질 것이오. 그러면 나는 차가

워질 테고 파르라질 테고 빳빳해질 테요. 내 숨은 낮아질 테고 내 귀
는 무거워질 테고 내 눈꺼풀은 내리감길 테요. 그렇게 나는 숨도 귀도
눈도 가라앉아 대지와 같은 높이가 될 테요. 그러면 끝이오. 이 우주
에 존재하는 그 무엇도, 그 어떤 권세와 권능도 나를 살리지 못하오."

"그대, 어쩔 셈이오?"

노인은 물었다. 죽어가는 이를 앞에 두고 내기엔 실로 무심한 어조
였다. 그러나 그 몸피가 불안히 일렁였다.

방문자는 그러한 노인 옆에 흔들림 없이 섰다. 푸른빛이 차근히 그
를 물들였으나 아직 풍요롭고 묵중한 제 빛을 잃지 않았다. 촉촉한 고
목 표피처럼 짙게 빛났다. 노인을 달래듯 온유히 말했다.

"그대가 내게 받은 호리병 속 약만이 나를 살릴 것이오."

노인은 제 손에 들린 호리병을 다시 보았다. 호리병은 빨강과 다홍
을 오가며 착실히 숨 쉬었다.

"이것이 약이라고?"

"그렇소."

방문자는 분명히 끄덕였다.

"그러니 그대는 이 독이 내 숨을 모두 앗기 전에, 촛불에서 마지막
촛농이 떨어지기 전에 나를 찾으시오. 나를 찾아 내게 그 해독제를 먹
이시오. 하면 그대가 이기오. 그대가 이기면 나는 승리자에게 합당한
보상을 지급하리다. 그대가 움켜쥔 죽을 만큼 간절한 소망을 이뤄주
리다. 하나⋯⋯."

방문자는 폐부 깊숙이 숨을 들이쉬었다. 뒤집을 수 없는 선언을 하
듯 느릿느릿 덧붙였다.

"그대가 시간 안에 나를 찾지 못하면, 나는 죽소. 그대도 죽을 만큼

간절한 소망을 이루지 못하여 죽겠지."

소망! 죽을 만큼 간절한 그 소망!

노인은 허리가 꼿꼿해졌다. 가팔라지는 숨결을 숨기려 폐를 조였다. 방문자를 노려보았다. 망설이고 망설였으나 양심과 호기심에 등 떠밀렸다. 떠름히 물었다.

"물읍시다. 이 내기가 그대에게 좋을 게 뭐요? 나는 소망을 이룰 희망이 있으나 그대는 이기면 죽고 지면 내 소망을 들어줘야 하잖소."

"'좋을 거'라……. 무어겠소?"

노인은 부르르 떨었다.

"혹야 위험한 놀이를 즐기오? 그대가 아무리 '한없이 전능에 가까운' 자라도 젊은이, 쾌락은 꽃이라 바람 불면 흩어지고 가지 잃어 썩을 뿐이오. 허무에 숨줄을 걸지 마오. 죽음이 우습소?"

호기심으로 시작한 노인의 물음은 꾸짖음과 안타까움으로 변했다. 노인은 방문자를 달래려는 듯 마른 팔을 뻗었다. 방문자의 손을 잡았다. 낡은 몸뚱이가 방문자에게 완전히 기울었다.

방문자는 정중한 침묵으로써 노인이 뻗은 손길에 순응했다. 그러나 애초에 아무 위로도 충고도 필요치 않았다. 빛도 색도 차게 굳어 견고했다. 모습만큼이나 금속 같은 소리로 답했다.

"우습지 않소. 엄숙히 바라는 바요. 죽음을 맞이할 때에야 고통에 멍들어 허덕이는 내 심장도 안식을 얻을 테니."

"무슨 말이오, 젊은이? 그대는 건강하고 아름다우며 젊거늘 어찌 그리 말하오?"

노인은 자신이 모독을 받은 듯 음성을 높였다.

"나는 사랑을 잃었소. 슬픔을 잊으려 세상이 만든 모든 맑고 미쁘고 미려한 곳을 찾고 감미롭고 가려하고 기꺼운 일을 좇았으나 내 마음은 단 한 번도 웃지 못했소. 나는 찢기고 지쳤소. 더는 살고 싶지 않구려."

방문자는 제게 모인 빛을 놓아버렸다. 태초의 과실 같던 빛과 색을 잃고 어둠과 닮아갔다.

노인은 방문자를 쥔 손에 힘을 주었다. 그러지 않으면 방문자가 저 어둠 속으로 묻혀 사라질까 두려워했다.

"아아, 아름다운 젊은이여, 어리석소. 삶이란 무한히 순환하는 계절이라오. 그대는 싱싱하여 얼마든지 꽃 피고 또 꽃 필 수 있는 나무이거늘, 어찌하여 여름이 한번 갔다 하여 모든 기쁨이 끝난 듯 구오? 어찌하여 겨울 한번을 견디지 못하고 쓰러지려 하오?"

방문자는 고개를 떨어트렸다. 노인에게 붙잡힌 제 손을 응시했다. 그곳은 아직도 뚜렷한 색으로 반짝였다. 하얗고 매초롬한 손 위에 누렇고 쭈그러진 손이 더해져 향긋한 레몬빛으로 빛났다.

방문자는 속삭였다. 온갖 사라져가는 것을 슬퍼하는 곡조처럼 처연히 고백했다.

"어떤 나무는 수백 년에 한 번 꽃 피고 스스로 죽소. 삶이 무한히 순환하는 계절이라 하여도 나의 그 여름은 너무도 찬란하여 나는 난생처음 맞은 그 찬란함에 내 존재를 다 바치고 싶어졌다오. 나는 꽃 피웠으나 내 여름은 떠났고 나는 천 번의 여름이 오더라도 다시는 그 같은 여름이 오지 않을 것을 아오. 그러니 더는 버틸 수 없구려."

노인은 오래 살았다. 많은 이를 만났다. 수없이 충고받고 충고했다. 명성과 권력을 얻으며 명령도 했다. 평생에 걸쳐 깨달았다. 충고도 명령도 받는 이가 문을 닫으면 전할 수 없다는 사실을. 하나 온몸으로 두드려 닫힌 문을 열기엔 노인은 늙었다. 그래서 눈물을 글썽였다.

"그대를 설득할 수 없겠구려. 그래, 어떤 실연은 더는 살아갈 수 없게 가슴을 파헤치기도 하지. 그러나 어째서, 그대가 세상과 이별하는 일에 이런 숨바꼭질이 필요하오?"

방문자는 노인과 맞잡은 손을 천천히 들어올렸다. 노인의 손등에 제 이마를 대었다. 그렇게 존경을 표한 뒤에 이마를 떼고 그 손등에 입 맞췄다.

"나는 그대와 같기 때문이오, 나라에서 가장 위대한 하얄리여. 그대가 그랬듯 나도 태어난 이래 줄곧 무대를 만들고 막을 올렸소. 무대에 빛을 비추고 그림자를 드리웠소. 인형을 만들고 대본을 썼소. 악기를 연주하고 노래를 불렀소. 사람을 웃기고 울리고 달랬소."

"옳거니! 그대도 하얄리이구려."

의아해하던 노인은 방문자가 바치는 경의를 기꺼이 받아들였다. 흐뭇하게 끄덕였다.

"그렇소. 나는 하얄리요. 이 우주에서 최초로 무대를 만든, 이 우주에서 가장 위대한 하얄리."

그러나 방문자는 연달아 말했다. 사뿐히 노인의 손을 들어 올렸다가 살포시 내려놓았다.

노인은 파리해졌다. 부들부들 떨었다.

"아, 실로 오만하여 두려운 말이오. 그대는 악마요? 아니면 그 어떤 오만한 수식도 오히려 겸손한 표현인 분, 신이오?"

방문자는 고개 저었다. 덤덤히 답했다.

"나는 신도 악마도 아니오. 그리고 신이든 악마든 어떻소? 우리는 하얄리, 무대가 있는지 무대에 이야기가 있는지가 중요할 뿐이오."

노인은 그 말을 곱씹었다. "무대가 있는지, 무대에 이야기가 있는지." 그것은 하얄리에게 신앙보다 우선했다.

"……그렇군. 우주에서 가장 위대한 하얄리여, 계속하시오. 왜 위대한 하얄리인 당신이 죽는 일에 이러한 숨바꼭질이 필요하오?"

"말했잖소. 나는 하얄리요. 평생을 흥미진진한 이야기와 함께 살아온 하얄리. 그런 내가 이야깃거리도 안될 시시한 죽음을 맞이하면 너무도 허망하고 나답지 않잖소. 나는 내 죽음에 어떤 유머, 어떤 극적 요소를 더하고자 하오. 그대도 위대한 하얄리이니, 이런 내 마음을 이해하겠지?"

"이야깃거리도 안될 시시한 죽음이라. 그렇군! 이야기꾼으로서 참 허망한 일이오!"

노인은 무릎을 쳤다.

"이해해주어 고맙소."

"무얼. 이거구려! 시간 안에 술래가 이기지 못하면 둘 다 죽는 숨바꼭질이지만 술래도 숨는 자도 최선을 다할 까닭이. 그대는 죽고자 하니 기어이 숨으며 나는 소망을 이루고자 하니 기어코 찾겠군. 실로 재미있소."

노인은 거듭 고개를 끄덕였다. 낡은 관절을 삐걱대며 무릎을 딱딱 쳤다.

"평생 이야기꾼이자 무대 연출가이자 흥행사이자 극본가로 살아온 내게 합당한 종말 아니오?"

방문자가 넌지시 물었다. 노인은 다시금 끄덕였다.

"인정하오. 그러나 한 가지 궁금하오."

"무엇이 궁금하오?"

"내가 그대를 찾아 약을 먹이면 그대는 분명 사는 게요?"

노인은 이 낯선 방문자가 마음에 들었다. 이런 아름답고 재기 넘치는 이야기꾼이라니! 잃기엔 아까운 자였다.

방문자는 길게 한숨 쉬었다.

"살 거요. 그대에게 소원을 이뤄줄 때까지는."

노인은 진저리 쳤다. 가래가 끓어 쉬어 터졌으나 나름으로 완고하고 끈끈한 음성을 내었다.

"오, 제발, 아름다운 젊은이여, 그리 말하지 마오! 어리석은 상심에서 벗어나 살겠다고 약속해주오."

방문자는 입을 다물었다. 침묵이 무겁고 끈덕졌다.

노인은 다시금 팔을 뻗었다. 이번엔 양팔을 뻗었다. 방문자를 잡고 온 힘을 다해 흔들었다. 흔들고 방문자를 올려다보았다. 또 흔들고 방문자를 올려다보았다. 부옇고 탁한 그림자들이 유령처럼 희끄무레한 배경 위에서 막막히 흔들렸다.

방문자는 입을 벌렸다. 마지못해 소리 내었다.

"글쎄, 혹여 그대가 시간 안에 나를 찾는다면 나도 아직 살 운명일 테지. 이런 실연을 당하고도 살 자격이 있다는 신호일 테요. 그러니 노력해보겠소."

노인의 열 손가락이 방문자의 팔을 조여들었다. 노인은 어깨를 높이 들었다가 혹 꺼트렸다. 탐탁잖게 끄덕였다.

"그럼 이제 이 숨바꼭질을 받아들이겠소?"

방문자가 결단을 요구했다.

"문제가 있소."

노인은 다시 한 번 결정을 미뤘다.

"무엇이오?"

방문자는 인내심 깊게 물었다.

"나는 늙어 한 치 앞이 침침하오. 팔은 뻣뻣하고 무릎은 흔들리오. 탁자 위 돋보기도 한참을 더듬어야 쓰오. 지팡이를 짚고 방을 한 바퀴 도는 일에도 한 시간은 드오. 이 몸으로 어찌 숨바꼭질하겠소?"

방문자는 선뜻 끄덕였다.

"별문제 아니오. 약속하리다. 이 숨바꼭질이 끝날 때까지 그대의 눈은 매처럼 밝아질 것이오. 그대의 팔은 버들처럼 유연해질 것이오. 그대의 다리는 노루처럼 뛸 것이오."

방문자는 노인의 이마에 팔을 올렸다. 두 몸이 맞닿은 자리에서 황금빛 불꽃이 튀었다.

"자아, 노인장. 눈을 깜박여보시오. 팔을 휘저어보시오. 다리를 흔들어보시오."

노인은 불꽃에 놀라 잠시 굳었다. 그러다 침대 아래로 천천히 두 발을 내렸다. 일어서 두 팔을 쭉 뻗었다. 흔들. 팔을 흔들었다. 한 발을 천천히 들었다. 그 발을 천천히 내렸다. 다른 발을 들었다. 그 발도 천천히 내렸다. 펄쩍 뛰었다. 두 손으로 두 눈을 비볐다. 이리 휙 저리 휙 주위를 둘러보았다. 펄쩍펄쩍 뛰어오르고 덩실덩실 어깨춤을 추었다. 온 방 안을 놀이판으로 삼았다.

"정말이구려!"

노인은 아이처럼 외쳤다. 아이처럼 뛰고 아이처럼 두 팔을 펄럭였다.

"그대가 진정 한없이 전능에 가까운 존재란 말이오?"

노인은 신선한 숨을 몰아쉬었다.

방문자는 팔짱을 끼고 섰다. 겸손하지도 오만하지도 않게, 무심히 답했다.

"틀림없이 그렇소."

방문자는 발걸음을 옮겼다. 팔을 뻗었다. 여전히 덩실대는 노인을 붙잡았다. 노인의 어깨를 잡고 제 상체를 숙였다. 목을 길게 뻗어 노인과 한 치 앞에서 눈을 맞췄다. 매혹하듯 은밀히 물었다.

"자아, 이제 숨바꼭질을 받아들이겠소?"

"한 가지 문제가 더 있소."

"무엇이오?"

노인은 붙잡혀서도 어깨를 덩실댔다. 온몸을 햇볕에 날아오르는 물보라처럼 신선한 향기로 반짝였다. 자못 천진난만한 표정으로 조목조목 따졌다.

"당신이 너무 꼭꼭 숨으면 어떡하오? 당신이 한없이 전능에 가까운 존재라면 분명 한없이 은밀히 숨을 수도 있을 테요. 그러면 나로서는 다리가 노루처럼 뛰고 눈이 매처럼 밝다 해도 도저히 찾을 길이 없잖소."

노인은 나이만큼이나 치밀했다. 또한, 신중했다.

"후우……. 의심이 참으로 많구려."

방문자는 탄식했다. 두 팔을 넓게 벌리고 하늘을 보고 땅을 보았다. 두 팔을 닫으며 두 손바닥으로 제 가슴을 탕 쳤다. 가장 거룩한 맹세의 몸짓으로써 지엄히 선언했다.

"맹세하오. 반드시 그대가 찾을 수 있는 곳에 숨겠소."

"또 다른 문제가 있소."

"그건 또 무엇이오?"

노인은 두 팔을 내밀었다. 방문자의 어깨를 잡았다. 방문자가 밀어붙이는 시선을 흔들림 없이 지탱하며 입술을 열었다. 눈과 팔과 다리만큼이나 싱싱해진 목소리로 단단히 캐물었다.

"내가 당신을 찾았는데 잡기도 전에 당신이 도망가면 어떡하오? 내가 노루처럼 뛸 수 있다 해도 그대가 한없이 전능에 가까운 자라면 그대는 한없이 놀라운 수단으로 내 눈앞에서 달아날 텐데. 내가 어찌 그대에게 약을 먹이고 이 내기에서 이긴단 말이오?"

"실로 빈틈없구려. 좋소이다. 그대는 나를 찾으시오. 내 눈을 바라보며 '찾았다!'라고만 외치시오. 그러면 나는 절대로 도망가지 않겠소. 지반에 뿌리내린 바위처럼 그 자리에 붙박겠소."

노인은 방문자에게서 손을 뗐다. 두 주먹을 불끈 쥐고 번쩍 들어올렸다. 높다랗게 외쳤다.

"그렇다면 받아들이리다!"

노인의 가슴에서 푸르고 붉은 기운이 치솟았다. 푸르고 붉은 형체는 천사인 듯 악마인 듯 현란한 형체로 부풀더니 어둠의 저 끝까지 솟구쳤다. 퍼펑! 폭죽처럼 터졌다. 쾅! 불꽃과 동시에 북이 터졌다. 빛이 요동하고 색이 환호했다.

노인은 화드득 침대로 날아갔다. 고이 두었던 검고 하얀 모래시계를 낚아챘다. 승리를 증언하는 월계관처럼 시계를 높이 들었다. 펄쩍펄쩍 뛰놀았다.

삐이익! 피리가 울었다.

휙. 노인은 시계를 던졌다.

팽그르르. 시계가 회전했다.

쿵! 시계는 노인보다도, 방문자보다도 더 큰 그림자를 드리우며 바닥으로 내려앉았다.

토옥. 첫 번째 모래알이 떨어졌다.

화악. 방문자가 풍선처럼 부풀더니,

훅! 신기루처럼 사그라졌다.

막이 내렸다.

***

"와아아아!"

"휘이익!"

월주, 크닙, 수산은 물개처럼 손뼉 쳤다. 호랑이 모습을 한 백진은 꼬리를 이리 탁, 저리 탁, 부지런히 팔락였다.

"와아."

양이는 도에게 안겨 있었다. 손바닥이 빨개지도록 갈채를 보냈다.

도는 흡족한 낯이었다. 근래 부단히 양이 눈치를 보았다. 당사자가 사귈 마음도 없다는데 부인으로 삼겠다 하지 않았는가. 실은 자존심도 상하고 미안도 하고 눈치도 보였다. 양이야 어떻게 느낄지 몰라도 제 딴엔 요새 어지간히 참았다. 야구장에 다녀오기 전과 비교하면 끌어안는 일도 주물럭대는 일도 입 맞추는 일도 반밖에 하지 않았다.

한데 양이가 인형극에 홀딱 빠져들었다. 기회였다. 도는 홀에 모인 사람과 도깨비, 신수 가운데 유일하게 잿밥에 더 관심이 많았다. 무대에 정신 팔린 양이를 마음껏 조몰락대고 잘근대고 쪽쪽댔다. 만족감이 차올랐다. 입가가 풀렸다. 남의 여인에게 멋대로 영취를 묻혀둔 영감이지만 용서하기로 했다.

312

"그렇게 재미있어? 어린애 같아."

천진하게 몰두하는 표정은 또 어찌나 예쁜지! 도는 제 목을 쭉 빼서 양이를 요리 보고 조리 보았다. 참지 못하고 뺨에 '쪽!' 입술로 도장을 찍었다.

'내 거야. 내 거고 말고.'

쪽쪽.

"어?"

그러다 양이의 왼뺨 위에서 입술을 멈췄다. 그 입술을 살짝 떼고 팔을 들어 양이의 오른뺨을 매만졌다. 눈썹을 찌푸렸다.

"어디 아파?"

"네? 괜찮은데요?"

양이는 그때까지도 박수를 쳤다. 고개를 옆으로 돌려 말끄러미 도를 보았다.

"왜요?"

"너, 식은땀이 나."

도는 곱게 뻗은 눈썹을 기우뚱했다.

"인제 보니 조금 창백한데? 진짜 괜찮아?"

어른대던 색과 그림자 탓에 막이 내리고서야 본 안색이 보였다. 도는 낯을 흐렸다. 이마를 기울였다. 양이 이마에 제 이마를 맞댔다.

"열은 없는데……."

도가 나직이 속삭였다. 그 아름다운 얼굴이 걱정스레 자신만을 향하자 양이는 멀쩡하다가도 열이 오를 판이었다. 화끈. 귀 끝까지 빨개졌다. 제 입술을 간질이는 도의 숨결을 피해 얼굴과 목, 어깨를 옆으로 빼고 잔뜩 움츠렸다.

"괜, 찮아요. 저어, 그냥, 웃, 요새 잠을 설쳤더니 어지럽네요. 제 친구들도 빈혈은 흔하고, 별일 아니에요. 괜찮아요."

"못 잤어?"

도는 몸을 빼는 양이를 슬쩍 당겼다. 적잖이 놀라며 물었다.

"조금……."

양이는 웅얼댔다. 실은 잠을 설친 지 오래였다. 불면이라고 거창하게 말할 턱이야 아니었다. 하나 언제 어디서나 머리만 대면 잘 자던 예전에 비하면 더디 잠들고 쉬이 깼다. 꿀잠을 막는 요소가 여럿이었다.

도가 양이에겐 위험스러운 부위를 쑥쑥 키운 이후로 양이는 도에게 안겨 잠드는 일에 예전보다 시간이 들게 되었다.

'고자가 아니라니, 고자가 아니라니, 고자가 아니라니!'

양이는 종종 절규했다. 잠만 잘 자는 자칭 불면증 환자 도를 의식하다가 또 이렇게 생각했다.

'그래도 결국 남편 될 것 같은데 고자가 아니라니 얼마나 다행이야.'

양이는 근본이 안일했다. 고뇌가 드물고 짧았다. 대체로 금세 잘 잤다. 다만 그러다 퍼뜩퍼뜩 깼다. 도가 곧잘 악몽을 꾸어서였다. 도는 자주 뒤척이고 신음했다. 식은땀을 흘리고 때로 흐느꼈다. 양이가 일어나 다정한 말을 속삭이고 머리를 쓰다듬고 등을 토닥이면 이내 진정했다. 그러나 양이가 잠에 취해 해롱대느라 내버려두면 마냥 섧고 험한 꿈을 헤맸다. 그 탓에 양이는 요새 언제든지 일어날 태세로 귀 한쪽을 열고 잠들었다.

잠을 방해하는 요소는 또 있었다. 양이는 예전보다 얕게 잠을 자서인지 자꾸 꿈을 꾸었다. 사는 환경과 듣는 이야기 탓인지 꿈에는 도깨비가 노닐고 도깨비 나라가 펼쳐졌다. 도가 종종 잠결에 부르던 당혜 공주도 곧잘 꿈에 들었다. 지난밤에도 당혜 공주를 꿈꿨다. 꿈에서 당혜 공주가 되어 오만 곳을 쏘다녔다. 주로 언니들에게 어른의 비법과 비방을 캐고 다녔다. 도를 쫓아다니는 일도 게을리하지 않았다.

『전하, 혜도 여인이어요!』

당혜가 된 양이는 급기야 도를 덮쳤다. 공중을 붕 날아 엄청난 하중으로 도를 찍어 눌렀다. 도의 가슴팍을 찢듯이 풀어헤쳤다.

"왜 못 잤어?"

양이가 지난밤 꿈을 돌이키는데 도가 걱정스레 질문을 이었다.

"진짜 어디 불편해? 아파?"

도는 아예 양이를 돌려 안았다. 제 앞에 바짝 내려놓고 요리조리 살폈다. 슬퍼 보일 만큼 풀이 죽었다.

"아니, 그게……."

양이는 점차 뺨이 붉어졌다. 갈수록 입이 붙었다. '사장님을 덮치는 꿈을 꾸느라 잠을 제대로 못 잤다.'고 말할 수야 없잖은가.

"아니, 그렇게 못 잔달 정도는 아니고, 좀……. 어휴……."

양이는 도가 보내는 진득한 시선이 부담스러웠다. 심장이 설핏 지끈댔다. 눈을 질끈 감으며 고개 숙였다. 자신에게 점점 붙는 도의 가슴을 팔을 들어 밀었다. 농담조로 뱉었다.

"아니 그냥, 사장님이 잘생기셔서요. 어색해서 그래요. 곧 적응하겠죠."

"뭐? 하……!"

도는 웃음을 터트렸다. 심각하던 입매가 휙 풀어졌다.

"설레서 못 잤어?"

"아니, 뭐……."

양이는 고개를 번쩍 들었다.

'말실수했다!'

양이는 혀를 깨물었다. 이 능글거리는 남자에게 내가 지금 대체 무슨 빌미를 주었나 싶었다.

"아니, 그게……."

"진짜야? 나 때문에 설레?"

양이는 도가 느물거리며, 혹은 살살 웃으며 자신을 놀리리라 생각했다.

그러나 도는 사뭇 다른 반응을 보였다. 유들유들 간지러운 미소 대신 온몸으로, 얼굴을 이루는 온갖 크고 작은 요소요소로 꽃봉오리를 터트리듯 웃었다. 어쩌면 양이보다 더 뺨을 빨갛게 물들이며 팔을 뻗었다. 양이를 휙 돌려 다시 제 무릎으로 끌어올렸다. 양이의 등에 쿵쾅대는 제 가슴을 밀어붙였다. 양이의 귓바퀴며 목덜미에 입술을 퍼부었다.

"정말? 나 때문에 설레? 잠이 잘 안 올 만큼? 내가 조금은 좋아졌어?"

양이는 도가 자신을 밀어붙이는 속도가 너무 빠르다고 느꼈다. 그래서 자기가 한 말을 철회하고 도가 하는 착각을 바로잡아 주고 싶었다. 그러나 그 순간, 도가 작게 탄성을 질렀다.

"아, 고마워!"

지끈. 양이는 가슴이 경련했다. 몸에 힘이 쭉 빠졌다. 뺨과 목덜미에 열감이 일었다. 발언을 부인하려던 마음이 수그러들었다.

"고마워."

도가 양이의 귓가에 부드럽게 속삭였다.

"열이 없으니 인형극은 일단 봐. 다 끝나면 약선을 부를게. 진찰받아. 잠이 안 오고 어지러우면 진작 말했어야지. 응? 내 귀한 왕비님이 몸이 허해서야 되겠어?"

도는 양이의 귓바퀴에 새처럼 입 맞췄다. 양이는 입술을 꾹 깨물었다. 도의 등에 스르르 기댔다. 낯꽃이 붉었다.

진실로 바라는 일은

온통 먹색이었다. 한 점 빛도 없었다.

화화는 본디 홀에 조명을 짙게 칠하지 않았다. 호롱불 같은 고아한 감빛으로만 공간의 결을 달랬다. 그래도 창이 있으니 그만으로도 그리 어둡지 않았다.

그러나 지금은 암막 커튼이라도 친 듯 까맸다.

양이는 이곳에 어떤 마법이 펼쳐지는 중이리라 짐작했다. 일 막부터 그랬지만 이 인형극은 막이 오르는 순간 일체를 바꿔놓았다. 무대가 무대가 아니고 객석이 객석이 아니었다. 무대 공간은 넓이가 정해지지 않았고 들리는 소리는 방향이 붙박이지 않았다.

양이는 왼쪽과 오른쪽, 위와 아래, 앞과 뒤를 분별하다가도 한순간 공간 감각을 잃었다. 인형을 앞에서 보다가도 굽어보았고 굽어보다가도 올려다보았다. 인형이 하는 행동을 관찰하다가도 그 안으로 빨려들어갔고 그들의 생각과 감정을 안팎 없이 느꼈다. 주체와 객체가 담을 잃었다. 바라봄이 감각이 되고 감각이 바라봄이 되었다.

그러한 마법이 다시 시작됐다. 양이는 자신을 단단히 끌어안고 어루만지는 도의 감촉과 체온만을 느꼈다. 그 외 모든 감각을 잃었다.

어둠과 고요에 잠겼다.

텁텁한 먹물 속에서 시큼한 뼈의 색이 빛났다. 하얀 막이 둥실둥실, 해파리처럼 어둠을 헤엄쳐 올라갔다. 무대를 이루는 흰 선이 새벽 지평선 같았다. 조끼와 바지를 입은 흰 인영이 선 위로 불쑥 솟았다. 인영은 팔다리를 내저으며 무대를 왼편에서 오른편으로 가로질렀다.

"안녕하십니까? 푹 쉬셨는지요? 괴스테르멜리크입니다. 간단히 말해 해설자이지요."

해설자는 어깨를 좌로 우로 오졸댔다.

"본래 삼 막은 시원하게 쭉 들어가려 했습니다만, 이 막 내내 누군가가 애정 행각에 몰두하느라 극에는 영 집중하질 않더군요."

크닙과 월주, 수산, 백진은 너나없이 고개를 휙휙 돌렸다. 양이만 빼면 다들 어둠쯤이야 개의치 않았다. 정확히 도를 째려보았다.

"흥."

도는 뻔뻔하게 코웃음 쳤다. 양이는 어둠 속에서도 부끄러워하며 얼굴을 반쯤 가렸다.

"이 막을 제대로 이해는 했을까 걱정되어서 이번에도 정리해드리겠습니다."

해설자는 무대 왼편으로 종종걸음 쳤다. 하늘을 향해 두 팔 벌렸다. 두 팔을 휘휘 저었다.

허공에서 하얗고 작은 빛의 입자가 하늘하늘 내렸다. 입자는 빠르게 굵어져 펑펑 쏟아졌다. 무대를 이루는 하얀 선에 눈처럼 소복소복 쌓였다. 흰빛으로 찍은 스텐실처럼 선명한 형태가 되었다.

앙상히 마른 노인이 침대에 앉았다. 노인의 팔이 나뭇가지처럼 사선으로 뻗었다. 그 뻗은 자리에 높은 터번을 쓴 방문자가 섰다. 그들 사이에 초 한 자루가 둥실 떴다.

"노인은 방문자에게 술래잡기를 진행하는 세부 규칙을 묻습니다. 방문자는 처음에 보여준 초에 더해 두 가지 물건을 꺼내놓죠. 그 물건은……."

어둠 저편에서 자그마한 흰 점 세 개가 둥둥 떠올랐다. 흰 점은 초 옆에 형체를 갖추고 자리 잡았다. 형체들이 초와 더불어 노인과 방문자를 이었다.

"모래시계 하나, 호리병 두 개였습니다. 방문자는 호리병 하나를 열어 내용물을 마십니다."

해설자는 흐르는 물처럼 매끄러웠다.

"방문자가 설명한 규칙은 이러했죠. 설명한 방식이야 조금 다르지만 제가 방문객을 흉내 내보겠습니다. 크흠!"

해설자는 목을 가다듬었다. 목소리를 뒤바꿨다. 나지막이, 울림이 풍부하게 말했다.

"내가 지금 마신 물은 지독한 독이오. 나는 이미 죽어가오. 나를 살릴 약은 당신에게 남은 호리병 속 물뿐이오. 당신은 내가 죽기 전에 나를 찾아 약을 먹이시오. 그러면 당신이 이 내기에서 이기오. 이 모래시계와 초가 내 삶과 죽음, 우리 내기의 시작과 끝을 가리킬 지표요. 당신이 모래시계를 뒤집으면 숨바꼭질이 시작되오. 나는 숨으리다. 모래가 다하면 처음 준 초에 불이 붙소. 당신은 그때부터 나를 찾으오. 초가 다하기 전까지 찾아야 하오. 찾아서 내게 약을 먹이시오. 그러면 승리한 보상으로서 간절한 소망을 이루리다."

해설자는 말을 멈췄다. 깊은 침묵 속에서 노인과 방문자를 그린 빛이 녹아내렸다. 다시 완전한 어둠. 새로이 빛이 내렸다. 빛은 또 다른 장면을 그렸다. 노인이 방문자를 붙들었다. 방문자가 고개를 숙였다. 헐벗어 쓰러져가는 나무가 화면을 쓸쓸히 채웠다. 초, 호리병, 모래시계가 노인과 방문자, 나목을 토성의 고리처럼 휘감았다.

"노인은 궁금했습니다. 왜 방문자는 삶을 놓으려 드는지. 삶을 놓는 일에 어째서 이리도 거창한 내기를 도구로 삼는지."

해설자는 숨을 깊이 들이쉬었다. 짧은 침묵 끝에 말을 이었다.

"방문자는 말합니다.

「나는 사랑을 잃었소.」

사랑에 갈가리 찢긴 방문자는 자신에게 허락된 모든 생명과 감각을 끝내기로 했습니다. 그러한 결말이란 대개 신속하고 단순할수록 아름답죠.

그러나 방문자는 그럴 수 없었습니다. 방문자는 평생을 하얄리로, 이야기꾼으로 살아온 존재였으니까요. 이야깃거리도 안될 시시한 죽음이라니! 그러한 죽음은 방문자에겐 제 존재를 송두리째 부정하는 행위였습니다.

그리하여 방문자는 이 숨바꼭질을 생각해냈습니다. 그리고 자신을 이해해줄 같은 하얄리, 나라에서 가장 위대한 하얄리인 노인을 방문했죠. '당신이 움켜쥔, 죽을 만큼 간절한 소망을 이루어주겠다.'는 미끼를 흔들며. 노인은……."

모래시계가 휙 솟구쳤다. 시계는 솟구치며 확대경을 지난 듯 몸집을 부풀렸다. 부풀며 핑그르르 돌았다. 돌며 무대 위 만물을 지워냈다. 노인을, 방문자를, 나목을, 해설자를.

"시계를 던집니다. 뒤집습니다."

쿵. 모래시계가 내려섰다.

칠흑. 거대한 모래시계만이 빛났다. 모래는 조금씩 높이를 낮추며 흘러내렸다. 하얗게 빛나는 모래 입자는 유리의 잘록한 허리를 지나며 어둠과 동화됐다. 달이 이울듯 빛은 쇠하여가고 어둠은 깊어졌다. 숨죽인 침묵 속에서 마지막 모래알이 떨어졌다.

삐익! 벼려진 피리 소리가 강고한 어둠을 긁었다.

❋⬩❋

불 한 방울이 깨어나 기지개했다. 불은 머리를 곧추세우고 검은 바다를 주시했다. 푸르고 노랗게.

초 한 자루가 불을 이고 우뚝 섰다. 초는 불이 드리우는 푸르고 노란 장막 아래로 제 몸을 보였다. 곧고 곧게. 해와 달과 산과 바다와 바람과 노래와 천사와 악마가 그 담담한 살갗에 깊이 박혔다. 알록달록하게.

깜박. 눈 한 쌍이 뜨였다. 촛불이 드리우는 빛의 장막 아래 눈은 파랗게 빛났다. 어둠을 응시했다. 휙휙. 이리 날고 저리 날았다.

짝짝. 주의를 환기하는 박수가 터졌다. 박수는 형상을 갖추고 노인이 되었다. 노인은 저택 뜨락에 섰다. 짝짝. 다시 박수 쳤다. 입을 크게 벌리고 뻐끔댔다. 무대 왼쪽과 오른쪽에서, 앞과 뒤에서 그림자가 쏟아졌다. 푸르고 노랗고 빨간 그림자가, 시종과 시녀가 노인 앞에 무리 지어 섰다.

노인은 자기 발치에 놓인 궤짝을 가리켰다. 뚜껑 열린 궤짝이 금빛,

은빛으로 빛났다. 궤짝을 향한 눈동자 수백이 번뜩번뜩 빛났다.

노인은 손가락을 뻗었다. 저만치 솟은 초를 가리켰다. 말캉말캉 녹아가는 해와 달과 산과 바다와 바람과 노래와 천사와 악마를 가리켰다. 품에서 커다란 인형을 꺼냈다. 두루 내보였다. 인형은 높다란 터번을 쓴 수려한 사내였다. 방문자 그 자체였다. 시종과 시녀가 일제히 끄덕였다. 노인은 양팔을 휘저었다. 모인 이들이 사방 곳곳으로 우르르 흩어졌다.

노인은 바지를 걷었다. 너풀대는 바짓단을 끈으로 동여맸다. 신발을 고쳐 신었다. 폴짝폴짝 뛰었다. 고개를 주억거렸다. 행장을 꾸리고 망원경을 챙겼다. 말에 올랐다.

다그닥, 다그닥. 말이 땅을 박찬다.

휙, 휙. 하얀 너울 위로 세상이 달린다.

둥둥, 땡땡, 쨍그르르, 빵빵. 북과 건반과 현과 파이프가 울린다.

불끈! 음률 위로 뾰족산이 솟는다.

우르르. 산이 무너진다.

휘영청. 언덕이 뜬다.

데구루루. 언덕이 구른다.

반지르르. 들판이 흐른다.

덜컥. 들판이 추락한다.

움푹. 계곡이 파인다.

쏴아. 계곡이 쏟아진다.

콰르릉. 바다가 운다.

파사삭. 바다가 말라 부서진다.

사라락. 모래가 흩날린다.

뿜빰뿜빰. 노인은 트럼펫 연주자처럼 망원경을 뻗고 움츠린다.

휙, 휙. 하얀 너울 위로 세상이 달린다. 빛과 그림자가 달린다. 색이 달리다가 빛이 달리다가 뭉그러진다.

희고, 검다.

그저 희고 검다.

불 한 방울이 일렁인다. 불은 푸르고 노란 눈동자로 검은 바다를 응시한다. 뜨겁게 고요히.

초 한 자루가 불을 이고 섰다. 초는 검은 바다에 낡은 등대처럼 섰다. 얄캉한 몸피로 어둠에 흔들린다. 뜨겁게 무심히.

해와 달이 없다. 산과 바다가 없다. 바람과 노래가 없다. 천사와 악마가 없다. 그것이었던 무엇은 키 작은 등대 아래 얼룩진 섬으로 바뀌었다. 어두운 바다로 가라앉는다. 뜨겁게 무정히.

"아아, 어디에 있는가!"

노인은 탄식했다. 촛불에 비치어 위태로이 일렁였다.

"팔 년! 팔 년이다. 나는 산과 들과 바다와 사막을 헤맸다. 노루가 깃든 내 두 발굽이 해지고 갈라질 때까지 뛰었다. 매가 깃든 내 두 눈이 토끼가 될 때까지 살폈다. 가산을 털었다. 시종과 시녀와 마구간지기와 청소부, 제자와 자손까지, 내가 부릴 수 있는 모두를 풀어 그자를 수소문했다."

노인은 흐무러져가는 초를 보았다. 눈동자에 초점을 잃고 뇌였다.

"그자는 그림자조차 보이지 않는다. 나는 악마에게 속았는가? 늙은 내 정신이 악마에게 미혹되었는가?"

노인은 왼쪽으로 세 걸음 걸었다. 후우. 고개를 젖히고 하늘로 한숨을 뱉었다.

"그자는 자신을 '한없이 전능에 가까운 자.'라고 했다. 그 말은 진실인가?"

노인은 오른쪽으로 세 걸음 걸었다. 가슴을 쳤다.

"그자가 건 마법으로 내 눈은 매가, 내 다리는 노루가, 내 팔은 버들이 되었다. 이 마법은 실체가 무엇인가? 마법이란 재주가 진정 내 것 아닌 것을 내 것으로 할 수 있는가?"

노인은 가슴을 뜯었다. 고개 저었다.

"내가 욕망에 눈이 멀었다. 아무것도 주지 않고 무언가를 얻을 수는 없는 법! 마법을 부린다 할지라도 그러하다. 그래, 나는 내 비루하게 남은 생명과 바꾸어 매 같은 눈을, 노루 같은 다리를, 버들 같은 팔을 얻었는지도 모른다. 아마도 내 영혼 일부, 혹은 전부와 바꾸어 이 눈을, 다리를, 팔을 얻었는지도 모른다."

노인은 고개를 주억거렸다.

"그래, 그러하다. 그자가 말하지 않았던가. '시간 안에 나를 찾지 못하면 당신도 죽게 될 것.'이라고."

노인은 무대를 좌로 우로 누비었다.

"그래. 그것은 괜찮다. 애초에 늙어 쉬어가는 목숨 아니었는가. 저 물녘까지 남은 매대 위 생선처럼 병상에 누워 비리게 말라가는 목숨 아니었는가. 그러니 그것은 좋다. 하나, 하나……!"

노인은 발을 굴렀다. 초를 향했다. 다시금 머리를 움켜쥐었다. 눈에서 푸르고 시린 방울이 떨어졌다. 무리 지어 또르르, 우르르.

"내 소망은 어쩌는가. 나는 이 내기를 받아들이기 전에도 슬퍼했다. 내 소망을 이룰 수 없음에 상심했다. 그러나 내기를 받아들인 지금, 통곡하고 몸부림친다. 절망이 지배하는 심연을 구른다. 그저 목마른 자와 마시지 못할 물을 앞에 두고 목마른 자는 괴로움이 뻗는 깊이가 다르지 않은가. 이룰 수 있다는 희망을 보았거늘, 그 희망이 신기루라니!"

현이 울었다. 높고 서글피.

무대 왼편에서 초록색 그림자가 꾸물꾸물 올라왔다. 초록색 그림자는 두 손을 배꼽에 올렸다. 차분히 말했다.

"숨바꼭질이 시작되고서 팔 년이 지났습니다. 노인은 그간 많은 것을 잃었죠.

노인은 재물을 잃었습니다. 방문자를 찾으려 막대한 재산을 헐어 무수한 사람을 부렸습니다. 그래도 여전히 부유했죠. 그러나 노인이 방문자를 찾아 직접 세상을 떠도는 사이 노인이 믿었던 자들이 그 많던 재산을 헐었습니다.

노인은 명예도 잃었습니다. 노인은 병석을 지키다 하루아침에 눈이 밝아지고 다리가 튼튼해지고 팔이 유연해졌죠. 거죽만 쭈그렁이일 뿐 젊은이였습니다. 그리하여 같은 노인에겐 질시를 사고 제자에겐 위협이 되었습니다. 사람들은 노인이 악마와 관계했다고 수군댔죠. 젊은 시절 마법을 부리듯 탁월하게 인형과 악기를 놀리던 그이의 재주도 전부 악마에게서 얻어낸 사악한 기교였다고 일컬었습니다. 그 소문이 왕에게까지 들어갔습니다. 노인에게 안기어 이야기를 듣고 자랐던 왕은 노인에게서 '나라에서 제일가는 하얄리'라는 칭호를 공식적으로 앗아갔습니다.

노인이 재산도 명예도 잃자 자손들이 떠나갔습니다. 자손들은 노인이 단단히 노망이 났다고 생각했습니다. 자기들이 누리던 풍요를 무너트리고 악마와 상간한 일족이라고 손가락질받게 한 노인을 원망했습니다.

이 모든 일이 노인을 짓눌렀습니다.

그러나 노인에게는 못 이룬 소망이 가장 힘겨웠습니다. 이제 소망은 노인이 잃은 전부만큼 무겁고 간절해졌죠. 노인에게는 그 소망뿐이었습니다. 무엇도 남지 않았습니다. 목숨보다도 영혼보다도 그 소망이 귀했습니다."

노인은 발을 굴렀다. 가슴을 쳤다. 머리를 쥐어뜯었다. 검은 바다로 침몰해가는 섬과 등대, 파랗고 노랗게 어둠을 응시하는 불꽃 앞에서 제 상을 찢고 이리저리 부딪었다.

"아아, 신이여, 악마여, 대답하오! 이 소망은 진정 이룰 수 없단 말이오?"

✳·✿·✳

"저요, 저요! 못 참겠어요! 그 소망이 대체 뭐예요? 아직도 비밀인가요?"

월주는 손을 번쩍 들었다. 엉덩이를 들썩이며 온몸을 잘게 자지러뜨렸다.

"도월주, 왜 끊고 그래. 그냥 봐. 아야!"

크닙은 목소리를 낮추며 월주를 찔렀다. 그러다 월주에게 살 한 줌을 꼬집혔다. 눈물을 찔끔했다.

"으으응. 궁금해요."

월주는 눈을 반짝이며 몸을 흔들었다. 어리광하는 고양이처럼 목소리를 늘였다. 수산은 끄덕였다. 백진은 무대를 뚫어져라 응시하며 꼬리를 바짝 세웠다. 꼬리 끝을 까닥였다.

초를 들어 올리던 불꽃이 일렁임을 멈췄다. 노인이 몸부림을 그쳤다. 무대는 정지 화면처럼 굳어 잿빛으로 덮였다. 초록색 조끼와 바지를 입은 해설자가 어둠 속에서 홀연히 떠올랐다. 해설자는 웃듯이 어깨를 흔들었다.

"하하. 귀여운 아가씨께서 몸살이 나신 모양이군요. 글쎄요, 그 소망은 무엇일까요? 여러분께서 한번 맞혀보시겠습니까? 맞히는 분께는 선물을 드리겠습니다."

"와아, 무슨 선물이요?"

"크릉…….'"

크닙은 허리를 발딱 세웠다. 백진도 귀를 쫑긋 세웠다. 월주와 수산은 두 손을 맞잡았다. 해설자가 유쾌히 웃었다.

"껄껄. 무언지는 비밀입니다. 기대감이야말로 선물을 장식하는 가장 근사한 포장지이니까요."

"저요, 저요! 저 정답! 저 생각났어요!"

크닙은 손을 번쩍 들었다. 방방 엉덩잇짓하며 해설자에게 애타게 시선을 보냈다. 월주도 슬그머니 손을 들었다. 월주는 번뜩하고 좋은 생각이 떠오르지야 않았지만 선물 받을 기회를 놓치기 아까웠다. 낑낑댔다.

"저도요오. 맞혀볼래요오, 저도요, 으응?"

"크릉, 쿵!"

뜻밖에 백진도 선물에 반응했다. 백진은 앞발로 수염을 훑으며 괜스레 목을 울렸다.

수산은 찡그리며 입맛을 다셨다.

"쩝, 늦었다."

"후후. 걱정하지 마십시오. 원하신다면 모두에게 정답을 맞힐 기회를 드리지요. 자아, 제일 빨랐던 꼬마 친구부터 해볼까요? 꼬마 친구분? 무대에 오르시지요."

해설자는 무대 중심에서부터 왼편으로 두어 발자국 미끄러졌다. 오른팔을 무대 가운데로 펼쳐 보이며 크닙에게 고개를 고정했다.

"와아, 내가 맞힐 거야!"

크닙은 개구리뜀을 뛰듯 폴짝 솟았다. 두 팔을 벌리고 무대 방향으로 팔랑팔랑 달려나갔다. 주춤하는 기색조차 없이 무대 위로 획 올라섰다.

"와아!"

양이는 탄성을 터트렸다. 커다랗던 크닙이 무대에 오르는 순간 해설자 인형보다도 작아져서였다. 크닙은 부피조차 잃었다. 영락없이 가죽으로 오려 만든 그림자 인형이었다. 양이는 이 마법에 아낌없이 박수 쳤다. 양이에게만 신기해 보이는 일은 아니었던 듯 월주와 수산, 백진도 박수 치고 꼬리 흔들었다.

"귀엽기는."

도만이 여상했다. 도는 양이의 뺨을 꼬집었다.

"자아, 꼬마 친구, 답해주실까요? 노인이 품은 가장 간절한 소망은 무엇일까요?"

해설자가 달아오른 분위기를 타고 춤추듯 흥겹게 물었다.

"제 생각에는요……."

크닙은 팔다리를 오졸댔다. 들떠서 종알댔다.

"그 사람은 노인이니까요, 추억할 거예요. 어려서 즐기던 좋은 맛을 다시 느끼고 싶어 할 거 같아요. 먹는 일은 중요하거든요. 제가 예전에 범옹이라는 친구를 오래 사귀었는데요, 범옹도 늙으니 어머니가 어릴 때 해주신 음식을 그리워했어요. 아주 많이. 그러니까 노인이 품은 소망은, '어릴 때 맛본 맛있는 음식을 다시 먹는 일.'이에요."

"그럴듯해!"

양이는 박수 쳐주었다. 양이가 박수 치자 다른 관객도 크님에게 호응해주었다. 크님이 입술을 벌쭉 벌리며 웃었다.

"그렇지요. 어떤 이들에게는 맛이 더없이 소중한 보석이죠. 멋진 대답, 고맙습니다."

해설자가 유쾌히 답했다. 크님은 까르르대며 무대 위에서 뛰어내렸다. 무대에 오르는 순간 부피를 잃었듯 무대에서 내려서는 순간 부피를 되찾았다. 본모습 그대로 통통 뛰어 제자리로 돌아왔다.

"자아, 선물 받아야죠?"

"앗! 저 정답인가요?"

해설자가 크님의 뒤에 대고 말했다. 크님이 몸을 휙 돌리며 즐거이 물었다.

"비밀입니다. 정답자 상은 막이 내리고 답이 정식으로 밝혀지면 드리지요. 이건 참가상입니다."

그렇게 말하는 해설자 옆에는 인형 모습을 한 크님이 여전히 남아있었다. 해설자가 그 크님을 톡 치자, 인형 크님은 엷은 가죽 모습 그대로 무대에서 날아올랐다. 무대 아래에 있는 진짜 크님에게 내려앉았다.

"우와아!"

크님은 제 모습을 한 가죽 인형을 받아 들었다. 인형 관절을 흔들며 밝게 외쳤다.

"고맙습니다!"

"부러워! 이번엔 제가 맞힐래요!"

월주는 벌떡 일어섰다. 해설자가 무어라 하기도 전에 제자리에서 발을 박찼다. 휙 공중에서 한 바퀴 돌았다. 체조 선수처럼 날렵히 무대에 안착했다. 크닙처럼 가죽 인형이 되었다.

"휘익! 멋있는 등장, 감사합니다! 마음이 급하신 듯하니 바로 들어갈까요? 자, 노인이 품은 소망은 무엇일까요?"

해설자도 관객도 휘파람을 불며 환호했다. 월주는 두 손을 가슴 위에서 맞잡고 노래하는 새처럼 말했다.

"노인은 부귀와 명성과 명예를 다 얻어봤잖아요? 하지만 갈증이 있었죠. 그게 뭐겠어요? 제가 중년과 노년도 유혹해봐서 아는데요, 그렇게 다 이룬 듯 보이는 분들이 뜻밖에 외로움이 깊으세요. '이렇게 열심히 살았는데, 다 이룬 듯한데, 아직도 나를 진정으로 알아주고 내게 위안을 주는 존재가 없구나.' 그런 심리죠. 산이 높으면 계곡이 깊듯 이뤄놓은 성공에 비례해서 허망함이 뼛골에 사무쳐요. 몸 약해진 노인이라면 더더욱이요."

월주는 스스로 설득되었다. 한층 자신감이 붙은 목소리로 결론지었다.

"그러니까 노인은 자신의 종자기를, 제 속 울림까지도 들어줄 진정한 반쪽을 소망하고 있어요. 그 반쪽이 연인이든 친우이든 관객이든지요. 히히."

다 같이 박수 쳤다. 월주는 무대를 내려왔고 크닙처럼 제 모습을 한 가죽 인형을 얻었다. 크닙과 인형을 비교하며 시시덕댔다.

수산이 뒤를 이었다. 수산은 무대에 오르기야 했으나 좋은 답이 떠오르지 않는 듯 머리를 긁적였다. 헤헤대며 덩치에 맞지 않게 몸을 꽜다. 머뭇머뭇 말했다.

"그냥, 평온한 죽음? 아! 아니다. '그 소망'을 이루고자 죽음도 불사하잖아. 그럼 죽음 그 자체는 답이 아닌데? 음, 으음, 젊음? 이미 노인이 얻은 젊음과 싱싱함? 죽을 때까지 그렇게 팔팔하게 살다 가는 일? 으아, 모르겠다! 저 그냥 참가상 받고 싶어서 나왔는데요."

"형님이 그렇지 뭐. 원래 드라마 다음 화도 예측을 못 하는 도깨빈데! 낄낄!"

"킥킥. 아침 드라마도 내다보질 못하잖아. 수산 오라버니답다."

"그릉그릉."

"저런 분이 나라 최고 역술가시라니! 햐, 우리 가게에 오시는 사모님들, 다 속고 계신 거 아녜요?"

"내 저럴 줄 알았지. 맹한 놈."

화화 식구들은 수산을 마음껏 비웃었다. 그러나 수산은 무사히 참가상을 얻어냈다. 놀림 따위에 개의치 않고 행복해했다.

백진이 다음이었다. 백진은 꼬리를 우아하게 살랑이며 무대로 갔다. 무대에 오르자마자 답부터 들이밀었다. 어조야 무뚝뚝했으나 꼬리를 쉬지 않았다.

"노인이니 멸절을 떠올렸겠지. 하면 당장 눈에 보이는 명예와 명성이 아닌 시대를 관통할 명성, 죽어서도 세상이 자신을 잊지 않으리란 약속, 그것에 욕심냈을지도."

백진은 박수도 기다리지 않고 풀쩍 뛰어내렸다. 그 길에 제 인형도 알아서 물고 왔다. 백진 인형에는 꼬리 관절이 달렸다.

다들 도를 보았다.

"난 기권. 그 노인네가 뭘 바라든 내 알 바 아냐."

도는 단호히 참가를 거부했다. 도를 강제할 존재가 없었으므로 도는 그 한마디로 수수께끼에서 빠졌다.

마지막으로 양이에게 시선이 몰렸다. 양이는 뺨을 긁적였다.

"저도 뭐, 딱히 생각 안 해봤는데……."

그러나 월주가 양이의 팔을 잡고 흔들었다.

"아이, 아무 말이나 해. 네 인형도 받아서 나랑 인형 놀이하자!"

양이는 그 말에 약해졌다. 인형 놀이를 하고 싶어서라기보다 기념품으로 저를 본뜬 인형을 하나 얻어도 좋을 듯싶었다. 인형은 단순한 형태지만 들여다보면 색과 선이 섬세했고 가죽이 이루는 결도 우아하고 따스했다.

"갖고 싶으면 다녀와."

도가 양이의 허리를 놓아주었다. 양이는 일어나 무대로 걸어갔다. 다가가 보니 무대는 단지 인형극 무대였다. 통칭 '공공칠 가방'이라고들 하는 슈트케이스 두 개를 이은 크기로, 하얄리가 처음에 들고 온 거대한 가방을 펼쳐서 만들었다. 아무리 봐도 사람이 올라갈 자리가 아니었다. 그랬다가는 우지끈 무너질 듯했다. 어째야 할지 감이 오지 않았다.

"그냥 올라가."

"발만 얹으면 돼."

"양이 씨, 똑같아요. 거기든 여기든."

양이는 머뭇대며 다리를 들었다. 무대에 발끝을 얹었다. 어쩔까 하다가 무대 경계를 이루는 가방 틀을 손으로 잡았다. 디딘 발을 무대 안으로 밀며 반대쪽 다리도 들었다.

'에이, 어떻게든 되겠지. 다들 잘만 올라가더라.'

양이는 높은 책상으로 올라갈 때처럼 했다. 앞서 디딘 다리를 기역 꼴로 구부리고 안정감을 얻었다. 두 손으로 바닥을 짚고 그 디딘 힘에 의지해 남은 다리를 끌어올렸다. 지금 자신이 올라서려는 곳이 실은 작은 가방이고 자기 몸무게를 싣는 순간 폭삭 주저앉을 모양새라는 판단은 저 멀리 던졌다. 두 발을 무대에 다 디뎠다. 그 순간, 기묘한 감각이 전신을 내달렸다. 본능적으로 제 몸을 내려다보려 했다. 하나 되지 않았다. 이미 가죽을 오려 만든 평면 인형이 되었다.

"아."

양이는 경탄했다.

"용감하게 올라와 주셨군요. 잘하셨습니다."

양이는 눈동자를 옆으로 굴렸다. 음영이 진 기다란 초록색 선분만 보였다. 그 선분에서 들리는 목소리로 짐작건대 그게 해설자 같았다. 놀라지 않았으나 낯설었다. 스스로가 참 설었다.

"그럼 말씀해주시겠습니까? 노인을 여기까지 몰고 온, 죽을 만큼 간절한 소망은 무엇일까요? 자아, 당신이 이 수수께끼의 마지막 도전자입니다!"

박수가 터졌다.

양이는 멍하니 앞을 향했다. 무대에서 새어나간 빛무리로 객석을 더듬었다. 어스름한 그곳에 크고 작은 윤곽이 올록볼록했다. 황야에 늘어선 그믐밤 바위들 같았다. 그 막연한 형체들 사이에서 한 존재만이 뚜렷했다. 도. 양이에겐 아직도 낯선 존재인 도깨비들의 왕. 내가 너를 지켜주겠노라고 약속하는, 내게 네가 필요하다고 말하는, 내가 너를 좋아한다고 고백하는, 저기에 여전히 삼차원의 부피감을 간직하고 오롯이 존재하는, 이상하고 아름다운 남자.

양이는 불현듯 직감했다. 온 정신을 휘감은 이 낯섦에 휩쓸리지 않으려면 어딘가에 고정되어야겠다고. 그러지 않으면 다시 지독한 현기증이 밀려올 거라고. 그래서 그 유일하게 선연한 존재에게 간절한 시선으로 자신을 붙박았다.

"어……. 노인이 품은 소망……. 음……. 모르겠어요."

양이는 중얼댔다. 이 낯섦에 휩쓸려가지 않으려 안간힘 쓰며.

"허허! 이번에도 참가상만 노리고 나오셨나요? 하지만 '모르겠어요.'는 너무한데요? 참가상만 노렸던 저기 덩치 큰 분도 그거보단 길게 말씀하셨답니다."

해설자가 익살스럽게 말했다. 객석에서 자그르르 웃음이 일었다.

"터무니없는 대답이라도 좋습니다. 무엇이든 말씀해주세요."

평면의 손으로, 양이는 머리를 긁적였다. 모든 일이 어색했다. 지금 움직이는 '이것'은 자신이 아니었다. 그러나 '본래' 자신이 어떤 부피감을 지녔는지 기억나지 않았다. 멍했다. 도에게 집중하는 일밖에 생각할 수 없었다. 여유 없는 머리로 간신히 웅얼댔다.

"전 모르겠어요. 정말 잘 모르겠어요. 왜냐면, 으음……. 진짜로 간절히 바라는 일은 의외로 모르는 법 아닌가요? 이를테면 입시생은 간절히 대학 합격을 바라요. 한데 진짜로 바라는 일은 대학 합격이 아니죠. 부모에게 받는 기대에 부응하는 일, 혹은 성공, 그런 거겠죠. 취업 준비생은 취직을 간절히 바라요. 한데 진실로 바라는 바는, 안정적 소득원이겠죠. 어쩌면, '나도 사회적으로 제 몫을 한다.'는 증거가 필요할 뿐인지도 몰라요. 어떤 사람은 결혼을 간절히 바라요. 한데 진정으로 바라는 바는, 뭐랄까, '나도 남들처럼 평범하고 무난하게 산다.'는 안도감뿐일는지도 몰라요."

양이는 낯섦과 몽롱함 속에 있었다. 흐르는 대로 뱉었다. 평면 입을 뻐끔대며 도만을 보았다. 도는 양이가 보내는 시선을 단 한순간도 놓치지 않았다. 오롯이 받아들였다. 양이를 붙잡아주었다. 그래서 양이는 계속했다.

"제 말은 어쩌면 다 말장난이에요. 합격, 취직, 결혼. 사람들이 그러한 '소망'을 입에 담을 때 생략하는 속뜻을 깡그리 무시했으니. 실은 다들 잘 알고서 살아가는지도 몰라요. 자신이 말하는 그 '소망'에 담긴 '진짜 소망'을……. 하아."

양이는 짧게 한숨 쉬었다. 천천히 자신을 이야기했다.

"근데 저는 아니거든요. 저 같은 사람은 잘 몰라요. 그냥 합격이 중요하고 취직하고 싶고, 취직만 하면 다 끝일 것 같고, 그랬어요. 가만히 멈추어 제가 진정 바라는 게 무언지 제대로 생각해본 적 없어요. 제대로 알 때까지 궁리하기도 피곤하고 당장 살기도 바쁘잖아요. 드라마도 봐야 하고 밥도 먹어야 하고 월세에 공과금 내려면 알바도 가야 하니까. 내 맘 잡아 남의 맘이라던가? 그래서 전 남들도 그럴 것 같아요. 잘 모를 것 같아요."

고요 속에서, 양이는 머쓱히 웃었다.

"노인은 자신이 진짜로 바라는 걸 알까요? 허리가 구부러질 때까지 살면 알게 되나요? 솔직히 저는 알 자신이 없어요. 그러니 노인도 모를 것 같아요. 그래서 제 답은, '노인은 간절히 바라는 일이 있지만 진정 바라는 일이 무언지 알지 못했습니다.'"

양이는 마지막 한 음절을 말할 때까지 도에게서 시선을 떼지 않았다. 부피를 지니고 저기에 앉은 도는 무겁게 아름다웠다. 양이는 도에게 가고 싶었다. 곧게 가서 도에게 안기고 싶었다. 모든 낯섦 속에서 그 감정만이 선연했다. 박수를 받고 인형을 들고 내려와 도에게 안겼다. 도가 머리를 쓰다듬어주었다. 대단히 안도 되었다. 그 품에 한없이 자신을 묻었다.

"아저씨! 이 중에 정답이 있었나요?"

크닙이 손을 번쩍 들고 물었다.

"글쎄요, 여러분께서 하신 추측 중에 답이 있었을까요? 직접 확인해보시죠."

해설자가 무대 아래로 가라앉았다.

불꽃이 다시 일렁였다. 잿빛으로 굳었던 무대가 녹아가는 얼음처럼 반짝였다.

삐익! 피리 소리가 어둠을 그었다.

❉∴❋

노인은 탁하게 얼룩졌다. 폐가에 덜렁이는 깨진 창문 같았다. 바람에 삐걱대며 스산히 울었다. 터덜터덜 걸었다.

공간이 바뀌었다. 잿빛 세상에 폐허가 덧씌워졌다. 망가진 가구 몇 점, 가축을 먹이던 여물통, 현이 끊어진 악기, 식물이 말라 죽은 화분, 관절이 부서진 인형이 시체처럼 뒹굴었다. 당당하던 벽은 아름다운 그림이 뜯겨 얼룩덜룩했고 휘황하던 창은 알록달록 유리가 뽑혀 휑뎅그렁했다.

노인은 제 아름답던 저택을, 사람과 웃음과 이야기가 넘치던 그곳을 거닐었다. 지익, 지익. 낡은 신을 끌며 먼지 구덩이를 떠돌았다.

"하! 하하, 하하! 꺄하하하하!"

노인은 문득 웃었다. 전쟁터를 굽어보는 까마귀처럼, 공허하고 날카로운 울림으로써 이 모든 허무와 파괴를 대변했다.

"하하하! 하하, 하……!"

노인은 주저앉았다. 웃자란 풀을 뜯었다. 갈퀴 같은 손으로 무성한 덤불을 마구 헤쳤다. 두 눈을 빨갛게 번뜩였다.

"나오라, 악마여! 여기 꼬리를 내어라! 어디 있는가. 그대는 어디 있는가!"

노인은 분노가 낳은 생명 같았다. 두 눈을, 얼굴을, 온몸을 빨갛게 태우며 미친 힘으로 움직였다. 수풀을 뜯었다. 뒤뜰을 파헤쳤다. 무너진 장롱을 걷어차 열어젖혔다. 마구간 짚단을 내던져 뒤엎었다. 노인은 빨갛게 불탔다. 그러다 푸르게 넘실댔다. 검푸르러졌다. 비탄을 눈물로 쏟았다.

불꽃은 암흑의 해수면으로 다가갔다. 초는 더는 등대가 아니었다. 해도 달도 산도 바다도 바람도 노래도 천사도 악마도 형체를 잃고 녹아내린 무지개 섬, 그 섬 꼭대기에 불꽃은 무심히 앉았다. 우주가 끝나는 날 선정에 든 수도승처럼, 얼룩진 무지개 섬에 자신을 얹은 채 내려앉는 등고선과 하나 되어 암흑의 바다로 가라앉을 준비를 했다.

불꽃이 내려앉은 만큼 세상은, 노인은 검어졌다. 이제 발끝 어름만 미약하게 빛을 발했다.

"아, 아아……."

노인이, 양이가 신음했다. 양이는 알 것 같았다. 방문자가 어디에 숨었는지, 이 숨바꼭질에 담긴 비밀이 무엇인지, 이제 알았다. 직접 흙을, 수풀을 파헤치고 쥐어뜯은 듯 손끝이 아렸다. 그 손을 뻗었다.

저기 불꽃이 있었다. 저기 암흑 속에, 암흑의 발치에 그림자가 아른거리며 춤췄다. 양이는 그 빛과 그림자 틈새로 손을 뻗었다. 닿기만 한다면 그곳에 손을 넣고 싶었다.

'손을, 넣어서…….'

양이는 헐떡여지는 숨을 짓눌렀다. 눈 감으며 도에게 쓰러지듯 기댔다.

"어디 불편해? 많이 아파?"

도가 물었다. 도는 허공을 헤매는 양이의 손을 따뜻한 손길로 잡아 주었다. 그 손을 가만히 끌어당겼다. 양이의 이마를 짚었다.

"그냥, 멀미 나나 봐요. 저는 쓰리디 영화도 잘 못 보니까……."

양이는 도에게 걱정 끼치고 싶지 않았다. 변명을 주워섬겼다.

"들어가 쉴래?"

도가 다정히 물었다.

"아뇨. 궁금해요. 어차피 곧 결말인데, 참을게요."

"……그래, 정 힘들면 언제든 말해. 아무래도 너, 몸살이라도 났지 싶다."

도는 양이의 관자놀이에 상냥히 입술을 눌렀다. 양이는 다시 눈을 떴다.

저기 불꽃이 탔다. 여기 노인이 깜박였다. 노인은 이제 밝고 맑은 곳이 없었다. 검푸르렀다. 흐느적흐느적, 빙빙 돌았다. 주저앉았다. 팔을 떨구고 손을 놓았다. 고개 숙였다. 해도 지고 달도 구름에 가려 세상에 남은 빛이 불꽃 하나였다. 그 불꽃조차 등졌다.

"헛되다. 다 헛되다. 이제 놀이는 끝났다. 내기는 그대가 이겼다. 그

러나 나의 죽음은, 그래, 하룻밤 이야깃거리는 되겠구나. 좋다. 그것
으로 되었다. 내 후회는 않으리.”

노인은 마른 손으로 검은 땅을 더듬었다. 쓸쓸히 되뇌었다.

“이것이 내가 묻힐 땅이런가. 이것이 내가 묻힐…….”

노인은 목소리가 잦아들었다. 손이 파르르 떨렸다. 가파른 숨이 흐
으읍 목구멍을 타고 넘었다.

노인은 두 손으로 땅을 짚었다. 짐승처럼 엎드렸다. 새된 숨을 삼키
며 땅을 더듬었다.

세상이 어두웠다. 빛이 낮았다. 그래서, 그림자는 길었다. 깊었다.
파랬다. 시퍼렸다. 까맸다. 차가웠다. 이미 숨이 다해 힘없이 익사해
가는 생명 같았다. 터번을 썼다. 수려한 사내의 형상이었다. 시퍼런
두 입술이 짝을 놓쳤다. 버성긴 그 자리로 허옇게 이가 반짝이고 그
밑으로 냉랭한 숨이 드문드문 바스러졌다. 시꺼먼 눈꺼풀이 가늘게
트였다. 벌어진 그 틈새로 잦아든 만물의 빛이 꼬리를 물며 아물아물
돌았다. 적막히 흐트러진 그 모습이 처참히 아름다웠다.

“흐아아…….”

노인은 낡은 입술 사이로 가는 숨을 부수어냈다.

방문자는 약속을 지켰다. 처음부터 끝까지, 노인이 반드시 찾을 수
있는 곳에 있었다. 노인과 가장 가까운 곳에, 오만한 노인이 빛을 등
지고 서서 제 발밑을 단 한 번이라도 내려다본다면, 제 발밑에 단 한
번이라도 관심을 기울인다면 찾을 수 있는 곳에 있었다.

노인의 쭈그러진 눈에서 뚝뚝 눈물이 떨어졌다.

“찾았다……!”

노인은 떨리는 목소리로 숨죽여 외쳤다. 아무런 반응도 하지 못하

는 차갑고 푸른 뺨을, 제 그림자에 누운 그것을 더듬었다. 품에 손을 넣어 호리병을 꺼냈다. 빨강과 다홍을 오가며 두근대는 따스한 그것을 꺼내 들었다.

"아아, 어리석은 이여! 나도 그대도 어리석소!"

노인은 호리병 뚜껑을 뽑아 던졌다.

'한 방울이라도 낭비하면 이 생명이 헛되어지리!'

노인은 부들부들 손을 떨었다. 검푸른 입술 틈새에 약병을 기울였다.

"어리석소. 참으로 어리석소! 그리도 아름답던 그대가 어찌 이리도 처참해졌소?"

노인은 푸르게 뺨을 적셨다. 그 순간 왜인지 뽀얀 웃음보다 푸른 울음이 밀려들었다. 마른 식물에 물을 주듯 쓰러진 사내를 제 눈물로 적셨다. 손이 사내의 뺨에서 떠날 줄을 모르고 자맥질했다.

"내 얼마나 찾았던가, 그대를, 내 얼마나!"

무엇을 추구하는 마음과 생각하는 마음이 극에 미치자 무엇은 세계가 되었다. 그리하여 지나간 그 세월, 사내는 노인에게 밤을 지키는 꿈이자 귓가에 스치는 바람이자 눈을 어루만지는 아지랑이였다. 노인이 숨 쉬던 그 모든 순간에.

"일어나게, 어서! 살아나게, 당장!"

노인은 사내의 뺨을 때렸다. 사내를 흔들었다.

"일어나오, 아아! 그대가 말하지 않았소! 그대는 한없이 전능에 가까운 자라고! 이 정도로 죽지 마오! 그대는 젊고 아직 살날이 많소!"

"으음……."

흔들리는 검푸른 그림자에서 나직하니 힘겨운 신음이 새었다.

"그대, 정신이 드오? 내 말이 들리오? 이보시오!"

노인은 사내를 안아 들었다. 사내가 병들어 쓰러진 제 아이라도 되는 양 그 몸을 안타깝게 품에 안았다. 파리한 뺨을 거듭 쓰다듬으며 거푸 사내를 불렀다.

"이보시오, 이보시오!"

"흐으……."

사내는 작게 꿈틀거렸다. 검푸르던 그 뺨에 옅게 붉은 기운이 돌기 시작했다.

"힘을 내시오. 그래, 잘하고 있소!"

노인은 눈이 곧 샘이고 뺨이 곧 강이었다. 사내를 적시고 또 적시며 쓰다듬고 또 쓰다듬었다.

사내의 눈꺼풀이 엷게 떨렸다. 그 매끄러운 속눈썹들이 잠에서 깨는 나비처럼 나른히 팔랑였다. 늙은 품에 유순히 안기어, 사내는 노인을 올려다보았다.

불꽃을 얹고 가라앉아가던 무지개 섬이 찐득찐득 꿀렁댔다. 그 움직임 속에서 천사가 기지개 켰다. 악마가 뛰어올랐다. 천사와 악마 위로 불꽃이 올라섰다. 노래와 바람과 산과 바다가 일어나 기둥을 높이며 불꽃을 밀어 올렸다. 어두운 바다 위에 다시금 등대가 솟구쳤다. 노인이, 노인에게 안긴 사내가 선명한 빛과 색을 되찾기 시작했다.

"왜 우오?"

사내는 가장 먼저 그렇게 물었다. 하느작대는 팔을 들어 노인의 뺨을 어루만졌다.

"내가, 그대가 품은 소망을 이루어줄 텐데, 그대가 이겼는데, 왜 우오?"

만감이 노인을 사로잡았다. 포로는 아무 대답도 하지 못하고 흐느 꼈다.

사내는 웃었다. 노인을 향해 곧게 뜨인 두 눈이 세상에 존재하는 모든 빛으로 풍부하게 반짝였다. 상냥하고 따스하게 말을 이었다.

"아아, 바보 같은 이여, 어째서 우오? 내가 너무 짓궂었소? 응? 부디 울지 마오. 나는 한없이 전능에 가까운 자라, 그대 소망이 무엇이든 이루어주리다. 이제 말하오. 으응? 웃으며 말하오. 그대를 사로잡은, 죽을 만큼 간절한 소망이 무엇이오?"

❊❊❊

"아아!"

양이는 젖은 음절을 터트렸다. 차고 습한 눈물이 뺨으로 미끄러졌다.

"왜 그래? 많이 아파?"

도가 어깨를 자지러트리며 물었다. 양이는 도리질 쳤다. 도를 안심시키는 말을 삼킨 채 입술을 깨물었다. 속이 메스꺼웠다. 심장이 지끈거렸다. 저기 보이는 빛과 그림자, 색과 윤곽, 형체와 여백이 다 함께 너울대며 몸과 마음을 안팎으로 휘저었다. 다만, 눈물이 났다.

양이는 알았다. 방문자가 왜 노인을 찾았는지, 방문자가 왜 이러한 숨바꼭질을 하고자 했는지, 알 수 있었다.

양이는 느꼈다. 이 숨바꼭질에 숨겨둔 마음이 무엇인지, 감춰둔 진실이 무엇인지, 느낄 수 있었다. 노인에게 안긴 사내의 눈동자가 너무나 습하고 따스하게 빛나서, "내가 너무 짓궂었소?" 하는 목소리가 가슴 저미도록 달콤해서, 사내가 눈을 뜨고 가장 먼저 한 말이 "왜 우오?" 하는, 아프게 들릴 만큼 조심스러운 음색이어서, 몸이 저리도록 느꼈다.

'저 노인이…….'

양이는 깨달았다. 이 숨바꼭질이 진정 무엇이었는지. 그래서 울었다.

❈❈❈

"잃어버린 것을 찾고 싶소."

사내가 기력을 회복하고 몸을 일으키자 노인은 제 소망을 말했다.

"재산, 명성, 명예, 제자와 자손. 그것을 되찾길 바라오?"

사내가 온화하게 물었다. 노인은 고개 저었다.

"아니오. 그것들은 보기 아름다우나 아무것도 아니오. 나는 그것을 누릴 만큼 누렸고 이 내기 덕에 이렇듯 다 잃었소. 누릴 때 그리 행복하지 않았으며 잃고 나니 허망하오. 다 늙어 죽음을 앞둔 이가 그따위 것을 뭐하러 또 얻으려 들겠소?"

"그러면 무엇이오? 그대가 잃어버린 것은?"

노인은 사내와 마주 앉았다. 무성한 풀잎이 껑충히 푸르르고 이름 모를 잡꽃이 낱낱이 반짝이며 열린 담으로 바람이 유연하고 뚫린 지붕으로 햇살이 풍요로운 찬란한 폐허에서, 소꿉놀이하는 어린애들처럼 마주 보았다.

"나는 가슴에 구멍이 있소."

하얄리답게, 노인은 나뒹굴던 인형 하나를 품에 안았다. 망가진 관절을 어루만졌다.

"그 구멍은 크고 황량하오. 바람 불 때마다 스치고 아리지."

노인은 인형의 관절을 놀려 제 가슴을 문질렀다.

"나는 그 구멍에 붙은 이름을 모르오. 그 구멍이 언제 났는지도 모르오. 왜 났는지도 모르오. 그것은 내가 아주 어릴 때부터, 젊을 때부터 휑하니 뚫렸을 뿐이오."

노인은 입술을 깨물었다. 잠자코 자신을 보고만 있는 사내에게 슬프게 말을 이었다.

"나는 평생을 의문과 괴로움 속에서 살았소. 그 구멍이 무엇인지 알 길 없어서, 그 구멍을 메울 길 더더욱 없어서. 나는 평생을 탐욕으로 살았소. 명예를 채우면 구멍이 메워질까, 명성을 채우면 구멍이 메워질까, 재물을 채우면 구멍이 메워질까, 이 이야기를 채우면, 저 이야기를 채우면, 세상 모든 이야기를 채우면 구멍이 메워질까 하여서."

노인은 다시금 울었다. 희고 창백하게 빛나며 사내에게 팔을 뻗었다. 사내의 손을 잡았다.

"나는 이 공허에 지쳤소. 상실에 진저리나오. 간청하리다. 그대가 진정 '한없이 전능에 가까운 자'라면, 부디, 이 구멍 난 자리에 들었던 것을 찾아주오. 그것이 불가능한 꿈이라면 하다못해 이 구멍을 이를 이름이라도 알려주오. 그것이 곧 내 삶이었으니 그 이름으로 내 무덤을 덮으리다."

노인은 고개 숙였다. 사내의 손에 제 이마를 대었다. 절박히 눈물지었다. 노인이 그리는 색과 상이 불안히 일렁였다. 일렁이다가 멈췄다. 쩡! 세상이 날 선 소리를 냈다. 모든 빛, 색, 불꽃마저도 희게 견고히 얼어붙었다.

얼어붙은 세상에서 하나만이 숨 쉬었다. 사내만이, 자신을 '한없이 전능에 가까운 자'라 일컬은 자만이 살아 움직였다.

사내는 노인을 굽어보았다. 짙은 눈매를 반 내리감고 얼어붙은 노인을 무표정하게 향했다. 애초에 무대 위 사내에게는 이렇다 할 표정이 없었다. 눈꺼풀을 여닫고 입을 여닫고 팔다리와 고개, 허리, 손가락 몇 개를 까닥이는 정도가 사내가 몸으로 표현할 수 있는 전부였다.

그런데도 지금 이 순간, 사내는 가장 무표정했다. 또한, 가장 무섭게 번쩍였다. 얼어붙어 유령처럼 희뿌연 덩어리들 사이에서 사내만이 빛을 발했다. 번뜩번뜩, 심장에서 번개가 이는 듯, 희뜩번뜩, 눈에서 우주가 물결치는 듯.

사내는 일어섰다. 시체에서 유령이 솟듯 제 껍질을 버리고 홀연히 떠올랐다. 심장과 눈알을 번뜩이며 무대 왼편으로 날아갔다. 날아가 두 발로 무대를 디뎠다. 두 발이 무대에 완전히 닿은 순간, 그는 이미 다른 존재였다. 초록색 조끼와 바지를 입었다.

❋❋❋

"읏……."

양이는 입술을 깨물었다. 울음이 터지는 입을 틀어막으며 침묵을 일그러뜨렸다. 억눌린 슬픔으로 떨었다. 폐 속 깊숙이서부터 흐느꼈다. 노인이 사내에게 약을 먹일 때부터 결말을 예감했고 다가올 모든 일이 서글펐다. 가엾고 서럽고 처참했다. 창자가, 폐가, 숨줄이 슬픔에 비틀려 소리조차 낼 수 없었다.

"왜 그래? 응?"

도가 안타깝게 속삭이며 연신 관자놀이와 귓가에 따스한 위로를 쏟아부었다. 양이는 그 위로에 안기어 해설자와 눈을 맞췄다. 마주한 눈동자에서 무한한 색과 빛이 구불거렸다. 그 안에 우주가 있었다. 모든 슬픔이 있었다. 거기 담긴 가없는 빛이 양이의 섧게 터지는 숨줄을 휘감았다. 빛은 나선을 그리며 뱅뱅 돌았다. 돌고 돌아 한없이 확장되었다. 양이를 집어삼켰다. 사방이 하얗게 번쩍였다. 빛이 잦아들고 세상이 바뀌었다.

✳✿✳

띵동땡동, 현이 줄 뛰기 하는 아이처럼 익살스레 놀았다. 쿵덕쿵덕, 북이 힘겨루기 하는 청년처럼 힘차게 으스댔다. 쨍그르르, 종이 구애하는 참새처럼 깜찍스레 우쭐댔다.

"와아아!"

양이는 탄성을 질렀다. 앳된 탄성을 나비처럼 날아올렸다. 탄성이 날아간 자리에 작은 무대가 있었다. 무대 위에서 기다란 손가락이 노닐었다. 손가락마다 실이 가닥가닥 반짝였다. 그 실 끝에서 시큼한 레몬, 달콤한 분홍, 구수한 갈색, 매콤한 빨강, 씁쓸한 파랑, 풋풋한 초록이 흥겹게 뛰놀았다. 색들은 왕, 재상, 학자, 상인, 아낙, 거지, 용사로서 무대를 쏘다녔다.

"와아아!"

양이는 아이였다. 뺨을 복숭앗빛으로 물들였다. 자그마한 손끝으로 무대 가장자리를 움켜쥐었다. 별이 달을 보듯 이야기꾼을, 위대한 하얄리를 우러러보았다.

"하하."

양이는 또한 하얄리였다. 양이는, 위대한 하얄리는 웃었다. 손에서 인형을 내려놓았다. 커다란 손으로 아이를 쓰다듬었다. 아이 손에 제 인형을 들려주었다. 아이가 서툴게 인형을 삐걱대는 모습을 흐뭇하게 지켜보았다.

양이는, 위대한 하얄리와 아이는 길을 걸었다. 위대한 하얄리는 아이를 손잡아주었다. 안아주었다. 업어주었다. 목말 태워주었다. 그렇게 하나이자 둘은 들을 지났다. 산을 넘었다. 강을 건넜다. 바다를 떠다녔다. 봄을 노닐었다. 여름을 누렸다. 가을을 음미했다. 겨울을 인내했다.

양이는, 위대한 하얄리는 또 다른 양이에게, 아이에게 가죽을 다듬는 법을 가르쳐주었다. 인형을 그리는 법을 가르쳐주었다. 가죽을 물들이는 법을 가르쳐주었다. 인형을 오리고 꿰매는 법을 가르쳐주었다. 인형을 걷게 하는 법을 가르쳐주었다. 인형을 춤추게 하는 법을 가르쳐주었다. 이야기를 만드는 법을, 목소리를 늘이고 줄이고 높이고 낮추는 법을, 악기를 다루는 법을, 사람을 모으는 법을, 사람을 웃고 울게 하는 법을 가르쳐주었다.

양이는, 위대한 하얄리와 아이는 함께 공연했다. 세상 모든 곳에서 하나이자 둘로서 무대를 펼쳤다. 뒷골목, 선술집, 담배 가게, 연회장, 여객선에서 사람들을 웃기고 울리고 위로했다.

그러며 양이는, 아이는 자랐다. 위대한 하얄리의 허벅지에도 미치지 못하던 머리꼭지가 그의 허벅지, 허리, 팔꿈치를 지나 가슴에까지 닿았다. 더는 아이가 아니었다. 머리칼이 붉게 굽이쳐 반짝이고 두 눈이 여름 숲처럼 일렁였다. 몸에 굴곡이 생기고 종아리가 노루처럼 뻗었다. 팔이 버들처럼 유연하여 발꿈치를 들면 위대한 하얄리의 목에 두 팔을 친밀히 휘감을 수도 있었다. 그러고서 위대한 하얄리의 입술에 제 입술을 맞대어볼 수도 있었다.

"크스멧, 나의 아이야, 나의 제자야, 이 행동이 무슨 뜻이냐?"

양이는, 위대한 하얄리는 고개를 갸웃했다. 심장이 낯설게 간질거려 눈을 깜박였다.

"어머? 스승님도 모르는 일이 있으세요?"

양이는, 아이는, 아니, 소녀는 높게 웃으며 달아났다. 노루를 놀리는 나비처럼.

양이는, 위대한 하얄리는 잠시 생각했다. 심장이 북처럼 쿵쾅 울렸다. 웃으며 그녀를 쫓았다.

양이는, 위대한 하얄리와 소녀는 세상 모든 일을 함께했다. 세례식, 입학식, 졸업식, 결혼식, 장례식, 왕의 즉위식까지.

그동안 양이는, 위대한 하얄리는 조금도 변하지 않았다. 늙지도 어려지지도 않았다. 언제나 절정에 오른 젊은 모습 그대로 맑고 밝게 반짝였고 온갖 빛으로 충만했다.

그러나 양이는, 아이는 소녀가 되었다. 소녀에서 여인이 되었다. 때로 수줍게, 때로 찬란하게 반짝였다. 때로 검고 푸르게 얼룩져 사납게 일그러졌다. 자신의 스승, 위대한 하얄리에게 안겨 그에게 입 맞췄다. 그를 쓰다듬고 그에게 어루만져졌다. 그에게 다리를 감으며 울부짖고 소리쳤다. 그에게서 달아났고 그에게로 돌아왔다. 그의 가슴을 때리고 제 머리를 쥐어뜯었다. 웃으며 춤췄고 발버둥치며 비명 질렀다. 달콤하게 반짝였고 악취를 풍기며 어둠으로 가라앉았다.

"놓아주세요. 아니, 놓아주소서."

양이는, 여인은 부들부들 떨었다. 온 얼굴을 푸르게 물들인 채 꽉 쥔 주먹으로 위대한 하얄리, 제 연인을 떠밀었다. 떠밀면서, 그 가슴 섶을 움켜쥐었다. 검은 눈물을 떨어뜨리며 말했다.

"저는 당신이 두렵나이다. 나의 연인, 나의 스승, 이 우주에서 처음으로 막을 올린 위대한 하얄리이시여, 저는 당신을 감당할 수 없나이다. 당신을 견딜 수 없나이다. 분노도 증오도 무지도 슬픔도 질투도 무엇도 하지 아니하며 무한히 찬란한 당신을 버틸 수 없나이다. 하여 소원하나이다. 놓으소서. 저는 비겁하여 스스로 그리할 수 없사오니 당신이 저를 놓으소서. 제가 당신을 잊게 하소서. 당신과 함께한 모든 기억이 저를 고통스럽게 할 것이옵니다. 그러니 제가, 차라리 당신을 기억하지 못하게 하소서."

양이는, 위대한 하얄리는 눈 감았다. 여인이 제 가슴을 치는 무자비한 힘을 느꼈다. 멍들어 서서히 검푸르러졌다. 어둠으로 녹아들어 갔다.

여인의 가슴에, 양이의 가슴에 크고 검은 구멍이 났다.

양이는, 여인은 탐욕스레 살았다. 제게 남은 온갖 위대한 이야기로 세상을 휘둘렀다. 명성을, 명예를, 재물을 열 손가락으로 긁어모았다. 그러는 사이 붉게 물결치던 머리칼이 세었다. 손이, 어깨가, 등이 굽었다. 하릴없이 침대에 누웠다. 눈물지었다. 텅 빈 가슴을 텅 빈 주먹으로 두드렸다.

세상이 빠르게 돌았다. 어둠 속에서 홀연히 피어오른 방문자가 노인에게 숨바꼭질을 제안했다. 노인은 숨바꼭질을 받아들이고 모래시계를 뒤집었다. 초에 불이 붙고 노인은 세상을 헤맸다. 모든 것을 잃고 빛을 등졌다. 제 그림자 위에 엎드려 마침내 찾아냈다. 방문자를,

연인을, 스승을, 우주에서 가장 위대한 하얄리를. 그러나 노인은 몰랐다. 제가 진정 무엇을 찾아내었는지. 그러므로 무구히 소원했다.

"그대가 진정 '한없이 전능에 가까운 자'라면, 부디, 이 구멍 난 자리에 들었던 것을 찾아주오. 그것이 불가능한 꿈이라면 하다못해 이 구멍을 이를 이름이라도 알려주오."

세상이 까맣게 잠겼다. 까맣게 잠긴 세상이 하얗게 얼어붙었다.

그 얼어붙은 어둠 속에서 단 한 존재만이 깨어 있었다. 그 깨어 있는 존재, 초록색 조끼와 바지를 입은 해설자가 눈을 떴다. 뜨인 눈동자에서 우주가 소용돌이쳤다. 세상에 존재하는 모든 빛이 그 두 눈구멍에서 휘몰아쳤다.

"한없이 전능에 가까운 자는, 어떻게 했을까요?"

목소리가 공허하게 공간을 울렸다.

"연인에게 기억을 돌려주었을까요? 돌려주었다면 기억이 돌아온 연인은 어찌했을까요? 그리웠다고 했을까요? 아니면 내 소망이 어리석었다고 후회하며 눈앞에 선 존재를 다시 두려워했을까요?"

해설자는 길게 한숨 쉬었다. 저 먼 곳을 보며 혼잣말하듯 나직이 전했다.

"그 답은 아무도 모릅니다. 노인에게 소원이 이루어지는 순간이 오지 않았기 때문이죠."

해설자는 한 걸음 걸어 나왔다. 무대와 객석이 이루는 경계를 밟았다.

"그래요. 이 한없이 전능에 가까운 자는 의문과 공포에 짓눌렸습니다. 시간을 멈췄습니다. 슬픈 결말이 나올까 두려워하며 끝내 마지막 책장을 넘기지 못하는 독자처럼, 멈춘 시간 속에서 홀로 떨었습니다.

막막히 떠올렸습니다. 이 숨바꼭질이 맞이할 끝을."

해설자는 무대를 넘었다. 부피를 갖추고 모습을 바꿨다. 피처럼 붉은 카프탄을 입은 매혹적인 사내가 되었다.

"시작이 있으면 끝이 있습니다. 이 숨바꼭질도 그렇지요. 결론 날 것입니다. 그 결론은 행복하지 않을 수도 있습니다. 실은, 이 위대한 존재는, 나는, 행복한 결말을 상상하기 힘들었습니다. 이미 너무 지쳤으니까요. 또한, 비참한 결말을 견딜 수도 없었습니다. 비참한 결말이 온다면 이번에야말로 신속하게, 절대 멈출 수도 돌릴 수도 없는 죽음을 택할 터였죠."

깊이를 갖춘 존재가 내는 목소리는 풍부하게 공간을 울렸다. 그만큼 더 허망했다.

"잉잉……. 아저씨 어떡해."

"으아아아앙!"

크닙과 월주는 울음을 터트렸다. 옷소매로 눈물을 찍어내며 뚝뚝 울었다.

양이는 비탄에 가슴이 저몄다. 끅끅대며 숨조차 쉬지 못했다. 감각이 온통 혼란했다. 노인이 느낀 허무, 좌절, 상심이, 하얄리가 느낀 사랑, 공포, 슬픔이 엄지발가락 끝에서부터 목젖까지 들어찼다. 무엇이 노인이 느낀 감정인지, 무엇이 하얄리가 느낀 감정인지, 또 무엇이 자신이 느낀 감정인지 알 수 없었다. 끅끅대며 뇌였다.

"왜……. 멀리 숨지도 못하실 거면서, 버리지도 못하실 거면서, 고작 그림자에밖에 숨지 못하실 거면서……. 왜, 왜……. *끄흑*……."

하얄리는 가만히 눈을 내리깔았다. 흐릿하게 미소했다.

"그래서 나는 결심했습니다. 비참한 죽음이 오기 전에 '이 이야기'를 공연해야겠다고."

하얄리는 제 심장에 손을 올렸다.

"나는 하얄리이니까요. 내가 속한 우주에서 가장 거대한 무대를 만든 하얄리이자, 내가 속한 우주에서 최초로 막을 올린 하얄리이자, 내가 속한 우주에서 최초로 무대에 빛을 던진 하얄리이자, 내가 속한 우주에서 우주 그 자체를 오롯이 내 무대로 쓸 수 있는 유일한 하얄리이니까요."

"흐아아앙!"

월주와 크님은 서로를 끌어안고 통곡했다.

"흐윽."

수산도 울먹이며 손수건으로 눈물을 훔쳤다.

"끄르릉……."

백진은 꼬리를 힘없이 바닥에 붙였다. 귀를 바깥으로 눕히고 몸을 움츠렸다. 낮게 목을 울렸다.

"우주의 하얄리인 나는 시간을 멈추고 길을 떠났습니다. 관객을 찾았습니다. 유언이 될지도 모를 공연을 했습니다. 관객 여러분께는 송구하게도 결말 없는 공연을 했습니다."

위대한 존재, 그의 우주에서 가장 위대한 하얄리는 깊이 고개 숙였다. 바다에 스미는 저물녘 태양처럼 가없이 덧없고 따스하게 속삭였다.

"내 슬픔을 들어주어 고맙습니다."

양이는 울었다. 끅끅 솟는 설움에 가슴이 펄떡이고 밭은 숨에 허리가 무너졌다. 월주와 크닙, 수산이야 도깨비이니 유달리 감수성이 풍부하여 통곡한다 쳐도 양이가 그러자 도는 앉지도 서지도 못했다. 양이를 토닥이며 연신 눈을 껌벅였다. 온갖 달래는 말을 하며 손으로 입술로 눈물을 거둬주었다.

"왜 이리 우는 거야? 응? 괜찮아. 다 괜찮아."

도는 양이를 안아 올려 마주 보았다. 양이의 뺨에 눈가에 수없이 입맞췄다. 주술을 세심히 휘감은 금빛 손으로 양이의 가슴을, 눈가를 연신 쓸어주었다. 양이의 가슴이 메고 아릴까, 양이의 눈가가 붓고 욱신댈까 걱정하여서.

— 대체 왜 이럽니까?

도는 양이가 보이는 반응이 정상이 아니라고 판단했다. 아무래도 무언가 의심스러워 곱지 않은 눈길로 하얄리를 향했다.

하얄리는 월주와 크닙에게 둘러싸여 무대를 정리했다. 도가 전언하자 손길을 멈추고 고개를 들었다. 울다 지쳐 끅끅대는 양이의 뒷모습을 물끄러미 응시했다.

— 흠, 공명했을 것이오. 나와 유달리 파장이 잘 맞으니.

— '공명'이라고 하셨습니까?

도는 한쪽 눈썹을 들어올렸다. 거의 탈진하여 늘어진 양이를 신중히 제 품에 붙이며 수면 혈을 지그시 눌러 재웠다. 하얄리는 이렇다 할 대꾸 없이 다시 무대를 정리하는 일에 마음을 쏟았다. 도는 잠시 머뭇대었다. 그러나 오래지 않아 하얄리에게 몇 발자국 다가갔다. 묘한 낌새를 맡은 월주와 크닙이 슬그머니 자리를 피했다. 도가 조심스레 전언했다.

— 이 아이에게 '공허하다.', 그러한 말씀을 하셨다고 들었습니다. 무엇을 느끼셨는지 안목을 빌리고 싶습니다만.

하얄리는 소녀 인형을 들어 늘어진 실을 차분히 타래에 감았다. 도가 전한 말을 듣지 못한 양 아무 반응도 하지 않았다. 도가 바짝 다가와 지그시 시선을 보내자 마지못해 답했다.

— 수경, 그대는 내 친우가 아끼는 제자이고 나도 그대에게 되도록 도움 주고 싶소. 하나 나는 이 우주에 속한 존재가 아니오.

— 이 아이 정체가 우주 차원에서 논할 일이라는 뜻이십니까? 당신께서 정체를 언질만 주셔도 분란이 될?

— 내 답이 필요 없는 질문인 줄 아오.

도는 그 말을 숙고했다.

'양이는 이 우주의 법칙을 완전히 벗어난 존재. 따지자면 존재 자체로도 문젯거리지만……'

— 이 아이 정체가 단지 논란거리라는 말씀이십니까? 아니면 이 우주에 중대한 영향을 끼칠 수도 있다는 말씀이십니까?

도는 질문을 바꿨다. 하얄리는 소녀 인형에 이어 다른 인형의 실타래를 감으며 한숨을 내쉬었다.

— 그 역시 내 답이 필요 없는 질문이오. 수경, 그대도 배분으로 따지면 이제 이 우주의 질서를 관장하는 위치요. 그런 그대가 내게 이리 묻다니 적절치 못하오.

도는 턱에 힘을 주었다. 도 역시 알았다. 다른 우주에 속한 존재인 하얄리에게 이 우주의 일을 파악하지 못해 묻다니, 자존심 상하고 부적절했다. 그럼에도 답이 오지 않을 질문을 거듭할 만큼 절박했다. 숨을 무겁게 삼키며 모르는 척 되물었다.

— 이 아이, 이대로 두어도 괜찮습니까?

하얄리는 꿈쩍하지 않았다. 마지막 인형까지 정리하여 가방에 넣었다. 탁. 단호히 가방 뚜껑을 닫았다. 가방 손잡이에 손을 올렸다. 도가 그 손을 움켜쥐었다. 휙, 공간이 손으로 문지른 듯 닦아내졌다. 도는 하얄리를 제 방으로 끌고 들어왔다. 잠든 양이를 제하면 도와 하얄리, 둘만 남았다.

"어르신, 저도 우주 간 암묵적 법칙을 압니다. 하니, 캐묻지는 않습니다."

하얄리와 도의 눈빛이 허공에서 맞부딪혔다. 도는 입술을 지그시 물었다. 수치심에 뺨을 붉혔다. 제 품에 눈을 감고 늘어진 양이를 살며시 쓰다듬었다. 하얄리를 잡은 손아귀에 힘을 주었다.

"다만, 당신께 그 여인이 소중하듯 제겐 이 아이가 소중합니다."

하얄리는 가방 손잡이를 움켜쥐었다. 도와 시선을 마주한 채 도에게 잡힌 손을 뺐다. 도가 얼마나 강하게 그 손을 잡았든 영향받지 않았다. 손을 녹였다가 다시 만든 듯 매끄럽게 도의 손아귀를 빠져나왔다. 도가 눈가를 꿈틀했다. 하얄리는 늘어져 잠든 양이에게 손을 뻗었다. 도는 반 발자국 물러섰다. 눈자위를 희게 빛냈다.

"경계하지 마오. 내 여인, 크스멧에 비유한 아이를 함부로 하진 않소."

도는 엷게 구긴 미간을 펴지 못했다. 그러나 다시 뻗어오는 하얄리의 손을 막지도 피하지도 않았다. 고요히 무겁게 지켜보았다. 하얄리는 양이의 등에 사뿐 손끝을 대었다. 닿았을 때만큼이나 가쁜 그 손을 뗐다.

"무슨……!"

하얄리가 뻗은 손이 양이의 등에 닿던 순간, 도는 창백히 안색을 뒤집었다. 자제하지 않았다면 저도 모르게 뒤로 수십 미터를 튀어 나갈 뻔했다. 식은땀이 등을 타고 흘렀다. 양이를 안은 팔에 꽉 힘을 넣었다.

엄청난 파동이었다. 무서운 파동이 하얄리에게서 양이에게 이어져 도에게까지 잔물결을 일으켰다. 찰나에 사그라지는 운동이었으나 한순간 양이를 강진을 맞은 유리잔 속 물처럼 출렁이게 했다. 거의 텅 빈 듯 여겨지던 이 '공의 도깨비'를, 그 여파에 도가 섬뜩할 정도로 강력히 '일렁이게' 했다.

"대체 이건……?"

도는 손끝이 떨렸다. 하얄리야 다른 우주에 속한 존재이니 양이에게 욕심내거나 양이를 해치려 들 리 없다고 믿었다. 그러나 이런 일이 생기니 양이는 괜찮은지 덜컥 겁이 났다.

'내가 안일하였나?'

도는 후회가 치밀었다. 다행히 양이는 무엇도 느끼지 못한 듯 곤히 잠들었다. 일순간 최대로 감각을 곤두세워 양이를 느껴보아도 딱히 잘못된 곳이 없었다. 안심했으나 여전히 놀라웠다.

'대체 '무엇이' 일렁였단 말인가!'

도는 눈에 힘이 들어갔다. 하얄리는 평온하게 도를 응시했다.

"그대는 내게 '이 아이를 이대로 두어도 괜찮겠냐?'고 물었소. 막간과 지금 내가 한 일이 도움되었길 바라오."

'막간에 양이에게서 낯선 영취가 느껴진다 하였더니 역시 이 어르신이셨군.'

도는 신중히 양이를 어루더듬었다. 나직이 물었다.

"무슨 일을 하셨습니까?"

"나는 이 세계 존재가 아니오."

도는 한마디라도 더 캐묻고 싶은 충동에 사로잡혔다. 그러나 입술을 깨물며 마음을 억눌렀다. 한 발자국 물러서며 묵례로 예를 표했다. 하얄리가 느릿하게 고개 저었다.

"인사받을 만큼 거창한 일은 아니었소. 이제 수경, 그대가 곁에 있어주시오. 아마 이 아이는 그러면 되리다."

하얄리는 한 손으로 가방을 들었다. 다른 손으로 제 심장을 짚었다.

"'간절히 바라는 일이 있으나 진정 바라는 일이 무언지 알지 못했다.' 인상 깊은 대답이었소. 이 아이가 정답을 맞혔으니 약속한 선물을 남기고 가리다. 전해주시오."

하얄리의 머리 위로 붉은 장막이 서서히 내려왔다.

"행복한 결말이길 간원합니다."

붉은 장막 아래로 드러난 입꼬리가 설핏 휘어 올랐다. 장막이 완전히 내려가고 빛으로 화해 사라졌을 때, 하얄리는 이미 그곳에 없었다. 작은 분홍색 가방만이 덩그러니 남았다.

이 숨이 멎을 때

"제가 진짜 왜 그랬을까요오."

양이는 약선에게 손목을 잡혔다. 말끝을 늘이며 기우뚱했다. 얼마나 울었는지 손끝, 발끝 하나에도 힘이 들어가지 않았다. 당장 펜을 들고 이름 석 자를 쓰라면 춤추는 지렁이밖에 못 그릴 터였다.

"왜 그러긴 왜 그래. 슬퍼서 그러지. 나도 펑펑 울었어. 내 눈 봐! 진짜 못생겼지?"

붕어 일, 월주가 탱탱한 눈을 들이밀며 낄낄댔다. 붕어 이, 크닙이 나란히 삐끔댔다. "나도, 나도." 크닙은 울다 목까지 쉬었다.

"으음, 그런가? 그게 통곡할 만큼 슬픈 내용은 아니었지 싶은데. 사연은 안타까웠지만."

양이는 졸린 눈을 깜박이며 중얼댔다.

"전 하얄리 어르신이 마법을 부리시는 줄 알았어요. 감정도 감각도 혼란했거든요. 그때는 저 자신이 극 중 노인이자 하얄리였어요. 그만큼 감정이입이 되더라고요. 다들 안 그랬어요?"

"당연히 그랬지. 그건 드라마 볼 때도 영화 볼 때도 소설 볼 때도 마찬가지잖아. 감상하는 기본자세 아냐?"

월주가 별걸 다 묻는다는 투로 답했다. 눈썹을 축 내리며 손에 든 여인 인형을 까닥였다. 그 여인 인형은 하얄리가 양이에게 선물로 남긴 가방에서 나온 인형이었다. 월주 옆에 앉은 크닙이 하얄리 인형을 여인 인형 옆에 붙였다. 크닙은 월주와 협력하여 여인과 하얄리를 끌어안게 했다. 눈물을 찔끔했다.

"아, 정말 가슴 아팠어요. 하얄리 어르신이 행복하셔야 할 텐데."

수산도 다시금 눈물을 글썽이며 월주를 지지했다.

"허어, 도깨비란 원체 감성이 풍부하니……. 백진 님은 어떠셨사옵니까?"

약선은 고개를 절레절레 저었다. 도깨비들에게서 눈길을 돌렸다.

"쓸쓸한 이야기였네. 통곡할 이야기는 아니었고."

"전하는 어떠셨사옵니까?"

도는 미간을 좁혔다.

"난 그 극에 관심 없었네."

도는 양이를 조몰락대는 일에 관심 있었다.

"으으으음."

약선은 길게 신음했다. 대체로 참고가 안 되는 증언이었다.

"양이야, 있잖아, 나, 나."

약선이 심각하건 말건 월주는 해맑았다. 조개처럼 헤벌어진 인형극 가방을 아름 가득 안았다. 쪼르르 달려와 양이 옆에 털썩 앉았다.

"크닙이랑 밖에 가서 인형 놀이해도 돼? 이 여인이랑 하얄리 어르신이랑 데이트시켜주고 싶어."

"경치 좋은 곳에서 데이트시키면 달콤한 기운이 어르신이 사시는 세계까지 전해질지도 몰라."

크닙이 쉬어 쌕쌕대는 목소리로 곁을 달았다.

"내 인형도 빌려줄까? 호위로 써."

수산이 수수께끼 참가상으로 받은 제 인형을 흔들었다.

"고마워요, 형님!"

크닙이 흔쾌히 끄덕이자 수산은 제 인형을 휙 날려 크닙의 어깨에 앉혔다.

"그러세요, 언니. 어차피 다 같이 놀라고 선물 주셨을 거예요. 저도 언니랑 놀면 좋은데 몸살 났나 봐요. 저 대신 제 인형이랑 놀아주세요."

양이는 웃었다. 월주가 펼쳐둔 가방 위에 제 모습을 한 인형을 얹었다.

"와아, 고마워. 내가 네 인형도 데리고 재밌게 놀아줄게. 근데 너 진짜 몸살 났나 봐. 얼굴이 혹 갔어."

월주는 입꼬리를 내리며 팔을 뻗었다. 양이의 뺨을 쓰다듬었다.

"어휴, 애가 얼굴이 반쪽이네. 열도 난다. 미안해, 애. 나랑 크닙이가 너무 무식하게 끌고 다녔지? 우리 약선 영감님은 최고 명의시니까 치료받고 푹 자면 싹 나을 거야."

"영감, 양이에게 보약 좀 지어주시게. 같이 놀려니 영 연약하네. 저까짓 산비탈을 열두 번쯤 뛰어 올라갔다고 금세 널브러진단 말일세."

크닙이 말을 보탰다. 세 살 어름으로 보이는 약선이 허허 웃으며 턱밑 허공을 쓰다듬었다.

"허허, 명심하겠소이다."

크닙은 씩 웃었다. 월주와 함께 폴짝 뛰어올랐다. 와다닥 뛰쳐나갔다.

"도크님, 너 왜 영감님께 반말해?"

"흥! 내가 보이는 모습만큼 어린 줄 알아? 너만 날 무시한다니까, 너만."

"좀 묵었다 이거지? 그래 봤자 상꼬맹이면서."

"흥! 내가 상꼬맹이든 상늙은이든!"

둘은 완전히 사라지는 그 순간까지 아옹다옹했다. 양이가 킥킥 웃었다.

"저도 같이 놀고 싶어요. 지금은 기운 없어서 무리지만. 하아……."

양이는 그 몇 마디로도 진이 빠져 한숨 쉬었다. 등에 힘이 들어가지 않아 어깨와 허리가 굽었다. 요새 연일 월주와 크님에게 맞춰 놀았더니 황새 쫓던 뱁새 꼴이 난 모양이었다. 몇 뼘 떨어져 앉은 도를 무심코 보았다.

'사장님께 안기면 편할 텐데.'

"일단 쉬어. 미열도 나고 현기증도 난다며."

도는 양이가 보내는 눈빛을 정확히 알아보았다. 양이가 눈을 한 번 깜박이는 찰나에 양이를 제 품에 넣었다. 열로 노곤히 늘어진 양이의 몸을 쓰다듬었다.

생각에 잠겼던 약선이 입을 열었다.

"현재 김 낭자가 보이는 상태는 몸살이 맞을 겁니다. 다만 그게 다가 아니니 답답하옵니다. 의생으로서 도와야 할진대 진단부터 난제이옵지요. 낭자가 동요한 원인에 따라 현 상태를 달리 판단해야 하온데 그 원인이 아리송하옵니다. 주술에 걸려서인지 감수성이 풍부해서인지 제 삼의 원인이 작용하였는지. 그 판단이 선다 한들 처방이 불가하옵니다. 하얄리라는 어르신과 낭자 사이에 그런 일이 있었다니, 하면

362

지금껏 낭자의 체질을 분석한 바가 다 오산이지 않사옵니까? 체질을 모르거늘 어찌 처방할 수 있겠사옵니까?"

도가 끄덕였다.

"당장 명확한 부분이라도 정리해보세. 그 어르신이 한 공연에서 감정을 건드리는 주술은 쓰이지 않았네."

"나도 확신하네. 정신계 주술은 없었어. 그 어르신이 대단하시다 한들 이곳에선 이방인이시네. 우리 우주가 가하는 규제만으로도 힘겨우셨을 터, 나와 전하의 안목을 속이면서까지 그런 상위 주술을 펼치실 수는 없네."

"몇억 분의 일의 확률로 어르신이 나와 백진을 눈가림하셨다 치세. 그런들 양이는 제 몸 깊숙이 들어가는 주술엔 반응하지 않네. 술사가 얼마나 주력을 퍼붓든 깡그리 소멸시키니까."

"실험을 무수히 반복하여 결론 내린 바지요. 그러나 김 낭자는 크게 동요했사옵니다. 정신계 주술에라도 걸린 양."

"전 분명 마법인 줄 알았는데요."

양이는 뺨을 긁적였다. 맨정신으로 그렇게나 통곡했다니, 자신에게 이런 폭풍 같은 감수성이 있는 줄 몰랐다. 황당했다.

"마법도 주술도 아니었어. 그래서 네가 보인 반응이 희한하다는 거야."

"그 어르신이 하셨다는 표현도 희한합니다. '공명했다.'거나 '파장이 잘 맞는다.'는 언급 말입니다."

"양이가 동요한 상황과 맞아떨어지지."

"김 낭자를 이해하는 일에 도움될 단서를 하나 얻은 셈이옵니다. 하지만 이보다 주요한 단서는……."

"그 출렁임. 어르신이 양이와 공명을 일으키며 출렁이게 한 양이의 영기."

"실례지만 사숙, 확신하십니까? '출렁였다.'고? 찰나에 스친 감각이라고 하셨잖습니까? 착각일 가능성이 조금도 없는지요?"

"소생도 그 점이 궁금했사옵니다."

"나는 주술적 감각이 대단히 예민하네. 착각할 가능성이 무는 아니라도 한없이 낮아."

"하긴. 그런 감각 면에서 도깨비를 따라올 존재는 없지요."

"더욱이 전하께옵서는 그 정점이시니."

도의 품에 늘어진 양이를 두고 도, 백진, 약선은 숨 가쁘게 의견을 주고받았다. 그러다 말이 끊기고 삽시에 정적이 내려앉았다. 돌연한 그 정적은 수 초나 이어졌다.

"'출렁였다.'면, 제가 '비어 있지 않다.'는 뜻인가요?"

양이는 졸린 눈을 끔쩍대며 물었다. 도가 머리칼을 쓰다듬으며 끄덕였다.

"아마도."

"음. 저를 연구해나가던 출발점이 '비어 있다.'였잖아요?"

"맞아. 우리 연구를 밑받침하던 초석이 무너졌지."

"머릿속이 하얗다. 어디서부터 재시작해야 할지."

"백진 님은 하얗사옵니까? 소생은 까맣사옵니다."

셋은 또 침묵했다. 각자 한숨을 푹푹 내쉬었다.

"으, 허탈하시겠어요."

양이는 도와 약선, 백진의 안색을 살폈다. 잘못한 일도 없이 뻘쭘했다.

"그래도 술법가로서는 재미있어."

도는 양이를 달래듯 머리를 쓰다듬어주었다. 그 커다란 손이 주는 감촉에 양이는 느슨히 웃었다.

"하지만 전 기쁘네요."

"음?"

"생명 연장의 꿈이 실현됐잖아요. 제가 '비어 있고' '내부 영력이 고갈되면' '죽는다.'고 하셨으니까. 그런데 안 비었다면, 에헤, 사고사만 조심하면 왕좌의 게임 결말은 무사히 볼 수 있겠네요. 와아, 신난다."

"풉!"

심각하던 도는 뿜었다. 양이의 정수리에 코를 박고 어깨를 떨었다.

"참으로 인상 깊은 여인을 얻으셨사옵니다."

"나도 그렇게 생각하네. 수경궁을 책임질 안주인께서는 무척 긍정적이시군."

백진도 키득대었다. 삽시에 공기가 유해졌다. 모두 한바탕 웃고서 도가 다시 말문을 텄다.

"그래, 잘됐지. 근래에 가장 큰 고민이 '너를 어떻게 살려놓느냐.'였어. 그 점에선 한시름 놓았다고 봐야지. 하나 당면한 걱정은 따로 있어."

"뭔데요?"

"네 건강."

"단순 몸살이잖아요."

"지금은 별문제 아니네. 앞으로가 걱정일세."

"자면 낫지 않나요?"

양이는 피곤하고 어지러웠지만 그뿐이었다. 감기 몸살을 앓은 일이

처음도 아니고 근래 몸살 할 만큼 놀아댔으니 그 탓에 이런가 했다. 도와 약선이 우려 섞인 눈빛이자 영 어리둥절했다.

"너는 궤를 벗어났어. 하니 너를 상식선에서 가늠하는 일은 무의미할지도 모르지. 하나 오늘 네가 겪은 일은 '상식선에서는' 며칠 앓아누울 감이야."

"네? 오늘 제가 무슨 일을 겪었는데요?"

양이는 어벙하게 물었다.

"아까 백진과 약선에게 설명한 일. 네가 울다 지쳐 잠들었을 때 어르신께서 네 내부를 흔들어놓으셨어."

"인간 기준으로 설명하면, 차에 치인 사고와 비슷하네. 오늘은 괜찮아도 이내 앓아누울 게야."

"아? 선물 주셔서 좋은 분인 줄 알았는데 아니었어요?"

"그 어르신이 네게 해를 끼치지는 않으셨을 거야. 그럴 동기가 없으시지. 도우신다면 모를까."

양이는 눈썹이 처졌다. 도는 양이를 토닥이며 달래듯 자분자분 뒤를 이었다.

"어르신이 그 일로 네게 뭘 꾀하셨는지 짚이는 바가 없진 않아. 백진과 약선은 아직 느끼지 못한다지만 내 감각엔 네게서 어떤 영취가 언뜻언뜻 스치기 시작했거든. 외부와 차단되었던 네게 숨구멍이 뚫린 듯해. 우리는 네가 '비어 있다.'고 여겼을 때 널 살리려 숨구멍을 뚫는 법을 궁리했어. 외부 영기를 네게 보충하고자. 한데 네가 '차 있다.'고 해도 숨구멍은 필요해. 없을 땐 썩지는 않지만 있을 땐 고이면 썩으니. 그 어르신이 네게 하신 일은 득이리라 생각해. 단지 그 과정에서 네 내부가 진탕했지."

"영계에서는 그렇게 안으로 치받히면 의생이 정해진 술법에 따라 환자 내부로 영기를 들여보내 뒤흔들린 내부를 다스리네. 그러고서 약을 쓰지."

약선은 존재하지 않는 수염을 잡아당겼다. 둥근 눈을 실그러트렸다.

"저는 영기를 집어넣고 싶어도 소멸시킨다면서요?"

양이는 그간 들은풍월로 약선이 고민하는 바를 짚었다.

"그렇다네. 끙끙 앓아누울 내일이 뻔하네만 충분히 방비할 수가 없네. 약이야 써볼 수도 있겠네만 효과가……."

"이런 병증에 쓰는 약은 체질에 딱 맞춰야 해. 그래야 듣거든. 하나 의술을 꽤 공부한 나는 물론이고 약선조차 네 체질을 이해하지 못했지."

"사숙과 약선이라도 별수 없잖습니까. 이 아이야 전대미문의 체질이니."

"앓아누우면, 후유증이라도 남나요?"

양이는 미간에 주름을 잡았다. 약선은 고개 저었다.

"'상식선에서' 그렇지는 않네. 사오일쯤 '죽는구나.' 싶을 만큼 앓겠네만, 보통 발열, 근육통, 심한 어지럼증, 토기에 시달리다가 며칠 지나면 저절로 낫는다네."

"제가 뜻밖에 멀쩡할 수도 있고요. 월주 언니랑 놀다가 생긴 몸살만 살짝 앓고 만다거나."

"그렇지는 않지 싶네. 실은 낭자가 인간계에서 쌓아온 의료 기록을 낱낱이 살폈다네. 평범하더구먼. 그간 내가 낭자에게 여러모로 의료 실험도 해보았으나 낭자는 몇몇 상황을 제하면 대체로 자극에 따른 반응이 상식대로였네. 늘 무어라 짚어 말할 수 없는 독특한 양상이 거스러미처럼 껄끔거렸지만."

"싫다. 죽어지내야 한다니……. 히잉."

양이는 어깨를 늘어트렸다. 도는 안쓰러운 표정으로 양이의 등을 가만가만 쓸어내렸다.

"미안해. 내가 내내 옆에 있을게. 응? 마음껏 응석 부려."

양이는 입술을 내밀었다.

'흐엥, 지금도 힘없고 메스꺼워 죽겠는데 이게 서막이라니.'

양이는 눈을 감았다. 풀 죽어 도의 품을 파고들었다.

＊❖＊

우려는 야속하리만치 들어맞았다. 이른 오후만 해도 몸살감기 수준이던 양이는 시간이 갈수록 눈에 띄게 힘들어했다. 깨작였던 점심을 토하고 기어이 드러누웠다. 손마디 하나까지도 욱신거려 끙끙 소리가 절로 새었다. 눈물을 글썽였다. 새빨간 얼굴을 베개에 묻었다.

"통증을 가라앉히고 수면을 유도하는 향을 피웠어. 자둬. 내내 곁에 있을게."

도는 무식하게 몸으로 가르치던 스승 탓에 어린 시절 속이 진탕해 앓아누운 일이 여러 번이었다. 앓는다고 살뜰히 간호해줄 스승이면 애초에 어린 제자를 그 지경으로 굴리지도 않을 터라 도는 매번 생으로 앓았다. 그러니 양이가 얼마나 괴로울지 훤히 알았다.

"소생이 살피겠사옵니다. 전하께서는 쉬시옵소서."

해가 지자 수산에 이어 약선까지 도에게 쉬기를 거듭 권했다.

"아닐세. 곁을 지키기로 약조하였어. 내가 자리에 없으면 이 아이가 깨었을 때 얼마나 서운하겠는가?"

"전하께옵서는 김 낭자 곁에서 졸음이 쏟아지지 않으시옵니까? 병세를 살피기 힘드실 것이옵니다. 낭자에게 대중요법이나마 써주며 특이 사항이 없는지 계속 살펴야 하니 소생이 곁을 지키겠사옵니다."

약선이 청했다. 도는 고개 저었다.

"내 여인이 아파하네. 별일 아니라 하나 심히 안쓰러우니 어찌 잠이 올까? 내 의술도 어지간하여 당장 살피고 병세를 기록하는 일이야 능히 하네. 그대는 물러가 기력을 회복하며 근본적인 처방을 궁리하게. 호출에 귀를 열어두고."

"으음. 하면 소생은 의서를 찾아보겠사옵니다. 체질을 가늠키 어렵고 의료 주술을 쓰지 못하더라도 흔들린 영기를 다스릴 방법이 있을까 하옵니다."

약선은 물러갔다. 그러나 월주와 크닙이 빼꼼히 고개를 들이밀었다.

"전하, 저희도 곁에 있을래요."

월주와 크닙은 도의 병증도 양이의 체질도 몰랐다. 두 일 다 아는 이가 적을수록 좋아서였다. 그래서 월주와 크닙은 양이가 자기들 탓에 탈이 났다고 믿었다. 실컷 놀다 와 보니 양이가 그저 앓아누운 상태가 아닌지라 잔뜩 풀이 죽었다.

"괜찮아. 가봐. 옆에서 소란 떨지 말고."

"저희가 있는데 전하께서 밤새 간호하신다니 어불성설이옵니다."

"으응. 맞아요. 저 병간호 잘해요. 게다가 저희가 어떻게 나가서 또 놀아요. 양이한테 미안하단 말이에요."

"뭣보다 걱정되옵니다."

둘은 입으로는 나가 못 놀겠다면서 손에는 인형 가방을 들었다. 하지만 눈에 눈물이 그렁그렁했다. 양이에게서 시선을 떼지 못했다. 그냥 쫓아내면 걱정하느라 앉지도 서지도 못할 태세였다.

"시끄럽게 굴면 바로 쫓아낸다?"

"네에!"

"감사합니다."

크님과 월주는 잽싸게 방석을 꺼내 하나씩 차지하고 앉았다. 제법 제 몫을 했다. 바지런해서 연방 도가 마실 차를 내오고 양이를 닦을 물수건을 갈아 왔다. 월주는 양이가 설핏 깨자 도와 크님에게 "뒤돌고 눈 감으세욧!" 하고 명령했다. 땀에 젖은 양이의 몸을 수건으로 닦고 양이에게 잠옷을 갈아입혀 주었다.

그러나 크님과 월주는 양이가 잠만 자자 앉아 있다 못해 드러누웠다. 하품하며 방바닥을 굴렀다. 누가 더 빨리 구르나 경쟁했다. 도가 가보라고 해도 고개를 붕붕 저었다. 대신 방구석으로 가서 인형 가방을 펼치고 장난쳤다. 양이가 환자라는 사실을 잊지 않아서 조잘대지 않고 조금 바스락대는 선에서 놀았다. 그러나 자정이 넘자 인형마저 손에서 놓았다. 인형 상자 옆에서 나란히 잠들었다.

도는 그 둘에게 이불을 덮어주고 흘러내린 머리칼을 매만져주었다.

"녀석들, 잘 자라."

도는 속삭이고 양이에게 돌아왔다. 평소 양이 곁에만 있으면 몹시 나른하니 깜박 잠들지 않을까 내심 걱정했다. 그러나 몸이 곤해도 눈이 감기지 않았다. 바라보기도 아까운 양이가 이다지도 아파하니 가슴이 저렸다. 노파심이 불쑥불쑥 솟았다. 별일 아니다 하면서도 신경이 곤두섰다.

양이는 간간이 옅게 영취를 풍겼다. 영적으로 극히 예민한 도가 아니면 누구도 느끼기 힘든 영취였다. 여하간 비어 있지 않았다.

도는 혼란했다. 지금껏 연구한 바가 엎어지니 생각이 만 갈래였다. 그중에서도 하얄리가 했던 말이 마음에 걸렸다.

「나와 유달리 파장이 잘 맞으니.」

하얄리와 공명은 수산과 월주, 크닙도 했다. 도깨비라 하나 그 셋도 '연극을 본 일만으로' 그리 슬퍼한 것은 아니었다. 다만 그 셋은 공명했으되 양이와 달랐다. 자신에게 간섭하는 외부 파동을 본능으로 얼마간 막고 자신을 지켰다. 도도 어릴 적 하얄리가 하는 공연에 빨려 들어가 휘둘린 경험이 있기에 이를 잘 알았다.

요컨대 하얄리는 도깨비와 파장이 잘 맞는 존재였다. 어쩌면 그쪽 세계 도깨비일지도 몰랐다. 하얄리가 오늘 자신을 일컬은 '최초로 무대에 막을 올린 하얄리'라는 표현과 도의 스승을 일컫는 '최초의 도깨비'라는 표현은 어딘가 통했다. 양이는 그러한 하얄리와 공명했다.

'이 일이 양이가 도깨비족이라는 증거는 아닐까?'

도는 설렜다. '양이가 알도깨비'라는 가설을 세운 지 며칠밖에 되지 않았지만 그 가설이 맞길 간절히 바랐다.

'네가 내게 온전히 속한 존재라면, 어찌해도 나를 벗어날 수 없는 존재라면……'

도는 양이의 뺨을 쓰다듬었다. 살결을 헤아리는 손끝이 바르르 떨렸다. 이것은 욕망이었다. 좋아하는 여인을 소유하고 싶은 욕망이자 그 여인에게 내재한 불안 요소를 없애고 싶은 욕망.

'내가 너를 끝까지 지킬 수 있기를, 내가 너를 지키기에 부족함이 없기를…….'

도는 입술을 짓씹었다. 양이야 심한 몸살을 앓을 뿐이고 잠들어 크게 아픔도 느끼지 못할 터였다. 그러나 마음이 깊이 울렁였다. 시큰한 눈을 끔벅이며 한숨을 눌렀다.

도는 이보다 심하게 오래도록 앓았다. 약도 소용없어 다만 이를 악물고 고통에 경련할 때도 잦았다. 그러다 까무러쳤다. 그러나 양이가 아픈 모습이 더 견디기 힘들었다. 이 모습은 처참한 기억을 되살렸다. 도가 가장 무력했던 시간을, 아이가 죽어가는데도 손 놓고 볼 수밖에 없던 그 시간을 여기에 끌어다 놓았다.

"너는, 이 도담한 뺨을 빼면 닮은 곳 하나 없는데도……."

도는 뒷말을 삼켰다. 양이에게 닿은 손끝이 뻣뻣이 굳었다. 굳은 손가락을 바르르 떨며 말아 쥐었다. 눈을 질끈 감았다. 생각을 끊으려 했다. 겹쳐 보이는 상을 지우려 했다. 그러지 않으면 양이를 보기가 너무 아팠다.

양이는 도가 웃으면 늘 홀린 듯 보았다. 어김없이 뺨이 붉어지며 눈동자가 느슨해졌다. 도가 말을 하면 그 눈을 하염없이 보았다. 똑똑하게 굴며 조목조목 따지다가도 터무니없이 맹해서 바보스럽게 철석같이 믿었다. 응석 부릴 때는 도의 어깨놀이에 이마를 묻고 도리질했고, 망설일 때는 눈이 눈썹에 붙었다. 그리고…….

「압니다. 소녀는 전하께 단 한 번도 여인이 아니었지요. 전하께 더할 나위 없이 귀여움을 받았으나 단 한 번도 사랑받지 못했지요. 도깨비란 그 무엇보다도 현재를 사는 존재. 살며 그 누구의 내일도 부러워하지 않았으나 지금은 내생(來生)이 약속된 모두가 부럽습니다. 혹여 기적이 일어나 도깨비인 소녀도 내생을 얻는다면, 소멸치 않고 다시 태어난다면, 전하를 다시 만나 뵌다면, 그날엔 부디, 한순간이라도 좋으니 소녀를 여인으로 보아주시겠습니까?」

"하아······."

도는 눈가가 붉었다. 당혜를 보내고 유품을 정리하다 그 편지를 발견했을 때, 홀로 엎드려 주먹을 물고 통곡했다. 아이가 품었던 이룰 길 없는 소망이, 아이를 그토록 외롭게 했다는 사실이, 아이를 지켜주지 못한 일이 등과 가슴을 후려쳤다.

무릇 도깨비는 모인 정기를 혼(魂)으로, 본체를 백(魄)으로 삼아 그 둘로써 완성된 혼백을 이루고 그 혼백을 바탕으로 육을 구현해 탄생한 존재, 사망하면 혼이 먼저 풀려나고 혼이 떨어지면 다른 조치가 없이는 백도 빠르게 삭아 완전히 자연으로 흩어졌다. 삼계를 이루는 다른 지적 존재는 혼과 백이 견고하여 온전한 영으로서 윤회의 고리를 돌지만 도깨비는 혼과 백이 느슨하여 영이 일으키는 진폭이 대단히 크므로 살아서는 강대한 술사이나 기쁨이나 진노로 쉬이 혼비백산하고 죽어서는 영을 유지하지 못하고 흩어졌다. 결코, 다시 나지 못했다. 더구나 당혜는 혼백이 갈가리 찢기어 살해당한 아이, 그나마 올바로 자연으로 돌아가지조차 못했다.

도는 양이에게 화화를 "특별히 정기가 강한 이야기를 지닌 자를 끌어들이는 장소."라고 설명했다. 그러나 이는 화화가 지닌 한 모습일 뿐이었다. 화화는 당혜의 흩어진 이야기 조각을 끌어모아 당혜를 제대로 장사 지내주려는 곳이었다. 양이가 오고 화화를 찾아든 이들은 하나같이 당혜의 조각을 지녔다. 그자들이 한 이야기에서 어디가 당혜인지 도는 이해할 수 없었지만 그 안에 당혜가 있었다.

양이는 이토록 당혜의 조각을 끌어들이고 당혜를 닮았고 당혜처럼 말했다. 자신은 도에게 여자가 아니라고, 도는 자신을 귀여워할 뿐 사랑하지 않노라고.

도는 이따금 생각했다. 어쩌면 양이에게도 당혜의 조각이 있는지 모르겠다고.

그렇다 한들 그 조각이야 인간에겐 주머니에 넣었다 빼는 소지품 같은 것, 양이와 당혜는 완전히 다른 존재였다.

그러나 도는 이따금 생각했다. 어쩌면 양이가 저를 재워주어서가 아니라 살려주어서가 아니라 제 가장 아린 것을 닮아서 마음이 갔는지도 모르겠다고. 그래서 양이의 정체를 모르는데도 짐작조차 못 하는데도 양이가 약을 가장한 독일지도 모르는데도, 의심보다 궁금함과 어여쁨이 훨씬 크다고.

"해보마. 어찌하는지 여전히 모르겠지만, '여인을 사랑하는 일', 해보마. 그러니 너는 내게 늘 사랑스러워라. 내 마지막 여인이어라. 부디 아프지 마라. 내 몹시 슬프니."

도는 양이의 귓가에 뇌었다. '사랑한다.'는 말이 숨을 덮고 목을 치고 혀끝을 간질여도 차마 못 했다. 이만한 마음이면 그 말을 해도 부끄럽지 않은지 아직 몰랐다. '사랑한다.'는 말이 어지럽도록 머리를 뒤흔들고 가슴을 간질여도 삼켰다. 그런 말은 행복하게만 하여야 영원히 행복할 수 있을 것 같았다.

도는 양이가 나을 때까지 사흘이고 나흘이고 곁을 지킬 셈이었다.

왕이어서, 책임질 것이 많아서, 당혜에겐 그래 주지 못했기에.

그 옛날, 도는 당혜를 제 침전에 두었다. 당혜가 깨서 부를 때면 언제든 달려갈 수 있도록 당혜에게 제 본체를 안겨주었다. 도깨비가 본체를 빼주는 일은 제 심장을 빼주는 일과 마찬가지, 당혜는 방울방울 울면서도 웃었다. 그러나 사나흘에 한 번 정신이 드는 게 전부이면서도 단 한 번도 그 본체로 도를 부르지 않았다. 왕인 도를 방해할까 봐 보고 싶어도 참았다. 도가 '정말 바쁘면 불러도 오지 않을 테니 깰 때마다 부르라.'고 몇 번이나 말해도 그저 웃었다.

「이것만 있어도 전하께서 곁에 계신 것과 같은걸요.」

환청이 귓가를 맴돌았다. 도는 눈을 눌러 감았다. 도리질했다. 눈을 뜨고 양이를 보았다. 재차 고집스레 속삭였다. 쇠를 긁듯 목소리가 쉬었다.

"아프지 마라. 내가 너보다 더 아프니."

※·◇·※

공간은 짙은 어둠. 그곳에 빛이 들었다. 작은 상자에서 일어난 빛은 어린 태양처럼 노랗게 빛났다. 무대를 비추고 무대에서 흘러넘쳐 작은 도깨비 둘을 다독였다. 작은 도깨비 둘은 허수아비처럼 팔을 펼쳤다. 서로 팔 베고 입 벌리고 무대 그늘에서 새근새근 잠갔다. 빛이 흘리는 잔향은 부옇게 번져 조금 멀리까지 닿았다. 어둠 너머 단정히 앉은 사내와 그 사내가 드리운 시선 아래 노곤히 잠든 여인을 어루만졌다. 사내는 팔을 들어 여인의 눈을 살며시 가렸다. 여인에게서 눈길을 들었다. 빛을 응시했다. 사내의 홍채가 빛만큼이나 진한 황금색으로 반짝였다. 사내는 까만 동공을 좁히며 빛을 위협하듯 노려보았다. 빛은 몸을 사리듯 부드럽게 깜박였다. 뻗어 나간 치맛자락을 살그머니 거두어들여 잠든 여인의 낯을 떠났다. 무대로 웅크려 들었다. 사내는 눈에서 빛을 껐다. 여인의 눈을 가린 손을 뗐다. 찬 수건으로 여인의 열 오른 이마와 뺨을 식히고 마른 입술을 적셨다. 그러고서야 묵묵히 무대를 응시했다.

무대는 폐허였다. 잡풀이 무성한 무너진 자리였다. 얼어붙었다. 온통 희고 차게 굳은 그 가운데에 둘이 있었다. 노인과 사내, 나라에서 가장 위대한 하얄리였던 자와 우주에서 가장 위대한 하얄리인 자.

노인은 고개와 허리를 숙였다. 사내의 오른손을 두 손으로 잡고 그곳에 주름진 이마를 댔다. 제 존재를 던져 무엇을 구하는 듯했다. 사내는 노인을 굽어보았다. 짙은 눈매를 반 내리감고 노인에게 눈동자를 붙박았다. 거기에 제 존재를 매인 듯했다.

무대 위로 홀연히 유령이 떠올랐다. 유령은 초록색 조끼와 바지를 입었다. 빛의 자락이 펼쳐진 자리와 저 어둠 너머를 보았다. 작은 도깨비 둘과 도깨비 왕과 왕이 드리운 그늘에서 잠든 여인을 보았다. 눈을 감았다 떴다. 그러자 순금처럼 누런 터번을 쓰고 순교자가 흘린 피처럼 검붉은 카프탄을 걸친 하얄리가 되었다.

그의 우주에서 가장 위대한 하얄리는 유령처럼 무대를 날았다. 노인 옆으로 날아가 자신의 또 다른 형상으로 빨려 들어갔다.

쩡! 그의 우주가 맑은 소리로 해빙했다. 신선한 풀 향기가 무성한 수풀 사이로 넘실대고 이름 불리지 않아도 좋을 잡꽃이 자유로이 살랑이며 뚫린 담으로 바람이 속살대고 트인 지붕으로 햇발이 너울댔다. 그 찬란한 폐허에서 노인은 숨 쉬었다.

"이 구멍을 채워주시오."

노인은 간절히 청했다.

"노인장, 크스멧."

우주에서 가장 위대한 하얄리는 말했다.

"그대는 나를 찾아내었소. 내게 약을 주어 나를 살렸소. 그러니 나도 그대에게 약을 주어야 하리다."

노인은 고개 들었다. 물 젖은 눈을 일렁였다.

하얄리는 품에 손을 넣었다. 초록빛 약병을 꺼냈다.

"이를 마시면 잃은 기억이 돌아오리다. 텅 빈 가지 끝, 사라진 장미가 새 여름을 맞아 다시 피듯이. 후우……."

하얄리가 내쉬는 숨은 낮게 떨렸다.

"이 약이 내 구멍을 채워준단 말이오?"

노인은 하얄리에게 손을 뻗었다. 약병을 쥔 하얄리의 손을 다급히 움켜쥐었다.

"서두르지 마오."

하얄리는 고개 저었다. 약병을 쥔 손아귀에서 힘을 풀지 않았다.

"그대가 이 약을 마시면 우리 숨바꼭질에 얽힌 계약도 끝이오. 그대를 북돋던 마법은 사라질 테요. 노루 같던 다리는 썩은 나뭇가지처럼 뻣뻣이 버석대고 산들바람 같던 손가락은 갈고리처럼 서늘히 곱고 매같던 눈은 깜부기숯처럼 침침히 식을 테요. 그동안 지나치게 뛰었던 그대 심장은 빠르게 잦아들 테요. 어쩌면 그대는……."

노인과 하얄리의 눈동자가 허공에서 맞부딪혔다. 하얄리는 어깨를 굳혔다. 등을 뒤로 빼며 위협하는 뱀처럼 쉭쉭댔다.

"내일 아침을 맞지 못할지도 모르오. 그러나 마시지 않으면……."

사내의 손등을 감아쥔 노인의 손이 종잇장만큼 느슨해졌다. 하얄리는 눈을 빛냈다. 노인에게 친밀히 이마를 기울이며 달콤히 덧붙였다.

"그대는 계속 노루처럼 뛰고 바람처럼 놀고 매처럼 보리다."

침묵이 돌았다. 둘 사이에 숨결이 오갔다. 서로가 자신의 숨결로 상대의 살결을 간질였다. 노인은 하얄리의 눈동자를 들여다보다가 서서히 몸을 뒤로 뺐다. 한 차례 공허히 입술을 삐끔댔다. 발간 혀끝으로 마른 입술을 핥았다.

"마시지 않으면, 내 소망은?"

"……이루지 못하오."

긴 머뭇댐 끝에 하얄리가 답했다. 노인은 손끝에 힘을 넣어 약병을 쥔 하얄리의 손아귀를 벌렸다. 보상을 손에 넣고 단호히 마개를 날렸다. 약물을 입에 부었다.

"하아……."

노인은 맥없이 호흡했다. 어깨가 굽고 몸피가 쪼그라들었다. 빈 약병을 떨어트리며 손가락을 오그렸다. 사지를 떨었다. 매 같던 눈이 얼룩지며 찐득히 녹었다. 그러나 그 눈은 또한 축젯날 불꽃처럼 번뜩였다. 노인의 두 눈구멍에서 불꽃이 온갖 환희와 경이와 아쉬움을 담고 피어올랐다 사그라지고 터져나갔다 사라져갔다.

"아아……."

노인은 더는 스스로 앉지 못했다. 지난 세월 하얄리를 찾아 온 누리를 지독스레 뛰었다. 그리하여 늙은 심장과 폐에 쌓인 피로가 이제 둑을 부수는 큰물처럼 내쏟기였다. 속에서부터 부서진 몸뚱이가 하얄리

에게 허물어졌다. 녹었던 눈에서 눈물이 넘쳐흘렀다. 달고 쓴 숨이 헐
떡여지고 심장이 참새만도 못한 힘으로 잘똑거렸다.

노인은 굽고 파들대는 손으로 하얄리의 옷깃을 그러쥐었다. 뻣뻣한
목을 위로 모로 뒤틀며 기어이 하얄리를 보았다. 하악하악. 새되게 할
딱였다. 주름진 눈가가 잔물잔물했다.

"당신이었나이까? 위대한 하얄리, 당신이었나이까?"

노인은 오래도록 비었던 제 가슴을 문질렀다. 탄식인 듯 기쁨인 듯
말했다.

하얄리는 사그라져가는 가벼운 몸뚱이를 끌어안았다. 정중히 몸을
숙이고 노인의 이마에, 눈꺼풀에 입 맞췄다. 떨리는 노인의 약하고 마
른 몸 구석구석을, 주름진 살결을 위로하듯 무수히 어루만졌다.

"아아, 용서하소서. 저는 겁 많았나이다. 사랑하기엔 당신은 너무
도 위대하셨나이다."

노인이, 여인이 고했다. 하얄리는 젖은 눈으로 웃었다. 마르고 주름
진 여인의 입술에 입 맞췄다. 여인의 움푹 팬 뺨을 쓰다듬으며 꾸짖듯
달래듯 속삭였다.

"아아, 나의 어리석은 여인이여, 나는 위대한 존재이지만 조금도 위
대하지 않소. 그대가 베푸는 사랑이 내게는 가장 위대하기 때문이라
오."

"당신이었나이다. 나의 하얄리, 당신이었나이다."

노인은, 여인은 차오른 제 가슴을 움켜쥐었다. 굽고 지쳐 단단히 오
므려지지 않는 손이었지만 사뭇 쥐고 또 쥐었다. 그러지 않으면 차오
른 것이 다시 흘러내리기라도 할 양. 감감한 눈으로 마냥 하얄리를 보
았다. 하얄리의 발달한 귀가 아니면 듣지 못할 가냘픈 물음을 내었다.

"이 이야기도 당신께서 극본을 쓰셨나이까?"

하얄리는 머리를 흔들었다. 여인의 눈 밑 주름 사이사이에서 눈물을 헤아리며 답했다.

"나는 내 이야기를 쓰지 못하오. 다른 모든 것을 쓸 뿐. 그래서 깨달았다오. 그대가 내 뜻대로 되지 않던 때에, 그대가 내 뜻대로 되길 바라면서도 그대가 스스로 빛나고 어여쁘기를 소망하게 되던 찰나에, 깨달았다오. 아아, 만났구나. 비로소 들어왔구나. 이 아이가, 이 여인이 내 안에 들어온 진정한 단 하나로구나."

하얄리의 눈에서 여인의 뺨으로 눈물이 떨어졌다. 뚝, 뚜욱. 여인은 움켜쥔 가슴을 놓고 힘겹게 손을 들었다. 젖어드는 하얄리의 뺨을 더듬었다.

"가슴을 뜯으며 그대를 보냈소. 그러면서도 무엇도 고쳐 쓸 수 없었소. 그대가 내게 온전히 들어온 존재이기에, 내가 그대에게 전능할 수 없기에. 하여 하릴없이 사랑했다오. 하릴없이 잃었다오."

여인은 울음에 잠긴 얼굴로 입술 끝을 들어 웃었다.

"아아, 저는 어리석었나이다."

"나의 크스멧, 그대를 이루는 낱낱에 고하오. 그것이 그러하므로 사랑하오."

"영원이 허락된다면 당신을 마냥 보고 싶습니다. 하지만 제 눈은 빠르게 침침해지고 제 심장은 빠르게 잦아드나이다."

"그대, 너무 뛰어다녔소. 지난 몇 년을."

"당신을 찾느라."

여인은 다시 웃었다. 온 얼굴에 뒤덮인 세월의 나이테를 곱게 휘었다. 담담히 알렸다.

"후회하지 않으나 제게 남은 숨이 몇 번 없군요."

하얄리는 여인의 이마에, 눈꺼풀에, 뺨에, 입술에 입 맞췄다.

여인은 웃음인 듯 한숨인 듯 달뜬 숨을 터트렸다. 숨과 더불어 청했다.

"감히 말씀드리나이다. 나의 위대한 하얄리이시여."

"말씀하시오. 나의 위대한 크스멧."

여인은 하얄리에게 두 팔을 뻗었다. 몸을 뒤틀었다. 폐를 눌러 신음했다. 기력을 쥐어짰다. 그 힘으로 두 팔을 하얄리의 목에 걸었다. 하얄리가 윗몸을 깊이 숙여 여인에게 바짝 붙이자 여인은 웃었다. 하얄리를 제게 끌어당기는 일에 힘을 깡그리 쏟은 듯 한참을 낮게 헐떡였다. 그러나 다시 한 번 찡그리며 몸을 들썩였다. 한 치쯤 몸을 들었다. 하얄리의 입술에 키스했다. 힘이 빠진 늙은 몸과 입술이 찰나에 떨어져 나갔다.

하얄리는 눈을 동그랗게 떴다. 뺨을 붉혔다. 첫 키스를 받은 소년처럼 설렜다.

여인은 거듭 웃었다. 얼굴에 뒤덮인 세월이 잔잔한 물결처럼 살랑였다. 그리고 눈꺼풀이 내리감겼다. 입술이 사뿐사뿐 소리 없이 달싹여졌다. 오직 위대한 제 사랑에게만 밀어를 전하듯.

"무대를, 이으소서. 제가 계절처럼 돌아올 때까지."

빛이 잠들었다. 어둠에 잠긴 무대 위로 빛의 잔상이 웃음처럼 번졌다.

❊❖❊

도는 만 하루 반을 꼬박 양이 곁에 있었다. 함께 간호하고 시중들던 크닙과 월주가 지루해하다가 은근슬쩍 놀러 나간 뒤에도 잠자코 자리를 지켰다. 끙끙대는 양이를 보니 입이 소태라 식사도 하려 들지 않았다. 화화 식구들이 성화를 부리자 마지못해 몇 입 깨작였다.

그간 양이는 통 깨지 않았다. 수면 향을 맡는다지만 꿈쩍하지 않았다. 도가 여러 번 흔들고 불러야 겨우 눈떴다. 비실비실 앉아 미음을 먹는 둥 마는 둥 하고 약을 모래알처럼 삼켰다. 말 한마디도 입에 담지 않았다. 끄덕이고 도리 짓는 일조차 피곤해했다.

"힘들어하리라 예상은 했네. 하나 인간은 본래 이런가? 아파하는 모습이야 이해하나 맥을 영 못 추지 않는가?"

약선은 아침과 저녁에 한 번씩 들렀다. 도는 초조해하며 매번 똑같이 물었다.

"전하께서도 아시다시피 피우는 향이 낭자 체질에 독할 수 있사옵니다. 그러나 저 향은 딱히 탈 날 종류가 아니옵지요. 약효가 안 들어 생으로 앓으니 잠이라도 자는 편이 낫사옵니다. 심려치 마시옵소서."

실은 도도 같은 판단이었다. 하나 당장 양이가 아프니 이래도 불편하고 저래도 불안했다. 달리 특이 증상도 없거늘 뻔한 질문을 되풀이하게 되었다. "어디 잘못된 것은 아닌가?", "이대로 순조로이 낫겠는가?"

'부정한 기우는 관두자.'

도는 자신을 다스렸다. 양이를 돌보며 차분히 땀을 닦아주고 열을 식혀주고 뺨에 입 맞췄다. 그 옆에 엎드려 누웠다. 잠들어 듣지도 못하는 귀에 자분자분 속삭였다.

"내 예쁜 찐빵, 어서 힘내서 낫거라. 낫기만 하면 뭐든 다 해줄 테니. 아! 월주가 요즘 인계에선 요리하는 남자가 대세라더구나. 나는 못하는 일이 하나도 없다 하였지? 요리도 잘한단다. 노구솥 도깨비, 식칼 도깨비에게 배웠으니. 한때 삼경에서는 나를 가르치는 일이 우리 백성 사이에서 유행이었단다. 얘는 이걸 가르쳐준다지, 쟤는 저걸 가르쳐준다지, 안 배우면 발 뻗고 울더구나. 하는 수 없이 '여기 서서 명단을 적거라.' 하고 몇백 년에 걸쳐 애들이 가르쳐주고 싶다는 대로 다 배웠단다. 순도깨비는 각자 자기 분야에선 전문가가 아니냐? 그런 선생께 배웠으니 나도 못하는 일이 없게 되었단다. 아주 황당한 선생도 있었느니라. 옥으로 깎아 만든 똥주걱 도깨비. 똥주걱이 무언지 아느냐? 옛날에 인간 귀족이 뒷물할 때……. 아, 참! 먹는 이야기 중이었지? 미안하구나. 여하튼 네가 먹고 싶다는 음식은 다 해주마. 음식 말고 바라는 바가 있으면 어떻게든 들어주고. 그러니 어서 일어나거라. 일어나 나랑 놀자꾸나. 으응?"

도는 웃었다. 양이야 듣지 못해도 이렇듯 양이에게 말을 걸으니 침울함도 가시고 기운도 흩어졌다. 그래서 그렇게 엎드려 누워 줄곧 이말 저 말 속삭였다.

"좋아한다. 너를 좋아한단다. 하지만 이리 말하면 너는 부담스러워하겠지? 너는 나를 좋아하지 않으니. '좋아한다.'는 마음보다 '사랑한다.'는 마음을 원하니. 그러니 네가 잠들었을 때만 말하마."

도는 조용히 숨을 들이쉬었다. 혼잣말이나 다름없는데도 다시 말하려니 수줍었다. 심장이 조여들어 뻐근했다. 고백이란 거듭할수록 익숙해지기보다는 더 설레고 벅찬 일인 듯. 머뭇거리다가 살며시 목을 뻗어 양이의 귓가에 입술을 댔다. 제 마음을 조금이라도 더 가깝게 전하고 싶어 목을 뻗었으나 제 숨결에 양이가 불편해할까 덜컥 겁내며 소리도 없이 뇌였다.

"내가 너를 좋아한단다."

도는 양이를 어루만지고 또 한참 지켜보았다. 그렇게 몇 시간, 어느 덧 양이도 열이 그만하고 호흡이 가지런했다. 차도가 보인다 싶자 슬 슬 긴장이 녹었다. 달도 진 시각이라 스르르 눈이 감겼다.

"흐윽, 하아하아……."

어둠 속으로 가냘프고 가파른 숨소리가 흘렀다. 도는 번쩍 눈 떴다. 깜박 잠들었지만 무의식중에 귀를 열어둔 터였다. 벌떡 앉았다. 양이 를 확인했다. 호흡과 체온, 몸빛을 살피고 목에서 맥을 짚었다.

"양이야, 김양이!"

도는 나직하지만 강하게 양이를 불렀다. 잠든 어깨를 두드렸다. 반 응이 없자 어깨를 채어 쥐었다. 목소리를 한층 높였다.

"김양이! 일어나, 김양이!"

도는 양이의 뺨을 서너 차례 때렸다. 양이의 허옇게 질린 뺨이 붉게 달아오를 정도로 쳤다. 고함에 가깝게 이름 불렀다. 양이를 품에 안 았다. 양이는 들어 올리는 대로 딸려 올라오며 풀기 없는 천 조각처럼 늘어졌다. 괴로운 얼굴로 입술을 엷게 경련할 뿐 부름에 응하지 못했 다.

"도수산! 약선을 불러라! 당장!"

주력이 실린 외침이 공간을 뛰어넘어 잠든 수산을 흔들었다.

저승으로

　도는 무표정했다. 태도만 보면 상황에 무심한 듯, 양이를 알지조차 못하는 듯했다. 신속하되 차분하게 핵심만 전했다. 매 시각 양이의 병세가 어땠는지, 이 직전에 또 어땠는지.

　"그대가 내린 판단은? 설명할 시간도 아깝다면 지시만 하게. 무엇을 지원하면 되는가?"

　약선은 미간에 세로줄을 세웠다. 질문한 도를 보지도 않았다. 양이의 손목에서 손을 떼지 않고 답했다.

　"송구하오나, 전하. 판단이 어렵사옵니다. 김 낭자는 전무후무, 불가사의한 존재이옵니다. 약이 독이 되고 독이 약이 되는 체질일 수도……."

　"다 아는 설명은 제하지. 이 여인은 위급해. 할 수 있는 최선의 조치와 궁리만 논하세."

　도는 초조한 표정이 아니었다. 그러나 시간을 낭비하려 들지 않았다. 약선이 숨을 훅 들이마셨다.

　"소견을 밝히겠사옵니다. 판단을 도우소서."

　약선이 흘끗 시선을 들었다. 도가 고갯짓했다. 둘은 서로 대화하되 서로에게 소홀했다. 양이에게 집중하고 양이에게서 흘러나오는 자그마한 단서도 놓치지 않으려 신경을 닦아세웠다. 약선이 양이의 맥과 안색을 꾸준히 살피는 일에 몰두하며 적이 느릿느릿 말했다.

"소생은 김 낭자를 처음 진맥한 날, '위화감이 든다.'고 했사옵니다. 기억하시옵니까?"

"기억하네."

도가 긍정했다. 약선이 곧장 말을 이었다.

"오늘 김 낭자에게서 진짜 맥이 잡히는 듯하옵니다."

"저 맥이 진짜 맥이라?"

도가 설핏 찡그렸다. 양이는 해괴한 상태였다. 호흡도 체온도 있으나 맥이 죽은 자처럼 사라졌다. 도가 대경실색하여 약선을 불렀으나 몇 분 뒤 맥이 퍽 튀었다. 그 맥이 지직지직 상태 나쁜 전파처럼 이어졌다. 약선이 도착할 때까지 이 증상이 혼란하게 되풀이됐고 지금도 그러했다. 안 읽어본 의서가 없는 도에게도 터무니없는 상태였다. 약선이 덧붙여 설명했다.

"소생이 짐작건대 지금 김 낭자 맥에는 세 가지가 얽혀 있사옵니다. 김 낭자의 진짜 맥, 진짜 맥을 가리는 어떠한 너울, 이 일이 있기 전까지 전하와 소생을 눈가림한 '가짜 맥'."

양이는 영적으로 더없이 특이했다. 그러나 오늘껏 신체적으로 지극히 범상한 반응만 보였다. 맥의 양상도 그러하여 '평범한 인간이라면 이 상태에서 이러하다.'라는 이론에 짜인 듯 맞아 들었다. 언제나, 단 한 번 예외조차 없이, 너무나 멀쩡했다.

"지금까지 보인 맥상(脈象)이 다 눈가림이었다?"

도가 재확인했다. 약선이 끄덕였다.

"맞사옵니다. 또한, 갑자기 이렇듯 위급해진 모습을 보건대 지금껏 겉으로 보이던 다른 증상도 다 거짓이었을 수 있사옵니다. 여하간 김 낭자에게는 '현재의 몸 상태에 맞는 상식적인 맥'이 한 겹 있사옵니다. 그 아래 '기이한 다른 맥'이 있사옵지요. 그 두 맥 사이에서, 간혹 그 두 맥의 위아래를 넘놀며, 엷은 너울이 펄럭이옵니다. 수경왕 전하께서는 이 세 요소를 합해서 맥진하셨사옵니다. 그래서 그 맥을 이해할 수 없으셨지요."

"그 셋을 분리해 양상을 뽑으면 양이를 이해할 수 있겠군."

상당한 발견이었으나 도는 덤덤했다. 냉정히 덧붙였다.

"진짜 맥상을 잡아내어 분석하고 처방하려면 얼마나 걸리겠는가?"

약선은 턱밑 허공을 매만졌다. 잡을 수염이 없자 찡그리며 손을 털었다. 눈썹을 내리며 미지근히 답했다.

"해봐야 아오나 하루는 꼬박 맥을 짚어야 그 셋을 분리할 수 있지 않을까 짐작하옵니다. 그러고서 분석하자면……. 송구하오나 말씀드리기 참으로 어렵사옵니다. 여러 달이 걸릴 수도 있사옵니다."

도는 여전히 표정을 드러내지 않았다. 지루하게까지 보이는 얼굴로 양이를 눈에 담았다. 양이의 뺨에 손을 올렸다. 살갗에 닿는 느낌이 얼음 같았다.

'약선을 청할 때만 해도 불같았거늘.'

도는 눈을 내리깔고 엄지 끝으로 양이의 마른 입술을 쓸었다. 그 까슬한 감촉을 손끝으로 달랬다. 제 입술을 움직였다.

"나는 이 아이가 절벽 끝에 있다고 보네. 얼마 버티지 못할 수도 있어. 그대 판단은 어떤가? 정확히 알지 못해도 지금 무언가 조치하는 쪽, 기약은 없으나 신중히 맥을 분리, 분석하고 진단, 처방하여 비교적 정확히 조치하는 쪽, 어느 쪽이 이 아이가 살 확률이 높겠나?"

약선은 아무 말도 하지 못했다. 불안히 눈동자를 굴렸다.

"약선."

도가 재촉했다. 약선은 그래도 쉽사리 입을 떼지 못했다. 도가 눈에 힘을 주자 마지못해 답했다.

"소생도 김 낭자가 벼랑 끝에 있다고 여기옵니다. 정확히 분리할 수 없으나 진짜 맥도 좋은 양상은 아닌 듯하옵니다. 김 낭자를 둘러싼 판단은 전부 짐작이라 뭐든 딱 부러지게 말하기가 참으로 곤란하옵니다만……."

약선은 다시 입이 붙었다. 어두운 낯으로 도의 눈치만 살폈다. 양이가 도에게 얼마나 중요한 존재인지 알기에 대답이 쉽지 않았다.

도는 무표정하던 얼굴을 풀었다. 흐리지만 부드러운 미소를 보였다. 팔을 뻗어 약선의 어깨를 다독였다. 불안스레 눈을 굴리는 약선에게 지그시 시선을 맞췄다. 느슨히 한숨을 내쉬었다.

"이보게, 약선. 그대가 느끼는 막막함을 이해하네. 이건 천 길 낭떠러지 앞에서 눈 가리고 귀 막고 춤추는 기분이지. 하나 긴장을 풀게. 나는 지금 정답이 아니라 소견을 묻고 있네. 또한, 그대 의견을 듣겠다고 판단한 쪽은 나일세. 결과가 어떻든 책임은 내 몫이야. 결코, 그대를 탓하지 않네. 자! 눈치 보지 말게. 지금 상황이 어떤가?"

약선은 비로소 눈에 빛을 띠었다. 침을 꿀꺽 삼켰다.

"몹시 위태롭사옵니다. 다른 존재가 저 상태라면 당장 죽어도 이상하지 않사옵니다."

"그래서?"

도는 자못 온화히 물었다. 그러나 약선은 다시금 멈칫했다. 망설이며 말을 더듬댔다.

"그, 어떤 조치도 위험할 수 있으니, 소생은, 생각건대, 인간으로서 쌓아온 의료 기록을 다시 한 번 살피고……."

"자아, 약선. 그대는 이 여인이 당장 죽어도 이상하지 않다고 했네. 그렇다면 '당장' 할 수 있는 가장 신속한 조치가 무언가?"

"……하아."

약선은 깊이 미간을 찌푸렸다. 양이에게서 손 뗐다. 자그마한 손으로 턱밑을 초조하게 허우적댔다.

"소생이 아는 가장 안전한 처방을 써볼 수밖에 없사옵니다."

"그 처방이 무어지?"

"예전에 하늘꽃밭 꽃감관에게서 번성꽃 한 뿌리를 구했사옵니다. 그것에 서천꽃밭에서 나는 뼈살이꽃, 살살이꽃, 피살이꽃을 각각 특수한 방법으로 법제하고 조합하여 달이면 체질을 가리지 않는 영약이 되옵니다."

"아, 그 처방."

"아시옵니까? 희귀한 처방이옵니다만."

"의서란 의서는 다 보았네."

도는 다급해지려는 마음을 누르며 농담조로 뒤를 달았다.

"내 몸이 이 꼴이잖은가."

약선이 쓰게 웃었다. 도는 그런 약선을 달래듯 차근차근 덧붙였다.

"하나 그 약은 재료가 모두 있대도 법제와 조제에 사흘이 넘게 걸리잖은가. 그대는 저 여인이 당장 죽어도 이상하지 않다고 하였네."

"하지만 그 외에는 모두 위험하옵니다. 우리는 낭자가 무슨 종족인지도 확신치 못하옵니다. 한데 낭자의 생명이 벼랑 끝에 달린 지금,

독일지도 모를 처방을 이리저리 시험하며 병세를 잡으오리까? 그것이야말로 도박이며 악수이옵니다. 차라리 낭자의 특수한 체질을 믿고 그냥 두는 편이 나으리라 싶을 만큼.”

약선은 지금껏 내내 망설이고 조심스러웠다. 그러나 이번만은 확고했다. 도는 짧은 침묵 끝에 물러섰다.

“알았네. 약을 마련할 때까지 이 아이에게서 시간을 멈추지.”

“김 낭자는 주술이 듣지 않사옵니다.”

약선이 지적했다. 도는 고개 저었다.

“시간 동결 주술은 존재 바깥에서 하네. 차단막을 세워 존재를 시간선에서 분리하는 방식이니까. 그러니 양이에게도 적용할 수 있어.”

“누가 주술을 펼치옵니까? 그런 주술이 가능한 술사는 삼계를 통틀어도…….”

도는 자리에서 일어났다. 방 안의 너비와 양이가 누운 자리를 가늠하며 답했다.

“내가 하네. 물러나 주겠나? 진을 그려야겠네.”

약선은 휙 날아올랐다. 누운 양이를 가로질러 도에게 양팔을 뻗었다.

“전하, 전하께옵서는 그런 주술을 하시기엔……!”

도가 한 치 물러났다. 약선이 손끝으로 도의 소맷자락을 스치고 부질없이 허공을 긁었다. 도는 왼팔을 몸 바깥으로 밀었다. 다시 달려드는 약선을 공간 저 끝으로 매끄럽게 밀어냈다.

도는 금빛으로 번쩍였다. 좌악. 그 양손과 심장에서 금빛 영기 수백 가닥이 줄기줄기 솟았다. 금빛 가닥은 쉼 없이 뿜어지며 넓게 휘어져 나갔다. 분수처럼 유려한 곡선을 이루며 의식 잃은 양이를 가닥가닥 에워쌌다. 한 치 간격으로 마디를 이루며 살아 있는 생명처럼 꿈틀거렸다. 마디마다 움치고 뻗고 뒤틀리고 얽히며 제각기 문자와 도형을 이뤘다. 어떤 마디는 바닥에 부딪히며 이리저리 튀어 오르기도 했다. 획획 재배열되어 거대한 진을 이뤘다. 십 초도 되지 않아, 양이 위로 진 한 겹이 덮였다. 그 진이 확 부풀어 오르며 엷은 반구가 되었다. 그 위로 또 다른 진이 짜이기 시작했다.

"제발! 전하가 위험하시옵니다! 이런 주술은 영력을 몹시……!"

밀려났던 약선이 이를 악물며 온몸을 던졌다. 그러나 도의 힘에 밀려나 가까이 다가서지 못하고 버둥거렸다. 약선은 자신도 영기를 돋워 도가 친 장막을 뚫으려 했다. 영기를 폭발시키는 주문을 중얼거리며 어깨로 장막을 쳤다.

"물러서게."

도는 무표정히 경고했다. 시간 동결은 금기가 아니나 대개 시도도 못할 주술이었다. 시도한다 한들 고위급 술사가 몇 날 며칠, 어쩌면 몇 달 몇 년을 연구하여 술식을 짜고 진을 그려 넣어 간신히 발동할 주술이었다. 도는 그러한 술식을 읽어 내려가듯 암산했다. 손도 대지 않고 진으로 뽑았다. 다급히 해내 구조가 헐거운 부분은 영력을 들이부어 허술함을 메웠다. 압도적 집중력이었다. 상상하기 힘들 출력이었다.

"전하! 전하께옵서 큰일 나시옵니다! 제발, 당장 멈추시옵소서!"

약선은 주술을 완성했다. 제 능력껏 영기를 폭발시키며 도가 친 장막을 후려쳤다. 일순 진이 짜이는 속도가 주춤해졌다.

"믿고 있으면!"

도는 배에 힘을 넣어 사납게 소리쳤다. 약선이 움찔했다. 도는 집중력을 잃지 않으려 술식을 노려보았다. 나직이 말했다.

"믿고 있으면, '반드시 지켜주겠다.' 하였다. 이 여인에게, 내 이름을 걸고 약속하였다."

도는 이미 창백했다. 무심코 어깻숨을 쉬었다. 그러나 곧장 숨을 골랐다. 이전보다 더 무서운 속도로 진을 쌓기 시작했다. 세 겹, 네 겹, 다섯 겹……. 양이 위로 쌓인 반구가 점점 세밀해지고 탄탄해졌다.

"하나 의원으로서 허락할 수 없사옵니다! 고작 여인 한 명을 살리고자 전하께서 목숨을 거실 작정이시옵니까? 누구보다도 스스로 잘 아시지 않사옵니까? 전하의 옥체는 손상을 입으면 회복하지 못하옵니다. 지금 전하께옵서는 얼마 남지도 않은 생명을 태우는 중이시란 말이옵니다!"

약선은 자신을 가로막은 장막을 쥐어뜯었다. 애처로이 탄식했다.

도는 술법을 마무리 지었다. 수천 개의 글자와 수백 개의 교차하는 구조를 되짚어 검산하며 억양 없이 말했다.

"의생으로서 용인하지 못하겠다면 이렇게 여기게. 나는 이 여인이 아니면 어차피 살지 못하네. 아닌가?"

"법제와 조제에만 최소 사흘이 드옵니다. 재료를 구하는 시간을 더하면 엿새 이상이옵니다! 전하께옵서 이 낭자 덕에 근래 좋아지셨다고야 하나 전하의 옥체는 이미 갈라져 깨어지기 직전이옵니다. 당장 잘못되실 수도 있사옵니다. 백성 때문에, 자식 같은 백성 때문에, 하루라도 더 살고 싶다고 하시는 전하가 아니시옵니까?"

도는 검토를 끝냈다. 지금껏 쌓아 올린 술식 끝에 마침표 역할을 하는 한 줄을 배열해 넣었다. 쩡! 맑은 소리를 내며 술법의 진이 안정되었다. 약선과 도를 가르던 장막이 사라졌다.

"전하!"

약선이 도에게 와락 달려들었다. 사색이 된 약선은 도를 연신 더듬으며 이리저리 살폈다.

"당장 해제하십시오, 당장! 버텨내지 못하실 것이옵니다. 아니 되옵니다, 절대로!"

"이 여인이……."

도는 어금니를 까드득 물었다. 목으로 솟는 혈향을 눌러 삼켰다. 나직이 으르렁대었다.

"나를 치유할 유일한 희망일세. 며칠 더 살고자 그 희망을 놓아야 하는가?"

"전하, 하오나, 하오나……."

약선은 크고 동그란 눈망울에 눈물을 글썽였다. 도의 옷깃을 원망스레 잡아 뜯었다. 도는 떨리는 손을 꾹 말아 쥐었다. 금빛 반구 안에 죽은 듯 늘어진 양이를 숨죽여 노려보았다.

"나는 선택했네. 이 여인을 지키기로. 나 역시 살기로."

도는 발을 뗐다. 한걸음에 휙, 약선을 스쳐 벽을 뛰어넘었다. 찰나에 까마득한 점으로 사라졌다.

"약재를 구해오겠네. 하루 안에, 조제 준비를 마치게."

✳✳✳

"어이쿠!"

송제는 달음으로 다가와 도의 손을 잡았다. 도에게서 한기를 느끼고 냉큼 제 솜두루마기를 벗어 그 어깨에 덮었다. 희색이 만면하여 도를 얼싸안았다. 귓가에 속삭였다.

"고양이와 뱀을 길들인 미동이 형님이셨습니까? 세상에, 이 외진 곳까지 와주셨군요!"

송제는 도를 품에서 놓으며 요모조모 살폈다. 수하가 귀띔했었다.

"왕부에 한 묘소년(妙少年)이 나타났사옵니다. 한데 우리 한빙지옥 (寒氷地獄)을 지키는 영물이 하나같이 그 미동에게 꼬리 치며 애교 부리니 이는 실로 맑고 의로운 영이라, 경의를 표하며 '어느 댁 자손이며 어찌하여 왔는가?' 물으니 다만 전하를 급히 청하나이다."

저승 대왕은 죄인은 엄벌하나 의로운 자는 받드는 존재, 송제는 만사 제치고 달려왔다. 과연 인간으로 치면 열예닐곱 살가량인 미소년이 고아히 섰다. 송제가 뉘인가 하고 가만 보니 소년도 송제를 마주보며 제 영기를 슬쩍 흘렸다. 송제는 그제야 도를 알아보았다. 놀랍고 즐거워 너털웃음 쳤다.

"정말이지, 형님도 엉뚱하십니다. 미리 연통하셨으면 동자를 보내 편히 모시었을 텐데요."

"번잡한 일은 질색이야. 알잖아?"

도는 웃으며 송제가 덮어준 두루마기를 여몄다. 추위에 파랗게 언 입술 사이로 하얗게 입김이 피었다.

"하하. 형님은 여전하시군요. 잘 오셨습니다! 형님 오셨으니 일은 판관에게 맡기고 뜨끈하게 한잔하지요. 들어가십시다."

송제는 도의 어깨를 안고 안으로 발을 옮겼다.

도는 따뜻하게 데운 술을 입속에서 굴리고 천천히 목으로 넘겼다. 추운 지역에서 마시는 술이라 목이 불타는 듯했으나 꽝꽝 얼었던 몸이 서서히 녹았다. 가만히 눈을 내리깔고 숨을 골랐다.

본디 인계와 저승은 길을 한껏 재촉해도 하루 반나절이 꼬박 드는 거리였다. 이는 지리적 거리이면서 또 영적 거리라 오가는 시간을 줄이기가 쉽지 않았다. 도가 당장 보낼 수 있는 수하는 전부 왕복에 사흘이 들었다.

도는 그 사흘을 기다릴 수 없었다. 직접 나섰다. 왕복 만 하루를 목표로 전력으로 길을 당겼다. 쉼 없이 달렸다. 그러며 화화에 통신 주술을 넣었다. 백진에게 시간 동결 주술을 일부라도 유지제어 해달라고 부탁했다. 수산에게 약선을 최상으로 지원하라 일렀다. 크닙을 삼경으로 보냈다. 크닙에게 인계에서 아이를 낳고 잃어버린 도깨비 부부가 없는지 알아보라 일렀다. 양이가 어떤 존재인지 아는 일이 시급했다. 양이가 알도깨비라고 확신할 수 있다면, 운 좋게 그 부모를 찾을 수 있다면, 양이를 이해하기가 한결 쉬웠다. 향후 처방에도 도움이 될 터였다. 지시를 끝낸 뒤엔 이를 악물고 달렸다. 저승 제삼 지옥까지 여섯 시간 남짓 걸렸다.

양이에게 건 시간 동결 주술은 백진이 그 유지제어를 일부 맡았다 하나 도가 핵심을 책임져야 했다. 도는 초고위급 주술에 영력과 정신력을 빼앗기며 체력 면에서도 온 힘을 쏟으니 곧 까무러칠 듯했다. 몸을 녹이느라 숨을 고르니 더욱 그러했다. 안간힘을 다해 정신을 다잡으며 독주를 거푸 들이켰다. 몸에 열이 훅 뻗치며 정신이 들었다.

"하하. 천천히 넘기십시오. 안주도 좀 맛보시고요."

송제는 껄껄 웃으며 도의 잔에 넉 잔째 술을 따라주었다. 도는 그 잔을 들어 올렸다가 입술 두 치 앞에서 멈췄다. 잔 너머로 싱글대는 송제를 보았다.

"실은 부탁이 있어."

도는 거두절미하고 말했다. 잔을 들이켜고 송제에게 한 잔 따랐다.

"형님께서요?"

송제는 눈이 휘둥그레졌다. 재력, 권력, 무력, 무엇 하나 빠지지 않는 도였다. 그 입에서 나오는 '부탁'이라는 단어가 퍽 생소했다.

"응. 인명부를 보고 싶어."

"푸흡!"

송제는 고개를 휙 돌리고 마시던 술을 뿜었다. 저승 시왕으로서 지켜야 할 체면도 잊고 사레들려 캑캑댔다. 도가 한 부탁이 너무나 뜻밖이었다. 더구나 망설임도 없이 이리도 선뜻 말하다니.

"보안 문서입니다. 차사들조차 당일 자신이 담당하는 자를 다룬 정보 외엔 보지 못해요. 아시잖습니까."

송제는 소매로 입을 닦고 정색했다.

"딱 한 명만. 응?"

도는 지금 볼이 발그레한 미소년이었다. 까만 눈을 치켜뜨며 젖살이 붙은 뺨을 설핏 부풀리자 퍽 귀염성이 있었다.

송제는 뺨을 붉히며 낯을 찡그렸다. 술이 반 남은 잔을 손에서 굴리며 도를 찐득히 보았다.

"제기랄. 이런 순진한 미모로 이러시깁니까?"

송제는 남은 술을 속에 털어넣었다. 도에게 한 잔을 따랐다. 느릿하게 술잔을 입술에 붙이는 도를 보며 제 입술을 실그러트렸다. 반쯤 찡그리고 반쯤 웃었다.

"인간계에서 오래 사시더니……. 얼마나 미인입니까?"

"비밀이야. 눈독 들일 생각도 하지 마."

도는 눈을 내리깔고 술 한 모금으로 입술을 적셨다.

"허허, 참. 형님은 바가지 긁을 왕후도 없으시잖습니까. 더욱이 극히 존귀하시니 인간 한둘쯤 정식으로 인명부에서 빼내실 수도 있고요."

"그러자면 최소한 빈으로 맞아야 하지. 내 내궁은 비었어. 왕후든 비든 빈이든 정식으로 맞는 순간 삼경을 보살필 유일한 안주인이 돼. 아무나 맞을 수 있겠어?"

"인간에게 주기엔 무거운 자리이군요."

송제는 눈동자를 굳히며 생각에 잠겼다.

송제를 비롯한 저승 시왕은 이따금 이런저런 경로로 '인명부를 보여 달라.'는 청탁을 받았다. 그 청탁은 기실 '마음에 드는 인간이 있어 인명부에서 몰래 빼내고 싶다.'는 뜻이었다. 아닐 때도 간혹 있으나 대개 뻔했다.

인명부는 한 인간이 나고 죽는 기록이었다. 보안 문서라 쉬이 보일 수도 고칠 수도 없었다. 만약 보이고 고쳤다는 사실이 드러나면 그 일에 얽힌 시왕도 청탁한 선인도 처벌받고 한동안 추문에 휩쓸렸다.

"변신까지 하며 몰래 오셨으니 이 일이 떳떳하지 못하다는 자각은 있으신 게지요. 형님께서 즐거이 곁에 둘 여인을 얻으셨다니 기쁜 일이나 저는 그러한 청탁을 받아들인 적이 없습니다."

송제는 숨을 깊이 들이쉬고 턱을 눌러 닫았다. 도는 지루하도록 느긋이 술잔을 입술에 기울이고 마지막 한 방울까지 혀에 적셨다. 저릿한 혀로 입술을 핥았다. "후우." 더운 숨을 내쉬고 송제를 물끄러미 보았다. 한참 바라만 보다가 마침내 말했다.

"그래도 부탁해."

"불가합니다."

"내가 이런 부탁을 할 시왕은 너뿐이야. 알잖아."

"형님께서 저를 친근히 여겨주시니 감사합니다만 그래도 불가합니다."

도는 뺨으로 흘러내린 기다란 머리칼을 나른히 목 뒤로 넘겼다. "후우." 한숨을 되풀이했다. 취기가 올라 달뜬 낯으로 시무룩한 표정을 지었다.

"내가 어지간하면 이 말은 안 하려 했는데……."

도는 발그레한 목을 외로 빼고 만지작거렸다. 엷게 찡그리며 짐짓 마지못해 말했다.

"너 나한테 이백팔십육 년 다섯 달 스무사흘 전에 금 사백오십 근 빌려 가서 아예 모릅네 하고 있다?"

송제는 턱이 느슨해졌다. 그 턱이 푸르르 떨렸다. 도와 송제 사이에 깊은 침묵이 돌았다. 도는 송제에게 술을 한 잔 따랐다. 송제가 제 잔을 채워주지 않자 자작했다. 자작한 잔을 하얀 손안에서 빙글빙글 돌렸다.

"그게 아마 왕후 몰래 어디 사는 어떤 여인에게 '초호화 저택' 한 채 지어주려고 빌린 금이었지? 분명 '금방 갚는다.'고 했는데? 아아, 아무리 우리가 수명이 길다지만 이백팔십육 년 다섯 달 스무사흘이 '금방'이랄 수 있는 세월인가? 이쯤 되면 나는 돈 떼먹혔다고 봐야겠지. 허어, 이건 사기이자 도둑질인데? 죄인을 하드코어로 벌주는 직업이면서 이래도 되나?"

도는 몸짓과 표정이 심드렁했다. 그러나 음성이 퍽 맑고 또렷했다. 한 음절 한 음절이 송제의 귀에 쏙쏙 들어갔다.

"삼계에서 제일 부유하신 분이……."

송제는 뺨이 달아올랐다. 말끝을 흐리며 혀를 깨물었다. 새카맣게 잊었던 고액의 빚이 불쑥 튀어나왔다. 억울했다. 금을 빌린 때가 가마득했다. 더욱이 도가 평소 하는 행동과 둘이 맺은 관계상 '빌려준다.'고 했던 말이 '준다.'는 말과 별다르지 않았을 터였다. 그러나 자신은 분명 '빌렸'고 애초에 갚을 생각이었으며 '금방 갚겠다.'고도 했다. 무언가 억울해도 차마 도에게 '치사하다.'고 항의할 수 없었다.

"억울한 표정이네? 까짓것 당장 갚아. 왕이나 돼서 구차하게 금 사백오십 근 따위로 이딴 기분 느끼지 말고. 이자는 안 받고 시대 보정만 할게. 보자, 그때 '순금'이면 지금 순금과는 비교가 안 될 텐데? 그때 '순금' 사백오십 근을 요즘으로 치면……. 어떻더라?"

도는 능청을 떨었다. 송제는 도에게 술을 따라주며 애원했다.

"형니임, 진짜 이러시깁니까? 어떻게 그걸 당장 갚습니까? 오 년만 더 주시면……."

"그럼 보여주든가, 인명부."

"형님, 그 문제와 이 문제는……."

빚은 빚이고 인명부는 인명부였다. 송제는 명확히 선을 그으려 했다. 냉정히 목소리를 가라앉히는데 도가 치고 들어왔다.

"그럼, 네 바람 들어줄게. 바람 들어주고 그 빚도 탕감해주고."

도는 능글대던 태도를 싹 걷어냈다. 송제보다 먼저 낯을 바로 하고 눈에 또렷이 빛을 띠었다. 송제는 선을 그을 적기를 놓쳤다. 도가 밀어붙이는 기세에 주춤했다.

"무슨 일…… 말씀이십니까?"

도는 유연한 호선을 그리며 입꼬리를 말았다.

"너 나와 한판 붙어보고 싶어 했잖아. 해준다고."

"진담이십니까?"

송제는 화색을 띠었다. 허리와 등이 꼿꼿이 튀어 올랐다.

"정말이십……. 우잇, 제기랄! 진심이십니까? 제가 그렇게 해보자고 해도 늘 들은 체 만 체하셨잖습니까?"

"진지한 널 기만하기도 기죽이기도 싫었으니까. 내가 진심으로 상대하면 넌 다섯 합도 못 버텨."

도는 서늘히 말했다. 송제는 새빨갛게 달아올랐다. 목에 힘줄이 섰다.

"저승과 지하는 험지가 많습니다! 이곳에 터 잡은 생명이 얼마나 거칠고 강한지 모르십니까? 저, 송제, 이래 봬도 거칠기로 소문난 저승시왕 가운데에서도 무인으로서 첫손에 꼽힙니다. 형님이 삼계에서 제일가는 무인이심은 아나……."

"자신 있어?"

"네?"

"내가 진지하게 했을 때 나를 상대로 다섯 합이라도 버틸 자신."

도는 견고했다. 앳된 미소년을 가장했으나 더는 앳되어 보이지 않았다. 그 눈이 심야에 펼쳐진 바다처럼 새까맣게 차가웠다.

"질문 자체가 모독입니다!"

송제는 희고 퍼런 기운을 이글이글 피워올렸다. 도는 다만 웃었다.

"모독? 그 옛날 내가 아수라국 대전에 단신으로 쳐들어가 태흑을 빈사 상태로 몰아넣은 일, 꽤 유명한 줄 알았는데? 넌 그 태흑에게도 한참 못 미쳐.”

“형님께서도 그때 크게 다치시어 지금까지 은거하시는 줄 압니다.”

송제는 목을 긁는 음색으로 으르렁댔다. 도는 고개를 모로 기울였다.

“이상한 소문이 퍼졌군. 난 그때 수라에게는 털끝도 다치지 않았어.”

“저는 평소 형님을 믿습니다만 수라는 전투 종족입니다. 당시 수라왕이던 태흑은 수라 역사상 최고 무인으로 칭송받고요. 그 태흑이 피떡이 되었는데 단신으로 밀고 들어간 형님이 멀쩡하셨단 말씀은 지나친 허풍이십니다. 더구나 제게 다섯 합을 말씀하시다뇨.”

송제는 침착한 척 조목조목 따져 들었으나 이미 어깨가 오르락내리락했다. 낯 역시 붉으락푸르락하며 동요를 감추지 못했다. 그럴수록 도는 점점 싸늘히 웃었다.

“그래? 못 믿겠다면 직접 확인해. 내가 과연 그럴 실력인지 아닌지. 내 공격을 다섯 합만 버텨. 버틴다면 명부를 보여달라는 요구는 철회하지. 네가 진 빚도 없애주겠어. 단…….”

송제가 피워올린 영기가 방을 가득 채우고 도를 짓눌렀다. 도는 저항하는 기색 없이 그 속에 차분히 앉아 술 한 잔을 다시금 자작했다. 독주를 속에 들이붓고 젖은 입술을 소맷자락으로 사뿐 눌렀다. 내리깐 눈을 들었다.

“네가 다섯 합을 버티지 못하면, 명부 내놔. 금도 이만 갚고.”

도는 붉은 입술을 비틀었다.

“자신 없어?”

“저승 삼왕(三王), 한빙지옥을 주관하는 송제왕의 이름으로 받아들입니다! 본체 꺼내십시오. 제가 감히 형님을 이긴다고야 못 해도 다섯 합도 못 버틸 수준은 아닙니다!"

송제는 자리를 박찼다. 소매에서 뽑은 홀이 쑥 자라나 위풍당당한 봉이 되었다. 봉 끝이 술상을 박살 내며 휙 돌아가 도를 향했다.

도는 소리도 없이 자리에서 일어났다. 미끄러지듯 송제와 거리를 벌리고 심장에 손을 넣었다. 하얗게 날 선 도(刀)를 심장에서부터 뽑아냈다. 칼자루를 둘러싼 금빛 용이 사납게 울며 도의 옥수를 휘감았다. 도는 날 끝을 느슨히 내리고 송제에게 턱짓했다.

"와라."

폭발할 듯한 희고 푸른빛과 잔잔한 금빛이 맞부딪혔다.

❋·❀·❋

"커헉."

검붉은 핏줄기가 입가를 타고 흘렀다. 도는 구석진 벽에 손을 짚고 서서 점점이 핏덩이를 게웠다. 파랗게 질려 떨리는 입술을 흰 비단 수건으로 닦았다. 수건을 구겨서 버리고 가는 숨을 헐떡였다.

'정신 차려!'

도는 자신을 질책하며 게워낸 핏덩이를 노려보았다. 도깨비로서 피를 싫어하는 본능이 두려움을 불러일으키고 목을 죄었다. 눈 감고 달아나고 싶었다. 적어도 당장 영기를 돋워 저 혈기를 태우고 싶었다. 그러나 공포가 도를 깨어 있게 했다. 그래서 혈기를 태우지 못했다. 도리어 핏자국을 겨눠보며 잠자코 숨을 골랐다. 입속을 맴도는 제 혈향을 퍼런 낯으로 혀 위에 굴렸다.

송제는 강했다. 도라 하여도 다섯 합 운운할 상대가 아니었다. 더욱이 이토록 쇠약한 상태에서는 더더욱 버거웠다.

그러나 도는 송제를 도발해야 했다. 시간에 쫓겼다. 모욕이라 해도 좋을 언사로 일을 성사시켰다. 덤벼드는 송제에게 비스듬히 한 방을 허락하며 그 결로 흘러가 송제의 허리를 베었다. 상하게 할 심산이 아니었으니 적당히 멈췄다. 살갗을 슬쩍 파고드는 선에서. 단 세 합째였다.

송제는 잠시 굳었다가 허탈한 웃음을 터트렸다. 피가 흐르는 옆구리를 누르며 끄덕였다.

"맙소사. 제 완패입니다. 과감성도 과감성이거니와 저는 상상할 수도 없는 속도와 유연함이었어요. 지혈하고 와야겠습니다. 형님은 괜찮으십니까?"

도가 건강한 상태였다면 맷집도 든든했을 테고 비껴 맞은 한 방으로 잘못되지야 않았다. 그러나 도는 깨어지기 직전인 몸이었다. 명줄을 걸고 맞았다고 해도 과언이 아니었다. 그래도 멀쩡한 척했다. 고개를 까닥했다.

"상처나 닦고 와. 명부와 붓 내놓고."

송제는 창상을 치료하러 가며 도에게 두 가지를 건넸다. 인명부를, 흰 먹물을 약간 머금은 시왕의 붓을.

"지혈만 하고 올 테니 은밀히 처리하십시오. 이만큼 적신 붓이면 한 명은 깨끗이 빼낼 수 있습니다."

도는 송제가 방을 나서자마자 인명부를 훑었다. 본래 양이를 인명부에서 확인만 하려 했을 뿐 지울 뜻이 없었다. 그건 적법하게 처리해도 되었다. 오히려 지운다면 공식적으로 양이를 천하궁에 고할 때 지금 저지른 불법이 드러날 터이므로 골치 아팠다.

하나 도는 명부에서 '김양이'를 확인하자마자 망설임 없이 제거했다. 그럴 수밖에 없었다. 김명길과 최선영의 딸, '김양이'는 양이가 이력서에 기재했던 날짜에 태어나 삼십일 개월 사흘 만에 병으로 죽었으니까. 그 혼은 삼백이십 년 차 저승차사 초우가 인도하여 황천수를 건넜으며 아직 극락에 들지도 않고 새 몸을 받지도 않았으니까.

'명부상 착오? 아니면 내가 아는 김양이와 명부에 실린 김양이가 다른 존재? 부모와 그 외 정보가 다 같지만 진짜 김양이는 죽었고 내가 아는 김양이가 가짜인가? 아니면 그 반대인가?'

도는 아찔했다. 급히 할 마음이야 없었으나 천하궁에 양이를 맞는 첩지를 곧장 보냈으면 어쩔 뻔했는가? 이미 죽은 인간을 왕비로 맞으려 하다니 대단히 이목을 끌었을 터였다.

'나아가 양이를 철저히 분석당했겠지. 그랬다면 분명, 빼앗겼다.'

지워야 했다. 흔적도 없이 싹 지워야 했다. 훗날 양이를 정식으로 후나 비나 빈으로 맞는다면 그때 가서 송제에게 은밀히 연통을 넣으리라. '그때 내가 지운 여인을 정비로 맞게 되었다. 천하궁에서 사자가 가기 전에 그 여인을 다시 인명부에 넣어달라. 부모와 출생지, 생시는 이러하다.'라고. 지저분한 방법이지만 그게 최선이었다.

"착오인가, 가짜인가."

도는 핏물을 삼키며 뇌었다.

'확인은 어렵잖다. 명부 속 김양이는 이른 나이에 죽었고 극락에 들지도 환생하지도 않았으니. 어려서 죽고 적당한 인연을 못 얻은 영혼은 구 할 구 푼 서천에서 물을 주지. 시왕이나 바리나 오늘이 같은 저승 신이 곁에 두었을 수도 있지만 대부분 서천꽃밭에 머물러. 어차피

그곳에 가야 하니 확인해야겠어.'

도는 벽을 짚은 손을 뗐다. 힘 풀린 다리가 후들댔다. 정신이 아득해지며 움켜쥔 주술 선이 흔들렸다. 주먹을 꽉 쥐고 어금니를 악물었다. 혈향에서 피어오르는 날카로운 공포에 집중했다. 칼날처럼 곧게 섰다. 여기서 정신을 놓을 수야 없었다. 그랬다간 도깨비 왕이 저승에서 객사하는 일대 사건이 날 터이니.

도는 발을 박찼다. 소년에서 동자로 꼴을 바꿨다. 범인이라면 보지도 못할 속도로 지하계 강산을 스쳤다. 그렇게 뛰기를 두 시간 남짓, 널따란 물가에 도착했다. 오금을 간질이는 우윳빛 개울을 걸어 가슴을 어루만지는 황금빛 물결을 헤치고 목을 두드리는 핏빛 강을 유영했다. 그러며 피 냄새를 씻어냈다. 검붉고 기름진 땅에 올라섰다.

그 땅은 신묘했다. 삶의 기운, 죽음의 기운, 삶도 죽음도 아닌 기운이 어우러졌다. 젊은 기운, 늙은 기운, 젊지도 늙지도 않은 기운이 하나 되었다. 뽀얀 모시 같은 안개가 너울댔다. 영이 혼탁한 자라면 한 치 앞이 아리송할 터였다. 그러나 그 안개는 맑은 영기라 도에게는 시야를 막지 않았다. 도리어 산소호흡기였다. 검은 땅에서 시작한 나무들은 춤추듯 얽히고설켰다. 반지르르한 땅에 거대한 꽃무늬로 그늘을 드리웠다. 부드럽게 부는 바람에 촉촉한 잎새를 두런두런 흔들었다. 산뜻한 풀냄새 사이로 꽃잎이 가라앉으며 은은히 향긋했다. 강가에서 더 들어가니 도가 건너온 우윳빛, 황금빛, 핏빛 강물이 기름진 땅속과 아름다운 나무뿌리를 지나서 고인 연못이 있었다. 그 못은 맑고 반드러웠으며 달고 시원했다.

"까르릌! 내가 제일 먼저! 내가 제일 먼저 갈래!"

"저기 서쪽에는 우리가 물을 줄래! 꽃님이 목마르시댔어!"

살이 뽀얗게 오른 너덧 살배기, 예닐곱 살배기 애들이 둘, 서넛씩 짝을 이뤄 연못에서 물을 길었다. 물통과 물지게를 지고 깔깔 웃으며 사방팔방으로 날아갔다.

도는 옷소매에 손을 넣었다. 소매 속을 삼경 곳간과 연결해두었다. 그곳에서 거대한 보따리를 꺼냈다. 보따리를 등에 짊어졌다. 연못 가까이 갔다. 도가 연못가에 채 도달하기도 전에 아이들이 먼저 호기심을 보이며 하나둘 다가붙었다.

"안녕!"

아이 한 명이 방긋 웃으며 인사했다.

"안녕."

도도 마주 웃었다.

"너 처음 본다. 너도 물 주러 왔니? 어쩌다 죽었어?"

한 아이가 말을 걸자 다른 아이들도 용기를 얻었다. 송사리처럼 모여들어 와글댔다.

"차사님이랑 같이 안 왔잖아. 생인(生人) 아닐까?"

"바보. 살아 있는 애가 어떻게 여길 와."

"까르륵. 그런가?"

"너 누구야?"

"누구니?"

"여긴 어찌 왔어?"

"차사님도 없이 왔어. 신기해!"

아이들은 시룽새룽 떠들었다.

"나는 지하국 종남산에서 왔어. 약선 어르신을 모시거든. 오늘은 심부름으로 약재로 쓸 꽃을 얻으러 왔어. 서천 꽃감관 신산만산 할락궁이 어르신을 뵈어야 해."

도는 또랑또랑 은방울처럼 말했다. 생글생글 웃으며 등에 멘 보따리를 끙끙 추어올렸다. 무거운 듯 휘청였다.

"꺄! 나 약선 어르신 알아. 나 아플 때 호 해주셨어."

"저번에는 수염 긴 할아버지가 오셨어."

"할아버지인데 '약선동자'라셨어. 히힛."

"맞아. 약선 어르신 제자. 수행이 모자라서 반로환동을 못하셨대."

"까르륵! 약선 어르신은 우리처럼 조그마하신데."

"깔깔!"

아이들은 또 와자그르르 들끓었다. 막지 않으면 끝이 없을 듯했다. 도는 적당히 끼어들었다.

"그래그래. 신산만산 할락궁이 어르신은 어디 계시니?"

"저기, 저기!"

아이들은 호위하듯 도를 에워싸고 날아올랐다. 도의 양팔을 붙잡고 등을 밀었다. 서천 깊이 들어가니 광활한 대지에 오색찬란한 꽃밭이 끝없이 펼쳐졌다. 아이들은 도를 끌고 날면서도 길어 온 물을 꽃밭에 뿌렸다. 촤아악. 물이 길게 쏟아지며 무지개를 그렸다. 도는 그렇게 끌려가면서 자신에게 모여드는 아이를, 저 멀리에서 물을 주는 아이를 한 명 한 명 살폈다.

"인술을 펼치는 분께는 얼마든지 꽃을 내드리고말고. 뼈살이꽃, 살살이꽃, 피살이꽃을 열 뿌리씩 넣었네."

도는 아이들에게 이끌려 할락궁이를 만났다. 창조술로 위조한 약선의 징표를 내밀었다. 할락궁이가 그 즉시 꽃을 뿌리째 떠내주었다. 도는 꽃이 담긴 커다란 나무통을 받아 들었다. 꾸벅 허리를 숙였다.

"감사합니다. 꽃감관 어르신."

도는 허리를 펴고 방긋 웃었다.

"올해는 종남산 윗녘에 농사가 잘되었습니다. 약선 어르신께서 소일로 가꾸시는 옷(衣)나무 밭도 풍년이지요. 하여 어르신께서 동자들에게 옷을 보내셨습니다."

도는 등에 짊어졌던 보따리를 내렸다. 보따리 매듭을 푸니 아이가 입을 만한 질 좋은 비단옷이 가득했다.

"이리도 고마운 일이! 수백 아이가 천방지축 뛰노니 해지지 않은 옷을 입히기조차 벅차다네. 딱 필요한 선물이야!"

할락궁이는 크게 기뻐했다. 본인 옷을 선물 받았대도 이보다 기껍지야 않을 듯 박수 치며 웃었다. 옷을 몇 벌 들어 살피더니 도의 손을 덥석 잡고 연신 다독였다.

"고맙네, 고마워. 어르신께 꼭 인사 전해드리게."

"저희 어르신은 아이들을 사랑하십니다. 제가 한 벌 한 벌 직접 나누어주고 돌아가, '누가 어찌 좋아하더라.'고 전하면 대단히 기뻐하실 터입니다. 그래도 폐가 되지 않을까요?"

"약선 어르신은 늘 우리 아이들과 다정히 놀아주셨지! 얼마든지 그리하게. 동자들을 불러주겠네."

신산만산 할락궁이는 동자를 두루 불러들였다. 널리 퍼져 있던 동자들이 물주기를 멈추고 포르르 날아들었다.

"웃는 모습이 예쁘네."

"덧니가 참 귀엽구나."

"이야, 이 옷을 대보니 농천궁 선녀님 같다. 진달래색이 곱게 맞는다!"

"너는 이름이 무어니? 목소리가 의젓하구나."

도는 동자들 한 명 한 명에게 일일이 옷을 골라주었다. 그러며 생김을 꼼꼼히 살피고 웃으며 이름도 물었다. 초조한 마음을 다스리며 백여 벌을 나누어주었을 때 동그란 눈을 반짝이며 뽀얀 여자아이가 나타났다.

"안녕."

아이는 명랑히 지저귀었다. 오동통한 오목눈이처럼 오뚝 서서 둥근 눈을 깜박였다. 눈 아래 도도록한 뺨이 깜찍스레 발긋했다.

"나는 안 줄 거니?"

그때껏 연신 웃으며 옷을 나눠주던 도는 뻣뻣이 굳었다. 아이는 머리를 어깨까지 더불어 갸웃했다. 낡은 소매를 움켜쥐고 팔을 빼꼼 뻗었다. 검지로 도의 가슴을 콕콕 찔렀다.

"얘, 약선동자야."

"헛! 아, 어, 아! 옷! 아, 응응. 줄게, 옷. 옷 말이지."

도는 자그마한 아이 모습이었다. 뺨을 확 붉히며 퍼뜩 자지러졌다. 도와 마주 선 여자아이가 까르르 웃음을 터트렸다.

"너는, 으음, 그래. 무슨 색을 좋아하니? 파란색?"

도는 여전히 얼이 빠졌다. 허둥지둥 물었다.

"노란색도 좋아."

"그래, 개나리색?"

도는 남은 옷을 뒤적였다. 그러면서도 흘끗흘끗 눈앞에 선 아이를 살폈다.

아이는 양이였다. 이름을 물을 필요도 없이 양이였다. 도가 아는 '김양이'를 데려다 크기를 줄이고 볼살을 붙이면 두말할 필요 없이 이 아이였다. 도는 오만 데로 갈래는 생각을 가다듬으며 옷 더미를 뒤적였다.

"나는 있잖아, 진홍색도 좋아."

"아, 그래. 진달래색?"

"초록색도 좋아!"

"아하! 색동옷을 줄까?"

도는 아이와 몇 마디를 주고받으며 차분함을 되찾았다. 웃으며 옷 한 벌을 끄집어냈다. 자잘한 꽃문양이 잔잔한 색동옷이었다.

"우와! 무지개꽃 같아!"

"그렇지? 맞는지 볼까? 팔 벌려볼래?"

"응!"

도는 아이 몸에 옷을 대었다. 팔 길이를 가늠한다, 품을 가늠한다 하면서 아이를 찬찬히 뜯어보았다.

"너는 이름이 뭐니?"

"김양이!"

"어쩌다 죽었어?"

"감기 걸렸어. 기침을 많이 했어. 숨을 못 쉬었어. 몸이 군고구마 같았어."

"저런. 많이 아팠구나."

"이제 하나도 안 아파. 헤헷!"

병사. 아이는 말하는 내력이 도가 확인한 인명부와 일치했다. 겉모습이 김양이 그 자체였다. 부풀려 표현하면 머리만 위로 솟았다 할 정도였다. 그러나 도가 아는 양이와 달리 영력 흐름이 평범했다. 전혀 특이점이 없었다.

'허어, 완벽한 미니어처 찐빵이로군! 오달지게 귀여워. 딱 한 번만 깨물어봤으면!'

도는 이 환장할 판국에서도 어린 양이가 예뻐 소름이 돋았다. 그런 자신이 한심했지만 욕망을 누를 수 없었다. '찐빵 탓에 힘들어 죽겠으니 이 정도 보상은 누려도 되겠지.'라고 합리화하며 어린 양이를 살며시 끌어안았다. 따뜻하고 탐스러운 뺨에 쪽 뽀뽀했다.

"예쁘게 입어."

"까아!"

어린 양이는 웃음기 띤 음색으로 소리질렀다. 빨갛게 달아올라 도의 품에서 옷을 낚아챘다. 따르르 달아났다.

'귀여워 죽겠네. 하나 제길, 갈수록 모르겠군. 도대체 정체가 뭐냐, 찐빵.'

도는 웃으면서도 눈썹이 일그러졌다. 피곤한 낯을 손으로 벅벅 문질렀다. 이제 일일이 옷을 나눠줄 필요가 없었다. 적당히 핑계 대고 한시바삐 화화로 돌아갈 시점이었다.

내 이름을 불러줘

"저는, 더는……. 흐으…….."

크닙은 긴 한숨을 내쉬었다. 고꾸라졌다. 낯이 백지장이었다. 핏기 한 점 없었다.

그런 크닙을 보면서도 수산과 백진은 꿈쩍하지 못했다. 안타까이 눈길만 보냈다. 둘도 상황이 여의치 않았다. 식은땀에 젖어 창백했다.

그곳은 양이가 누운 방이었다. 아니, 이미 방이랄 수도 없었다. 사방에 벽이나 경계가 없었다. 온통 어둑했다. 어쩌면 텅 비어 투명했다. 사방 둘레에 언어로 표현할 수도 생각으로 명징히 정리할 수도 없는 허무한 기운이 가득했다. 아니, 가득하다고 할 수도 없었다. 그곳엔 공간도 부피도 없었다. 바닥도 천장도 없고 이 끝과 저 끝도 없었다. 그러므로 '어디에 무엇이 찼다.'고 할 수 없었다.

그러나 굳이 '그곳에 무엇이 있다.'고 설명하자면 그곳은 침묵에 잠긴 우주였다. 별도 행성도 없는 우주, 빛도 소리도 시간도 없는 우주, 무한하나 텅 빈 어딘가. 그러므로 그곳에 무엇이 있다면 그 무엇은 공허였다. 그 공허는 느리지만 확고하게 번졌었다. 화화를, 세상을 고요히 먹어치울 듯이.

그 공허는 지금 확장을 멈췄다. 정확히는 '멈추어졌'다. 공허의 끄트머리에 희고 검고 푸르게 빛나는 벽이 섰다. 크닙이 쓰러지며 벽을 이루던 푸른빛이 사그라졌다. 흰빛도 위태로이 흔들렸다. 꿈틀. 공허가 한 치 더 팽창했다.

"나도, 이미 한계⋯⋯. 믿을 만한 자, 없나?"

백진이 가늘게 헐떡이며 물었다. 백진은 눈도 말끔히 뜨지 못했다. 상체가 이미 기울어져 땅을 짚은 팔에 기대어졌다. 꿈틀. 공허가 또 한 치 부풀었다. 우주의 낭떠러지가 발밑으로 밀려드는 듯했다.

"대도깨비 몇을, 대기시켰어. 하지만, 기다려. 전하께서 만 하루를 말씀하셨으니. 더욱이⋯⋯ 경거망동하면 전부 잃을 괘가 뽑혔어."

수산은 그나마 몸이 올곧았다. 그러나 낯이 파리했다. 목이 쉬어 음성이 불안했다.

"큭⋯⋯!"

백진은 이를 갈았다. 앙다문 입술 사이로 신음이 흘렀다. 한계를 넘어 영기를 마냥 쥐어짜 내자 가슴에 격통이 일었다. 손끝 발끝에 힘이 풀리며 몸이 휘청였다. 공허를 막은 벽에서 흰빛이 꺼졌다. 꿀렁. 공허는 물결치며 부풀었다. 쓰러져 헐떡이는 백진의 손끝에 닿았다. 백진은 파랗게 질리며 온몸으로 바닥을 문질러 뒤로 기었다. 쓰러진 중에도 크닙에게 팔을 뻗었다. 이미 정신을 놓은 크닙을 공허의 물녘에서 건져 올렸다.

"크닙이 데리고, 약선에게 가. 약선을 너무 방해하지 말고 응급처치만, 받아. 내가 한 시간 남짓은, 후우, 버틸 수 있어. 그때까지 전하께서 오시지 않으면, 내가 정신을 놓더라도⋯⋯ 대기시킨 대도깨비는 부르고 놓겠어. 쉬어."

수산은 주먹을 쥐고 앉아 공허를 주시했다. 백진은 아무 말도 못 하고 헐떡였다. 미안한 눈으로 수산을 보다가 두 손으로 땅을 짚었다. 용쓰며 후들후들 일어섰다. 크닙의 발목을 손아귀에 쥐었다. 공허가 이루는 막막한 경계를 따라 배틀걸음 치며 멀어졌다.

"후우……."

수산은 호흡을 다스렸다. 단단한 얼굴을 타고 땀방울이 흘렀다. 현실의 흐름을, 자신이 뽑았던 연속하는 괘를 헤아렸다. 육효가 이르길 현재 형세는 산지박(山地剝). 천지가 공허한 음기로 가득하고 양효(陽爻) 하나만이 희망이었다. 다른 괘를 더불어 살피매 그 양효는 도로 봐야 합당했다. 그 양효가, 그 희망이 제때 와야만 뒤를 볼 수 있었다. '제때' 란 수산 자신이 탈진하기 전을 일컬었다. 대도깨비 몇을 대기시켰으나 그들이 오면 감당하기 어려운 다른 위태로움이 더해질 수였다.

수산은 공허를 피해 치워둔 족자를 노려보았다. 도는 화화에서 삼경으로 이동한 후 삼경에서 지계로 뛰어갔을 터고 돌아올 때는 그 역순으로 올 터였다. 저 족자가 삼경의 지계 접경지에 이어놓은 통로이므로 도는 저곳으로 돌아올 가능성이 컸다. 수산은 까무룩 감기는 눈을 부릅뜨며 일 초 일 초를 인내했다.

"이건 무슨……."

수산이 자세를 잃고 반쯤 허물어졌을 때였다. 족자에서 도가 나왔다. 도는 우뚝 멈춰 섰다. 눈을 치떴다.

거인이 지우개를 들고 화화 한복판을 쓱 지운 듯했다. 뻥 뚫린 공허 가장자리에 새까만 영기가 담처럼 섰다. 그 담벼락 앞에 수산이 한 손으로 땅을 짚고 앉았다. 수산은 짓눌린 숨을 쉬며 해쓱하게 도를 올려다보았다.

수산과 조금 떨어진 자리에는 검은 마스티프가 널브러졌다. 마스티프는 주둥이에 오물같이 얼룩덜룩한 국수 다발을 매달았다. 그 다발은 공허에서 뻗어 나왔으며 가닥가닥 살아 있는 지렁이처럼 꿈틀댔다. 꾸불텅꾸불텅 마스티프의 입안으로 빨려 들어갔다. 마스티프는 이미 배가 풍선 같았다. 그러나 쉬지 않고 오물 다발을 꾸역꾸역 삼켰다. 한 번씩 몸뚱이를 경련하며 웹웹댔다.

도는 풀쩍 뛰어 단숨에 수산 옆으로 갔다. 묻지도 따지지도 않고 검은 담벼락에 새겨진 주술진을 훑었다. 진은 수십 차례 급히 골조를 덧대가며 유지한 결계였다. 구조가 엉망이었다. 하나 도는 어떻게든 파악을 끝냈다. 주술진에 제 영기를 불어넣었다. 만 하루를 쉬지 못하고 고생했지만 제 몸을 사릴 상황이 아니었다.

"만 하루를 말씀하시어, 허억, 믿었지만, 어떻게 사흘 거리를 하루에……. 괜찮……."

조금 여유가 돈 수산이 헐떡이며 말을 붙였다. 도는 미간을 구겼다.

"보고부터. 양이는?"

"저 안에……."

수산은 현기증이 이는 눈을 질끈 감았다가 떴다.

도는 사납게 공허를 응시했다. 홀로 생각을 정리하듯 빠르게 입속 말했다.

"이 기운, 양이에게서? 시간 동결 주술은 지금도 견고하다. 내 영력을 착실히 헐고 있어. 하니 시간선과 분리된 양이에겐 아무 일도 나지 않아야 하거늘……. 하! 상식을 파괴하다 못해 시간마저 초월했는가?"

도는 추측이 맞느냐는 뜻으로 수산에게 흘끔 시선을 주었다. 수산은 끄덕였다. 없는 기운을 끌어모아 사정을 설명했다.

도가 통신 주술로 개별 명령을 내리고 오래지 않아서였다. 양이에게서 공허가 피어오르기 시작했다. 공허는 시간 동결 주술진을 빠르게 무력화했다. 진은 주력이 고루 돌며 멀쩡히 작동하는 듯 보였지만 실상 장식이 되었다. 진 내부에서 시간 흐름이 점차 빨라지더니 양이가 식은땀을 흘리며 꿈틀댔다. 양이는 수 분 만에 헛소리하며 몸부림치는 지경에 이르렀다.

"어쩌면 좋습니까? 저대로 두면 영영 잘못될 것이옵니다!"

약선은 발을 굴렀다. 하나 양이에게 다가갈 수조차 없었다. 이미 공허가 안개처럼 양이를 끌어안았다. 저것에 닿으면 누구든 영력이 흩어졌다. 생각이 멎고 사지가 있다는 감각조차 희미해졌다. 존재가 뼛골째 지워지는 듯했다. 원초적 공포가 일었다.

백진은 기겁하여 소매를 걷었다. 공허를 누르려 했다.

수산은 약선을 뒤로 잡아채며 일렀다.

"필요하면 부르겠네. 흔들리지 말고 약 지을 준비를 하게."

상황이 심상치 않았다. 수산은 삼경으로 넘어가려던 크닙을 잡아두었다. 도에게 연락을 시도했다. 그러나 도가 속도를 극한으로 올린 뒤였다. 통신이 안 되었다.

백진은 공허를 누르지 못했다. 백진이 펼친 방어진은 양이에게서 흘러나오는 공허 앞에 속절없이 녹아내렸다. 수산과 크닙, 월주까지 방어진에 힘을 보탰다. 공허가 작은 전각을 절반이나 먹어치웠다. 일동은 그때에서야 겨우 제대로 된 방어진을 구축할 수 있었다. 하나 강을 막은 댐 벽을 몸으로 지지하는 격이었다. 월주, 크닙, 백진이 차례로 나가떨어졌다.

"그러던 중 까망이가 찾아와 끙끙댔어요. 침을 떨구며 식욕을 보이기에 '먹을 게 있다면 먹어도 된다.'고 했죠. 그때부터 스무 시간 째 저러고 있어요."

수산은 검은 마스티프를 턱짓했다. 도는 미간을 흐렸다.

"맥(貘)이? 저만한 악몽이 존재한다고?"

까망이는 인계에 어울리게 겉모습을 가장하고 있을 뿐 악몽을 먹어치우는 영수, 몽식맥(夢食貘)이었다. 몽식맥이 스무 시간 째 무언가를 꾸역꾸역 먹었다면 스무 시간 째 악몽이 흘러넘쳤다는 뜻이었다. 그것도 저만큼 끔찍한 밀도로.

"'보통 인간'이라면 정신이 버티지 못한다. 맥이 고통을 덜어준다 해도."

도는 침음했다. 그래도 한 가지가 위안이었다. 이 벽 너머는 막막한 공허뿐인 듯 보이지만 그 속에 맥이 먹어치울 수 있는 악몽을 꾸는 개체가 살아 있었다.

"하 수상하여 다각도에서 괘를 뽑았는데, 후우, 전하께서는 지금, 붙잡지 못하면 잃으실 운이세요."

수산은 뻐근한 가슴을 누르며 고했다.

도는 방어진에 손을 짚었다. 침묵하며 공허를 가늠했다. 숨을 한 번 들이쉴 시간 정도만 지체했다. 성큼. 공허로 한 발을 들였다.

"전하, 그 안은……."

수산은 굳은 어조로 말했다. 도의 발목을 움켜쥐었다. 손아귀를 꾹 조였다.

"걱정하지 마라. 이건 '아직' 진짜 공허가 아니니."

도가 이곳과 저곳의 경계에 서서 말했다.

"저 안에 양이가 있다. 양이가 꾸는 악몽이 있고. 내가 건 시간 동결 진도 있다. 무용지물이라기에 방금 해제했지만. 이게 무엇인지 알 수 없으나 이건 아직 '진짜 공허'가 아니다. 그러니 붙잡아오마. 공허든 악몽이든 뚫고."

도를 움켜쥔 손이 푸르르 떨렸다. 손에서 힘이 풀렸다.

"네 옆에 내려놓은 상자에 약재가 있다. 약선에게 전하여라."

도는 공허 속으로 미끄러졌다.

❋❀❋

앞이 없었다. 뒤도 없었다. 오른쪽이 없고 왼쪽이 없고 위도 아래도 없었다. 도는 어디가 제 몸의 앞이고 뒤인지 알 수 없었다. 어디가 머리이고 다리인지 알 수 없었다. 아무것도 보이지 않았다. 볼 수도 없었다. 눈이라는 감각기가 존재한다는 지각이, 육신이 존재한다는 지각이 흐릿했다.

이 상태를 이름한다면 과연 '공허'가 적당했다. 그러나 이것은 진짜 공허가 아니었다. 도는 그것을 알았다. 당연히 수산과 백진도 알았을 터였다. 이 안에 양이가 있고 악몽이 있으니까.

그러나 이것은 감각과 지각을 지웠다. 이 기운을 접하는 존재에게 '공허하다.', '사라진다.'는 관념을 심어주었다.

「도깨비는 삼계에서 상상을 가장 잘하는 종족이야. 그래서 창조술을 할 수 있어.」

도가 어릴 때 스승인 문장이 말했다.

도깨비는 강력히 상상했다. 제 상상을 스스로 온전히 믿고 남에게 전염시켰다. 모두가 관념을 실재로 믿으면 그 관념은 실재가 되었다. "우주는 그렇게 작동하거든." 하고, 문장은 비밀을 전하듯 속삭였다. 그 직후 신뢰가 가지 않는 태도로 낄낄댔지만.

그러므로 이 공허는 아직 참이 아니나 이제 참이 될 수 있었다. 백진과 수산과 약선은 이 '공허라는 강력한 심상'으로부터 자신을 지킬 수 없었다. 하여 두려워했다.

도는 이 강대한 관념을 목도하고 '양이는 도깨비족'이라고 확신했다. 이 관념에 휩쓸리지 않고자 지극히 단순해졌다. 공허에 발 들이는 순간부터 한 가지만을 행했다.

— 너의 왕으로서 부른다. 내가 너를 지키리니 안심하고 모습을 드러내라.

만 도깨비를 지키고 다스리는 군주로서, 도는 명했다. 이 외침을 듣는 도깨비라면 그저 따르고자 하는 본능이 일 수밖에 없도록, 그 어느 때보다도 막강히 외쳤다.

도는 느꼈다. 북풍 앞에 선 작은 촛불처럼 위태로운 깜박임을, 그 기척이 불안하고 희미하므로 '이것이 어떠하다.'라고 인상을 정의할 수야 없으나 분명히 존재하는 그 무엇을 감지했다.

도는 그 무엇을 향해 걸었다. 걷는다는 감각이, 어디로 간다는 감각이 살아났다.

도는 보았다. 자신에게 응답하는 한 백성을. 본다는 감각이 살아났다.

도는 그 백성에게 팔을 뻗었다. 육신이 있다는 감각이 살아났다.

도는 눈물 젖은 백성의 뺨을 어루만졌다. 지끈. 심장이 아팠다. 공허를 버텨내려 한없이 간결해졌던 정신에 한 가지 생각이 떠올랐다.

'내 여인이다.'

이어 떠올랐다.

'지켜야 한다.'

양이는, 양이가 아닐지도 모르는 여인은 공허에 묻혔다. 의식 없이 신음하며 울었다. 한껏 웅크린 몸에서, 머리와 심장과 사지에서 맥이 빨아들이는 악몽의 다발이 꾸물꾸물 기어 나왔다.

도는 여인의 젖은 뺨에 손끝을 대었다. 고요히 자신과 여인을 느꼈다. 매 순간 지각은 간결하고 선명해야 했다. 마음이 사방으로 갈라져 힘을 잃으면 공허에 말려들어 갈 터이므로, 오직 한 번에 한 가지 생각만을 온 마음으로 했다.

'이 여인을 지켜야 한다.'

'무엇으로부터?'

'공허로부터.'

'공허를 창조하는 일로부터.'

'공허를 창조하여 자신을 완전히 집어삼키는 일로부터.'

'무엇을 해야 하지?'

'이 공허를 더는 상상하지 않게 해야 한다.'

'어떻게?'

'악몽을 끊자.'

도는 여인의 꿈속으로 들어가려 했다. 그러나 사위에서 영기를 느낄 수 없었다. 느낄 수 있는 영기가 없으므로 주술을 쓸 수 없었다. 몸속 영기를 폭발시키듯 내뿜었다. 송제와 싸우고 내상을 입고 왕복 사흘 거리를 하루에 주파한 직후였다. 내부가 실상 사막이었다. 하나 제 몸이 어떻다는 의식을 떠났다. 그러므로 몇 그루 선인장, 마지막 오아시스를 짜내어 아낌없이 흩뿌렸다. 황금빛 운무가 일어 공허를 밀어내고 도와 여인을 감싸 안았다. 도는 고통도 공포도 없이 피를 토했다. 그런 자신을, 자신 앞에 웅크린 여인을 차분히 보며 나직이 주문을 읊었다. 금빛으로 빛나기 시작한 제 손으로 여인의 이마를 짚었다. 눈 감았다. 툭. 여인 곁에 쓰러졌다.

✺✿✺

　폐허였다. 삭고 부서진 폐허. 길, 건물, 나무, 화초, 무엇 하나 온전치 못했다. 깨지고 무너지고 시들고 비틀렸다. 하늘이 핏빛이었다. 발 닿는 자리마다 핏물이 웅덩이졌다. 피는 쨍하니 붉었다. 검은빛 없이 새빨갰다. 이곳에서 유일하게 신선하고 선명했다.
　도는 이곳을 알았다. 본모습을 찾기 어렵게 황폐하나 몰라볼 수 없는 곳이었다. 익숙하되 황량한 길에 서서 주위를 찬찬히 둘러보았다.
　'저곳인가.'
　부서진 담벼락 뒤에 누군가가 웅크렸다. 한 여인이었다. 여인은 고개 숙여 검은 머리칼을 늘어트린 채 제 다리를 바짝 안았다. 그러고도 몸뚱이를 어찌지 못하여 사시나무처럼 파들댔다. 손끝에 허옇게 힘을 주며 매 순간 더더욱 웅송그렸다. 끝없이 그리하다가 저 자신을 와짝 오그려 한 줌 뭉치로, 점 하나로 만들어버릴 듯이.
　도는 여인에게 다가갔다. 한 발 한 발 가까워지며 물었다.
　"여기는 어디지?"

여인은 움찔 어깨를 떨었다. 도가 다섯 걸음을 나아갔을 때 조그맣게 웅얼댔다.

"수경궁."

그 목소리는 너무 작았다. 채 펴지 못한 혀끝에서 나와 목구멍으로 곧장 삼켜지는 소리였다. 도는 그 소리를 들었다. 사방에 깔린 피를 잊을 만큼 그 여인에게 집중했다. 한껏 청력을 돋웠다.

"수경궁이 어디지?"

도는 이곳을 모르지 않았다. 그래도 물었다. 다시 한 번 잠시 침묵이 돌았다. 웅얼웅얼 답이 돌아왔다.

"도깨비 왕이 사는 곳."

"네게 어떤 곳이지?"

"……."

이번에는 답이 없었다. 도는 꾸준히 그 여인에게 다가섰다. 질문을 바꿨다.

"왜 여긴 텅 비었지?"

"사라졌어요. 국수 다발처럼 빨려 나갔어."

그건 맥이 악몽을 빨아들일 때 일어나는 현상이었다. 지금도 폐허한 끄트머리가 진공청소기에 붙잡힌 비닐처럼 길게 늘어나 파들파들 떨렸다. 그러나 악몽은 까망이가 한계에 다다른 탓인지 좀처럼 빨려나가지 못했다.

"여기에 무엇이 있었는데?"

도는 웅크린 여인에게 백 보 앞까지 다가섰다.

"피, 시체. 수라가 흘린 피, 도깨비가 흘린 피. 수라가 죽은 몸뚱이, 도깨비가 죽은 몸뚱이. 피 웅덩이, 시체가 이룬 산."

여인은 여전히 웅크렸다. 여전히 부들부들 떨었다. 그러면서도 도가 하는 질문에 성실히 답했다.

'도수전쟁?'

도는 눈썹을 들었다. 수경궁에서까지 전투를 벌이지야 않았으나 도깨비와 수라가 뒤엉켜 산처럼 죽어 나간 일은 그때뿐이었다. 그리고 그 전쟁은 어린 도깨비라면 겪어보지 못한 옛일이었다. 꿈이란 단지 상상일 수도 있으나 경험에 기반할 수도 있었다.

'만약 이 악몽이 경험에서 나온 꿈이라면······.'

도는 어금니를 지그시 물었다.

'대도깨비다. 나이로 보나 힘으로 보나. 한데, 내가 이만한 대도깨비를 지금껏 몰랐다고?'

도는 멈추어섰다. 멈출 수밖에 없었다. 길이 사라졌다.

여인은 웅크리다 못해 살점이 패도록 제 다리를 손으로 끌어안았다. 더는 담벼락이라고 볼 수 없는, 녹아내려 드문드문한 파편 사이에서 떨었다. 저를 둘러싼 공간에 기이한 현상을 일으켰다. 기운이라고도 할 수 없고 기운이 아니라고도 할 수 없는 무언가로 풍경을 지웠다. 길이, 나목이, 담벼락이 뭉그러지고 희미해져 공허로 바뀌어갔다. 꿈 바깥과 같은 현상이었다.

'안 돼!'

도는 내심 비명을 질렀다. 이 꿈에 갓 들어왔을 때, 사방이 폐허이지만 이 폐허가 기꺼웠다. 폐허가 있어도 공허가 없었기 때문이었다. 꿈은 심층 의식을 비추는 거울, 심층 의식은 존재를 이루는 기반. 기반이 살아 있다면 문제를 해결할 희망이 있었다.

그러나 이제 상황이 더욱 급박해졌다. 기반이 공허에 물들기 시작했다. 도는 사라진 길에 발을 들이려 부질없이 허공을 밟았다. 허우적 댈 뿐 다리를 뻗지 못했다. 꿈 밖에서야 '가짜 공허'를 가르고 나아갈 수 있었다. 하나 이곳은 오롯이 꿈의 주인이 만들고 지배하는 세계였다. 이 세계에서 저 공허는 진짜였다. 그리고 도는 이 세계에 들어올 수 있으나 이 세계를 바꿀 수 없었다.

"고개 들어! 나를 봐!"

도는 배에 힘을 주었다. 벌벌 떨고 있는 여인에게 힘껏 외쳤다.

움찔. 여인이 경련했다. 여인은 모아 세운 무릎 위에 이마를 박고 도리질 쳤다. 낮게 흐느꼈다. 공허를 자욱이 피워올렸다.

"오지 마. 떠나세요. 당신을 없애고 싶지 않아요. 그러나 전 '이걸' 제어할 수 없어요. 제가 당신마저 지워버리기 전에 도망가세요."

도는 영기를 돋웠다. 현실에서야 영기가 바닥났으나 이곳이야 의식 속이었다. 이 공허를 이길 수 없음을 알면서도 어떻게든 길을 만들려 공허가 이루는 경계에 제 금빛 영력을 무수히 던졌다. 이를 악물었다. 확고히 말했다.

"난 이 힘에 먹히지 않아."

여인은 일순 떨림을 멈췄다. 다리를 안은 팔을 느슨히 풀며 정수리를 움찔했다. 뻣뻣이 굳은 무릎 위로 눈을 빼꼼 내밀었다. 어둡게 그 늘진 눈이 물 젖어 부었다. 기죽은 목소리로 웅얼댔다.

"아니야. 전 이 힘을 제어할 수 없어요. 못해요. 할 수 없어요. 어떻게 할지 이제 모르겠어요. 아니, 처음부터 몰랐어요. 저와 같은 힘을 지닌 인형술사가 말했어요. '공허의 힘을 허락받은 자는 누구보다도 깨어 있어야 한다.'고, '너는 어찌 이리도 자신을 망쳤느냐?'고."

여인은 울먹였다. 시시각각 공허가 더 짙어졌다. 여인을 둘러싼 몇

치에는 담벼락 파편이나 풍경 조각조차 남지 않았다. 빛과 대기만이 옅게 남아 외부로 그 상과 소리를 전할 뿐이었다.

도는 숨을 훅 들이쉬었다.

'하얄리 어르신이? 그 어르신과 '같은 힘'이라고? 이것이, 그저 '강력한 창조술'이 아니라 '힘'이라고?'

여인은 울음에 뭉개진 음성으로 넋을 놓고 말했다.

"아아, 그래요. 저는 저를 망쳤어요. 저는 이미 망가졌어요. 깨지 못해요. 깰 수 없어요. 깨버리면 슬프고 끔찍한 일뿐이니까. 그러니 저는 이 힘을 제어할 수 없어요. 이 힘은 결국 저를 다 먹어치울 거예요. 제 세계를 다 먹어치울 거예요. 당신도 이곳에 있으면 먹혀요. 당신도 먹혀서……."

여인은 제 몸을 끌어안은 채 돌연 몸부림쳤다. 온몸으로 도리질했다.

"그건 안 돼! 싫어!"

공허가 흔들렸다. 풍경의 파편이 되살아났다 지워졌다 하더니 공허가 조금 수축했다. 도는 반 뼘쯤 되살아난 길을 재빨리 밟았다. 여인을 유심히 살피며 단호히 말했다.

"두려워하지 마. 나는 먹히지 않아."

"아냐, 아니야, 틀려. 당신은, 당신은……. 아아, 어째서 확신하죠? 소유주인 저조차 제어할 수 없는 힘인데?"

여인은 도를 믿지 못했다. 처음에는 도가 하는 말을 부정하며 마구잡이로 고개 저었다. 그러나 불현듯 말꼬리를 흐렸다. 머뭇머뭇 한 치 더 고개 들었다. 다리를 안은 팔이 허술해지며 발등으로 미끄러졌다.

도는 일렁이는 공허를 손으로 짚었다. 성난 고양이의 털을 누그러트리듯 금빛 영력으로 공허가 이루는 경계를 쓰다듬었다. 여인을 보며 한 음 한 음 또렷이, 진리를 선언하듯 답했다.

"나는, 내가 누구인지 아니까. 단 한 순간도 잊은 적 없고 잊지 않을 테니까. 아무리 강한 공허라도 선명히 깨어 있는 자를 먹을 수는 없어. 나는 괜찮아."

여인은 코끝이 보이도록 고개 들었다. 빨갛게 핏발 선 눈을 느리게 깜박였다. 한 번 깜박일 때마다 고인 눈물을 주룩주룩 쏟았다. 눈물에 일그러져 무엇 하나 제대로 보지 못할 눈인데도 하염없이 도를 보았다. 그러며 물었다. 망설임이 잔뜩 묻은, 두려워하는 목소리였다.

"당신이, 누구인데요?"

도는 여인을 끌어안고 싶었다. 끌어안고 등을 어루만지며 '두려워하지 마.' 하고 속삭이고 싶었다. 공허가 이루는 경계에 바짝 다가섰다. 공허로 두 팔을 뻗었다. 여인에게 제 마음이 조금이라도 닿길 바라며 따스한 금빛으로 공허를 끌어안았다. 여인과 시선을 맞췄다.

"이 우주에서 가장 멍청하고 한심한 백성을, 가장 착하고 유쾌한 백성을 돌보고 가르치는 자. 이 우주에서 가장 아름다운 나라를 지키는 자. 삼계를 가르는 경계를 분명히 하여 하늘은 하늘로 인간은 인간으로 지하는 지하로 있게 하는 자, 수삼경화왕(守三境花王)."

여인은 떨림을 멈췄다. 팔을 느슨히 풀었다. 고개를 들고 말가니 입술을 벌렸다. 도를 보았다. 공허가 더 움츠러들었다. 도는 한 걸음 나아가며 물었다.

"그럼, 너는 누구지?"

"……"

여인은 그늘진 눈동자를 떨었다. 채 펴지 못했던 어깨를 다시금 움

426

츠렸다.

"모르니? 아니면 답하고 싶지 않아?"

도는 달래듯 부드러이 물었다. 여인과 눈을 맞추고 공허가 이루는 경계를 쓰다듬었다. 여인은 고개 숙였다. 얼굴을 무릎에 다 파묻지야 않았지만 도가 보내는 시선을 외면했다. 목에 걸린 소리로 우물댔다.

"몰라요. 이름, 없어."

여인은 말끝에 희미하게 울음이 배었다. 도는 공허를 짚은 손바닥에 힘을 꾹 주었다. 이 주제를 더 이어도 될는지 고심했다. 최대한 상냥스레 물었다.

"부모님이 지어주지 않으셨어?"

"없어요."

"부모님이?"

여인은 한 차례, 조그맣게 끄덕였다.

"돌아가셨어?"

도는 '이곳에 도깨비와 수라가 죽어 산처럼 있었다.'는 말과 도수전쟁을 떠올렸다. '전사'라는 단어를 연상했다. 그러나 여인은 다른 답을 내놓았다.

"없어요."

여인은 무릎에 턱을 댄 채 힘없이 제 발끝을 내려다보았다.

"본디 안 계셨다고?"

여인은 끄덕였다. 도는 천천히 숨을 들이쉬었다. 여인을 세심히 살피며 주의 깊게 표현을 골라내었다.

"너는 어떻게 태어났지?"

"스스로."

여인은 줄곧 기어들어가는 음색이었다. 그러나 도가 하는 질문에 꼬박꼬박 답했다. 여인이 답을 거듭할수록 공허는 옅어졌다. 도는 공허를 지워내는 원인이 대화 내용인지 대화 행위 그 자체인지 생각을 좁힐 수 없었다. 어쨌든 그 무언가가 여인에게서 '공허라는 심상'을 지워냈다. 도는 대화 주제를 바꾸지 않고 질문을 이었다.

"그래서, 이름이 없어?"

여인은 다시금 끄덕였다. 도는 공허를 한 겹 더 밀어내며 한 걸음 더 여인과 가까워졌다. 따스하게 말했다.

"아냐. 넌 이름이 있어. 귀엽고, 부드러운 이름."

"……."

긴 침묵 끝에, 여인은 느릿느릿 고개를 들었다. 도를 힘없이 보았다. 그 눈은 탁했고 빛이 거의 없었다. 도는 슬픔을 느끼며 눈꼬리를 부드럽게 휘었다. 여인이 좋아하는 미소를 지으려 노력했다. 공허를 쓰다듬었다. 온 마음을 다해 여인을 힘 있게 불렀다.

"양이야."

여인은 뚝, 눈물을 떨어트렸다. 자신에게 한 걸음 더 다가오는 도를 보며 입술을 일그러트렸다. 고개 저었다.

"아냐. 그건 제 이름이 아니에요."

"어째서?"

도는 나른한 한숨과 함께 물었다. 여인은 뚝뚝 눈물을 떨어트렸다. 입술을 깨물었다가 놓았다가 또 깨물었다가 놓았다가, 그렇게 몇 번을 반복하다가 고백했다.

"훔친 이름이니까."

"'훔쳤다.'고?"

도는 고개를 갸웃했다. 여인은 미간을 흐리며 눈썹을 입술을 서서히 찡그렸다. 슬픈 듯도 하고 두려운 듯도 했다. 붉게 달아오른 입술을 떨었다. 호소하듯 간절히 말했다.

"아아, 아냐. 훔치지 않았어요. 그 애는 죽었으니까. 그 애가 제게 부탁했어요. '네가 내가 되어줘.'라고. 저는 그 애에게 다시 물었어요. '정말 내가 네가 되어도 좋니?' 그 애는 허락했어요. '내가 죽으면 엄마도 아빠도 슬퍼하실 테니까 그렇게 해줘.' 그러니까, 저는, 나는, 허락받고 그 애가 되기로 약속했고, 나는, 이제, 그 애가 맞지만, 나는, 나는⋯⋯."

여인은 두 팔을 들었다. 제 머리를 감싸 쥐었다. 도를 향한 두 눈동자가 혼란스레 마구 흔들렸다.

"아니야. 아냐. 하지만 그건 내가 아니야. 나는, 나는⋯⋯."

공허가 불길처럼 치솟았다. 여인의 상이 흔들리며 희미해졌다.

"김양이!"

도는 버럭 외쳤다. 제 황금빛 영기를 있는 힘껏 쏟아부었다. 공허를 지워 없앨 듯 영기를 번쩍였다. 이러한 시각효과라도 보이면, 제 영력으로 여인이 피워올리는 공허를 막아내는 시늉이라도 하면, 아무것도 하지 않느니보다야 낫지 않을까 했다. 방법이 뭐든 여인이 이 공허를 생각하지 않게 하면 되었으니까. 안타까이 공허를 두드렸다.

"너를 잃지 마! 네가 '김양이'가 아니라면, 너는 본래 뭐였지? 정신차려! 생각해!"

도가 외쳤다. 흐릿해지던 여인은 그 일갈에 형체를 되찾았다. 그러나 움직이지 못했다. 몸도, 눈동자도 석상처럼 굳었다. 두 팔에 머리를 묻은 채 허공 중에 멈췄다. 차게 굳어 침묵했다.

"나, 나는······."

여인은 도가 덜컥 겁을 냈을 때에서야 침묵을 깼다. 망연히 되뇌었다.

"나는······."

여인은 상이 훅 뭉그러졌다. 벌겋게 달군 불판에 떨어져 삽시에 녹는 아이스크림 같았다. 녹은 상은 획 부풀었다. 오븐에서 한순간에 부푸는 빵 반죽 같았다. 그대로 낯모를 소년이 되었다. 소년은 다시 훅 뭉그러졌다. 눈 한 번 깜박일 사이에 획 부풀어 낯모를 소녀가 되었다. 소녀도 뭉그러졌다. 부풀어 참새가 되었다. 변화는 점점 빨라졌다. 참새에서 꽃으로 꽃에서 나무로 나무에서 다람쥐로 다람쥐에서 노인으로 노인에서 개로 개에서 아기로 아기에서 꿀벌로······. 크기와 속성을 떠나 만 가지 꼴이 만들어졌다가 사그라졌다. 종내에 그 변화는 스치듯 일어났다. 너무나 빨라 보통 사람이야 눈앞에서 뭉개지는 색만 볼 뿐 무엇이 어떻게 되는지 인지할 수 없을 수준이었다.

'거죽만 쓰는 눈가림이 아니다. 환상도 아니야. 매번 꼴을 송두리째 재구축하고 있다. 도깨비가 쓰는 방식이야.'

도는 그 변화를 전부 보았다. 변화는 상상하기 힘들 만큼 빨랐으나 도가 놓칠 정도야 아니었다. 그리고 그 변화법은 도깨비가 변하는 법과 근본이 같았다. 그건 도깨비만이 할 수 있는 방식이었다.

물론 이곳은 꿈이었다. 꿈의 주인은 이곳에서 일체 상식을 벗어나 행동할 수 있었다. 도깨비가 아니라도 도깨비처럼 변신할 수도 있었다.

'하나 굳이 저런 방식을 취한다면······.'

도는 정신없이 꼬리를 잇는 변화를 집중하여 보았다. 입술을 짓씹었다.

'도깨비일 가능성이 크다는 뜻.'

애초에 도가 알던 양이가 '양이'가 아니라면, '양이'를 가장하던 존재라면, 그 존재는 실로 완벽하게 변신할 줄 안다는 뜻이었다. 도깨비, 그것도 상당히 능란한 대도깨비라는 뜻이기도 했다.

존재는 이미 수천 번 모습을 바꿨다. 쉴 없이 바뀌고 있었다. 공허가 점점 짙어지고 넓어졌다. 공허는 도에게까지 밀려들었다. 바닥, 풍경, 하늘이 사라지고 대기마저 소멸하기 시작했다.

도는 눈앞이 점점 가물가물해졌다. 숨이 가늘어졌다. 팔다리가 물속에 무겁게 잠긴 듯도 하고 온몸이 둥실둥실 하늘을 날아오르는 듯도 했다. 귀와 코와 입으로 공허가 밀려들었다. 감각이 희미해져 갔다. 정신이 몽롱했다.

"김양이!"

도는 혀를 깨물었다. 입안에 번지는 혈향을 삼키며 남은바 모든 힘을 다해 외쳤다. 제 전부를 던지듯 소리쳤다. 지각할 수 있고 끌어올릴 수 있는 모든 영기를 찰나에 터트렸다.

점점이 촘촘히 퍼진 공허 사이로 황금빛 영기가 뿜어져 나갔다. 별 한 점 없는 우주에 황금빛 물보라가 번지는 듯했다.

펼쳐진 금빛 물보라 끝자락에서, 뻗어 나간 마지막 황금빛 입자 한 알이 나비 날개에 닿았다. 아기 손에도 작을 한 마리 나비가 보랏빛 날개를 섬찟 떨었다. 나비는 연이어 하르르 떨었다. 봄눈이 내리며 사라지듯이 가만히 녹아내렸다.

공허와 황금의 입자 사이에서 형체가 느릿느릿 쌓아 올려졌다. 비었던 그곳에 여인이 나타났다. 예쁘지 않고 못나지도 않고 특별할 곳

없고 그저 조금 하얗고 보드라운 이십 대 여자아이가 힘없이 웅크렸다. 가련히 떨었다. 기죽은 태도로 불안스레 울먹였다.

"아니야. 다 내가 아니야. 나는 누구지? 누구였지? 누구여야 했지? 누구여야 하지? 아아, 다 소용없어. 내가 무엇이어도 날 봐주지 않을 거야. 차라리 전부……."

잠시 옅어지는 듯하던 공허의 입자가 다시 세차게 터져 나왔다.

"김양이!"

도는 공허의 입자 속에 갇힌 채 제 폐를 찢듯 소리쳤다. 이곳은 여인이 꾸는 꿈속이라 도는 여인이 허락하지 않는 한 그 심상에 저항할 수 없었다. 속절없이 공허 속으로 사라지는 중이었다. 하여 그 외침은 크지 못했다. 그러나 간절했다.

"김양이! 양이야!"

무한히 분열하던 공허의 입자는 증식을 멈추었다. 주춤하며 반나마 흩어졌다. 도도 거의 모습을 회복했다. 도는 금빛 영기를 떨치며 폐를 눌렀다. 헐떡임을 다스리며 한 음절, 두 음절 정성껏 말했다.

"좋아. 네가 확고히 다른 무엇이고자 한다면, 그래, 그 무엇이어도 좋아. 하지만 네가 무엇이어야 할지 모른다면, 넌 '양이'다. '양이'였다."

공허가 일렁이며 진동했다. 도는 무릎 꿇었다. 여인과 눈 맞췄다. 겁먹어 흔들리는 그늘진 눈동자를 상냥스레 시선으로 핥았다. 너울대는 공허를 밀어내며 물속에서 춤추듯 느릿하게 손을 움직였다. 여인에게서 눈길을 떼지 않았다. 막막한 거리를 잊은 듯 허공을 가로질러 여인을 어루더듬었다. 그 손길에 모든 다정함과 따스함을 담았다.

"그건……. 그 아이 이름이었어요. 죽은 아이. 어려서 병으로 죽은 불쌍한 아이.”

　여인은 도에게서 눈을 떼지 못했다. 사죄하듯 고백했다.

　도는 옅어지는 공허를 헤쳤다. 공허의 입자를 밀어내며 여인에게로 조금씩 미끄러졌다. 자분자분 속삭였다.

　“그건 하나도 중요치 않아. 내게 넌 ‘김양이’다. 네가 그 이름을 모습을 빌렸든 훔쳤든 상관없어. 내게 돼지눈깔이나 뿌리고 기껏 큰맘 먹고 왕비 삼아준다니까 중드니 미드니 이상한 드라마나 잔뜩 봐서는 ‘왕이랑은 꿈에서도 결혼을 안 하겠다.’느니 어쩌느니 하며 복장 터지게 철벽이나 치고 ‘성희롱하지 말라.’고 투덜대면서도 내 팔베개가 은근히 편하다며 내 품에 안겨 새근새근 예쁘게 잠들고 내가 웃으면 매번 홀린 눈으로 나를 올려다보고 아무 생각 없이 맹하다가도 귀여워해주는 수준으로는 성에 안 찬다며 ‘사랑해달라.’고 야무지게 요구하던 그 애는, 죽은 꼬맹이가 아니야. 너였어. 너, 복어, 찐빵. 귀엽고 사랑스러운 내 죽부인이자 왕비님, 김양이. 나에게 김양이는, 너야. 너는, 김양이야.”

　공허가 누그러지고 폐허가 살아 돌아왔다. 이제 공허는 여인의 몸 둘레에만, 양이의 몸 둘레에만 두툼한 이불처럼 남았다.

　도는 일어섰다. 성큼성큼 걸어가 양이 앞에 무릎을 굽혔다. 양이를 눈으로 끌어안았다.

　“내가? 내가, 양이……?”

　양이는 훌쩍였다. 눈가를 빨갛게 물들이고 젖은 눈동자로 도에게 호소했다.

　도는 끄덕였다. 팔을 들었다. 양이의 이마를 덮은 공허의 너울을 살며시 어루만졌다.

"그래, 김양이. 내 사랑스러운 찐빵. 나는 네게 약속했어. '네가 나를 믿는 한 너를 지켜주겠다.'고. 너는 '믿어요.'라고 답했지. 기억 안 나?"

"……하지만…….'"

양이는 고개를 숙였다. 훌쩍거렸다.

도는 양이를 끌어안고 싶었다. 양이의 물 젖은 뺨에 입 맞추고 싶었다. 저 부드러운 몸을 한 치 빈틈도 없이 제 몸에 붙이고 떨리는 저 등을 다독이고 싶었다.

'이 공허만 없다면…….'

도는 안타까이 한숨을 머금었다. 어느 순간부터인가 공허는 물결이라기보다 헐거운 입자가 되어서 도가 영력을 돋워 느릿느릿 힘주어 밀면 조금씩 밀려났다. 도가 간섭할 수 있도록 양이가 무의식중에 공허의 성질을 바꾸었을 터였다. 도는 그 점이 고마웠다. 두 팔을 들어 두툼한 공허째로 양이를 끌어안았다. 따스하게 빛나는 찬란한 금빛으로 거듭거듭 양이를 제 품으로 끌어당겼다. '공허'라는 이름을 한 얼음 덩어리에 갇힌 양이를 녹여 살리려는 듯이. 느른하게, 그러나 망설임 없이 속삭였다.

"너 자신을 믿지 못하겠다면, 고개를 들어."

양이는 그러지 못했다. 떨며 웅크렸다.

"양이야, 어서! 고개 들어. 나를 봐."

도가 내는 목소리는 나직하고 느릿했다. 그러나 확고한 기운으로 가득 차 올곧았다.

양이는 머뭇댔다. 그러나 도가 다시금 "어서!"라고 힘주어 재촉하자 턱밑을 밀어 올려진 듯 턱을 들었다. 움츠리며 눈꺼풀을 마구 끔뻑였다. 그러면서도 눈에서 도를 놓지 않았다.

도는 칭찬하듯 웃었다. 폐허에 피는 꽃처럼 귀하고 화사하게. 그러면서도 그 눈이 한 점 떨림 없이 칠흑 같았다. 양이의 시선을 끌어들이고 옭아매었다. 선언했다.

"지금 이 순간부터, 나만 봐. 지켜줄 테니."

"어떻게……?"

양이는 두 다리를 끌어안고 가느다랗게 물었다. 그 모습이 어린아이 같아서, 도는 입술을 끌어당겨 웃었다. 온화하되 단호하게 말했다.

"내가 보호의 대가로 네게 요구하는 바는 처음도 지금도 하나야. 신뢰. 다른 생각하지 마. 내가 너를 지켜준다고만 믿어."

"당신이 누군데요? 저에게 당신이 누구신데요? 전 모르겠어요."

양이는 눈가가 느슨히 풀렸다. 그러나 여전히 불안해했다. 도에게 답을 구했다.

이제 도와 양이 사이에는 가을 이불 한 장 두께의 공허만이 남았다. 도는 양이를 바짝 끌어안았다. 양이의 코끝에 제 코끝을 맞추고 이마와 이마를 친밀히 맞댔다. 살갗이 닿지 않아도, 체온이 닿지 않아도 마음이 전해지길 바랐다.

"내가 누구냐고? 내가 네게? 너는 이미 답을 알아."

도는 미소 지으며 폐의 밑바닥까지 숨을 밀어 넣었다. 눈을 가늘게 실그러트리며 뺨을 붉혔다. 아주 조금, 떨었다.

"내 이름, 알잖아. 내 이름, 불러주기로 했잖아."

도는 이 직전까지 양이를 밀어붙일 마음이 없었다. 양이가 자연스레 제게 녹아들길 바랐다. 그러나 지금 이 순간, 양이를 밀어붙여야겠다는 생각이 들었다. '내가 네 남편이 될 사내'라고 박아 답하고도 싶었다. 그러나 양이에게 '기다려주겠다.'고 약속했다. 그런 만큼 양이의 의지를 존중하고 싶었다. 무엇보다 지금 이 순간, 기묘하게 확신했다. '양이가 본인을 스스로 인정해야 한다.'고. '도 자신까지도 인정해야만 한다.'고. '그래야지만 이 공허를 누를 수 있다.'고.

그래서 도는 밀어붙였다. 배 속 깊이 숨을 든든히 채워 넣었다. 떨림도 부끄러움도 지우며 강하게 말했다.

"자아, 김양이. 너는 알아. 내가 네게 누군지. 내 이름을 불러. 내 이름을 불러줘."

도는 유혹하듯 덧붙였다.

"지켜줄게. 나를 믿고, 나를 불러. 반드시 지켜줄게. 응? 김양이."

"모르겠, 모르겠어요. 나는 당신을⋯⋯."

"아니, 너는 알아. 모를 리 없어. 내가 올 수 있도록 열어주었잖아? 저 먼 곳에서부터 네게로 닿는 길을 열어주었잖아? 자아, 불러. 내 이름을 불러줘, 양이야."

양이는 도리질했다. 거듭거듭 도리질했다.

그러나 도는 포기하지 않았다. 공허의 입자가 한 겹, 또 한 겹, 제품에서 소멸해갔으니까. 양이도 이 공허를 바라지 않았다. 양이도 도를 원했다. 이다지도 떨면서, 이토록 간절하게, 도에게 안기길 바랐다. 그래서 도는 끈덕지게 밀어붙였다. 도리질과 회유가 한없이 이어졌다. 서로 모른다고 하고 안다고 했다. 도는 한없이 기다렸다. 지루해하지도 초조해하지도 않았다.

"내 이름을 불러줘."

몇 번째인가, 도는 밀어처럼 달콤히 되풀이했고 양이는 힘없이 제 다리를 안은 팔을 풀었다. 눈 감으며 뺨을 적셨다. 한 치 앞까지 다가

든 도에게 스르르 허물어졌다. 차갑게 식은 몸이 도의 따뜻한 품으로 살갑게 밀려들었다. 막아서는 것이 없었다. 서로 살갗이 닿았다. 체온이 닿았다. 눈물이 닿았다. 한숨이 닿고 떨림이 닿았다.

"도. 도도……."

도는 양이를 끌어안았다. 힘을 다하면 이 작은 몸이 부서질까 하여 제 몸을 사리며 부들부들 떨었다. 양이의 이마에 제 이마를 맞대어 비비며 귀하게 등을 쓰다듬었다. 입술을 미끄러뜨렸다. 차갑게 젖은 뺨에, 섧게 떠는 눈꺼풀에, 맑은 날 별처럼 수없이 입맞춤을 떨어트렸다.

"도도……."

양이는 재차 속삭였다. 작지만 분명하게.

도는 헤아릴 수 없는 환희와 안락함에 휘감기어 눈부시게 금빛으로 빛났다. 마지막 공허의 입자 하나까지도 철저히 녹여 없앨 듯 온 누리를 따스한 금빛으로 채웠다.

"사랑한다, 김양이. 내 사랑스러운 찐빵."

도는 웃으며 양이의 입술에 입 맞췄다. 차가운 떨림에 제 입술을 얹고 다만 떨림이 멎기를 기다렸다. 등을 토닥이던 손으로 온순히 목덜미를 어루만졌다.

"도도……."

입술에 또 한 번 부름이 얽혔다. 도는 부름에 응했다. 서로의 입술이, 한숨이 친밀히 포개어져 포근히 섞여들었다. 상냥히 녹아들었다. 양이는 도의 가슴 섶을 움켜쥐었다. 벅차게 뛰는 도의 가슴에 오므린 손이 닿았다.

세상을 채우던 금빛이 은은히 가라앉았다. 빛이 매만진 자리는 이

제 폐허가 아니었다. 기둥이 반짝이고 기와가 푸르렀다. 꽃이 달콤했다. 하늘이 맑았다. 눈부신 순간이었다.

✻✻✻

"제어 못할 패는 없애야 합니다."

백진은 정좌했다. 굳은 눈으로 도를 향했다.

도는 보료에 앉아 안침에 등을 기댔다. 등을 기댔으나 몸가짐이 반듯했다. 눈을 내리뜨고 찻잔을 입술에 기울였다. 기울어진 속눈썹 아래, 눈동자는 검었다. 몹시 검어 사소한 일렁임도 비치지 않았다. 백진이 눈앞에서 날을 세웠으나 도는 서두르지 않았다. 한 모금씩 차분히 찻물을 넘겼다. 가는 숨을 골랐다. 백진이 한 말을 분명히 들었지만 대응할 기색을 보이지 않았다.

"사숙."

백진은 음색이 사뭇 거칠었다. 말 마디마디 옹이가 졌다.

"그 아이는 어디 있습니까? 보여주십시오. 정리해주십시오. 아무리 그 아이를 확인하길, 전하를 뵙길 청하여도 수산은 들어주지 않고 엿새가 지났습니다. 엿새 만에 뵌 사숙은 이토록 수척하십니다. 사숙께서 그 공허를 제어하셨으니 아마도 그 탓에 이리되신 게지요. 그래서 지난 엿새, 저를 만나주지도 못하신 게고요."

백진 말대로 도는 수척했다. 낯이 창백하고 입술이 파르스름했다. 그토록 강대하신 사숙마저 이 지경이 되셨다는 생각에 백진은 진저리 쳤다. 고개 저었다.

"아뇨. 이런 추측이 무슨 소용입니까? 소질은 이제 그날 일어난 일이 무엇인지 궁금하지조차 않습니다. 다만 그 아이가 제어를 벗어난 존재이고 제거해야 하는 폭탄이라는 생각뿐입니다. 사숙, 아니, 수경왕 전하."

도는 반쯤 비운 찻잔을 입술에서 떼었다. 내리깔았던 눈꺼풀을 들었다. 백진을 응시했다. 소리 없이 잔을 찻상에 놓았다.

"진아."

도의 음성은 쉬었으나 깊었다. 배 속에서부터 뻗어 나와 속심이 단단했다.

"나는 왕이다."

도는 소매 끝까지 가지런했다. 안침에 기댔던 등도 이제 곧았다. 몸가짐에 한 점 흐트러짐이 없었다. 초조해하는 백진을 새카만 눈으로 다독였다. 한 음 한 음 선언했다.

"나는 왕으로서 늘 내 권속과 나라에 충실했다. 하나를, 또 전체를 살피어 지켜야 한다면 지켰으며 쳐야 한다면 쳤다. 단 한 번도 왕으로서 내 양심과 의무에 부끄럽지 않았다."

도의 두 눈은 잔잔하고 맑았다. 그만큼, 선언은 완전무결하게 떳떳했다. 곧게 이어졌다.

"양이는 내 권속이다. 나의 소관이다. 네 우려는 알겠으되 양이는 네가 우려할 바도 관여할 바도 아니다. 너는 이 일로 내게 의견을 낼 수 있으나 내게 결론을 들이밂은 무엄하다."

백진은 양이를 제거하고자 도를 만났다. 이미 도에게 의사를 밝혔다. 양이를 아끼는 도이니 충돌을 각오했고 비장하게 이 자리에 앉았다. 그러나 도는 단 한순간도 음성이 높아지거나 눈빛이 거세어지지 않았다. "무엄하다."라고 말했으나 백진을 꾸짖거나 백진에게 화내는 기색이 아니었다. 오히려 온화했다.

백진은 되레 숨이 막혔다. 분명 도는 숨소리가 가늘게 들릴 만큼 쇠약해진 상태이건만 백진에게는 그 어느 때보다도 어렵고 빈틈없게 느껴졌다. 딱히 꾸짖는 투도 화내는 투도 아니던 그 "무엄하다."는 한 마디가 더없이 무거웠다.

"제 태도가 무례하였다면……."

백진은 깊이 고개 숙였다. 바짝 마른 입술이 버석거렸다.

"사죄드립니다. 소질이 어리석어 올바로 표현하지 못했습니다."

"괜찮다."

도는 다관을 들었다. 백진 앞에 놓인 빈 잔에 차를 채웠다. 그건 백진이 자리에 앉자마자 맹물처럼 비운 잔이었다.

"내 너를 이해한다. 네가 몹시 놀랐을 터이지. 천천히 한 잔 마시거라. 마음부터 가라앉히거라."

도는 고개 숙인 백진의 앞에 찻잔을 놓았다. 여향이 하얗게 올랐다. 마음을 누그러트리는 부드러운 향내였다.

백진은 고개 들었다. 어색한 동작으로 찻잔에 손을 뻗었다. 도도 제 잔을 다시 채워 드는지라 그런 도를 따라 잔을 입에 댔다. 찻물을 천천히 목으로 넘기자 과연 초조함이 누그러드는 듯했다. 호흡을 다스렸다. 화제를 되살렸다.

"수경왕 전하께서는 양이가 전하의 권속이라고 말씀하셨습니다."

"그러하다."

도는 여전히 차분했다. 백진은 무겁게 가라앉는 마음을 다잡으며 뒤를 이었다.

"그 말씀은 사실과 다릅니다."

"무엇이 어떻게 다르냐?"

백진은 무릎에 얹은 주먹을 꾹 쥐었다. 오늘따라 도가 유독 어려웠으나 사안이 심각했다. 흐지부지 넘길 수야 없는지라 기세를 꿋꿋이 했다.

"수경왕 전하께서 그 여인을 귀애하심은 아오나 그 여인은 어떤 공식 지위도 없는 필부(匹婦)이며 공적으로 인간입니다. 알도깨비가 아닌가 의심할 뿐 분명히 결론 난 바 없으니 수경왕 전하의 권속이라 단언할 수도 없습니다. 하면 그 여인과 전하 사이를 정의할 관계는 화화에서 맺은 사용인과 고용인 관계뿐인데, 인영유별법에 의거, 애초에 그 고용 관계는 불법입니다. 요컨대 전하께서는 '공적으로' 그 여인을 권속이라 주장할 그 어떤 근거도 없으십니다. 오히려 '공적으로 인간'인 그 여인은 저의 담당입니다. 저, 백제 호백진, 인계 오행의 균형과 영적 치안을 지키는 사방신의 일원으로서 수경왕 전하께 정식으로 청합니다. 김양이를 제게 내주십시오."

백진은 단 한 차례 쉼도 없이 말을 쏟았다. 쫓기듯 말을 맺고 돌처럼 자세를 굳혔다. 그러나 도는 듣고 있다는 듯 중간중간 고개를 끄덕였을 뿐 답을 서두르지 않았다. 하던 흐름대로 두 번째 찻잔을 비웠다. 입을 열었다.

"그러고, 제거하겠다?"

백진은 부인하지 않았다. 턱을 굳히고 도를 향한 눈에 힘을 주었다. 도는 입꼬리를 설핏 휘었다.

"너는 오늘 실로 무례하구나. 하나 그 무례는 네 의도라기보다 네 무지 탓이다. 오히려 네가 나의 권위나 나와의 친분에 약해지지 아니하고 왕으로서 충실함은 사숙으로서 칭찬하고 기뻐할 바로다. 그러니

나는 네게 노여워하거나 너를 꾸짖지 아니한다. 다만 되풀이하마. 양이는 나의 소관이다. 너는 그 여인에 관해 내게 무엇도 요구할 수 없다."

"이해할 수 없습니다. 저는 그 여인이 제 소관인 이유를 충분히 설명했습니다. 수경왕 전하께서는 어째서 아직도 그 여인을 전하의 소관이라 하십니까?"

"양이는 도깨비족이다. 이는 추측이 아니라 결론이다."

백진은 눈썹을 추켜세웠다. 도는 간단한 주술로 다관을 깨끗이 비웠다. 찻잎을 새로 떠서 넣으며 말을 이었다.

"양이는 지난주 내내 아팠다. 기이한 현상을 일으켰지. 나는 양이를 시간 동결 진에 가두고 약재를 구하러 지계로 갔다. 이는 너도 아는 바이다."

"그렇습니다."

도는 새로 끓인 물을 숙우에 따랐다. 도에게 다례야 어차피 형식이자 놀이일 뿐, 맛있는 차야 주술로 온도를 맞춘 물을 다관에 바로 채우면 수월히 우릴 수 있었다. 그러나 도는 한가로이 다구를 놀렸다. 물이 식기를 기다리며 말했다.

"양이의 정체를 확신할 수 있다면 처방하기도 수월할 터, 나는 지계로 가는 길에 인명부를 확인했다."

백진은 인명부가 보안 문서임을 모르지 않았다. 하나 선인들이 알음알음으로 명부를 열람하고 조작한다는 사실도 잘 알았다. 그러한 일이야 들키면 수치이되 안 들키면 그만이라 대수롭지 않게 들어넘겼다. 명부를 확인한 결과에만 귀를 세웠다.

"특이 사항이 있었습니까? 아니, 명부에 실리기는 실렸습니까?"

"실리기야 했지. 그러나 역시, '우리가 아는' 양이는 인간이 아니었다. 죽은 인간을 가장하여 살아온 존재일 뿐, '진짜 양이'는 서천꽃밭에서 물을 주고 있더구나."

"허······."

도는 자신이 무엇을 알게 되었는지 전했다. '서천에서 본 김양이'를 설명했고, 그날 자신이 '양이'가 꾸는 꿈에 들어가 무엇을 보고 느꼈으며 어떻게 양이를 다독였는지 설명했다. 특히, 자신이 도깨비 왕으로서 양이를 불렀을 때 반응이 돌아왔다는 점을, 꿈속이라고 하나 양이가 도깨비족이 아니면 불가능한 방식으로 변신을 거듭했다는 점을 빼놓지 않고 언급했다.

"하지만 무엇보다도······."

도는 낯이 백지장이었다. 식은땀이 관자놀이에 맺혔고 목덜미도 촉촉했다. 그래도 몸을 이루는 축이 여전히 곧고 편안했다. 백진과 제 잔에 새로 우린 차를 따랐다. 찻잔에서 전해지는 온기로 식은 손끝을 데웠다.

"그날 양이가 일으킨 현상은 힘의 발현이었다. 동시에 '관념 전이' 현상이었다. 자신이 한 상상을 타인에게 뚜렷이 전달하여 실재한다고 믿게 하고, 나아가 우주마저 설득하여 이 세계에 '참된 현실'로 구현하는 과정. 이는 도깨비족이 창조술을 쓰는 방식이며 그만큼 강력한 관념 전이 역시 도깨비족이 아니면 불가능하다. 그러니 양이는 나의 권속이다."

뻣뻣하던 백진은 눈썹을 구겼다.

"그것이 '관념', 단지 '허상'이었단 말씀이십니까?"

"그래. 일부는 진짜 힘이고 공허였을 수 있다. 하나 그것은 구 할 구

푼 관념이며 허상이었다. 너는 영리한 아이이니 모르지 않았을 터인데?"

백진은 돌이켰다. 내심으로 인정했다. 그때 그 공허는 진짜가 아니었다. 적어도 온전치 않았다. 안에서 악몽이 빨려 나왔으니까. 자신도 수산도, 하다못해 크닙과 월주마저도 그 점을 인지했다. 그러나 그 힘은 '공허가 아니'라고 보기엔 무언가를 강력히 지웠다. 그 탓에 자신과 도깨비들은 점점 겁먹었다. 매 순간 더더욱 큰 힘으로 그 공허를 누르려 들었다. 그럴수록 그 '공허' 역시 강력해졌다. 모두가 죽을힘을 쏟고 기진하여 '이만하면 막을 수 있겠지.' 했을 때에야 틀어막혔다. 백진은 더듬대며 수긍했다.

"아주 모르지야 않았으나……. 도깨비가 그런 식으로 창조술을 쓴다는 말은 처음 듣습니다. '관념 전이'라니요, 그렇다면 도깨비가 쓰는 창조술은 단순히 상상과 허풍을 현실로 바꾸는 일일 뿐이라는 뜻이잖습니까? 그런 이야기는 단 한 번도……."

"하하."

도는 웃었다.

"당연하지 않으냐? 도깨비가 하는 창조가 거짓말에서 출발한다? 이 사실을 모두가 안다면 어찌 되겠느냐? 도깨비가 발휘할 수 있는 창조력은 반절이 날 터다. 도깨비부터 제 창조를 믿지 못할 테고 의심 강한 자에겐 관념 전이가 쉬이 일어나지 못할 테니. 하여 이러한 원리는 도깨비조차 모른다. 너도 잊고 함구하거라. 도깨비가 창조력으로 삼계에 얼마나 많은 일을 하는지 모르지 않을 테니."

백진은 곰곰이 따져보았다. 끄덕였다. 방금 들은 말은 차라리 잊는 편이 나았다. 그러나 그저 잊고 넘기자니 당혹스러웠다. 자존심도 상

444

했다. 울컥하며 따져 물었다.

"하지만 그렇다면, 저희가 그날 고작 '허풍'에, '허상'에 그토록 떨고 휘둘렸다는 말씀이십니까? 수산은 격 높은 대도깨비이고 저 역시 혜용 님께서 그리되시고는 평생 불자로서 마음 수행을 거듭했습니다. 한데 저희가 일제히, 그 자그마한 여자아이가 한 '상상'에 휘말려 그 난리를 쳤다고요? 수경왕 전하께서는 아무렇지 않게 걸어 들어가실 수 있던 그 공허에, 저희는 그렇게 두려워하며 헛된 힘을 쏟고 쓰러지고 피를 토했다고요? 믿을 수 없습니다."

"믿지 않으면?"

도는 빙그레 웃으며 되물었다.

"따져보아라. '김양이는 도깨비족이다.', '그날 벌어진 일은 힘의 발현이기도 했지만 도깨비족이 부리는 창조술이 발현되는 한 과정, 관념 전이였다.' 이 두 가지를 대입하여 아귀가 어긋나는 구석이 하나라도 있느냐?"

백진은 턱을 굳혔다. 그날 겪은 일을 하나부터 열까지 되짚었다. 도가 차를 새로 우려서 잔을 다시 한 번 비울 때까지 침묵했다. 도가 말한 두 가지 전제를 대입하면 분명 여러모로 아귀가 맞았다. 하지만 그만큼 강력히 전이되는 관념이 존재한다니, 겪고도 수긍하기 어려웠다. 절 입구를 지킬 만큼 신심 깊은 불자로서 한갓 허상에 그토록 휘둘렸다니, 수백 년 수행이 헛짓이었다는 뜻이었다. 제 논리가 빈약하다 느끼면서도 반박했다.

"하지만 그 여인은, 김양이는, 피를 꺼리지 않습니다. 그렇다면 알도깨비이지요. 하나 알도깨비가 그만한 창조술과 변신술을 쓸 수 있습니까? 알도깨비도 다른 종족에 비하면 창조와 변신에 능란하나 그런 급이 아닌 줄 압니다."

도는 평온히 끄덕였다.

"좋은 지적이구나. 이제 양이가 도깨비족임은 분명하다. 하나 나도 양이가 순도깨비인지 알도깨비인지 특정하지 못한다. 어느 쪽이든 사리에 맞는다. 순도깨비는 피를 두려워한다. 대개 혈기가 강하면 기절하지. 하나 나는 피를 꺼릴 뿐 그것을 뒤집어쓴대도 버틴다. 근본이 피와 가까운 무기 도깨비가 이러하다. 비슷한 원리로 도깨비는 놀이를 좋아하고 학문을 꺼린다. 그러나 문방사우 도깨비는 놀이보다 학문을 좋아한다. 도깨비는 짝짓기 못 한 두꺼비라 놀림당할 만큼 음치이다. 그러나 악기 도깨비는 음치가 아니며 듣기 좋게 노래하는 일도 꽤 있다."

"그 여인이 순도깨비라면 무엇에서 태어났단 말입니까?"

"글쎄. 알 수 없다. 내 말은 순도깨비라 하여도 예외가 있다는 뜻이다. 더욱이 양이는 공허라는 관념을 그리도 강력히 다룬다. 우리 모두를 감쪽같이 속일 만큼 구체화된 공허로써 자신을 감싸고 있다. 앞서 말했듯 도깨비가 상상한 관념은 도깨비 자신마저 속인다. 양이는 그러한 공허를 둘렀으니 순도깨비라 하여도 혈기에 영향받지 않겠지."

"알도깨비라면요? 알도깨비가 그렇게 강력한 창조술과 변신술을 할 수 있습니까?"

"가능하다. 알도깨비라도 순도깨비보다 강력한 창조 능력과 변신 능력을 타고나는 일이 있다. 멀리 갈 것 없이 크닙은 알도깨비이나 어지간한 순도깨비보다 변신에 능하다. 지금 취한 모습 또한 본모습이 아니나 수백 년간 그 모습을 흔들림 없이 구현하지."

백진은 말문이 막혔다. 이제 양이를 요구할 명분이 궁해졌다. 도깨비는 도의 소관이었다. 도깨비가 인계에서 말썽 부린다면 인계에 속한 신이 일 차로 제재할 수 있으나 사형이나 장기 구금 같은 중형은 내리지 못했다. 도깨비는 도가 태어나기 전까지 오래도록 사냥당하고 착취당했으며 그 특성상 법으로 강력히 보호하지 않으면 지금도 얼마든지 해치거나 착취할 수 있었다. 저지르지 않은 죄를 지었다고 뒤집어씌워 사형을 선고하고 잡아먹어 영력을 취하거나 실질적 노예 계약서를 빌미로 수백 수천 년간 능력을 쥐어짤 수도 있었다. 하여 도는 왕위에 오르고서 천여 년간 부단히도 노력했다. 천지왕과 천하궁 대신을 온갖 수단으로 구워삶아 도깨비를 보호하는 세세한 법안을 줄줄이 집요히 통과시켰다. 도깨비는 단일 종족으로서 삼계에서 유례없이 강력하게 법으로 보호받았다. 그러니 도깨비를, 더구나 삼경국 그 자체나 다름없는 도깨비 왕이 곁에서 지키는 도깨비를 '합법적으로' 요구할 수 있는 존재는 삼계에 아무도 없었다. 천지왕조차 '합법적으로는' 그 도깨비를 얻지 못할 터였다.

"제가 무례하였습니다. 용서하소서."

백진은 꼬리를 내렸다. 탐탁하지 않으나 일 보 물러섰다.

"탓하지 않겠다. 더는 선을 넘지 마라."

도는 빙그레 웃었다. 입을 다물고 백진을 고요히 응시했다. 따뜻한 차를 아무리 마신들 병중 기나긴 대화에 입술이 검푸르렀다. 그러나 백진에게 물러가라고 말을 하지도 않고 안색 외에 달리 힘든 기색을 내비치지도 않았다. 차분히 백진을 기다렸다. 백진이 여기서 물러서지 않으리라 내다보았다. 과연 백진은 미간을 좁히고 침묵하더니 오래지 않아 다시 말했다.

"하나 그날 일은 인계에서 일어났습니다. 저는 인계의 서방을 다스리는 존재로서 상황을 명확히 파악할 의무가 있습니다. 그러므로 다시 한 번 상황을 정리하고 수경왕 전하께 몇 가지 여쭙고자 합니다."

"좋은 자세로구나. 말해보아라."

도는 백진과 대치하면서도 오히려 백진을 격려했다. 백진은 조금이나마 용기를 얻었다. 말을 이었다.

"전하께서는 말씀하셨습니다. 양이는 인간이 아니다. 그 꿈으로 들어가 대화한바, 도수전쟁에서 무언가 정신적 상처를 입은 도깨비족이다. 하지만 의식 표면에서는 자신을 인간으로 믿는다. 무의식인 꿈에서조차 제 정체를 모르며 자신이 인간이 아니라는 사실만 간신히 자각한다. 정신적 상처 탓인지 강력한 자기부정과 자아 개념 혼란에 빠져 있다. 한데, 양이가 인간임을 가장하고자 둘러놓은 공허에 하얄리 어르신께서 균열을 내셨고, 양이는 그 탓에 저가 겨우 구축한 '김양이'라는 자아가 거짓임이 탄로 나리라는 불안이 의식 한 겹 아래에서 폭발했다. 그날 사태는 그 탓에 일어났다. 전하께서 그 두려움과 혼란스러움을 받아주시며 '김양이'라는 자아를 거듭 인정해주시자 '양이'는 안정을 되찾았다. 그러며 폭주하던 공허라는 관념을 가라앉혔다. 맞습니까?"

"정확하다."

도는 끄덕였다. 백진은 어금니를 물었다. 도의 저 검고 고요한 눈을 들여다보자니 어깨가 자꾸 굳고 입이 바짝 말랐다. 마음 같아서야 어서 이 자리를 정리하고 싶었다. 그러나 의무와 책임이 어깨를 눌렀다.

"이제 사건이 일어난 전후 관계는 밝혀졌습니다. 양이가 수경왕 전하의 권속이라는 말씀 또한 수긍합니다. 그러나 저는 인계의 백제로서 이대로 물러설 수 없습니다. 그 아이에게 얽힌 주요 의문은 해소되었으되 불안 요소는 여전하기 때문입니다."

"어느 점이 불안하더냐?"

도는 고개를 갸웃했다. 그러나 진짜로 궁금해하는 태도는 아니었다. 그건 백진이 수월히 말을 잇도록 반응해주는 말과 몸짓일 뿐, 도는 이미 무슨 말이 나올지 어떻게 답할지 전부 꿰고 있는 듯했다. 백진도 그러한 분위기를 읽었다. 작아진 기분으로 말했다.

"그 아이는 '우주적인 공허'라는 관념을 강력히 전이시킬 수 있습니다. 그리고 그 '관념 전이'가 창조술을 발현하는 과정이라면, 그 아이가 상상한 공허는 실재가 될 수 있습니다. 더욱이, 그 아이가 폭주한 이유가 기저 심리 불안 탓이라면 언제든 그런 폭주를 되풀이할 수도 있습니다."

"일리 있는 지적이구나."

도는 끄덕였다. 백진은 미간을 좁혔다.

'어찌하여 사숙께서는 이러한 사안을 논하시면서도 이리도 평온하실 수 있는가.'

백진은 이젠 의아할 지경이었다. 아무리 치고 또 쳐도 상하지 않는 벽을 대하는 느낌이었다. 순간 울컥 답답증이 솟았다. 목소리가 높아졌다.

"수경왕 전하께서는 어찌 이리 평온하십니까? 그 아이는 폭탄입니다! 만약 전하께서 조금이라도 늦으셨다면, 그래서 그날 그 공허가 진정으로 '창조'되었다면, 그 자리에서 더 번져나갔다면! 이 인계가, 아니, 이 우주가 소멸할 수도 있지 않았습니까? 제가 전하와 비교하자면 턱없이 부족하다 하나 저 역시 삼계를 통틀어 절대 위계가 낮지 않은 신입니다. 저조차 저항할 수 없던 그 강력한 관념에 다른 영적 존재가, 하물며 인간이 저항할 수 있겠습니까? 그것이 가짜임을 안다 한들 말려들지 않을 수 있겠습니까? 그것이 창조되는 일을 막을 수는 있겠습니까?"

"저항할 수 없겠지. 막을 수도 없겠고."

도는 그제야 조금 진지한 태도를 보였다. 깊이 끄덕였다. 도가 무언가 믿는 구석이 있는가 했던 백진은 헛숨을 터트렸다. 도를 어렵게 느꼈던 조금 전을 잊고 벌컥 외쳤다.

"도무지 전하를 이해할 수가 없습니다! 그 아이는 폭탄입니다. 유례 없이 무시무시한 폭탄입니다! 그 아이가 제아무리 도깨비족이고 전하의 권속이라 하나 저는 그 아이를 좌시할 수 없습니다. 그 아이, 김양이라는 여인이 지금 어쩌고 있으며 앞으로 전하께서 그 아이를 어쩌실는지 명확히 밝혀주십시오. 듣고, 안심할 만하다 여겨지지 않는다면……."

백진은 부리부리한 눈을 부릅떴다. 며칠간 쌓인 불안과 초조함을 단번에 쏟았으나 뒤를 이으려니 등이 뻣뻣했다. 바늘 쌈지를 삼킨 듯 목이며 속이 따끔거렸다. 도가 양이를 얼마나 아끼는지 알았다. 하물며 그 양이가 도깨비족이라면 제 백성을 끔찍이 여기기로 삼계에 유명한 도가 또 얼마나 더 양이를 싸고돌지 겪지 않아도 훤했다. 그러나 이제 그런 도와 정면으로 충돌해야 했다. 말이 목구멍으로 쉬이 나오지 않으나 무릎에 얹은 두 주먹을 꼭 쥐었다. 여기서 물러설 수야 없었다. 그날 일은 지금 이 순간보다 훨씬 두려웠으며 이 사안은 사숙을 향한 예의를 차리기엔 몹시 심각했다. 백진은 기어이 말했다.

"수경왕 전하께서 계획하시는 바가 미진하다 느껴진다면, 저는 그 여인을 둘러싼 일을 공론화하겠습니다."

"하하……."

도는 나직이 웃었다. 극도로 기가 허해져 추위를 느꼈으므로 다시금 찻잔을 채웠다. 따뜻한 잔을 손에서 느긋이 돌렸다. 피어오르는 여향을 맡으며 입으로 반쯤 말을 삼켰다.

"너는 본성이 맹수라, 우직하나 어려서부터 화급하고 요령이 없었지. 혜용도 늘 그 점을 걱정하였다."

혜용이라는 이름이 나오자 백진은 주춤하며 미안한 기색을 띠었다. 도는 그러한 기색을 모르는 양 찻잔만 보며 좀 더 웃었다.

"너는 내게 설명만 청해야 했다. 내가 하는 설명이 미진하거든 나를 더 설득하거나 나와 더 타협해야 했다. 그래도 상황이 네 마음에 차지 않거든 협박은 그때 하는 편이 나았다."

백진은 뺨이 확 달아올랐다. 도는 여전히 백진을 보지 않았다. 차만 한 모금 머금었다. 천천히 찻물을 넘겼다. 웃음기 띤 목소리로 혼잣말처럼 말했다.

"그 자식 제자가 아니면 구태여 이런 말도 하지 않으련만……. 나도 잔소리가 늘었어."

도는 눈을 내리깔고 미약하게 한숨 쉬었다. 양손으로 찻잔을 감싸고 고개 들었다. 풀 죽어 꿀 먹은 벙어리가 된 백진에게 빙긋 웃었다. 상냥하달 만큼 부드럽게 물었다.

"양이가 여전히 폭탄이라 하였느냐?"

백진은 눈을 끔벅였다.

"그렇지 않습니까? 그 아이가 위험하지 않다면 무엇이 위험합니까?"

도는 여전히 웃음 띤 낯이었다. 조금 곤란한 듯 고개를 살래살래 저었다.

"글쎄. 내 생각은 다르구나. 양이는 그저 도깨비일 뿐, 별달리 위험한 아이가 아니다. 그날 벌어진 일도 그리 큰일은 아니다."

백진은 희한하게 입술을 비틀며 눈썹을 내렸다. 아무리 해도 이해가지 않았다. 그게 큰일이 아니면 대체 뭐가 또 큰일이란 말인가.

"무슨 뜻이신지……. 모르겠습니다."

도는 낮에 장난기 비슷한 감정을 떠올렸다. 볼에 웃음을 채우고 고개를 슬쩍 숙였다. 숨죽여 웃었다.

"이런, 이런……. 도깨비는 본래 사고를 잘 치니라. 감정은 날뛰고힘은 세니 꼭지가 돌면 뒤통수를 후려쳐서 기절시키지 않고서야 답이없다. 요즘은 삼경에서 도깨비 교육을 잘하고 바보 천치가 아니고서야 도깨비를 꼭지 돌 때까지 몰아붙이면 안 된다는 상식을 잘들 아니대재해까지야 터지지 않는다. 한데 고려 때까지만 해도 눈 뒤집힌 대도깨비가 인계에서 지진이나 화산 폭발까지 일으켰다. 너도 알지 않느냐?"

"네? 그거야 그렇습니다만……."

백진은 아리송해졌다. 도깨비는 분명 구제불능 사고뭉치였다. 더욱이 한번 뚜껑이 열리면 대책 없는 종족이었다. 영계에서 그걸 모르는 자는 아무도 없었다. 영계 아이라면 누구나 이런 조언을 듣고 자랐다.

「도깨비는 놀려먹기 좋은 바보지만 바보라고 너무 놀리면 절대 안된다? 경을 칠 수 있어요.」

"하지만, 지금 그 말씀은 왜⋯⋯."

감을 잡지 못하는 백진에게 도는 자늑자늑 뒤를 달았다.

"그런 도깨비들과 양이가 대체 무엇이 다르냐?"

"네⋯⋯?"

"그날 양이는 분명 공허를 창조하려 했다. 그 관념을 전이하는 힘 또한 강력했다. 하지만 그래서, 어디 잘못된 일이라도 있느냐? 양이는 허풍으로 너희를 놀래고 제 몸을 상하게 했을 뿐이지 그릇 한 장 깨지 않았다. 더욱이 곁에서 안아주고 존재를 지지해주기만 하여도 온순해지니 얼마나 착하냐? 이런 양이를 폭탄이라 여기고 제거해야 한다면 삼경 대도깨비는 다 잡아 제거해야 한다. 그 아이들 역시 창조술을 할 줄 알고 사고는 대체로 더 심하게 쳐대니. 아니 그러냐?"

백진은 어지러웠다. 어리둥절하다 못해 뇌 회로가 타들어 가는 느낌이었다. 듣다 보니 말이야 다 맞는 말이었다. 그렇다고, '아, 대도깨비는 다 폭탄이었군요! 다 잡아 제거하십시오!'라고 할 수도 없는 노릇이 아닌가. 도깨비야 본디 이상한 종족이고 도가 그 이상한 종족을 다스리는 왕이라는 사실도 잘 알았으나 오늘처럼 그 이상함을 확 느껴본 적이 또 없었다. 머리가 몹시 지끈거려 이마를 짚었다. 백진을 혼란 속으로 집어 던지고도 도는 여상히 말을 이었다.

"자아, 그러니 그날 벌어진 일은 별일 아니다. 나도 당해본 적 없는 허풍이라 놀랐으되 지나고 보니 웃고 말 소동이었다."

도는 말을 마쳤다. 이루 말할 수 없이 따스하게 미소 지었다. 그 미소가 어찌나 평온한지 백진은 도가 깨달은 자요, 보살로 보였다. 인계 문화에 물든 탓인지 도의 등에서 천사 날개가 뻗어 나가는 듯도 하고 귓가에 상투스가 울리는 듯도 했다.

'하긴, 저렇게 대책 안 서는 사고뭉치 백성을 다스리자면 엔간한 도량으론 어림없겠지. 사숙이 이 일을 겪으시고도 눈썹 한 올 까딱 안하시는 이유를 알겠구나.'

격렬히 혼란스럽다가 묘하게 수긍하고 나자 백진은 새삼 도가 존경스러워졌다. 존경과 안쓰러움이 뒤섞인 눈빛으로 아련히 도를 보았다. 불안도 꽤 누그러져서 딱딱히 솟았던 어깨가 내려앉았다. 그러나 아직 걱정이 남았다.

"무슨 말씀이신지 알겠습니다. 그러나 여전히 해결되지 않은 문제가 있습니다."

"말해보거라."

"다른 대도깨비도 잠재적 폭탄이라고야 하나 그들은 양이같이 무서운 관념을 창조하려 들지는 않습니다. 그날이야 전하께서 양이를 제때 다독여주실 수 있었으나 훗날 대처가 늦어 그 공허가 실재가 되기라도 하면 지진이나 화산 폭발보다 무서운 일이 아닙니까? 그 공허는 강력했으며 끝없이 확장되려 했습니다. 그냥 두면 우주를 다 집어삼키지 않을까 겁날 정도였단 말입니다."

"네 말이 옳다. 그 공허가 실재가 된다면 끔찍한 재앙이겠지."

도는 순순히 인정했다. 다소나마 안심하던 백진이 다시금 심각해지자 가벼이 소리 내어 웃었다.

"하지만 도깨비가 부리는 창조술은 끽해야 '금 나와라, 뚝딱! 은 나와라, 뚝딱!'이다. 지형지물을 만드는 창조는 없지 않으나 드물다. 그만한 규모를 '관념 전이'할 수 있는 도깨비가 몇 없거니와 우주도 관념을 실재로 바꾸는 일에 기준이 있기 때문이다. 규모가 크거나 터무니없는 창조를 실제로 이루자면 증인이 많이 필요하지. 바꿔 말해 그날 양이가 퍼트린 공허를 확고한 실재로 창조하려면 엄청난 머릿수와 시간을 투입해야 한다. 한데 나는 오래지 않아 양이를 비로 맞이하여 그 아이를 내내 곁에 둘 것이다. 양이가 폭주한 이유를 알았으니 다시 자극하지도 않겠지만 만에 하나 양이가 다시 폭주한다 한들 관념이 실재가 되기 전에 다독일 자신이 있다. 쉬이 다독여지지 않는다면 힘으로 억누르면 그만이다. 나는 그 공허에 말려들지 않으니 적은 힘으로도 그 공허를 억제할 수 있지 않으냐."

"후유……."

백진은 비로소 마음을 놓았다. 팽팽한 풍선에서 바람을 빼듯 길게 한숨 쉬며 긴장을 풀었다. 하얀 낯이 발개졌다. 고개 숙이며 우물거렸다.

"죄송합니다. 사숙께서 마땅히 하실 일을 믿지 못하고 편찮으신 사숙을 오래도록 붙잡았습니다."

"아니다. 너는 인계의 왕으로서 의무를 다했을 뿐이다. 잘하였다."

도가 풀 죽은 백진을 위로했다. 백진은 슬쩍 고개 들어 눈치를 보았다. 도가 상냥히 바라만 보자 '펑!' 하고 연기를 내며 본체인 백호가 돼버렸다. 사방신은 왕이라 하나 다스리는 영지나 백성이 없었다. 맡은 계(界)에서 오행의 균형을 꾀하고 맡은 방위에서 영적 치안을 유지하는 존재일 뿐이었다. 그러니 백진은 이런 특이하고 심각한 사안을 다루는 일에도, 밀고 당기며 속을 뜨고 협상하는 일에도 익숙하지 않았다. 버겁던 짐을 놓아도 된다고 생각하자 인간 모습을 지탱하지 못할 만큼 맥이 풀렸다.

"하하하!"

도는 시원스레 웃음을 터트렸다. 끄덕이며 유연히 손짓했다.

"가보거라. 너도 며칠간 신경을 곤두세워 몹시 고단했을 터이니. 나도 이만 쉬고 싶구나."

✱✿✱

도는 안침에 몸을 기댔다. 핏기없이 허옇게 질린 낯이 식은땀으로 목덜미까지 끈적했다. 가늘게 숨 쉬며 손끝으로 관자놀이를 짚었다. 맥이 지끈지끈 뛰었다.

'우선 다독여놨지만……'

도는 백진에게 대체로 진실을 말했다. 단, 진실을 오롯이 전하지 않았다. 사태가 띤 심각성을 대폭 축소했다. 개중에서도 '관념 전이'와 창조 사이의 관계는, '거창한 창조일수록 증인이 많이 필요하다.'라는 설명은 아예 거짓이야 아니나 진실도 아니었다.

그건 도가 자기 경험에 스승에게 들은 몇 마디를 대강 버무려 세운 가설이었다. 그 가설은 대체로 맞아떨어졌으나 명백히 선을 긋자면 거짓이었다. 예를 들어, 도는 마음만 먹으면 혼자 태산을 세웠다. '저 산이 허상 아닌 실재.'라고 떼 지어 동조하는 이가 없어도 우주를 설득할 만큼 창조력이 강했다. 어쩌면 양이 역시 그만큼 강한 도깨비일 수도 있었다.

'재폭주하지 않도록 잘 지켜보며 다독일 수밖에.'

도는 눈 감았다. 지쳐 헐떡여지는 숨을 누르며 나직이 소리 내었다.

"수산아."

도 옆의 공간이 구겨졌다. 부름을 기다리던 수산이 구겨진 공간 틈새에서 튀어나왔다.

"으, 전하. 괜찮으세요? 그러게 백진은 며칠 뒤에 보시지."

수산은 허연 도를 보며 울상했다. 도는 웃으며 고개 저었다.

"놀란 채로 마냥 두면 공연히 불안만 커진다. 빨리 대면하는 편이 나았어."

도는 수산에게 팔을 뻗었다.

"옮겨줘."

수산은 도를 안아 들었다. 술법으로 두루마기를 찾아와 도에게 덮었다.

도는 수산의 가슴에 몸을 기대고 느슨히 눈을 감았다.

"아이들 눈에 띄지 않을 길목으로 돌아가. 답답하니 바람 좀 쐬자."

"전하는 환자세요. 의식을 되찾으신 지 하루밖에 안 되셨다고요. 바람 쐬시게 하면 저 약선한테 혼나요."

수산이 정색하며 고개를 붕붕 저었다. 도가 낄낄댔다.

"콩알만 한 약선이 뭐가 무섭다고. 오 분만 돌아가. 응?"

"아우, 약선 무서운데. 수틀리면 침도 아프게 놓고 약도 토 나오게 짓고."

수산은 구시렁댔다. 그러면서도 소나무가 아름드리 휘어진 뒷산으로 발길을 잡았다. 한 걸음을 떼어 곧장 산 중턱에 올랐다. 두루마기를 잘 여며 도에게 바람이 들지 않게 했다.

"이번엔 진짜 걱정했어요. 이번에야말로 전하께서 잘못되시는 줄 알고 간이 다 졸았다고요. 전하는 크게 몸이 상하시어 의식도 없으시죠, 뭔 짓을 해도 점복은 안 쳐지죠, 제가 잘못 판단하여 양이 씨를 전하 곁에 두었는가 후회되죠, 연적이, 옥판이와 비상대기 상태로 있는데 피는 바짝바짝 마르죠, 눈물만 나고…… 전하께서 운 좋게 의식을 회복하시더라도 그러기까지 몇 달은 걸릴 줄 알았어요. 쿵!"

수산은 눈가를 붉혔다. 코를 훌쩍였다.

도는 안긴 상태에서도 팔을 들어 수산의 뒤통수를 후려쳤다.

"아야! 왜 때려요?"

"어이구, 이 모자란 놈, 내 이번에 무리야 하였으나 애초에 죽으려 한 일이 아니다. 며칠 구차하게 연명하느니 병을 회복할 희망에 걸었을 뿐이지. 나는 안 죽는다, 안 죽어. 세자라는 놈이 왕이 위급한 때일수록 정신을 바짝 차려야지, 이렇게나 못나서야 내가 어찌 눈을 감겠느냐? 어이구……."

도는 엄살을 한 바가지 담아 이맛살을 찌푸렸다. 말을 그렇게 하면서도 눈 끝으로 웃었다. 그간 자신이 아파 정무를 보지 못할 때마다 그 사실을 숨기고 제 공백을 최소화해온 존재가 바로 수산이었다. 썩 미덥지야 못해도 기특하고 고마웠다.

수산도 도가 짓는 웃음을 읽고 헤헤거렸다.

"그래도 참 다행이에요. 큰일 안 치러서. 양이 씨 탓에 이 사달이 났지만 그 양이 씨가 전하를 고치네요. 이번엔 약선도 저도 끝장인 줄 알았거든요. 전하는 거의 회복되질 않는 몸이신데 이번엔 워낙 기력 소모가 크셨고 내상도 심하셨으니까요. 양이 씨를 곁에 두고 지난 몇 달 느리게나마 회복하셨으니 '혹시', '제발', 그러기야 했지만 그 상태에서 이렇게 호전되실 줄은 몰랐어요. 그것도 이렇게 빨리요."

수산은 눈이 눈물로 그렁그렁하고 입술이 웃음으로 히죽해죽했다.

도는 소리 없이 웃었다. 팔을 들어 수산의 목 뒤로 감으며 복슬복슬한 검은 머리칼을 아닌 척 쓱 쓰다듬었다. 딴청 피우듯 시선을 밖으로 돌리며 어물쩍 말했다.

"고맙다, 늘. 그리고 매번 걱정 끼쳐서 미안하다."

"으히힛! 전하께서 웬일이시래요? 그런 말씀을 다 하시고? 이제야 제가 좀 귀하게 느껴지세요?"

"이놈의 거북이가, 웃긴다."

도가 퉁명스레 입속으로 말을 삼켰다.

수산은 낄낄댔다. 걸음걸음에 흘러내리는 두루마기를 추어올렸다. 옷깃을 잘 여미 도를 간수하며 바람이 잘 들지 않는 방향을 찾아 산길을 밟았다.

"백진과 내가 나눈 대화는 다 들었지?"

"네. 시키신 대로요."

도는 끄덕이며 무겁게 한숨을 놓았다.

"고민이야. 이제 백진에게 상황을 알릴 때가 되었나 싶어."

"전하의 안위는 자칫하면 삼경을 압박할 약점이 돼요. 쉬이 말할 수 없죠. 그래서 여태 숨겨오지 않으셨어요?"

수산이 지적한 대로였다. 도가 농땡이 부리며 인계에서 니나노 세월을 보낸다는 소문까지야 괜찮았다. 그러나 도가 병이 깊어 작정하면 때려잡을 수도 있을 쇠약해진 호랑이라는 소문이 난다면 삼경은 결코 지금처럼 평온치 못할 터였다. 그렇기에 도가 어떤 상태인지는 아는 자가 삼경 밖에선 상제와 의선, 약선뿐이고 삼경 안에서조차 꼽느니 한 손이 안 되었다.

"그래서 고민이야. 내 감정을 제쳐놓더라도 양이는 중요해. 양이를 온전히 이해할 수 있다면 내 몸을 고칠 수 있을지도 몰라. 아니, 내가 아픈 원인은 분명하고 그 원인을 해결하지 않는 한 나를 '고칠 수야' 없지. 하나 양이를 철저히 분석할 수 있다면 나도 '이가 없으면 틀니로 산다.'는 식으로나마 제구실하며 살 수 있을지도 몰라."

"그래서 불안해도 양이 씨를 놓을 수가 없죠. 한데 양이 씨를 이해하자면 전하와 같이 연구해줄 유능한 의생과 탁월한 술법가가 필요해요."

"백진은 삼계를 탈탈 털어도 주술 분야에서 손꼽히는 이론가야. 더욱이 그만한 술법가로서 백진만큼 믿을 수 있는 이가 또 없어."

"백진은 상황이 극단의 극단으로 치닫지 않는 한 전하를 배신하지 않을 거예요. 요령 없이 우직한 성품이고 혜용 님과 맺은 관계로 전하께 호감도 빚도 있으니까."

"애초에 그런 아이이니 양이를 드러낼 수 있었지."

도와 수산은 서로 뻔히 아는 바를 주고받았다. 그렇게 꺼내 이야기하면 엉킨 생각의 가닥이 풀릴까 했다.

그러나 잇따른 대화에 도는 힘없이 입술을 떨었다. 지친 숨을 천천히 삼키며 가슴을 눌렀다. 수산이 비단 수건을 꺼내 식은땀이 흐르는 도의 뺨과 목덜미를 다독였다. 도는 차분히 숨을 추슬렀다. 목소리를 낮춰 기력을 아끼며 신중히 대화의 물꼬를 다시 텄다.

"하나 어디까지 숨기고 어디까지 터놓아야 최선일까? 말하는 편이 좋을까? 내 본체가 온전하지 않다는 데까지? 도깨비에게 본체를 잃는 일이 무엇인지까지? 그 잃어버린 나의 일부가 누구 손에 있는지까지?"

"백진이 상황을 다 알면 전하와 양이 씨 사이에서 일어나는 작용이 무엇인지 지금보다 심도 있게 논의할 수 있겠죠. 옥판과도 이 일을 고민해봤어요. 껄끄럽긴 하지만 말해도 되지 않을까 싶더라고요. 백진에게만이라면."

"그러나 믿음 여부를 떠나 약점이란 드러내지 않아도 된다면 드러내지 않아야 옳지. 더구나 이 약점은 나만이 아니라 삼경 전체에 치명적이야. 그런 약점을 제삼자에게 드러내면서까지 조언을 구해야 할만큼 현 상황이 급박해 보여?"

"그 문제만큼은 이번 사태 이전까지가 더 급했죠. 양이 씨가 도깨비이니 우리는 시간을 번 셈이에요. 인간은 금방 죽지만 도깨비는 그렇지 않으니까요."

"더욱이 양이는 분석되지 않은 지금도 나를 치유하지. 그래도 그 작용을 분석은 해야 해. 그 치유작용이 왜 일어나는지, 언제까지 유지될지 확신할 수 없으니."

"그래도 시간은 확실히 벌었죠. 전하의 몸도 양이 씨의 상태도 백진 문제도 하루 이틀 사이로 어찌 될 상황은 아니잖아요? 당장 무엇을 어쩌지 않으셔도 돼요."

"하……."

도는 헛숨을 터트렸다. 새삼 깨달았다. 여태 공연히 쫓기듯 자신을 몰았다. 양이를 곁에 둔 뒤 울컥하는 일도 재우치는 일도 뜸했거늘, 양이가 위급해진 후 신경이 바짝 곤두서 겨우 되찾았던 여유를 다 잃었다. 스스로 걷기도 힘에 부쳐서 안기어 산책하는 처지이면서도 조급하게만 굴었다.

"깨우쳐줘서 고맙다."

도는 웃는달지 찡그린달지 눈가를 어색하게 구겼다. 작게 덧붙였다.

"잔소리 안 해줘서도 고맙고."

도가 생각건대 아픈 주군이 이러고 있으니 수산은 간이 졸아들고 속이 까맣게 탔을 터였다. 그래도 잔소리를 퍼붓질 않았다. 인내심을 발휘하여 도 스스로 엉킨 생각을 풀어내고 상황을 깨닫게끔 장단 맞춰주었다. 도는 고맙기도 부끄럽기도 했다.

"우와, 저 오늘 고맙다는 말 세 번이나 들었어요! 계 탔네, 계 탔어! 저 녹봉 안 올려주실래요?"

"오늘 거북이가 아주 웃긴다. 들어가자. 몸부터 추슬러야겠다."

"낄낄. 들어가면 약선이 전하를 잡을걸요? '잠깐 말씀 나누고 오신다더니 어디로 내뺐다가 오시었느냐?'며 장침으로 아주 다져버릴 것 같은데? 뜸으로 골수까지 구워버리든가."

"거북이를 뜸 떠서 익혀 먹으면 맛있겠지? 수산이 바람 부는 산비탈로 나 데리고 나갔다고 꼭 말해야겠다."

"히에엑! 그만두세요!"

수산은 비명 질렀다. 뒤이어 터진 웃음이 산비탈을 떼굴떼굴 굴렀다.

장모님 출동

"어휴, 이놈의 딸년, 만나기만 해봐, 아주…….."

중년 여인이 여행 가방을 끌고 언덕길을 올랐다. 드륵드륵, 경사가 심한 시멘트 언덕에 바퀴가 덜컹덜컹 굴렀다.

"분명히 뭔 일이 났지, 났어. 이래도 '에헤.' 저래도 '에헤.' 내 딸년 이지만 참 반응 심심해서 속 모르겠는 애가 이번엔 말하는 낌새도 영 수상하고, 말 한마디 없이 내가 준 보증금을 빼서 이사까지 해? 뭔가 있어. 분명 뭔가 숨기고 있어. 취직 못 하고 빌빌댈 때 당장 내려오라 고 해야 했는데!"

중년 여인, 최선영은 먹구름 낀 얼굴로 고개를 부르르 떨었다. 바 퀴 달아 끈다지만 이 반찬, 저 반찬 바리바리 눌러 담아 가방이 묵직 했다. 서울에도 아직 이런 달동네가 있나 싶게 언덕도 가팔랐다. 하여 걸음이 쿵쿵 무겁기만 했다. 그 무거운 걸음에 불안과 화까지 얹혔다.

"역시 잘못했나?"

선영은 어깨를 떨구며 가방을 묵묵히 끌었다. 언덕 꼭대기를 향해 올라갔다.

'남들이 자식 키우기 힘들다 힘들다 할 때 넘겨들어서 벌 받나? 우리 양이는 가만둬도 잘하는 듯 못하는 듯 알아서 어영부영 대학까지 가길래 어련히 제 알아서 하겠거니 했더니…….'

선영의 얼굴에 근심이 한 더께 덮였다.

'그래도, 나도 지방 생활 지겨워 죽겠는데 서울서만 자란 애를 연고 없는 곳에 내려오라 하기도 뭐했잖아. 애 아빠 지방 발령받았을 때 그냥 혼자 가라 하고 내가 양이 옆에 있을 걸 그랬나? 귀한 외동딸인데.'

선영은 머릿속이 복잡했다. 양이가 취직을 못 할 때만 해도 걱정이야 했으되 심각하지 않았다. 최근에 "찻집에서 일한다."기에 계속 구직하며 아르바이트를 하는가 했다. 그런데 열사흘 전, 사흘에 한 번은 꼬박꼬박 연락하던 애가 연락을 걸렀다. 그러더니 닷새째 메시지도 전화도 받지 않았다. 선영도 양이 아빠도 반나절에 걸쳐 양이에게 갖은 수단으로 연락을 시도했다. 감감무소식이라, 열 일 제치고 서울로 쫓아가려던 찰나였다. 양이에게서 전화가 왔다.

✼✿✼

"너 왜 연락 안 받아? 실종신고할 뻔했어!"

– 아우……. 휴대전화 잃어버렸다가 찾았어. 미안.

그런데 양이가 풍기는 분위기가 평소와 미묘하게 달랐다. 양이는 태연하고 자연스러운 척했지만 어딘가 말투가 어색하고 낯설었다. 선영이 이리저리 캐묻자 얼버무렸다.

– 내가 뭐가 이상해. 평소랑 똑같지. 연락 안 되는 동안 엄마가 불안했어서 그래.

"아냐. 너 아무래도 수상해. 뭔 일 있지? 뭐야, 대답해. 괜한 소리는 무슨! 차라리 귀신을 속여, 어디 엄마를 속여! 엄마가 당장 올라갈게. 기다려.”

– 아, 아냐, 엄마! 나 집에 없어. 여행, 여행! 여행 왔어!

“백수가 어딜? 누구랑?”

– 대학 동기랑. 아, 엄마가 모르는 애야. 아, 엄마가 내 동기를 어떻게 다 알아. 그런 애가 있어. 속초, 속초 놀러 왔어. 회 먹으러. 인증 사진? 아, 으어, 알았어, 보낼게.

선영은 양이가 하는 말이 도통 믿기질 않았다. 그러나 오 분 만에 속초 횟집 달력과 메뉴판을 배경으로 사진이 도착하니 믿지 않을 수도 없었다. 그래도 찜찜했다.

“너 서울 언제 돌아가?”

– 아, 왜, 자유 여행이야. 그냥 좀 놀다 갈게.

“네 성격에 여행은 무슨. 구들장 지고 텔레비전, 노트북 끼고 굴러다니기만 하는 애가! 자유 여행이면 당장 서울로 돌아가. 엄마도 올라갈 테니까.”

– 아니, 엄마. 아무리 자유 여행이라도 어느 정도는 일정이 있고 일행도 있는데 어떻게 덜렁 혼자 올라가. 주변으로 구경 다닐 계획이 얼추 있단 말이야. 아, 진짜……. 알았어, 알았어. 다음 주, 아우, 다음 주 수요일, 그쯤에 올라갈게. 아, 알았어, 그때 꼭 올라갈게.

“그럼 다음 주 주말에 엄마가 서울로 갈게.”

선영이 통보하자 양이는 길게 우물쭈물했다.

– 아우, 엄마, 그게……. 아, 나 사실 이사했는데…….

선영은 화를 냈다. 양이는 얼버무리며 냅다 전화를 끊었다. 메신저로만 변명을 몇 마디 주워섬기고 연락을 거의 회피했다. 선영은 속을 부글부글 끓이다가 주말을 못 기다리고 KTX를 탔다. 오늘은 목요일이었다.

"애가 맹해서 불안 불안하긴 했는데 밥 잘 챙겨 먹으면서 학교 잘 다니길래 괜찮은가 했더니……. 어휴. 취직 못 할 때 그냥 내려오라 할걸! 어떻게 된 애가 말없이 이사까지 해놓고선 내가 보러 간다니까 이제야 알려주고! 못 살아, 진짜. 애가 무슨 사고 치고 보증금 뺀 거 아냐? 찻집? 그게 아르바이트지 무슨 취직이라고……. 아르바이트라도 수상해. 거기서 일한 지 얼마나 됐다고 무슨 여행을 열흘씩 다녀와! 어우, 큰일 난 건 아니겠지?"

선영은 불안스레 눈가를 떨었다. 발걸음이 부쩍 빨라졌다. 휴대전화를 꺼내 양이가 메신저로 보낸 약도를 다시 확인했다.

"그래도 주소를 재깍 알려주는 걸 보면 그렇게 수상한 곳은 아닐 거야. 아냐, 아냐, 이런 언덕 꼭대기에 암자도 아니고 무슨 찻집! 그래, 역시 숨기기 전에 기습해야 해! 어쩌고 있는지 제대로 봐야 안심되겠어."

드르르륵! 시멘트 언덕 위에 바퀴 돌아가는 소리가 맷돌 갈리듯 흉흉했다.

"엄마가 왔다고?"

양이는 혀를 깨물었다. 기운이 하나도 없었지만 이불을 박차고 일어나 앉았다. 부스스한 머리를 움켜쥐었다.

크닙은 커다란 눈을 쏠을 듯 댕그랗게 뜨고 고개를 끄덕거렸다. 소심하게 덧붙였다.

"약간, 언짢아 보이셔."

"망했다. 왜 오셨대? 어째서, 어떻게?"

양이는 쉰 목소리로 깩깩댔다. 엄마에게 이사 사실을 알리지조차 않았기에 당면한 상황이 도통 이해되질 않았다. 그저 혼란스러웠다.

"실은 너, 열하루 만에 깼어."

크닙 옆에 앉은 월주가 곤란스레 제 머리칼을 꼬며 말했다.

"예? 열하루요? 하루 이틀 뒤가 아니고요?"

크닙과 월주가 고개를 붕붕 끄덕였다. 주거니 받거니 말했다.

"응. 너 이번에 많이 아팠어."

"오늘 아침에서야 겨우 깼다니까?"

"넌 아직 허약하잖아. 열하루 만이라고 하면 놀랄까 봐 차마 상황 설명을 못 했지."

"맞아, 네 걱정돼서 그랬어. 우린 너 상태 봐서 반나절쯤 지나고 말해주려 했어."

"그동안 네 휴대전화로 전화가 미친 듯이 왔어. 화면에 엄마, 아빠, 엄마, 아빠, 엄마, 엄마, 엄마, 아빠. 계속 뜨더라. 월주가 너희 가족 너무 걱정할까 봐 네 목소리 흉내 내서 전화했어."

둘은 우물쭈물하면서도 그간 전개된 상황을 열심히 설명했다. 속초에 놀러 와 있다고 거짓말한 일이며 환각 주술로 가짜 인증 사진을 보낸 일까지 전했다.

"하. 미치겠다. 요새 제가 정신없었잖아요. 근데 이사했다고 하면 당장 궁금해서 쫓아오실 거 아녜요. 그래서 소식을 미뤘거든요. 그 일이 이렇게 꼬이네요. 어휴, 가족들 모일 땐 제가 지방으로 내려가니까 여기 적응한 다음에 말씀드려도 무난할 줄 알았는데. 난 몰라. 우리 엄마 지금쯤 소설을 열 권은 쓰셨겠네. 완전 수상히 여기실 텐데. 어흑."

양이는 두 팔에 고개를 묻었다. 어지간해서야 느긋함을 잃지 않으나 분노했을 엄마를 떠올리자 별수 없이 초조했다. 그러나 이 초도 지나지 않아 고개를 들었다.

"아, 몰라! 엄마가 날 죽이기야 하겠어. 까짓것 잔소리 좀 듣지. 더하면 등짝 좀 맞고."

양이는 움츠렸던 어깨를 털었다.

"고마워, 크닙아. 고마워요, 월주 언니. 둘 아니었으면 저 진짜 실종 신고당할 뻔했네요."

"뭘, 이쯤이야."

"우훗."

"그런데 찐빵, 지금 꽤 수척해. 장모님께 이 모습 어떻게 설명할래?"

잠자코 듣던 도는 그 잠깐 사이에 양이를 끌어안아 제 무릎에 앉혀두었다. 주술로 양이의 꾀죄죄한 얼굴을 씻기고 머리빗으로 양이의 헝클어진 머리칼을 빗어 내리며 물었다.

"으으으으으음. 속초 회 잘못 먹고 장염 걸렸겠죠, 뭐."

양이는 고뇌 끝에 뺨을 긁으며 답했다. 퍼뜩 미간을 찌푸렸다.

"근데 누구 마음대로 '장모님'이에요?"

도는 머리를 묶던 손을 우뚝 멈췄다. 울컥하며 지적했다.

"너 내 왕비 하기로 했잖아!"

"그건 어쩔 수 없으니까 받아들였죠. 아시잖아요. 전 아직 마음의 준비가 안 됐어요. 가뜩이나 저 오늘 죽었는데 엄마한테 장모님의 '장' 자라도 꺼냈단 봐요. 용서하지 않을 거예요."

"야, 김복어, 너……!"

양이는 오늘 아침에서야 의식을 찾았다. 도는 그런 양이를 섣불리 자극할 수 없었다. 하여 이것저것 궁금해도 그 속을 떠보지 못했다. 양이가 보이는 태도에서, '역시 현실에선 아직 자각이 없나?' 하고 짐작할 따름이었다. 하나 지금 이 순간 확신했다.

'이 김복어, 나를 그 개고생시키고 설마 꿈에서 내 이름 부른 일도 기억 못 해?'

"아야아! 왜 그러세요, 전 환자예요!"

도는 무진장 억울했다. 어린 시절 멋모르고 스승에게 구박당할 때보다 더 억울했다. 양이의 뺨을 잡아 늘였다. 입술을 내밀며 굽이굽이 눈썹을 구겼다. 하나 볼이나 꼬집을 뿐 더는 어쩌질 못했다. 분에 차 한숨만 푹푹 내쉬었다.

"으휴, 이걸 그냥, 아으, 귀여워서 어쩌지도 못하고……!"

✲✲✲

"자극적인 반찬 먹지 마. 속 탈 났다는 애가."

선영은 김치로 젓가락을 뻗는 양이를 나직이 주의시켰다. 양이는 장염을 가장한 터라 하릴없이 총각무를 포기했다. 슬그머니 젓가락을 내렸다.

"이거 먹어. 탱글탱글하게 잘 쒸졌어."

도는 작게 자른 묵 한 조각에 오이채를 예쁘게 얹어 양이의 수저에 올려주었다. 양이가 움찔했다. 선영의 눈이 동그래졌다.

'사장님, 왜 이러세요.'

양이는 도를 슬쩍 째려보았다. 그간 벌어진 일을 이제 막 안 차였다. 자신을 흉내 낸 월주와 가족 사이에 오간 대화나 상황을 자세히 알지 못했다. 혼자 대처하다 말이 엉킬까 걱정이었다. 마침 한 시였고 배도 고파서 핑곗김에 다 같이 둘러앉고 엄마를 점심 식탁에 끌어들였다. 한데 도가 대놓고 제 옆에 앉았다. 하도 익숙한 일이라 그러려니 했다가 엄마가 보내는 묘한 시선을 눈치챘다. 아차 싶었다. 그러나 도는 눈치가 없는지 일부러 그러는지 평소에 않던 반찬 챙겨주기까지 했다.

— 왜? 난 우리 왕비님 맛있는 반찬 많이 드시라고 그러지. 아픈 뒤 잖아? 내 예쁜 왕비님, 잘 먹고 몸보신 하셔야지.

도는 해사하게 웃으며 양이 머릿속으로 말을 전했다.

양이는 무언가 찜찜했다. 도가 짓는 미소가 지나치게 화사했다. 그래도 도가 올려준 묵을 수저째로 들어 삼켰다. 어쨌든 맛은 좋았다.

"크흠, 여기가 찻집이라고요?"

선영은 헛기침을 삼키고 첫 번째 질문을 꺼냈다. 찻집 직원이라기에는 지나치게 강렬한 미녀와 미남, 꼬맹이와 거인, 딸년을 훑어보았다.

"응. 일단 찻집이야."

양이가 조그맣게 답했다.

"일단? 상당히 외진 곳이던데?"

선영은 자못 웃는 낯으로 나긋나긋 물었다.

양이는 입술을 내밀며 몸을 꽜다. 아직 기력도 달리는데 현실 같지도 않은 현실을 뒤로하고 설득력 있는 거짓말을 짜내려니 죽을 맛이었다.

"법적으로는 찻집이 맞습니다만 제 개인 연구소이자 상담소라고 보시면 됩니다."

수산이 지원을 들어왔다. 곰살맞게 웃으며 양이 대신 답했다.

"연구소요?"

선영은 더욱 아리송했다. 설핏 찌푸리며 되물었다.

"우리 형은 철학가예요. 대학에서 동양철학을 가르친댔어요."

크닙이 생김에 걸맞게 초등학생 같은 태도로 거들었다.

"형? 아, 이분이 네 형이시구나? 동양철학? 주역, 공자?"

선영은 형제라기에는 하나도 닮지 않은 수산과 크닙을 번갈아 보았다. 안 닮은 형제도 있겠거니 하고 웃으며 다시 물었다.

"네. 저는 학자로서 동양 고전과 사상, 철학을 연구합니다. 하지만 알음알음으로 명리학이나 주역으로 조언해달라는 분들이 계시더군요. 하여 이곳에서 그런 상담도 겸합니다."

수산은 평소 보이던 수더분한 모습을 버렸다. 깔끔한 태도로 자신을 설명했다. 크닙과 월주가 수산에게 반주를 맞췄다. '따님이 일하는 곳은 수상하지 않습니다!'를 주제로 선영에게 화화를 소개했다. 약 이 분 뒤 선영에게 화화는 '대한민국 최상위층 사모님이나 정·재계 인사가 오직 소개와 예약으로만 상담받는 고상하고 저명한 동양철학 연구소'로 설명이 끝났다. 이는 인계에서 대외적으로 조금도 거짓이 아니었다. 화화의 진짜 정체가 그게 아닐 뿐이었다.

"우리 딸애가 이런 곳에서 일한다고요? 세련된 사모님이 많이 드나드실 텐데요."

선영은 미심쩍은 눈빛이었다. 자기 딸이 그런 VVIP를 상대한다니 믿기지 않았다.

"양이 씨는 훌륭한 직원입니다. 침착하고 입이 무겁고 무엇보다 손님 말씀을 잘 들어드립니다. 손님은 앞날을 보러도 오시지만 속풀이하러도 오시지요. 제가 못하는 부분을 양이 씨가 잘 채워줍니다."

"아……. 맞아요. 얘가 어릴 때부터 동네 어르신들께 장단을 곧잘 맞춰드렸어요. 애교는 없는 애인데도 희한하게 그러더라고요. 입도 참 무겁고요. 엄마인 저도 속을 모른다니까요."

선영은 그제야 어느 정도 수긍했다. 다소나마 안심한 태도로 고개를 주억거렸다.

"애교 없었어? 이렇게나 귀여운데?"

도는 양이에게 소곤댔다. 양이로서야 도가 정말로 '소곤대었'으면 좋았겠으나 정확히 표현하자면 도는 '소곤대는 척'했다.

선영은 눈빛이 예리해졌다. 도에게로 고개가 돌아갔다.

"같은, 음, 동료 직원분 되시나요?"

선영은 최대한 시선을 단속하며 과하지 않을 정도로 도를 상하좌우로 훑었다. 상냥하게, 그러나 경계심이 깃든 목소리로 도에게 물었다. 양이는 도를 째려봤고 도는 생긋 웃으며 남의 엄마 뺨을 붉혀놓았다.

"아닙니다, 제가……."

"둘째 오라버니세요!"

도가 무언가 답하려는 순간 월주가 잽싸게 끼어들었다. 월주는 시선을 한몸에 모으고 천연스레 덧붙였다.

"여긴 큰 오라버니 연구소이기도 하지만 우리 집이거든요. 여기 수산 오라버니가 큰 오라버니, 거기 양이 옆에 도 오라버니가 둘째 오라버니, 제가 셋째, 이 꼬맹이가 막내예요."

— 뭐? 내가 왜 수산이 동생이냐? 인계 등본도 내가 형이고 수산이 동생이니라! 너도 이번에 주민등록등본 만들면서 우리 가족으로 처리했으니 가족관계증명서 봤을 텐데?

도는 즉각 반박했다. 선영 탓에 차마 입으로 말하지야 못했다. 그러나 선영을 뺀 나머지 일동의 머릿속이 쩌렁쩌렁 울리도록 항의했다.

— 그 서류 저도 봤는데 그대로 가면 전하와 양이 씨는 띠동갑이에요! 드라마도 안 보셨어요? 엔간한 집에서 띠동갑을 잘도 허락해주시겠어요. 인계에서 신분유지는 쭉 하실 생각이시잖아요. 식장 들어가기 전에 장모님, 장인어른과 싸우고 싶지 않으시면 주술 써서 오늘부로 가족 관계 정리 다시 하세요.

— 웃, 그, 그래도 내가 수산이 동생이라니! 결혼하고도 내내 장모님 앞에서 수산이를 형이라 부르란 말이냐?

— 저분에게 여긴 수산 오라버니 연구소예요. 근데 '동생'이 여기 사장이라고 하시려고요? 무진장 어색해요. 더구나 수산 오라버니를 교수라고 소개했잖아요. 이제 와 수산 오라버니를 이십 대라고 하시려고요? 완전 이상해요. 저한테 고마워하세요. 지금 띠동갑의 구렁텅이에서 건져내 드렸으니까.

'사장님 호적상 나랑 띠동갑이셨구나.'

양이는 새로운 깨달음에 맹하게 끄덕였다.

수산은 어리둥절한 표정이었다. 그러나 이내 상황을 파악했다. '저

473

명한 교수님' 이미지 관리도 내던졌다. 단전에서부터 우러나오는 기쁨으로 희쭉 웃었다.

"네, 얘가 제 '동생'입니다. 제가 형이에요, 형."

수산은 도에게 팔을 뻗어 다정스레 도를 토닥였다. 우애 좋아 뵈는 미소를 만면에 띠었다.

"아, 다 가족이시군요?"

선영은 '이렇게까지 안 닮은 가족도 있구나.' 하며 도, 수산, 월주, 크닙을 둘러보았다.

도는 그간 양이와 지내며 많이 눅었던 성질이 다시 올라오려 했다. 그러나 용케 평정을 가장했다. 양이의 어깨에 친밀히 손을 얹었다. 눈매가 날카로워져 가는 선영에게 사근사근 웃으며 말했다.

"네, 도현도라고 합니다. 제가 이 집안의 둘째입니다. 양이 씨와는 궁합도 안 본다는 네 살 차이죠."

— 우와, 너무하다! 네 살 차이는 심해도 뻥이 너무 심하죠!

— 전하의 본 나이를 생각하면 열두 살이든 네 살이든 똑같이 개뻥이야.

— 전하, 지금 인정하셨어요? 오늘부터 제가 형입니다? 우히힛!

양이는 전음인지 텔레파시인지 전혀 할 줄 몰랐으나 온 정신을 다해 절규했다.

'이러시기에요?'

양이는 도가 손을 올린 어깨를 휙 털었다. 간절하면 통한다고, 양이가 전음을 하지 못해도 다들 양이의 절규를 찰떡같이 알아들었다. 따뜻이 위로를 전했다.

— 힘내요, 양이 씨.

— 힘내, 양이야. 전하가 그리 나쁜 조건은 아니시잖아. 엄마가 뒷목을 잡거나 등짝을 패진 않으실 거야. 띠동갑도 아닌데.

— 근데 양이 어머님 표정 되게 안 좋아.

그 와중에도 한 명은 뻔뻔했다.

— 왜? 난 장모님의 '장' 자도 안 꺼냈어.

그 한 명은 생글생글 웃으며 양이 어머니, 선영을 마주 보았다.

"양이와 네 살 차이시라고요?"

"그렇습니다, 어머님."

"우리 양이와는 무슨 사이시죠?"

선영은 도에게 고개를 고정했다. '내 딸 표정이 저렇게 썩어 있는데 왜 아까부터 내 딸에게 그렇게 치근덕치근덕 손을 올려놓으며 아까 내 딸 수저에 얹은 그 도토리묵은 무슨 뜻이며 궁합도 안 본다는 표현이 왜 필요하냐?'라는 의미를 낯에 담뿍 담았다. 그 위에 미소와 째려봄을 정확히 오 대 오로 버무려 얹은 뒤 도를 뜨겁게 바라보았다.

"엄마, 사이는 무슨 사이! 이분은 수산, 그러니까 도……. 도수산 교수님의, 그러니까 동생분이셔. 내가 그냥 여기 취직해서 있다 보니 자연스레 알게 된……."

"남자친구입니다."

— 난 장모님의 '장' 자도 안 꺼냈어.

"남자친구는 무슨……!"

도는 대답과 동시에 전언을 보냈다. 양이는 절박하게 외쳤다.

"아, 진짜……!"

양이는 어깨에 올라간 도의 손을 떨쳐내려 다시금 어깨를 털었다.

"아하. 남자친구구나? 뭘 그렇게 당황해? 엄마가 언제 네 연애에 관여한 적 있니? 다만, 우리 따로 이야기 좀 해야겠다? 아무 말도 없이 보증금 빼서 이사하고, 엄마가 모르는 친구랑 연락 두절 상태로 속초 여행까지 다녀와서 엄마, 아빠에게 지옥 구경시켜주더니, 여기서 엄마 몰래 남자친구랑 같이 사는 건 아니겠지?"

선영은 자분자분 상냥하게 물었다. 양이는 격렬히 고개 저었다.

"엄마, 오해야. 절대 아니야! 남자친구 아니야. 그런 관계가 아니라고. 이분도 여기 사시긴 사시는데, 여기서 월주 언니도 살고 크닙이도 살고, 엄마가 생각하는 그런 상황이 아니야. 있다가 내 방 보면 알아. 여기 되게 넓고 이분과 나는 방부터가 확 떨어졌어."

"그래? 밥부터 먹어. 그 죽 다 먹고 엄마랑 따로 이야기하자."

─ 우리 전하 어떡하시니. 정말 이런 문제에서는 한 치 앞을 못 내다보신다.

─ 우리 내기할래? '오늘 양이가 어머님께 끌려 내려간다.'에 나 십만 원! 수산 형님, 월주야, 불러!

─ 흥! 그 판에 나도 끼지. '내 스펙 듣고 여기 두고 가신다.'에 십만 원. 내가 어디 가서 그렇게 빠지는 남자가 아니야. 내가 시대와 취향을 가리지 않는 호감형이라고.

─ 전하, 지금은 그런 상황이 아니에요. 양이 어머님은 단지 딸한테 실망하신 거예요. 딸이 당신을 속였다는 점에서. 눈치가 1도 없으셔서는, 그냥 불난 데 기름을 부으세요. '데리고 내려가신다.'에 저도 십만 원.

─ 우히히. 나도 월주, 크닙이랑 같은 쪽에 십만 원. 동생아, 힘내.

'다들 안 닥칠래요?'

양이는 들리지도 않을 일, 열 받음을 몽땅 담아 속으로 외쳤다. 한

476

숨을 푹푹 내쉬며 다시 한 번 간곡히 호소했다.

"엄마, 지금 뭔가 심각하게 오해하고 있어. 속초는 정말 친구랑 다녀왔어. 우리 가게는 큰손님만 가끔 받지 자잘한 손님도 없고 절대다수가 예약으로만 오셔서 미리 여기 도 교수님께 허락받고 친구랑 다녀왔다니까? 옆에 이분과는 관계없는 여행이었어. 남자친구라니, 아니야."

양이는 고개 돌려 도를 째려보았다. 작게 속삭였다.

"진짜 이러시기에요?"

"내가 뭘. 난 네가 하지 말란 말은 한마디도 안 했어."

도는 뻔뻔스레 되받아쳤다. 사르르 웃었다. 양이가 어김없이 발그레해지며 눈이 풀리자 그 틈을 놓치지 않고 양이의 뺨을 검지 끝으로 콕 찍었다. 다정하고 달콤하게 그 뺨을 매만졌다.

선영은 눈이 점점 날카로워지고 뺨이 점점 뻣뻣해졌다. 딸은 "남자친구가 아니"라는 남자에게 볼을 붉히고 "제가 따님의 남자친구"라고 주장하는, 장발에 한복 차림을 한 수상한 놈팡이는 대관절 뭐 하는 놈인지 이 시간에 회사도 안 가고 집구석에서 밥술을 뜨며 딸의 볼을 만지작댔다. 선영은 크닙에게 눈길을 돌렸다. 추정 초등학생이니만큼, 이 애가 가장 솔직할 듯했다.

"얘야, 저 둘, 무슨 관계니?"

선영도 어지간해서야 딸이 일한다는 곳에서 딸을 추궁하는 추태를 보이고 싶지 않았다. 그러나 지금 그걸 따질 상황이 아니었다.

'쟤가 대체 뭘 숨기는 거야? 뭔가 대단히 켕기는 눈친데? 있어, 뭔가 있어.'

"둘째 형이 누나한테 한눈에 반해서 몇 달째 껄떡대고 누나가 둘째 형의 조건이 마음에 들지 않는다며 대쪽같이 까고 있는 관계입니다."

크닙은 해맑고 명확하게 답했다.

"요약력 죽인다."

월주가 저도 모르게 감탄했다. 양이도 무심코 끄덕였다. 수산도 마찬가지였다. 도만 똥 씹은 표정이었다.

— 도크닙, 후환이 두렵지 않구나.

— 전 진실만을 전했사옵니다, 전하!

"그래? 참 똑똑하구나. 네가 보기에 누나는 저 형의 어떤 조건이 마음에 안 든다니? 옆에서 느껴지는 대로 솔직히 말해주련?"

"엄마, 그게…….."

"어머님."

양이와 도가 끼어들었다. 그러나 선영은 단호했다.

"난 이 아이에게 물었는데?"

선영은 자못 상냥스러운 미소로 양이와 도의 입을 막았다. 크닙은 의기양양해졌다.

"그러니까, 누나가 왜 둘째 형을 줄기차게 까느냐면요오…….."

크닙은 말꼬리를 잡아빼며 슬쩍 도의 눈치를 보았다. 도가 선영 몰래 눈을 번뜩였다.

— 뒷일을 생각하거라.

"그게, 저도 잘 모르지만요, 저희 둘째 형이 좀…….."

"둘째 형이 뭐?"

— 도크닙, 너 허튼소리 하면 죽는다?

— 도크닙, 네가 어디 걸었는지 잊지 마. 네가 '데리고 내려가신다.'에 제일 먼저 십만 원 걸고 판 벌였어.

"하아."

양이는 그쯤 해서 한숨 쉬며 포기했다.

'될 대로 돼라지.'

"둘째 형이 좀……. 잘나서요. 누나는 그래서 형이 못 미덥고 부담 스럽대요."

크닙은 잔뜩 뜸들이더니 결국 산뜻하게 답했다. 선영이 갸웃하자 어깨를 으쓱했다.

"우리 둘째 형이 장발에 한복에 취향이 여러모로 특이하긴 하지만 요, 진짜 잘났어요. 미남이죠, 거기다 우리 가운데 둘째 형이 제일 경 영에도 소질 있고 사람 부리는 데도 탁월하거든요. 선대에게 물려받 은 관리할 자산이 많은데 둘째 형이 그 부분을 도맡아 해요."

"물려받아? 장남은 저분이신데? 부모님께서는요?"

선영은 표정이 애매해졌다. 피부 한 겹 아래에서 호기심과 경계심 이 너울거렸다. 처음엔 크닙에게 묻다가 이제 수산에게 눈길을 돌렸 다. 수산이 겸양하며 손을 저었다.

"부모님께서는 일찍 돌아가셨습니다. 저는 학자일 뿐입니다. 적재 적소에 인재를 앉혀서 부리고 전체를 규모 있게 끌어가는 능력은 동 생이 단연 뛰어나죠."

"아, 그렇군요. 물려받았다 하심은 어떤 종류의……?"

"주식·부동산 등, 자산 종류는 다양합니다만 어머님께서도 아실 곳이라면 수경 백화점·호텔 그룹 쪽입니다. 선대께서 수경 그룹 창 업의 최대 투자자이셨기에 저도 최대 주주로서 이사직에 있습니다. 경영은 전문 경영인에게 맡기고 한발 물러나 있지만요."

도는 여유만만하게 답했다. 이 정도 조건을 듣고 나면 선영이 자기

편으로 돌아서리라 확신했다.

"아⋯⋯."

선영은 예상하지 못한 규모에 얼떨떨해졌다. 이 상황을 어떻게 판단하면 좋을지 몰라 딸년을, 양이를 쳐다보았다. 양이는 언제나처럼 맹한 얼굴이었다. 그 맹한 얼굴 한구석으로 희미하게 깨달음의 빛이 스쳤다.

"'그' 수경 그룹이 그 '수경'이었구나. 그러고 보니 그때 그 명품관이 수경 백화점 계열사였죠?"

"이제 알았어? 이렇게 둔한 점이 정말 귀엽다니까."

도는 양이에게 소곤댔다. 이번에도 소곤대는 '척'만 하는 소곤댐이었다.

양이는 손으로 이마를 짚은 채 반쯤 자포자기한 태도로 고개 저었다. 도와 달리 '정말로' 속닥대었다.

"근데 정말 이러시기에요? 제가 생각해본댔잖아요. 사장님은 밀어붙이지 않기로 약속하셨고요."

"난 약속 지켰어. 내가 널 밀어붙이기는 뭘 밀어붙여. 내가 장모님의 '장' 자를 꺼내기를 했어, 너와 나 사이가 애인 사이라고 말하기를 했어? 난 어디까지나 내가 네 남자 '친구'라고 했어. 당장 네 애인 자리나 남편 자리에 앉혀달라고 요구하지도 않았잖아. 설마 우리가 '친구'도 안 돼? 우리가 그간 보낸 시간이 우정이라 부르기에도 부족할 정도야? 와, 그렇다면 진짜 잔인하다, 너."

도는 웃는 얼굴이었다. 그러나 내심 속이 부글부글 끓고 배알이 배배, 삼줄 저리 가라 꼬였다. 목젖까지 온갖 불만이 치올랐다 내려가기를 반복했다.

'김복어 너, 정말 기억 안 나? 맹세코 한 장면도 기억 안 나? 내 품에 폭 안겨서 울먹울먹 애절하게 내 이름 부르며 나랑 키스했던 일이 진짜 하나도 기억 안 나? 내가 그날 얼마나 멋있게 최선을 다해서 헌신적으로 널 구출했는데! 아흐, 정말 손톱만큼도 기억 안 나? 자각이 조금도 없어? 네가 내 이름을 불렀다고! 나를 사랑하게 되면 내 이름 불러준다고 약속했잖아! 그때 너 이 세상에 나밖에 없는 듯 굴었다고. 소름 끼치게 사랑스러웠어! 내가 너 혼수상태인 동안 월주, 크님이는 불안해하고 백진은 압박해오고 수산, 옥판, 약선, 연적이는 온갖 우려로 나를 들들 볶고 나도 머릿속이 터질 듯했는데, 한데도 네 그 모습 하나만 떠올리면서 속 빼놓고 히죽히죽 좋아했어. 나도 아파 죽겠는 상황에서 약선에게 뜸으로 장침으로 고문당하면서도 미친놈처럼 좋아했다고. 한데 김복어 넌 기억도 못 해? 이건 배신이야. 너 나중에 후회할 거야. 내가 그나마 너 귀여워서 지금 봐주는 줄 알아.'

도가 속에서 어떤 말을 참든 양이는 곤란해할 뿐이었다. 볼을 뿌우 부풀렸다.

"엄마, 어쨌든, 대충 상황이 이해되지? 오해하지 마. 내 옆에 이분은 그냥 '남자 사람 친구'야. 나랑 같이 여행 갈 사이도 아니고 내가 이분 때문에 여기서 살다니, 당치도 않아. 여기는 그냥 밥이 엄청나게 맛있는, 숙식을 제공하는 직장이라고. 그러니 우리 최 여사님의 아름다운 마음을 헝클어트리는 오해나 억측, 걱정은 멈춰, 오케이?"

선영은 눈썹 산을 높이 들어올렸다가 훅 내렸다. 일단 물러섰다.

"그래도 너, 이번에 엄마한테 여러모로 실수했다. 밥 먹고 있다가 대화 좀 해."

"하하. 그럼요. 진지부터 잡수셔야죠. 일단 다시 식사하실까요?"

수산은 다른 지방방송이 시작되기 전에 재빨리 국면을 매듭지었다. 사람 좋게 웃으며 앞장서 수저를 들었다.

✻✻✻

모녀는 무단 이사, 연락 두절 같은 심각한 사안을 먼저 정리했다. 양이는 쩔쩔매며 변명과 사죄를 주워섬기고 선영은 구박과 경고를 섞어 한바탕 잔소리를 늘어놓았다. 그리고 연애사로 넘어갔다.

"그래서, 싫어?"

"아니, 뭐, 싫지는 않……. 싫지는 않고, 그렇다고 아직 좋은지도 잘 모르겠는데, 자꾸 밀어붙이니까 좀……. 아, 모르겠어."

양이는 뺨이 엷게 달아올라서 대답을 얼버무렸다. 머릿속이 뒤범벅. 대체 어디서부터 무어라 해야 할지 알 수 없었다.

'이미 결혼이 확정된 사이라고? '옥황상제 님' 앞에서 왕비감으로 소개됐다고?'

양이는 도가 제안한 혼인을 수락하긴 했으나 그 혼인을 실감하지 못했다. 식을 올리지도 않았고 첩지를 받은 바도 없고 연애도 아직이었으니까. 그러니 엄마에게 할 말도 마땅치 않았다.

선영은 한숨을 푹 내쉬었다. 발간 볼을 보아하니 '싫지 않은' 선을 넘어서서 호감이 싹튼 단계인 듯했다.

"어쨌든 엄마는 너 여기에 사는 거, 반대야. 이 집에 건장한 남자가 둘이야. 그 남자 가운데 한 명은 아까 보니 널 조금이라도 더 만지고 싶어서 내내 안달하더라. 네 엄마랑 같이 식사하면서도 그 잠깐을 못 참고 어떻게든 너한테 한 번이라도 더 닿고 싶어서 안절부절. 평소엔 어떨지 안 봐도 뻔해. 그런데 여자애가 그 남자랑 겁도 없이 한집에서 살아? 더구나 남자친구도 아니라며?"

양이가 걱정하던 말이 튀어나왔다. 양이는 '올 것이 왔구나!' 하며 혀를 깨물었다.

"아냐, 엄마! 아까 그분이 일부러 더 그러신 거야. 내가 그분 마음 안 받아주니까 일부러 엄마 보란 듯이 더⋯⋯. 어휴. 그리고 남자만 사는 집이 아니야. 월주 언니가 있잖아. 또 이거 봐. 내 방 되게 넓고 그분 방이랑 뚝 떨어졌고 여기 문고리도 엄청 튼튼하고⋯⋯."

변명은 길게 가지 못했다. 선영에게 냉정히 잘려나갔다.

"같은 여자가 있으니 그나마 다행이지. 한데 그 월주 언니가 그쪽 여동생이지 네 언냐? 그 언니, 일 나면 네 편 아냐. 또, 방 넓고 두 방이 뚝 떨어졌대도 네가 문 잠그고 이 안에만 틀어박혀 살아? 한집에 살면 같이 식사하고 생활하고 어울리잖아, 아냐? 내 딸이지만 너 진짜 겁 없다? 사고 나고 소문나면 여자만 손해야."

"아우우, 엄마아아아아. 왜 말이 그렇게 돼. 왜 그렇게 사고방식이 구식에 비관적이야. 그분이 그렇게까지 예의 없는 분은 아니라니까? 스킨십을 좋아하긴 하지만 내가 정 싫다는데 그렇게까지 막 밀어붙이고 그러는 분은 아니야."

양이는 쩔쩔매며 몸을 꽜다. 궁색한 변명을 쥐어짜 내며 어쩐지 도를 변호했다. 그러나 선영은 그 변명을 접수해줄 마음이 없었다.

"게다가 너, 차라리 커피집 아르바이트가 낫지, 사대보험 되는 정규직이래도 이런 은밀하고 특수한 찻집이 경력이 되고 미래가 돼? 너 솔직히 말해. 여기 어떻게 취직했어? 그 둘째라는 남자랑 엮어서 여기 들어앉았지?"

'엄마, 아주 돗자리를 깔았네.'

양이는 뜨끔했다. 그러나 얼굴에 아무 티를 내지 않으려 노력했다. 뚱한 표정을 고수했다. 선영이 눈을 가늘게 좁혔다.

"너 아무래도 그거 같아. 애초에 그 남자랑 엮여서 여기 들어온 거야. 애가 하는 짓이 맹해서, 내가 옆에 끼고 살았어야 했는데⋯⋯. 아, 생각하고 싶지 않지만, 너 혹시 이미 사고 쳤어? 아, 그래, 요즘 세상에, 같이 자고 뭐, 거기까지는, 아유⋯⋯. 진짜 그래, 어떻게 이해할게. 근데 남자친구도 아니라며! 근데 걔는 너를 뭘 그렇게 만지작대고⋯⋯! 이게 대체 어떻게 된 관계야? 응? 진도 어디까지 나갔어? 앞뒤 안 맞는 거짓말하지 말고 지금 말해. 지금 고백하면 엄마가 그나마 화 안 낼 테니까."

"아냐, 엄마! 왜 그렇게 딸을 못 믿어! 내가 몇 번을 말해! 그분이 그렇게 막 나가는 분이 아니라니까! 진짜 다정해. 그리고 좀 어린애 같고 우기는 구석은 있어도 날 얼마나 소중히 대해주는데! 내가 싫다고 정색하면 한숨만 푹푹 쉬지 아무 짓도 못 해. 나한테 쩔쩔맨다니까? 엄청나게 착해. 어쩜 사람을 그렇게 부정적으로, 무슨 치한 보듯 해? 그런 분 같으면 내가 여기 들어와 살 생각도 못 했지! 오히려 난 그분 옆에 있으면 안전하다는 느낌이 들어. 안심된다고!"

양이는 도에게 억지로 끌어안겨 잠들었던 무수한 밤낮을, 도를 치한 보듯 하며 부들부들 떨던 시간을 새카맣게 잊고서 목에 핏대를 올리며 도를 변호했다.

선영은 어처구니가 없었다. 딸년이 아주 지랄을 했다. "아직 좋은지는 잘 모르겠다."더니 거짓말을 하려면 낯빛이나 희게 가다듬고 그럴싸하게 하든지, 앉은 자리에서만이라도 입으로나마 일관성을 지키든

484

지, 이년은 이도 저도 아니었다.

"내가 널 구박했지 언제 그 남자보고 늑대라고 했니? 아우, 이 딸년, 골치 아파. 나중에 꼭 너 같은 애나 낳아라."

"엄마는 악담을 해도 어쩜 그렇게 해? 날 사랑하면 그런 말을 할 수가 없지!"

"허이구, 웃긴다. 어쨌든 엄마는 너 여기서 사는 꼴 못 봐. 그 남자에게 청혼이라도 받았다면 모를까, 미쳤어? 아까 말했지? 소문이 나든 사고가 나든 여자만 손해야. 당장 짐 싸서 엄마와 다른 집을 구하든가, 여기 그만두고 아빠랑 같이 살러 내려가."

"아앙, 으으응……."

양이는 도리질 치며 머리를 싸쥐었다. 여기서 나가자니 제 안위가 위험하고 그 사정을 엄마에게 고하자니 인영이 유별하고 엄마가 말하는 그 '청혼'을 이미 여러 번 받았지만 제 마음이 확실치질 않고, 총체적 난국이었다.

"정신 차려. 그렇게 부유하고 잘생긴 남자가 너한테 충실해봐야 얼마나 오래 충실하겠어? 그래서 너도 망설이잖아? 너 오래오래 평범하고 안일하게 사는 게 인생 목표라며? 막장 드라마 열심히 보더니 인생 목표 바꿨어? 젊어서 위자료 듬뿍 챙겨 그 돈으로 후반기 삶을 부유하고 안일하게 살기로? 아니, 그것도 청혼받고 결혼하고 난 뒤 이야기지, 지금은 아무것도 아니잖아."

"아니야아아아아. 우리 최 여사님 왜 이리도 독설가이실까? 내가 이 남자랑 잘될 수도 있잖아. 평범하고 안일하게."

양이는 딸내미 한정 관심법을 쓰는 엄마 앞에서 이것저것 다 숨기며 설득이 되질 않는 설득을 하려니 속이 터질 지경이었다. 가슴을 탕

탕 두드리며 기운 빠진 목소리를 쌕쌕 끄집어냈다.

"긍정적으로 생각해. 속물적으로 생각해도 좋고. 얼마나 좋아? 그 남자, 나한테 돈 봉투 던질 어머니도 없고 부자지만 소박해. 경영은 전문 경영인에게 맡겨놓고 본인은 붓글씨 쓰고 야구 봐. 우리 젠가 하고 같이 막장 드라마 보면서 놀아. 만화책 읽고. 아, 진짜! 왜 그렇게 쳐다봐! 알겠어, 알았다고! 내가 좋아해! 내가 좋아한다고. 그 남자가 좋단 말이야! 윽."

양이는 엉겁결에 소리 높여 고백했다. 연달아 제 혀를 깨물었지만 이미 돌이킬 수 없는 지경이 되었음을 직감했다. 엄마가 팔짱을 끼고 '꼴값 떤다.' 하는 표정을 짓고 있었다.

"하아……."

양이는 거하게 한숨을 내쉬었다. 오늘 아침에서야 병상에서 일어난 터라 기력이 없었다. 현기증을 몰아내려 식은땀에 젖은 이마를 짚었다. 찡그리며 마지못해 조그맣게 고백했다.

"실은 받았어, 청혼. 이미 진지하게 받았어. 내가 생각해본다고 했어. 그분은 기다려주신다고 했고. 내가 답할 때까지 나한테 손 안 댄다고 약속, 아니, 엄청나게 진지하게 맹세까지 해주셨다고."

"뭐? 받았어? 청혼을? '아직 좋은지는 잘 모르겠다.'며?"

선영은 현기증을 느꼈다. 딸과 마주 앉아 쌍으로 이마를 짚으며 물었다.

"아, 말했잖아. 좋아해. 나도 사실 그분이 좋아. 근데 쑥스러워서 고백 못 하겠어. 나도 이해가 안 가지만 그분이 나 진짜 많이 좋아하시거든. 내가 '좋아.'에 '좋' 자만 꺼내도 미쳐 날뛰실 것 같아. 지금도 너무 밀어붙이셔서 어지러워 죽겠는데 내가 '좋다.'고 인정하면 진짜 일

초 만에 이불 깔고 해 지기 전에 식장 들어가실 것 같아서 내가 고백을
못 한다고. 아우, 진짜. 근데 아직 결혼은 좀, 아, 실감이 안 나. 어쨌
든 그분이 좋기는 좋아. 신경 쓰여. 나도 그분을 보살펴주고 싶고 계
속 함께 있고 싶어."

양이는 얼굴이 빨갛게 달아올랐다. 선영은 고개를 절레절레 내저었
다.

'이놈의 딸년, 아주 푹 빠졌네, 푹 빠졌어. 엄마한테 이 고백하기가
그렇게 힘들어?'

선영은 딸을 헛키웠다고 생각했다. 배신감을 느꼈다.

'이제 뭘 어째야 하나.'

선영은 천장을 한 번 보고 바닥을 한 번 보며 고민했다. 마나님 다리
를 하고 앉아 말했다.

"일단 그 청년을 다시 봐야겠다. 부르렴."

"아, 보긴 뭘 봐."

양이와 선영은 승강이를 벌였다. 양이는 '나는 환자.'라며 '좀 쉬자.
그분은 나중에 보라.', '걱정하지 말고 아빠한테 내려가라.'고 설득과
주장을 반복했고 선영은 '어떤 엄마가 남자가 둘이나 사는 집에 다 큰
딸을 덜렁 놓고 내려가느냐.'며 '그 청년과 진지하게 이야기를 좀 해봐
야겠다.'고 버텼다.

"아, 진짜, 엄마 왜 그래애애. 엄마는 딸내미가 아팠다는데 지금도
아프다는데 이렇게 들들 볶아야겠어? 내가 미치겠어."

"누가 너랑 이야기하재? 그 청년 불러만 달라고. 너 빼고 그 청년이
랑만 이야기할게."

"아, 싫어! 무슨 이야기를 하려고오오. 엄마가 그분이랑 할 이야기

가 뭐가 있어. 나 지금 당장 결혼할 거 아니라니까? 게다가 아파. 아프다고. 목소리 쉬었잖아. 열도 나."

"기력이 아주 남아돌아서 엄마한테 잘만 대드네. 설사도 멎었다며. 그리고 너 쉬어. 그 청년 불러만 주고 쉬어."

"으ㅇㅇㅇㅇㅇ응. 왜 이래애애. 엄마아아아아."

무한히 평행선을 그리던 모녀의 말다툼은 나직이 헛기침하는 소리에 끝났다.

"잠깐 실례하겠습니다. 양이가 마실 약을 가져왔는데 들어가도 되겠습니까?"

"엄마 이상한 소리 하지 마! 절대 하지 마! 김칫국도 마시지 마! 괜한 소리로 사……. 아니, 그분이랑 나랑 어색하게 만들면 나 진짜 삐친다?"

선영은 코웃음 치며 반음 높여 말했다.

"들어오세요."

도는 만면에 꽃 같은 미소를 달고 나타났다. 물, 약, 꿀물을 커다란 나무 쟁반에 받쳐서 날듯이 들어왔다. 선영에게 묵례하고 양이 앞에 앉았다. 이상하리만치 볼에 웃음이 차올라 사랑스러워 죽겠다는 눈빛으로 양이를 보았다. 분명 들뜬 상태인데도 용케 침착히 말했다.

"안 쉬었어? 이불 덮고 누웠어야지. 너 오늘 아침까지도 아주 아팠어."

도는 선영이 보든 말든 땀에 젖은 양이의 이마를 짚었다.

"이거 봐. 아직도 열나. 몸살이 겹쳤잖아. 며칠은 약 먹고 푹 쉬어야 해."

'엄마가 못 쉬게 해요.'

양이는 엄마 눈치를 보았다. 입술을 삐죽 내밀자 도는 알아들었다는 듯 설핏 웃었다. 약사발을 들어 양이의 입술에 기울였다.

"많이 써. 그래도 천천히 마셔. 온도는 딱 마시기 좋으니까."

양이는 약사발을 받쳤다. 도가 기울여주는 대로 홀짝 한 모금 넘겼다. 그 맛에 인상이 절로 찌푸려졌다.

— 고백은 잘 들었어. 우리 찐빵이 그렇게나 안절부절못하며 자그마치 일곱 번이나 '좋아.'라는 표현을 반복할 만큼 날 생각했다니! 평소 보이던 안일함과는 생판 다른 그 태도가 귀여워서 미치는 줄 알았어. 내가 그렇게나 좋아?

"푸흡!"

"어머, 양이야!"

양이는 머릿속에 울리는 도의 목소리에 마시던 한약을 뿜었다.

"이런, 사레들렸어? 그러게 천천히 마시라니까."

도는 양이가 뿜은 한약을 옷과 얼굴에 뒤집어쓰고도 자못 걱정스러운 미소를 띠며 잽싸게 비단 손수건을 꺼냈다. 선영이 뭘 어찌할 새도 없이 양이의 입가에 묻은 한약부터 꼼꼼히 닦았다. 양이를 느슨히 안아 등을 토닥였다.

'사장님이 그걸 어떻게 들어요!'

양이는 이마까지 새빨개졌다. 도의 팔을 움켜쥐며 눈을 부릅떴다.

— 우리 찐빵이 하는 말과 내가 장모……. 아니 네 어머님과 나눌 대화가 어긋나면 안 되잖아.

도는 적절히 변명했다.

양이는 잠시 자신이 텔레파시 능력을 획득했나 생각했다. 콜록콜록

잔기침을 토하며 부들부들 떨었다. 마음속으로 격렬히 부인했다.

'오해예요옷! 그렇게 말하지 않으면 엄마가 당장 날 끌고 내려가실 분위기라 나오는 대로 말했다고요! 착각 금지! 착각 절대 금지!'

양이에겐 텔레파시 능력 따위 없었다. 도는 그 간절한 외침을 깨알만큼도 듣지 못했다.

─ 아아, 이게 바로 남자의 행복이로구나. 내가 좋아서 이렇게나 안절부절못하는 '내 여자'의 깜찍한 모습이라니, 간이고 쓸개고 다 빼주고 싶어. 우리 신혼여행은 어디로 갈…….

'몰래 크닙이 붙이고 무단으로 이삿짐 옮길 때부터 내가 알아봤어! 이 사생활 침해범! 당장 입 다물지 못해욧?'

양이는 즉각 그 조잘거림을 멈춰달라는 의미를 담뿍 담아 도를 째려보았다. 도의 가슴을 손바닥으로 후려쳤다. 제 입을 막으며 콜록댔다.

─ 그래, 그래. 부끄러워하는 '내 여자'를 너무 밀어붙이면 안 되겠지? 알았어. 천천히 할게. '내 여자'에게 보폭을 맞춰주는 인내심도 근사한 사내라면 마땅히 발휘해야 할 미덕이니까.

"콜록. 크흠, 죄송해요. 옷 갈아입으셔야죠. 일단 좀 나가셔서……."

양이는 찡그린 얼굴로 도를 밀어냈다.

도는 생긋생긋 웃으며 고개 저었다.

"아니야. 몇 방울밖에 안 튀었어. 이깟 게 뭐가 급하다고. 너 물부터 마셔. 약은 내가 다시 가져올 테니까. 그리고 이부자리 봐줄게. 너 쉬어야 해."

도는 양이에게 물컵부터 들려주었다. 그러고서 손수건으로 제 얼굴을 대충 닦았다. 선영에게 몸을 돌렸다. 두 손을 공손히 모으고 차분히 말했다.

"양이는 어머님 오시기 직전까지도 상당히 아팠습니다. 이제야 간신히 음식을 몇 수저 넘긴 참이라 약을 먹고 계속 쉬어야 합니다. 어머님께서는 따님을 오랜만에 보셨으니 나눌 이야기가 많으시겠지요. 그래도 아픈 몸을 낫게 하는 일이 우선이니 이만 양이를 재웠으면 합니다."

"어머, 그래요? 그 정도는 아닌 듯했는데……."

선영은 양이를 보았다. '얘가 진짜 아파서 넘어가겠다.' 싶었으면 딸을 그리 들들 볶지도 않았다. 지금도 양이는 풀 죽어 어깨가 처졌을 뿐 비교적 잘 앉아 있었다. 그래도 많이 아프다니, 선영은 새삼 양이가 눈 밑도 더 퀭해 뵈고 얼굴도 더 초췌해 뵀다. 미안한 마음에 한숨지었다. 팔을 뻗어 양이의 머리를 쓰다듬었다.

"저는 전공이 한의학입니다. 이번에도 제가 양이를 돌봤고요. 양이가 어머님이 오셔서 이러니저러니 해도 기분이 좋을 겁니다. 그래서 팔팔해 보입니다만 실은 많이 지쳤습니다. 양이는 재우고 어머님은 제가 정원을 구경시켜드리거나 차라도 한 잔 우려드릴까 합니다. 괜찮으실까요?"

도는 단정하고 예의 바르게 미소했다.

양이는 절레절레 고개 저었다. 심란하던 얼굴이 이제 망연했다.

'여긴 어디며 나는 누구인가…….'

양이는 상황이 제 손을 완전히 떠났지 싶었다. 과연, 도와 선영은 단둘이 눈짓을 주고받았다. 선영이 끄덕였다.

"그럴까요? 약을 다시 가져다주겠어요? 양이는 제가 이부자리 봐서 눕힐게요."

✳✿✳

나쁜 감정은 힘이 세다. 누구를 미워하거나 무엇을 걱정하면 정신이 갈린다. 만사가 시들하고 입이 깔깔하고 잠을 설친다. 피곤하고 귀찮고 득이 없다. 그래서 양이는 평생 걱정과 스트레스를 멀리했다. 안일한 천성에 긴장을 회피하려는 노력이 만나자 게으른 잉여가 되었다.

그런 양이에게도 장점이 있었다. 양이는 웬만한 상황이 닥쳐도 느긋하고 너그러웠다. "넌 속 편해 좋겠다." 주변 사람에게 부러움을 샀다.

그런데 오늘, 양이는 평정을 잃었다. 불안, 초조, 속 터짐에 시달리다 못해 잠마저 달아났다.

'나는 이미 잉여고 이제 와서 유능해지기도 글렀는데 속 편함마저 잃다니, 이럴 순 없어!'

양이는 그렇게 자신을 다스렸지만 마음이 가라앉지 않았다.

'내가 이렇게 안절부절못하는 날이 오다니!'

양이는 아연했다. 걱정이 끝없이 꼬리를 물었다.

'엄마가 사장님께 뭐라고 했을까? 물어도 아무 말도 안 했다고만 하고. 우리 엄마가 '아무 말도 안 했을 리가' 없어! 엄청 웃기게, 당치도 않게 딸 자랑 하진 않았을까? 내 어린 시절을 고자질했다거나! 으으, 이상한 말 하진 않았겠지?'

선영은 양이가 지닌 약점과 단점을 세상에서 가장 잘 알았다. 지금

이야 양이 곁에서 잠들었지만 잠들기 직전까지 도 칭찬을 자장가처럼 해댔다. 도가 대체 뭔 짓을 했는지 도와 산책한 뒤로 쌍수를 들고 도를 편들었다. 양이는 심란함을 못 이겨 일찌감치 자는 척했다.

'사장님은 또 어떻고. 설마 지금까지 착각하시나? 내가 사장님을 엄청나게 좋아한다고 굳게 믿고 계신다거나? 절대 안 돼! 그럴 순 없어! 난 감당 못해. 진도가 너무 빨라. 지금도 너무 빨라! 여기서 더 밀어붙이시면 난 진짜…….'

양이는 천장을 보며 얼굴을 빨갛게 물들였다. 숨을 훅 들이쉬었다.

'질질 끌려갈 거야. 뭐가 뭔지도 모르고 막. 못 버텨. 으으, 안 돼. 아직 사장님이 날 좋아하시는지 단지 재미삼아 귀여워하시는지 알지도 못하는데!'

양이는 몸을 떨었다. 낙담과 당혹감이 밀려왔다. 숨이 목에 걸리고 가슴뼈가 뻐근했다. 서서히 깨달음이 왔다. 자신이 왜 이리 동요했는지, 누구 탓에 이리도 어쩔 줄을 모르는지.

"나……. 사장님 좋아하는구나."

양이는 가만히 뇌까렸다. 엄마에게 들리지 않게 입술 사이로 미풍처럼 되풀이했다.

"이렇게나, 좋아해."

양이는 제 혀끝에서 움찔거리는 언어가 낯설었다. 달콤했다. 뜨거웠다. 녹는 듯했다. 온몸에 열이 번졌다.

"어떡해. 어쩜 좋아……."

양이는 망연히 중얼댔다. 또 다른 깨달음이 다가왔다.

'내가 남보다 느긋하고 안일하던 비결은 남보다 욕망이, 간절함이 덜해서였나?'

바람이 깊으니 초조했다. 마음이 지끈지끈 열기와 더불어 지진을 일으켰다. 눈앞이 어지러웠다.

'어떡해. 진짜, 좋아하나 봐.'

양이는 목덜미에 오스스 소름이 돋았다. 머리꼭지부터 척추, 엉치뼈까지 짜르르 저렸다. 이불 아래에서 몸이 떨렸다. 숨이 헐떡여져 입술을 손으로 막았다. 손가락 사이로 새는 숨이 떨렸다. 이제 머릿속이 깜깜했다. 불현듯 두려웠다. 도망칠 수 있다면 도망치고 싶었다. 숨을 수 있다면 숨고도 싶었다.

그와 동시에, 양이는 도가 보고 싶었다. 깜깜한 머릿속에서 그 생각 하나만 밝게 깜박였다. 떠오르지 않는 그 얼굴이 궁금했다. 아무리 해도 생김이 기억나지 않았다. 그래도, 언제나 제 몸을 감싸던 따뜻한 체온이 떠올랐다. 제 등을 받치던 단단한 가슴도, 그렇게 맞닿은 살갗으로 전해지던 힘찬 박동도, 떠오르다가 그리워졌다. 아주 오래도록 떠나 있던 것처럼.

'요즘 들어 혼자 잔 적 없는데.'

양이는 찡그렸다. 지끈지끈. 마음에 인 지진이 통증이 되었다.

'잘 주무실까? 나 없으면 못 주무신다고 하셨는데.'

그때였다. 창으로 드는 달빛이 불쑥 가려졌다. 양이 눈앞으로, 그림자가 어둠을 한층 짙게 덮었다.

"으음……."

양이는 신음했다. 제 위에 까맣게 드리워진 그림자에 거푸 눈을 깜박였다. 그림자는 숨죽여 웃었다. 양이에게로 살그니 기울었다.

"내 찐빵, 몰래 훔쳐내려 했는데 안 잤네?"

양이의 귓가에 따뜻한 숨이 닿았다. 웃음기를 띤 그 숨결이 양이의 귓불을 은밀히 간질였다.

"나도 잠이 안 왔어."

"아……!"

양이의 입술 사이로 미끄러지던 신음이 급기야 탄성이 되었다. 양이는 깜짝 놀라 제 입을 틀어막았다. 웃음이 터질 뻔했다. 놀라움과 반가움이 뒤섞여 몸이 펄쩍 들썩였다.

"눈이 토끼 같아. 놀랐어? 반기는 반응이면 좋겠는데."

관자놀이 어름에서 귀의 올록볼록한 뼈와 살갗까지 속삭임이 흘렀다. 양이는 심장이 세차게 뛰어 아무 대꾸도 하지 못했다. 즐겁게 떨리는 웃음이 다시금 다르르 쏟아졌다. 열기를 간직한 입술이 귀 옆, 맥이 뛰는 자리에 사뿐히 앉았다. 입술은 양이의 맥을 맛보듯 느슨히 벌어졌다가 들숨과 함께 넌지시 아물렸다. 잠시 맥 위에 머물렀다. 서서히 미끄러졌다. 입을 가린 양이의 손가락에 닿았다. 검지 끝을 부드럽게 베어 물고 혀를 내어 짓궂게 핥았다. 양이가 움찔하자 세 번째로 웃음이 터졌다. 단단한 손이 양이의 손등을 덮었다. 그 손이 양이의 손을 천천히 턱 아래로 잡아 내렸다.

"엄마가……."

'엄마가 깨요.'

양이는 소리 없이 입술을 달싹였다. 어느새 단단하고 섬세한 손끝이 그 입술을 어루만지고 있었다.

"걱정하지 마."

도는 입으로만 '걱정하지 말라.'고 속삭일 뿐 양이를 더 덜컥 놀라게 했다. 이불 속으로 기어들어 와 양이를 제 품으로 확 끌어당겼다. 양이 건너 지척에서 선영이 자는데도.

"힉."

양이는 도의 가슴으로 굴러떨어지며 새된 숨을 들이켰다. 도는 양이의 등을 쓸어 올렸다. 키득대며 양이의 정수리에 입 맞췄다. 짓궂게 속닥였다.

"들키기 전에 보쌈할 거니까."

제 몸을 둘러싼 공간이 와그작 구겨지는 느낌이 들었다. 양이는 질끈 눈을 감았다.

※ ※ ※

"말도 안 돼. 맙소사!"

양이는 찡그리며 폭소했다. 땅을 구르는 낙엽을 향해 웃는 사춘기 소녀처럼 놀람과 환희에 차 깔깔댔다. 도에게 안겨 짐짓 몸부림쳤다. 도의 가슴을 느슨한 주먹으로 팡팡 때렸다. 원망스레 투정했다.

"뭐예요. 엄마가 알면 어쩌시려고!"

"안 들켜. 절대 안 들켜. 난 무인이야. 기척을 흘리고 단속하는 일엔 전문가라고."

양이는 도에게서 달아날 듯 연신 버둥댔다. 도는 양이의 허리를 팔로 감아 힘껏 당겼다. 꿈틀대는 옆구리를 간질이며 양이를 따라 키득댔다.

"내가 그렇게 허술한 남자인 줄 알아?"

"깔깔! 엄마가 깨서 저 찾으시면 어떡해요?"

양이는 간지러움에 몸을 움츠리며 도를 타박했다. 도는 이번에도 지지 않고 받아쳤다.

"보쌈은 신속, 치밀해야지. 이동 전에 환각과 환시를 걸었어. 잠에서 깨도 네가 옆에서 잔다고 여기실 거야."

"그래도요! 이 사생활 침해범! 여자들이 자는 방에 그렇게 불쑥 들어오시면 안 되죠!"

양이는 도의 금침에 떨어졌다. 코끝에 끼치는 향마저 제 이부자리보다 훨씬 편하고 친숙했다. 그 사실을 인지하자 유쾌해졌다. 입으로 짱알대면서도 두 볼이 조가비 껍데기처럼 치솟았다. 느슨히 몸을 늘어트렸다.

"그러는 찐빵도……."

도는 양이의 허리를 들어 올렸다. 제 가슴에 이마를 댔던 양이를 저와 시선이 닿는 곳까지 끌어당겼다. 양이는 몸부림치며 웃느라 발갛게 상기됐다. 그 모습이 즐겁고 수줍어 보였다. 도는 두 눈을 곱게 접었다. 양이의 이마에 콧등에 뺨에 쪽쪽 입술을 댔다. 새가 구애하듯 가볍고 분주히 입맞춤했다. 너그러움을 청하듯, 설핏 어리광이 깃든 말투로 칭얼댔다.

"내가 없어서 못 잤잖아? 그러니까 좀 봐줘, 으응?"

"사장님 때문이 아니거든요? 낮에 약선 영감님이 주신 약 먹고 저물녘까지 자는 바람에 눈이 또랑또랑해졌어요."

"흐으으, 음?"

도는 애매하게 콧소리를 내며 눈을 실그렸다. 양이가 눈을 부릅뜨자 낄낄댔다. 우쭐대는 투로 끄덕였다.

"좋아! '내 여자의' 내숭을 모른 척해주는 눈치도 애인 있는 남자만 발휘할 수 있는 특권이지."

"저어어어언혀 모른 척해주고 계시질 않거든요? 뭣보다 내숭이 아니라 진실이에요.”

“그럼, 그러엄. 그리워서 잠을 설친 쪽은 나뿐이지. 온종일 제대로 끌어안아보지도 못해서 눈물이 찔끔 나도록 허전했던 쪽도 나뿐이고. 순순히 보쌈에 협조해주신 일만으로도 황공하옵나이다, 왕비마마.”

“뭐야, 순 멋대로셔! 남의 마음을 좋을 대로 결정지으시고.”

양이는 눈살을 구기면서도 비어져 나오는 웃음을 입술에 말아 물었다. 벌떡 일어나 앉았다. 도도 따라 일어났다. 도는 손을 탁 튕겨 방에 불을 밝혔다.

“안 피곤한가 보네? 불편한 곳은 없어?”

도는 다정히 물었다. 묻는 그 순간에도 양이를 살폈다. 오늘 오후에도 약선에게 보고받기야 했다.

「심려치 않으셔도 되옵나이다. 이제 진짜 맥을 잡았고 그 맥도 분석하였지 않사옵니까? 김 낭자의 본래 체질이 순도깨비와 매우 유사함을 확신하였사오니 주술적 문제만 없다면 앞으로도 낭자의 건강을 지키는 일엔 큰 문제가 없으리라 보옵니다. 허하던 기력도 전하가 구해오신 더없는 영약으로 쑥쑥 차는 중이오니 이삼일만 지나면 날아도 다닐 것이옵니다.」

그래도 도는 온갖 기우가 들었다. 제 몸이야말로 말이 아니었지만 그저 홀쭉해진 양이의 뺨만 속상했다. 손을 뻗어 그 뺨을 쓰다듬었다.

“이제 괜찮아요! 아침만 해도 축축 처졌는데 약선 영감님이 주시는 약 먹고 푹 자고 일어나니까 괜찮더라고요.”

양이는 배시시 웃었다. 덧붙였다.

"감사합니다."

"음?"

"약선 영감님께서 귀띔해주셨어요. 제가 체질이 특이해서 예상보다 훨씬 아팠다고. 사장님이 무리해가며 저승까지 급히 가서서 귀한 약재를 구해오셨다고요. 사장님이 아니셨으면 제가 훨씬 오래 고생했을 거래요. 그러니까……."

양이는 제 뺨을 어루만지는 온기를 느끼며 수줍게 도와 눈을 맞췄다. 어색하게 배시시 웃었다가 입술을 깨물었다가 다시 어색하게 배시시 웃기를 되풀이했다. 미세하게 움츠러든 목소리로 말을 맺었다.

"사장님께 잘하래요."

"아니야. 애초에 아프지 않게 잘 살펴주었어야 했어. 내가 미숙하고 안일했어. 자존심을 버리더라도 하얄리 어르신께 더 자세히, 신중히 여쭈었다면 이 난리를 겪지는 않았을 텐데."

도는 겸양이 아니라 진심으로 미안해했다. 조금도 뽐낼 기분이 아니었다. 양이를 고생시켰다는 죄책감뿐이었다.

양이는 고개 저었다.

"아녜요. 전 주술이고 영계고 잘 모르니 자세한 사정이야 알 수 없지만, 사장님이 최선을 다해주셨을 거라고 믿어요. 약속하셨잖아요. 최선을 다해 절 지켜주시겠다고."

양이의 눈동자는 곧고 맑게 빛났다. 믿음으로 가득 차 한 점 흔들림이 없었다.

도는 문득, 그 눈이 전하는 언어를 읽었다. 숨을 멈췄다.

"게다가 저, 생명 연장했다면서요. 그럼 됐죠."

양이는 반쯤 장난스레 말했다. 미약히 달아오른 뺨을 동그랗게 들었다.

그러나 도는 꿈쩍도 하지 못했다. 숨조차 꺼트리고 망연히 양이를 보았다. 자신을 향한 두 눈에, 신뢰로 빛나는 그 눈동자에, 그 깊숙이에서 스며 나오는 은근한 열기에 사로잡혔다. 직감이 찾아들었다.

'잊지 않았어. 알고 있어.'

양이는 열하루를 혼수상태로 지냈다. 오늘 아침에서야 깼고 무엇을 어찌할 새도 없이 선영이 들이닥쳤다. 그래서 도는 그 사건 이후로 아직 양이와 충분히 교감하거나 이야기를 나누지 못했다. 그저 양이가 그 꿈을 기억하지 못한다고만, 기억한다 한들 그걸 현실로 인지하지 못한다고만 알았다. 양이가 잠든 동안 드디어 마음이 통했다며 기뻐했다. 몇 날 며칠을 구름 속에서 지냈다. 그러다 오늘, 쓰디쓴 현실을 맛보고 맨바닥에 패대기쳐졌다. 그나마 양이가 선영에게 하는 말을 몰래 듣고 '이것도 고백은 고백'이라고 자신을 위로하던 참이었다. 능글대며 양이에게 짓궂게 치근댔지만 실은 풀 죽었다.

한데 지금 양이는 사건 이전과 묘하게 달랐다. 눈빛에 깃든 친밀함이, 태도에 실린 온기가 사뭇 달콤하고 뜨거웠다. 저 깊은 곳에서 제 마음이 어디로 움직였는지를 안다는 듯.

"사장님……?"

양이가 이상한 기류를 읽고 조심스레 도를 불렀다.

'나도 도깨비는 도깨비로구나.'

도는 생각했다. 자제하지 않고 마음을 풀어놓자 좋아하는 감정이 정신과 육체를 미친 듯 휘저었다. 웃음이 터질 듯해 얼굴을 괴상히 일그러트리며 입술을 사리어 물었다. 바보같이 코끝이 찡했다.

"널, 사랑해."

도는 목이 멨다. 웃음과 울음이 한 호흡 사이에도 자리싸움을 벌였다. 어찌 억눌러볼 틈도 없이 마음이 왈칵왈칵 쏟아졌다.

"내가 처음 네게 고백한 날, 기억해? 너는 나를 거절했어. 내가 너를 사랑하지 않는다며. 나는 그 말을 부인하지 못했지. 네가 지적한 대로 너를 '귀여워할 뿐인지도' 모르겠다고 생각했어. 내가 스스로 의심 없이 전할 수 있던 진심은 셋뿐이었어. '네게 닿고 싶다.', '너를 사랑하고 싶다.', '네게 사랑받고 싶다.'. 기억해?"

도는 발갛게 달아올랐다. 입술을 떨며 조금쯤 울먹였다. 여유나 능글맞음은 추호도 없었다. 까만 눈동자가 소년처럼 무구했다. 양이에게 두 팔을 뻗고, 양이의 팔을 잡았다. 그대로 양이를 끌어당겨 제 품에 넣을까 말까, 무수히 고뇌하며 열 손가락을 꿈틀댔다. 손아귀에 힘을 넣고 빼고 또 넣고 뺐다.

"너는 많이 아팠어. 예상보다 훨씬 많이. 약선과 나는 인정해야 했어. 우리는 너를 하나도 알지 못한다고. 지금껏 해온 연구는 다 헛것이었다고. 네 체질을 모르니 상황이 어디로 튈지 알 수 없었어. 나는 왕이야. 언제 어느 때건 중심을 잡고 방향을 지시해야 해. 그러니 겉으로야 냉정함을 가장했어. 하지만 심장이 불타 재로 바스러졌어. 신경이 뒤틀리고 뼈가 짓찧어졌어. 매 순간 울고 싶었어. 입으로야 무슨 말을 하든 마음엔 네가 아프지 않으면 좋겠다는, 너를 지키고 싶다는 생각뿐이었어. 그리고 알았어. 너는 두렵도록 사랑스럽다고. 내가 너를 사랑한다고. 내가 김양이 너를, 네가 무엇이든 너를, 사랑한다고."

양이가 눈을 동그랗게 뜬 채 굳었다. 도는 떨리는 숨을 내쉬었다. 목까지 붉은 채 눈을 질끈 감았다. 고개를 떨어트리고 기어들어가는 목소리로 탄식했다.

"처음부터 억눌러야 했나 봐. 어쩌면 양이 너도, 너와 나를 가로막은 장벽이 무너지면 알게 될지 몰라. 순도깨비에게 감정을 감추는 일이 얼마나 어려운지. 나는 왕이니 나면서부터 그 일을 치열히 연습했어. 그래서 곧잘 할 수도 있어. 하지만 나 역시 한번 물길을 놓치면, 아⋯⋯. 역시 다 엉망이 돼. 막기가 힘들어. 어쩌지? 지금 나는 근사하지가 않아. 이 고백을 무를 수 있다면, 시간을 들여 계획을 짜고 돈이고 권력이고 뭐든 쏟아부어서 세상에서 가장 근사하게 고백해줄 텐데. 하지만 이미 무를 수가 없어. 넘쳐서, 흘러넘쳐서⋯⋯."

도는 더욱 목소리가 줄었다. 불붙은 숯덩이처럼 열기를 내뿜었다.

"너를 사랑해."

고백은 숫제 애원이었다. 침묵 사이로 가파른 떨림만 이어졌다. 이대로 가면 숨이 벅차오르다 못해 폐가 터질 것만 같아서, 도는 용기를 끌어모아 눈을 떴다. 그렁그렁 부푼 까만 눈으로 더없이 호소했다.

양이는 눈이 토끼 같았다. 어깨가 나무토막처럼 뻣뻣하고 목이 자라처럼 빠졌다. 눈썹 밑에 눈꺼풀을 붙이고 숨죽인 채 도를 보았다.

딸꾹! 돌연 딸꾹질이 튀어나왔다. 양이는 한 손을 들어 '팁!' 제 입을 막았다. 딸꾹! 딸꾹, 딸꾹! 딸꾹! 그러나 한번 터진 딸꾹질은 구멍 뚫린 콩 자루 같았다. 여며지질 않고 콱콱 쏟아졌다.

"웃, 역시 놀랐어? 내가 너무 부담스럽게 했어?"

도는 낙담했다. 양이를 붙잡은 손이 힘을 잃고 툭 떨어졌다.

"아뇨, 그게, 딸꾹! 아, 그게, 놀라기는, 딸꾹! 했는데, 딸꾹! 그러니까⋯⋯. 아하하!"

양이는 입을 틀어막고 딸꾹질하며 도리질했다. 그러다 웃음보가 터졌다. 도가 깜짝 놀라며 상처받은 어린애처럼 어깨를 움츠리자 비웃는 게 아니라는 뜻으로 다급히 손을 내저었다. 드센 딸꾹질과 터져 나온 웃음에 눈물을 찔끔댔다.

"그게, 아, 딸꾹! 뭐라 할지 모르겠지만, 딸꾹! 저 기뻐요! 아, 딸꾹! 저 좀 못됐는데, 딸꾹! 아마도 안심, 딸꾹! 안심한 것 같아요. 아하하."

양이는 손가락으로 제 눈가를 훔치며 한바탕 웃었다. 엉덩이를 움찔 움직여 도와 거리를 좁혔다. 도는 실망과 의아함에 빠져 어깨를 늘어트리고 찌푸린 채였다. 양이는 도의 얼굴로 손을 뻗었다. 눈물이 찰랑거리는 그 눈가를 살며시 쓸었다. 딸꾹질을 멈추려 두 볼이 빵빵해지도록 제 숨을 틀어막았다. 한껏 우스꽝스러워진 얼굴이었지만 사뭇 진지하게 손을 놀렸다. 도의 눈물을 쓸어내었다.

"파아! 후아……."

양이는 마침내 숨을 터트렸다. 이제 딸꾹질이 나오지 않았다. 다행스럽고 이 상황이 우스워 또 웃음이 샜다. 어깨를 푸르르 떨었다. 그러나 이내 웃음을 거뒀다. 눈물로 씻기어 맑게 빛나는 도의 까만 두 눈에 제 모습을 비췄다. 지극히 진지하게, 입술을 움직였다.

"좋아해요."

양이는 미소했다. 제 마음속에 확인 신호를 보내듯 고개를 끄덕였다. 뺨이 복숭앗빛으로 물들었다.

"미처 '성함'을 다 부를 용기는 없어요. 또 미처, 사장님과 같은 농도로 표현할 수 있는 감정도 아니에요. 그렇지만 좋아해요, 도."

도도 뺨이 복숭앗빛으로 물들었다. 도는 웃으면서도 눈썹을 내렸다. 유순히 간청했다.

"'사랑한다.'고 해주면 안 돼?"

양이는 작게 도리질했다. 조심히 한발 물러났다.

"사장님께서 '저기에' 서 계시다는 고백을 듣고 안심해서 한바탕 웃은 주제에 치사하지만, 아직 그렇게 표현할 감정은 아니에요."

도는 제 가슴을 움켜쥐었다. 마음을 조마조마 졸이며 안달했다.

"아직? '여기'로 오고는 있어?"

도는 소년 같았다. 발꿈치를 세우고 눈을 동그랗게 뜨고 동구 밖 언덕 위에서 까치 우짖음을 기다리는 소년. 멋이야 없어도 티 없기에 영롱했다.

양이는 자신이 관계의 모퉁이를 돌았음을 깨달았다. 그렇게 도와 한길에서 마주 섰기에, 아직 그 모습을 선명히 볼 수 있을 만큼 가깝지야 않아도, 비로소 도가 보였다.

"거기 말고 다른 곳을 보지는 않아요."

양이는 신발 끈을 다시 묶어놓고도 짐짓 달릴 마음이 없는 듯 몸을 빼고 새치름히 답했다.

"이리로 와. 와서 내게 닿아줘. 끌어당겨줄게."

도는 양이에게 팔을 뻗었다. 양이 앞에 제 두 손을 내밀었다.

양이는 그 단단한 손바닥을 물끄러미 내려다보았다. 망설이듯 제 손을 들어 그 손끝에 살짝 얹었다. 뜨거운 손가락을 꽉 움켜쥐었다. 그렇게 꽉 쥘 셈은 아니었는데 어쩐지 꽉 쥐어졌다.

"천천히 해주세요."

도가 자신을 확 잡아당기려 하자 양이는 슬쩍 버티며 다급히 말했다.

"너무 빠르면 무섭고 어지러워서 도망가고 싶어지니까."

"아……!"

도는 양이의 손을 느릿히 제게로 가져왔다. 쿵쾅쿵쾅 뛰는 가슴 위에 양이의 손바닥을 올려놓았다. 덜덜 떨리는 손길로 양이의 손을 다시 이끌어 입술로 가져갔다. 제 손을 꽉 얽은 가느다란 손가락에, 그 손의 마디마디에 점점이 상냥히 입 맞췄다. 억양은 나긋이, 그러나 숨소리는 서투르게 떨며 속삭였다.

"그럼 곧게 와. 여기까지 쉬지 말고. 느리다고 재촉하지 않을 테니."

그러고 도는 고개를 들어 양이를 보았다. 떨리는 숨을 가다듬으며 한참을 말없이 양이의 눈동자를 헤아렸다. 이윽고 덧붙였다.

"나를 믿어. 그리고 반드시 기억해줘. 네가 어떤 모습으로 오든 나는 너를 기다릴 거야."

양이의 눈동자에 의아함이 떠올랐다. 도는 의문에 답하지 않고 고요히 미소했다. 살며시 양이를 끌어당겨 제 품에 넣었다. 양이의 등을 쓸었다.

양이는 마음이 폐허였다. 그런 자신을 몰랐다. 자신이 속에서 얼마나 곪았는지 까맣게 몰랐다. 도는 그게 슬펐다. '대체 무슨 일을 겪었기에 이렇게까지 덮고 잊었을까? 제 마음을 숨기기가 지독히도 힘든 도깨비가?' 그런 의문에 마음이 저렸다. 무엇이 이 여자를 그렇게까지 만들었는지 알고 싶었다. 알고서 저 마음을 꽃밭으로 만들어주고 싶었다. 그 꽃밭에 자신이 안길 수 있다면 더할 나위 없이 행복할 터였다.

양이는 자신을 몰랐다. 그 꿈속이 의식 가장 밑바닥은 아닐지라도 꽤 깊은 곳이었을 터임에도 여전히 자신을 몰랐다. 애초부터 제대로 된 자아를 얻은 적이 없든지, 아니면 '무엇'이었으나 잊었든지, 어느 쪽이든 자신이 무엇이어야 할지 알지 못했다.

도는 여러 각도에서 그 문제를 숙고했다. 서두르지 않기로 결론 내렸다. 지금 양이는 자신을 '인간 양이'로 알고, 그 자아일 때 가장 안정감을 느꼈다. 그렇다면 제대로 된 진실이 무엇인지도 모르면서 구태여 불완전한 진실로 양이를 흔들고 싶지 않았다. '인간 양이'를 부정하기보다 '인간 양이'를 기반 삼아 서서히 자신을 정의하는 테두리를 넓혀주리라. '인간 양이'에서 '도깨비 왕의 부인'이라는 제 모습을 받아들이게 하고, 나아가 자신을 '도깨비족의 일원'으로 느끼게 하고, 때를 보아 '본래부터 나는 도깨비족이었다.'는 정체성을 깨닫게 해줄 셈이었다. 또한, 최초엔 '양이'라는 정체성을 빌렸더라도 지금껏 '양이'로 느끼고 행동하고 세상과 교류한 존재는 죽은 꼬마가 아닌 '여기 있는 김양이'라는 점을 잊지 않도록 지켜봐 주고 싶었다. 그리하여 이 '양이'라는 자아를 제 존재를 정의할 토대로 삼길 바랐다. 그리해야만 충격이 가장 작으리라 판단했다.

　그래서 도는 한낱 인간 여인인 선영에게, 하물며 진실을 따지자면 양이의 친모도 아닌 선영에게 정중히 장모 대접을 했다. 그 사태 이후 몸을 채 회복하지 못하여, 약선이 한 말을 빌리자면 "이십사 시간 김 낭자와 붙어 계셔야 하옵는" 상황이면서도 선영에게 '다만 며칠만이라도 머무르다 내려가시라.'고 청했다. 양이는 입으로야 툴툴댔지만 선영이 왔다는 소식에 볼을 밝히며 눈꼬리로 슬쩍 웃었다. 도는 그 표정을 놓치지 않았다. 저 깊숙이서 상처받아 흔들렸을 양이에게 선영이 조금이나마 안정감을 찾아주길 바랐다.

　"겨우 고백까지 받았는데 장모님, 아니, 어머님 계시는 동안은 이렇게 마음껏 끌어안지도 못하겠네. 하아……. 고문이겠어."

　양이는 도의 품에 나른히 기대 있었다. 그러다 그 말에 퍼뜩 몸을 일으켰다.

"아, 맞아! 엄마한테 뭐라고 하셨어요? 우리 엄마한테 대체 뭘 어쩌셨느냐고요. 우리 엄만데 왜 사장님 편으로 만들어놔요. 너무해. 반칙이야!"

양이는 눈썹을 추켜세우며 분을 터트렸다. 푹 자고 일어나 보니 내 엄마는 내 엄마이되 내 편이 아니었다. 볼을 뿌우 부풀리며 애꿎은 도를 잡았다.

도는 깜짝 놀라며 입을 벌렸다.

"뭐? 내 편 들어줘서?"

도는 그렇게 묻더니 양이가 짓는 표정에서 답을 읽고 크게 웃음을 터트렸다.

"하하하! 세상에! 나 사실 혼나기만 했어. 솔직히 쫄았다고. 스승님도 무서운 줄 모르던 나인데 인간을 이렇게 무서워하는 날이 올 줄 몰랐다니까? 이렇게 무서운 여자는 너에 이어 두 번째야. 너도 무섭고 너희 어머님도 정말 무서우셔. 같이 차 마시고 산책하는데 초장부터 혼쭐났어!"

도는 정말로 무서웠던지 푸르르 진저리 쳤다.

"왜요? 왜 혼나셨어요?"

양이는 반쯤은 '엄마가 대체 어쨌을까?' 두려워했다. 또 반쯤은, 풀 죽어 시무룩한 도의 귀여운 모습에 즐거운 웃음을 머금었다

도는 입술을 내밀었다. 양이에게 알아서 안겨들었다. 양이의 쇄골 어름에 이마를 비비대더니 위로해달라는 듯 눈을 올려 떴다. 칭얼칭얼 하소연했다.

"들어봐? 내가 어디 가서 부족하다는 소리를 들을 남자는 아니잖

아?"

"뭐, 관점에 따라서는요?"

양이는 터져 나오려는 웃음을 볼에 구겨 넣으며 어깨를 으쓱했다. 도는 입술이 더 튀어나왔다.

"쳇, 모녀가 다 인색해. 하여튼, 내 진짜 조건은 더 대단하지만 점심 먹으면서 슬쩍 흘린 '인간 사내로서의' 내 조건도 뭐 하나 부족하진 않잖아. 잘생겼지, 건장하지, 능력 있지, 돈 많지, 너 좋아하지, 다정하지. 뭐가 부족해? 그래서 나는 네 어머님이 나를 대환영해주실 줄 알았어."

양이는 치대는 도의 등을 토닥였다. 풀 죽은 그 표정이 상상 밖으로 귀여워서 머리까지 쓰다듬었다.

"흐음, 착각은 자유죠. 뭐라고 혼나셨어요?"

"내가 뭘 그렇게 잘못했는지 모르겠어. 웬걸, 진짜 혼났어. 대뜸 그러시더라니까? '자네는 내 딸을 어떻게 생각하기에 엄마인 내가 두 눈 시퍼렇게 뜨고 지켜보는 앞에서 내 딸에게 그리 함부로 하나? 내 앞에서 가림 없이 그럴 정도면 평소엔 어쩌는지 안 봐도 뻔하네.' 이러시는 거야. 목소리를 쫙 깔고 정색하시는데, 난 여유만만하다가 깜짝 놀랐어. 기겁하며 생각했지. '내가 대체 뭘 어쨌더라?' 널 조금 조몰락대고 몇 마디 속닥댄 일? 반찬 올려준 일? 와, 평소의 반의반의 반도 안 했어! 게다가 봐. 내가 설혹 누구 앞에서 내 여인과 뜨겁고 대담하게 몸과 몸으로 대화를 나눴다 쳐. 그런다 해도 이 우주를 탈탈 털어 내게 뭐랄 존재는 열 명도 안 돼. 근데 어머님께선 화내시잖아. 너 조금만 회복하면 바로 데리고 간다 하셨다니까? '내가 뭘 잘못했지?' 억울하고 어리둥절하고 진땀이 막 났어."

"엄마가 잘하셨네. 엄마가 사장님이 수경왕인지 염라대왕인지 아실 게 뭐람. 엄마 눈에 사장님은 그냥 인간 청년이라고요. 그러니까 어른 앞에선 조심하셨어야죠. 저도 아까 그러시지 말라고 했잖아요."

양이는 도를 감싸지 않았다. 오히려 엄마를 옹호했다.

"너무해. 너마저……."

도는 기가 죽었다. 낙담해 고개를 떨어트리고 양이의 어깨에 이마를 쿵 박았다. 그러다 고개를 번쩍 들어 양이의 목덜미를 덥석 깨물었다. 양이가 움찔하자 비위가 틀려 투덜댔다.

"말 한마디라도 내 편 들어주면 안 돼? 나 좋아한다며."

양이는 목덜미를 깨물린 응징으로 도의 등을 퍽 때렸다.

"좋아한다 해도 입에 꿀 바른 말만 해주면 훌륭한 왕비감이 아니죠. 일단 끝까지 듣고요. 그래서 어쩌셨어요? 대들지야 않으셨겠고?"

양이는 놀림조로 물었다.

"당황해서 싹싹 빌었어. 죄송하다고, 그렇게 느끼셨다면 제 잘못이라고 했어. 하지만 결코 너를 함부로 대하진 않았다고, 너를 진심으로 좋아한다고 했어. 나 아주 쩔쩔맸어. 어머님이 몇 마디 더 추궁하셨거든? 까딱했다가는 널 당장 데려가실 분위기더라고. 그래서 나 진짜 쫄았다니까? 몇백 적군 사이에 혼자 덜렁 떨어져서도 안 쫄던 내가 쫄았다고. 우와, 씨……."

양이는 도의 등을 쓰다듬었다. 이게 애무인지 투정인지, 도가 자꾸 목덜미를 지분대는 턱에 거듭 움찔거리게 되었다. 오싹오싹. 기분이 이상했다. 이대로는 위험할 것 같았다. 저 입을 다른 방향으로 바쁘게 만드는 편이 안전해지는 길인 듯했다. 웃으며 뒤를 재촉했다.

"그래서요? 싹싹 비니까 엄마가 봐줘요?"

"모르겠어."

도는 양이를 부드럽게 떠밀었다. 양이가 상체의 균형을 잃으며 금
침으로 무너지자 양이의 다리에 제 다리를 엮었다. 양이에게 몸을 기
울이며 그 이마에 쪽 입 맞췄다. 입술을 아래로 아래로 내려 미간에
콧날에 콧등에 입술에 연달아 조르듯 입 맞췄다. 손끝으로 목덜미를
긁어내렸다. 양이는 팔을 들어 도의 가슴을 밀어냈다. 다리로도 도를
밀어냈다. 눈썹에 힘을 주어 엄격한 표정을 지었다. 도는 조르는 눈빛
을 보내며 양이의 입술에 거듭 어린아이처럼 뽀뽀했다. 양이가 다시
금 도의 가슴을 밀어내며 고개를 모로 빼자 한숨 쉬며 제 몸을 휙 뒤집
었다. 금침 위에 벌러덩 널브러졌다. 저 혼자 앵돌아져 구시렁대다가
는 양이를 끌어당겨 제 팔을 베고 눕게 했다. 양이도 거기까지는 거부
하지 않았다. 오히려 익숙하게 도에게 기대며 도의 어깨놀이에 뺨을
대었다.

"'모르겠다.'니 무슨 뜻이에요?"

"말 그대로야. 그게 무슨 뜻이었는지 모르겠어. 넘어가주신 듯도 하
고 아닌 듯도 했어. 주제를 바꿔서 이 차 추궁을 하시더라고."

"어떤 추궁이요?"

양이는 스스로 팔을 뻗어 도의 몸을 끌어안았다. 저도 모르게 도의
가슴을 더듬었다.

도는 목으로 끙 앓는 소리를 냈다. 요 예쁜 찐빵을 얌전히 '안고만'
있으라니, 자신이 선인(仙人)으로서 고귀한 자제력을 지녔기에 망정이
지 아니면 도저히 가능하지가 않은 일이었다. 속으로 신세 한탄을 삼
키며 뽀루퉁히 말했다.

"내가 돈만 많고 정신은 해이한 놈팡이가 아닌가 걱정하시는 듯했

어. '전공이 한의학이라고 했지? 가업은 전문 경영인에게 맡겨두었다 하였고. 그럼 형님이 대학에 출강하시듯 자네도 한의사를 업으로 삼는가?' 하고 물으시더라고."

"그래서요?"

"설정대로 말씀드렸지. 뭐, 말 나온 김에 설명할게. 인영유별법 탓에 나도 수산도 시대가 바뀔 때마다 인계에서 적당히 신분을 갱신해. 주술로 필요한 몇 사람 기억을 살짝 왜곡하고 서류를 몇 장 꾸미지. 한시영이 그랬듯, 나도 나의 선조가 곧 나고 그 선조의 선조도 곧 나야. 그 방법이 혈통 문제를 해결하기 가장 쉽거든. 한번 형성한 자본을 대대로 유지하기도 편하고."

양이는 흥미로워하며 꼬리를 이어 물었다.

"그럼 수경 그룹 창업자도 사장님이세요?"

"응. 그래서 수경 그룹 핵심부는 기본 정보만 겉으로 드러났을 뿐 대대로 베일에 싸여 있어."

"오오. 미스터리한 재벌물이네요? 좋다! 그럼 지금 신분은 뭐세요? 일단 수경 그룹 소유주시고요."

"응. 이 신분을 사적으로 말해줄 일이 있으리라곤 생각도 못 했지만, 네 가족에게 소개해야 할 테니 들어둬."

도는 일어나 앉았다. 양이도 꾸물꾸물 일어나 앉았다. 도를 마주 보며 끄덕거렸다.

"외울 준비됐어요. 말씀해주세요."

"좋아. 서류상 이름은 도현도. 나이는 오늘부로 고치기로 맘먹어서 너와 네 살 차이, 생일은 너와 궁합이 딱 맞는 날로 수산에게 뽑아보라 했어. 나중에 수산에게 물어봐. 동창 만들기 귀찮아서 초중고는 일찌감치 검정고시 봤고 대학은 만덕대 한의학과 나왔어. 가업은 전문 경영인에게 맡겨두었지. 하지만 선조께서 대대로 이루신 자산을 후손이 어리석어 말아먹을 수야 없으니 업무 보고는 꾸준히 받으며 핵심 인사도 직접 해. 그러니 남들보다 한가로이 살지만 다른 직업을 제대로 가질 만큼 느긋하진 않아. 하지만 수산 형님이, 젠장, 그딴 거북이가 형님이라니. 하여튼 형님이, 쳇, 고객이나 학생에게 자신이 수경 그룹 장남이라는 사실을 알리지 않듯, 나 역시 일상에서 만나는 이들에겐 내가 수경 그룹 소유주라고 밝히지 않아. 시선 끄는 일도 번잡하게 특별 대우받는 일도 기질에 안 맞거든. 그래서 대외용 직업이 있긴 해."

"생각보다 설정이 치밀하시네요. 뭔데요?"

양이는 즐거워하며 물었다. 도가 어깨를 으쓱했다.

"서예가. 개인전 몇 번 했고 국전에서 대상도 탔어."

"오. 진짜 대상 타셨어요? 아니면 그것도 주술로 조작하셨어요?"

"그건 진짜야."

도는 미간에 주름을 잡았다. 짐짓 귀찮은 듯 투덜투덜 동을 달았다.

"실은 그때, 입선만 하려 했어. 내가 인간과 글씨로 경쟁하다니 반칙이잖아. 찐빵이 잘 몰라서 그렇지 내가 아주 대단하거든. 삼계를 통틀어 손꼽히는 명필이야. 특히 내가 쓴 초서는 연습 글씨만이라도 구하고 싶어서 다들 난리야. 그런 내가 진지하게 쓴 글씨를 내보이면 어찌 되겠어? 인간 서예가가 줄줄이 붓을 꺾겠지? 시쳇말로 양민 학살이라고. 인간을 긍휼히 여겨야 할 선계 존재로서 할 짓이 아니잖아? 그래서 발로 쓸까 했어. 한데 한 나라 국전에서 발로 쓴 글씨로 수상하면 그것도 예의가 아니야. 어쩔 수 없이 왼손으로 최대한 갈겨썼지.

근데 대상을 받더라고. 하…… . 그때 다들 내 정체를 알려고 난리가
났는데 참 귀찮았어."

도는 턱을 들고 슬쩍 양이를 보았다. 양이도 이번만큼은 도가 바라
는 반응을 보였다. 뺨까지 설핏 붉히며 홀린 듯 도에게 시선을 붙박았
다.

"와, 진짜 글씨 잘 쓰시나 봐요. 대단하시다! 잘 쓰신다고야 늘 생각
했지만 그 정도셨구나. 와, 멋져요!"

도는 화끈 달아올랐다. 고개를 살짝 떨구며 속눈썹을 내리깔았다.
빨간 입술을 오물대다가 새초롬히 말했다.

"아니, 뭐, 이 정도로 감탄하지 마. 훗. 네 남자가 얼마나 감탄할 점
이 많은 남자인지 이제 끝없이 알게 될 거야. 내가, 이 정도로 놀라면
안 되는 남자라고. 마음 단단히 먹어. 앞으로 양파 까듯 계속 나의 멋
지고 매력적인 점을 발견할 텐데 이만한 일로 놀라면 너 나중에 심장
마비 와. 아! 혹시나 국전에서 대상 탄 그건 찾아보지 마? 네가 평소에
보던 연습 글씨만도 못하니까. 그건 내 글씨라고 할 수도 없어. 알겠
어?"

몇 초 전에 진심으로 감탄했던 양이는 또 다른 의미로 연달아 감탄
했다.

'이 남자 진짜 애구나.'

그리고 생각했다.

'바보 같은데 사랑스러워.'

양이는 히죽 웃으며 크게 끄덕였다.

"네, 알았어요. 히힛. 서류상 이름은 '도현도', 나이는 저보다 네 살
위, 만덕대 한의학과 출신, 수경 그룹 소유주이지만 대외적으로는 비

밀, 대외용 직업은 서예가. 맞죠? 엄마한테 그렇게 소개하신 거예요?"

"응. 역시 똑똑해. 한 방에 외웠네?"

도는 양이의 뺨을 장난스레 꼬집어 흔들었다. 그것만으로 만족하지 못하고 냉큼 양이를 들어 제 품에 앉혔다. 요리 쪽 조리 쪽 부산히 입술 도장을 찍었다. 양이는 헤헤 웃으며 도의 가슴에 등을 푹 기댔다.

"그래서 엄마 반응이 어땠어요?"

"나쁘지 않았어. 그래도 여전히 내가 탐탁지 않으신 눈치였어. 나를 순하고 욕심 없는 외동딸을 공연히 흔들어놓는 불한당 취급하셨다니까? '저 남자가 나 서운하게 하더라.' 하고 네가 입만 뻥끗해도 당장 너 끌고 내려가시고 네가 눈물이라도 글썽였다간 너희 아버님 불러서 날 메주 밟듯 골고루 밟고 귓갓길엔 소금 뿌리고 가실 것 같더라. 내가 진짜, 진땀이 나다 못해 등이 다 서늘했어."

"와아. 우리 엄마에게 그런 모습이! 역시 우리 엄마는 돈보다 날 사랑했어! 엄마도 딸내미가 쏘는 마블링 아름다운 일 등급 한우 좀 먹어보자며 아무리 생각해도 잘못 주워왔다고 그러어어엏게 날 구박하시더니."

양이는 박수 치며 좋아했다. 도는 애인이 곤경에 처했었다는데도 해맑게 좋아하는 양이를 보며 한숨을 푹 내쉬었다. 양이의 귓바퀴를 깨물며 목으로 그르렁거렸다.

"너무해. 넌 내가 그렇게 쩔쩔맸다는데 하나도 안 안쓰러워?"

"아야! 나쁘게 생각하지 마세요. 부인감이 화목한 가정에서 자랐다니 얼마나 좋아요? 하여튼, 그래서요?"

"그래서 뭐, 내 진심과 우량함을 보여드렸지. 내가 널 얼마나 사랑하는지를, 네가 내 청혼을 받아주면 내가 네게 어떤 삶을 보장할 수 있는지를 브리핑했어. 아무리 완고한 장모님이시라도 당신 딸을 사랑하는 비전 있는 사윗감이란 환영하시기 마련이니까."

도는 우쭐한 표정이었다. 교만해 보이기까지 했다.

양이는 귀에 딱지가 앉도록 도를 칭찬하며 자신을 도에게 밀어붙이던 엄마를 떠올렸다. 속이 슬쩍 뒤틀렸다. 뾰로통히 물었다.

"오호? 자신만만하시네요?"

"자신만만할 만하지. 내 편 들어주셨다며?"

"치사해. 내 엄마인데 자기편 만들고. 이건 불공정해."

양이는 연신 툴툴댔다. 도가 눈썹에 힘을 주었다.

"네가 더 불공정하지. 난 아예 엄마가 없잖아."

"신하들이 엄청나게 많으시잖아요. 따지고 보면 화화 식구들도 다 사장님 편이고. 흥! 그래도 괜찮아요. 엄마가 넘어갔다고 해도 난 아직 아빠가 있어. 나중에 올 아빠한테 사장님 완전 쩔! 쩔! 매게 해달라고 해야지."

양이는 입술을 삐죽이며 심술스럽게 말했다. 도는 입을 쩍 벌렸다.

"와! 너 진짜⋯⋯! 내가 안절부절못하고 고생했다는데 여기서 아군을 또 투입하려고? 기어이 나를 더 고생시켜야겠다? 내가 쩔쩔매는 모습이 그렇게 좋아?"

"네, 좋아요. 직접 못 봐서 한스러운데요? 늘 능글능글 여유만만하던 사장님께서 저 때문에 쩔쩔매셨다니, 콧대가 막 높아지네요."

양이는 천연덕스럽게 말했다. 도는 손바닥으로 제 이마를 턱 짚었다.

"이야, 이 김복어, 이렇게 얄미운 구석이 있다니⋯⋯."

"왜요? 이 정도로 애정이 식으세요?"

양이는 몸을 휙 돌려 도와 마주 보았다. 도의 목에 팔을 감고 도의 무릎에 앉았다. 턱을 치켜들고 눈을 눈썹에 매달고 입꼬리로 생글생글 웃었다.

도는 입술 끝을 씩 말아 올렸다. 양이의 이마에 이마를 콩 부딪쳤다. 한 치 앞에서 양이를 바짝 노려보았다. 나직이 속삭였다.

"식어? 천만에. 도전 의식 이는데? '나도 나 때문에 쩔쩔매는 찐빵을 꼭 봐야겠다.' 하고."

도는 목소리를 더욱 낮췄다. 음험한 기색을 얹어 뒤를 이었다.

"'여보가 없으니까 잠이 안 와요.', '안아주세요.'라고 울먹이는 찐빵이라거나."

도가 양이의 옆구리를 손끝으로 쓱 쓸어내렸다. 양이는 자지러졌다. 뺨이 확 달아올랐다. 도의 목에 감은 팔을 풀고 잽싸게 그 품을 벗어나 금침 저 끝으로 달아났다. 이불을 콱 잡아당겨 제 몸에 둘둘 말았다. 입술을 꼭 깨물며 도를 흘겨보았다. 앙큼하게 쏘아붙였다.

"꿈이 야무지시네요. 너무 앞서가지 마세요. 말씀드렸죠? 너무 빠르면 저 도망간다고?"

"아, 이런……. 이거야말로 불공평해. 규칙을 세우는 쪽이 너라는 점."

"규칙이 너그럽길 바라시면 저한테 잘하세요."

도는 텅 빈 양팔을 맥없이 늘어트렸다. 절레절레 고개 저었다.

"이래서 밀당이 중요하다는 거구나. 내가 잘못했나 봐. 내 속 다 까주니 순진하고 귀엽던 내 찐빵이 삽시에 교만해졌어."

"값은 받을 수 있을 때 높게 쳐 받아야죠. 현명한 왕비감 싫으세요?"

"그럴 리가. 맹하다가도 중요한 국면에선 똑똑해지는 면이 내 찐빵을 빛내는 치명적 매력이지."

양이는 연홍빛 뺨으로 깔깔 웃었다. 제 몸을 꽁꽁 싸맸던 이불귀를 살며시 열어 보였다.

"저야 낮 내내 자서 쌩쌩하지만 사장님은 피곤하시죠? 목소리가 쉬었어요. 주무셔야죠."

양이가 제 무릎을 톡톡 두드렸다. 도는 눈썹을 올리며 까만 눈을 반짝 빛냈다. 양이에겐 순간이동으로 보일 속도로 움직여 그 무릎을 냉큼 베었다. 원하던 사탕을 얻은 아이처럼 웃었다. 정말 곤했기에 나른히 하품했다.

양이는 제 몸에 둘렀던 이불을 풀었다. 도에게 이불을 덮어주려 했다. 이불이 무겁고 도에게 무릎도 내준 상태라 일이 쉽지 않았다. 내심 도가 주술로 돕지 않을까 기대했다. 그러나 도는 모른 척 눈 감았다. 입꼬리가 한껏 치솟은 모양이 양이가 저를 챙겨 이불 덮어주는 일을 일부러 즐기는 기색이 완연했다. 양이는 그 응석을 받아주었다. 끙끙대면서도 상체를 쭉 뻗고 힘차게 이불을 펄럭여 도의 발끝까지 기어이 덮었다. 도의 목까지도 이불귀를 끌어올려 꼼꼼히 다독였다.

"안녕히 주무세요."

양이는 몸을 기울여 도의 뺨에 살며시 입 맞췄다. 누구랄 것 없이 뺨이 붉게 피었다.

✳✳✳

"엄마가 며칠 찬찬히 봤더니 정말 그만한 애가 없겠더라. 착해, 똑똑해, 다정해. 딱 하나, 양친께 받은 가르침이 부족해서 어른 어려운 줄 모르는 점이 흠인데, 장형이 체구처럼 듬직하고 순박하니 집안에서 중심을 잡으시고 그 아래 동생들도 해맑고 온순하니 좋더라. 바꿔 생각하면 어른 안 계시니 시집살이 덜해 안심이잖아. 너도 가만 생각해봐. 이만한 신랑감이 또 있겠니? 엄마가 조건 때문에만 이러는 게 아니야. 엄마는 현도가 너 예뻐서 어쩔 줄 모르는 점이 제일 좋아. 사람 마음이 참 간사하지? 내 딸이 그럴 땐 '정신 나갔네.' 싶더니만 걔가 너한테 정신 못 차리니 왜 이리 흐뭇하니? 여자는 자고로 남자에게 사랑받는 게 제일이야. 그 남자가 능력 있으면 잡고 봐야 하고. 걔 눈에 콩깍지 씌었을 때 빨리 받아줘. 네 복 걷어차지 말고, 응? 너도 내심 걔 좋잖아. 행동만 뚱하지 눈길만 스쳐도 볼은 빨개지던데. 아니야?"

"아우, 엄마아아. 내가 알아서 할게. 으응? 제발 그만해애. 이게 대체 몇 절이야. 일 절, 이 절, 삼 절, 사 절⋯⋯. 아우! 애국가도 이거보단 짧아. 애국가에 도돌이표를 백번 찍으면 엄마가 지난 닷새 동안 나한테 한 것만큼 되겠어, 응?"

양이는 듣다못해 고개만이 아니라 상체를 통째로 내저었다. 지친 기색이 역력한 얼굴로 발 구르며 칭얼댔다.

"엄마가 오죽이나 걱정되면 이러겠니? 솔직히 네가 내 딸이지만 특출나게 예쁘기를 하니 능력이 뭐 대단하기를 하니. 기회 왔을 때 좋은 남자 잡아 결혼이라도 잘해야 네 인생 목표가 이뤄지지 않겠니? 안 일하고 편안하게 드라마나 실컷 보며 사는 유유자적한 삶! 너 그거 돈 있어야 가능하다?"

선영은 양이의 손을 꼭 잡았다. 불타는 눈빛으로 구구절절이 힘주어 말했다.

"알았어, 알았다고. 응? 정말 알았어. 잘할게, 내가 진짜 잘할게. 빨리 가, 제발. 이러다 차 떠나. 여기까지 와서 차 보낼 거야? 입영 열차도 이런 식으로는 안 타겠다."

양이는 한숨을 짓누르며 애원조로 말했다. 선영의 등을 마구 떠밀었다.

"어휴, 이 딸년. 자식이라고 하나 있는 게 애교라곤 없어요."

발차 시각까지 이제 일 분여밖에 여유가 없었다. 선영은 선로에 열차가 들어오기도 전에 도착했지만 아직도 차에 오르지 않았다. 더는 꾸물댈 수 없는 지경이 되자 마지못해 가방을 들었다. 마지막까지 당부했다.

"적당히 튕겨. 뚱하게 밀어내지 좀 말고. 알았어?"

도는 용산역까지 선영을 차로 모셨다. 새마을호 승차장까지 짐을 들어주었다. 모녀가 편안히 인사 나누도록 멀찍이 물러났다. 선영은 그쪽을 향해 눈길을 주었다. 도가 허리 숙여 정중히 인사하자 더없이 따뜻한 눈빛과 가벼운 고갯짓으로 인사를 받았다. 그제야 몸을 돌려 차량에 올랐다.

"하아, 울 엄마 너무해. 날 팔아치우지 못해 안달이잖아. 사장님 또 신나서 우쭐대시겠네."

양이는 툴툴대면서도 조르르 늘어선 차창으로 눈길을 옮겼다. 차량 깊숙이 사라지는 선영을 마지막까지 바라보았다. 선영이 돌아보자 그럴 줄 알았다는 듯 웃으며 손을 흔들었다. 선영이 완전히 시야를 벗어나자 제 뺨에 가만히 손바닥을 눌렀다. 뜨끈뜨끈했다. 잠시 그러고 있자니 새애애액 소리를 내며 검고 붉은 열차가 선로를 미끄러졌다.

"드디어 찐빵이 내게 돌아왔군. 장모님도 좋지만 며칠간 미치는 줄 알았어. 대체 이 찐빵이 뭐가 그리 수줍은지 장모님 앞에선 쌀쌀맞게만 굴지, 보쌈도 딱 하루만 협조하고 내내 거부하지, 그리움에 밤마다 내 눈가가 짓물렀다고."

"훗!"

분명 양이에게서 백 미터 밖에 섰던 도는 선영이 사라지고 몇 초 되지도 않아 양이에게 들러붙었다. 양이를 그 허리에 팔을 감아 제 품에 넣고 그 등을 제 가슴에 밀어붙였다. 양이의 귓바퀴에 입술을 바짝 붙이고 속살댔다. 양이의 귀 뒤를 쓱 핥았다. 그 불의의 기습에 양이가 파드득 떨자 킥킥 웃었다.

"공공장소거든요!"

양이는 기겁하며 목 안으로 외쳤다. 팔꿈치로 도를 퍽 찍었다.

"흥! 남이야 뭐라든."

"앗!"

도는 양이의 귀를 콱 깨물었다. 양이가 비명을 삼키자 빨갛게 달아오른 귀 끝을 혀로 굴리고 이로 긁었다. 양이가 자신을 밀어낼수록 그 몸을 꽉 당겨 제 허리에 붙였다. 장난기와 위협을 반반 섞어 속삭였다.

"경고하는데 내가 하는 대로 받아주는 편이 좋아. 지난 며칠 동안 너 정말 너무했잖아. '좋아한다.'고 고백해서 있는 대로 날 들뜨게 하더니 이튿날부터 얼굴을 싹 바꿔서 '엄마가 본다.'며 손도 못 잡게 했어. 난 지금 매우 심한 욕구불만에 휩싸였다고. 꾹꾹 눌러놓은 활화산 같은 상태라 여기서 더 억눌렀다간 자제력을 잃고 폭발할지도 몰라.

모쪼록 내가 이성을 붙잡고 있을 수 있도록 협조해주었으면 해."

'이래서 내가 고백을 안 하려고 했는데! 왕이란 하여간 제멋대로야! 고삐가 없다고 고삐가!'

양이는 심장이 쿵쾅쿵쾅 뛰었다. 도처럼 뻔뻔하지 못했기에 낯이 빨갛게 달아올랐다. 남이 볼세라 몸과 고개를 움츠렸다. 도를 마구 밀어냈다. 화가 난, 날이 선 어조로 쏘아붙였다.

"폭발하시면 잠깐이야 즐거우실지 모르겠지만 각방의 고통은 오래 갈걸요? 최소한 공공장소는 벗어나 주세요!"

"공공장소라서 문제다? 걱정하지 마. 내 예쁜 찐빵의 평판을 생각해서 이미 환시를 펼쳐놨으니까. 남들 눈에 우리는 나란히 서서 대화를 나누는 한 쌍일 뿐이야."

도는 양이의 어깨 너머로 고개를 뻗었다. 양이의 뺨에 입 맞추며 손을 놀렸다. 양이가 채 인지하기도 전에 양의 셔츠 밑, 허리께로 뜨겁고 커다란 손을 넣었다.

"히익. 무슨 짓이세요!"

양이는 질겁했다. 자지러지며 몸을 휙 돌렸다. 그래 봐야 제 허리를 감은 팔 안에서 빙글 돌았을 뿐 도의 품을 벗어나지 못했다. 주먹을 들어 도의 가슴을 때리려 했다.

"무슨 짓이긴, '보호하려는' 짓이지. '마킹.'"

도는 자신을 때리려는 양이의 손목을 가볍게 채었다. 꽃처럼 싱긋 웃으며 천연덕스럽게 답했다. 항의하려 옴칫하는 양이의 입술에 냅다 제 입술을 박았다. 쪽! 양이가 뻐끔대자 그 입술에 제 손가락을 세워 가져다 댔다. 양이의 말문을 막아놓고 청산유수로 말했다.

"혹시 항의할 생각이라면 안 하는 편이 좋아. 내가 아주 진하게 키스하려다가 너 놀랄까 봐 아주 많이 양보해줬다는 사실을 인지하길 바라. '좋아한다.'는 고백까지 해주고서 설마 입술에 뽀뽀도 허락하지 않을 셈이야? 그렇다면 우롱이지. 게다가 나는 지금 아주 급하고 절박해. 잊었나 본데 찐빵은 언제나 내 보호가 필요한 위험한 체질이야. 한데 며칠간 마킹도 제대로 해주지 못한 찐빵이 이렇게나 펼쳐진 곳, 사람도 영계 존재도 많은 곳에 드러났어. 내가 얼마나 불안하겠어? 그러니 지금 아주 긴급하고 강력하게 보호 활동을 해야 해. 동의하지?"

도는 다시 양이에게 입술을 기울였다. 양이는 도에게 잡히지 않은 다른 손을 들어 도와 제 입술 사이에 끼워 넣었다. 눈동자를 휙 굴려 도가 보내는 시선을 피하며 말했다.

"자, 잠깐! 잠깐만요!"

도는 찡그렸다. 더운 숨을 훅 들이켜며 인내심을 끌어모았다. 억눌린 목소리로 물었다.

"왜?"

"사, 사장님 강하시잖아요."

"강해."

"그런데 마킹이 뭐가 이렇게 급해요? 어지간한 놈들이 찝쩍대도 물리칠 수 있으시잖아요."

"어머님께 항의해야 했는데! 찐빵에게 논술 학습지는 왜 시키셨을까?"

"우리 엄마도 후회하실 거예요. 만날 밀리는 학습지를 왜 그 돈 들여 시켰을까? 어쨌든 지금 여기서 그런 보호 활동을 긴급히 하지는 않아도 되지 싶거든요. 사장님은 강하시니까."

양이가 무언가를 물으면 도는 꼭 꼬박꼬박 답해주었다. 양이는 그 점을 이용했다. 도를 멈춰놓고 도에게서 조금이라도 떨어지려 허리를 뒤로 꺾었다. 괜히 얼굴을 바라보았다가 도가 싱긋생긋 웃으며 제 넋을 빼놓을까 봐 부득부득 시선도 피했다.

"나는 강해. 하지만 온갖 잡것이 내 여자에게 껄떡대는 꼴을 보는 취미는 없어. 예방이 최선이야."

도는 입술을 가린 양이의 손을 잡아 내렸다. 생긋 웃으며 다시 일 센티미터 진출했다.

"잠깐! 잠깐만요!"

양이는 자신에게 돌진하는 트럭을 보기라도 한 양 사색이 되어 외쳤다. 허리를 더욱 뒤로 꺾었다. 이대로 세 마디만 더 오가면 여인의 향기를 재현할 기세였다.

"또, 뭘?"

도는 눈썹을 찡그렸다. 안달하며 입술을 짓이겼다.

"저기요, 그러니까요, 다들 힐끔대요. 진짜 환시 거셨어요?"

양이는 이리 힐끔 저리 힐끔 눈동자를 굴렸다.

"진짜 걸었어. 내가 잘생겨서 쳐다보는 사람들을 뭘 어쩌라고. 저들도 아름다움을 추구할 권리가 있어."

"으윽, 그래도요! 그래도 이건 아니에요! 우리 일단 집에 가요."

양이는 두 다리를 버둥대었다. 팔을 허우적대며 도를 밀어내려 애썼다.

"아, 제발!"

도는 발을 구르며 벌컥 열을 냈다. 입술을 일그러뜨리며 여유를 내던졌다.

"나 좀 살려줘! 내가 지난 며칠간 얼마나 참고 또 참았는지 알아? 뽀뽀하고 싶어서 미치겠어! 만지고 싶어서 손이 근질근질하다고! 내가 정말, 선인의 인내력으로, 지고한 수행의 힘으로 네가 절대 안 된다고 선 그어둔 곳까지는 접어놨어. 근데!"

도는 두 눈을 질끈 감았다. 열 오른 한숨과 함께 눈을 떴다. 깜짝 놀라 토끼처럼 굳은 양이를 향해 더운 숨을 훅훅 토했다. 씨근덕대는 어깨를 단속했다. 치미는 음성을 억눌렀다. 바짝 마른 입술을 핥았다. 부들대며 호소했다.

"왜! 왜 하던 일까지 못 하게 하냐고! 만지고 뽀뽀하고 껴안고! 여기까지는 받아줄 수도 있잖아! 아흐, 내가 참고 또 참아서 그렇지 마음 같아선 널 줄여서 이십사 시간 주머니에 넣고 다니고 싶어. 김복어 너는 내가 좋다면서 어떻게 참아? '사랑한다.'와 '좋아한다.'가 이렇게 차이가 커? 응? 나만 너랑 뽀뽀하고 싶고 나만 너랑 끌어안고 싶고 나만 너랑 이렇고 저런……. 우이씨, 어흐, 진짜, 씨……. 내가 살다 살다 별 치사한……."

도는 양이의 허리를 놓았다. 그래도 확 놓지는 않았다. 허리를 뒤로 잔뜩 꺾은 양이가 제대로 중심을 잡고 서도록 그 등을 쓸어 올려 몸을 곧게 세워주었다. 그리고 손을 뗐다. 빈 팔과 빈손에 힘을 꽉 주었다가 심호흡과 함께 천천히 힘을 풀었다. 몸을 휙 돌렸다. 양이의 손을 쥐고 한 걸음 크게 내디뎠다. 입을 열었다. 침착하려 애쓰지만 뜻대로 되지 않는 기색이 역력한, 한껏 억눌렀지만 여전히 달떠 파들대는 목소리였다.

"집에 가자. 네가 싫다는 일 안 할게. 절대 안 해. 미안, 너무 밀어붙여서. 내가 성급했나 봐. 고백, 받았다고 너무 좋아서……."

도는 제 낯을 손바닥으로 문질렀다. 기분이 엉망이었다. 살면서 느껴본 적 없는 어지럽고 싱숭생숭한 상태였다. 연거푸 한숨을 삼키며 걸음을 떼었다.

"기대치가 높아져서, 내가 실수했어. 혹여 도망, 가지는 마. 방금은 내 실수니까. 근데, 내가 뭔가 착각하나? 고백받고 그날 밤뿐이었던 것 같아. 넌 그때뿐이었어. 그 이후로 나한테 잘 웃어주지도 않고 나와 손잡아주지도 않고, 하……. 어머님 계셔서 그런 줄 알았어. 그래서 나도 최대한 참았어. 근데 너, 지금도 뭔가 떨떠름해. 며칠 전만 해도 내 품에 곧잘 안겨주더니 지금은 왜 눈도 안 마주치려고 해? 밀어내는 태도도 어쩐지 더 매몰차. 하……."

도는 고개를 저었다. 땅바닥을 툭 차고 이번엔 고개를 끄덕였다.

"아니야. 내 잘못이지. 미안해. 내가 공연히 예민해져서 너한테 투정하나 봐. 미안해. 미안. 누굴 좋아해본 일이 너무 오랜만이라 제어가 잘 안 돼. 미안. 나도 멋져지고 싶은데, 하……. 도깨비는 도깨비인가 봐."

도는 손에 땀이 찼다. 좀처럼 없던 일이었다. 입술을 깨물었다. 맞잡은 손이 축축하니 양이가 기분 나빠하지 않을까 걱정하며 잡은 손을 놓았다. 손을 바지에 닦으려 했다.

"저기, 사장님."

도가 놓은 손을 양이가 곧장 다시 잡았다. 도는 움찔하며 멈췄다. 도의 등 뒤에서 한껏 짓눌린 목소리가 머뭇머뭇 이어졌다.

"저기, 그게……. 저도, 쑥, 그게, 쑥, 스러워요. 원래 사장님이 안거나 하시면 그런가 보다, 했, 는데요. 안전하려고 포기한 일이니까. 근데, 고백한 날은, 그냥, 들떠서 넘, 어갔는데, 그러고서 가만히 생각해보니까, 혼자, 생각을, 좀 해봤는데요, 부, 끄러워져서, 좀, 의식이, 자꾸, 크흠, 돼서⋯⋯. 보는 것도, 원래 '잘생기셨다.' 하고, 수줍긴 해도 그냥 감탄, 뭐 그런 기분이었는데, 이제 좀, 갑자기 막, 생각에, '남자, 남잔가?' 싶어서, 어, 부끄러운 것도 같고, 좀, 잘, 못 보겠어요. 만지시는 것도, 예전에는 좀 귀찮, 았는데, 갑자기 자꾸 움찔, 움츠러들게 돼서, 깜짝, 놀라니까 피하게 되고⋯⋯."

양이는 한참을 말했다. 그런데 도통 아무 반응이 없었다. 눈을 질끈 감고 몸을 움츠리고 말을 잇다가 점점 용기가 사라져서 마침내 아무 말도 하지 못했다. 주먹을 꼭 쥐고 눈도 뜨지 못하고 낯이 홍당무처럼 익어 그 자리에 섰다. 문득 느껴보니 꼭 쥔 주먹이 허전했다. 도의 손끝을 붙잡으려 했는데 경황이 없어서 제대로 하지 못했거나 도가 잡은 손도 놓고 성큼성큼 가버린 모양이었다.

'내가 미쳤나 봐. 자존심도 없지. 대체 뭐라고 한 거야? 혼자 중얼댔다면 더 창피해.'

양이는 수치심이 밀려왔다. 눈물이 찔끔 나왔다.

"양이야."

그때 나직하고 온화한 목소리가 코앞에서 들렸다.

"눈 떠봐."

양이는 흠칫했다. 그러나 도가 떠나지 않았다는 사실에 다소 안심하며 슬그머니 눈을 떴다. 물 젖은 속눈썹을 깜박였다.

"아⋯⋯."

도는 양이의 눈앞이었다. 등과 어깨를 한껏 기울여 양이와 시선을 맞춘 채였다. 미소 지었다. 양이만큼이나 낯이 붉었다. 눈꼬리가 달콤히 휘었다. 두 손을 들어 양이의 양 뺨을 안았다. 양이가 움찔했다.

"내 예쁜 찐빵이 피자 맛 호빵이 됐네? 따끈따끈해."

도는 장난스럽게 속삭였다. 뺨을 안았던 두 손을 얌전히 내렸다.

"아……."

심장이 쿵쾅쿵쾅 뛰던 양이는 떨어져 나간 손길이 다행스러우면서
도 서운했다. 무심코 탄식했다. 마주한 도를 똑바로 보기가 힘들었다.
눈동자를 떨며 불안스레 굴렸다. 자꾸만 눈을 깜박였다.

그러나 도는 흔들림이 없었다. 양이에게 지그시 시선을 맞췄다. 까
만 눈동자가 찬란히 반짝였다.

"말해줘서 고마워. 정말 기뻐."

도는 세상 모든 행복을 제 것으로 삼은 듯했다. 눈부신 설렘으로 말
을 이었다.

"비밀인데 네가 이렇게 예쁘니까 한 가지 귀띔해줄게."

도는 팔을 뻗어 양이의 머리칼을 사분사분 쓰다듬었다. 긴장과 떨
림을 달래주었다.

"나도 부끄러워. 수줍고 떨려. 네가 좋아진 만큼 무서워졌어. 내가
너를 붙잡아두지 못할까 봐, 네가 내게서 도망갈까 봐. 매번 너를 살
피며 용기를 내야 해. 어라, 안 믿기는 표정이네? 진짜야."

도는 후후 바람 새는 소리를 내며 웃었다. 양이의 머리칼을 쓰다듬
던 손을 내렸다.

"용기 내줘서 고마워. 너도 나처럼 떨린다니 기뻐. 나는 마음이 급
해서 앞으로도 종종 너를 재촉할지 몰라. 하지만 거듭 약속할게. 네
마음이 나를 밀어내지만 않는다면, 곧게 내게 다가와만 준다면 느려
도 화내지 않고 언제까지고 기다릴게. 그러니 아직 벅차면 한발 물러
서도 괜찮아. 탓하지 않을 테니."

도는 천천히, 길게 양이에게 몸을 뻗었다. 양이의 입술에 제 입술을 사뿐히 내려앉혔다.

　양이는 움찔 목을 움츠렸다. "훗!" 짧은 숨을 삼키며 입술을 닫았다. 뻣뻣이 굳어 파르르 떨었다. 도의 까만 눈동자가 바짝 다가왔다. 그 까만빛이 너무도 가까워서 보려 드니 오히려 엷은 현기증과 함께 눈앞이 부옇게 번졌다. 까만빛이 온화한 밤처럼 부드러워졌다. 따뜻한 숨결이 느릿하게 입술을 어루만졌다. 양이는 처음에 도의 입술이 이미 제 입술에 닿았다고 생각했다. 아니었다. 숨이, 포근하고 깊은 날숨이 예민히 달아오른 양이의 붉은 주름을, 틈새를 깃털처럼 살랑였다. 그리고 들숨. 입술을 덮었던 온기가 느릿하고 길게 사라졌다. 그 시간은 마치 고요, 떨림만이 남은 감각의 고요 같았다. 양이는 떨렸으나 그 떨림 속에서 불현듯 안온했다. 몸에서 힘이 풀렸다. 눈꺼풀이 스르르 내려 닫혔다. 물러서지 않았다. 빛과 비를 바라는 꽃처럼 가만했다.

　양이는 뺨을 감싸는 손길을 느꼈다. 젖은 입술이 아랫입술을 노긋이 덮었다가 살며시 떨어져 나가고 입술이 떠난 자리를 포근한 숨결이 보드레하게 핥았다. 그리고 또 촉촉한 입술. 입술이 닿았다가 떨어지고 숨결이 앉았다가 감각의 고요가 오고 다시 입술이 입술을 물었다가 멀어지고 또 긴 떨림과 짧은 고요가 되풀이되었다. 부드러운 물결이 일어나고 또 내려앉듯이. 기다랗고 뜨거운 손가락들이 관자놀이를, 뺨을, 귓가를, 목덜미를 상냥스레 어루만지고 맥이 뛰는 자리를 지그시 누르고 얽고 헤아렸다.

　양이는 어느 틈엔가 도에게 스미어 녹아들었다. 도의 팔에 풀기 없이 몸을 늘어트리고 도의 입술과 숨결에 제 입술과 숨결을 오롯이 내

주었다. 상냥한 침략군에게 스스로 함락되고 점거되었다. 도를 자신의 왕으로 인정하고 그 온유한 지배에 안전과 안온을 느꼈다.

"사랑한다, 김양이. 내 왕국에서 가장 소중한 하나, 나의 왕비님."

왕은 제 것을 끌어안고 상냥히 이름했다. 그리하여 양이는 다시 한 번 양이가 되었고 자신의 왕이 통치하는 왕국에서 가장 소중한 하나가 되었다. 마음 깊이 안도했다. 미소가 머금어졌다.

- 3권에서계속.

미주

1 양이는 Anne Enright가 쓴 소설, The Gathering을 떠올리고 말했다. 원문은, "Everyone loves someone. It seems like such a massive waste of energy.(모든 이가 누군가를 사랑한다. 그건 막대한 에너지 낭비 같다.)" Enright, A. (2007). The Gathering. [소설]. 영국: Jonathan Cape.

2 개그 만화, 은혼에서, 남성기 모양을 한 눈 모형을 일컫는 이름. 만화 번역판 기준 12권 103화, 만화영화 기준 38화에 처음 나온다. 등장인물인 긴토키가 그 모형을 보고, "이건 네오 암스트롱 사이클론 제트 암스트롱포잖아?"라고 한다. 이 모형은 이후에도 나온다. 히데아키, 소라치. (2006). 은혼. (권. 12). (설은미, 번역). [만화 시리즈]. 대한민국: 학산문화사.

3 판타지 소설 시리즈 해리포터에서 마법사 세계를 위협하는 악한 마법사의 이름. 마법사 세계에서는 이 이름을 소리 내어 말하는 일조차 금기시한다. Rowling, J. (1999). 해리포터. (부. 1~7). [소설 시리즈] (김혜원, 번역). 대한민국: 문학수첩.

4 이 문장에 나오는 만화 이름은 전부 실제 발간된 만화 제목을 패러디하고 있다. 하단에 '본문표기: 원작 정보' 형태로 표기한다. 투피스: 에이치로, 오다. (1997). 원피스. [만화 시리즈]. 일본: 소년점프., 투명가면 마아야: 스즈에, 미우치. (1976). 유리가면. [만화 시리즈]. 일본: 하나토유메., 삐리리 불어 봐 치타: 쿄스케, 우스타. (2000). 삐리리 불어봐 재규어. [만화 시리즈]. 일본: 소년점프.

5 TV 만화영화 시리즈인 The Powerpuff Girls(국내명: 파워퍼프걸)에 나오는 캐릭터들은 부리부리하고 큰 눈이 특징이다. McCracken, Craig, et al.

(1998). The Powerpuff Girls. [텔레비전용 만화영화 시리즈]. 미국: Cartoon Network, Warner Bros. Television Distribution.

6 요시오, 쿠로다. (감독). (1975). 플랜더스의 개. [텔레비전 판 만화영화]. 일본: 후지TV.

7 성백엽. (감독). (2000~2001). 하얀마음 백구. (화. 1~13). [텔레비전 판 만화영화 시리즈] 대한민국: SBS.

8 귀요미송 가사 패러디. 원작 가사는 "일 더하기 일은 귀요미" 하리(Hari). (2013). 귀요미송. 대한민국: 다날 엔터테인먼트.

9 극장판 만화영화 The Lion King(국내명: 라이온킹) 오프닝 오마주. Allers, R. & Minkoff, R. (1994). The Lion King. [영화]. 미국: Buena Vista Pictures.

10 앵그리버드. [모바일 게임]. (2009). 핀란드: Rovio Entertainment Ltd.

11 3장 참고자료. 그림자 연극, '카라교즈'(터키). [다큐멘터리 시리즈:세계의 무형 문화유산]. (2012.03.09.). 대한민국: EBS 1TV.

12 이어지는 하얄리 이야기에 영감을 준 것.
i) Shakespeare, W. Macbeth.
꺼져라, 꺼져라, 몽당 초여!
인생은 그저 걸어 다니는 그림자, 가여운 배우.
주어진 시간을 무대에서 우쭐대고 동동대다
이후에 더는 소식이 들리지 않는.
인생은 이야기, 바보가 지껄이는 이야기,
아우성과 분노로 가득한,
무의미한.
윌리엄 셰익스피어, 맥베스: 5막 5장.
ii) Shakespeare, W. Sonnet 18.(Shall I compare thee…….)
iii) Abbott, E. (1884). Flatland: A Romance of Many Dimensions. 영국: Seely & Co.